Weihnacht[illegible] [illegible]015

Für Hau[illegible]

Alles liebe[illegible]

P.S. "Süßer die Glocken nie klingen" :-)

S

Priya Basil

Die Logik des Herzens

Roman

Aus dem Englischen
von Barbara Christ

Schöffling & Co.

Für meine Mutter Gudy in Liebe und Dankbarkeit

Deutsche Erstausgabe

Zweite Auflage 2012

Originaltitel: *The Obscure Logic of the Heart*
Originalverlag: Doubleday, an imprint of
Transworld Publishers, London

Satz: Fotosatz Amann, Aichstetten
Druck & Bindung: Pustet, Regensburg
ISBN 978-3-89561-285-5

www.schoeffling.de
www.priyabasil.com

»Wir sind unsre eigne Teufel,
wir vertreiben uns aus unserm Paradiese.«

Johann Wolfgang Goethe an Ernst Wolfgang Behrisch,
10. November 1767

I

Warten

Sie kommt zu spät.

Anil hat damit gerechnet und ist vorbereitet. Neben ihm liegt eine Zeitung, doch er rührt sie nicht an. Er sitzt einfach auf der mit schwarzem Leder gepolsterten Bank an einem Ecktisch im Café Lafin und behält die Glastür im Auge. Wartet.

Sein Blick streift über das weiße Tischtuch. Er bewundert die kantige Eleganz des schimmernden Bestecks – so etwas fällt ihm auf, denn die Gestalt der Dinge hat ihn immer fasziniert. Oft kann er in Formen klarer denken als in Worten. Neben dem funkelnden Messer liegt sein Telefon. Als sie gerade ein Paar geworden waren, hatte kaum jemand ein Handy gehabt, damals, vor all den Jahren – sein Herzschlag stockt, während er die Jahrzehnte zusammenzählt. Wie oft hat er gewartet, keine Ahnung gehabt, wann sie erscheinen würde, und sich ausgemalt, was alles dazwischengekommen sein konnte.

Er starrt zur Tür, bleibt aber gelassen, denn er weiß, dass er noch eine Weile allein sein wird, und ist bereit, ihr diese Unart zu verzeihen. Er wird jetzt nicht schon wieder auf die Uhr sehen oder angestrengt die Straße vor dem Café absuchen. Nein, sagt er sich, ich habe gelernt, geduldig zu sein. Liegt wohl an den vielen Stampflehmwänden, die ich gebaut habe. Er lächelt, als er an die uralte Pisé-Bautechnik denkt, das zentrale Motiv jener Architektur, die zu seinem Markenzeichen geworden ist. Solche Mauern aus Erde müssen tagelang trocknen und hart werden. Manchmal kann es bis zu zwei Jahre dauern, bis sie vollständig ausgehärtet sind. Aber dann ist die Erde steinhart. Ja, er weiß, wie man den rechten Augenblick abpasst. Anders als früher, als er noch unruhig auf und ab lief und schwitzte und sich Sorgen machte, wenn sie nicht pünktlich war. Wie anders ich heute bin, denkt er, ganz anders als dieser Anil, der damals an einem

Herbsttag darauf wartete, ihr seine Liebe erklären zu können. Er kann sich noch an jenen Nachmittag erinnern, als er vor der St. Paul's Cathedral auf und ab ging und sich nach links und rechts umsah und jeden Moment damit rechnete, dass sie um die Ecke bog …

Er sah auf seine Armbanduhr und klopfte misstrauisch auf das Glas, denn er hätte nur zu gern geglaubt, dass sie falsch ging und dass er zu früh gekommen war oder dass sich die Minuten hinterhältigerweise im selben Maß wie seine Vorfreude dehnten. Er glaubte immer noch daran, dass sie auch pünktlich sein konnte – obwohl sie sich schon zweimal verspätet hatte, jedes Mal um eine gute halbe Stunde. Andererseits waren in diesem Jahr sogar die Jahreszeiten spät dran gewesen. Der Frühling war erst im Juni gekommen, der Sommer im August. Und Ende November eilte der Herbst nun auf seinen Abschluss zu. Die Bäume schwankten wie beschwipst im viel zu heftigen Wind und warfen übermütig ihre Blätter ab.

In drei Tagen würde er nach Hause fliegen, nach Kenia. Wenn er daran dachte, flatterte etwas in seiner Brust. Etwas, das ausgesprochen werden wollte, das er keinen weiteren Monat für sich behalten konnte. Er hatte schon daran gedacht, dazubleiben, Weihnachten allein in London zu verbringen und seinen Eltern etwas über sein Arbeitspensum vorzulügen – nur, um sie sehen zu können. Doch dann hatte er erfahren, dass sie die Feiertage zu Hause in Birmingham verbringen würde. Und daraufhin beschlossen, dass er nicht abreisen konnte, ohne es ihr zu sagen – auch wenn es kaum vorstellbar war, dass sie es nicht längst erriet.

Seit sie sich zu Semesterbeginn auf einem Konzert kennengelernt hatten, war er immer wieder dort aufgetaucht, wo sie auch hinging, und in sämtliche Organisationen eingetreten, in denen sie Mitglied war. Seine engen Freunde waren wenig beeindruckt davon, dass er neuerdings eine Vorliebe für Südlondoner Crêperien und indische Halal-Restaurants hegte. Noch weniger überzeugt waren sie von seiner anfängerhaften Begeisterung für Amnesty International und Greenpeace. »Nicht zu fassen, dass du dieses Warmduscherzeug mitmachst, nur wegen einem Mädchen«, sagten sie. Widerwillig folgten sie ihm zu Veranstaltungen, wo er sie zu treffen hoffte. Die Freunde begleiteten ihn, weil sie schon als Kinder alles zusammen gemacht hatten, selbst wenn einer plötzlich seltsame Anwandlungen zeigte.

Zum ersten Mal hatte er sie in einem überfüllten Raum der Student Union gesehen, wo Mitglieder der Asian Society barfuß auf dem Boden um eine Kawwali-Gruppe herumsaßen. Zu Beginn des Konzerts hatten sich einzelne Phrasen der Künstler in die Menge ergossen, als würden die Strahlen einer Taschenlampe einen dunklen Raum ausleuchten.

Wer kann die Entfernung zwischen zwei Herzen messen?

Anil hörte gebannt zu, obwohl er nicht alles des auf Urdu Gesungenen verstand. Bald ließen alle Musiker Töne funkeln. Im Publikum schlossen viele die Augen vor der Strahlkraft der Klänge, weil sie fürchteten, ihre eigene Sehnsucht aufblitzen zu sehen. Doch Anil sah weiter zu, und ihr Anblick war seine Belohnung.

Sie saß ihm diagonal gegenüber, gar nicht weit weg, hatte die Beine an die Brust gezogen und die Arme auf die Knie gelegt. Ihre untere Körperhälfte umhüllte ein fließender blasslila Rock mit feiner, schwarzer Stickerei am Rand. Zuerst fielen ihm die schmalen Fesseln auf. Der Rocksaum endete dicht über wohlgeformten Knöcheln, den linken umschloss ein schmales Kettchen aus Gold. Dann sah er die eleganten Füße. Die zweiten Zehen waren deutlich länger als die großen und schienen auf ihn zu zeigen. Ihre silbrig lackierten, schimmernden Nägel zielten wie Pfeilspitzen auf sein Herz. Er glaubte, den Kopf vor dieser Fremden neigen zu müssen. Ihre Gliedmaßen waren so schön, dass er am liebsten gebetet hätte, dabei hatte er das nie zuvor getan. Bislang war ihm alles zugeflogen in seinem jungen Leben – jedes Bedürfnis wurde erfüllt, jeder Wunsch gewährt. Es gab keinen Grund, Gott um etwas zu bitten.

Doch als Anil damals in diesem Konzert saß, spürte er, dass ein Gebet auch eine Lobpreisung sein konnte – nicht nur ein Bittgesuch. Darin bestand das Wesen der Musik, die um ihn pulsierte: Anbetung, nicht als Flehen um etwas, sondern als Feier des Göttlichen an sich.

Der Vorsänger hob die Hände und rief:

Oh meine große Liebe!

Diese Anrufung fasste Anil ausschließlich in ihrem weltlichsten Sinne auf. Ganz gleich, wie viele Kawwalis er hörte – bislang hatte er nie nachvollziehen können, wie man ein unsichtbares Wesen so glorifizieren konnte, diesen angeblich Allmächtigen. Für ihn war das Wort Liebe vor allem mit romantischen Vorstellungen verknüpft. Sein Blick wanderte über die Kleider, die den Körper der Fremden verbargen, zu ihrem Kopf. Und als er ihr zum ersten Mal ins Gesicht sah, verstand er den Text des Liedes plötzlich ganz.

Dein Körper ist die Landkarte meiner Sehnsucht.

Er spürte, dass sein Schicksal in die Falten des Stoffs eingeschrieben war, der ihre Gestalt umhüllte.

In deinen Seufzern bin ich gefangen.

Die Zuhörer klatschten. Er klatschte auch, ohne es zu merken. Er sah nur, wie ihre Hände zu Vogelschwingen wurden.

Dein Haar ist das Gewebe meiner Erinnerungen.

Anil nahm die zusammengesackte Gestalt neben sich gar nicht mehr wahr. Es war sein bester Freund Merc, der vor dem Konzert ziemlich viel getrunken hatte. »Sonst stehe ich diesen ganzen Matope nicht durch, Mazeh.« Merc schlief zwar, schwankte und schnarchte aber im Rhythmus der Tabla, als wäre die Musik in seine Träume einmarschiert und hätte sie kolonisiert.

Der Sänger wechselte vom Gesang zur Rezitation und wieder zurück zum Gesang, pries seine große Liebe, flehte darum, erhört zu werden, und haderte anschließend mit dem Objekt seiner Liebe, während er gleichzeitig in seiner Verzweiflung schwelgte. Zitternd und schwitzend hievte sich der Sänger ab und zu von seinem ausladenden Hinterteil auf die Knie. Und wenn er sich so erhoben hatte, schrie er seine Qual geradezu heraus. Seine Pupillen weiteten sich, die Wangen bebten, und vor Inbrunst klang seine lyrische Stimme verzerrt:

Wer noch wird weinen, wenn du dein Gesicht abwendest?

Als Anil sich umsah, stellte er überrascht fest, dass keineswegs das gesamte Publikum auf die Fremde in Blasslila fixiert war, sondern eher im Bann des Kawwali-Sängers stand, dessen hellbraune Kurta aus Tussahseide unter den Armen allmählich dunkelbraune Flecken bekam. Anil hätte sich am liebsten für immer den poetischen Klängen hingegeben, die ihn bis zu diesem Punkt getragen hatten – und wollte doch, dass die Musik aufhörte, damit er herausfinden konnte, wie die Fremde hieß. Doch der Kawwal kniete schon wieder, flehte und warnte:

Und wen wirst du nach mir quälen?

Als die Musik zu Ende war, konnte Anil sich nicht rühren. Merc rappelte sich mithilfe zweier weiterer Freunde auf, doch Anil verharrte im Schneidersitz auf dem Boden.

»Ich habe doch gesagt, wir hätten nicht herkommen sollen. Dieses Zeug macht einen ganz krank, Mazeh. Schaut euch Anil an, der ist zum Buddha erstarrt.« Merc tippte ihn mit einem Zeh an.

»Nicht zu fassen, dass du geschlafen hast, Mann – *das* war krank«, sagte Dschatin.

»Ach, halt die Klappe, Jay.« Merc hielt Anil die Hand hin,

um ihm aufzuhelfen. »Komm schon, verschwinden wir hier. Du hast gesagt, wir gehen nachher noch auf die Piste.«

»Nein.« Anil ließ sie nicht aus den Augen. »Wir haben noch was zu erledigen.«

»Was denn?«

»Ich muss herausfinden, wer das ist.« Er zeigte auf sie.

»Die? Wieso das denn, Mazeh?« Merc rümpfte seine kleine, flache Nase und prustete ungeduldig mit den vollen Lippen. »Im Club sind viel heißere Weiber. Komm jetzt.«

»Sie sieht ziemlich jung aus.« Jay nickte. Die schmale Gestalt und der hüpfende Pferdeschwanz gaben ihr etwas Mädchenhaftes.

»Minderjährig kann sie aber nicht sein. Für die Student Union braucht man einen Ausweis«, sagte Hardy hinter seinem Vollbart hervor. Den hatte er sich zugelegt, um die Pickel, die sein Gesicht verschandelten, vor der Welt zu verbergen.

»Ziemlich langweilig, was sie da anhat.« Mercs Augen zogen sich zu schmalen, verächtlichen Schlitzen zusammen. Sie trug eine cremefarbene, langärmlige Bluse mit Kragen und hatte sie in den blasslila Rock gesteckt. Doch selbst Merc konnte erkennen, dass ihre Kleidung gar keine Rolle spielte. Ihre Haltung machte das zur Nebensache. Wie geschmeidig ihre langen Gliedmaßen waren, erkannte man trotz der Verhüllung.

In diesem Augenblick drehte sie sich um, sodass Anil und seine Freunde nur noch dichtes Haar sahen, das ihr in wallenden Locken über den Rücken fiel.

»Wir müssen es herausfinden, bevor sie geht.« Anil stand eilig auf, denn sie ging schon auf den Ausgang zu. »Kommt, helft mir. Unternehmt was.« Er drehte sich zu seinen Freunden um.

»Geh doch einfach hin. Wo ist das Problem? Und beeil dich, Mann. Ich hänge deinetwegen schon lange genug hier herum.« Merc reckte sich demonstrativ, ließ seine Muskeln spielen und genoss die Blicke, die er auf sich zog. Er hatte eine unbestimmbare Anziehungskraft. Die Menschen sahen ihn an, sahen noch einmal hin und versuchten, das Rätsel zu lösen, das er ihnen mit dem kahl geschorenen Kopf und den blauen Augen und dieser

Haut aufgab, die wie starker, schwarzer, mit einem Tropfen Milch aufgehellter Kaffee aussah.

»Ich weiß nicht, was ich sagen soll.« Jedes Wort, das Anil aussprach, kam ihm noch im Mund trostlos vor. Sie war inzwischen am Ausgang stehen geblieben und unterhielt sich mit einem anderen Jungen.

»Du hörst dir stundenlang Liebeslieder an und kannst nicht mal Weiber anlabern.« Merc schüttelte den Kopf und ging dann auf das Mädchen zu. Die anderen folgten ihm der Größe nach – zuerst Anil, der die anderen um Haupteslänge überragte, dann Dschatin und schließlich Hardy. Anil fuhr sich mit der Hand durch die kurzen, dunklen Stachelhaare und sorgte dafür, dass sein Kragen hochgestellt war.

Im Näherkommen fiel Merc auf, dass der Junge, bei dem sie stand, mit ihm Kunstgeschichte studierte. Er kannte dessen Gesicht, aber nicht den Namen. Er stellte sich einfach dazu und boxte dem Typen zur Begrüßung gegen die Schulter. »Hey, hätte gar nicht gedacht, dass ich dich hier treffe.«

Während sich die beiden unterhielten, nutzte Anil die Gelegenheit und sah sich die Fremde aus der Nähe an. Sie war ziemlich groß. Genau richtig für mich, dachte er. Wenn er sich aufrecht hinstellte, geradeaus sah und sie an sich zog, würde ihr Körper genau zu seinem passen: Er könnte das Kinn auf ihren Scheitel legen. Ihm fiel auf, dass eine weiße Linie durch den Amorbogen ihrer Oberlippe schnitt. Es sah aus, als hätte ihr Schöpfer fassungslos über die gerade gemeißelte Schönheit kurz die Kontrolle über das Skalpell verloren – und sein vollkommenes Werk beschädigt. Anil konnte nicht sagen, ob die Narbe von einer korrigierten Hasenscharte oder von einem Unfall herrührte. Er wusste nur, dass sie für etwas Schmerzliches stand – für ein Leid, das sich sogar zeigte, wenn sich der Mund zu einem Lächeln dehnte. So wie in diesem Moment, denn Merc stellte ihr gerade seine drei Freunde vor, die sich hinter ihm drängten.

»Das ist Hardip, zu dem wir Hardy sagen. Und das Dschatin, genannt Jay. Und das …«, seine Geste schien einen Bühnenauftritt einzuleiten, »... ist Anil. Obwohl man ihn heute Abend zu A-Null umtaufen sollte, so viel gebe ich ihm nämlich auf der Skala bis zehn dafür, dass er uns in dieses Konzert geschleppt hat.«

»Jetzt sag nicht, dass es dir nicht gefallen hat?« Sahid, der Kunstgeschichtsstudent, starrte Merc entgeistert an.

Hardy und Jay waren ganz auf Sahids Seite.

»Der Typ ist einfach blöd.«

»Wo ist deine Seele, Bwana?«

»Für mich hört sich das nur an wie ein Dickwanst, der seine Stimme bis zum Anschlag überstrapaziert. Und ich kann nicht von der Tatsache absehen, dass es religiöse Texte sind. Das allein reicht mir schon.«

Während Merc sich weiter verteidigte, wanderte der Blick des Mädchens über die Schuhreihen an der Wand. Dann huschte sie davon, während Anil sie angespannt beobachtete. Sollte er sie aus den Augen verlieren, würde er ihr sofort nachrennen. Sie fand ihre flachen goldenen Schuhe und zog sie an, und dann war sie auf einmal von einigen anderen Mädchen umringt. Wenig später drehte sie sich um und winkte. »Sahid!«

Ihre Stimme ging Anil durch und durch: Sie klang unerwartet voll, kehlig und tief.

»Hey, ich muss los«, sagte Sahid. »Was habt ihr denn noch so vor? Ich gehe mit ein paar anderen noch zu mir, die Wohnung ist gleich um die Ecke. Warum kommt ihr nicht mit?«

»Och nö –« Merc wollte antworten, aber ein Tritt in die Hacke hinderte ihn daran. »Ich meine, ich weiß nicht.« Er drehte sich zu seinen Freunden um. »Habt ihr Lust?«

»Sawa. Warum nicht?« Anil versuchte, lässig zu klingen. Die anderen beiden zuckten mit den Schultern.

»Gut. Los geht's.« Sahid ging auf die Mädchen zu.

»Ich dachte, wir gehen noch clubben.« Merc blieb zurück und zischte Anil an. »Das war abgemacht, Mazeh.« Er hielt Anil an der umgeklappten Manschette seines taillierten, kohlschwarzen Hemds fest. »Nur deswegen bin ich überhaupt mitgekommen zu deiner Singerei.«

»Wer sagt denn, dass der Abend schon vorbei ist? Wir können später noch gehen.« Anil hielt das für unwahrscheinlich, wusste aber nicht, wie er Merc sonst beschwichtigen sollte. Sein Blick glitt verstohlen über die Menge. Sie war plötzlich weg! Innerhalb von Sekunden hatte sie sich am anderen Ende des Raums in die Warteschlange derer eingereiht, die mit den Kawwals sprechen wollten.

»Lina!«, rief Sahid und winkte, damit sie ihn sah.

»Wie heißt die?« Schon zog eine gewisse Abneigung Mercs Mundwinkel herunter.

Doch Anil hörte nichts mehr. Er begriff sofort, dass ihr Name den seinen spiegelte. LINA ANIL LINA ANIL LINA ANIL. Im Kopf spielte er sich den Klang dessen vor, was er instinktiv gespürt hatte. Sie ist es, dachte er.

Hast

Auf Linas Computerbildschirm poppt eine Nachricht auf und verdeckt das Dokument, das sie gerade lesen will.

Terrorwarnung in Piccadilly.
Erhebliche Störungen im U-Bahn-Betrieb.
Mehr lesen …

Sie runzelt die Stirn; ein kleines, Pi-förmiges Symbol erscheint in der Senke zwischen ihren Brauen. Als sie den Finger auf Mehr lesen legt, erscheint ein neues Fenster, in dem von einem Fund »verdächtiger Pakete« auf Bänken in mehreren U-Bahn-Stationen im Stadtzentrum von London die Rede ist. Die Website berichtet, dass man in Erinnerung an den früheren Anschlag den Betrieb auf den meisten Linien vorsichtshalber eingestellt hat.

In einer knappen Stunde ist Lina mit Anil verabredet. »Herunterfahren«, sagt sie, und ihr Computer beginnt sich abzuschalten. Die Fahrt zum Café Lafin dauert normalerweise ungefähr zwanzig Minuten. Doch wenn es im Nahverkehr wirklich zu Verspätungen kommt, braucht sie länger, und heute darf sie nicht zu spät kommen, auf gar keinen Fall.

Auf ihrem Schreibtisch liegt das Geröll des Tages herum, angespült von den Gezeiten der Post, der Termine und der unerledigten Vorhaben. Seit dem Vormittag ist sie abgelenkt – hat Dokumente gelesen, ohne ein Wort aufzunehmen, und nach Telefonaten festgestellt, dass sie sich nicht einmal an das Thema des Gesprächs erinnern konnte. Nun schiebt sie alles Mögliche zu Stapeln zusammen, um den Eindruck von Ordnung zu erwecken, und wundert sich, weil ihre Hände ein bisschen zittern und ihr Herz so bebt. Sie schüttelt sich missbilligend und verlässt dann die Zuflucht, die das Büro mit der hohen Decke und den blauen Wänden ihr geboten hat.

»Macht euch lieber bald auf den Weg«, rät sie im Vorbeigehen ihren Kollegen und erzählt von der Warnung. »Kann sein, dass man nicht so ohne Weiteres nach Hause kommt.« Im Grunde könnte sie die ganze Strecke zu Fuß gehen, doch sie trägt hohe Absätze. Und natürlich will sie nicht verschwitzt und zerzaust zu ihrem Rendezvous erscheinen. Sie muss so gut wie möglich aussehen.

Ich nehme mir ein Taxi, beschließt sie, als sie zur Toilette geht und sich kritisch – aber durchaus zufrieden – im Spiegel über dem Becken betrachtet. Sie erinnert sich an etwas, das ihr Vater einmal gesagt hat: »Am Ende deines Lebens sieht man deinem Gesicht an, wie du gelebt hast.« Sie schneidet gar nicht schlecht ab, für jemanden, der etwa in der Mitte angelangt ist, denkt sie – obwohl sie gern strahlendere Augen hätte. Deren Goldgrün hat mit den Jahren einen dunkleren, trüberen Ton angenommen. Vielleicht haben die vielen Tränen der Zeit zwischen zwanzig und dreißig den schimmernden Glanz aus ihren Augen gespült. Ein Jahrzehnt des Weinens. Oh Allah. Seither hat sie nicht mehr so oft geweint, es im Grunde nur selten gekonnt. Außer als – ihr Körper erstarrt. Nein, daran kann sie jetzt nicht denken. Mit einem Zeigefinger streicht sie die Schmerzensfurche glatt, die sich auf ihrer Stirn gebildet hat. Was diese Faltenform bedeutet, dieses Pi-artige Zeichen, versteht sie trotz der Worte ihres Vaters nicht. Eine irrationale Zahl, die niemals enden würde, schriebe man sie voll aus, hat sich in sie eingeprägt. Ein Symbol ihrer Unentschiedenheit, der endlosen, widersprüchlichen Impulse ihres Herzens.

Sie beugt sich über das Becken, näher zum Spiegel hin, um Lippenstift aufzutragen. Künstliche Farbe gleitet über die Konturen ihres Mundes und radiert jene Narbe von einem Unfall in der Kindheit fast vollständig aus. Sie erinnert sich, wie Anil die Narbe zum ersten Mal berührte – und ist wieder eine Studentin, die in flachen, bequemen Schuhen auf den Moment zuläuft, in dem alles wirklich begann.

Lina kam aus der U-Bahn-Station St. Paul's und schob sich ein paar fliegende Haare aus Mund und Augen, während sie eilig auf die Kathedrale zuging. Trockene rote Blätter kreuzten ihren Weg wie panische Krabben. In Gedanken übte sie Entschuldigungen ein und suchte nach Ausreden, die ihre Schwäche auf überzeugende Weise in etwas Nebensächliches verwandelten. Ursprünglich hatte sie an diesem Tag bis auf das spätnachmittägliche Treffen mit Anil keine Termine gehabt, und doch war es ihr gelungen, allerhand Verpflichtungen an den vor ihr liegenden Stunden festzumachen, bis sie sich schließlich drängten wie zu viele Anhänger an einer Kette.

Sie begriff immer noch nicht, wieso der geplante, ruhige Arbeitstag in der Unibibliothek zu so fruchtlosen Stunden zerfallen war: Sie hatte erfolglos nach einem Forschungsaufsatz gesucht, ausgiebig mit jemandem zu Mittag gegessen, den sie gar nicht besonders mochte, und als sie gerade zu ihrem Treffen mit Anil aufbrechen wollte, war es noch zu einer spontanen Besprechung mit ihrem Tutor gekommen.

Mit dem hatte sie sich schließlich länger als erwartet unterhalten und war schon spät dran, als sie in die U-Bahn stieg. Dann hatte sie ihre Haltestelle verpasst und musste zurückfahren, wodurch sie weitere fünfzehn Minuten verlor – und das nur, weil sie an einer unsinnigen Geschichte hängen geblieben war. Sie hatte eine herrenlose Zeitung aufgehoben und darin einen Artikel gelesen mit der Überschrift: »NACKTER SCHWERTKÄMPFER SCHLACHTET KIRCHGÄNGER AB.«

Ein nackter Mann, der ein Samuraischwert von einem Meter Länge schwang, ist während des Sonntagsgottesdienstes in die römisch-katholische St. Andrew's Church in Thornton Heath, Croydon, gestürmt. Der Mann griff die Gemeinde an und verletzte willkürlich mehrere Mitglieder, bis er schließlich überwältigt wurde.

Zeugen sagten aus, dass während des Vorfalls viele Menschen schreiend und in Panik aus der Kirche in den angrenzenden Saal flüchteten. Ein Gemeindemitglied versuchte offenbar, den

Angreifer abzuwehren, indem er ihm ein großes Kruzifix ins Gesicht rammte.

Ein Polizist, der gerade nicht im Dienst war, bezwang den Angreifer schließlich mit einer fast zwei Meter langen Orgelpfeife. »Fünf Minuten zuvor habe ich den Psalm mitgesungen – und plötzlich musste ich gegen einen Irren kämpfen, der mit einem Schwert herumfuchtelte«, sagte er aus.

Die Opfer wurden in ein nahe gelegenes Krankenhaus gebracht, wo man ihre Verletzungen als »verheerend« bezeichnete. Die Hintergründe des Verbrechens sind nach wie vor ungeklärt.

Lina hatte die Zeitung langsam zusammengefaltet, beiseitegelegt und versucht, die Flut der Assoziationen einzudämmen, die der Artikel auslöste. Auch diese Geschichte brachte ihre ursprüngliche Annahme ins Wanken, dass man in einem Gotteshaus jederzeit und garantiert sicher war. Es hatte in jüngerer Zeit genügend ähnliche Beispiele gegeben. Die Zerstörung der Babri-Moschee im indischen Ajodhja; den Völkermord in Ruanda, bei dem man Tutsi in einer Kirche massakriert hatte. In der Folge dieser Gräueltaten hatte ihr Vater Scharif gesagt: »Es gibt nur einen Ort, den niemand je antasten kann – und zwar dein Gewissen. Nur das Gewissen eines Menschen kann niemand entweihen.«

Nur das Gewissen kann niemand entweihen … Darüber hatte Lina gerade nachgegrübelt, als eine Stimme warnte: »Achten Sie auf die Lücken zwischen Zug und Bahnsteigkante.« Für einen Moment hatte sie sich gefragt, ob man sie damit mahnte, auf die große Kluft zwischen Bestrebung und Wirklichkeit zu achten – zwischen ihrer Vorstellung vom richtigen Leben und den immer stärker werdenden Impulsen ihres Herzens. »Bitte zurückbleiben. Türen schließen selbsttätig.« Das »Piep piep piep« nach der Durchsage hatte ihren Tagtraum durchdrungen, und sie war zum Ausstieg gestürzt. Doch die Türen waren schon zu gewesen, und sie hatte nur noch gesehen, wie sich die roten Buchstaben der Aufschrift ST. PAUL'S immer schneller entfernten, bis der Zug schließlich ins Dunkel des Tunnels fuhr. Lina hatte sich gefragt, ob das ein Zeichen gewesen war: ob die Türen zu der Freundschaft, die sie mit Anil begonnen hatte, lieber geschlossen werden sollten, ob sie die Haltestelle verpasst hatte, weil es besser wäre, wenn sie gar nicht zu ihm ging. Doch ihr Gewissen hatte dagegen plädiert, ihn zu versetzen – dasselbe Gewissen, das hinterfragte, warum sie sich überhaupt mit ihm traf.

Zurück an der richtigen Station stürmte sie auf die St. Paul's Cathedral zu, als wären die zwei Minuten entscheidend, die sie dadurch gewann. Sie fragte sich, ob Anil allein war. Als er sie zum ersten Mal um ein Treffen gebeten hatte, vor Lloyd's of London, waren seine drei Freunde dabei gewesen und hatten hinter ihnen über die Qualitäten des Gebäudes gestritten, während Anil dessen Vorzüge pries und mit Hochachtung von Richard Rogers sprach, der es geschaffen hatte.

»Erkennst du das Ungewöhnliche an dieser Konstruktion?«, hatte Anil Lina gefragt, einen Daumen unter den Riemen der Kuriertasche gehakt, die über seiner linken Schulter hing.

Weil sie nicht genau wusste, worauf sie achten sollte, hatte sie die Rüstung aus Stahlträgern, Rohren und Treppenhäusern studiert, die das Gebäude umgab. Ihr wurde bewusst, dass sie ihm durch ihre Antwort gefallen wollte, obwohl sie nichts von Architektur verstand. Zögernd beschrieb sie, was sie sah, und er machte ihr wie ein Lehrer Mut: »Genau. Ja. Was noch?«

Dabei begleitete sie eine ununterbrochene sarkastische Kichersymphonie. Mercs Stimme war die lauteste: »Ein Vortrag über postmoderne Architektur – wessen Vorstellung von Romantik ist das denn?« Doch Lina berührte es, dass Anil so verzückt erzählte und ihr etwas Neues nahebrachte.

»Das Großartige daran ist, dass der Architekt das Raumkonzept vollkommen neu definiert hat. Aus funktionalen Elementen hat er Ornamentik gemacht«, erklärte Anil. An seinem Kiefer entlang verliefen schmale Koteletten, die bei einem Grübchen im energischen Kinn zusammentrafen. »Stell dir vor, wie viel Platz so ein Aufzug in einem Gebäude einnimmt, und dann überleg dir, wie genial es ist, ihn nach außen zu verlegen und ein schönes gläsernes Schmuckstück daraus zu machen, das die Fassade verziert.«

»Was du unter Schönheit verstehst, ist ziemlich abwegig«, höhnte Merc. »Auf mich wirkt dieser ganze Ansatz mit innen und außen effekthascherisch. Und ziemlich chaotisch.«

Anil drehte sich ganz ruhig zu seinem Freund um. »Und das sagt ein Mann, der gerade seine Abschlussarbeit über die Ästhetik der Gewalt schreibt? Wenn man bei menschlichen Wesen Blut und Gedärme sieht, gefällt dir das ganz gut, aber Gebäudefassaden müssen makellos sein?«

»Oh-oh.« Mercs Augen wurden schmal. »Ich hau dir gleich eine rein, dass du dich zu deinen Ahnen zurückwünschst.«

Lina zupfte an ihren Mantelärmeln. Sie wurde aus den Sprüchen der Freunde nicht schlau. Weil sie Angst hatte, dass sie sich gleich prügeln würden, räusperte sie sich und wollte etwas sagen. Doch bevor sie dazu kam, lachten schon alle und gaben sich aus Spaß an ihrem eigenen Gefrotzel High Fives. In solchen Momenten kam sie sich überflüssig vor – bis Anil ihr in die Augen sah und weitersprach und plötzlich sonst niemand mehr zählte.

Als sie sich ein anderes Mal mit ihm in der National Gallery getroffen hatte, war es ganz ähnlich gewesen. Merc war mitgekommen, hatte sie eine Weile begleitet und war dann gegangen, um irgendetwas zu recherchieren. »Geh ihr nicht mit deinen ständigen Kommentaren auf den Geist! Und zeig ihr unbedingt sämtliche Aktgemälde!«, hatte er ihnen nachgerufen, als wollte er ein frisch verheiratetes Paar mit derben Segenswünschen überhäufen. Die Leute hatten sich umgedreht und ihn angestarrt, zuerst, weil er so laut gewesen war, und dann wegen seiner körperlichen Erscheinung, die er durch provozierende Kleidung betonte: Er trug ein langärmliges, enges schwarzes T-Shirt und enge Hosen, die ein Designergürtel auf den Hüften hielt. Selbst Anil, der sonst fast überall der Schickste war, verblasste manchmal neben seinem perfekt gestylten Freund.

Lina fühlte sich unwohl, wenn Merc dabei war. Er war nicht

besonders freundlich, und auch die wechselnden Kontaktlinsen konnten das Misstrauen in seinem Blick nicht verbergen – ob Blau, Grün oder Grau, jede Farbe war mit Skepsis gemischt. Doch Anil erklärte ihr, Merc mache gerade seinen Abschluss in Kunstgeschichte und sei somit der beste Begleiter für die Galerie.

»Er weiß sehr viel über die Gemälde und die Künstler. Wenn er etwas erklärt, sieht man alles ganz anders. Diese zum Beispiel …«, Anil wies auf die Wände, »… begreift man erst richtig, wenn man sich mit den Geschichten der Bibel auskennt. Als diese Bilder entstanden, war die Gesellschaft natürlich hoch religiös, und sogar jeder Bauer erkannte die dargestellten Szenen. Heute wissen viel weniger Leute über den Inhalt solcher Werke Bescheid oder interessieren sich dafür, auch wenn sie deren Schönheit vielleicht sogar schätzen.«

Wie ich, dachte Lina und blieb vor einem großen Ölgemälde stehen. »Das ist wahrscheinlich ein religiöses Bild, weil das da Jesus ist.« Sie zeigte auf die langhaarige, bärtige Figur in der Mitte. »Ich habe aber keine Ahnung, worum es geht.«

»Hattest du in der Schule keinen Bibelunterricht?«

»Na ja, an meiner staatlichen Schule wurden alle Religionen durchgenommen, aber nur in den Grundzügen.« Außerhalb der Schule war der Islam die entscheidende Glaubensrichtung gewesen, und sie hatte mit fünf Jahren begonnen, den Koran auswendig zu lernen. Mit zehn konnte sie weite Strecken des arabischen Textes aus dem Gedächtnis rezitieren, hatte aber kaum eine Vorstellung von seiner Bedeutung.

»Okay, aber du weißt sicher genug, um das eine oder andere auf dem Gemälde zu entschlüsseln. Komm, wir setzen uns.« Dem Bild gegenüber stand eine Bank, und sie ließen sich nebeneinander darauf nieder. Anil zog am Gurt seiner Tasche, bis sie hinter ihm lag. Ein paar Falten ihres langen Plisseerocks berührten seine Jeans, und die Fransen ihres roten Schals streiften den Ärmel seines buttergelben Kaschmirpullovers.

»Jetzt schau es dir noch mal an.«

Linas Blick glitt kreuz und quer über das Gemälde. Sie konzentrierte sich so sehr darauf, ein Geheimnis zu entdecken, dass ihr das Offensichtliche entging. Als sie nichts sagte, gab Anil ihr ein Stichwort.

»Wie viele Leute sind noch auf dem Bild?«

Sie zählte ab. »Zwölf Männer – ach, dann sind das seine Jünger?«

»Genau, siehst du? Du hast dein Wissen angewandt und schon etwas mehr entdeckt. Jetzt schau es dir noch mal an, gründlicher.«

»Ich weiß nicht, wonach ich suchen soll.« Im Gegensatz zu Anil flüsterte sie. Obwohl sie nur selten in Gemäldegalerien ging, hatte sie das Gefühl, dass man dort nicht laut reden durfte. Ungefähr wie in einem Tempel, wo man auch still sein musste.

»Was fällt dir an Jesus auf?«

»Die Löcher? In Händen und Füßen?« Sie kam sich dumm vor, weil sie die nicht sofort gesehen hatte. »Er ist gekreuzigt worden, oder?«

»Ja, und jetzt errätst du bestimmt auch, welche Szene dargestellt ist.«

Lina schüttelte zutiefst beschämt den Kopf. Anil war nett zu ihr, aber sie merkte, dass er sich über ihre Unwissenheit wunderte. Doch sie wagte einen weiteren Interpretationsvorstoß, denn seine Geduld erinnerte sie an ihren Vater, der ihr immer Mut machte, damit sie nicht aufgab. »Ein Versuch kann nie schaden«, sagte er gern.

»Ich bin mir immer noch nicht sicher. Ich meine, ich weiß nur, dass Jesus gekreuzigt wurde und dann aber wieder lebendig war. Also ist das wahrscheinlich danach?«

»Nach der Auferstehung ist Jesus seinen Jüngern erschienen, aber einer davon, Thomas, war nicht dabei und glaubte den anderen nicht, als sie davon erzählten. Also ist Jesus noch mal erschienen und hat Thomas – das ist der da vorn, in Rot und Grün – seine Wunden gezeigt und berühren lassen. Und da hat Jesus auch gesagt: ›Selig sind, die nicht sehen und doch glauben.‹ Siehst du?« Anil zeigte auf die kleine Tafel mit den näheren Angaben zum Gemälde. »Es heißt *Der ungläubige Thomas*.«

»Woher weißt du das alles? Hast du es schon mal gesehen?«

»Klar, schon öfter, aber die Geschichte auf dem Bild habe ich gleich beim ersten Mal erkannt.« Anil sagte das, als wäre es völlig normal.

»Wie kommt es, dass du die Bibel so gut kennst?«

»Ich war auf einer christlichen Schule. Wir hatten richtigen Bibelunterricht, und jeden Morgen gab es einen kompletten Gebetsgottesdienst. Ein paar Stunden pro Woche stand sogar Choralsingen auf dem Plan. Also weiß ich mehr über das Christentum als über jede andere Religion.« Er lehnte sich auf beide Hände gestützt über die ganze Breite der Holzbank zurück.

»Hat dir das gefallen?« Als sie ihm das Gesicht zuwandte, fiel ihr das sanft gelockte Haar über die Wange.

»Ich fand es total unwiderstehlich! Ich bin dem Bibelclub beigetreten und wollte unbedingt Christ sein.« Inzwischen studierte er wieder das Bild, als wäre ihm gerade etwas eingefallen.

»Ist nicht wahr!« Ihr Mund blieb für einen Moment offen stehen.

Plötzlich zog Anil seine Tasche zu sich nach vorn und löste die Schnalle an einem Fach. Er zog einen Stift und einen winzigen Block mit unlinierten weißen Blättern hervor. »Entschuldige.« Er lächelte Lina an. »Ich brauche nur eine Sekunde.« Er balancierte den Block auf einem Knie aus und fing an zu zeichnen.

Lina fiel auf, dass seine glänzenden schwarzen Lederturnschuhe nagelneu aussahen. Die weißen Streifen an den Seiten waren makellos und leuchteten wie Neon. Für ihre eigenen Wildlederstiefel brauchte sie dringend Ersatz. Rasch versteckte sie ihre Füße unter der Bank.

Die abstrakten Linien auf Anils Block wurden immer mehr und bildeten schließlich eine prismaartige Struktur mit vielen Facetten. Der Saphir oben auf seinem Platinstift funkelte. Anils Daumen drückte auf den Stein, und die Mine schnappte zurück. »Das musste sein, bevor ich es wieder vergesse.«

»Ist okay.« Lina hatte schon erlebt, dass er eine Tätigkeit plötzlich unterbrach, um etwas zu notieren. »Und, äh, was haben deine Eltern gesagt, als du konvertiert bist?«

»Ich habe es nur meiner Mutter erzählt, aber die hat es aus irgendeinem Grund meinem Vater gesagt. Sie dachte, das würde ihn amüsieren.« Er schnaubte. »Er hat gedroht, mich aus dem Haus zu werfen, wenn ich ›meinem Glauben nicht entsage‹, wie er sich ausgedrückt hat.«

»Oh mein Gott. Was hast du gemacht?«

»Ich war erst neun Jahre alt, also war es das Einfachste, zu sagen, ich wäre kein Christ mehr. Aber ich glaube, im Herzen bin ich noch eine ganze Weile dabei geblieben.«

»Sind deine Eltern denn sehr religiös?« Sie konnte ihm nicht in die Augen sehen.

»Nein! Dass mein Vater ein Sikh ist, erkennt man nur daran, dass er einen Turban auf dem Kopf und einen Kara am Arm hat. Und der einzige Tag im Sikh-Kalender, den wir je begangen haben, war Diwali, und das auch nur, weil man dann eine Party feiern und ein Feuerwerk abschießen kann. Aber es hat ihn empört, dass ich meine Geburtsreligion ablegen wollte, warum auch immer.« Anil stand auf.

»Schon seltsam, oder? Dass sie so dagegen sind, wenn du einen anderen Glauben annimmst, obwohl sie ihren im Grunde gar nicht praktizieren? Ich meine, ich könnte es ja verstehen, wenn sie wirklich fromm wären …« Sie stand langsam auf, war aber noch immer gefangen im Netz ihres Gesprächs. Ihres bisher wichtigsten Gesprächs, wie sie fand, denn es näherte sich allmählich dem, was sie jedes Mal aufwühlte, wenn sie an Anil dachte. »Aber jetzt bist du kein Christ mehr?«

Er schüttelte den Kopf.

»Oder Sikh?«

»Ach weißt du. In Sachen Religion tendiere ich zu keiner bestimmten Richtung.«

Sie hatte gehofft, dass er die Gegenfrage stellen und sich nach ihrem Glauben erkundigen würde. Das wäre eine Chance gewesen, die Unterschiede zwischen ihnen zu benennen. Doch er wollte offenbar lieber zum Thema Kunst zurück.

Eine so schöne Stunde wie die folgende hatte Lina nie zuvor mit jemandem verbracht. Sie schritten durch Türen mit geschnitzten Rahmen aus dunklem Holz und aufwändig ausgestattete Gänge mit Wandbespannungen aus schweren venezianischen Stoffen entlang. In den einzelnen Sälen fielen Lina immer zuerst die Farben auf, noch vor den Gemälden darin: Blau, Grün, Gold und ein tiefes Rot, das aussah wie ein Hintergrund aus frischem Blut. Sie kamen an prunkvollen Marmorsäulen und an Gemälden vorbei, die so groß waren, dass Lina glaubte, sie ein Leben lang betrachten zu können, ohne das ganze Bild zu erfassen.

Anil zeigte ihr die Meisterwerke, die man, wie er behauptete, einfach gesehen haben musste, »wenigstens einmal«. Er konnte kaum fassen, dass sie noch nie in der Galerie gewesen war, obwohl sie schon fast drei Jahre in London lebte. Und sie bemerkte überrascht, wie betroffen sein Erstaunen sie machte, wie dumm sie sich vorkam. Also hörte sie aufmerksam zu, während er erzählte, und versuchte, sich die Namen der Maler und der Stile zu merken, die er beschrieb. Trotzdem konnte sie sich wenig später an höchstens die Hälfte erinnern. Und nach einer Woche hatte sie nur noch ein paar Bilder vor Augen: Van Goghs senfgelbe Sonnenblumen und ein Gemälde von Botticelli, das Venus und Mars darstellte. Mars, der mit leicht geöffnetem Mund schlief, anmutig hingegossen vor Venus, die ihn heiter und nachdenklich betrachtete. »Eins liebe ich an Botticellis Frauen«, hatte Anil gesagt und sie angesehen, als wäre sie eine von ihnen. »Sie sind so elegant, so sinnlich, und haben trotzdem eine unschuldige, spirituelle Aura.«

An diesem Nachmittag war er vollkommen anders gewesen als dieser grüblerische Mensch, den sie nach dem Konzert in Sahids Wohnung kennengelernt hatte. Dort hatte er neben seinen plänkelnden Kumpeln verlegen gewirkt und kaum einen Ton herausgebracht. Er hatte erst etwas gesagt, als sie ihn direkt nach seiner Meinung zu dem Konzert fragte, und selbst da hatte er gezögert, als spräche er zum ersten Mal im Leben Englisch. Wie sich herausstellte, liebten sie dieselbe Musik, dieselben Sänger. Er erzählte ihr, er habe in Nairobi einen Live-Auftritt von Nusrat Fateh Ali Khan erlebt, und als sie alles darüber wissen wollte, konnte er sogar die Farbe der Kurta des Meisters beschreiben und sagen, in welcher Reihenfolge er die Kawwalis gesungen hatte. Als Lina sich mit ihm über Nuancen der Texte unterhalten wollte, zeigte sich, dass Anil kein Urdu sprach.

»Was sprecht ihr denn zu Hause?«, fragte sie erstaunt.

»Englisch«, sagte er und kratzte sich an einer seiner langen, schmalen Koteletten, die aussahen, als hätte man sie genau abgemessen und ihm aufs Gesicht gezeichnet. »Meine Eltern sprechen manchmal Pandschabi, also beherrsche ich die Grundlagen einigermaßen, was mir bei Urdu manchmal hilft. Aber wenn mir ein Kawwali wirklich gefällt, übersetzt meine Mutter es für mich. Sie spricht fließend Urdu, und da schnappe ich das eine oder andere auf.« Er sagte im Scherz, sein fremdsprachiger Wortschatz decke so immerhin alles ab, was mit Anbetung und Hingabe, Rausch und Einsamkeit zu tun habe.

»Also das Wesentliche«, hatte Lina gesagt.

»Tut mir leid«, sagte Lina, als sie die Treppe zum Haupteingang der Kathedrale hinaufstürmte. Anil hatte die Arme über der breiten Brust verschränkt und stand in einer schmalen Lücke zwischen zwei korinthischen Säulen. Die Kragen von Hemd und Mantel waren hochgestellt, sodass die steifen Ränder fast seine Ohrläppchen streiften. Er hatte die Sorge schon am ganzen Körper gespürt wie einen schlimmen Juckreiz, doch nun zerschmolz sie zu Feuchtigkeit, die sich auf seine Handflächen legte. Plötzlich war er dankbar, dass sie sich nicht mit Handschlag begrüßten. Bislang hatten sie immer nur gelächelt und Hallo gesagt. Zu Berührungen war es rein zufällig gekommen – etwa, wenn sie nebeneinandersaßen und Knie oder Ellbogen zusammenstießen. Und einmal, als Lina sich vorbeugte, um ihm etwas zu zeigen, hatte ihre Wange seinen Arm gestreift: eine flüchtige, neckende Liebkosung.

»Mein Gott, die ist ja riesig.« Lina betrachtete die Säulenreihen und die großen Glockentürme, die sich an beiden Seiten der Kathedrale erhoben. Einer davon zeigte die Zeit an und verkündete in goldenen römischen Ziffern, dass sie sich um mehr als eine Stunde verspätet hatte. »Tut mir *so* leid.« Sie machte Augen und Mund ganz klein, so peinlich war es ihr. »Danke, dass du gewartet hast … so lange. Ich … Ich weiß nicht. Es kam eins zum anderen. Die Zeit ist mir einfach …« Sie schnipste mit den Fingern.

»Jetzt hast du es ja geschafft. Wollen wir reingehen?«

»Und die anderen?« Sie sah sich um. »Sind sie nicht da?«

»Nein, die hatten zu tun.« Wahrscheinlich mit der Frage, wo er gerade war. Anil wischte sich die Hände an seiner braunen Cordhose ab, als sie das Längsschiff der Kathedrale betraten. Er hatte irgendetwas von einem Abgabetermin für ein Projekt erzählt, um dem Squashspiel zu entgehen, das seine Freunde angesetzt hatten. Dass er Lina allein sehen wollte, hatte er nicht gesagt. Sonst hätte er im Vorfeld dumme Witze ertragen und hinterher ein Verhör über sich ergehen lassen müssen. Außerdem hatte er zum ersten Mal das Bedürfnis verspürt, einen kleinen Teil von sich vor seinen Freunden zu schützen.

Lina war plötzlich nervös. Sie spielte mit den Spitzen ihrer Haare. Vom Wind zerzaust hatte es mehr Volumen, was ihr schmales Gesicht betonte und ihr Kinn länger wirken ließ. Wenn Anils Freunde dabei waren, kam es immer zu allerhand kleinen Ärgernissen, aber sie hatten einen willkommenen Puffer gegen jene Wahrheit gebildet, die sich langsam zeigte, sosehr sie sich auch dagegen sperrte.

Sie schnappte nach Luft, weil sie sich so klein fühlte, was allerdings eher an ihren eigenen Gefühlen lag und weniger an der gewaltigen Kuppel, unter der sie angelangt waren. Der Boden der Kathedrale bildete ein Kreuz, und sie standen in dessen Zentrum.

»Unglaublich, oder?« Anil drehte sich um sich selbst und breitete die Arme aus. Die Manschetten seines gestreiften Hemds rutschten hoch und gaben die starken Handgelenke frei. Um das rechte trug er einen dicken goldenen Kara, ein Symbol der Sikh-Religion. »Das ist die zweitgrößte Kathedralenkuppel der Welt.« Dann fing er an, Lina auf verschiedene Details hinzuweisen und von dem Architekten Sir Christopher Wren zu erzählen. »Er hat sich seine Inspirationen von überallher geholt. Erinnerst du dich an die paarweise angeordneten Säulen an der Fassade? Tja, die basieren auf denen am Louvre. Und die Kuppel, die Portale – das hat er alles in anderen Kirchen gesehen. Das Geniale daran ist, dass er die Dinge so harmonisch kombiniert hat. Und gegen so viel Widerstand! Die Kirche war mit seinem ursprünglichen Entwurf gar nicht einverstanden. Man fand ihn zu modern. Er musste seine Vision immer weiter verwässern, bis der Entwurf schließlich durchging. Aber Wren war klug und hat die Zustimmung des Königs eingeholt, den abgesegneten Plan noch einmal zu variieren, und dann hat er direkt vor der Nase des Klerus im Grunde genau das Gebäude errichtet, das er ursprünglich wollte. Als denen das klar wurde, war es natürlich zu spät!« Anils Gesicht öffnete sich, und er lachte los. Dabei entblößte er über der oberen Zahnreihe rosa schimmerndes Zahnfleisch.

Die feinen Härchen auf Linas Gesicht richteten sich auf, als ein leichter Sprühregen aus seinem Mund ihre Stirn traf. »Du könntest dich hier als offizieller Fremdenführer bewerben.«

»Danke. Gut zu wissen, dass ich auf etwas zurückgreifen kann, wenn aus meinen anderen Plänen nichts wird.«

Lina traute sich nicht, nach diesen Plänen zu fragen, drehte sich stattdessen langsam um und betrachtete die Wandgemälde, die prunkvolle Vergoldung und die Emporen am Kuppelrand. Als sie wieder nach unten blickte, schienen die schwarz-weißen Fliesen unter ihren Füßen in einem Wirbel zu versinken. Sie legte eine Hand auf Anils Arm, um sich zu stützen. »Anscheinend bewunderst du Menschen, die ausgetretene Pfade verlassen.«

Anil schloss für einen Moment die Augen und schien sich eine Antwort zu überlegen. Tatsächlich versuchte er aber, das Gefühl für seinen Körper zurückzuerlangen, denn der war so nebensächlich geworden im Verhältnis zu dem brennenden Fleck unter ihrer Handfläche. »Es gefällt mir, wenn jemand es wagt, die herrschenden Konventionen infrage zu stellen.« Ihre Hand glitt von seinem Arm, und er konnte wieder atmen. »Ich glaube an den Kampf für das, was man will.«

Sein Nachdruck überzeugte Lina, die nicht wusste, dass er nie um etwas hatte kämpfen müssen.

»Komm.« Anil nahm Linas Hand. »Ich will dir noch etwas zeigen.« Beide waren ganz still, als sich zum ersten Mal Haut an Haut schmiegte. In ihrer Umgebung nahmen immer mehr Menschen auf den Kirchenbänken Platz. »Ich glaube, gleich fängt die Abendandacht an. Wir müssen uns beeilen, sonst funktioniert es nicht mehr so gut.«

Anil führte Lina eine endlose Treppe hinauf. Je höher sie stiegen, desto fester packte er ihre Hand. Die letzten der 259 Stufen bewältigte sie nur noch durch die Kraft seines Griffs. Ihre Beine waren weich und bleiern zugleich, ungeheuer schwer und zitterten doch wie Bindfäden. Und die Enge in ihrer Brust war sicher nicht nur dem anstrengenden Aufstieg zuzuschreiben.

Schließlich erreichten sie die Flüstergalerie. Anil erklärte, dass sie so hieß, weil man durch eine Laune der Konstruktion auf der gegenüberliegenden Seite hören konnte, was an der Wand geflüstert wurde. Er führte sie an eine Stelle, wo sonst niemand war. »Bleib hier.« Sie blieb stehen und drückte ein Ohr an die Wand, während er mit einer Hand am Geländer die kreisförmige Empore entlangging – bis er Lina genau gegenüberstand. Heilige und Propheten wachten al fresco von der Kuppel aus über sie.

Lina?

Er sprach ganz dicht am Stein, sodass seine Lippen die kühle, weiße Fläche beinahe streiften. Seine Stimme trug leise bis zu Lina hinüber. Sie sah sich nach ihm um und nickte, um zu bestätigen, dass sie ihn gehört hatte. Er lächelte, drehte sich wieder zur Wand und sprach weiter. Gleichzeitig setzte unter ihnen ein Pfarrer zur donnernden Begrüßung der Gemeinde an.

… FINDEN WIR IN DEN WORTEN DES THOMAS VON KEMPEN …

Ich wollte dir das schon seit Wochen sagen.

Ich glaube, du kannst dir denken –

DIE LIEBE IST EINE GROSSE SACHE UND
EIN GROSSES GUT.

Anil machte sich Sorgen, dass der Hall der mikrofonverstärkten Stimme seine Worte übertönen würde. Doch er ließ sich nicht beirren:

Ich habe schon etwas für dich empfunden, als ich dich zum ersten Mal sah.

Als ob, ich kann das nicht erklären – als müsste es so sein. Sogar unsere Namen …

DER LIEBENDE FLIEGT, LÄUFT UND FROHLOCKET,

ER IST FREI UND KANN NICHT GEHALTEN WERDEN.

Je besser ich dich kenne, desto mehr will ich wissen.

Lina hatte die Hände aneinandergelegt, drückte die Zeigefinger fest an die Lippen und grub die Daumen in die weiche Einbuchtung unter ihrem Kinn. Anils gleichzeitig kühne und schüchterne Geste rührte und amüsierte sie. Am liebsten hätte sie auf seine Liebeserklärung hin einen Hüpfer gemacht, doch ihre Füße waren durch anerzogenen Gehorsam gebunden. Das Gesicht ihrer Mutter tauchte vor ihr auf, und ein Finger drohte warnend, als diese lautlos ihr Lieblingssprichwort sagte: »Setze kein Fragezeichen, wo Allah einen Punkt gesetzt hat.« Am ungeheuren Bollwerk von Imans Erwartungen führte kein Weg vorbei. Und dann sah Lina ihren Vater mit seinen sanften, ausweichenden Formulierungen. Scharifs Art, Druck auf sie auszuüben, war subtiler: »Du musst das Richtige tun. Und das Richtige ist immer, was am leichtesten oder am schwersten fällt. Normalerweise Letzteres.« Lina fragte sich unwillkürlich, ob es vielleicht das Allerrichtigste war, Anil nachzugeben – denn das kam ihr gleichzeitig so überaus leicht und so unerträglich schwer vor.

DIE LIEBE EMPFINDET DIE LAST NICHT, SIE ACHTET AUCH DIE BEMÜHUNGEN NICHT;

IHRE BEGIERDE ERSTRECKET SICH ÜBER IHRE KRÄFTE.

Ich kann jetzt auf keinen Fall wegfahren und einen Monat lang nicht mit dir sprechen.

Also, was ich fragen will, wenn ich darf, ist …

Oh nein, bloß nicht!, dachte Lina.

Ich habe mich –

LOVE DIVINE ALL LOVES EXCELLING
JOY OF HEAVEN TO EARTH COME DOWN

Anil machte sich auf den Weg zurück zu ihr, als Charles Wesleys Choral durch die Kathedrale hallte. Lina schwankte zwischen Hochstimmung, Schuldgefühl und düsterer Vorahnung.

Anil war bei ihr angekommen. Sie standen sich gegenüber – er blickte nach unten, sie nach oben – und suchten in den Augen des anderen nach all den Gefühlen, die mit Worten nicht zu ermessen waren. Dann legte sich sein Finger auf Linas Lippen, als wollte er jeden Widerspruch im Keim ersticken.

»Tut es weh?«

Kurz dachte sie, er hätte die quälende Unschlüssigkeit in ihrem Herzen entdeckt – bis sein Finger die Narbe auf ihrer Oberlippe nachzuzeichnen begann.

»Nein.« Sie konnte ihm nicht erklären, dass die Stelle gleichzeitig besonders empfindlich und merkwürdig taub war, denn plötzlich lagen seine Lippen auf ihren.

Astaghfirullah! Allah vergib mir!, flehte sie im Stillen.

15. Juni 1968

Bestimmte Augenblicke ragen aus der Erinnerung hervor wie tückische Felsen aus dem Meer. Und ich werde immer wieder gegen diese unheilvollen Ausläufer der Vergangenheit geschleudert. Zerborsten wie ein havariertes Schiff liege ich da, nach dem Sturm der Täuschung, den du über mir entfesselt hast. Vor allem ein Bild verfolgt mich: du in der Tür, mit halb abgewandtem Gesicht, als du die denkbar jämmerlichste Rechtfertigung aussprachst. Vier Worte, die die Autorität von Zeitaltern für sich in Anspruch nehmen und den Eindruck von Endgültigkeit erwecken. Vier Worte, die Millionen in aller Welt als Segnung, als Trost oder als Ausrede verwenden. Vier so scheußliche wie überflüssige Worte, die mein Leben zerstört haben: Es ist Gottes Wille.

Deine Enthüllung kam wie aus heiterem Himmel. So plötzlich wie ein Unfall: Aufprall – Schmerz – und dann das benommene Gefühl, überlebt zu haben. In den Tagen danach war ich erschüttert, weil du einfach Fahrerflucht begangen hattest. Inzwischen weiß ich, dass du dich vorbereitet und über dieser Entscheidung wohl monatelang gebrütet hattest, während ich sie in einer knappen Stunde schlucken musste. Und dann warst du fort.

Du bist in ein Flugzeug gestiegen und nach Osten geflogen, in ein Land, das du Heimat nanntest, ohne darin leben zu wollen. Zu einer Frau, die du heiraten solltest, ohne sie je gesehen zu haben. Zu einer Familie, die du liebtest, doch über Jahre hinweg nicht hattest besuchen wollen. Und in eine Zukunft, deren Vorsitz du bereitwillig dem Willen Gottes einräumtest, statt ihn selbst zu übernehmen. Wer bist du? Doch wohl nicht der Mann, den ich geliebt und mit dem ich fünf Jahre gelebt hatte?

Wie konnte uns das passieren? Mittlerweile ist es natürlich ganz leicht, in allem ein Omen zu sehen. Ein Blick zurück, und

Warnsignale blitzen auf wie Verkehrsschilder im Licht von Autoscheinwerfern.

Deine letzten vier Worte hallen noch in meinen Ohren nach, ein Mantra der Irrationalität, das mich geradezu verrückt macht, wenn ich versuche, es auszuloten. Ich kann mich nicht überwinden, sie noch einmal niederzuschreiben. Wie ich auch deinen Namen nicht schreiben kann, so wenig wie seine Abwandlungen, die ich als Kosenamen benutzte. Deswegen steht auch keine Anrede über diesem Brief – oder dieser Anklage, diesem Versuch zu verstehen – was immer dies ist.

Ich vermute, dass hinter diesen vier Worten nichts anderes steckt als Feigheit. Trotzdem kann ich nicht aufhören, sie zu befragen und darauf zu hoffen, dass sich ihrem komplizierten Rätsel ein Hauch von Sinn entlocken lässt. Logik rechtfertigt sich selbst. Logik würde ich akzeptieren, selbst wenn sie mein Herz widerlegte.

Hör auf, verstehen zu wollen, was da passiert ist – es wird sich niemals klären, hat mein Bruder Lucas gesagt. Religion und Logik vermischen sich nicht. Sie sind wie Öl und Wasser. Wie sehr man sie auch schüttelt, damit sie sich verbinden, am Ende trennen sie sich doch; das Öl legt sich über das Wasser wie der Glaube, wenn er die Vernunft erstickt.

Ich konnte mich nur fragen, warum mir der schleimige Film der Unvernunft nicht längst aufgefallen war. Weil ich verliebt war und blind!, behauptete Lucas immer wieder.

Aber Lucas irrt sich. Ich habe mich in dich verschossen, gerade weil ich die Unterschiede zwischen uns sah. Sie faszinierten mich mehr als alle Ähnlichkeiten: Deine stille Frömmigkeit im Angesicht der achtlosen Selbstvergessenheit jener Zeit, dein indischer Akzent, durch den die banalsten englischen Wörter manchmal für herrlich skandalöse Momente sorgten – zum Beispiel, wenn du statt einer Coke einen »Cock« bestelltest, einen Schwanz, und von dem geschmeichelten Kellner ein galantes Angebot bekamst. Wie haben wir gelacht! Es beeindruckte mich so sehr, wie mühelos du mit anderen Menschen Kontakt aufnahmst, dass du die ganze Nacht diskutieren oder tanzen konntest, ohne einen Tropfen von dem Alkohol, der alle anderen beflügelte – aber verdammt, das soll jetzt wirklich keine Würdigung werden und ganz bestimmt keine Liste deiner Vorzüge.

Da siehst du, wie sich die Erinnerung anschleicht und mir die bittere Wahrheit versüßen will. Ich sehne mich nach einer Art Hirnspülung, die meine Gedanken von dir säubert. Fast hoffe ich, dass das Schreiben wie ein Exorzismus wirkt: dass es die Worte aus meinem Geist lösen und an die geschriebene Seite binden kann. Vielleicht findet meine Verwirrung auf dem Papier zu einer Form von Geschlossenheit. Und wenn nicht, kann es immer noch sein – natürlich nur, so dein lieber Gott will –, dass du das hier eines Tages liest und dich schämst.

Palazzo Mayur

In einer großen, von hohen Mauern und einem Elektrozaun umgebenen Villa in Loresho, einer Vorstadt von Nairobi, ruhte Minnie Mayur auf einer weißen Lederchaiselongue. Ein Arm lag über ihrem Kopf, den anderen hielt sie mit hohler Hand ausgestreckt. Sonnenlicht strömte von allen Seiten durch breite Verandatüren herein und füllte die Schale des Raums wie eine leichte, klare Consommé.

»Es ist wirklich zu heiß«, seufzte Minnie und schob das Buch auf ihrem Schoß beiseite. Der Band mit *Ghalibs Liebessonetten* klappte auf, sodass die Seiten leise in den Luftwirbeln der summenden Klimaanlage bebten. Unter dem Buch fielen die Falten von Minnies gelb-orangefarbenem Sari über ihre Beine wie ein Fächer. Sie blickte sich um und war zufrieden mit dem, was sie sah: Regale voller Bücher, die nach der Farbe des Rückens geordnet waren, und eine riesige Vase aus Ton, fast so hoch wie sie selbst, in die Hunderte verschiedener Gesichter graviert waren. Sonst nichts. Nur leerer Raum, nur meterweise Marmorfußboden, der sich zu den Wänden hin erstreckte. Minnie wollte es so, damit sie Platz zum Denken hatte.

»Wie groß sind deine Gedanken denn?«, hatte ihr Ehemann Pravar gefragt. Doch hier auf ihrer Chaiselongue stellte Minnie tatsächlich die meisten ihrer Überlegungen an und dichtete, wie sie es nannte – auch wenn sie kaum etwas Konkretes vorweisen konnte. Ihrer Ansicht nach war sie in der Horizontalen immer am kreativsten gewesen (was ihr Mann, hätte man ihn gefragt, sicherlich anders sah). Minnie behauptete, dass ihr die besten Verse im Schlaf einfielen. Traurig war nur, dass sie sich beim Aufwachen nie daran erinnerte.

»So viele Meisterwerke sind mir eingefallen, und dann – einfach weg!«, beklagte sie sich bei den Mitgliedern ihres literarischen Zirkels. Einer hatte daraufhin im Scherz gesagt, sie solle doch einen leeren Gedichtband mit dem Titel *Das verlorene Paradies* veröffentlichen. Hinter ihrem Rücken sagte man Schlimmeres: »Es heißt doch immer, pass auf, dass deine Fantasie nicht mit dir durchgeht – tja, die von Minnie Mayur ist ohne sie durchgegangen.«

Draußen wollten die Sprinkler dem Rasen noch mehr üppiges Grün entlocken. Und etwas knackte, als würde sich jemand die Nägel abknipsen. Das Geräusch kam von Joyce, die im Schneidersitz auf dem Boden saß und Pistazien schälte. Die Schalen ließ sie in die Tasche ihrer weißen Schürze fallen, und die Kerne legte sie in Minnies wartende Hand. Gleich darauf flogen die Pistazien mit spektakulärem Tempo in Minnies Mund. Joyce konnte nicht schnell genug knacken, um mit dem Verzehr ihrer Herrin Schritt zu halten.

»Wo ist Anil?« Zwischen den Worten kaute Minnie eifrig weiter.

Joyce schob die Unterlippe vor und schüttelte den Kopf. Der geraffte Knoten des Schals, den sie darumgebunden hatte, hüpfte wie ein kleiner Vogel.

»Aber er ist daheim, nein? Oder ist er schon wieder weggegangen?« Sie hatte kaum etwas anderes zu tun, als sich um ihn zu sorgen. »Oh Gott, was soll nur aus diesem Jungen werden?« Minnie verbrachte ihren Tag damit, Fitnesspläne einzuhalten, Partys zu planen, Gedichte auf Urdu zu lesen und ab und zu selbst welche zu schreiben. So hatte sie reichlich Zeit, Spekulationen über ihr einziges Kind anzustellen, dem, wie sie festgestellt hatte, kürzlich etwas Wunderbares widerfahren war. Sie wusste, dass es da um ein Mädchen ging, obwohl Anil keine Einzelheiten preisgeben wollte, als wären die zu kostbar, um sie mit ihr zu teilen. Zumindest war es Minnie gelungen, Merc den Namen des Mädchens zu entlocken, der allerdings abfällig von »Anils neuester Angebeteten« sprach. Aber ein Freund konnte es schließlich nicht besser wissen als eine Mutter, so nah er Anil auch stehen mochte. Diesmal war nämlich irgendetwas anders. Das erkannte Minnie an den Kawwalis, die sie für Anil übersetzen sollte, und daran, dass er so eifrig Urdu lernte, statt sich wie bisher mit einer Übersetzung zufriedenzugeben.

»Anil isde da, iagenwo«, sagte Joyce. Sie hatte platschende Flipflops auf dem Marmorboden gehört – in dem riesigen Haus mit der minimalistischen Einrichtung hallte es immer ein wenig. Am Tempo und an der Kraft der Schritte erkannte Joyce, dass es Anil sein musste. Ihre Ohren waren empfindlicher als die seiner Mutter, wenn es darum ging, wo er sich gerade aufhielt. Sie hatte sich seit seiner Geburt um ihn gekümmert.

»Kommt und geht. Kommt und geht. Der Junge macht mich ganz nervös.« Minnie kaute heftiger.

Nun kam Anil zusammen mit Merc herein. Beide trugen Shorts, die Muskeln ihrer schlanken Waden spielten bei jeder Bewegung. Merc war der geschmeidigere von beiden, und sein Körperbau war von Natur aus imponierend sportlich.

»Da bist du ja!« Minnie breitete die Arme aus, damit er zu ihr kam und sie umarmte. »Gerade habe ich Joyce nach dir gefragt. Meine Güte, ich habe dich kaum gesehen, seit du aus London zurück bist. Immer kommst du und gehst du, ohne ein Wort zu sagen, als wäre das hier ein Hotel.« Sie zauste seine sorgfältig gegelten Stachelhaare. »Mein Gott, Anil, wie viel Wachs hast du denn genommen? Die Strähnen fühlen sich ja an wie Draht.«

Er wand sich aus ihrem Griff und richtete mit den Fingern die Haare auf, die seine Mutter glatt gestrichen hatte. »Warum kaufst du keine geschälten?« Er ließ sich neben Joyce auf dem Boden nieder, zwinkerte ihr zu und nahm eine Handvoll Pistazien aus der halb vollen Plastiktüte.

Merc war vor einem Bücherregal stehen geblieben und sah die violetten bis blauen Buchrücken durch. Er hatte gelernt, wann und wie man auf Abstand ging innerhalb dieser Familie, in der man ihn immer gut behandelt hatte, aber trotz aller Bemühungen nie vergaß, dass er nicht richtig dazugehörte. Ohne die Tragödie mit seiner Mutter und ohne Minnies Schuldgefühle deswegen wäre er vielleicht nicht so willkommen gewesen. Er ging davon aus, dass nur Anils Zuneigung vollkommen echt und nicht von Hautfarbe und Vorgeschichte beeinflusst war.

»Hast du die geschälten mal probiert? Die sind meistens weich wie Rosinen. In dieser Hitze bleibt gar nichts knusprig.«

»Dann schäle sie wenigstens selbst.« Anil konzentrierte sich auf eine widerspenstige Pistazie, die er knacken wollte. »Meinst du nicht auch, Mama Jo?«

Joyce tat so, als hätte sie das nicht gehört. Sie wusste, dass seine Kritik an Minnie zwar ernst gemeint, aber trotzdem nur oberflächlich war. Anil konnte jeden Moment selbst Befehle erteilen, ohne einen Augenblick darüber nachzudenken. Doch das machte Joyce nichts aus. Sie hätte alles für diesen Jungen getan, der immer mit ihren eigenen Kindern gespielt hatte und sie nach wie vor Mama nannte.

»Das geht nicht. Ich war gestern bei der Maniküre.« Minnie streckte eine Hand aus und bewunderte die rosafarbenen, schimmernden Ovale an den Spitzen ihrer dicklichen braunen Finger. »Und meinen Nägeln darf bis heute Abend nichts passieren. Ich hoffe, du bist da. Ich gebe eine von meinen Sorries.«

Anil widerstand dem Impuls, »Soiree« zu sagen. Minnies Aussprache war selbst durch Französischstunden nicht besser geworden. Der indische Akzent überzog jedes Wort so dick wie das Gloss ihre Lippen. Anils Vorschlag, die allmonatlichen Zusammenkünfte Salon zu nennen, hatte sie zurückgewiesen: »Nein wirklich, also *bitte*, ich bin doch keine Friseuse.«

»Ich weiß nicht, ob ich da bin, Ma. Ich bin nicht in der Stimmung.«

»Warum? Hast du deine gute Stimmung in die Briefe gepackt, die du jeden Tag schreibst und an deine neue Londoner Liiiiieba schickst?« »Liebe« klang bei ihr leicht gequält.

Anil verdrehte die Augen. Sie zog ihn ununterbrochen mit diesen Briefen und ihrer geheimnisvollen Empfängerin auf. »Mir ist einfach nicht nach einem geselligen Abend mit lauter Leuten, die ich nicht kenne.«

»Oh mein Gott, was redet dieser Junge für einen Unsinn? Du kennst doch fast alle seit deiner Kindheit. Es sind nur ein paar neue Gesichter dabei. Bitte, Joyce, bring mir Wasser. Mein Mund ist ganz trocken von diesen Dingern.« Minnie leckte sich die

Lippen. »Hier, nimm den Rest.« Sie reichte Anil, was sie noch in der Hand hielt.

»Wie dem auch sei.« Anil sah sich die kleinen hellgrünen Kerne mit den rosigen Bäuchen eingehend an. »Ich soll heute Abend mit Merc und den anderen ausgehen. Stimmt's?«, rief er seinem Freund zu, der so tat, als wäre er zu versunken, um darauf zu reagieren.

Minnie schüttelte den Kopf. »Fast jeden Tag gehst du mit den Jungs aus, und wenn ich dich heute bitte, etwas Zeit für mich zu haben, dann willst du nicht. Merc, das ist doch nicht richtig, oder?«

»Hör lieber auf sie, Mazeh.« Merc antwortete, ohne von dem Buch aufzusehen, in dem er blätterte.

»Ich habe deinen Vater eingeladen, Merc, also hoffe ich doch, dass du auch kommst. Dann kann der sich wenigstens nicht beschweren, dass er keine Gesellschaft hat.«

»Ich weiß nicht, Ma. Wie gesagt, ich bin eigentlich nicht in der Stimmung.«

»Du bist in der Stimmung zu gar nichts, Mazeh. Außer Trübsal blasen.« Merc sah auf. Seine Augen waren gerade eisgrün.

»Ja, das stimmt. Ich glaube, seit du hier bist, hast du dich öfter auf der Post als bei deiner Mutter blicken lassen. Jetzt weiß ich, was das Sprichwort bedeutet: Eine Tochter gehört dir das ganze Leben, ein Sohn nur, bis er eine Frau hat. Du hast zwar bloß eine Freundin, und deine Eltern spielen trotzdem schon keine Rolle mehr. Denke ich jedenfalls.«

»Ach komm schon, Ma. Mach doch nicht so ein Drama daraus.«

Minnie griff nach dem Wasserglas, das Joyce ihr auf einem Tablett servierte. Sie nippte gedankenverloren daran, als wartete sie auf eine Eingebung. »Wenn du doch bloß eine Schwester hättest. Die wäre da, wenn ich sie brauche.«

Anil runzelte die Stirn, denn er hatte noch eine widerspenstige Pistazie erwischt. Er spürte die Last der Erwartungen seiner Mutter, die jeden Widerstand brechen wollten. Wenn er sich weigerte, würden ihre Gefühle Dellen bekommen wie seine

Fingerspitzen durch die unnachgiebigen Schalen. »Okay, ich komme – aber du darfst nicht erwarten, dass ich irgendwelche Beiträge leiste.« Früher hatte sie an solchen Abenden seine Kinderbilder ausgestellt, oder er hatte ein Gedicht aufsagen müssen. Und als er das letzte Mal bei so einer Soiree zu Hause gewesen war, hatte sie ohne zu fragen ein paar unfertige Architekturskizzen aus seinem Zimmer geholt, unter den Gästen herumgereicht und gesagt: »Anil hat diesen Sommer ein Praktikum bei Forrester and Partners in London gemacht.«

»Ich verlange nur von dir, dass du eine Meinung hast«, sagte Minnie nun zu ihrem Sohn. »Sitz nicht einfach da wie ein Dummkopf. Zeig den Leuten, dass du in England studiert hast …«

»Als würde mich das schon für irgendetwas qualifizieren.« Abwesend ließ Anil leere Pistazienschalen fallen.

»Das hoffe ich doch. Wozu haben wir dich sonst hingeschickt?« Minnie reichte das Glas der wartenden Joyce, drehte sich um und stützte sich auf einen Ellbogen. Nun, wo die meisten Leute in Minnies Kreisen gleich große Häuser, Autos, Unternehmen und Kunstsammlungen besaßen, tat man sich eben hervor, indem man die Errungenschaften der Kinder verglich. »Also bitte, hm? Pack das liiiiebaskranke Gesicht für heute Abend weg und zeig allen Leuten Anil, den Architeck. Und zieh was Weißes an, Nilu, in Weiß siehst du immer am besten aus. Das denke ich zumindest.«

»Ich rufe die anderen an.« Anil ging in die Hocke und stand dann mit einer einzigen, mühelosen Bewegung auf. »Ich sage ihnen, dass sie auch kommen sollen.«

»Geht es nicht mal ein paar Stunden ohne die ganze Bande? Wirklich, Anil. Wie ist das denn, wenn du dich mit deiner Freundin triffst, laufen die dann auch hinterher?«

»Wäre schön, wenn du aufhören könntest, Vermutungen über den Stand meiner Beziehung anzustellen. Und wo ist das Problem, wenn ein paar von meinen Freunden kommen? Es schwirren sowieso massenhaft Leute um dich herum. Das fällt dir doch gar nicht weiter auf.« Anil marschierte so forsch aus dem Zimmer, dass man ihm seinen Ärger förmlich ansah. Es war einfach nicht klar, wie es zwischen ihm und Lina stand. Auch sie hatte über die Ferien Kontakt halten wollen, aber ihre Telefonnummer zu Hause hatte sie ihm trotzdem nicht gegeben, weil ihre Eltern angeblich Verdacht schöpfen würden, wenn er dort anrief. E-Mails konnte er ihr auch nicht schreiben, weil ihre Familie keinen Internetanschluss und nicht einmal einen Computer besaß. Also hatten sie Adressen ausgetauscht und sich dem Erfüllungsaufschub durch die Post ausgeliefert und der unerträglichen Mehrdeutigkeit des geschriebenen Worts.

Minnie richtete sich auf und warf den Kopf zurück, sodass ihr Haar flog und dann in säuberlichen Stufen wieder über Stirn und Ohren fiel. »Uff, schau dir die Schweinerei an, die er da gemacht hat. Joyce, bitte räum das weg.« Minnie wedelte mit der Hand in Richtung der Schalen- und Pistazienreste, die Anil hinterlassen hatte. Sie dachte an seine Bemerkung, dass er ihr gar nicht auffallen würde. Wie das? Schließlich war er wie ein Teil von ihr, der nur aus den Grenzen ihrer selbst hinausgetreten war. Auch wenn er sich Tausende Meilen weit weg mit anderen Dingen beschäftigte, war sie sich seiner bewusst wie der winzigen, runden Trübung am Rand ihres Gesichtsfelds.

Das ist der Unterschied zwischen Eltern und Kindern, dachte Minnie. Kinder können ihre Eltern vergessen und handeln, als gäbe es sie nicht. Eltern hingegen werden den fortwährenden und unerfüllbaren Wunsch nicht los, ihre Nachkommen vor all den schmerzlichen Ereignissen zu schützen, die das Leben bereithält. Es war manchmal lähmend, dieses Gefühl, besonders, wenn man die Schwächen seines Kindes kannte und ahnte, auf welche Katastrophen es zusteuern konnte. Minnie wusste genau, dass Anil einen schwerwiegenden Fehler hatte: Er war ein schlechter Verlierer.

Sie erinnerte sich, wie missmutig er gewesen war, wenn er bei Sportfesten an der Schule nicht jeden Wettkampf gewann. Sie hatte an der Seitenlinie gestanden, stets nur sie allein, weil sein Vater Pravar zu beschäftigt gewesen war, und Anils Sieg herbeizwingen wollen – nicht weil es ihr wichtig war, dass er Erster wurde, sondern weil sie den Anblick des niedergeschlagenen, verschlossenen Jungen nicht ertrug, zu dem ein zweiter oder dritter Platz ihn machte. Noch immer wusste sie genau, wie das Squashspiel ausgegangen war, wenn er nach Hause kam. Entweder murmelte er einen Gruß und verschwand in seinem Zimmer, oder er boxte in die Luft und tat alles, worum sie ihn bat.

Minnie hatte lange gedacht, dass er diesen konkurrenzversessenen Zug von seinem Vater geerbt haben musste. Doch inzwischen fragte sie sich, ob auch sie dafür verantwortlich war. Sowohl sie selbst als auch Pravar hatten nämlich immer versucht, Anil alles zu geben, weshalb er nun keinerlei Rückschlag mehr akzeptierte. Außerdem musste sie zugeben, dass sie versucht hatte, alles Mögliche zugunsten ihres Sohns zu manipulieren. Wenn an seinem Geburtstag zum Beispiel Reise nach Jerusalem oder Paketpost gespielt wurde, hatte sie die Musik oft angehalten, wenn Anil gerade in der Nähe eines Stuhls war oder das Paket in der Hand hielt.

Nie würde sie vergessen, wie eine Mutter dabei einmal zu einer anderen gesagt hatte: »Seit wann bedeutet Geburtstag, dass man auf seiner eigenen Party sämtliche Preise gewinnt?«

»Tja, hier geht es schließlich um den Sohn von Pravar Mayur.«

Danach hatte Minnie versucht, besser aufzupassen, wenn sie etwas zu Anils Vorteil arrangierte. Doch das wurde ohnehin schwerer, je älter er wurde, denn die Welt ließ sich nicht so gut kontrollieren wie die Stop- und Play-Knöpfe der Stereoanlage. Glücklicherweise erwies sich Anil als intelligent und entschlossen genug, um allein zurechtzukommen. Also konzentrierte sich Minnie lieber darauf statt auf die seltenen Fälle, in denen etwas nicht so lief, wie er es sich vorgestellt hatte.

Früher hatte sie ihn unter anderem manchmal dabei erwischt, dass er Geld aus der Bank stahl, wenn er beim Monopoly schlecht dastand, oder verstohlen Schachfiguren versetzte, um seinen Vater auszustechen. Einmal hatte sie ihn wegen eines heimlichen Schachmanövers zur Rede gestellt.

»Anil! Was machst du denn da?«

Seine Hand zuckte zurück, und ein Springer fiel um. »Nichts.«

»Hättest du wirklich Freude an so einem falschen Sieg?« Minnie starrte ihn an und schürzte streng und tadelnd die Lippen, damit ihr Gesicht kein Mitleid zeigte. Pravar ließ ihn nie auch nur ein einziges Spiel gewinnen.

Groll stieg über Anil auf wie Dampf. Er stützte die Hände auf die Oberschenkel, zog die Schultern bis an die Ohren hoch und fixierte das Schachbrett.

»Du bist schon fast so gut, dass du deinen Vater schlagen kannst. Du musst nur mehr üben. Bitte stell die Figuren wieder so hin wie zuvor. Schnell, hm, bevor er kommt.« Minnie hätte es dabei bewenden lassen, doch als Anil ihrem Rat gerade folgen wollte, kam Pravar schon zurück. Er spürte die Spannung im Raum – eine Seltenheit zwischen Mutter und Sohn, die sonst so liebevoll miteinander umgingen. Er sah auf das Brett und entdeckte den umgekippten Springer.

»Schummelst du etwa?« Er sagte das wie ein Ganove, der mit dem Schritt seines Gegners nur rechnet, weil er als Nächstes denselben unternommen hätte. Die komplizenhafte Frage seines Vaters hatte Anil mehr aus der Fassung gebracht als der Tadel der Mutter. Pravar lachte los und hielt eine Hand hoch, um mit Anil abzuklatschen. Der war nicht sicher, wie er reagieren sollte.

»Der Junge ist genau wie sein Vater – er weiß, dass man nur mit ein bisschen Heraferi nach oben kommt. Zu meiner Zeit habe ich viele Schummler erwischt, und wisst ihr auch, warum? Weil ich weiß, wie sie denken. Wie nennt man einen Sikh, der ständig Leute über den Tisch zieht?«

»Pravar!« Minnies Augen wurden schmal in ihrem ovalen Gesicht. »Das ist jetzt wirklich nicht der Zeitpunkt.« Sie war zwar erleichtert, weil Pravar seinen Sohn offenbar nicht ernsthaft bestrafen wollte, fand es aber trotzdem nicht passend, frivole Wortspiele vom Stapel zu lassen.

»Ach komm, Eene-Meene-Minnie-Mu, du weißt die Antwort sicher längst. Du bist doch hier die Expertin.« Ihr Wortschatz war selbstredend groß, auch wenn es an der Aussprache manchmal haperte. »Schau dir Anil an, er hat keine Ahnung!« Pravar klatschte in die Hände und johlte. Er selbst kam nur auf das Wort, weil es ein zorniger Lieferant früher am Tag auf ihn angewandt hatte.

Minnie wusste die Lösung, wollte sie aber nicht sagen.

»Kommt schon, Leute, wo habt ihr denn heute euer Hirn? Wie nennt man einen Sikh, der andere ständig über den Tisch zieht?« Pravar hielt inne, bevor er die Antwort preisgab. »Gefrä-*sikh*.«

»Das ist doch albern, Pravar. Willst du Anil jetzt damit vermitteln, dass es in Ordnung ist, wenn man schummelt?«

»Das muss ich ihm nicht vermitteln, Minnie. Anil versteht schon, wie es in der Welt so läuft. Und was soll ich dazu sagen außer – gut! Je früher er das lernt, desto besser.« Pravar setzte sich und lockerte seinen Hosenbund. »Komm schon, High Five«, sagte er.

Anils Hand senkte sich langsam auf seine.

»Richtig!«, befahl Pravar. Im nächsten Moment war seine Handfläche rot und brannte nach Anils Schlag. »Ah-ha-ha, er wird ein Mann.«

»Er ist doch erst zwölf.« Minnie drehte den Diamantstecker in ihrem rechten Ohrläppchen. Ihr war durchaus klar, dass man etwas Gerissenheit brauchte, um im Leben voranzukommen, aber davon erzählte man Kindern natürlich nichts. Denen musste man Ehrlichkeit beibringen. Sie sollten selbst dahinterkommen, wie durchtrieben sie oder andere sein konnten. »Pravar, bitte«, sagte sie leise. Es kam nicht oft vor, dass sie ihm widersprach. Pravar Mayur, dessen Name sich mit Oberster Pfau übersetzen ließ und der in der ganzen Stadt nur als Chief bekannt war, wusste es schließlich immer am besten.

Pravar blickte von seiner stehenden Frau zu seinem sitzenden Sohn, dessen knochige Knie rechts und links neben dem Schachbrett hervorragten. Er strich sich über den Bart und schüttelte den Kopf. »Nein, nein, nein, nein. Absolut nicht. Ich sage nicht, dass das in Ordnung ist. Ich erkläre ihm nur, dass man in bestimmten Situationen, wenn man etwas unbedingt will, die Regeln auch einmal umgehen muss.«

»Ehrlich währt am längsten. Denke ich jedenfalls.« Das sagte Minnie zu Anil, der in seinen Schoß blickte und bedauerte, dass sein unkontrollierter Impuls so einen Wortwechsel zwischen den Eltern ausgelöst hatte. Sein eigenes Handeln bereute er nicht – es ärgerte ihn nur, dass er erwischt worden war.

Pravar runzelte die Stirn, sodass sie bis zur Spitze seines Turbans Falten warf. »Ach, Minnie, wer wäre nicht lieber wahrhaftig?« Er selbst kümmerte sich allerdings kaum um die Wahrheit und folgte eher der Bequemlichkeit. »Heute steht mein Name an der Tür, aber später wird es Anils sein. Er muss doch eine Vorstellung davon haben, wie alles funktioniert. Und es freut mich zu sehen, dass er über den richtigen Instinkt verfügt.« Dann wandte sich Pravar wieder dem Spiel zu. »Also, mein Junge, dann schauen wir doch mal, was du gemacht hast. Ah, verstehe, du hast mich mattgesetzt. Da bist du wohl ein bisschen über das Ziel hinausgeschossen.« Er fing an, die Figuren zurechtzurücken. »Wenn du das nächste Mal solche Geschichten machst, dann musst du das subtiler anstellen.«

»Ach, Merc? Du bist ja noch da.« Minnie fiel plötzlich auf, dass er nicht zusammen mit Anil hinausgegangen war.

»Ich hoffe, ich störe nicht. Das Buch hier ist wirklich faszinierend.« Er hielt es hoch, damit sie es sehen konnte.

»Das habe ich nicht gelesen.«

Merc hatte sich schon so etwas gedacht. An Minnies Wänden standen viele Bücher, die sie noch keines Blickes gewürdigt hatte. Seit vielen Jahren ließ sie sich von dem Besitzer eines nahe gelegenen Kunstbuchladens regelmäßig die neuesten und interessantesten Veröffentlichungen schicken. Vielleicht sammelte sie einfach gern Bücher, als Absichtserklärung, sozusagen.

»Es geht da um Gesichter. Die Geschichte des Porträts.«

»Nimm es mit, wenn du willst, Merc. Du kannst es haben.« Minnie war immer gern bereit, etwas zu verschenken. Nur wenn man ein Buch nicht gelesen und geliebt hatte, gab man es so ohne Weiteres weg.

»Vielleicht leihe ich es mir aus.« Merc markierte mit dem Lesebändchen die Stelle, wo er gerade gewesen war, und klappte das Buch dann zu.

»Diese Lina.« Minnie unternahm einen Vorstoß. »Wie sieht sie denn aus?«

Merc zuckte mit den Schultern. Sein elastisches T-Shirt betonte starke Muskeln und eine schmale Taille.

»Sie muss was Besonderes sein, wenn Anil so angetan von ihr ist. Denke ich jedenfalls.« Sie flocht ständig das Wort »denken« in ihre Sätze ein, als wollte sie jeden zerebralen Prozess eigens betonen.

Merc zuckte wieder mit den Schultern.

Minnie begriff, dass er nicht mehr preisgeben würde. »Ich habe das Gefühl, bei der hat es ihn ganz schön erwischt.«

Anil ließ sich oben in seinem Zimmer aufs Bett fallen und starrte zur Decke. Die weißen Wände und der Marmorfußboden reflektierten das Licht der Nachmittagssonne. Wenig später reckte er sich und drückte einen der Schalter an seinem Bett. Auf die Berührung folgte ein elektrisches Summen, und dann rollten sich an sämtlichen Fenstern graue Jalousien ab. Bald lag der riesige Raum in gedämpftem Halbdunkel, wie seine Tage ohne Lina. Anils Leben in Kenia war nur ein Schatten seiner selbst. »Mazeh«, hatte Merc ihn am selben Morgen gewarnt, »das geht da viel zu schnell aufwärts mit dir.« Als wäre die Liebe ein Aufzug, aus dem man auch ein Stockwerk tiefer aussteigen könnte, statt so riskant zum Zenit der Gefühle zu rasen.

Als die Freunde vor zwei Wochen alle zusammen für die Ferien nach Nairobi zurückgekehrt waren, hatte Merc ihn »An-valid« getauft. Doch das humoristische Potenzial von Anils Zustand nutzte sich für die anderen allmählich ab. Deutlich wurde das bei einem dreitägigen gemeinsamen Ausflug nach Tsavo. Dort war er morgens nicht zum Aufstehen zu bewegen, wenn sie in aller Frühe auf Fotosafari gehen wollten, obwohl ihm alle immer wieder auf den Rücken klopften und die Decke wegzogen. Die stillen Stunden seiner Träume von Lina, in denen sie plötzlich greifbar nah zu sein schien, wollte er nicht opfern, um sich in einen lärmenden Kombi zu quetschen, wo alle darum zankten, wer das Fernglas bekam, wer die Giraffe nun tatsächlich zuerst gesehen hatte und ob der Buckel in der Ferne ein schlafender Löwe oder ein gefällter Akazienstamm war.

»Wenn die Liebe so was mit einem macht, Mann, dann gehe ich ihr lieber aus dem Weg. Und bitte ... « Merc legte die Hände zusammen, als würde er zum Kreis seiner Freunde beten. »Wenn ich irgendwann im Treibsand der Hingabe versinke, dann zieht mich raus. Hiermit erlaube ich euch, mich zur Vernunft zu bringen. Ich schwöre es, ihr alle seid meine Zeugen.«

Das war am letzten Abend ihres Ausflugs gewesen, als sie in Klappstühlen aus Segeltuch auf der Terrasse ihrer hoch gelegenen Lodge herumlümmelten, mit Blick auf ein von sonnenverbranntem Busch bewachsenes Tal, in dem wohl zufällig ein Bruchstück des Mondes gelandet war – der bewölkte Himmel machte die Oberfläche des zur Pfütze geschrumpften Wasserlochs an diesem Tag undurchsichtig. Eine Herde Springböcke graste mit zuckenden Ohren nicht weit weg davon.

»Ja, ja. Das sagt ein Typ, der von keiner Frau die Finger lassen kann – schon gar nicht, wenn er in eine verliebt ist«, erklärte Jay. »Du hast doch Tag und Nacht nur Weiber im Kopf, Bwana.«

»Ich bestreite ja gar nicht, dass ich ...« – Merc massierte sein kantiges Kinn und suchte nach dem richtigen Wort – »... dass ich da anfällig bin. Aber immerhin werde ich nicht zum tranigen Trauerkloß, so wie der da.« Er zeigte auf Anil.

»Unterschreib doch so ein Dokument, damit wir auch befugt sind – hey, wie heißt das?« Dschatin knuffte Hardy, der Jura studierte.

»Handlungsvollmacht.« Das Wort drang durch einen Schleier aus Rauch. Zigaretten waren Hardys zweite Abwehrmaßnahme, denn auch sie lenkten die mitleidigen Blicke Fremder von seiner Akne ab.

»Ja, gib uns Handlungsvollmacht. Das will ich schriftlich von dir, Merc. Sonst traue ich dir nämlich zu, dass du überreagierst.« Merc hatte Dschatin einmal eine verpasst, als der ihn daran hindern wollte, betrunken zu fahren. Und ein anderes Mal hatte er Dschatins Squashschläger an der Wand zerbrochen, denn sein Freund hatte nach einem Matchball nicht zugeben wollen, dass sein Aufschlag auf der Linie gewesen war.

»Sagt doch, was ihr wollt.« Anil kippelte mit seinem Stuhl.

»Aber Mazeh.« Merc beugte sich zu ihm hinüber. »Du kannst dich von deinen Gefühlen nicht einfach umhauen lassen. Liebe ist wie ein Hündchen, sie braucht ein Halsband und muss ein paar Befehle lernen. Sonst stehst du nämlich irgendwann unter der Fuchtel der großen Emotion, von der du ständig redest, ich sag's dir.«

Anil antwortete nicht. Er fand es im Grunde gar nicht so schlimm, im Bann der Liebe zu stehen. Doch er war unruhig, obwohl er sich ihr bereitwillig hingab.

Als sie wieder in Nairobi waren, wollte er Luft aus den ausgedehnten Stunden lassen und fuhr oft in die Stadt, um ins Postfach zu sehen oder einen weiteren Brief aufzugeben. Wenn Antwort von Lina gekommen war, grübelte er über ihre Worte nach und untersuchte die Handschrift ganz genau, weil er in den Schwüngen des Stifts Hinweise auf ihre innersten Gefühle zu entdecken hoffte.

Er hatte zahllose Ideen, wie man bauen konnte, und machte unermüdlich Skizzen. Es war, als bekäme so alles, was er mit Worten nicht ausdrücken konnte, eine andere Form. Er zeichnete schnell und überzog das Papier mit Linien, Formen und Schattierungen, die in keinem Verhältnis zu der im Studium mit AutoCAD entworfenen Architektur standen. In Anils neuer Welt nahm ein Wolkenkratzer die Form einer Acht an, und ein Haus konnte wie ein umgedrehtes U aussehen. Er begann, seine

Skizzen zusammen mit den Briefen an Lina zu schicken, weil er glaubte, sich nicht beredter ausdrücken zu können.

Später sollten auch seine Professoren an der Uni bemerken, dass seine Arbeit sich verändert hatte. Anil war immer technisch begabt gewesen, doch nun waren seine Zeichnungen kühner. »Was ist denn mit Ihnen passiert? Trotzen Sie jetzt den Gesetzen der Physik?«, sagten sie. Anil konnte es nicht erklären – er wusste nur, dass sich das, was mit ihm passierte, durch konventionelle Formen nicht ausdrücken ließ.

Minnies Soiree

Im Wohnzimmer der Mayurs herrschte Gedränge. Insekten flogen durch die Fenster herein und umschwirrten die Lampen. Ganz ähnlich scharten sich Gäste in kleinen Gruppen um die verschiedenen Stars des Abends. Der Künstler Gideon Lonkiti Ole Tikwa trug zum Smoking eine dunkle Sonnenbrille. Nichts an seiner Erscheinung deutete darauf hin, dass er von den Massai abstammte. Allerdings versah er seine Gemälde mit Materialien, die sein Stamm traditionell als Körperschmuck benutzte, möglicherweise zur Kompensation. Ein solches Werk hing auch im Haus der Mayurs an der Wand. Es handelte sich um ein Triptychon, auf dem eine Welle aus rotem Ocker von einem Format zum nächsten lief und dabei eine Flut bunter Perlen mitführte.

In einem Nebenraum schubsten und rempelten sich die Gäste an, um zu Aslam Kumar vorzudringen. Er war von Fans umringt, die herausfinden wollten, was er an diesem Abend lesen würde. Zwischen den Schmeichlern standen steife Figuren, deren stangenartige Körper aus Holz geschnitzt und mattschwarz bemalt waren. Die Männerskulpturen erinnerten an Giacometti, standen allein oder zu zweit mit an die Stirn gepressten Händen da und überragten ihre größten menschlichen Gegenstücke um Haupteslänge. Traurig und resigniert starrten sie die Lebenden an. Die Menschen hingegen bewunderten die spröden Werke, an denen kein Körperteil dicker war als das Handgelenk eines Kindes, hielten aber etwas Abstand – diese Zerbrechlichkeit deutete auf etwas hin, mit dem sie sich nicht beschäftigen wollten. Selbst der hagere Aslam Kumar wirkte rundlich neben den Stangenskulpturen.

Aslam lächelte und nickte angesichts des Lobs, mit dem man ihn überhäufte, doch sein dürrer Hals spannte sich zaghaft in den lockeren Grenzen des Nehrukragens an seinem schwarzen Seidenscherwani. Er fragte sich, ob die Leute ihre Komplimente unbewusst der Einrichtung anpassten. Die überschwänglichsten Reaktionen erhielt er nämlich meist hier im Palazzo Mayur, wie er das Haus seiner Gastgeber insgeheim nannte. Das pseudoitalienische Äußere des Hauses täuschte darüber hinweg, dass es innen ultramodern war – was Minnie allerdings nicht daran gehindert hatte, bei führenden Künstlern mehrere Deckenfresken in Auftrag zu geben. Aslams Blick schnellte hinauf zu der Szene über ihm – eine zeitgenössische Darstellung des Himmels, in der Gott als Dollarzeichen mit Heiligenschein erschien.

»Wissen Sie, Aslam, Tatsache ist, dass Ihre Gedichte gut für die Seele, aber schlecht für die Taille sind«, sagte eine Dame und nahm sich ein Kanapee von einem Silbertablett. Aslam strahlte so, dass die Zähne sein Gesicht erhellten wie zwei Lichterketten.

»Nein, im Ernst.« Die Dame aß den Rest des frittierten Reisbällchens auf, bevor sie fortfuhr. »Beim Lesen Ihrer letzten Sammlung habe ich drei Kilo zugenommen. Überall diese Bezüge zum Essen! Mein Gott, ich wollte nur noch essen und essen. Und hinterher brauchte ich eine Diät.«

Aslam Kumar veröffentlichte nicht nur Gedichte, er war auch ein vorzüglich ausgebildeter Koch. Als überenthusiastischer Vertreter der Nouvelle Cuisine sah er im Essen inzwischen vor allem eine Verzierung des leeren Tellers. Er war bekannt für die Präsentation seiner Gerichte, die darüber hinaus zufällig auch noch gut schmeckten. Und vor allem war er dafür bekannt, dass er seine Gerichte mit Aphorismen garnierte. Während andere Köche die Speisen arrangierten und mit Soßen in abstrakten Mustern beträufelten, verwandelte Aslam jedes Gericht in eine persönliche Botschaft. Ein Spritzguss aus Kartoffelpüree besagte zum Beispiel: *Jedem Anfang wohnt ein Zögern inne.* Und eine bleiche, bebende Panna cotta konnte von einem Gedanken in Himbeersoße umrahmt sein: *Hunger ist ein schlechter Ratgeber.*

Jeder Gast erhielt seine eigene Botschaft, nicht einmal ein Wort kam doppelt vor, denn Aslams Repertoire war hinreichend groß. Manchmal benutzte er auch einfach Zeilenbruchstücke, entweder, weil auf dem Teller nicht genug Platz war, oder weil ihm die kryptische Faszination aus dem Zusammenhang gerissener Worte gefiel: *nun wird alles*. Die Menschen nahmen seine Speisen wie chinesische Glückskekse wahr – teils zynisch, teils neugierig, doch vor allem erhofften sie sich eine Erkenntnis, die das Geheimnis ihres eigenen Lebens betraf.

Minnie war dem Esoterischen von Natur aus zugeneigt und ging regelmäßig in Aslams Restaurant. Während ihr Mann sich über das Essen hermachte, ohne auch nur zu bemerken, was es zu sagen hatte, grübelte sie über die Worte auf ihrem Teller nach, als könnten sie ihr Schicksal wenden. Sie hatte sich mit Aslam angefreundet, entdeckt, dass er nicht nur auf Porzellan, sondern auch auf Papier schrieb, und daraufhin beschlossen, ihn bei seinen Veröffentlichungen zu unterstützen. Zehn Jahre später waren Aslams schmale Sammlungen zu örtlichen Bestsellern geworden. In seinen Werken ging es oft ums Essen, als hätte er Worte erst in seiner kulinarischen Vergangenheit mariniert, um anschließend freie Verse daraus zu machen. Von Zeit zu Zeit kochte er noch, exklusive kleine Diners, für die er thematisch ausgerichtete Menüs und Gedichte kreierte und astronomische Summen verlangte.

»Aslam? Sieh mal, wer da ist.« Minnie schleppte Anil durch die Menschentraube zu ihrem Freund.

»Anil, schön, dich zu sehen.« Die beiden gaben sich die Hand. »Du bist sicher bald mit der Uni fertig, hm? Wie lange noch?«

»Sechs Monate ungefähr.« Anil schwenkte den Wein in seinem Glas. Die polierte Oberfläche reflektierte den Glanz seiner frisch gegelten Haare.

»Kommst du dann wieder zurück, um bei deinem Vater zu arbeiten?« Die meisten Söhne taten das. Für viele stellte das abgeschlossene Studium nur eine Art Dekoration dar, denn so konnten sie ein paar Buchstaben zusätzlich zum Namen auf die

Visitenkarte setzen. Wenige entschieden sich dafür, im Ausland zu bleiben und bei null anzufangen, wenn sie ebenso gut nach Kenia zurückkehren und in Papas Firma sofort Geschäftsführer werden konnten.

»Das weiß ich noch nicht.« Anil hatte nicht vor, für Pravar zu arbeiten.

»Oh, du kommst zurück.« Aslam tätschelte das Haar, das sich oberhalb seiner Ohren lockte. »Man hat dieses Land im Blut. Dieses Wetter, dieser Lebensstil – das gibt man nicht einfach auf.«

»Aslam.« Minnie beugte sich vor und flüsterte. »Hast du die Wan Tans probiert? Sind sie knusprig genug?«

»Perfekt, perfekt.« Aslam küsste seine Fingerspitzen – mit denen er seit seiner Ankunft noch keinen Happen genommen hatte. Er war wählerisch und aß selten etwas, das er nicht selbst zubereitet hatte. Und die Wan Tans erinnerten ihn außerdem an fettige Geldsäcke, weshalb sie wahrscheinlich bei allen anderen so beliebt waren.

»Gut. Jetzt sag mir, was liest du heute Abend? Ich wüsste gern, ob es Anil vielleicht inspiriert.« Sie lächelte verschwörerisch. Die Konturen ihrer Lippen waren mit pflaumenlila Stift nachgezogen, was ihnen die Illusion von Fülle verlieh.

»Warum?«, fragten Anil und Aslam gleichzeitig.

»Na ja …« Minnie legte ihrem Sohn einen Arm um die Schulter. »Die Liiiiieba …« Sie ließ das letzte Wort quälend im Raum stehen.

Aslam verschränkte die Arme vor der Brust, beugte sich erwartungsvoll zu ihr hin und wartete darauf, dass sie ihren Satz zu Ende sagte.

»Mum! Was soll …? Du bist doch …«, stammelte Anil und schüttelte ihren Arm ab.

Sie sah, wie ihm die Röte unter dem weißen Hemdkragen hervor am Hals hinaufkroch, und lachte. »Warum so empfindlich, Nilu? Was ist dir denn so peinlich? Passiert uns doch allen, nicht wahr, Aslam? Liiiieba?«

»Ja, natürlich.« Was sie meinte, konnte Aslam an Anils Unbehagen ablesen. Also stellte er eine Frage, von der er hoffte, dass sie neutral war. »Habt ihr euch in London kennengelernt?«

Anil wich aus und sagte, er werde sich noch etwas zu trinken holen, obwohl sein Glas halb voll war. Er bereute, dass er überhaupt zugesagt hatte, und wäre am liebsten sofort mit seinen drei Freunden gegangen. Er sah, dass sie draußen auf der Veranda in den Rattansesseln herumlümmelten.

Als Anil zu ihnen gehen wollte, wurde er von Pravar abgefangen und in ein Gespräch über die Retrospektive der Longonot-Künstlerschule in einer örtlichen Galerie hineingezogen. Pravar hatte noch nie etwas von der Gruppe gehört und interessierte sich nicht besonders für deren Mission, kenianische Landschaften mit dünnen, zur Abstraktion neigenden Pinselstrichen zu zeichnen. Anil kannte sie, hatte aber keine Lust auf Diskussionen über ihre Verdienste. Aber er konnte nicht einfach verschwinden, weil sich Pravars kurze, fleischige Finger mit eisernem Griff um sein Handgelenk schlossen. Die Rosinenaugen seines Vaters signalisierten, dass er gerettet werden wollte.

Pravar war alles andere als ein schüchterner Mensch, fühlte sich aber unter den Künstlerfreunden seiner Frau nicht eben wohl. Anil oder Minnie mussten oft Ausreden erfinden, um ihn aus Gesprächen zu befreien, in denen er gestrandet war. Pravar hasste kaum etwas mehr, als diese Hilfe in Anspruch nehmen zu müssen. Bevor er sein Unwissen einräumte, bluffte er lieber und tat so, als wüsste er Bescheid. Er war ein Mann großer Auftritte und Abgänge, der sich bemerkbar machte und deutlich seine Meinung sagte. Den Turban trug er vor allem, weil er sich dadurch so wirkungsvoll aus der Menge hervorhob – und nicht, weil er ein treuer Anhänger der Sikh-Religion war. Wenn er Hunde gemocht hätte, wäre seine Wahl sicher auf einen Pitbull gefallen. Jahre zuvor hatte Minnie ihn überreden wollen, für Anil einen Welpen anzuschaffen. Pravar hatte schließlich eingewilligt, unter der Bedingung, dass der Hund nicht ins Haus kam. Dass er seiner Frau nachgegeben hatte, bereute er schon am ersten Tag, denn der freche Springer Spaniel Tamu sprang an ihm hoch und pinkelte ihm ans Bein. Pravar begriff nicht, warum seine Frau und sein Sohn das Tier so mochten. »Blödes Weichei von einem Hund«, grummelte er jedes Mal, wenn Tamu versuchte, ihn für sich zu gewinnen. »Ihr hättet wenigstens ein Tier nehmen können, das ein Haus verteidigen kann. Dieses blöde Vieh will bloß mit allen gut Freund sein.«

Anil hörte sich die Diskussion der Gruppe an, die Pravar in ihrem Kreis gefangen hielt.

»Ob man nun Hochglanzprospekte für Touristen mit Sonnenuntergängen und Stränden und Bergketten nimmt«, sagte Sally Hunter gerade. Sie hatte so viele Schichten übereinander an, dass kaum auszumachen war, ob sie drei Kleider, einen Rock mit mehreren Oberteilen oder eine Kombination aus beidem trug. Von ihrem faltigen Hals hingen mehrere Perlenketten unterschiedlicher Länge herab. »Oder Pressefotos von Dürre und Überschwemmung. *Oder* ob man sich Künstler aus der Gegend sucht, deren klischeehafte Arbeiten den Touristen angeblich gefallen. Nichts davon fängt den Geist Kenias wirklich ein. Aber das gleicht die Longonot-Gruppe wieder aus.« Sie führte die Galerie, die diese Künstler vertrat.

»Aahlso, isch weiß nischt, wie man den wahren Geist des Landes durch ein Medium einfangen soll, das mit seiner Kultuah und seinen Traditiohnen gar nischts zu tun hat«, sagte der Bildhauer Kilempu Ole Nampa und rückte seine Brille zurecht. »Ich meine, wenn man ein Land, das historisch durch die Geschischten definiert ist, die seine Menschahn erzählt haben, in abstrakter, impressionistischer Form porträtieren will – aahlso, dann finde isch das absurd.«

»Kilempu, Bwana, du kannst doch keiner Kultuah verbieten, sisch neue Ausdrucksformen anzueignen«, sagte ein zur Longonot-Schule gehörender Künstler und hob verächtlich die Nase. Er trug ein bis zum Nabel aufgeknöpftes Hawaiihemd.

Kilempu blickte in sein Weinglas. Der Stiel verlor sich in seiner großen, rauen Hand. »Aahlso, das Problem mit uns ist, wir wollen uns unbedingt an den Westahn hängen und werfen unser eigenes Erbe im Namen des ›Modahnismus‹ einfach weg. Deswegen ist das meiste, was wir produzieren, ein drittklassiger Abklatsch von Gauguin und Kirschner.«

»Ach komm schon, Kilempu.« Sallys silberne Armreifen klimperten, als sie wegwerfend gestikulierte. »Man kann doch nicht erwarten, dass junge Afrikaner den Westen ausblenden oder immun dagegen sind. Das ist unmöglich, wegen der Globalisierung und allem. Und für einen Künstler ist Neugier entscheidend. Gute Arbeit produzierst du nur, wenn du bereit bist, über die Grenzen deiner eigenen Welt hinauszublicken. Du kannst dich von anderen Kulturen auch inspirieren lassen – so wie die Künstler, die du gerade erwähnst. Denen ist es nämlich gelungen, der Kunst ihrer Zeit eine völlig andere Richtung zu geben.«

»Absolut. Nein. Unbedingt. Ja.« Pravar stimmte zu, obwohl er keine Ahnung hatte, wovon sie sprach. Er zog das cremefarbene Seidentaschentuch aus der Brusttasche seines Jacketts und schob es gleich darauf wieder hinein. Dann räusperte er sich und sah sich ungeduldig um. Doch Anil hörte inzwischen interessiert zu und rettete ihn nicht sofort.

»Aahlso, soweit isch sehe, bedeutet Globalisiahrung Vereinheitlischung. Jeder will einfach nur die kopieren, die am erfolgreischsten sind. Neugier ist ja schön und gut, aber mein Motto ist: Du siehst es, du bewunderst es, und dann lässt du es hinter dir. Du verneigst disch nischt davor wie vor einer besseren Versiohn deiner selbst. Hm? Verstehen wir uns?« Kilempu überragte alle, die ihn umstanden. »Aahlso, ich sage eusch was, diese eifrigen jungen Afrikaner, die es gar nischt erwarten können, ins Ausland zu fahren und die Uffiziahn oder den Prado zu sehen – wenn die sisch ihr Land mal rischtig ansehen würden, dann wäre ihre Arbeit gleisch zehnmal besser. Aber stattdessen kommen sie zurück, sind begeistaht von dem, was sie gesehen haben, und machen sisch bereitwillig zu Sklaven der Vorstellung, die man als Weißer von Kunst hat. Aahlso, sie bleiben geistisch kolonisiaht, und das nach vierzig Jahren Unabhängischkeit. Aaach.« Kilempu sah aus, als würde er am liebsten ausspucken, trank aber stattdessen einen Schluck.

»Ach, Kilempu«, sagte Sally, als hätte sie gerade erfahren, dass er an einer schrecklichen Krankheit litt. Seine Reizbarkeit war nichts Neues, und alle gingen davon aus, dass sie sich im Lauf des Abends und mit mehr Alkohol noch steigern würde. Irgendwann während der Party würde er wahrscheinlich Gideon beschimpfen und ihm vorwerfen, dass er aus ihren Stammesritualen leere, dekorative Ziergegenstände für reiche Banausen machte. Doch man verzieh Kilempu sein exzentrisches Benehmen, denn seine schön geschnitzten oder gemeißelten Bildtafeln aus Holz und Stein zeigten Szenen aus den Geschichten der Massai. Und er war der Einzige aus diesem Kreis, dessen Arbeiten im MOMA in New York ausgestellt wurden.

»Es könnte doch aber auch sein«, sagte Anil und beugte sich vor, »dass es verführerisch ist, wenn man der Kunst im Westen so viel Ehrfurcht entgegenbringt. Ich meine, viele Gemäldegalerien sind grandios. Die Sammlungen sind in schönen Gebäuden untergebracht, wie opulente Tempel zu Ehren der Kunst. Du meine Güte, wenn man einem Bild zu nahe kommt, kann es sein, dass ein Alarm losgeht. Vielleicht sind wir auch deswegen so anfällig für diese Tradition.«

»Aahlso, es gibt aber durschaus Künstler, die diese Haltung infrage stellen.« Kilempu rasselte ein paar Namen herunter. »Bei ihnen darf der Betrachter ausdrücklisch in den angeblisch unantastbaren Raum eindringen – auf die Kunstwerke treten oder etwas davon mitnehmahn. Das sind Arbeiten, die mir gefallen. Hm? Die Provokatiohn ...«, er hob den gestreckten Mittelfinger, »des Establischmahnts.«

»Genau.« Anil nickte, und Pravar tat es ihm nach. »Mir gefällt das auch. Aber was ich meine, ist: Im Westen präsentiert man Kunst allgemein so, dass die Distanz zwischen Betrachter und Werk eher gefestigt wird. Und das wiederum trägt dazu bei, dass wir an diesen Orten Ehrfurcht empfinden. Als wäre es schon ein Privileg, überhaupt dort zu sein. Und ich glaube, für so etwas gibt es hier keine Ressourcen.«

»Vergessen Sie die Ressourcen, es gibt nämlich nicht mal das Bedürfnis.« Sally spielte mit einer Halskette, die ihr fast bis zum

Schoß herabhing. »Das Gros der Bevölkerung ist zu sehr mit der viel wichtigeren Frage beschäftigt, wie man seinen Lebensunterhalt verdient. Aber ich glaube, das wird sich langsam ändern, weil das Land reicher wird.«

»Aaach, Blödsinn. Red doch keinen Quatsch.« Kilempus Gesichtskonturen wurden hart vor Verachtung. »Es ist genügend Reischtum da, er wird nur falsch eingesetzt. Vielleischt gibt es ja eine Handvoll Käufah, die lokale Künstlah unterstützen, aber eine Renaissance hat hier noch keine Schance. Verstehen wir uns?« Er sah sich prüfend um. »Und isch halte jede Wette, wenn plötzlich Mittel für ein Museum kenianischer Kunst vorhanden wären, dann würde es in neoklassischem oder pseudokolonialem Schtil gebaut.«

»Das ist eine Schande«, sagte Anil. »Es gibt nämlich viele raffinierte Bauweisen bei den verschiedenen Stämmen im ganzen Land. Die könnte man heranziehen und etwas sehr Eindrucksvolles bauen. Wenn man zum Beispiel an die Makutidächer denkt, die den Menschen seit Jahrhunderten Zuflucht bieten, oder an die Steinhäuser und die schweren, geschnitzten Türen von Lamu.«

»Genau, unsere Völkah leben nämlisch schon eine Ewigkeit nachhaltisch, aber jetzt, wo ›ökologisch‹ das große Modewort ist, suchen wir die Lösung im Westahn, obwohl die ganzen Problemah dort überhaupt erst verursacht worden sind.« Kilempu schnalzte mit der Zunge. »In manschen Ländern lässt man sisch schon die einheimische Flora und Fauna patentieren, damit die großen internationalen Firmen nischt kommen und den Menschahn um des Profits willen ihr Erbe stehlen. So etwas brauchen wir auch. Vielleischt sollte isch für meinen Stamm Patente anmelden. Und dann lasse isch die ganzen Zertifikate rahmen und stelle sie in irgendeiner ehrwürdigen Institutiohn aus, unter dem Tital ›Die Kunst des Bewahrens‹. Hm? Könnt ihr miah folgen?«

Anil versuchte, nicht zu kichern, während Sally von dieser Idee recht angetan war.

»Man weiß ja nie, Kilempu. Es könnte funktionieren. Ich meine, das ist sehr *konzeptuell*.«

»Aahlso, das ist genau die leere Großtuahrei, die in Galerien wie deiner so wundahbar ankommt, Sally.« Kilempu blickte auf sie herab. Dann zog er die Phantomspuren seiner Augenbrauen hoch und sah Anil an. »Die Hoffnung unseres Landes liegt auf Menschahn wie Ihnen. Aahlso, vielleischt kommen Sie ja zurück und engagieren sisch für die traditionelle Architektuah? Hm?«

Bevor Anil antworten konnte, mischte Pravar sich ein. »Natürlich. Ja. Nein. Touristen, wissen Sie, die lieben alles, was nach traditionellem Stil aussieht. Denken Sie daran, wie viele Leute diese Massai-Wohnsiedlungen besuchen. Die haben wirklich das Gefühl, dass es etwas Neues ist, als wären sie im echten, alten, primitiven Afrika. Touristen wollen etwas erleben, das anders ist als in ihrem eigenen Land. Absolut. Und wenn wir dazu beitragen können, diesen Eindruck zu vermitteln, warum denn nicht? Nein?« Pravar hob eine Hand, um Kilempu abzuwehren, der missbilligende Laute von sich gab. »Man darf schließlich nicht vergessen, dass der Tourismus nach Tee und Blumen unser drittgrößter Devisenbringer ist.« Jetzt, wo er über Wirtschaft dozieren und mit Zahlen um sich werfen konnte, war er in seinem Element. »Und natürlich –«

»Aaach«, unterbrach ihn Kilempu. »Isch finde es grässlisch, dass die Enkangs mittlerweile nuah noch kleine Modellspielzeugdörfschen für Touristenbesuche sind. Wir haben aus unseren Traditiohnen leere Unterhaltung für die Weißen gemacht: Wir tanzen für sie, wir posiahn mit ihnen für Fotos, wir lassen sie in unseren Hütten herumschnüffeln. Und im Gegenzug nehmahn wir bereitwillig ihr erbärmlisches Geld und ihre Herablassung an.«

Daraufhin redeten alle durcheinander – verteidigten die Massai, warfen Kilempu vor, den Fortschritt aufhalten zu wollen. Pravar war verstimmt. Er krümmte seinen kurzen Hals und sah sich über die Schulter nach interessanteren Aussichten um.

»Dad.« Anil griff ein. »Ich glaube, du sollst mal zu Mum kommen.«

»Oh, Entschuldigung. Entschuldigen Sie mich bitte.« Pravar

zog sich zurück, doch die anderen waren so sehr in ihre Debatte vertieft, dass sie es gar nicht merkten. »Diese Leute regen sich gern über Nichtigkeiten auf. Ich weiß nicht, warum deine Mutter immer diese Zigeunerin einladen muss.« Er war von Minnies Soireen wenig begeistert und mied sie, wann immer es ging. »Amüsierst du dich?«

Anil zog die Mundwinkel herab.

»Du warst diese Woche gar nicht in meinem Büro.« Pravar trank die wässrige goldene Neige in seinem Whiskyglas aus.

»Ich hatte zu viel zu tun, Dad.« Er hätte durchaus hingehen können, hatte aber nicht gewollt. Er wusste, dass Pravar Geschäftsmann war, aber nicht, was genau er eigentlich tat. Anscheinend war der Mann an Immobilien, Baufirmen, Tourismus, Teeexport und Politik beteiligt. Während seiner wenigen Tage in Pravars Büro hatte Anil den Eindruck gewonnen, dass der Arbeitstag seines Vaters hauptsächlich aus Gemauschel und Wutausbrüchen bestand. Diese Berufsaussichten reizten ihn nicht unbedingt.

»Nächste Woche ist Weihnachten, dann fährst du über Neujahr an die Südküste, und dann bist du weg. Also kannst du wohl gar nicht mehr kommen, nein?« Pravar klingelte mit den Eiswürfeln in seinem Glas, um dem eigens für den Abend eingestellten Kellner zu signalisieren, dass er nachschenken sollte.

»Wahrscheinlich nicht.« Anil versuchte so auszusehen, als täte es ihm leid.

»Es wäre aber besser, wenn du dich allmählich damit vertraut machst. Jetzt steht mein Name an der Tür, aber später wird es einmal deiner sein.«

Anil blickte auf seine Füße. Nie fiel ihm eine passende Antwort ein, wenn sein Vater mit diesem Namen prahlte. Pravar meinte das keineswegs metaphorisch. Sein Name (zusammen mit dem Bild des Pfaus, der ein prächtiges Rad schlug) befand sich in der Tat an vielen Türen – wie die Mesusa an jüdischen Häusern. Was seine Firmen anging, so prangte PRAVAR MAYUR über Toren, Haupteingängen, Aufzügen und natürlich an der Tür seines persönlichen Büros. An das Tor vor ihrem Wohnhaus war ein Stahlschild mit seinem Namen geschweißt, und an der Eingangstür stand: MAYUR UND FAMILIE.

Ein Mann gesellte sich zu ihnen und schlug Pravar auf den Rücken. »Jambo, Chief!«

Es war Mercs Vater, Samuel Ojielo, der Verteidigungsminister. Er trug einen maßgeschneiderten Anzug, der perfekt saß und ihn schlanker wirken ließ, als er war. Und er war überaus gepflegt. Haar, Bart und Schnurrbart waren exakt gestutzt und mit genau der richtigen Menge Grau meliert. Er lächelte jeden an und lachte oft. Und doch gab es Gerüchte, dass sein Aktenkoffer und seine Aktenschränke gesichert waren, sodass jeder, der sich unbefugt daran zu schaffen machte, einen elektrischen Schlag bekam.

»Heh, Wabenzi!« Pravar sprach ihn mit dem Spitznamen an, den er seiner Mercedes-Benz-Flotte verdankte. Viele Leute glaubten, dass dieser Fetisch auch den Namen seines Sohns erklärte, aber Merc war eine Abkürzung von Mercury, Quecksilber – ausgewählt von seiner Mutter, wegen der vielen Bezüge zur Hindu-Mythologie, in der es unter anderem als das kostbarste aller Metalle galt.

»Ich habe gar nicht erwartet, dich heute zu sehen.« Pravar schloss beide Hände um die eine, die Ojielo ihm hinhielt. Zwei Leibwächter flankierten den Minister, und mehrere andere waren im Raum und in den Nebenzimmern postiert. »Was verschafft mir die Ehre?« Es kostete Pravar keine Mühe, den Speichellecker zu spielen.

»Deine werte Frau hat mich eingeladen, wie hätte ich also ablehnen können? Allerdings kann ich nicht lange bleiben.« Er wandte sich Anil zu. »Ich nehme an, mein Sohn ist hier auch irgendwo? Ich habe ihn in den letzten Wochen kaum gesehen.«

»Mit dem hier ist es genauso.« Pravar verzog missbilligend den Mund. »Ich habe darauf gewartet, dass er kommt und eine Weile bei mir im Büro bleibt, aber er ist zu beschäftigt.«

»Ati!«, mokierte sich Ojielo. »Du solltest aber das eine oder andere von deinem Vater lernen. Aus Männern wie ihm besteht das Rückgrat dieses Landes.«

Anil gab etwas von sich, das nach Zustimmung klang, und verzog sich dann. »Ich sage Merc, dass Sie da sind.«

Pravar sah ihm nach. »Immerhin hast du vier.« Er wandte sich wieder Ojielo zu. »Also besteht die Chance, dass wenigstens einer nach dir kommt. Ja. Höchstwahrscheinlich. Anil ist mein Einziger, und ...« Er hob hilflos die Hände.

»Ach, er ist jung. Lass ihn seinen Spaß haben, der kommt schon zurück, keine Sorge, Bwana. Blut und Geld setzen sich durch. Du weißt, was ich sagen will? Ersteres hat er schon geerbt, und glaub mir, das Zweite holt ihn schon zurück. Und jetzt ...« Ojielo sah sich um. Die beiden Bodyguards standen breitbeinig und mit verschränkten Armen da, ein Kordon, den sicher niemand durchbrechen wollte. Der Minister sprach leiser. »Wie läuft es mit Air Mayur?« Pravar besaß eine Charterfluggesellschaft, die auf Luftsafaris für Touristen und private Kurzstreckenflüge ausgerichtet war. »Wie ich höre, ist letzte Woche nichts rausgegangen?«

»Das habe ich erst gestern erfahren«, log Pravar. Er wusste schon seit Tagen davon, hatte aber geglaubt, sich nicht sofort darum kümmern zu müssen. »Anscheinend Probleme mit ein paar Piloten. Die beschweren sich, dass es zu gefährlich ist.«

»Ati, gefährlich!« Ojielo schnaubte. »Du weißt doch, dass man alle Bedenken zum Thema Gefahr mit Kitu kidogo ausräumen kann.« Ein kleines Trinkgeld – mehr brauchte es nicht, wenn etwas erledigt werden musste, ganz egal, wie schwierig die Umstände waren.

»Wir bringen das in Ordnung. Ich rede mit dem Mann, der alles organisiert.« Pravar berührte einen Flügel seiner Schleife.

»Die müssen sofort weitermachen.« Ojielo schnipste mit den Fingern.

»Mir war nicht klar, dass es so eilig ist.« Pravar runzelte die Stirn.

»Ati, eilig! Es geht nicht darum, dass es schnell gehen muss, Chief. Aber wir brauchen einen regelmäßigen Umschlag. Das Zeug muss reinkommen und gleich wieder rausgehen.« Ojielos Hand flog kurz an seine Brust. »Ich will nicht, dass etwas herumliegt. Sonst bekommen es noch die falschen Leute in die Finger.«

»Ich dachte, du hast gesagt, es gibt kein Risiko.« Pravars Glas summte unheimlich, weil er mit einem Finger immer und immer wieder über den Rand fuhr.

»Ati, Risiko!« Ojielos Schultern bebten. »Deswegen arbeite ich so gern mit dir, Chief. Du nimmst einfach nichts als gegeben hin. Natürlich ist es nicht riskant, vorausgesetzt, wir machen alles richtig.« Er sah sich noch einmal um und zog Pravar dann in eine einsamere Ecke des Raums. Die Leute warfen den beiden Männern verstohlene Blicke zu. Pravar spürte förmlich, wie sein Ansehen stieg. Er hörte zu, während Samuel Ojielo rasch durchging, wie alles zu laufen hatte, damit der Erfolg garantiert war.

»Ich dachte, dass einer von deinen Leuten alles überwacht.« Pravar wurde langsam ärgerlich. Er hatte Samuel die Flugzeuge von Air Mayur zur Verfügung gestellt, aber nicht damit gerechnet, dass man für jeden Flug ein Kindermädchen brauchte.

»Ati! Ob es dein Mann ist oder meiner – was ist der Unterschied? Wenn ein System einmal steht, funktioniert es ganz von selbst. Je weniger wir damit zu tun haben, desto besser. Ich denke, wir müssen uns nur um die Piloten kümmern. Damit sie das Gefühl haben, dass es sich lohnt. Sie sind entscheidend für diese Operation.«

Pravar fiel auf, dass Samuel »wir« sagte, obwohl Air Mayur sämtliche Kosten trug. Aber er wusste, dass es andere Vorteile bringen würde, wenn er ihm diesen Gefallen tat. »Ich bringe das in Ordnung. Keine Sorge.«

»Guter Mann.« Ojielo schlug ihm auf den Rücken. »Ich wusste doch, ich kann auf dich zählen. Aber wo ist eigentlich mein Sohn?« Er spähte in die Richtung, die Anil eingeschlagen hatte.

»Wahrscheinlich feiern sie irgendwo ihre Privatparty.« Pravar folgte seinem Blick.

Ojielo hatte nicht vor, herumzulaufen und den Jungen zu suchen. Er entdeckte Minnie, die in ihrem bonbonrosa Hosenanzug auch kaum zu übersehen war. »Lass mich deiner Frau Jambo sagen, bevor ich gehe.« Er machte einen Schritt und blieb dann stehen. »Ach, das hätte ich fast vergessen. Der Präsident bat mich, dich für den siebzehnten ins State House einzuladen. Er gibt ein Diner für den indischen Außenminister.«

Pravar lächelte, denn er wusste, dass diese Geste eine Belohnung für seine Willfährigkeit war.

Als Anil auf die Terrasse trat, sah er den Swimmingpool in der Nähe glitzern wie einen bohnenförmigen Aquamarin.

»Mazeh, gibt's hier denn nichts Anständiges zu essen?« Merc hatte einem der Kellner schon ein Tablett mit Tanduri-Hähnchenkeulen entwendet, an denen sich nun alle gütlich taten. Wenig später tauschte er die Platte mit den Knochen gegen eine voller Frühlingsrollen ein, und die Jungen fielen darüber her, als hätten sie seit einer Woche nichts mehr gegessen.

»Dein Vater ist da«, sagte Anil ihm.

»Dann hat er hier wahrscheinlich zu tun.« Merc wusste, dass Samuel Ojielo niemals nur aus Geselligkeit irgendwo hinging. Bei seinem Vater war jeder Schritt kalkuliert. »Was soll das mit diesen Häppchen?« Merc war immer noch nicht zufrieden und sah sich nach einem weiteren Kellner um, dem er die Kanapees wegnehmen konnte. »Bei euch wird doch sonst richtig getafelt.«

»An solchen Abenden nicht. Das müsstest du inzwischen wissen.« Anil setzte sich mit einer Frühlingsrolle in jeder Hand. »Da geht es eher darum, die Sinne mit Kunst zu befriedigen, nicht mit Essen.« Minnie fand, dass die Leute nicht mehr richtig denken konnten, wenn sie zu satt waren.

Merc schüttelte den Kopf. »Von Kunst wird mein Bauch nicht voll. Kann sein, dass ich den Kühlschrank plündern muss.«

»Nur zu«, sagte Anil. »Mama Jo hat ganz bestimmt was für dich.«

»Hey, hey, hey. Ratet mal, wer hier ist.« Dschatin stand auf und machte eine Ansage wie der Moderator einer Gameshow. Sein etwas pausbäckiges Gesicht wirkte äußerst vergnügt. »Wenn das nicht Priti Devani ist.«

Alle drehten sich nach der jungen Frau um, die gerade mit ihren Eltern gekommen war. Ihre Jeans war zu eng und ihr Ausschnitt zu tief. Lange Ohrringe baumelten bis auf die Schultern herab. Selbstbewusst ging sie durch den Raum, um ihre Gastgeber zu begrüßen.

»Letzten Sommer warst *du* ganz *besessen* von ihr.« Dschatin zeigte auf Anil.

»Nein, war ich nicht.« Anil fing an, hektisch nach einer Serviette zu suchen.

»Oh mein Gott, du warst so hinter ihr her, dass es schon verrückt war. Weiß du noch, als wir im Orna's waren, und du hast dein Mittagessen nicht runtergekriegt, weil sie da auf der anderen Seite saß?«

»Ach Quatsch.« Anil nahm ein Papiertuch, das jemand auf dem Tisch liegen gelassen hatte, und wischte sich mit einem Zipfel die Finger ab.

»Mann, schaut euch diesen Typen an!« Dschatin riss voller Staunen den Mund auf und wandte sich den anderen beiden zu.

»Kurzzeitgedächtnis.« Hardy tat so, als würde er den letzten Rest Hähnchenfleisch von seinem Satay nagen, stocherte aber tatsächlich damit in den Zähnen herum.

»Er musste sie sich aus dem Kopf schlagen, stimmt's? Sie hat ihn nicht mal angesehen.« Merc passte einen weiteren Kellner ab, schickte ihn aber weg, als er festgestellt hatte, dass auf seiner Platte nur Gemüsespießchen lagen.

»Ah, wacha mit deinem Maneno.« Anil versuchte, die Sache einfach abzutun. Er stand auf, als könnte er sich so besser verteidigen. »Stimmt doch gar nicht.«

»Wie nennt man einen Sikh, der die Tatsachen leugnet?« Merc hatte das Familienspiel gelernt.

»Überflüs-*sikh*?«, schlug Jay vor.

»Ja, das auch, aber ich dachte da an etwas anderes. Ein Sikh, der die Tatsachen leugnet, wie ist der, Anil?«

»Merc, dass *du* zufällig etwas glaubst, macht es noch lange nicht zur Tatsache.«

»Es geht nicht nur um mich. Wir finden dich alle drei ziemlich aufsäs-*sikh*.«

»Dann täuscht ihr euch eben alle.«

Seine Freunde begannen, Beweise für das Gegenteil anzuführen. Zunächst stritt Anil alles ab, dann warf er ihnen Übertreibung vor, bis er sich schließlich zu einem winzigen, widerwilligen Eingeständnis gezwungen sah. »Okay, vielleicht hatte ich ein bisschen was für sie übrig, aber nur, weil sonst nicht viel los war.«

»Typisch«, sagte Merc. »So machst du das immer – erst bist du völlig hingerissen, und später behauptest du, dass gar nichts war. Mal sehen, wie lange du Lina anbetest.«

»Das mit Lina ist was anderes, klar?« Anils Ton reichte schon aus, um die unbeschwerte Heiterkeit der Jungen für einen Moment zu dämpfen. Sie schwiegen kurz, und man hörte die Grillen in den wispernden Bäumen zirpen. Dschatin und Hardy betrachteten eingehend die Sesselpolster. Merc stocherte in den Teigkrümeln auf der leeren Frühlingsrollenplatte herum.

»Kommt schon.« Anil versuchte, wieder normal zu sein. »Gehen wir rein, mal sehen, was Mama Jo zu bieten hat. Da lang.« Statt sich durch die Gäste zu drängen, nahm er den Weg außen um das Haus herum.

»Was ist denn?« Merc konnte es nicht lassen. »Hast du Angst, dass dich eine von deinen alten Flammen versengt?«

Scharif

Lina erwachte, als ihr Vater Scharif gerade auf dem Weg zu seinem Namas an ihrer Tür vorbeitappte. Die leisen Pantoffelschritte auf dem Teppich klangen, als würde die Hand einer Mutter den Po ihres Babys tätscheln. Sie öffnete die Augen und sah nach dem Wecker auf ihrem Nachttisch: 7:08 – die leuchtend grünen Ziffern strahlten ins Dunkel hinein. Der Heizkörper daneben knackte zufrieden, als Wärme durch seine langen Metallrippen zu pulsieren begann. Draußen in der Sackgasse östlich von Birminghams Stadtzentrum war es ganz still. Und doch gab es in fast jedem Haus ein erleuchtetes Fenster, hinter dessen Gardinen wohl jemand seine Waschungen vollzog oder sich nach Mekka wandte und zu rezitieren begann: *Im Namen Allahs, des Erbarmers, des Barmherzigen …*

Lina zog die rot-weiß gestreifte Steppdecke bis unters Kinn, drehte sich auf die Seite und kuschelte sich noch tiefer ins Bett, um so vielleicht wieder einzuschlafen. Sie hatte ihr Leben lang fast immer geschlummert, während Scharif mit seinem Ritual beschäftigt war. Wenn er seinen Gebetsteppich auf den Boden breitete, war dessen Klatschen hin und wieder in ihren Schlaf gedrungen, wie ein Leuchtturm die nächtliche Weite der leeren See ermisst – unaufdringlich und tröstlich. Nur während des Ramadan standen sie selbst, ihre jüngeren Schwestern und ihre Mutter auf, um mit ihm zu beten und etwas zu essen, bevor die Sonne aufging. Sonst betete Scharif als Einziger in der Familie fünfmal am Tag. Er hatte nie darauf bestanden, dass die anderen seinem Beispiel folgten, doch seine stille Frömmigkeit war oft ein Anreiz für Lina gewesen, es ihm nachzutun.

Sie war erst sechs, als sie unbedingt früh von Scharif geweckt werden wollte, um das Namas mit ihm zu verrichten. Verschlafen hatte sie seine Bewegungen nachgeahmt, ein Tuch um ihr

Haar geschlungen, während er einen Kufi aufsetzte, und dann versucht, die erlernten Verse gleichzeitig mit ihm zu rezitieren. Doch die Worte waren nicht leicht zu finden gewesen, weil der Nebel der Träume noch in ihrem Kopf hing, von innen gegen die Lider wallte und ihr schwer auf der Zunge lag. Nach der ersten Niederwerfung war sie nicht wieder aufgestanden, sondern eingeigelt auf dem Musalla liegengeblieben, bis Scharif seine Anrufung beendet hatte, sich umdrehte und sie in Fötushaltung auf dem Teppich ruhen sah. Er war so sehr in sein Gebet vertieft gewesen, dass er sie ganz vergessen hatte. Sein Herz hatte vor Zärtlichkeit kurz ausgesetzt bei ihrem Anblick, im rosa Schlafanzug und mit der grünen Tschuni ihrer Mutter, die um Kopf und Schultern lag wie das Band um ein halb ausgepacktes Geschenk. Sanft hatte er sie hochgehoben und zurück ins Bett getragen, und für ihr ernsthaftes Scheitern nur noch mehr geliebt. Beim Aufwachen hatte sie sich an nichts mehr erinnern können, und nur, weil sich die Tschuni noch um ihren Hals bauschte, hatte Scharif sie überzeugen können, dass sie tatsächlich aufgestanden war und mit ihm hatte beten wollen. »Du hast das sehr gut gemacht. Du brauchst nur noch ein bisschen Übung. Aber ich glaube, damit wartest du lieber noch ein paar Jahre«, hatte er gesagt.

Lina hatte es erst mit elf wieder versucht – mit mehr oder weniger demselben Ergebnis. Diesmal erinnerte sie sich allerdings genau an ihren kläglichen Namas-Versuch, und sie war alt genug, um zu wissen, dass ihr Gebet nicht galt, weil sie immer wieder gegähnt und geseufzt hatte oder kurz weggedämmert war. Als sie sich beklagte, dass es zu schwierig sei, hatte ihr Vater eingeräumt, das Regelwerk entspreche nicht jedem, und gesagt, sie solle sich keine Sorgen machen. »Es gibt andere Wege, Allah zu dienen. Wenn du eine gute Muslimin sein willst, musst du vor allem ein anständiger Mensch sein. Konzentriere dich einfach darauf, dass du immer gut bist.« Es hatte geklungen, als hätte er schon eine dunkle Ahnung, dass die Versuchung selbst das reinste Herz besudeln konnte.

Nun hörte Lina, dass Scharif seinen Musalla am Ende des

Korridors ausrollte, und wartete schon auf das Knacken in seinen Knien, das unweigerlich kommen würde, wenn er sich niederwarf und zwischen den Rukas verbeugte. Seit sie für die Weihnachtsferien nach Hause gekommen war, wachte sie jeden Tag gerade rechtzeitig auf, um zu hören, wie ihr Vater seinen Akt der Hingabe vollzog. Normalerweise schlief sie ein, zwei Stunden länger, doch ihr Gewissen war zum inneren Wecker geworden, der mit krankhafter Pünktlichkeit zu dieser heiligen Morgenstunde piepste.

Die Treppenstufen ächzten wie die Tasten eines verstimmten Klaviers, als Scharif nach unten ging. In der Küche füllte er den Wasserkocher und zog die Vorhänge auf. Am Himmel gähnte die Dämmerung und färbte die Welt mit ihrem sanften, pfirsichfarbenen Atem ein. Scharif stützte sich auf die Arbeitsplatte, sah durchs Fenster und genoss die Einsamkeit. Ihr Garten war ein kleiner, mit hellen, quadratischen Steinplatten gepflasterter Fleck, gerahmt von einem schmalen, schlammigen Beet mit mickrigen Rosen. Ihn verschönerte weiße Wäsche, die zum Trocknen auf der Leine hing: Trikots, Socken, Hemden, Handtücher, Laken und Kissenbezüge. Keine Unterwäsche, denn die hängte Iman niemals so auf, dass jeder sie sehen konnte. Wenn es möglich gewesen wäre, in Wäsche wie in Teeblättern zu lesen, hätte die dort draußen von einem einfachen, konventionellen Leben erzählt; ein bisschen karg vielleicht, aber offenbar ohne Komplikationen. Sein Leben, und nicht sein Leben.

Scharif fragte sich, wie die Nachwelt ihn wohl in Erinnerung behalten würde. Als junger Mann, dem für sein Jurastudium in Großbritannien ein Stipendium gewährt worden war, hatte er geglaubt, etwas bewegen zu können. In England fand er zwar keine Jacken mit Ärmeln, die ihm lang genug waren, hatte aber das Ziel, etwas zusammenzutragen, das er eines Tages mitnehmen und in die leeren, hohlen Hände seines Mutterlands Indien legen konnte. Und dabei dachte er nicht an Geld – auch wenn er seiner Familie im Lauf der Jahre einiges überwiesen hatte. Scharif konzentrierte sich auf den Erwerb von Wissen und

Erfahrung. Sein Plan war, nach Delhi zurückzukehren. Das war seine Pflicht als ältester und einziger Sohn. Er würde die marode Kanzlei seines Vaters auf Vordermann bringen und zur Entwicklung des Landes beitragen. Er wollte sich für Gesetze zur Stärkung der Frauenrechte einsetzen und um die gerechtere Verteilung von Landbesitz kämpfen.

Letzten Endes war er nicht nach Indien zurückgekehrt, um dauerhaft dort zu leben. Noch vor dem Abschluss seines Studiums hatte er auf Empfehlung eines Tutors eine Stelle in einem führenden Rechtsanwaltsbüro bekommen – als erster Nicht-Weißer, der je dort angestellt worden war. Und für die Kollegen war seine Hautfarbe immer das Bedeutsamste an ihm gewesen.

Er arbeitete dort zehn Jahre und stieg zu Beginn rasch in der Hierarchie auf, bis man ihn von einem wichtigen Fall abzog. Als Erklärung wurde nur etwas von einem »schwierigen Mandanten« gemurmelt. Anschließend verbannte man ihn in den Hintergrund und zog ihn zwar oft zurate, wenn ranghöhere Partner in Schwierigkeiten waren, bat ihn aber nur selten, diese auch in Sitzungen oder zu Gericht zu begleiten. Und dann fiel ihm allmählich auf, dass jüngere Kollegen ihn überholten. Ein unverblümtes Eingeständnis seines Chefs ließ Scharif schließlich verstehen, warum das geschah.

»Das hat mit Ihren Fähigkeiten nichts zu tun, Merali.« Gerald Summerfield hatte die Privatschulgewohnheit, andere mit ihrem Nachnamen anzureden. »Sie sind weiß Gott intelligenter als die meisten Leute. Aber wie Sie wissen, sorgen unsere Mandanten dafür, dass die Geschäfte laufen, und die haben, nun ja, gewisse Erwartungen.« Er hielt inne und verzog bedauernd den Mund.

Scharif las von seinen gekräuselten schmalen Lippen: weiße Haut und den richtigen Akzent. »Warum haben Sie mich dann eingestellt?« Plötzlich empfand er Abscheu vor diesem Mann, der mit Weste und Armsessel und als fester Partner so ein angenehmes Leben hatte, abgeschirmt vor allem durch Vorurteile.

»Weil Sie gut sind, deswegen.« Was Gerald für sich behielt, war: »Aber niemand hat damit gerechnet, dass Sie den Job besser machen würden als wir alle hier.« Denn das war im Grunde der Punkt. An dieser Stelle war das fortschrittliche Experiment schiefgelaufen – der Mann mit der anderen Hautfarbe hatte mehr Talent gezeigt als die meisten seiner Kollegen.

Scharif, jungverheiratet und mit einer schwangeren Frau, hatte am nächsten Tag gekündigt.

Der Himmel zeigte sich nun in dichtem, verschwommenem Grau, denn die Dämmerung war vorüber. Der Tag nahm die typische trübe Winterfarbe an. Gleich wird es regnen, dachte Scharif. Er blinzelte weiter auf die Ellbogen gestützt durch das Fenster. Er musste die Wäsche hereinholen, die flatternde Eloge abnehmen, bevor ein heftiger Schauer ihr die luftige Beredsamkeit nahm.

»Slalikum, Baba.«

»Wa-alaikum as-salaam.« Wie immer artikulierte Scharif jede Silbe bei der Erwiderung des Grußes, den seine Tochter auf die Hälfte seiner Länge beschnitt. Er drehte sich um, als Lina einen Stuhl unter dem Tisch hervor und zur Wand zog, an eine Stelle in der Nähe der Heizung. Als sie sich setzte, gelang es ihr, Po und Füße zugleich auf der Sitzfläche unterzubringen. Dann zog sie den alten Pullover, den sie trug – und der ihm gehörte –, über die Knie und schlang die Arme darum. Scharif staunte immer wieder, wie sie ihren langen Körper falten und auf einer so kleinen Fläche verstauen konnte.

»Du bist früh auf.«

»Konnte nicht schlafen.« Sie gähnte in den marineblauen Wollberg hinein, den ihre Beine bildeten, und sagte noch etwas, das er nicht verstand.

»Möchtest du Tee?« Er ging zum Wasserkocher.

»Mh-hm.« Sie sah zu, wie er einen Teebeutel in eine flache, runde, angeschlagene Tasse legte und kochendes Wasser darübergoss. Diese Tasse benutzte er immer, ein Relikt aus seiner Studienzeit. Während der Tee zog, holte er nach und nach die Zutaten für die Armen Ritter hervor, die er zum Frühstück machen würde, wenn alle aufgestanden waren. Dieses sonntägliche Morgenritual gehörte zu den Dingen, die Lina am meisten vermisste, wenn sie von zu Hause fort war: wenn Baba sein extrasüßes, extrabuttriges, beinahe angebranntes, in Ei gewendetes Toastbrot briet. Es war das einzige Gericht, das er zubereitete, und alle waren verrückt danach.

Lina betrachtete den Rücken ihres Vaters, während er herumhantierte. Er hielt sich immer ein bisschen krumm, als wäre ihm seine Körpergröße irgendwie peinlich. Oder der Rücken war krumm, weil er sich sein Leben lang hatte bücken müssen, um mit Leuten zu reden, die kleiner waren als er. Methodisch legte Scharif bereit, was er brauchte, und ordnete alles wie Instrumente für einen chirurgischen Eingriff auf der Arbeitsplatte an – Eier, Schneebesen, Pfannenwender, Butter, Messer. Er war in allem äußerst genau, hielt Termine gewissenhaft ein, traf Entscheidungen mit Umsicht. Durch seine Tätigkeit als Anwalt war er übervorsichtig geworden. Diese Pingeligkeit hatte sich anscheinend sogar in sein Gesicht gegraben. Die Falten auf der Stirn waren alle gleich lang und regelmäßig verteilt, als wäre ihr Abstand so sorgfältig vermessen, wie er die Konsequenzen jeder Entscheidung erwog.

»Baba, wo hast du gelernt, wie man diese Armen Ritter macht?« Sie war nie zuvor darauf gekommen, ihn danach zu fragen.

Sanft legte er ein Ei zurecht. »Als ich während des Studiums mit Freunden zusammengewohnt habe, hat das jemand öfter gemacht.«

»Ich wusste gar nicht, dass du mit Freunden zusammengewohnt hast.«

»Tja, ich hatte nicht das Glück, bei Verwandten wohnen zu können. Ich musste so billig wie möglich leben. Für eine Weile habe ich bei fremden Leuten gewohnt.«

»War der Freund, der dir das beigebracht hat, aus Frankreich?« Sie wies mit dem Kinn auf die Zutaten. »Ich meine, das heißt doch auch Französischer Toast, oder?«

»Ich weiß nicht, ob der Name wirklich mit der Herkunft zu tun hat. Das Mädchen …« Seine Zunge zögerte kurz bei dem Wort. »Die das öfter für mich – für uns – gemacht hat, war Engländerin.«

»Du hast mit einem Mädchen zusammengelebt? Vor Ma?« Lina machte große Augen.

»Ich habe nicht mit ihr *zusammengelebt*. Wir haben uns nur eine Wohnung geteilt: ich, sie und noch ein paar andere.« Er drehte sich noch immer nicht zu seiner Tochter um, sondern berührte weiter jeden Gegenstand, der vor ihm lag, als wollte er alles ganz genau auf einer winzigen Markierung positionieren.

»Das war bestimmt lustig. Würde ich nächstes Jahr auch gern machen. Ein paar von meinen Freundinnen wohnen schon zusammen, und die haben jede Menge Spaß.«

Scharif fuhr plötzlich herum und lehnte sich mit Händen und Hintern an die schwarze Resopalarbeitsplatte. »Dein letztes Jahr wird anstrengend. Vielleicht ist es keine gute Idee, wenn man sich da ablenken lässt.« Die Falten auf seiner Stirn wurden tiefer, und er wirkte noch strenger, weil sie so vollkommen symmetrisch waren.

»Ich glaube, das würde es mir eher leichter machen. Ich wäre näher an der Fakultät und an der Bibliothek. Der Weg zu Chala Rocky nach Ealing ist wirklich zeitraubend.«

»Es ist auch eine Geldfrage. Warum Miete zahlen, wenn du schon etwas hast, wo du umsonst wohnen kannst?« Scharif ließ erst die eine und dann die andere Schulter nach hinten kreisen, als wollte er eine Verspannung im Rücken lösen. »Wie kommst du überhaupt plötzlich auf diese Idee, am Ende deines Studiums?«

»Ein bisschen hatte ich schon immer das Gefühl, dass ich etwas verpasse, wenn ich nur zu Hause wohne, Baba. Mit Freunden zusammenwohnen ist eine völlig andere Erfahrung. Das weißt du doch, du hast es so gemacht.« Ihr fester, nachdenklicher Blick passte zur ruhigen Herausforderung in ihrer Stimme.

»Ich weiß nicht, ob wir uns das leisten können.« Seine Augen wurden ganz schmal unter den Brauen. Dichte, buschige Brauen mit langen Härchen, die hervorstanden wie silberne Antennen.

»Ich spare im Sommer, und ich kann zusätzlich einen Tag in

der Woche arbeiten. Ich schaffe das ganz bestimmt, wenn ihr mir vielleicht ein kleines bisschen helft.« Lina zupfte an einem losen Faden am Ärmel des Pullovers und versuchte, lässig zu wirken, obwohl ihr Herzschlag taumelte wie ein Betrunkener bei dem Versuch, geradeaus zu gehen. Es lag nicht einmal daran, dass sie sich vor seiner Reaktion fürchtete. Eher war sie erschrocken über ihre eigene Arglist. Wenn sie mit Freundinnen zusammenwohnte und nicht bei Verwandten, wäre es einfacher, Anil zu sehen, da war sie sicher.

»Wenn man im letzten Jahr Jura studiert, ist das nicht der Zeitpunkt für zusätzliche Jobs oder was auch immer.« Scharif beschäftigte sich wieder mit seinen Frühstücksvorbereitungen. »Und außerdem muss ich dir sagen, dass es zwangsläufig zu Spannungen kommt, wenn man mit anderen eine Wohnung teilt. Irgendjemand ist immer unordentlicher, lauter oder knauseriger, als du ertragen kannst. Du weißt gar nicht, wie leicht du es bei deiner Rockstar-Tante hast. Was willst du denn machen, das du dort nicht machen kannst?« Er runzelte fragend die Stirn und zog die Brauen zusammen.

»Ich will als Studentin einfach auch das mal erleben.« Es gelang ihr, seinem Blick standzuhalten, doch das, was sie als sein »drittes Auge« empfand, starrte sie ebenfalls an und verunsicherte sie – die aschgraue Schwiele von der Größe einer Zehnpence-Münze auf seiner Stirn, ein Gebetsfleck. Dieser Fleck kam ihr an jenem Morgen besonders ausgeprägt vor und durchschaute vermutlich ihre Erklärungen. Er wirkte nicht nur auf sie so. Der Fleck hatte Scharif Respekt und Vertrauen eingebracht. Die Leute stellten sich vor, dass Scharif ewig auf seinem Gebetsteppich kniete und die Stirn fromm an den Boden drückte.

Nur Iman riss despektierliche Witze darüber. »Eins sage ich dir, am Hintern hat er genau denselben Fleck – nur größer, weil er so lange im Büro sitzt.«

Lina beobachtete ihren Vater nun und wartete auf eine Antwort. »Baba?«

»Mal sehen.« Scharif zuckte mit den Schultern. »Warten wir's ab, und dann sehen wir mal.« Er verschob Entscheidungen gern, besonders, wenn er davon ausging, dass sie nicht nach seinen Wünschen ausfallen würden. »Du hast noch zwei Semester bis dahin. Wenn du die hinter dir hast, reden wir über das letzte Jahr.«

»Ich kann das nicht bis ganz zum Schluss aufschieben.«

Er senkte das Kinn auf die Brust und dehnte seinen Nacken.

Über ihnen knarrten die Stufen in vertrautem Klang unter Imans beträchtlichem Gewicht.

»Mal sehen, was die Geschäftsleitung denkt.« Scharifs Spitzname bezog sich teils liebevoll, teils resigniert auf die Tatsache, dass Iman viele Entscheidungen in ihrem Haushalt traf.

»Du weißt genau, was sie sagen wird, Baba.«

Scharif fing an, Eier in eine flache Porzellanschale zu schlagen. Lina zog die Knie fester an ihre Brust.

»Oh was denn, haahh! Wieso hat denn keiner von euch die Wäsche hereingeholt?« Iman eilte zum Fenster. Die Eleganz ihrer hoch aufgetürmten Knotenfrisur stand im Widerspruch zur abgetragenen Unscheinbarkeit des lilafarbenen, gesteppten Morgenmantels. Sie stand da, stemmte die Hände in die Hüften und betrachtete diese zwei Menschen, ihren Mann und ihre Tochter, die alle Fragen endlos erörterten, so, wie Kühe wiederkäuten. Iman spürte, dass ein Thema nun fallen gelassen wurde, weil sie dazugekommen war. Manchmal brachen die beiden sogar mitten im Satz ab, wenn sie das Zimmer betrat. Auch wenn sie ihr Gespräch dann gleich fortsetzten, war die Stimmung danach immer ein bisschen verändert, als hätte sie ihnen das Sonnenlicht genommen und den Raum etwas dunkler gemacht. Sie wusste, dass Lina nicht so offen mit ihr sprach wie mit Scharif.

»Ich habe gar nicht gemerkt, dass es regnet.« Lina rieb sich mit dem Handrücken die lange Nase.

Scharif wandte mit zerbrochenen Eierschalen in der Hand den Kopf und blickte an der fülligen Gestalt seiner Frau vorbei in den Garten. Alles war klatschnass. Die Wäsche hing schlaff herab und tropfte auf die glänzenden Steine.

»Ihr zwei. Der Himmel könnte herunterfallen, und ihr würdet es nicht mal merken.« Missfallen legte Imans hübsches Gesicht in Falten. Ihre Lippen zogen sich zu einem festen Ball zusammen, als würde ein Beutel mit einer Kordel zugezogen. »Nur Allah weiß, was ihr da so Faszinierendes quasselt, dass ihr darüber die Welt vergesst. Worum ging es denn, haahh? Wann deine Mutter beerdigt wird?«

»Ma!« Linas Beine rutschten vom Stuhl, als sie sich entrüstet aufrichtete.

»Warum machst du wohl sonst am frühen Morgen so ein langes Gesicht?« Nun dehnte sich Imans Mund großzügig, sodass charmante Fältchen über ihre Wangen zogen. Dann trat sie einen Schritt zurück, zwinkerte und rief: »Tobah, tobah, Scharif, was hast du denn da an, haahh?« Sie betrachtete ihn von oben bis unten und fragte sich, welchen Sinn es wohl hatte, dass er beim Kochen eins seiner besten weißen Hemden und eine schicke graue Hose trug. »Warum musst du dich auch wenn du frei hast so anziehen, als wolltest du ins Büro? Binde dir wenigstens eine Schürze um.« Sie griff nach einer mit Blumenmuster, die an einem Haken auf der Rückseite der Küchentür hing.

Scharif blickte mit dem tropfenden Pfannenwender in der Hand an sich herab und verstand nicht, was das Theater sollte. Vorn war er schon ganz mit rohem Ei und geschmolzener Butter bekleckert. Er wollte die Schürze nicht nehmen, die Iman ihm reichte. »Jetzt ist es sowieso egal«, sagte er.

»Für mich heißt das aber, dass ich mehr zu waschen und zu bügeln habe. Du musst dich umziehen, bevor wir später weggehen.« Iman fing an, den Tisch zu decken. »Lina, bitte geh und weck deine Schwestern. Sag ihnen, das Frühstück ist fertig.«

»Ma, du warst doch gerade oben. Warum hast du ihnen das nicht selbst gesagt?«

»Habe ich ja, aber man muss sie noch mal schütteln, damit sie endlich aufstehen. Na los.«

»Die kommen bestimmt, wenn der Duft von Babas Essen nach oben zieht.«

»Ich hoffe, diese Woche verräuchert er nicht das ganze

Haus.« Iman ging zur Küchentür und machte sie zu. Dann schaltete sie die Dunstabzugshaube über Scharifs Kopf ein und öffnete das Fenster, obwohl ihre Tochter wegen der Kälte protestierte. »Ich will nicht, dass der Feueralarm wieder losgeht.«

»Dann kommen wenigstens die Mädchen aus dem Bett.« Lina fröstelte, während Butter in einer Pfanne schmolz, unter der Scharif gerade die blaue Flamme entzündet hatte.

»Du musst heute diesen Brief für Riswan schreiben, wegen dem Problem mit den Rohren.« Iman meinte einen Freund, den sie später zum Tee besuchen wollten. »Ich habe hier alles aufgeschrieben.« Sie griff nach dem silbernen Toastständer voller Briefe, der oben auf dem Kühlschrank stand. Sie schniefte und mischte die Briefe wie ein riesiges Kartenspiel. »Ach, es ist auch einer für dich dabei. Hab ich vergessen zu sagen.« Sie warf Lina einen Blick zu, bevor sie sich den dicken Umschlag genauer ansah. »Aus Kenia. Wen kennst du denn da? Schanila Mayur«, las sie auf der Rückseite des Umschlags. »Wer ist das?« Iman reichte den Brief weiter.

»Studiert auch an der Uni.« Linas Herz geriet in Aufruhr. Brot brutzelte in der Pfanne, und der Duft karamelisierten Zuckers hing in der Luft. Gott sei Dank, dass Anil so vorausschauend war. Er hatte dieses Pseudonym erfunden, weil es ihr augenscheinlich Sorgen gemacht hatte, dass er Kontakt mit ihr aufnehmen könnte, während sie im Haus ihrer Eltern war. »Will sich auch auf Menschenrechte spezialisieren.« Ihre Zunge fühlte sich durch die Lüge dicker an und lag wie ein Hindernis in ihrem Mund. »Schickt mir auch öfter Sachen über die Situation in Kenia, Zeitungsausschnitte und so.« Lina war sich bewusst, dass ihre Sätze seltsam klangen, weil sie jeden Hinweis auf das Geschlecht vermied. Als sie ihre Eltern ansah, war sie bereit, ihnen in die Augen zu blicken und jeden Zweifel zu zerstreuen. Doch Scharif wandte sich gar nicht vom Kochfeld ab, und Iman sah weiter den Stapel Papiere durch.

»Ja, mir ist aufgefallen, dass da noch ein, zwei gekommen sind, seit du zu Hause bist, auch aus Kenia.«

Ein, zwei Briefe. Die hatte Lina verpasst. Denn sie stand aus einem weiteren Grund jeden Morgen früh auf: um da zu sein und die Post aufzuheben, wenn der Briefträger sie durch den Briefschlitz warf. Das Quietschen der Klappe alarmierte sie, und schon bückte sie sich und sammelte die Briefe ein, sobald sie auf den Boden fielen. Und wenn sie sich aufrichtete, wusste sie, ob einer von Anil dabei war oder nicht.

»Hier ist es.« Iman wedelte mit einer Telefonrechnung, auf deren Rückseite eine handschriftliche Liste im Detail vermerkte, was es mit Riswans defektem Boiler und den verstopften Abflüssen auf sich hatte. »Das musst du gleich nach dem Frühstück erledigen.«

Scharif nickte. »Ich kenne Leute aus Kenia.«

»Die Dariwals, stimmt's?« Lina hoffte, dass er die Familie meinte, die neben seinem Büro eine Drogerie betrieb. Sie wollte nicht, dass er noch jemanden aus Kenia kannte, wollte keinen Grund haben, weiter bei diesem Thema zu verweilen. »Die sind von dort zugewandert, aber es kommt auch vor, dass jemand ...« Sie brachte es nicht über sich, von »Schanila« zu reden, »... eigentlich in Nairobi lebt und nur im Ausland studiert.«

»Wo soll ich das hintun? Damit du es nicht vergisst?« Iman fuhr mit den Fingern ungeduldig über die Knicke des Papiers.

Scharif hob zwei gebräunte Brotscheiben aus der Pfanne und legte sie auf einen Teller. »Tu es dahin, wo es war. Ich hole es mir später.«

»Oh-fo! Dein später kenne ich, das ist normalerweise zu spät. Ich lasse es hier liegen.« Sie deponierte das Blatt mitten auf dem Tisch, sodass es sich in drei Teilen auffaltete wie ein japanischer Shoji-Paravent in Miniatur.

»Ich hole dann mal die Mädchen.« Lina rutschte vom Stuhl, mit dem Brief in der Hand, den sie nun sofort lesen musste. Sie rannte die Treppe hoch, riss den Umschlag auf und rief ihren Schwestern zu, das Frühstück sei fertig. Ohne Umweg ging sie ins Bad und verschloss die Tür. Dann lehnte sie sich von innen dagegen und öffnete Anils Brief. Er begann:

Liebste Lina,
ich komme früher zurück. Schaffst du es irgendwie, ein paar Tage vor Semesterbeginn wieder in London zu sein? Du kannst mich ab Sonntag, dem 17. in der Wohnung in Chelsea erreichen.

Das war heute! Lina prägte sich die Telefonnummer ein, die er ihr aufgeschrieben hatte. Sie wiederholte sie mehrmals im Stillen, und ihre Lippen formten die Worte, während das Gehirn sie ins Gedächtnis einbrannte. Sie musste wohl kurz aus dem Haus gehen und ihn irgendwie anrufen. Lina holte tief Luft und las weiter. Dabei erfand ihr Kopf bereits überzeugende Ausreden, warum sie so gut wie sofort abreisen musste.

Der vitruvianische Mensch

Eine Woche später saßen sie nebeneinander auf einem lila Samtsofa in einer belebten Café-Bar, nicht weit von der King's Road in Central London. In der Luft lagen das Knistern von Zellophanpapier und der Klatsch, den die Gäste über dampfenden, übergroßen Tassen austauschten. Lina hielt einen hohen Becher mit beiden Händen fest und trank heiße Schokolade. Zwischendurch drehte sie den Becher langsam, sodass ihre rosa Lippenstiftspuren den Rand nach einer Weile rundum bekränzten. Anil hatte zwei Caffè Latte hinuntergestürzt wie Wasser und beobachtete sie. Als sie seinen gierigen Blick bemerkte, hielt sie ihm den Becher hin.

»Möchtest du was?«

Er nahm ihn und setzte seine Lippen vorsichtig und genau auf einen der krausen Blütenflecken, die ihre hinterlassen hatten. Lina lächelte, als er ihr den Becher zurückgab und ihn dabei so drehte, dass sie den Henkel greifen konnte. »Und nach Tsavo bist du dann an die Küste gefahren?« Sie hatte sich fast pausenlos nach seinen Erlebnissen erkundigt. Als wollte sie ihn über sich selbst reden lassen, damit er ihr keine Fragen stellte – denn trotz zahlreicher Versprechen, sie werde morgen, morgen, morgen nach London kommen, war sie fünf Tage später als erwartet eingetroffen, sodass nun bis zum Semesterbeginn nur noch zwei freie Tage blieben. Und sie musste noch beichten, dass sie an einem davon Chala Rocky bei der Geburtstagparty für ihren Sohn Jussuf helfen musste.

»Wir feiern Silvester immer in einem Laden namens Forty Thieves, an der Südküste, in Mombasa.« Anil schob die Pulloverärmel hoch. Seine Unterarme waren braun gebrannt und die sonst dunklen Härchen daran ausgeblichen von ein paar Wochen in der Sonne. »Das ist eine einzige, richtig relaxte

Strandparty. Aber irgendwann sind wir rausgeflogen, weil Merc in eine Schlägerei geraten ist.«

Lina hielt mitten in einem Schluck inne. »Wieso das?«

»Er wollte ein Mädchen anmachen, aber sie war schon mit jemand zusammen. Irgendwann hat sie sogar mit ihm geflirtet, aber dann musste ihr Freund sein angekratztes Ego retten und ist auf Merc losgegangen.« Anil warf einen Arm über die Sofalehne und rutschte dichter an Lina heran.

Sie presste die Beine fester zusammen. »Er ist wohl ziemlich unberechenbar.«

»Na ja, er hatte es nicht gerade leicht im Leben. Seine Mutter hat Selbstmord begangen, und er hat die Leiche gefunden.«

»Oh mein Gott!« Die Milch, die sie gerade geschluckt hatte, geriet in die falsche Kehle, und Lina musste husten. Anil klopfte ihr auf den Rücken.

»Wann war das?«, fragte sie, als sie wieder Luft bekam.

»Ist Jahre her. Er war erst vier, als es passierte. Aber lass uns über was anderes reden.« Seine Hand blieb auf ihrem Rücken liegen und fing an, kleine Kreise zu ziehen. Anil spürte, dass ihre Anspannung unter seinen Fingern wuchs. »Du musst mal mit nach Kenia kommen. Da würde es dir gefallen, ganz sicher.« Inzwischen lag seine andere Hand auf ihrem Schenkel.

Sie packte ihren Becher fester. »Das würde ich gern. Irgendwann.«

»Eigentlich dachte ich an diesen Sommer.«

»Ist es denn eine gute Idee, so weit im Voraus zu planen?«, fragte Lina nach einer Pause.

»Warum nicht? Mit Plänen zähmt man die Zukunft.« Sein Atem war warm auf ihrem Gesicht, und Kaffeeduft stieg ihr in die Nase. »Und da du fast eine Woche gebraucht hast, um nach London zu kommen, während ich längst hier war, halte ich es allerdings für eine gute Idee, wenn wir früh mit der Planung beginnen. Dann schaffst du es vielleicht pünktlich.« Seine Hand glitt zur Rundung ihrer Taille und drückte sich in die grobe Strickjacke.

Hinter ihnen scharrten Stühle, denn ein paar Mädchen standen auf und gingen. In der Nähe begann ein Baby zu weinen. Doch Lina sah nur die Muttermale, die Anils Nasenrücken zart wie Blütenstaub sprenkelten. Er studierte die goldenen Flecken in ihren grünen Pupillen. Ihre Nasen stießen zusammen, bevor sich die Lippen trafen. Anil schloss die Augen, und im nächsten Moment – war sie weg. Als er die Augen wieder aufschlug, hielt sie sich am runden Ausschnitt ihres Pullovers fest, und das satte Kastanienbraun ihrer Wangen war blasser geworden.

»Stimmt was nicht?«

Sie nickte, schüttelte den Kopf. »Es sind nur … so viele Leute da.«

Das Café wurde immer voller. Ein Mann, dem der Bauch über den Gürtel hing, kam und quetschte sich neben Anil auf das Sofa. Die Schlange der Leute, die etwas bestellen wollten, erstreckte sich vom Kaffeetresen bis zum Eingang, in dessen Nähe sie saßen. Jedes Mal, wenn die Tür aufging, wehte kalte Luft herein. Lina fröstelte.

»Du wolltest, dass wir uns hier treffen.« Anil hatte vorgeschlagen, dass sie in die Wohnung kam, die er gleich um die Ecke mit seinen Freunden teilte, doch sie hatte nicht gewollt, weil die anderen auch da sein würden. Er hatte sich die Bemerkung verkniffen, dass es anders gewesen wäre, wäre sie wie versprochen früher nach London zurückgekommen.

»Man ist hier gar nicht für sich.« Gerade war ihr klar geworden, dass sie sich mit Anil nicht einmal in der Anonymität der Menge wohlfühlte. Sie musste ganz allein mit ihm sein. Dann, dachte sie, würde sie sich entspannen können.

Anil nickte. Die Luft um ihn herum schien zu pochen, als würde sein Herz nicht nur Blut durch seine Adern pumpen, sondern sich auch auf die Welt auswirken. »Morgen vertreibe ich die Jungs aus der Wohnung, damit wir ein bisschen Zeit füreinander haben. Ich koche dir was. Meine berühmten Piri-Piri-Garnelen.«

Lina beugte sich vor und stellte ihren Becher auf den Tisch. Die restliche Schokolade hatte die Farbe verloren, und ein Häutchen aus Milch lag darüber. Sie faltete die Hände, zog die Schultern vor und zuckte zusammen. »Morgen kann ich nicht.«

»Was?«

Sie hätte ihm am liebsten die Enttäuschung aus dem Gesicht gewischt, mit einem Strich getilgt wie eine Spur im Sand. »Anil, es tut mir wirklich leid. Ich muss – meine Tante, sie braucht meine Hilfe.«

»Deine Familie –« Er nahm sich zusammen. »Werde ich dich irgendwann einmal richtig sehen?«

Dass er sie so lieb und verständnislos anflehte, war fast noch schwerer zu ertragen. »Am Sonntag. Versprochen. Den ganzen Tag.«

»Den ganzen Tag? Von morgens bis abends? Echtzeit, nicht Lina-Zeit?«

»Sonntag. Den ganzen Tag.« Sie streckte die Arme aus und umarmte ihn, denn sie wusste, dass nur eine solche Geste überzeugend sein würde.

Es wurde Sonntag, und der Vormittag verstrich. Anil fragte seine Freunde, ob sie für ein paar Stunden weggehen und ihm und Lina etwas Zweisamkeit gönnen würden. Er glaubte inbrünstig daran, dass sie kommen würde, als könnte dieser Glaube allein für ihr Erscheinen sorgen. Was ihn so sicher machte, war nicht sein Vertrauen in sie, sondern das unerschütterte Gefühl, dass alles immer so sein würde, wie er es haben wollte.

»Dann ist das also Liebe, hm? Wenn du deine alten Freunde rausschmeißt, weil du Weiberbesuch bekommst?« Merc stand im Durchgang zwischen Wohnzimmer und Flur und hielt sich mit ausgestreckten Armen an den Ecken des Türrahmens fest. Im Zimmer waren die Gardinen unter den schweren Seidengirlanden halb zugezogen, damit die Sonne nicht in den Fernseher schien. Hier und da standen leere Bierdosen herum wie bei anderen Leuten Kerzen: auf dem Kamin, dem Couchtisch, dem Fensterbrett, neben dem Fernseher. Eine Wand war mit einem Sammelsurium aus Zeichnungen, Plakaten, Fotos, Quittungen,

Fahrplänen, Briefen und Rezepten überzogen – befestigt mit Papierclips, die an nadeldünnen Nägeln hingen.

»Ich sage ja nicht, dass ihr gehen müsst. Es war nur eine Bitte.« Anil lümmelte mit einer Ausgabe von *Architectural Digest* auf dem schwarzen Wildledersofa herum. Gegenüber lagen Jay und Hardy ausgestreckt auf dem Boden und hantierten wild mit ihren Playstation-Controllern. »Es wäre schön, mal mit Lina allein zu sein.«

»Allein.« Merc pfiff leise.

»Uiuiui, ganz allein«, gurrte Jay.

»Nur ihr zwei«, trällerte Merc. »Dann müssen wir wohl anrufen, bevor wir nach Hause kommen, oder dir irgendein Zeichen geben. Wir wollen euch schließlich nicht *in flagranti* ertappen.« Seine Zunge schob sich provozierend über die obere Zahnreihe.

»Das halte ich für eher unwahrscheinlich.«

»Ich auch, du armer Kerl.« Merc lachte und beugte sich vor, als wollte er am Türrahmen schaukeln. Sein T-Shirt rutschte bis über die Taille hoch, sodass man auf seinem Bauch sechs harte, glatte rautenförmige Muskeln sah. Gestreifte graue Boxershorts spannten sich über dem knackigen Hintern und den geschmeidigen Konturen seiner Schenkel. »Keine Chance bei der, von wegen killekille. Ich glaube, ich habe sie noch nie in einem Top erlebt, bei dem man auch nur die Schlüsselbeine sah. Und ihre Ellbogen waren definitiv auch noch nie in Sicht, weil sie immer lange Ärmel trägt.«

»Es ist Winter, falls dir das noch nicht aufgefallen ist. Nicht jeder ist Exhibitionist, so wie du.« Anil blätterte weiter in seiner Architekturzeitschrift, nahm aber kaum etwas von ihrem Inhalt wahr.

»Unter den ganzen Klamotten ist aber bestimmt was zu holen.« Er dachte an den vollen Busen, den selbst Linas weite Kleidung nicht ganz verbarg. »Die Frage ist nur, wann lässt sie dich da mal ran? Sie könnte ebenso gut eine Burka tragen. Und das heißt im Klartext: ›Finger weg‹, stimmt's?«

»Was dich angeht, könnte jede Frau, die nicht im Bikini

herumläuft, ebenso gut eine Burka tragen.« Anil schlug die Zeitschrift zu und legte sie auf den Stapel unter dem gläsernen Beistelltisch neben dem Sofa.

Die beiden, die auf dem Fernsehschirm virtuell um Leben und Tod kämpften, lachten los.

»Merc findet Mädchen am besten, die nichts der Fantasie überlassen.« Jay drehte sich um und grinste seinen Freund anzüglich an, während sein Alter Ego auf dem Schirm in Flammen aufging.

»Ja!« Hardy beugte den Ellbogen und ballte die Faust. »Oh, gestern Abend im Club haben wir heiße Teile gesehen. Wa-wa-wa-wa.« Er saugte an seinen Zähnen, als er an die junge Frau dachte, die mit silbernen, baumelnden Quasten an den Brustwarzen in einem Poledancing-Club für sie getanzt hatte. »Oh, Bwana«, Hardy sah Anil an. »Da hast du echt was verpasst. Bei den Mädchen da reicht schon ein Blick auf den Hintern, und du willst deine Bude abfackeln.«

»Ihr zwei hättet gut ins Mogulreich gepasst.« Anil hob einen Knöchel über das andere Knie. An seinem bloßen Fuß trat der Ballen des Zehs als kleiner Buckel hervor. »Das hätte euch gefallen, lauter Kurtisanen und Mudschra-Tänzerinnen. Damals war alles besser.«

»Das klingt, als wäre es inzwischen irgendwie verwerflich, wenn Frauen für Männer tanzen«, sagte Merc.

»Nein.« Anil zupfte einen Fussel von seiner Hose. »Aber die ganze Sache hat heute definitiv einen anderen Beigeschmack. Alles ist plumper, da bleibt so gut wie nichts der Fantasie überlassen.«

»Das gilt vielleicht für dich, Mazeh. Ich kann mir immer noch eine ganze Menge vorstellen, wenn ich die Mädchen sehe. *Dir* wäre diese Kurtisanenzeit lieber gewesen, aber mir nicht. Für meinen Geschmack waren die Frauen damals ein bisschen zu aufgerüscht, die hatten sogar Edelsteine an Fingern, Zehen, Ohren und Stirn. Und ich hätte es nicht ertragen, wenn sie beim Tanzen diese weinerlichen Liebeslieder jaulen. Da sind mir die textlosen Beats von heute schon wesentlich lieber.«

»Ich weiß nicht, was du an dieser leeren Musik findest.«

»Genau das gefällt mir, die Leere.« Merc schloss die Augen. »Die Musik ist ein Raum, in dem man einfach nur sein kann. Man passt ohne nachzudenken rein. Er nimmt deine Form an. Die Form von jedem.«

»Und ganz besonders die wirbelnden Formen junger Elfen.«

Mercs Augenlider klappten auf. Weil er noch keine Kontaktlinsen eingesetzt hatte, strahlte sein Blick im natürlichen Dunkelbraun. »Ist doch besser als diese schweren Ghasels und Kawwalis, die du dir anhörst. Die fließen doch über vor Selbstmitleid. Ehrlich, mich macht das fertig, aber kabisa, wenn du das Zeug abspielst, es erstickt mich geradezu. Und dieses Konzert, auf dem wir letztes Jahr waren, als du Lina kennengelernt hast, da konnte ich mir vorstellen, wie es ist, lebendig begraben zu sein.«

»Ach du liebe Zeit!« Anils Zahnfleisch zeigte sich, als er loslachte. »Du bist eingeschlafen, also kann es so schlimm nicht gewesen sein.«

»Ich war ausgeknockt, Mazeh.« Merc lehnte sich in den Türrahmen und schlug ein Bein über das andere. »Ernsthaft, ich habe das Bewusstsein verloren bei so viel geballter Emotion. Warum zum Teufel sollte jemand wollen, dass der andere zu Blut in seinen Adern wird oder den Herzschlag heimsucht oder in Blumengestalt erscheint? Das ist einfach nicht gesund.«

»Anscheinend verstehst du mehr davon als ich! Hey, Jay, Hardy, hört mal zu, hier zeigt sich der Dichter.«

»Ich kapiere kein Wort. Ich gehe einfach davon aus, dass da so ein Mist gesungen wird.«

»Ach komm schon!« Anil zog ein Kissen hinter sich hervor und warf spielerisch damit nach Merc. »Irgendwoher hast du das doch? Vielleicht aus den Regungen deines eigenen Herzens?«

»Na na na na na.« Merc kickte das Kissen mit einem großen, flossenartigen Fuß zurück. Es flog im hohen Bogen und landete mitten im Zimmer auf einem antiken Perserteppich. »Ich kenne mich nur mit Regungen aus, die sich unterhalb der Taille abspielen. Du bist es doch, der auf diese ganzen Gefühlsduseleien steht. Apropos«, sagte Merc. »Zurück zu deiner *Freundin*. Ich verstehe ja nicht, warum für sie solche Sonderbedingungen gelten. Wir haben alle schon Mädchen hierher eingeladen, egal, wer zu Hause war und wer nicht. Du hast das bis jetzt auch ohne Skrupel gemacht. Also, was ist da neu?«

»Diesmal ist es einfach anders.« Anil stand auf, um das abgestürzte Kissen zu holen.

»Offensichtlich.« Merc bückte sich nach einer Hantel, die als Türstopper diente. Dann stellte er eine Ferse an deren Stelle und fing an, das Zehn-Kilo-Gewicht mit der linken Hand zu stemmen. »Du hast sogar versucht, hier aufzuräumen. Ich habe gehört, wie du in aller Frühe mit dem Staubsauger herumgefuhrwerkt hast.«

»Du bist der einzige mir bekannte Mensch, für den Frühe immer genau die Tageszeit ist, an der er zufällig aufwacht.«

»Wenn das so weitergeht«, fuhr Merc unbeirrt fort, »brauchen wir bald gar keine Putzfrau mehr.«

»Glaube ich kaum.« Anil schüttelte den Kopf und betrachtete den hoch aufragenden Titanen, der vor ihm stand wie eine moderne Version der Freiheitsstatue und mit erhobener Hantel körperliche Vollkommenheit als ultimatives Ideal proklamierte. »Schau dich doch mal um.« Er fing an, die leeren Bierdosen einzusammeln. »Und Christa kommt erst übermorgen.« Er sprach von der philippinischen Putzfrau, die zweimal in der Woche kam, die Wohnung in Schuss hielt und ihre gesamte Wäsche wusch und bügelte.

»Ja, die bestellen wir ab. Wir können doch sagen, wir haben eine neue namens Schanila.« Er zog einen Schmollmund und ließ sich jede Silbe des Namens auf der Zunge zergehen, als wollte er für einen Pornostar werben.

Anil schoss mit einem Haufen zerdrücktem, glitzerndem Aluminium an ihm vorbei. Er hörte seine Freunde schallend lachen, als er die Dosen in den Küchenmülleimer warf. Hätte er ihnen doch nie von diesem Pseudonym erzählt.

»Solange du hier wohnst, wird auf jeden Fall eine Putzfrau

gebraucht.« Anil warf Merc einen scharfen Blick zu, als er zurück ins Zimmer kam. Merc hinterließ auf Schritt und Tritt Spuren, weil er alles Mögliche anstieß, zerbrach, verlor oder vergaß. »Ich dachte sogar schon öfter, dass eigentlich jemand mit Walze oder Schleppmatte hinter dir herlaufen müsste, um das Chaos einzuebnen, das du hinterlässt. Wie auf dem Tennisplatz nach einem Spiel.«

»Sag, was du willst, Mazeh, aber ich fürchte, das Chaos, in das du gerade gerätst, lässt sich durch gar nichts einebnen.«

»Welches Chaos?« Sie standen einander im Abstand von zwei Metern gegenüber.

»Mit dieser Lina. Du kapierst es nicht, stimmt's?« Merc sah, dass Anil verwirrt die Stirn runzelte. »Du hast dich voll in sie verknallt, ohne auch nur daran zu denken, dass sie *Muslimin* ist.«

»Was spielt das für eine Rolle?« Anil spürte, dass Merc es ernst meinte, obwohl er versuchte, sich lässig zu geben, weiter die Hantel stemmte und sie auf dem Weg von seiner Schulter in Richtung Decke unverwandt ansah.

»Ich spreche dich nur darauf an, weil ich den Eindruck habe, dass du besessen bist. Ich mache mir einfach Sorgen, ob du dir das alles auch gut überlegst.«

»Ich verstehe nicht, was du damit sagen willst.« Anil richtete sich auf.

»Ach komm schon. Diese ganzen religiösen Unterschiede, du kannst doch nicht einfach so tun, als gäbe es die nicht.«

»Keine Ahnung, wieso das ein Thema sein sollte. Wir leben doch nicht mehr im finsteren Mittelalter.«

»Du meinst also, ich entstamme dem finsteren Mittelalter?«

»Oh Mann, jetzt fang doch nicht damit an. Zur Zeit deiner Eltern war alles noch ganz anders.« Anils Blick wanderte zu den beiden silbergerahmten Schwarz-Weiß-Fotos, die neben der Tür an der Wand hingen. Eins zeigte Merc als Baby mit seiner Mutter Tschanda. Auf dem anderen waren Tschanda und Samuel Ojielo am Tag ihrer Hochzeit zu sehen, ein Doppelporträt, auf dem die beiden sich anlächelten, voller Zuversicht, dass ihre Liebe jedes Hindernis überwinden würde.

Tschanda hatte Selbstmord begangen, weil die Gesellschaft ihre Ehe mit einem Schwarzen nicht akzeptierte. Eines Morgens hatte sie sich in der Badewanne die Pulsadern aufgeschnitten. Ihre Leiche war mehrere Stunden unentdeckt geblieben. Erst der vierjährige Merc hatte sie gefunden, nachdem er mittags aus dem Kindergarten abgeholt worden war und mit einer dort gebastelten Papageienmaske auf dem Gesicht im Haus herumlief, um sie zu suchen. Er war mit wedelnden Armen in ihr Schlafzimmer gestürmt, weil er glaubte, fliegen zu können: »Schau, Mummy. Schau! Mummy?« Er hatte im begehbaren Kleiderschrank nachgesehen, wo sie oft am Frisiertisch saß und abwesend eine Bürste durch ihre langen schwarzen Haare zog. Und als er schließlich das Bad betreten hatte, war das Wasser in der Wanne ganz rot gewesen, und seine Mummy hatte dagelegen und geschlafen, mit zur Seite gesunkenem Kopf und weißem Gesicht.

Danach hatte Minnie voller Reue versucht, gewissermaßen über Merc zu wachen, weil sie wettmachen wollte, was in der Vergangenheit geschehen war. Sein Vater hatte später noch einmal geheiratet und drei weitere Kinder bekommen, doch Merc war Anil immer näher gewesen als seinen neuen Brüdern und Schwestern. Mit Tschandas Familie wollte er nichts zu tun haben – auch nicht, als man dort begann, versöhnlich die Hand auszustrecken. Er behauptete, das Interesse der Familie an ihm sei in Relation zum politischen Aufstieg seines Vaters gewachsen.

»Inzwischen sind Mischehen doch die Norm«, sagte Anil nun etwas sanfter. »Jeder kennt doch Leute in solchen – hey!« Merc wandte sich ab. »Wo gehst du hin?«

»Ich will dir was zeigen.« Er verließ das Zimmer. Hinter ihm schwang die Tür in den Angeln.

Anil seufzte, aber die anderen beiden stellten ihr Spiel lauter und demonstrierten so, dass sie sich lieber heraushalten wollten.

Merc war zurück, bevor die Tür zufiel. Er fixierte sie wieder mit der Hantel und reichte Anil dann drei Zeitungsausschnitte. Die Schlagzeilen lauteten: »MÄDCHEN FLIEHT VOR MORDDRO-

HUNGEN«, »VATER TÖTET TOCHTER« und »LIEBESPAAR ERSTOCHEN«. »Und in zwei Fällen waren die verbotenen Freunde sogar *Muslime*. Stell dir das vor. Sie wurden nur deshalb nicht akzeptiert, weil die Eltern sie nicht ausgewählt hatten, das war der einzige Grund.«

»Wo hast du die her?« Anil hielt die Zeitungsausschnitte mit ausgestrecktem Arm auf Abstand wie etwas Giftiges.

»Das stand in den letzten paar Monaten einfach nur in der Zeitung. Und ich habe nicht mal danach gesucht – das sagt doch alles. Solche Sachen sind nicht so antiquiert, wie du anscheinend denkst.«

Anil zog für einen Moment die Wangen ein. »Vielleicht hast du einfach ein Auge für solche Geschichten.« Er gab Merc die Zeitungsausschnitte zurück. »Das hat mit mir nichts zu tun. Oder mit Lina.«

Merc achtete nicht auf die ausgestreckte Hand. »Du willst nicht mal in Betracht ziehen, dass es Schwierigkeiten geben könnte.«

»Du bist einfach viel zu paranoid.«

»Dann kommt es dir also nicht komisch vor, dass du Lina nicht mal zu Hause anrufen kannst?«

Anil verschränkte die Arme vor der Brust. »Mich überzeugt eher, dass viele mir bekannte Leute unter ähnlichen Umständen bestens zurechtkommen. Da gibt es nicht nur Horrorgeschichten, wie du offenbar andeuten willst.«

»Ja, natürlich. Es ist völlig normal, dass du deine Freundin da, wo sie wohnt, nicht anrufen darfst und dass du als Absender einen Frauennamen auf die Briefe schreiben musst, die du ihr schickst.« Er starrte Anil mit hochgezogenen Augenbrauen an. Sein Wille und Anils hatten sich bislang geschickt umkreist – nun kollidierten sie, und das schlug einen unsichtbaren Funken.

»Jetzt hör zu.« Anil knirschte mit den Zähnen. »Ich glaube, Lina hätte sich auf nichts eingelassen, wenn da ein Risiko bestünde. Ich halte das alles für nicht so dramatisch, wie du es darstellst. Hörst du also jetzt auf? Sie kommt nämlich gleich.«

Mercs Hand schloss sich um die Zeitungsausschnitte. Er zerknüllte sie zu einem Ball, den er hochwarf und wieder fing. Hochwarf und wieder fing. Dann zielte er damit auf eine der leeren Müslischalen, die noch auf dem Tisch standen, und traf. »Wie nennt man einen Sikh, der sich die Meinung anderer Leute nicht anhört und nie nachgeben will?«

»Sind die nicht alle so?« Dschatin wandte sich von seinem Spiel ab. »Ich dachte, das ist die Definition für Sikh.«

Alle lachten, und die Spannung ließ etwas nach.

»Trotz-*sikh*. Das bist du, Mann«, sagte Merc.

»Und was bist du?«

»Im Recht.« Merc hob das Kinn, denn er verließ sich auf sein Bauchgefühl.

Als Anil anfing, das Geschirr vom Tisch zu räumen, verzog er genervt den Mund. »Könnt ihr mir mal helfen? Das ist ein Saustall hier, und sie kommt gleich.«

Merc verkniff sich den Hinweis darauf, dass sie nach Anils Vorhersagen schon seit Stunden jeden Moment da sein würde. Stattdessen half er beim Aufräumen. »Weißt du noch, was die in Jamaika immer gesagt haben, als wir da waren?« Er grinste. »Come soon«, sagte er mit perfekt nachgeahmtem Akzent. »Alles war ›come soon‹ – das Essen kommt gleich, das Taxi, die Rechnung, und dann hat es ewig gedauert.«

Anil nickte, und sie schlossen im Stillen Waffenstillstand.

»Come soon«, wiederholte Merc. »Wollen wir's hoffen.«

Sie kam mit einer schweren Segeltuchtasche über der Schulter.

»Was ist das denn?« Anil nahm die Tasche und bat sie herein. »Bleibst du für immer?«

»Bücher.« Sie sah ihn schuldbewusst an. »Ich habe meiner Tante erzählt, dass ich mit einer Freundin lerne.« Es grauste ihr bei diesen Lügen, die sie erzählte. Doch alles Unbehagen verblasste, sobald sie sein Lächeln sah und spürte, wie seine Finger über ihre Arme strichen, während er ihr aus dem Mantel half.

»So eine große Wohnung.« Überraschend, dass sich hinter der traditionellen, viktorianischen Fassade eine renovierte, moderne Innenausstattung verbarg. Lina sah sich in der geräumigen Diele um, von der alle anderen Zimmer abgingen. In der Mitte stand ein Billardtisch. Ihr Blick schoss von einer Tür zur anderen, weil sie sich fragte, ob gleich jemand hinter einer hervorkommen würde.

»Sie gehört Merc. Na ja, seinem Vater. Die Jungs sind nicht da, sie sind alle weggegangen.« Er nahm ihre Hand und zog sie an sich. Der andere Arm schloss sich um ihre Taille, sodass es kurz schien, als wollte er sie in einen Walzer führen. Doch in den nächsten Minuten tanzten nur ihre Lippen. Und als Anils Hand mittanzen wollte, wich Lina zurück. Es wirkte sogar ganz natürlich, denn sie warf den Kopf zurück, als wären ihre Haare im Weg. Sie lockerte den Schal, der sich noch um ihren Hals schlang, bis er über ihren Schultern lag.

»Es ist warm hier drin.«

»Ich hänge ihn zu deinem Mantel.« Er griff nach einem Ende des Schals und zog daran, sodass er langsam über ihren Nacken glitt. Linas Blut schien in den Adern zu stocken. Sie musste den Abstand zwischen ihren Füßen vergrößern, um nicht zu schwanken.

»Zeigst du mir die Wohnung?«

Allein die Küche kam ihr größer vor als das Erdgeschoss ihres Elternhauses in Birmingham. Jedes Schlafzimmer hatte ein eigenes Bad. Die farbliche Gestaltung beeindruckte sie – alles passte zusammen, als hätte jemand die ganze Einrichtung auf einmal angeschafft. In den Wohnungen, die sie kannte, gab es alle möglichen Sachen, die sich mit den Jahren und unter wechselnden Vorlieben und Budgets angesammelt hatten, und Altes behielt man, weil man es noch brauchte oder mochte.

»Nicht gerade die typische Studentenunterkunft, oder?«

»Wir haben Glück: Mercs Vater nimmt uns nicht besonders viel Miete ab. Die Wohnung ist so eine Art Familienstützpunkt in Großbritannien. Ich glaube, er ist ganz froh, dass sie endlich mal richtig genutzt wird.«

»Was macht denn sein Vater?«

»Er ist Verteidigungsminister in der kenianischen Regierung.

Und das ist mein Zimmer.« Er trat zur Seite und ließ ihr den Vortritt. »Ich habe das größte, damit Platz für das Zeichenbrett ist. Ich weiß, das ist mittlerweile überholt, aber ich arbeite so gern an diesem Ding. Ich mache da erste Skizzen und so.«

Das Zeichenbrett stand fast in der Mitte des Zimmers. Wenn man zum Bett oder zum Schreibtisch wollte, musste man darum herumgehen. Die Papiere auf Anils Schreibtisch waren sauber geordnet, wobei die größten unten lagen. Er hatte einen Halter für Bleistifte und einen für Füllfederhalter, jeweils mit verschieden dicken Federn oder Minen in unterschiedlicher Härte. Über dem Schreibtisch hingen in gerader Linie vier Drucke, Studien von Leonardo da Vinci. Anils Bücher standen alphabetisch geordnet in Regalen, die eine ganze Wand einnahmen. Die marineblaue Steppdecke auf dem Doppelbett war glatt gezogen und knitterfrei. Ein Blick in die Schränke hätte Lina gezeigt, dass seine Kleider und Schuhe genauso sorgfältig geordnet waren.

»Ist das immer so, oder hast du dir heute besonders viel Mühe gegeben?«

»Ich mag Ordnung. So kann ich besser denken.« Anil blieb an der Tür stehen und sah zu, wie sie die Dinge im Zimmer betrachtete, als wären sie ein Fenster zu seiner Seele.

»Ich auch.« Wobei sie allerdings nie den Grad an Ordnung erreichte, nach dem sie strebte. »Ich glaube, das habe ich schon mal gesehen.« Sie beugte sich über den Schreibtisch zu der Abbildung einer nackten männlichen Figur mit gespreizten Armen und Beinen hinüber, in zwei sich überlagernden Positionen.

»Na hoffentlich. Das ist der *Vitruvianische Mensch*, eins der berühmtesten Bilder der Welt.«

Wieder sagte er etwas, das ohne Absicht hervorhob, wie wenig sie wusste. Lina reagierte angespannt. Zur Beruhigung sagte sie sich, dass sie eben aus verschiedenen Welten kamen, weiter nichts. Von manchen Dingen, die ihr etwas bedeuteten, hatte er schließlich auch keine Ahnung, zum Beispiel, wenn es um das Ausmaß von Menschenrechtsverletzungen oder die positiven Auswirkungen von Mikrokrediten in armen Regionen ging. Und zum Teil war sie auch deshalb so gern mit ihm zusammen – weil er ihr so viel Neues offenbarte. Aber dieses Bild *hatte* sie schon einmal gesehen, da war sie ziemlich sicher. »Warum steht er in einem Quadrat und in einem Kreis?«

»Dafür gibt es verschiedene Gründe.« Anil stellte sich neben sie, und beide studierten die Zeichnung. »Zunächst beruht die Zeichnung auf der Idee eines römischen Architekten namens Vitruv aus dem ersten Jahrhundert nach Christus. Er erachtete die Proportion als *das* große, grundlegende Prinzip der Architektur. Und weil der menschliche Körper das größte Kunstwerk für ihn war, orientierte er sich an ihm. Er hat die Vorstellung geäußert, dass sich die ausgestreckten Gliedmaßen eines perfekt proportionierten Menschen sowohl in einen Kreis als auch in ein Quadrat einfügen.«

»Oh, wow.«

»Niemand konnte das so gut umsetzen wie Leonardo da Vinci. Er glaubte auch, dass der Mensch ein Modell der Welt darstellt.« Beide dachten eine Weile schweigend nach. »Schön, nicht?« In seiner Stimme klang Ehrfurcht an. »Manche Leute meinen auch, dass das Quadrat bei Leonardo den materiellen Aspekt des Menschen repräsentieren soll, während der Kreis die spirituelle Seite zeigt. Entsprechend bildet die Zeichnung in gewisser Weise die enge Beziehung ab, die zwischen diesen Facetten der menschlichen Existenz besteht.«

»Die Vorstellung von einem Gleichgewicht zwischen dem Physischen und dem Spirituellen finde ich wunderbar.« Ihr Kopf neigte sich nachdenklich zur Seite.

In der anmutigen Dehnung ihres Halses und der weichen Geraden des Mittelscheitels erkannte Anil göttlichere Linien, als je auf Papier gebannt worden waren.

»Leute die zwischen diesen beiden Bereichen eine Balance herstellen können, sind bestimmt am glücklichsten. Meinst du nicht?«, fragte Lina.

»Möglicherweise. Kommt darauf an, wie man die beiden Kategorien definiert.«

»Ich würde sagen, das Physische sind die weltlichen Freuden: Reichtum, materieller Besitz und alle möglichen Genüsse, zum

Beispiel tanzen oder trinken oder lieben.« Sie meinte Sex, war aber zu schüchtern, das Wort auszusprechen. »Und das Spirituelle wäre dann der Glaube oder die Religion, der Kodex, den man wählt und nach dem man lebt.«

Als er nicht sofort antwortete, überlegte Lina, ob sie etwas Falsches gesagt hatte. »Oder vielleicht – ich weiß nicht.« Ihr Zeigefinger wanderte zu der Narbe an ihrer Lippe und drückte sie kurz. »Ganz sicher bin ich mir nicht. Du … hast du eine andere Vorstellung?«

»Für mich ist das Spirituelle eher etwas, das, na ja, dem Geist Auftrieb gibt, etwas, das einen inspiriert oder zu einem höheren Bewusstsein von sich selbst und anderen bringt. Wie Kunst und Bücher und Musik – ich finde, diese Dinge sind die beste Ergänzung der physischen Dimension, bei der es, wie du sagst, eher um körperliche Befriedigung oder materielle Güter geht. Außerdem habe ich das Gefühl, dass sich die beiden Facetten manchmal vermischen. Es gibt bestimmte Seinszustände, in denen man physisch wie spirituell befriedigt sein kann, zum Beispiel, wenn man verliebt ist.«

»Aber –« Lina setzte an und hielt dann inne.

»Was?« Anil strich ihr das Haar von einer Wange.

»Nein. Nichts.« Sie lächelte und sah dann auf den Holzfußboden herab.

»Komm schon. Sag es.«

»Ich weiß nicht. Es ist nur … ich denke … hat Spiritualität nicht auch etwas mit Moral zu tun?«

»Klar, das kann sein.« Anil senkte das Kinn und zog die Augenbrauen hoch, um zu zeigen, dass er keinen Widerspruch sah.

»Und die kommt aus dem Glauben, oder? Der einen leitet?«

»Wenn du so willst. Aber ich denke, sie kann auch aus deiner Sicht, deiner Interpretation der Welt kommen, wie sie sich durch Erfahrung herausgebildet hat: durch eigene, direkt gelebte Erfahrung und durch die Erfahrungen, denen man durch Filme und Bücher und Musik und andere Menschen ausgesetzt ist.«

»Ja, aber das findet doch sicher alles im größeren Rahmen des

Glaubens statt?« Sie konnte Feststellungen dieser Art nur als Fragen formulieren, denn dass sie sich so nach seiner Zustimmung sehnte, hatte ihre Gewissheiten vorübergehend erschüttert.

»Bei manchen Leuten bestimmt. Wahrscheinlich gilt es sogar für viele.«

Irgendwie fühlte Lina sich zurückgesetzt, weil er sie nun mit der Mehrheit über einen Kamm schor. »Für dich nicht?«

»Ich habe dir ja neulich schon erzählt, dass ich durch den starken christlichen Einfluss in der Schule viele mittelalterliche Gemälde besser verstehe. Aber ich kann nicht behaupten, dass sich dort auch die Parameter von Richtig und Falsch ausgebildet haben, nach denen ich zu leben versuche. Die stammen aus allen möglichen Ecken – zum Beispiel werde ich nie die Wirkung vergessen, die Balzac auf mich gehabt hat. Die *Comédie Humaine* bildet ein ganzes moralisches Universum ab. Man sieht da, wie komplex und undurchschaubar Menschen sein können, und das hat mich viel stärker geprägt als, sagen wir, die Zehn Gebote.«

Ihre Hände suchten einander, die Finger verschränkten sich und hingen schließlich vor Linas Schoß herab. Weil sie nicht wusste, was sie sagen sollte, sah sie sich den *Vitruvianischen Menschen* noch einmal an. Ihr Blick blieb am Nabel hängen, der auch das Zentrum des Bildes war.

»Hat der Islam deinen Blickwinkel auf alle Dinge geprägt?« Die Muskeln in seinen Beinen spannten sich an.

Sie schwieg. Für ihren Glauben gab es keine Beschreibung. Keine, die ihm gerecht wurde.

»Wahrscheinlich«, sagte Anil, »ist das Leben immer noch ein Prozess, in dem vieles verhandelbar ist, auch wenn man an bestimmte Prinzipien glaubt.«

»Mein Vater sagt, wenn Glaube einfach wäre, hätte jeder einen.« Sie machte sich darauf gefasst, dass er dem etwas entgegensetzen würde, etwas, das auf eine unüberbrückbare Kluft zwischen ihnen verwies. Doch er stellte nur eine Frage, und zwar so sanft, dass sie ihr wie ein Segen vorkam.

»Meinst du denn, es gelingt dir, das Gleichgewicht zu finden? Zwischen dem, was dein Glaube von dir verlangt, und dem, was du dir für dich selbst wünschst?«

»Das hoffe ich.« Ihr Blick verschmolz mit seinem. »Möglich ist es offenbar. Zumindest auf dem Papier.« Sie wies mit dem Kopf auf die Zeichnung.

Er trat hinter sie und streckte die Arme aus, um ihre Taille zu umfassen. Auch sie hob die Arme und hielt sie für einen Augenblick, bevor sie die Hände auf seine legte. So spiegelten beide für einen winzigen Moment – intuitiv und bewusst – die Haltung der Figur auf der Zeichnung. Und für einen winzigen Moment versprach das Vollkommenheit.

Sie hielten einander fest und betrachteten das Bild, während Anil aus dem Gedächtnis dazugehörige Anmerkungen über reine Symmetrie zitierte. Und stellten sich vor, dass irgendwo in diese uralten Berechnungen auch die makellosen Proportionen ihrer Zukunft eingeschrieben waren. Doch sie begriffen nicht ganz, dass der Körper auf der Zeichnung makellos war, ein auf der Erde unbekanntes Exemplar. Nicht mit Fehlern behaftet wie sie. Nicht aus Gliedmaßen zusammengesetzt, die sich rechts und links unterschieden. Nicht belastet durch eine Vorgeschichte, in der es Krankheiten und Gene und Knochenbrüche gab. Nicht verformt durch Fehleinschätzungen, die nicht mehr zu korrigieren waren. Nicht dem magnetischen Feld der Liebe unterworfen, das jede Form zu zerstören vermag – sei es Kreis, Quadrat oder Herz.

»Eines Tages«, sagte Anil, »sehen wir uns zusammen das Original in der Accademia in Venedig an.«

»Immer machst du Pläne.«

»Weil man mit Plänen die Zukunft zähmt.«

17. Juni 1968

Zorn springt in mir wie ein Ball – auf und ab, auf und ab, je nachdem, welchen Schlüssel ich zu dem seltsamen Rätsel deiner Abreise finde. Während ich gerade versuche, einfach weiterzumachen, schnellt immer wieder plötzlich diese Wutkugel hervor, ausgelöst durch irgendeine Assoziation mit dir.

Der Mietvertrag für unsere Wohnung sollte eine Woche nach deinem Abflug in Richtung Indien auslaufen. Ich hatte gedacht, wir würden ihn verlängern, aber du sagtest in letzter Minute, dass du nicht in der kleinen Zwei-Zimmer-Souterrainwohnung bleiben wolltest. Es blieb nicht viel Zeit, um etwas anderes zu suchen, bevor du fuhrst. Du hattest lange Arbeitstage in der Firma, und ich war in meine Doktorarbeit vertieft. Also beschlossen wir, bis zu deiner Rückkehr gar nichts zu unternehmen. Ich würde während deiner Abwesenheit bei Lucas wohnen. Damals kam mir das alles nur vernünftig vor. Inzwischen wirkt jeder Schritt wie ein weiteres zweckdienliches Manöver in deinem Masterplan.

Bevor du fuhrst, halfst du mir packen. Wir besaßen nicht viel: Die Möbel gehörten nicht uns, bis auf die Bücherregale. Du durchkämmtest sie, nahmst einzelne Bände heraus und legtest sie in Kisten. Als ich die seltsamen Lücken zwischen den Büchern sah, fragte ich mich, wie du sie eigentlich packtest. Du sagtest, du würdest dich zuerst um deine kümmern. Es versetzte mir einen Stich, dass du Dein und Mein trenntest. Natürlich fühlte ich mich den Büchern, die ich gekauft und gelesen hatte, besonders verbunden, aber für mich waren es trotzdem inzwischen unsere. Ich merkte an, dass es vielleicht effizienter wäre, sie regalweise einzupacken, um sie in gleicher Reihenfolge wieder auspacken zu können. Aber du sagtest, du hättest schon angefangen, es auf deine Weise zu regeln, außerdem habe dir die von uns vorgenommene thematische Sortierung noch nie gefallen, und vielleicht sei es an der Zeit, eine neue Ordnung zu finden.

Wie Sprache doch täuschen kann! Inzwischen verstehe ich die Bedeutung der Wendung: Man hört nur, was man hören will. Alle Warnungen, die mir entgangen sind, klingen mir nun in den Ohren wie eine Alarmsirene.

Meine Freunde sagen, ich hätte zu bereitwillig, zu großzügig und zu gedankenlos geliebt – und keinen Raum für Zweifel gelassen. Aber wer will schon unter Vorbehalt lieben?

Es ist niemals leicht, das Richtige zu tun, hast du behauptet. Mögest du lange und schwer leiden für deine bizarren Vorstellungen von dem, was gut ist! Was hast du dir in deinem Kopf zurechtgelegt? Wie hast du das alles gerechtfertigt? Lieber einer Frau den Laufpass gegeben als eine Familie enttäuscht und einen Gott in die Schranken gewiesen? Lieber das fadenscheinige Versprechen von Ewigkeit als die warme, pulsierende Absolutheit des JETZT? Lieber ein halb gelebtes Leben als einen Tod, der Verdammnis bedeutet?

Es ist schwer vorstellbar, wie du – der Star des Debattierclubs an der Uni, ein unvergleichlicher Advocatus Diaboli, der jede Position von jeder Prämisse aus vertreten kann, ein Mann, der davon lebt, über Nuancen zu räsonieren – wie du dich selbst davon überzeugt haben magst, dass es das Richtige war, was du da tatst.

Religion ist heimtückisch. Glaube – sagt Lucas – ist wie eine Theaterform, alles nur Verkleidung und Ritual. Gläubige sind Schauspieler, denen jeder Sinn für die Realität abhandengekommen ist. Die meisten sind außerdem auch noch Heuchler, was man ihnen aber im Grunde nicht vorwerfen kann. Sie richten sich im Scheitern ein, denn Religionen verlangen das Unmögliche: dass man sich in Wollen und Denken einem übernatürlichen Wesen unterwirft.

Doch du bist immer als mehr oder weniger eigenständige Person in Erscheinung getreten. Ja, du hast gebetet und gefastet und die Halal-Regeln befolgt, doch diese Dinge wirkten wie harmlose Angewohnheiten. Wesentlich seltsamer für mich war deine Neigung, in Socken zu schlafen, sogar im Sommer, und deine Unfähigkeit, eine Zeitung ungelesen wegzuwerfen, auch wenn sie schon Tage alt war. Ich hatte auch Rituale – ich sage *hatte*, denn seit du fort bist, ist anscheinend alles durcheinandergeraten, und wer weiß, ob ich je wieder so leben werde wie zuvor.

Manchmal empfinde ich nur Abscheu vor der Frau, die sich so übertölpeln ließ und dich in manchen verrückten, erniedrigenden Momenten immer noch liebt. Ich beobachte sie mit eiserner Entschlossenheit, weil ich auf keinen Fall vor ihren Gefühlen kapitulieren will. Ich schäme mich für ihre Schwäche. Ich habe Angst vor ihrer Traurigkeit, weil sie so grenzenlos und so kraftlos ist.

Aber ich habe gerade von Gewohnheiten geschrieben ... von meinen eigenen. Ja. Unter anderem pflegte ich mich jeden Morgen zu wiegen, jeden Tag ein neues Zitat zu lernen, die Haferflocken für das Frühstücksporridge über Nacht einzuweichen, jeden Teebeutel zweimal zu benutzen ... Zahllose Ticks dieser Art pflocken das Zelt unseres täglichen Lebens fest. Ich dachte immer, dass deine Religion auch ein paar von diesen Pflöcken stellt, und nicht das ganze verdammte Zelt.

Aber ich weiß durchaus, dass dein Gott oft unerwartet in Gesprächen auftauchte und wie eine Form der Interpunktion die Enden deiner Sätze markierte. Die Beschwörungsformel, die du aufschlussreicherweise am häufigsten benutztest, war Inschallah. So Gott will. Ich hatte dabei immer ein ungutes Gefühl, besonders, wenn die Formel in Gesprächen über unsere Zukunft fiel. Jede Verbindlichkeit deinerseits war durch diese drei Worte eingeschränkt: So Gott will. Nur, dass er nicht wollte und nie wollen würde, was uns betraf. Und das hast du die ganze Zeit gewusst.

Deine Täuschung bestand im Schweigen. All die Dinge, die du nie sagtest ... Bis zur letzten Stunde.

Tante Rockstar

Der Frühling war weit vorangeschritten und streckte schon eine Hand nach dem Sommer aus. Im Garten hinter dem Haus von Linas Tante hingen winzige grüne Äpfel am Baum. Das Stückchen Natur war für Londoner Verhältnisse groß, und es standen viele Bäume darin. Die hohe Abendsonne schien durch die Zweige, sodass Lichtflecken ins Wohnzimmer fielen.

»Ich sage dir, Rocky, das Mädchen bringt ihre Eltern noch um«, sagte Iman.

Ruksana schnalzte missbilligend mit der Zunge. Sie kauerte auf dem Teppichboden, hatte die Knie zur Seite geneigt und den Rücken ans Sofa gelehnt. Iman saß mit gelben Küchenhandschuhen hinter ihr und strich mit einer Zahnbürste Farbe auf das dichte, wellige Haar ihrer Schwester.

»Vom ersten Tag an hat sie nichts als Schwierigkeiten gemacht.«

»Es ist eine Prüfung, maschallah, Allah hat es so gewollt. Jeder hat seine Last zu tragen. Ich muss es ja wissen.«

»Das haben diese anständigen Menschen einfach nicht verdient. Wenn du mich fragst, ist das nicht Allahs Werk, da hat Schaitan die Hand im Spiel. Dieses Kind hatte schon immer etwas Hinterhältiges. Ich weiß noch, wenn sie zu uns kam, um mit Lina zu spielen, hat sie am Schluss ihre Puppenkleider geklaut.«

»Aber so was machen doch alle Kinder, Iman.« Ruksana blickt bewundernd auf ihre Hände, die in ihrem Schoß lagen. An sämtlichen Fingern ragten edelsteinbesetzte Ringe hervor wie kunstvolle Korallenformationen. Zusammen mit dem glänzenden Stecker am linken Nasenflügel und der ständig wechselnden Schmuckauswahl, die ihr von den Ohren rieselte und an den Handgelenken klingelte, hatten sie ihr den Spitznamen »Rockstar« eingebracht.

Der Name hatte sich aus einer Bemerkung entwickelt, die Iman Jahre zuvor gemacht hatte: »Es reicht dir nicht, dass schon dein Name ›leuchtend‹ bedeutet – du musst noch mehr blenden, indem du dich mit diesen Steinen behängst. Wirklich, du bist gar nicht mehr Ruksana, sondern ›Rocksana‹. Ein richtiger Rockstar.« Die gesamte Familie hatte den Spitznamen rasch aufgenommen und zu Rocky abgekürzt.

»Nein, tun sie nicht, haahh.« Iman stieß mit dem Knie die Schulter ihrer Schwester an. »Aber du hast natürlich Verständnis dafür, schließlich hast du dich ständig bei meinen Sachen bedient.«

Iman erinnerte sich an ihre Kindheit in Delhi – wie sie zwischen den Niembäumen auf dem gemeinschaftlichen Hof ihrer älteren, langbeinigeren Schwester nachgejagt war, weil die eins der Schmuckstücke, die sie gemeinsam geschenkt bekommen hatten, für sich allein haben wollte. Während sie heranwuchsen, wurde Ruksana immer gieriger, und Iman lernte, mit weniger vorliebzunehmen. Damit war wohl ein Muster vorgegeben, das sich fortsetzen sollte. Ruksana bekam schließlich den reicheren Ehemann und das größere Haus und Diamanten an sämtlichen Extremitäten. Sogar ihr Erstgeborener, Jussuf, war ein Sohn. Doch dann änderte sich etwas, und das hübsche Muster in Ruksanas Leben wurde zum komplizierten Gewirr. Der erste Schlag war, dass ihr Sohn am Downsyndrom litt. Zwei Jahre später war ihr Mann Abbas kurz vor seinem vierzigsten Geburtstag ins Krankenhaus gegangen, um einen Leistenbruch behandeln zu lassen, und nie wieder aus der Vollnarkose erwacht. Während der Operation war es zu einem Fehler gekommen. Das Krankenhaus übernahm die Haftung. Es kam zu einem umfangreichen außergerichtlichen Vergleich. Das gab Ruksana großen finanziellen Spielraum. Doch letzten Endes hätte sie natürlich lieber das einfache Leben ihrer Schwester geführt: liebender Ehemann, kerngesunde Kinder, eine kleine Doppelhaushälfte in einer Straße, wo sich die Nachbarn nicht ständig fragten, mit welcher Sünde man diese harte Strafe Gottes wohl auf sich gezogen hatte.

»Ich sage ja nur, wenn ein kleines Mädchen seiner Freundin ab und zu mal was stibitzt, dann heißt das noch nicht, dass sie schließlich unverheiratet schwanger wird und im Frauenhaus wohnt. Ich habe Geschichten von engelsgleichen Kindern gehört, die sich zu regelrechten Gaunern entwickelt haben. Kinder haben ist wie würfeln.« Ruksanas Hand zuckte, als wäre sie selbst gerade mit diesem Glücksspiel beschäftigt. »Man weiß nie, welche Kombination man letztendlich kriegt.«

»Bei Sara war es aber klar, ich sag's dir, Rocky. Es gibt da etwas, astaghfirullah, ich sollte das eigentlich nicht wiederholen, aber ...« Iman beugte sich vor und sprach leise, obwohl niemand in der Nähe war, außer Lina, die auf der anderen Seite des Zimmers am Esstisch saß. »Als sie ein kleines Mädchen war, zwei, drei Jahre alt, da hatte sie die Angewohnheit, in der Öffentlichkeit ihre Unterwäsche auszuziehen und ihre Scham zu zeigen.«

»Nein!« Ruksanas Hand flog hoch und schloss sich über ihrem Mund.

»Das habe ich mit eigenen Augen gesehen. Schamim hat immer nachgesehen, ob sie auch richtig angezogen war, wenn sie aus dem Haus gingen. Trotzdem hat Sara unterwegs immer irgendwie und irgendwo den Schlüpfer abgestreift.« Imans Augen leuchteten auf, während sie davon erzählte. »Wenn sie in einen Laden gingen oder zu jemandem nach Hause kamen, hat sie ihr Kleid hochgehoben und einen Knicks gemacht. Bei uns auch, vor Scharif. Stell dir das mal vor.«

»Ganz schlimm«, sagte Ruksana, doch trotz aller Missbilligung musste sie lachen.

»Die arme Schamim hat alles versucht. Ich habe die ganzen Dramen mitbekommen, damals wohnten sie nämlich gleich nebenan. Irgendwann hat sie Sara gar keine Röcke oder Kleider mehr angezogen, sondern immer nur Hosen. Aber das Mädchen hat es sogar geschafft, sie herunterzuziehen. Schließlich hat Schamim einen Gürtel durch Saras Hosen gezogen und so geknotet, dass das Mädchen ihn nicht aufbekam.«

»Ach, Ma.« Lina mischte sich in die Unterhaltung ein. Der unerwartete Besuch ihrer Mutter hatte sie nervös gemacht. Iman war gegen Ende des Frühjahrssemesters plötzlich erschienen, und Lina fragte sich nun, ob sie etwas darüber wusste, was ihre Tochter in der Hauptstadt tat. Vielleicht hatte Chala Rocky erwähnt, dass Lina inzwischen öfter ausging und abends viel später nach Hause kam. »Kinder in diesem Alter sind unschuldig, aber bei dir klingt es, als wäre Sara pervers.«

»Also, mit diesem Mädchen hat von Anfang an etwas nicht gestimmt. Anscheinend ist Schaitan in ihren Blutkreislauf gelangt, und wenn du mich fragst, ist er immer noch da.« Iman teilte mit einem Kamm neue Haarsträhnen ab. »Sie hat es geschafft, ihre Eltern komplett zu täuschen, und hat sie monatelang belogen.« Linas Atem stockte. »Angeblich hat sie in Sheffield gearbeitet, aber in Wirklichkeit hat sie mit einem Mann gelebt.«

»Trotzdem, Iman, du solltest nicht so hart mit den Menschen sein.« Ruksana streckte die Beine aus und neigte sie dann zur anderen Seite. Ihre Salwar rutschte hoch, sodass man die goldene Fußspange am kräftigen linken Knöchel sah. »Nicht jeder findet seinen Weg, indem er die Regeln befolgt. Manche Leute brauchen ein paar Umwege, bis sie endlich auf dem richtigen landen.«

»Was denn, haahh?« Imans Kopf wippte entrüstet, und ihre Pausbacken wabbelten ein wenig. »Tobah! Tobah! Hör sich das einer an. Möge Allah uns vor solchen Abweichungen schützen. Er hat uns Leitlinien gegeben, weil Er weiß, was das Beste für uns ist. Wir Menschen sind so wankelmütig; wenn wir nicht Gottes Willen hätten, um danach zu leben, würden wir hin- und hergerissen wie Blätter im Wind all unserer Wünsche.«

»Ich glaube nicht, dass *dich* irgendwas vom Kurs abbringen kann.« Ruksana konnte sich für ihre Schwester keinen anderen Wind als einen gemäßigten vorstellen. Iman wusste, was richtig und falsch war, gut und schlecht, und wurde anscheinend nie von Strudeln des Zweifels aufgewühlt wie jeder normale Mensch.

»Manche Kinder kann man unmöglich kontrollieren, egal, was man macht. Du weißt, dass Asisa es prophezeit hat?«, fragte Iman.

Asisa Asis war Scharifs Empfangssekretärin und ein Medium. Sie hatte den Tod von Ruksanas Mann vorhergesagt. Gewöhnlich sprach sie ein schönes Urdu, verfiel aber jedes Mal in gebrochenes Englisch, wenn sie etwas offenbarte – unbeabsichtigt, wie sie sagte. »Können sich alles ändern mit nur Stiche von einer Nadeln«, hatte sie zu Ruksana gesagt, und die hatte diese Worte als Mahnung interpretiert, dass auch die kleinste Tat das Schicksal eines Menschen verändern konnte. Erst später, nach dem Vorfall, war ihr aufgefallen, wie genau Asisas Worte zutrafen.

»Wenn man vorher weiß, dass vielleicht etwas Schlimmes passiert, leidet man aber trotzdem genauso darunter, wenn es eintritt. Die armen Eltern.« Iman schnalzte mit der Zunge.

»Für Sara ist es aber sicherlich auch kein Spaß, nach dem, was du vorhin gesagt hast, mit dem Frauenhaus und so.« Lina kippte ihren Kopf zur Seite, damit sie ihre Mutter beobachten konnte, ohne ihre Sitzposition zu ändern.

»Das hätte sie sich überlegen können, bevor sie sich auf dieses Leben eingelassen hat.« Iman arbeitete energisch lila Farbe mit der Konsistenz von Zahnpasta in Ruksanas Kopfhaut ein. »Jedes Mädchen, das vor der Hochzeit die Beine breit macht, hat das, was danach kommt, verdient.«

Lina schlug ihre Beine fester übereinander, sah in ihr Lehrbuch und war froh, dass ihr Haar das glühende Gesicht wie ein Vorhang verdeckte.

»Ich verstehe nicht, wie sich diese Mädchen einfach für irgendeinen Mann wegwerfen können.«

»*Irgendein* Mann kann es ja wohl nicht gewesen sein.« Die Worte waren ausgesprochen, bevor Lina es verhindern konnte.

Iman erstarrte samt Zahnbürste und sah sie an.

»Ich meine nur, wahrscheinlich hat sie ihn doch geliebt.«

»Eins sage ich dir – dieses Wort da, *Liebe*«, erklärte Iman. »Dieses Wort, mit dem ihr jungen Leute um euch werft, als ließe sich damit alles rechtfertigen – ihr wisst doch gar nicht, was es bedeutet.«

Iman selbst lernte noch immer die Lektionen der Liebe, tastete sich durch deren Schrecknisse und Enttäuschungen und klammerte sich an die Freuden. Es war ihr nicht leichtgefallen, den augenblicklichen Zustand der Erfüllung zu erreichen. Die ersten Jahre mit Scharif waren schwierig gewesen. Anfangs hatte er ausschließlich Englisch mit ihr gesprochen und behauptet, dass sie die Sprache nur so richtig lernen würde.

»Aber ich gehe doch jeden Tag in den Kurs«, hatte sie auf Urdu protestiert, denn sie hatte einen langen Nachmittag in Einsamkeit verbracht und lechzte nun nach einer Unterhaltung in ihrer Muttersprache.

Doch er schüttelte den Kopf, als hätte er sie nicht verstanden. Also war sie gezwungen, sich stockend und bruchstückhaft auszudrücken, und hasste alles, was sie hervorbrachte, denn sie hatte Angst, dass dieser Mann sie nicht lieben könnte, wenn sie so fehlerhafte, hässliche Worte aussprach.

Iman übte stundenlang, was sie ihm sagen wollte, und notierte ihre Gedanken mithilfe des Urdu-Englisch-Wörterbuchs, das er gekauft hatte. Sie wollte erzählen, dass der Lehrer sie am Vormittag gelobt hatte, dass sie von einer anderen Schülerin zum Tee eingeladen worden war, dass am späten Nachmittag ein Mann geklingelt und ihr angeboten hatte, gegen Bezahlung Messer zu schleifen, und dass sie auf dem Heimweg nach dem Einkaufen vom Regen überrascht und klatschnass nach Hause gekommen war. Doch wenn ihr Mann dann tatsächlich vor ihr stand und sie mit stiller, fast abstrakt wirkender Aufmerksamkeit fixierte, waren die Ereignisse ihres Tages plötzlich ganz trivial und passten nur in kurze, schleppende Sätze. So wusste Scharif lange Zeit nicht, dass sie die Sprache viel besser beherrschte, als er annahm. Als ihm eines Tages nach mehr als einem Jahr auffiel, dass die Zeitung schon gelesen oder zumindest durchgeblättert worden war, fragte er sie danach. Sie sah, dass er die Augenbrauen hochzog, als sie die Artikel aufzählte, die sie durchgelesen hatte.

»Und das hast du alles verstanden?«, fragte er.

»Das meiste«, sagte sie.

Danach nahm er sie offenbar ernster und fing an, Fragen zu stellen, statt einfach davon auszugehen, dass sie eben nur sagte, was in den Grenzen ihrer Englischkenntnisse möglich war.

Iman konnte Scharif keineswegs vorwerfen, dass er sie in irgendeiner Weise schlecht behandelte – und doch glaubte sie oft einen Groll wahrzunehmen, den er irgendwo unter der Haut gegen sie hegte. Als nähme er schon daran Anstoß, dass sie einfach sie selbst war. Iman kam nicht auf die Idee, dass er vielleicht selbst eine Verfehlung mit sich herumtrug, die er nicht zugeben konnte, sondern zu kompensieren versuchte, indem er durch Höflichkeit Buße tat. Allmählich ging sie davon aus, dass eine Ehe nun einmal so war: Tagsüber routinemäßige Freundlichkeit und maßvolle Zuneigung, nachts ein kurzes, fleischliches Verschmelzen, und dann kehrten beide auf ihre jeweiligen Bettseiten und zu kalten Gedanken zurück, die sie nicht miteinander teilten – bis zu Linas Geburt.

Im Anschluss daran hatte ihr Mann begonnen, den Abstand zu überwinden. Er starrte das Kind und die Mutter an und bestaunte mit großen Augen, was da entstanden war. Hin und wieder schien es, als nähme er dort etwas wahr, das er zuvor vergeblich gesucht hatte. Oder vielleicht nicht gesucht im eigentlichen Sinne – hätte er doch nie erwartet, es tatsächlich zu finden. Aber wie dem auch sei, ihre Beziehung machte eine Veränderung durch.

Eines Sonntags, als Iman gerade das Baby stillte, kam Scharif und kniete sich neben sie. Sie senkte schüchtern den Blick, denn es machte sie verlegen, dass man ihre Brust im hellen Tageslicht sah. Er schob das Haar weg, das ihr über ein Auge fiel, und ließ seine Hand an ihrem Hals hinuntergleiten. Sanft streichelte er ihre Wange mit dem Daumen. Dann küsste er sie auf den Mund: lange, behutsam und zärtlich. Sehnsucht loderte in ihr auf und steigerte sich zu einem so starken Verlangen, dass sie die Pobacken zusammenkneifen musste. Zum ersten Mal spürte sie, dass sich zwischen ihnen so etwas wie Liebe zeigte. Sie rührte sich nicht, weil sie solche Angst hatte, das Gefühl womöglich zu vertreiben. Selbst nachdem Scharif aufgestanden und weggegangen war, um ihr eine Tasse Tee zu machen, selbst nachdem das Kind den Mund von ihrer entzündeten Brustwarze gelöst hatte, blieb Iman reglos sitzen, als wäre die kostbare, neue Regung dadurch geschützt.

Mit der Zeit verstärkte sich dieses Gefühl, dessen erste Tropfen nun in die Schale ihres Seins geflossen waren. Es füllte sie aus, und hin und wieder strömte es strahlend aus ihren Poren und machte sie schön. Wenn sie sich zufällig in einem Spiegel erblickte, glaubte sie nicht, dass ihr Gesicht sie dort ansah, runder geworden vor Glück. Die Erfüllung war unerwartet gekommen, nach fünf Jahren Ehe, von denen sie drei in Indien gewartet hatte, bis sie zu ihrem Mann kommen konnte, um dann zwei weitere in leidenschaftsloser Gemeinschaft mit ihm zu leben. An solchen Tagen bemerkte auch Scharif dieses Leuchten. Komplimente waren nicht seine Sache, doch er bewunderte sie unverhohlen mit Blicken und später, in der Nacht, auch mit den Händen, und saugte ihr Strahlen mit Ehrfurcht und Demut auf. Was zunächst so fade gewirkt hatte, besaß jetzt eine Erhabenheit, die er verzweifelt zu ermessen versuchte. Und so begann Iman zu glauben, was man ihr immer gesagt hatte: Dass wahre Liebe zwischen Mann und Frau aus Anstand, Geduld und Fortpflanzung erwuchs. Sie hatte etwas gegen Theorien von Liebe auf den ersten Blick oder schicksalhafter Liebe. Unverhohlener Zurschaustellung oder dramatischem Bekunden von Zuneigung begegnete sie skeptisch. Leidenschaft war zu kostbar, um sie der Öffentlichkeit zu präsentieren. Andere Leute und sogar ihre eigene Schwester glaubten, dass sie zu korrekt für große Gefühle war. In Wirklichkeit war Iman zu dezent, um offen zu zeigen, was sie empfand.

»Oh Allah!« Iman hielt inne, als sie die Haare gerade an einer weiteren Stelle mit Farbe betupfte. »Ich muss Scharif anrufen und ihn daran erinnern, dass er seinen blauen Anzug aus der Reinigung holen soll. Lina? Bring mir das Telefon.« Sie zeigte auf das Mobilteil, das auf der Anrichte lag.

»Nein, gib es ihr nicht, Lina!« Ruksana drehte sich um.

»Kannst du den Mann nicht in Ruhe lassen? Du hast ihn schon dreimal angerufen, seit du hier bist. Es ist kein Weltuntergang, wenn er ein, zwei Pflichten vergisst. Komm schon, mach jetzt meine Haare fertig. Ich werde ganz steif, wenn ich so lange auf dem Boden sitzen muss.«

Iman seufzte und nahm ihre Arbeit wieder auf. »Wo war ich stehen geblieben? Ach ja, Liebe ist nie eine gute Ausrede, wenn man Gottes Willen missachtet.«

»Iman, was machst du denn?« Ein Klecks Farbe landete auf Ruksanas Wange. »Willst du mir zusätzlich zu den Haaren auch noch das Gesicht färben? Als hätte ich nicht schon genug Pech im Leben gehabt. Jetzt willst du auch noch mein Aussehen ruinieren!«

»Wenn du mich fragst, niemand hat größeres Pech als Eltern, die von ihren Kindern enttäuscht werden. Eltern, die sich selbst alles versagen, um das Beste für ihre Kinder zu tun, und dann mit völliger Missachtung belohnt werden, oder mit Schlimmerem – mit tiefer Demütigung. Eins sage ich dir nämlich, astaghfirullah, dieser Junge, mit dem Sara weggegangen ist … dieser …« Iman schüttelte den Kopf. Sie brachte es nicht über die Lippen. Der Mann war Chinese. »Es tut mir so leid für Schamim. Das Mädchen hat sogar einen Gerichtsbeschluss gegen ihre Eltern erwirkt, so eine, wie nennt man das …« Sie versuchte, sich an das englische Wort zu erinnern. »Eine Fügung, Zufügung oder so.«

»Verfügung?«, sagte Lina.

»Ja, stellt euch das mal vor! Jetzt dürfen sie sich ihr nicht mehr nähern, ohne verhaftet zu werden, nicht einmal, wenn sie zu ihr wollen.«

»Warum hat sie das gemacht? Haben die sie bedroht?«

»Wenn man es bedrohen nennen will, dass sie ihre Meinung und ihre Gefühle geäußert haben. Was hat sie denn erwartet? Dass sie ihr gratulieren und eine Party schmeißen?« Imans lilafarbene Tschuni rutschte von einer Schulter, weil sie die Zahnbürste schwang wie einen Zauberstab. »Der Vater wollte alles holen, was sie mitgenommen hatte, als sie von zu Hause auszog – Sachen, die er bezahlt hatte. Er wollte Sara alles wegnehmen, was sie je von ihnen bekommen hat. Aber Scharif konnte ihn etwas beruhigen. Er hat gesagt: ›Was bringen dir schon ein paar Kleider und Möbelstücke? Dein Blut rinnt in ihren Adern – willst du das auch abzapfen?‹ Es stimmt. Man gibt seinen Kindern und gibt und gibt, und dann machen sie irgendwas, und alles ist weg. Und man merkt, dass man nichts zurückholen kann. Nichts, das irgendwie wichtig wäre. Obwohl Saras Vater offenbar fand, dass man ihr Blut vergießen sollte. ›Es soll auf der Straße liegen wie meine Ehre, damit die Leute darauf herumtrampeln‹, das hat er gesagt.«

»Und was machen sie jetzt? Die Eltern?«, fragte Lina.

»Was sollen sie machen? Sie sitzen da und sterben langsam vor Scham.« Iman nahm Ruksanas Haare mit einer Faust zusammen und schlang sie zu einem Knoten.

Ihre Schwester hob die Hände und betrachtete ihre Ringe, die im letzten Sonnenlicht funkelten. Ruksana verhielt sich immer, als wäre eine Kamera in der Nähe, die heimlich jede ihrer Bewegungen aufzeichnete. Das gab ihrer gesamten Gestik etwas übertrieben Kokettes, als wäre sie nicht in der banalen Realität ihres eigenen Lebens gefangen, sondern säße in einer der indischen Seifenopern fest, nach denen sie süchtig war.

»Kannst du bitte nach unten sehen? Statt dich wie üblich selbst zu bewundern?«

»Du gönnst einem nicht mal das kleinste Vergnügen.« Ruksana verschränkte die Arme vor der Brust. »Was habe ich denn noch im Leben? Warum kann ich nicht wenigstens schöne Sachen ohne deine Missbilligung genießen?«

Iman presste die Lippen zusammen und zog etwas fester als nötig am Haar ihrer Schwester.

»Autsch.«

»Ich sage dir doch, dass du still sitzen sollst.«

Lina strich mit der Hand über die gebogene Kante von Ruksanas schwarz lackiertem Esstisch, sodass sie überall verschmierte Fingerabdrücke hinterließ. »Wenn Sara ihr Baby hat, empfinden die Eltern vielleicht anders«, sagte sie.

»Nein, tun sie nicht. So viel ist sicher.« Iman schauderte geradezu. »Was Schamim angeht, ist es zwischen ihnen vorbei, sie haben jede Verbindung abgebrochen. Saras Name wird in ihrem Haus nicht einmal mehr erwähnt. Sie ist gestorben für sie, das hat ihre Mutter mir gesagt.«

»Du meinst, sie werden nie wieder miteinander sprechen?« Linas Hals wurde eng.

»Es gibt nichts mehr zu sagen. Was sie getan hat, hat sie getan. Ich verstehe nicht, warum dich das so beschäftigt, du hast doch gar keinen Kontakt mehr zu ihr, oder?« Imans Augenbrauen hoben sich.

Lina kniff die Oberlippe zusammen. »Es ist aber so traurig.«

»Traurig! Was weißt du denn von Traurigkeit?«

Imans Worte verengten ihre Brust.

»Für Sara kann es aber auch nicht einfach sein, dass sie ihre Familie verloren hat«, sagte Lina.

»Einfach oder nicht, sie hat diesen Weg selbst gewählt. Wer die Entscheidung trifft, leidet immer weniger als derjenige, der mit den Konsequenzen leben muss. Ich habe Verständnis für Schamim, ich würde genau dasselbe tun.«

Wenn Lina ihre Mutter nicht so gut gekannt hätte, hätte sie darin eine versteckte Warnung gesehen. Doch Iman war eher der Typ, der mit der Tür ins Haus fiel. Lina begriff, dass ihre Mutter keine Ahnung von Anil hatte, doch diese Erkenntnis brachte keine große Erleichterung. Wenn sie Iman so reden hörte, verstärkte sich nur ihr Gefühl, dass die Beziehung mit Anil zum Scheitern verurteilt war. In den vorangegangenen Wochen war es Lina gelungen, nicht allzu viel über die Zukunft zu spekulieren. Erstaunlich, wie schnell man sich an einen Zustand gewöhnte, der anfangs so unangenehm gewesen war. Alles wurde irgendwie immer leichter: lügen, Anils verschwenderische Großzügigkeit akzeptieren, in Gegenwart anderer mit ihm zusammen sein. Zu Anfällen von Paranoia kam es nach wie vor, doch Lina lernte allmählich, sich auf die immer tiefer werdende Spaltung in ihrem Leben einzustellen.

Und jetzt das.

Lina stand auf und schob ihren Stuhl zurück. Ihre Augen weiteten sich, um das Wasser zu halten, das sich plötzlich darin sammelte. Als sie langsam aus dem Zimmer ging, balancierte sie die Unterteller ihrer Augen wie bei einer vollen Tasse, damit sie nicht überliefen.

»Lina? Wo gehst du denn hin?«, fragte Ruksana.

»Ich bin gleich wieder da!« Ihre Stimme klang fröhlich wie das Klirren von Champagnergläsern. Erst in der Küche platzte ein Laut aus ihr hervor, der wie Schnauben und Schlucken zugleich klang.

Lügen

»Ich würde so gern fahren, aber …« Lina schüttelte den Kopf. »Es geht einfach nicht.«

Sie war mit ihrer besten Freundin Isabel unterwegs zu dem Haus, das diese mit vier anderen Studentinnen in Camden bewohnte. Kirschblüten säumten die Straße, auf der sie gingen. Alle Bäume standen in voller Blüte und wiegten sich sanft wie Brautjungfern in einer langen Prozession. Lina sprach von Anils Wunsch, dass sie ihn in Kenia besuchte. »Wenn es sich nur irgendwie machen ließe … Ich will ihn doch nicht enttäuschen.«

»Ja, ist mir aufgefallen.« Isabel warf Lina einen Seitenblick zu. Ihr kupferroter Bob wurde von einem elastischen Band locker zurückgehalten. »Wir anderen waren in letzter Zeit mehr oder weniger aus dem Rennen, weil du dich so bemühst, ihn zufriedenzustellen.«

»Isabel.« Es klang, als wollte sie sich gleichzeitig entschuldigen, um Verständnis bitten und vorsichtig protestieren. Sie kannten einander schon seit der Grundschule, waren im selben Viertel aufgewachsen und beieinander ein und aus gegangen. Und schließlich waren sie an derselben Uni gelandet, wo Lina Jura und Isabel Soziologie studierte. »Es geht nicht nur darum, *ihn* zufriedenzustellen. Ich *will* ja bei ihm sein, es macht mich glücklich.«

»Hör mal, ich verstehe, dass er gerade Priorität bei dir hat. Das ist okay. Ich akzeptiere das.« Isabel konnte nicht verbergen, was sie wirklich dachte, anders als Lina, die auch dann ein entzücktes Gesicht aufsetzen konnte, wenn sie sich mit dem größten Langweiler der Welt unterhielt. »Aber …«, Isabels eng zusammenstehende graue Augen weiteten sich in ihrem ovalen, sommersprossigen Gesicht, »… du hast immer noch kein Date mit Merc für mich eingefädelt.«

Lina blieb stehen und verzog kritisch die Lippen. »Ich weiß nicht, warum du noch an ihm interessiert bist. Ich habe dir doch erzählt, wie komisch er ist.«

»Ja, aber er ist sooo heiß.«

»Und das weiß er genau. Der Typ trieft vor Ego.« Lina zog die Riemen ihres Rucksacks fest und ging weiter. »Mit dem wirst du dich doch nicht einlassen wollen.«

»Du lieber Himmel, Lina!« Isabel verdrehte die Augen. »Ich bin nicht wie du. Wenn mir ein Mann gefällt, heißt das noch nicht, dass ich gleich Heiratspläne schmiede. Aber jetzt kümmern wir uns erst mal darum, wie ich dich öfter sehe.«

»Am liebsten würde ich mit allen, die mir wichtig sind, irgendwie auf einmal zusammen sein.« Lina ging schneller, um mit Isabel Schritt zu halten. Ihre Freundin konnte sogar in hochhackigen Schuhen Tempo machen. Die Zehnzentimeterabsätze ihrer kniehohen Stiefel an den langen, bestrumpften Beinen klapperten rasch über das Pflaster.

»Kannst du aber nicht. Irgendwann ärgern sich die Leute und sind enttäuscht. Du musst lernen, Nein zu sagen. Das war schon immer dein Problem.« Dann strahlte Isabels Gesicht belustigt. »Andererseits sind wir dadurch Freundinnen geworden. Weißt du noch?«

Beide dachten an jenen Tag an der Grundschule, an dem Isabels Ei-Mayonnaise-Sandwich in den Sandkasten gefallen war. Als ihre Unterlippe daraufhin voller Bestürzung hervortrat, hatte Lina ihr ein Kartoffel-Bhadschi angeboten. Isabel hatte es genommen, misstrauisch abgebissen, gelächelt, den Rest verschlungen und um noch eins gebeten. Und noch eins. Und wirklich nur noch eins. Bis der größte Teil von Linas Mittagessen in ihrem Bauch verschwunden war.

»Klar weiß ich noch, du Fresssack! Ich musste für den Rest der Woche praktisch hungern, weil du mir jeden Tag mein Essen weggenommen hast!«

»Ich wollte dir meine Sandwiches geben. Du hast Nein gesagt.« Isabel kicherte und sprang hoch, um die Blüten an dem Baum zu berühren, unter dem sie gerade vorbeigingen.

»Du weißt warum! Nicht mal du konntest die essen.« Wieder musste Lina sich beeilen, um mit ihrer Freundin gleichzuziehen.

»Wem sagst du das.« Isabel fing an, in den Taschen ihres Stoffbeutels nach ihren Schlüsseln zu suchen. »Meine Mum hat nie herausbekommen, wie man was Essbares herstellt.«

»Wahrscheinlich hatte sie Wichtigeres im Kopf.«

Isabels Vater hatte ihre Mutter Linda kurz vor ihrer Geburt verlassen. Linda hatte das Kind allein aufgezogen und währenddessen Vollzeit als Krankenschwester gearbeitet.

»Das stimmt, aber ich bin froh, dass Iman da war und meine Geschmacksnerven ausgebildet hat. Wer weiß, sonst hätte ich vielleicht nie erfahren, wie lecker Kima Koftas und Machani-Huhn sind. Aber wie dem auch sei«, sagte sie, als sie auf die Tür des gemeinsam genutzten Reihenhauses zugingen. »Diese Sache mit Kenia, ich glaube, es wäre ganz toll, da hinzufahren. Kannst du deinen Eltern nicht erzählen, dass du ein Berufspraktikum machst oder so?«

»Ich will nicht öfter lügen als nötig.« Lina folgte ihr ins Haus. Es roch muffig, eine Mischung aus Rauch, alten Teebeuteln und Kaffee, der zu lange warm gehalten worden war. »Ich glaube, es geht wirklich zu weit, wenn ich jetzt obendrein auch noch einen Job erfinde.«

»Lini, es hat keinen Sinn, wenn man analysiert, in welchem Ausmaß man andere täuscht. Du lügst – Ende der Durchsage. Ob einmal oder zehnmal, ob große oder kleine Lügen, ich finde, das macht keinen Unterschied.« Im langen Flur lagen einige Briefe durcheinander auf dem Boden. Isabel hob sie auf, sah sie durch und ließ sie wieder fallen. Dann stieg sie die knarrende Treppe zu ihrem Mansardenzimmer hinauf. Der braune Teppich war an den Rändern der Stufen ausgefranst.

»Kann sein. Aber ich sollte es trotzdem nicht übertreiben.«

»Tja, dann versuch doch, da drüben wirklich einen Job zu kriegen. Es gibt ganz bestimmt Organisationen, die Praktika anbieten. Frag Anil. Seine Eltern haben sicher ziemlich gute Verbindungen. Vielleicht können sie ja etwas tun.«

Anil gefiel die Idee. Er war überzeugt, dass sein Vater Lina bei einer Nichtregierungsorganisation unterbringen konnte, weil ihm immer jemand einen Gefallen schuldig war. Also fingen sie an zu planen, als würde alles auf jeden Fall so klappen, wie sie es sich vorstellten. Lina wusste nicht, dass Anil seinen Vater gebeten hatte, bei der Suche nach einen Praktikumsplatz für »jemand« zu helfen, ohne auf Einzelheiten einzugehen oder auch nur zu erwähnen, dass diese Person im Haus der Mayurs wohnen würde. Pravar hatte überraschenderweise nicht weiter nachgefragt und nur bemerkt: »Ich hoffe, du folgst diesem Beispiel und sammelst ein paar Erfahrungen in meinem Büro.« Anil hatte eingewilligt. Diesen Preis musste er eben zahlen. Und wenn er tatsächlich ein paar Wochen in der Firma seines Vaters arbeitete, würde das vielleicht die Wirkung der anderen Neuigkeit etwas dämpfen, von der er noch gar nicht gesprochen hatte – dass er nach dem Studienabschluss im Sommer nicht nach Kenia zurückkehren würde. Er hatte sich schon einen Job als Trainee in der Londoner Niederlassung eines angesehenen internationalen Architekturbüros gesichert.

Lina hatte keine Ahnung, dass nicht nur sie unaufrichtig war. Anils Leben war ihr immer wie ein in Leder gebundenes Buch mit feinstem Papier vorgekommen, in dem er nach Belieben skizzieren konnte, was sich dann im Anschluss seinen Wünschen entsprechend ergab. Während ihr eigenes Dasein einem linierten Notizblock mit vorgegebenen Rändern ähnelte, auf dem es nur wenig Spielraum gab.

»Hast du es ihnen schon gesagt?«

Jedes Mal, wenn sie miteinander sprachen, war das Anils erste Frage. Und sie musste jedes Mal zugeben: Nein. Sie hatte es noch nicht geschafft, ihren Eltern zu offenbaren, dass ihr Name für ein Praktikum im Büro der Vereinten Nationen in Nairobi vorgemerkt war, weil Pravar so gute Kontakte hatte und so freigiebig Kitu kidogo verteilte. Schon öfter war sie mit dem festen Vorsatz auf ihre Eltern zugegangen, das Angebot mit ihnen zu besprechen – nur, um sich im letzten Moment selbst abzuwürgen, als hätte sie im Auto plötzlich den falschen Gang eingelegt. Anil konnte diese Ausweichmanöver nicht verstehen.

»Wenn du nicht mitkommen willst, dann sag es doch einfach«, erklärte er.

»Du verstehst nicht, wie das mit meinen Eltern ist. Ich warte nur auf den richtigen Moment.«

»Der richtige Moment kommt nie, man muss ihn herstellen.«

Doch er kam in der Tat, und zwar ohne dass Lina ihn herstellte – ein paar Wochen, bevor sie nach Nairobi fliegen sollte, während sie über ein Wochenende zu Hause war. Der Moment überfiel sie geradezu, denn Iman fing an, über Pläne für eine Familienreise nach Indien im kommenden Sommer zu reden. Alle waren im Wohnzimmer versammelt und sahen sich einen Dokumentarfilm über Murmeltiere an. Scharif saß auf dem Sofa und hatte die Füße auf den Couchtisch gelegt. Unter dem Tisch stapelten sich alte, ungelesene Zeitungen, die er nicht wegwarf, weil er sie angeblich irgendwann durchsehen wollte, wenn er Zeit hatte. Iman machte das wahnsinnig. Auch sein winziges Büro im Erdgeschoss war fast komplett mit Zeitungen vollgestopft. Ab und zu ging sie hinein und warf einen der älteren Stapel weg.

Iman saß mit einer gelben Plastikschüssel auf dem Schoß neben ihm und zupfte Bockshornkleeblätter von den Stielen. Mariam lag bäuchlings auf dem Teppich und blätterte in einer Zeitschrift für Teenager. Die kleine Nasra lag oben mit einer schlimmen Erkältung im Bett, die sie sich nach einer mörderischen Trainingswoche zugezogen hatte, denn sie wollte sich für das Bezirksschwimmteam der Unterzehnjährigen qualifizieren. Lina saß mit seitlich angezogenen Beinen halb versunken in dem bequemen alten Einzelsessel, den Ellbogen auf die Armlehne und den Kopf in die Hand gestützt. Sie tat so, als würde sie sich die Sendung ansehen, war aber nicht bei der Sache.

»Du musst mir sagen, welche Termine ich für dich buchen

soll.« Iman fuhr einen Ellbogen aus und stieß ihren Mann an. »Du hast gesagt, du weißt es Ende dieser Woche.«

Scharif nickte.

Vom Fernsehschirm kroch bläuliches Licht in den Raum und färbte die blassbraunen Blüten auf der Tapete violett.

»Dann bestätige ich jetzt für mich und die Mädchen.«

»Bestätigen?« Lina richtete sich auf. »Dann ist es schon fest?« Ihre Mutter redete seit Monaten von dieser Reise.

»Tja, *wir* fahren alle hin.« Iman blickte ihre Töchter an. »Aber was Baba betrifft, weiß das nur Gott allein.«

»Ich kann nicht während der ganzen Reise dabei sein, so viel ist sicher. Aber vierzehn Tage oder so müssten sich einrichten lassen. Nächste Woche weiß ich mehr.« Scharif wandte den Blick nicht vom Fernseher ab.

»Na was denn, haahh? Nächste Woche, nächste Woche. Tobah, Scharif, du bist doch der *Chef*. Ich weiß nicht, warum du das nicht einfach beschließen kannst. Also, ich buche jetzt unsere Flüge. Wenn ich immer auf dich warte, passiert überhaupt nichts.«

Im Fernsehen verprügelte ein Murmeltierpaar seine weibliche Nachkommenschaft. Dem Filmkommentar zufolge sollten diese Misshandlungen dafür sorgen, dass diese kleinen Nager ihre eigenen Jungen verloren.

»Wie furchtbar.« Iman verzog das Gesicht.

»Die Alten stehen wahrscheinlich unter dem Einfluss von Maulana Akbar.« Mariam stemmte sich hoch und drehte sich um. Ihr mit Frisiercreme gefestigter und gesprayter Pony schnitt in einer starren Diagonale über die Stirn.

»Bismillah! Etwas mehr Respekt – so über deinen alten Lehrer zu reden!«

»Weißt du noch, Lina, wie er immer gesagt hat: ›Wenn ein Mädchen vom richtigen Weg abkommt, dann setzt es Hiebä?‹« Mariam imitierte sein tyrannisches Auftreten und seinen Akzent. »Oder: ›Ein Mädchen, das in die Irre geht, hat Hiebä verdient.‹ Da kriegte man richtig Angst.«

Lina nickte. Sie konnte ihrer kleinen Schwester nicht erklären, dass sich die Drohungen des alten Maulana bereits einlösten, denn scharfe, böse Hiebe der Realität trafen sie immer wieder kurz und heftig, zum Beispiel eben, als ihre Mutter von den Familienferien sprach.

Der Erzähler des Dokumentarfilms erklärte inzwischen, diese Gemeinheit habe durchaus Methode, auch wenn das Verhalten der Murmeltiere zunächst übertrieben grausam erscheine. Es liege im Überlebensinteresse einer Murmeltierfamilie, nicht zu viele Junge hervorzubringen, weil während des Winterschlafs sonst nicht alle gewärmt und beschützt werden könnten.

»Eltern wissen es einfach am besten«, sagte Iman, als wollte sie eine längst bekannte Tatsache bestätigen. »Das ist die Natur, dieser Instinkt, der einem hilft, mit seinen Kindern richtig umzugehen. Meinst du nicht?« Wieder stieß sie ihren Mann mit dem Ellbogen an.

»Schschsch. Hör zu.« Scharif war anderer Meinung. Er fand, dass Eltern ihre Kinder am besten leiteten, wenn sie sich nicht allein auf den Instinkt verließen.

Lina rutschte auf dem Sessel herum, setzte die Füße auf dem Boden ab und beugte sich vor. Sie wusste, dass sie etwas sagen musste, und zwar *sofort.* »Maaaa …« Sie zog an den Säumen ihrer von Mariam geborgten lila Leggings, damit sie die Waden etwas besser bedeckten.

»Na was denn, haahh?« Wenn diese Anrede so lang gezogen wurde, ging es um eine heikle Bitte, das wusste Iman.

»Warte doch mit meiner Buchung auch noch ab.« Ihr Herz schlug schneller. »Ich kann vielleicht gar nicht mitkommen.«

»Warum nicht?« Iman runzelte die Stirn, und selbst Scharif wandte sich vom Fernseher ab.

»Na ja, man hat mir ein Sommerpraktikum bei den Vereinten Nationen angeboten –«

»Den *Vereinten Nationen*?« Scharif war beeindruckt.

»Ich hatte gar nicht damit gerechnet, dass ich es kriege.« Linas Zehen gruben sich in den abgenutzten braunen Teppich. »Ich habe mich einfach so aus Spaß beworben, ein Vorschlag von meinem Tutor. Ich hätte nie gedacht, dass ich da überhaupt Aussichten habe.«

»Tja, das ist sehr gut.« Seine Augen warfen Falten, als sich sein Mund lächelnd in die Breite zog. »Gut gemacht.«

Seine Bewunderung traf sie wie ein Pfeil, und sie musste sich beherrschen, um nicht zu zucken. »Na ja, ich weiß nicht, es war einfach Dusel. Ich bin gar nicht sicher, ob es viel mit meinen Fähigkeiten zu tun hat. Ich glaube, ich hatte einfach Glück.«

»Und dieses Praktizieren da, wann fängt das an, und wie lange dauert das?«, fragte Iman.

Lina nannte die Daten, fügte aber aus Angst nicht hinzu, dass es um Kenia ging.

»Dann kannst du doch am Schluss noch eine Weile dazukommen. Ich wollte sechs Wochen in Delhi bleiben. Mariam und Nasra sind dann bei mir. Dein Vater kann sich uns anschließen, wann immer es ihm passt, und du kannst direkt ab London fliegen, wenn deine Arbeit beendet ist. Oh, aber …« Iman legte eine Hand auf den Mund. Sie dachte plötzlich daran, dass ihre Schwester auch im Ausland sein würde. »Du kannst doch nicht allein in Rockys großem Haus wohnen! Da bist du nicht sicher.«

»Ma, also, das Praktikum ist in einem Büro der Vereinten Nationen in Kenia. Und wenn ich schon mal hinfahre, wäre es natürlich toll, nach dem Praktikum noch ein, zwei Wochen zu bleiben und etwas vom Land zu sehen.« Ein Wortschwall ergoss sich aus ihr, der schon lange hinauswollte: viel zu oft geprobt und ausdruckslos.

Ihre Eltern sahen einander an.

»Was denn, haahh? Kenia? Eins sage ich dir, das ist ausgeschlossen. Du kannst doch nicht allein dorthin fahren! Wo willst du denn wohnen? Wir kennen niemanden in Kenia.« Iman schüttelte den Kopf und platzierte die gelbe Schüssel so auf der Armlehne des Sofas, dass sie im Gleichgewicht war.

Scharif richtete sich langsam auf und suchte nach der richtigen Taste der Fernbedienung, um den Ton leiser zu stellen. Er nahm die Füße vom Couchtisch, setzte sie auf dem Boden ab, beugte sich vor und stützte beide Ellbogen auf die Knie. »Warum Kenia?«

»Das Büro dort gehört zu den größten«, sagte Lina. »Genauer gesagt ist es das viertgrößte. Also ein wichtiges Zentrum in der Region. Und sie haben eine Stelle frei ...«

»Was ist mit den praktischen Fragen? Die Kosten für Anreise und Unterkunft? Wirst du für das bezahlt, was du da machst? Wie funktioniert das alles?« Weil Scharif Lina ansah, merkte er nicht, dass Mariam um den Couchtisch herumrutschte und sich die Fernbedienung schnappte. Selbst als das rote Licht eines Musikvideos vom Bildschirm auf alle Gesichter fiel, konzentrierte er sich weiter auf seine älteste Tochter.

Unter dem intensiven Blick des Vaters vergaß Lina ihren Text. »Äh, ich weiß nicht so genau, ich meine, ja. Da ist alles abgedeckt, Baba. Fast, also, ich meine, sie übernehmen die Flüge. Hin und zurück. Und sie zahlen zwar kein richtiges Gehalt, aber man kriegt ein bisschen Geld, so ähnlich wie, weißt du, Spesen, irgendwie. Für das, was man so isst, und für Reisen und so weiter.« Es lief nicht gut.

»Und die Unterkunft?«

»Oh, äh, ja, äh, die helfen einem schon, etwas zu suchen, wenn nötig, aber ich habe Glück, weil meine Freundin, weißt du, die von der Uni, die in Nairobi lebt? Sie hat gesagt, ich kann bei ihr wohnen.«

»Was denn, haahh? Ist das die Freundin, von der du Briefe bekommen hast?« Iman presste die Finger der rechten Hand an die Schläfen, als wollte sie die Erinnerung lokalisieren. »Wir kennen sie nicht mal persönlich. Und wir haben keine Ahnung von ihrer Familie. Hör zu, wir können dich nicht einfach um die halbe Welt reisen lassen, damit du da bei fremden Leuten wohnst. Sag ihr das, Scharif.« Sie rutschte etwas näher an ihren Mann heran, als wollte sie die gemeinsame Front demonstrieren.

»Ich muss der Geschäftsleitung zustimmen. Als du von den Vereinten Nationen gesprochen hast, dachte ich, du arbeitest dann in London.«

Ein Teil von Lina hätte das Gespräch gern beendet und aufgegeben. Doch etwas anderes in ihr dachte daran, wie Anil reagieren würde, wenn sie ihm sagte, dass ihre Pläne gescheitert waren und sie den Sommer auf dem indischen Subkontinent verbringen würde.

»Es ist so, Baba –« Lina holte tief Luft. Eine Hand krallte sich in ihr fließendes weißes Leinenoberteil. Es war schon jetzt nur noch ein zerknitterter Schatten des frischen, gestärkten Kleidungsstücks, das sie am Morgen angezogen hatte. Es bauschte sich um sie mit sämtlichen Falten, die sich im Lauf des Tages gebildet hatten, jede Bewegung hatte sich in den Stoff gegraben wie jede Lüge in ihr Gewissen. »Man hat mir nun einmal Kenia angeboten. Die Konkurrenz ist riesengroß. Wenn ich ablehne, stehen jede Menge Leute auf der Warteliste, die es nur zu gern machen. Und ich bekomme vielleicht nie wieder so eine Chance.«

Scharif verstand die zittrige Stimme und die verkrampfte Hand als Zeichen dafür, wie gern sie das Praktikum machen wollte, und lehnte sich zurück.

Lina sah in seinem Schweigen einen Ausdruck des Zweifels. »Es wird toll aussehen in meinem Lebenslauf. Du sagst doch immer, dass ein guter Abschluss nicht alles ist.«

Scharif nickte.

»Tobah! So etwas Schamloses.« Iman starrte den Fernsehschirm an, wo Mädchen in silbernen Catsuits provozierende Posen einnahmen. »Was siehst du da für einen Müll, Mariam? Hat dich das auf die Idee gebracht, diese dummen engen Hosen zu tragen?«

»Das heißt Leggings«, sagte Mariam, ohne ihre Mutter anzusehen.

»Und das andere, was du da anhast.« Sie warf einen Blick auf Mariams ärmelloses Top und verzog das Gesicht. »Wie heißt das? Toppings? Wag es nicht, auch nur daran zu denken, dass du in diesen Sachen das Haus verlässt.«

Mariam beachtete sie immer noch nicht.

»Ich muss wohl wieder mit dir einkaufen gehen, wenn du dir

so einen Müll aussuchst. Jetzt mach die schöne Tiersendung wieder an.« Iman wartete ab, bis Mariam gehorchte, und wandte sich dann wieder an Lina. »Hör mir zu, sag denen, deine Kultur erlaubt das nicht. Wenn sie so angetan von dir sind, werden sie was anderes für dich finden, etwas, das näher an zu Hause ist.«

»Welche Kultur, Ma? Wir sind hier doch nicht in Saudi-Arabien.«

»Egal, wo man lebt, zeig mir die guten muslimischen Eltern, die ihre Tochter ganz allein in Afrika herumstromern lassen.«

Lina hielt den Kampf für verloren, setzte ihn aber fort. »Eigentlich konnte ich selbst kaum glauben, dass sie mich aus so vielen Kandidaten ausgewählt haben. Ein bisschen rechne ich immer noch damit, dass sie auf einmal sagen, es war ein Irrtum oder so. Ich dachte, das Schwerste ist, dieses Praktikum zu kriegen, nicht euch zu überzeugen.« Ihr grüner Blick fixierte Scharif wie ein Saugnapf. Und er spürte, dass er ihren inständigen Bitten schon nachgab.

»Die Chance ist wirklich einmalig, kein Zweifel«, sagte er. »Vielleicht finden wir ja einen Weg, und es funktioniert, inschallah, so Gott will. Lass mich darüber nachdenken.«

»Was denn, haahh? Willst du mitfahren und ein Auge auf sie haben?« Als Iman gereizt aufstand, stieß sie versehentlich an die gelbe Schüssel, die gefährlich schwankte, aber noch rechtzeitig aufgefangen wurde. »Es ist zu heiß zum Kochen.« Beim Hinausgehen drehte Iman sich im Türdurchgang um. »Wenn du mich fragst, solltest du diese ganze Idee vergessen, Lina, und deinen Vater nicht länger belästigen. Scharif, bitte, hm, jetzt sitzt nicht stundenlang herum und diskutiert.«

Als sie draußen war, fing Mariam sofort wieder an zu zappen.

»Baba? Und? Was denkst du?«, fragte Lina.

»Wann musst du zusagen?«

»Davon gehen die mehr oder weniger aus. Ich meine, die rechnen nicht damit, dass man ablehnt. Aber wenn ich es nicht mache, muss ich natürlich so bald wie möglich Bescheid sagen. Das ist nur fair.«

Scharif sah den Bildern zu, die über den Bildschirm zuckten, während Mariam gelangweilt auf die Fernbedienung drückte und meckerte, weil nichts Gutes lief.

Lina saß still da und wartete darauf, dass ihr Vater etwas sagte.

»Wer ist die Freundin, bei der du da wohnen willst?«

Sie erklärte, dass Schanila Mayur mit ihr zusammen studiere. Sie seien im Lauf des letzten Jahres sehr gute Freundinnen geworden, und Schanilas Familie, die ziemlich wohlhabend sei, wolle Lina gern aufnehmen. Linas Blick war unstet und wich seinem mehrmals aus, während sie das alles schilderte.

»Ich habe im Prinzip nichts dagegen.« Scharif kratzte sich im Nacken. Weil er seit zwei Monaten nicht mehr beim Friseur gewesen war, ringelten sich auf seinem Kopf dichte, ergrauende Locken. Die Spitzen hingen unordentlich bis in den Nacken. »Aber du musst verstehen, dass deine Mutter und ich Bedenken haben.« Während er weiter überlegte, atmete er lange und langsam ein und ähnlich bedächtig wieder aus, als würde er über das Problem meditieren. »Ist das eine gute Familie?«

Sie wusste, worauf er abzielte. »Es sind Sikhs.«

»Dann sind es anständige, gläubige Menschen.« Vielleicht wollte er sich selbst zu etwas überreden. Scharif drückte die Zipfel seines Schnurrbarts mit Daumen und Zeigefinger platt. »Und hat Schanila Geschwister?«

Wie es klang, wenn er den Namen aussprach! Lina hätte am liebsten mit den Zähnen geknirscht. »Sie ist ein Einzelkind.«

»Ich möchte mit den Eltern sprechen«, sagte er.

Lina krümmte sich und rutschte vor, bis ihr Po auf der äußersten Sitzkante hing. Damit hatte sie nicht gerechnet. »Baba, so was hast du gemacht, als ich neun war. Ich verstehe nicht, was du davon hast. Was erfährst du schon durch einen Anruf?«

»Wenn deine Freundin Schanila für einen Monat zu uns käme und ihre Eltern sich nicht die Mühe machen würden, vorher mit mir in Kontakt zu treten, würde ich nicht allzu gut von ihnen denken. Es ist eine Frage der Höflichkeit, Lina. Sie werden mehr Achtung vor dir haben, wenn ich mit ihnen spreche.« Die aschfarbene Schwiele auf seiner Stirn wirkte gerade besonders ausgeprägt. Lina verspürte den Drang, die Hand auszustrecken und sie wegzuwischen, wie sie es Jahre zuvor versucht hatte, als der Fleck sich gerade abzuzeichnen begann wie der Abdruck einer schmutzigen Hand an einer frisch gestrichenen Mauer. Nun wirkte der raue Kreis geradezu herausfordernd auf sie. Ich habe innen einen schwarzen Fleck, dachte sie. Einen Klumpen, undurchdringlich wie die Nacht, der den Keim der Unwahrheit trug.

»Ich weiß nicht, Baba. Vielleicht sollte ich die ganze Sache einfach vergessen.« Sie blickte zu Boden.

Scharif protestierte, denn ihre enttäuschte Körperhaltung bekümmerte ihn. »Sei nicht albern. Warum denn so defätistisch? Wo ist das Problem, wenn ich mit der Familie spreche? Dann geht es mir besser, die Geschäftsleitung ist zufrieden, und dir schadet es nichts. Und?«

Anscheinend gab es kein Entrinnen.

Als Scharif wenig später Besuch bekam, erklärte er stolz: »Lina hat es geschafft, ein Sommerpraktikum bei den Vereinten Nationen zu bekommen.« Sie versuchte, von sich fernzuhalten, was das Wort »geschafft« implizierte, denn es prahlte mit einer Leistung, wo sie doch gar keine erbracht hatte – außer vielleicht, ihre Rolle in einem Betrugsszenario mehr oder weniger überzeugend gespielt zu haben.

Als es Abend wurde und Lina für die Fahrt zurück nach London packte, schien ihre Schande anzuschwellen wie eine Entzündung. Ganz unten in ihrer Tasche lag das Bündel mit sämtlichen Briefen, die sie von Anil bekommen hatte. Auch sie reisten hin und her zwischen den Orten, an denen sie zu Hause war. Lina hatte das Gefühl, dass sie bei ihr sicherer waren, denn so bekam sie niemand anders in die Finger. Isabel bot zwar an, sie aufzubewahren, aber Lina hatte sie ihr bislang noch nicht gegeben. Sie tastete nach dem Bündel und nahm es fest in die Hand wie ein Totem, das ihr die Kraft zum Weitermachen gab.

Als Scharif hereinkam, stopfte sie die Briefe schnell zurück und schob ein paar Kleider darüber. Er wollte gerade etwas sagen, als sein Blick auf ein Buch fiel, das neben ihrer Railcard und ihrem Portemonnaie auf dem Schreibtisch lag. Er nahm es in die Hand und strich mit den Fingern langsam über den Titel, *Du bist mein anderes Ich*, und über den Verfassernamen, S. M. Turner. Dann sah er sich den Klappentext an. Lina packte weiter.

»Liest du das gerade?« Er klang so anders als sonst. Lina blickte auf, um zu sehen, ob er etwas dagegen hatte, aber er wirkte nur sehr überrascht.

»Ja. Eine Freundin hat es mir geliehen.« Merc hatte ihr und Anil je ein Exemplar des Romans als lehrreiche Warnung geschenkt. Er erzählte von einer Affäre zwischen einem Muslim und einer Ungläubigen, die am Ende scheiterte. Anil hatte den Ton weinerlich gefunden und Lina empfohlen, sich die Lektüre des Buchs zu sparen, aber sie war neugierig gewesen, denn Merc hatte so viel darüber erzählt.

Scharif schlug das Buch auf und warf einen Blick auf die erste Seite, dann klappte er es rasch wieder zu. »Was hältst du davon?«

Sie war nicht sicher, ob das eine Fangfrage war. »Ich habe es erst zur Hälfte gelesen.«

»Die Autorin ist berühmt geworden, da war ich ein bisschen älter als du jetzt.«

Lina legte weiter ihre Sachen zusammen und packte sie ein. »Sie stand noch mal in der Zeitung, weil sie neulich gestorben ist. Anscheinend ist sie unter einen Zug geraten. Kann sein, dass es Selbstmord war.« Merc hatte verschiedene Würdigungen gesehen und bemerkt, dass immer wieder vom ersten Roman der Autorin die Rede war, von *Du bist mein anderes Ich*. Aus diesem Grund hatte er ihn lesen wollen. »Bis jetzt ist das Buch ganz fesselnd.« Sie drehte sich um, doch ihr Vater war schon hinausgegangen.

II

Verschiedene Welten

Als Pravar begriff, dass die Person, der er zu einem Praktikum verholfen hatte, Anils Freundin war, dass diese Freundin den Sommer über in seinem Haus wohnen würde und dass sie – zu allem Überfluss – auch noch Muslimin war, reagierte er empört.

»Seit wann sind wir so verwestlicht, dass wir Derartiges unter unserem Dach erlauben?« Er verschränkte die Finger und bog dann die Hände durch, bis jeder einzelne Finger knackte. »Und wieso hat er sich eine Muslimin ausgesucht? Ausgerechnet, unter allen Mädchen der Welt, Minnie? Wieso eine von *denen*?« Als hätte er nie etwas mit Muslimen zu tun gehabt.

Pravar hatte wie viele Sikhs ein etwas chaotisches Verständnis von der Geschichte seines Volkes, innerhalb derer vom Mogulreich über die Teilung Indiens bis auf den gegenwärtigen Tag die Verfolgung durch Muslime das vorherrschende Motiv zu sein schien. Das Vorurteil war allgegenwärtig, aber wie ein Fleck, den man nur bei bestimmter Beleuchtung sah.

Minnie konnte Anils Wahl auch nicht nachvollziehen, aber was sollte man machen? Kinder taten heutzutage nun mal, was sie wollten, und wenn ihre Eltern etwas dagegen hatten, gingen sie gar nicht darauf ein oder brachen im schlimmsten Fall jede Verbindung ab. Das erklärte sie Pravar, während sie den milchigen Gazevorhang zurechtzupfte, der ihr Super-Kingsize-Himmelbett umgab. Sie hatte sich einen Moment spätabends nach einer gelungenen Party ausgesucht, um Pravar die Pläne ihres Sohns zu unterbreiten, weil sie davon ausging, dass er zugänglicher sein würde, wenn er ein bisschen betrunken war. »Ich glaube, bei der jungen Generation zählt vor allem der Reiz. Reg dich darüber nicht auf. Anil ist jung, er ist zum ersten Mal richtig verliebt, und es kann doch nichts schaden.«

»Nichts schaden!« Pravar schob die Vorhänge beiseite, die seine Frau gerade geschlossen hatte. »Was, wenn er beschließt, dieses Mädchen zu heiraten?«

»Ach, da besteht doch kaum eine Chance.« Sie spielte den Gedanken herunter, obwohl es sie selbst erstaunte, wie viel Anil für das Mädchen empfand. Wie er sie angefleht hatte, damit sie bei seinem Plan mitspielte, Lina herzuholen – und wie sie sogar die Eltern des Mädchens hatte anlügen müssen, als hinge seine geistige Gesundheit davon ab! Er hatte gedroht, im Sommer gar nicht zu kommen, wenn Lina nicht dabei sein konnte. Also hatte Minnie eingewilligt und sich nur gefragt, wie lange er Lina wohl anbeten würde. Sie ging davon aus, dass es nicht sehr lange dauern konnte, denn Anils Obsessionen kamen normalerweise in kurzen Schüben, wie Schnupfen.

»Man kann nie wissen, wenn ihm jetzt schon so viel an ihr liegt. Er hat noch nie versucht, ein Mädchen hier unterzubringen.«

»Ich halte das für unwahrscheinlich.« Minnie schob ein paar Kissen beiseite und schlüpfte ins Bett. »Wie viele junge Leute heiraten heutzutage ihre erste Liebe? Die wollen Erfahrungen sammeln. Alle haben mindestens ein, zwei Beziehungen, bevor sie sich festlegen.«

Pravar grunzte und stieg neben seiner Frau ins Bett. Weil er zu aufgeregt war, um sich hinzulegen, saß er da und kratzte sich an der Brust, die alle Haare von seinem Kopf gestohlen zu haben schien. »Was werden die Leute sagen?«

»Niemand wird sich trauen, irgendetwas zu sagen.« Jedenfalls nicht direkt. Die Mayurs waren durch ihr Geld über jedes Urteil erhaben. Oder zumindest über dessen Konsequenzen. Andere Leute wurden vielleicht für Skandale in ihrer Familie geächtet, aber kaum jemand konnte es sich leisten, mit den Mayurs über Kreuz zu sein. »Ich glaube wirklich nicht, dass es so weit kommt. Anil ist ein bisschen wie du: Wenn man ihm etwas verweigert, dann will er es erst recht. Deswegen denke ich, es hat keinen Sinn, einen Aufstand zu machen. Das treibt ihn nur noch mehr in die Arme dieses Mädchens«, sagte Minnie.

»Sehr komisch, dass ihre Eltern sie herkommen lassen. Wer schickt denn seine Tochter einfach so zu fremden Leuten?«

Minnie räusperte sich und zog ihre Bettdecke bis unter das Kinn. Sie hatte Pravar nichts von der Täuschung erzählt: dass aus Anil ihre Tochter Schanila geworden war. Pravar hätte das als belanglose Flunkerei abgetan – schließlich gab er sich nur in größerem Stil mit Unwahrheiten ab. »Nein, nein. Sie wirken sehr anständig. Der Vater hat mich angerufen, er war anscheinend etwas besorgt, weil Lina allein herkommt. Er hat sogar gefragt, ob er uns etwas geben soll, weil wir sie so lange versorgen. Sehr lieber Mensch, dachte ich jedenfalls.«

»Aber trotzdem – dass sie zu ihrem Freund fahren darf. Das ist sehr liberal. Solche Muslime sind mir noch nie begegnet. Nein. Absolut nicht.« Seine Finger trommelten gegen die Schläfen, als würde er in seinen Erinnerungen wühlen, um ganz sicherzugehen.

»Oh nein. Die wissen gar nichts, von wegen Pärchen und so. Sie glauben, die beiden sind nur befreundet.« Minnie beschloss, nicht näher darauf einzugehen. »Der Vater, Scharif heißt er, der war sehr stolz, dass sie dieses Berufspraktikumsdings bei den Vereinten Nationen bekommen hat. Deswegen darf sie auch kommen.«

Pravar gähnte und sagte: »Scharif, hm?« Der Name bedeutete seines Wissens »redlich«. »Ich hoffe, das ist die Tochter auch.«

Minnie brachte Lina in einem Gästezimmer unter, das auf demselben Flur wie Anils Zimmer lag. Als in der ersten Nacht alle schlafen gegangen waren, schlich Anil sich über den kalten Marmor zu ihr, auf Zehenspitzen wie ein Dieb. Am meisten hatte er sich darauf gefreut, dass sie ununterbrochen zusammen sein würden, während Lina in Kenia war: ganze Tage und Nächte gemeinsam verbringen, im selben Bett aufwachen, Unternehmungen planen, ohne darauf Rücksicht zu nehmen, dass sie in ihrem Leben so vielen anderen Menschen verpflichtet war. Doch als er ins Zimmer trat, war sie völlig entgeistert.

»Anil?« Sie hörte, wie die Tür aufging und sich gleich wieder schloss.

»Schschsch.« Er streckte die Hände aus und tastete sich durch das Dunkel voran, als würde er in den tiefen Taschen eines Gepäckstücks etwas suchen.

»Anil! Was machst du?« Sie setzte sich auf, als sein Gewicht die Matratze niederdrückte.

»Ich will bei dir sein.« Er beugte sich vor und suchte nach ihrem Gesicht. Nichts war zu sehen, nur ein schwacher, samtig blauer Lichtschein, der die Vorhänge am Fenster umrahmte. »Wir haben noch nie im selben Bett geschlafen.«

»Aber deine Eltern!« Ihr Flüstern klang panisch.

»Na und? Die schlafen. Niemand weiß es.«

»Aber wir sind in ihrem Haus!« Sie schob ihn weg. »Ich kann das nicht. Bitte, Anil. Was sollen sie denken, wenn sie dahinterkommen?«

»Das werden sie nicht.«

»Nein.« Lina stieg aus dem Bett und zog an den Ärmeln ihres langen Nachthemds. »*Bitte*. Das ist nicht *richtig*.«

»Du bist albern. Meinen Eltern ist das egal. Welches junge Paar will denn nicht im selben Zimmer schlafen? Solange wir das nicht offen tun.« Er tastete nach ihr, als wäre eine Berührung überzeugender als Worte. »Lina?«

Sie trat noch einen Schritt zurück und stieß plötzlich gegen den Schrank. *»Bitte.«* Es klang, als würde sie einen Angreifer beschwören, von ihr abzulassen. Daraufhin blieb Anil stehen.

»Umarmst du mich wenigstens mal?« Er stand unmittelbar vor ihr.

Sie merkte, dass er bis auf seine Boxershorts nackt war. »Jetzt nicht. *Bitte*.«

»Was ist denn los mit dir?«

»Ich kann nicht. Nicht hier.« Sie hatte das Gesicht abgewandt und drückte die linke Wange wie den Rest ihres Körpers an die lackierte Oberfläche des Schranks. »Wenn wir allein sind …«

»Dann halt nicht, Lina.« Er ging rasch hinaus.

Anil hatte nicht erwartet, dass Lina ihr Praktikum so ernst nehmen würde. Für ihn war es nichts anderes als ein legitimes Dach, unter dem sie ihre Liaison fortsetzen konnten. Er hatte gedacht, dass sie früh Feierabend machen und ohne Bedenken ab und zu einen Tag schwänzen würde – genau das hatte er sich nämlich für die Wochen vorgenommen, in denen er nun in der Firma seines Vaters helfen musste. Doch Lina verhielt sich schon nach ihrem ersten Tag im UN-Flüchtlingskommissariat von Nairobi wie eine langjährige, fest angestellte, für die Organisation unentbehrliche Mitarbeiterin. Anil fuhr sie jeden Morgen zur Arbeit und machte sich dann auf den Weg zu Pravars Büro. Lina war immer pünktlich, während er herumtrödelte und Ausreden suchte, um sich mehr Zeit nehmen zu können. Halb im Scherz sagte er, dass er froh wäre, wenn sie nun auch ständig zu spät kommen würde, wie sonst. Ihr war es zu verdanken, dass er letztlich noch vor seinem Vater im Büro erschien.

Anil chauffierte Lina gern herum, weil sie dann miteinander allein waren, aber Lina war oft abgelenkt. Er und andere Fahrer ärgerten sich ständig über die Matatus, die laut hupend an ihnen vorbeizogen, doch für Lina waren sie neu und amüsant.

»Schau dir das da an!« Fasziniert zeigte sie mitten in einem Gespräch plötzlich auf ein knallbuntes Sammeltaxi, das quer über eine Seite mit dem lächerlichen Namen *Necessary Noise* beschriftet war. Das Gefährt fuhr mit aufheulendem Motor auf den Gehweg, um sie zu überholen. Die Musik im Matatu dröhnte so laut, dass die Vibration des Basses bis in ihr Auto drang. »Wie halten die diesen Lärm aus?«, fragte sich Lina und starrte die zusammengedrängten Leute in dem Wagen an.

»Das ist ein Teenie-Matatu.« Anil erklärte, dass es Sammeltaxis eigens für Teenager und für Leute gab, die im Herzen jung geblieben waren.

»Eine Art mobile Disco.« Lina reckte den Hals, als ein weiteres, *Feel the Flow* getauftes Fahrzeug dem Beispiel von *Necessary Noise* folgend über den Gehweg raste und stehende Autos überholte, die an der Ampel auf Grün warteten. In der Tür hing ein Kundenfänger, gekleidet wie ein amerikanischer Rapper, und schrie die Fußgänger an, damit sie schleunigst aus dem Weg gingen.

Anil trommelte mit den Fingern auf das Lenkrad. »Da laufen immer die neuesten Hits. Viele kenianische Musiker veröffentlichen ihre Singles zuerst in solchen Teenie-Matatus.« Er drückte auf die Hupe, als ein weiterer Kleinbus auf dem Gehweg am Verkehr vorbeiziehen wollte. Darauf folgte ein Hupkonzert, denn andere Fahrer taten mit. *Necessary Noise* und *Feel the Flow* waren schon an den wartenden Autos vorbeigeflitzt, als die Ampel umsprang.

Lina lachte. »Das ist verrückt!« Sie hatte das Gefühl, dass sie sich nie an die seltsamen Regeln des kenianischen Straßenverkehrs gewöhnen würde, egal, wie oft sie durch diese Straßen fuhr. Neben ihnen fuhr inzwischen ein Matatu, auf dessen stahlblauem Lack die Worte *Jesus Saves* prangten. Auch dort lief Musik, allerdings in nicht ganz so ohrenbetäubender Lautstärke. Wenn Lina ihr Fenster heruntergelassen hätte, wären die süßen Klänge von *Ja, Jesus liebt dich …* zu hören gewesen. Auf Anils Seite schob sich ein weiteres Matatu voran. Auch das wirkte nüchterner als die für Teenies vorgesehenen und trug den stolzen Namen *Genesis.*

»Das sind zwei Gospel-Matatus.« Anil hielt entschlossen die Spur, weil er *Jesus Saves* nicht vor sich einscheren lassen wollte. »Die fahren mit Bibelzitaten herum und spielen ständig Gospelmusik.«

»Im Ernst?« Lina rieb sich die bloßen Arme. Durch die Klimaanlage war es im Auto kühl. Iman wäre entsetzt gewesen beim Anblick der BH-Träger, die man neben den Spaghettiträgern des leichten Sommerkleids auf Linas nackten Schultern sah. »Was für Matatus gibt es noch?« Lina sah sich nach weiteren Vehikeln dieser Art um. Anders als die anonymen Verkehrsmittel zu Hause wirkten sie wie Individuen mit unterschiedlicher Persönlichkeit. Und mit welchem jemand fuhr, sagte eine Menge über ihn aus. »Am lustigsten war bis jetzt das Modell gestern, das aussah wie eine Tasche von Louis Vuitton.«

»Ein Designer-Matatu. Buchstäblich prêt-à-porter.«

»Schau!« Sie zeigte auf eines, das *That's That* hieß. »Ist das für Teenies?«

»Glaube ich nicht. Die Musik ist zu leise.« Die Ampel wurde rot, und wieder mussten sie halten. Anils Lippen blähten sich, als er ungeduldig Luft ausstieß. »Es sei denn, der Fahrer war clever und hat einen Polizisten entdeckt.« Er blickte sich um, ob irgendwo ein Verkehrspolizist aufgetaucht war. »Die halten sich demonstrativ an die Regeln, sobald sie Polizei sehen. Aber meistens stecken die sowieso alle unter einer Decke.«

»Wirklich?« Lina rückte vor, wandte sich um und sah ihn an. »Inwiefern?«

»Kitu kidogo.« Anil rieb imaginäres Geld zwischen den Fingern. »Und alle anderen müssen darunter leiden, dass diese lauten Kisten König der Straße spielen.«

»Unternehmen die Behörden denn nichts dagegen?«

Ein Verkäufer klopfte an die Windschutzscheibe und hielt eine stattliche Auswahl Zeitschriften hoch. Lina staunte, als sie Titel sah, die man bei jedem Zeitschriftenhändler in Großbritannien bekam: *Times*, *Vogue*, *Newsweek*. Anil beachtete den Verkäufer nicht, aber Lina winkte, lächelte und schüttelte den Kopf.

»Diese verfluchten Matatus gehören oft Politikern oder ranghohen Polizisten. Ein normales Matatu kann seine Strecke an einem Tag vielleicht sieben- oder achtmal fahren. Aber wer Freunde an höheren Stellen hat, schafft es mit Eckenschneiden zehn- bis zwölfmal. Und mehr Fahrten bedeuten schließlich mehr Geld, klar.«

»Das ist ja furchtbar.« Lina sank in ihren Sitz zurück. »Ist irgendetwas in diesem Land nicht von Korruption verseucht?«

»Kaum. Sogar die Regierung verhält sich wie ein Matatu. Macht, was sie will, bricht sämtliche Regeln und dröhnt die Bevölkerung mit Lügen zu.« Inzwischen fuhren sie wieder und ließen den schlimmsten Verkehr allmählich hinter sich.

»Ich weiß nicht, ob ich in so einem Land leben könnte«, sagte Lina, als sie einen Kreisel ohne Fahrbahnmarkierung passierten.

Anil zuckte mit den Schultern. »Man gewöhnt sich dran.« Ein Matatu mit der Aufschrift *Dirty Trix* kreuzte vor ihnen die Straße. »Merc hat mir erzählt, dass es auch Zuhälter-Matatus gibt.«

»Wie meinst du das?« Lina machte große Augen.

»Viele haben Fernseher, und da laufen mittlerweile Pornos.«

»Mein Gott.« Lina zog ein Gesicht. Wer wäre darauf gekommen, dass die öffentlichen Verkehrsmittel einer Stadt noch viel mehr zu bieten haben könnten als die Fahrt von A nach B?

Eine Woche nach ihrer Ankunft in Nairobi besuchte Lina zum ersten Mal ein Flüchtlingslager, zusammen mit Kollegen vom Büro der Vereinten Nationen. Sie flogen in den Norden von Kenia, wo sich das Lager befand. Durch ein Flugzeugfenster konnte Lina den Schatten der kleinen Fokker über die Erde wandern sehen. Das Land war flach und verdorrt, die Vegetation spärlich. Wo sich Akazienbäume erhoben, zeigten ihre Stämme zum Himmel wie Mittelfinger, die der Sonne in ihrer Unverwüstlichkeit trotzten. Kleinere, wie alte Bettler gekrümmte Büsche klammerten sich an die Erde. Über die Ebene rannten vom Brummen des Flugzeugs aufgeschreckte Giraffen und Gazellen.

Lina konnte sich nicht vorstellen, wie in dieser Landschaft irgendetwas überlebte, und doch gab es Tausende Flüchtlinge aus Somalia und dem Sudan, die ganz in der Nähe wohnten oder eher ihr Dasein fristeten. Zur Vorbereitung auf die Reise hatte sie Berichte über Dadaab gelesen, grauenhafte Berichte. Beim Anblick der leeren Weite fiel ihr die Aussage eines Flüchtlings ein, der schon fast zehn Jahre in diesem Lager war: »Wir haben hier nichts gelernt außer Hungern, und wir besitzen nichts als Zeit.«

Um Lina herum unterhielten sich Mitarbeiter der Vereinten Nationen, die den neuen Regionaldirektor Peter Merton bei seinem Besuch in Dadaab begleiteten.

»Ich sagte ja schon, meiner Meinung nach lässt sich die Gewalt nur eindämmen, wenn man für unterschiedliche Stämme unterschiedliche Lager einrichtet. A-ha?«, sagte Mildred Waraira, die Leiterin des örtlichen Büros.

Peter Merton hielt weitere Trennungen dieser Art nicht für sinnvoll. Auf diese Weise war man bis zu einem gewissen Grad schon im nahe gelegenen Lager Kakuma verfahren, und er wollte nicht, dass es zur Regel wurde. Er zog ein Taschentuch hervor und tupfte seine Stirnglatze ab. »Die Menschen müssen lernen, zusammenzuleben. Sie haben alle gelitten, und sie haben es alle geschafft, sich in relative Sicherheit zu bringen. Wenn wir die Gruppen gettoisieren, verschärft das Vorurteile und Rivalitäten. Und außerdem, je mehr Lager wir haben, desto größer wird unser Sicherheitsproblem.« Die Situation war bereits äußerst beunruhigend. Abgesehen von den Zusammenstößen zwischen den Bewohnern verübten Banditen immer wieder bewaffnete Raubüberfälle auf das Lager. Mit den Regierungen benachbarter Staaten liefen bereits Gespräche, ob man die Grenzen schließen sollte, um die Gewalt zu reduzieren.

Mildred sah ihrem neuen Chef in die Augen. »Sie gehen viel tiefer, als Sie denken, diese Auseinandersetzungen zwischen den Clans. Einige dieser Leute haben sich in ihrem Heimatland bekriegt. Sie haben Mitglieder anderer Gemeinschaften getötet. Also misstraut man sich natürlich. Deswegen kommt es auch jetzt noch zu Konfrontationen in Dadaab.«

»Schlimme Situation«, räumte Peter ein.

»A-ha. Schauen Sie.« Mildred zeigte auf etwas. »Wir sind fast da.«

Ganz in der Nähe war nun das Buschland mit dem Flüchtlingslager zu erkennen, hingetupfte, improvisierte Behausungen, die wie Iglus aus Holz und Plastik aussahen. Um das Lager herum zog sich ein Ring aus nichts: ein sandiger Streifen Land, der sich von seiner Umgebung dadurch abhob, dass gar nichts mehr auf ihm wuchs.

»Was ist das?«

»A-ha, dieses Land ist durch übermäßige Nutzung komplett erodiert. Die Flüchtlinge haben ihre Tiere auf dem Gras weiden lassen und sämtliche Bäume und Büsche gefällt, weil sie Holz brauchten.« Mildred zog ihre Lippen über die Zähne, als wollte sie etwas aus den Zwischenräumen saugen, vielleicht diesen A-ha-Laut, den sie so oft einstreute.

»Schockierend.« Peter schüttelte den Kopf.

»Natürlich blieb ihnen gar nichts anderes übrig. Die halbe Welt kocht mit Holz. Und was sollen sie machen, wenn wir ihnen keine Alternative bieten? Aber ...« Sie hob einen Finger. »Hier haben die Solarkocher schon etwas bewirkt. A-ha! Ich freue mich darauf, Ihnen das zu zeigen.«

Die Delegation wurde von Mitarbeitern des Lagers und Kinderscharen begrüßt, deren aufgeregte Hallorufe wie Strandbälle auf den heißen Wellen der Luft hüpften. Doch abgesehen von diesen Wohlwollensbekundungen und den bunten Tüchern, mit denen die Frauen Oberkörper und Kopf verhüllten, wirkte das Lager noch erheblich trostloser als aus der Luft. Vielleicht berührte es Lina in seiner Kargheit so tief durch den scharfen Kontrast zu Anils luxuriösem Zuhause, wo sie wenige Stunden zuvor noch gewesen war.

Während der ersten zwei Tage hatte sie sich im Haus der Mayurs mehrmals verlaufen. Es wirkte eher wie ein Hotel, denn jedes der zahllosen Zimmer hatte ein eigenes Bad, und uniformierte Angestellte hielten alles in Ordnung und kümmerten sich unverzüglich um jeden Wunsch. Es gab sogar einen großen Raum, in dem nur Geschirr und Besteck aufbewahrt wurden. Minnie sammelte Tafelservices und hatte Lina stolz gezeigt, wie viel Porzellan und Kristall sie schon besaß. Ihr größtes Service mit vierzig Gedecken war eigens bei Rosenthal angefertigt worden. Es war kastanienbraun und schwarz mit einem aufgeprägten goldenen Pfau am Rand. Die Familie aß täglich von Geschirr vergleichbarer Qualität. Bei jeder Mahlzeit gab es frische Leinenservietten, auch wenn Pravar und Anil ihre gar nicht benutzten.

»Ich hoffe, deine Mum treibt diesen ganzen Aufwand nicht für mich«, hatte Lina zu Anil gesagt. Doch es erwies sich, dass die Familie immer auf diesem Niveau speiste.

Minnie war dafür, all die schönen Sachen auch zu genießen.

»Die meisten Damen schonen ihr bestes Zeug und benutzen es nur, wenn Gäste kommen. Ich habe nie verstanden, warum man das alles nur anschafft, um Eindruck zu schinden.« Minnie verstand sich als Künstlerin des Alltäglichen und arbeitete ständig daran, ihre unmittelbare Umgebung noch schöner zu machen: Ihre Leinwand war ihr Zuhause.

Lina erfuhr, dass Minnie allerhand Kurse absolviert hatte, vom Geschenkeverpacken bis hin zur Herstellung von Seife. Und was sie dort gelernt hatte, war überall im Haus und sogar im Garten zu besichtigen – wo sie sich allerdings nie die Hände schmutzig machte. Drei Gärtner pflegten das Gelände unter ihrer Aufsicht. Minnie und Lina gingen öfter dort spazieren. Schmetterlinge flatterten über leuchtendem Blattwerk, und Minnie erzählte, ein Dichter, an dessen Namen sie sich nicht erinnere, habe diese Geschöpfe »bewusste Blumen der Luft« genannt. Sie rasselte ständig irgendwelche Gedichtzeilen herunter. Lina war verblüfft, wie ähnlich Anil seiner Mutter war, denn beide hatten etwas vergleichbar Intensives. Sie verlangten die volle Aufmerksamkeit und setzten voraus, dass man ein glühendes Interesse an allem hegte, was sie selbst faszinierte.

Der verschwenderische Luxus dieses Lebens verursachte Lina Unbehagen, wenn sie es mit den Zuständen in Dadaab verglich. Beides unterschied sich extrem von ihrer eigenen bisherigen Lebensweise. Es war ihr nicht schwergefallen, in Anils üppiges Reich einzutreten, denn dort konnte sie jede Verlegenheit einfach mit Charme überspielen. Die Anpassung an das Dasein in diesem Lager war schon schwieriger.

Männer, die mit verschränkten Armen und eingeknickter Hüfte herumstanden und ihrer Untätigkeit den Anschein gaben, dass sie sinnloserweise etwas bewachten; Frauen, die jedes Mal eine Vergewaltigung riskierten, wenn sie das Lager verließen, um Feuerholz für das Kochen einer Mahlzeit zu suchen; Kinder, die zum Rasseln verrosteter alter Dosen kreischend durch den Staub rannten und das Lager für die ganze Welt hielten – einen Ort, an dem es nie genug Essen und Medikamente und Hoffnung gab. Gemessen daran war selbst der bescheidene

Lebensstil ihrer Familie opulent, und zwar nicht nur in materieller Hinsicht. Zum ersten Mal spürte sie wirklich den Wert von Freiheit und Sicherheit.

Lina hörte zu, während Bewohner und Mitarbeiter des Lagers mit der Besucherdelegation über die neue Solarkocherinitiative sprachen. Im Lager wurden Frauen ausgebildet, die anderen zeigen sollten, wie man mit so etwas umging. Aber es waren nicht genügend Kocher für alle da. Peter erklärte mithilfe eines Dolmetschers, dass die Mittel nicht reichten.

»Aber ihr seid doch von den Vereinten Nationen«, sagten die Leute, denn sie staunten, dass es derartige Beschränkungen gab. Die Vereinten Nationen konnten doch alles regeln?

Es rührte Lina, dass man die Organisation für eine Macht des Guten mit unbegrenztem Einfluss hielt. Auch sie wunderte sich, dass die Anschaffung von ein paar Tausend Solarkochern anscheinend nicht zu finanzieren war.

Auf dem Flug zurück nach Nairobi war die Atmosphäre gedämpft. Alle an Bord waren müde und irgendwie hoffnungslos und wirkten dadurch ein wenig gealtert.

»Ich wünschte, unser Budget ließe sich irgendwie aufstocken.« Mildred rollte die Ärmel ihrer Bluse auf.

»In diesem Job muss man vor allem lernen, Grenzen zu akzeptieren«, sagte Peter. »Wir können nicht allen in jeder Hinsicht helfen, auch wenn das unsere Zielvorstellung ist.«

»Was würde es kosten, so viele Kocher wie nötig zu kaufen?«, fragte Lina.

Mildred schloss die Augen und stellte im Kopf eine rasche Berechnung an. »Ungefähr dreißigtausend Dollar.«

»Wenn ich dieses Geld als Spende auftreibe, würde es dann auch bestimmt nur für die Kocher verwendet werden?« Lina zog an ihrem Sicherheitsgurt und beugte sich vor, damit sie Peter über den Gang hinweg ansehen konnte.

»Wo wollen Sie so eine große Summe hernehmen?« Er lächelte.

»Ich weiß nicht, ob ich sie kriege, aber ich würde es gern versuchen.«

»Tja, wenn Sie es schaffen, auch nur die Hälfte aufzutreiben, wäre das schon ein Riesenbonus für unsere Aktion. Ich werde in den höheren Etagen auch auf ein größeres Budget drängen. Aber wissen Sie, in diesem Geschäft können wir nicht garantieren, wohin das Geld letztendlich geht.« Peter zuckte mit den Schultern. »Das kommt darauf an, was zum jeweiligen Zeitpunkt Priorität hat. Wenn Ihr Geld kommt und wir anderswo eine brennendere Krise haben, sagen wir schwere Lebensmittelknappheit in Äthiopien, dann ziehen wir hier Ressourcen ab.«

Mildred mischte sich ein. »Wenn du wirklich sicher sein willst, dass dein Geld für Kocher ausgegeben wird, dann ist es das Beste – a-ha –, wenn du selbst welche kaufst.«

Das Einfachste wäre gewesen, die Mayurs zu fragen. Aber die Vorstellung, um Geld zu bitten, nach allem, was Anils Eltern getan hatten, um ihr die Reise nach Kenia zu ermöglichen, fand Lina schrecklich. Sie hatten Anil als Schanila ausgegeben und das netterweise nicht einmal erwähnt. Und sie spielten auch nicht darauf an, dass Lina Muslimin war. Man hatte sie so herzlich aufgenommen wie ein Familienmitglied. Es wäre falsch gewesen, noch mehr von den Mayurs zu verlangen. Lina hätte das Thema niemals angeschnitten, doch Anil erwähnte es beiläufig beim Abendessen.

»Wisst ihr, letztes Jahr hat Mayur Holdings mehr als zwanzig verschiedene Anliegen unterstützt.« Pravar schenkte sich Wein nach.

»Das ist ja wunderbar.« Linas Glas stand wie immer unberührt und in eisiger, funkelnder Verweigerung da.

»Als Firma sind wir sehr sozial eingestellt. Unsere Minnie hier …«, er nickte seiner Frau zu, »… ist immer mit kleinen Wohltätigkeitssachen beschäftigt, und ich gebe regelmäßig etwas für ihre Initiativen. Viele Leute kommen auch direkt auf mich zu. Und wenn mir das, was sie machen, gefällt, dann spende ich. So einfach ist das.«

»Also, ich finde, was Lina mit den Flüchtlingen vorhat, klingt ziemlich löblich.« Anil nagte beim Sprechen die letzten Fleischfetzen von einem Lammkotelett. Erst hier in Nairobi war Lina aufgefallen, dass er die Angewohnheit hatte, sich beim Essen und Trinken tief über sein Gedeck zu beugen.

Lina blickte auf ihren eigenen Teller. Zwei Kotelettknochen bildeten in einer Pfütze aus übrig gebliebener Soße die Zahl siebenundsiebzig, umgeben von ein paar Perlen aus Reis. Mit dem Betreten dieses Hauses hatte sie ihr Prinzip abgelegt, nur zu essen, was auch halal war. Am Tag ihrer Ankunft hatte Minnie Birjani mit Huhn gereicht. Und als sie es portionierte, hatte Anil erklärt, Lina könne nichts davon essen, denn es sei nicht halal. Minnie war plötzlich ganz bekümmert und schuldbewusst gewesen. Lina kam es nicht richtig vor, das Essen abzulehnen, denn sie spürte, wie heikel die Situation war, und fühlte sich Anils Eltern verpflichtet. Also hatte sie entschieden erklärt, sie esse gern dasselbe wie die anderen und man solle sich ihretwegen keine Umstände machen. Eine kleine Sünde war manchmal nötig, um eine größere zu vermeiden. *Allah wird euch nicht strafen für ein Unbedachtes in euern Schwüren; jedoch wird Er euch bestrafen für eurer Herzen Absicht.*

»Ich habe den Vereinten Nationen schon einmal etwas gespendet«, erklärte Pravar gerade. »Das war – wann war das noch gleich? Ich weiß es gerade nicht mehr. Eine Hungersnot, glaube ich. In dieser Region gibt es immer irgendwelche Katastrophen. Das war die größte Spende, die sie je von einem kenianischen Privatmann erhalten haben. Es stand sogar eine Notiz in der Zeitung. Und es gibt ein Foto, wie ich den Scheck dem damaligen Sonderbotschafter der Vereinten Nationen überreiche, ich weiß den Namen nicht mehr. Wenn du ins Büro kommst, Lina, dann wirst du es sehen.«

In Pravars Büro sollte sie schließlich zwei ganze Wände voller Fotos entdecken, auf denen er die Hände diverser Honoratioren schüttelte oder den Leitern verschiedener Organisationen riesige Nachbildungen seiner Schecks überreichte. Er war so ganz anders als Scharif, der ein Drittel seines gesamten Einkommens spendete und nie ein Wort darüber verlor. Selbst Lina wusste nur davon, weil Iman diese Wahrheit enthüllt hatte, als sie sich eines Tages über seinen Umgang mit Geld beklagte.

»Die Vereinten Nationen sind wichtig für dieses Land, aber nicht nur, weil sie Sozialarbeit leisten und was weiß ich. Nein.« Pravars Gabel schnitt durch die Luft. »Sie sind die größte Devisenquelle der kenianischen Wirtschaft. Und sie haben hier fast dreitausend Leute eingestellt.«

»Das ist alles sehr interessant, Dad, aber es ist so, dass Lina meint, es wäre in diesem Fall besser, die Solarkocher selbst zu kaufen, statt den Vereinten Nationen einfach Geld zu geben. Erklär ihm, warum, Lini.« Anil lehnte sich zurück, weil Mama Jo von rechts nach seinem Teller griff, um ihn abzuräumen.

»Das haben wir doch schon mal so gemacht, nicht wahr, Minnie?« Pravar stützte die Ellbogen auf den Tisch. »Gegenstände statt Geld gespendet? Was war da noch mal, als du da diese Sachen verteilt hast?« Er wandte sich seiner Frau zu.

»Das findet immer zu Weihnachten statt. Wir verteilen in Kibera das Nötigste: Decken, Seife, Maismehl. Was man so braucht.« Minnie griff nach einer der murmelgroßen Perlen an ihrem Halsband und fing an, ein paar Zeilen auf Urdu zu rezitieren: »Gib der Welt mindestens so viel zurück, wie du von ihr genommen hast, und vielleicht bist du am Ende deines Lebens ein reicher Mann.«

»Das erinnert mich an meinen Vater.« Linas Gesicht wurde weich. »Er zitiert gern Churchill: ›Wir bestreiten unseren Lebensunterhalt mit dem, was uns gegeben wird, leben aber von dem, was wir geben.‹«

»Komische Zahlenspiele bei diesen Burschen.« Pravar schnaubte. »Wenn man weggibt, was man hat, dann bleibt nichts übrig. Simple Mathematik.«

Schließlich gelang es Lina, Pravar von der Lage in Dadaab zu berichten. Er unterbrach sie dabei ständig mit weiteren Anekdoten. Natürlich hatte er auch schon für ein Flüchtlingslager gespendet, oder Minnie, oder irgendwelche Bekannte, das wusste er nicht mehr, aber wie auch immer, es war viel von seinem Geld dabei gewesen, viel mehr, als Lina brauchte. Er sagte seine Hilfe zu, wollte aber, dass sein Name irgendwo deutlich sichtbar erschien – vielleicht auf den Solarkochern? Zum Beispiel als Gravur: *Mit freundlicher Unterstützung von Mayur Holdings.*

Waffen

Eines Abends gingen sie aus, weil Hardy Geburtstag feierte. Er hatte seine Freunde zunächst für ein paar Stunden auf einen Schießplatz in der Gegend eingeladen. Lina fand das seltsam für ein Geburtstagsfest und hatte keine große Lust, daran teilzunehmen. Anil ging es ähnlich, aber er fühlte sich seinem Freund verpflichtet.

Als Lina und Anil eintrafen, schossen einige Gäste schon eifrig. Die anderen hatten sich in einer Art Foyer versammelt, einem grauen Raum voller gerahmter Bilder – genaue Strichzeichnungen diverser Waffen, vom Maschinengewehr bis zur Pistole. Von diesem Foyer aus gelangte man in die verschiedenen Schießstände und zu einer Bar. Es waren auch Leute da, die Lina nicht kannte, darunter einige Mädchen, die ziemlich lachhaft aussahen: dicke, orangefarben gepolsterte Ohrenschützer saßen wie Boxhandschuhe auf ihren Ohren und verdarben die Eleganz hoher Schuhe und aufreizender Kleider. Lina war froh, dass sie bei Jeans geblieben war. Alle standen entspannt herum, schlürften Cocktails und jubelten jedem zu, der gerade schoss.

Einer der Aufseher in Kampfausrüstung kam zu Lina und Anil und reichte ihnen ein laminiertes Blatt mit der Überschrift *Happy-Trigger-Schießstand*. Auf einer Seite listete eine Art Cocktailkarte verschiedene Kleinwaffen und die Mietkosten auf. Und zu jeder Waffe gehörte ein bestimmter »kostenloser« Drink. Wenn man sich für eine AK-47 entschied, bekam man einen Black Russian. Zur M60 wurde eine Bloody Mary gereicht.

»Was möchten Sie als Erstes?« Der Aufseher fragte, als würde er ihre Bestellung für ein Essen aufnehmen.

Lina gab ihm die Karte kopfschüttelnd zurück. Sie wollte nichts ausprobieren. Sie fuhr schon zusammen, wenn sie nur die Schüsse anderer Leute hörte.

»Ich weiß nicht.« Anil betrachtete das Angebot. »Vielleicht lasse ich es auch einfach sein.« Solche Sachen lagen ihm nicht. Er hatte auch nie Ballerspiele am Computer spielen können.

»Du musst das unbedingt ausprobieren, wenn du schon mal da bist.« Merc nagte an der Apfelscheibe, die den Rand seines Glases garnierte. »Ich würde sagen, die Glock ist einen Versuch wert, schon wegen des Drinks.« Er schüttelte seinen Tumbler ein wenig. »Ein Corpse Reviver.«

»Hey, Bwana.« Hardy, der im Durchgang eines Schießstands bäuchlings ein Maschinengewehr abgefeuert hatte, stand gerade auf. »Das musst du versuchen. Unvergleichlich.« Sein pickliges Gesicht glänzte vor Schweiß, und er atmete schwer, nachdem er eine knappe Minute geschossen hatte.

»Ach, ich weiß nicht.« Anil sah auf den Boden, wo sein Freund eben noch gelegen hatte.

Der Rangemaster warf den Kopf zurück und lachte schallend. »Ati, schaut euch das an! Er hat Angst, sich die Klamotten dreckig zu machen!«

»Das hat damit nichts zu tun!«

»Versuch's doch mal, Mazeh.« Merc legte eine Hand auf Anils Schulter. »Haben wir alle gemacht – nur die Mädchen nicht, die haben zu viel Angst. Es sind noch ein paar Runden übrig. Komm schon, sie gehören dir.«

Anil zog den Reißverschluss seiner Jacke auf und reichte sie Lina. Dann ging er in Position. Der Lauf der Waffe ruhte auf einem kleinen Zweibein, und Anil musste die Schulter unter den Schaft schieben. Lina wollte nicht zusehen, aber wegsehen konnte sie auch nicht. Also lehnte sie sich mit halb abgewandtem Gesicht und halb geschlossenen Augen zurück. Der Rangemaster sah nach, ob alles in Ordnung war, und sagte dann: »Okay, jetzt abdrücken und los.«

Anils Schultern zuckten unter der entfesselten Kraft der Waffe. Lina schrie auf. Auf einer Seite flogen leere Patronenhülsen davon wie verschreckte Insekten. Als der letzte Schuss abgefeuert war, jubelten alle.

»Wow!« Anil stand auf und klopfte seine cremefarbenen

Röhrenhosen ab. Nun war er im selben Zustand wie eben noch Hardy: verschwitzt und atemlos. Er hatte nicht damit gerechnet, dass man beim Umgang mit einer Waffe solche Kräfte spürte. Sein Herz raste immer noch. »Man will einfach immer weiter am Abzug bleiben.« Seine Finger zeigten, wovon er sprach. »Wow. Ich kann verstehen, wenn es Leute im Kampf mitreißt.«

»Was habe ich dir gesagt?« Hardy reichte Anil eine Bloody Mary wie eine Trophäe. »Besser kann man gar nicht chillen. Man feuert eins von den Dingern ab, und der Stress ist weg. Sofort.« Er rieb sich die Hände. »Und jetzt?«

»Ich nicht mehr«, sagte Anil. »Das hat gereicht.« Und zwar fürs ganze Leben – Hochgefühl hin oder her.

Merc ging zu Lina hinüber. »Willst du wirklich keine von den Handfeuerwaffen probieren? Damit du mal weißt, wie das ist?«

»Nein, danke.«

»Wäre doch ganz interessant«, sagte er unbeirrt. »Dann siehst du die Dinge mal aus anderer Perspektive. Das Leben ist nun mal kein Friedenscorps.«

Es gefiel ihr nicht, dass er ihr so nahekam und sie seinen Atem spürte. Glücklicherweise zog ihn ein anderes Mädchen weg. »Lass sie in Ruhe!«

»Jetzt kommt die letzte Runde mit der AK-47«, verkündete Hardy. »Dann gehen wir.«

Als sich die anderen in die Schlange stellten, fragte Lina einen Angestellten, woher die Waffen kamen.

»Weiß ich doch nicht. Ich arbeite hier nur.« Er zuckte mit den Schultern.

»Die sind bestimmt alle lizenziert.« Anil hörte auf, die Bilder an der Wand zu studieren. »Das ist ein Schießclub.«

»Ja, aber ein Maschinengewehr?«, überlegte Lina. »Ich dachte, an so was kommen nur Behörden, keine normalen Bürger. Und sogar eine AK-47. Schon seltsam.«

»Vielleicht gehört der Laden einem hohen Tier, und dieser Typ hat es mit Kitu kidogo geschafft, das Okay von den Jungs ganz oben zu kriegen. Was meinst du?« Anil wandte sich zu Merc.

»Wer weiß?« Merc trank die Reste aus den abgestellten Cocktailgläsern aus.

Später im Vagabonds, einer Bar in der Nähe, hörte Lina zu, während die anderen ihre Erlebnisse im Schießstand Revue passieren ließen. Hände wurden zu gespielten Waffen, wenn jemand erzählte. Es stellte sich heraus, dass ein paar von den Jungs Waffen zur Selbstverteidigung trugen.

»Es kommt so oft zu Carjackings und Raubüberfällen, da muss man vorbereitet sein«, sagte Hardy, nachdem Lina gefragt hatte, ob so etwas wirklich nötig sei. Alle saßen im Freien um einen großen Holztisch herum, dessen Oberfläche die Narben nächtlicher Feierlichkeiten und Exzesse trug. In den Bäumen hingen bunte Lichterketten.

»Hast du gerade auch eine dabei?« Alle trugen leichte Sommerkleidung, und Lina konnte sich nicht vorstellen, wie man darunter eine Waffe versteckte. Jay, der neben ihr saß, trat ihr leicht auf den Fuß. Als sie sich zurücklehnte und unter den Tisch sah, zog er das rechte Bein seiner Jeans hoch. In einem Holster am Knöchel steckte ein Revolver.

»Mein Vater nervt mich ständig, dass ich auch eine tragen soll«, sagte Anil. »Ist mir aber zu umständlich.«

»Das ist nicht umständlich.« Hardy kratzte seinen Bart. »Meistens denkt man gar nicht daran, dass man sie dabeihat.«

»Und hoffentlich braucht man sie nie«, fügte Jay hinzu.

»Aber was ist, wenn du jemanden umbringst?« Die allgemeine Gleichgültigkeit erschütterte Lina.

»Dann hast du das nur getan, damit du nicht umgebracht wirst«, sagte Jay, und die anderen pflichteten ihm bei.

»Aber dafür ist doch der Staat zuständig, die Polizei oder wer auch immer?« Lina stellte ihre Fantaflasche ab.

»Nicht in diesem Land!« Hardy lachte meckernd, und Zigarettenrauch quoll aus seinem Mund. »Die Polizei steckt mit vielen Kriminellen unter einer Decke.«

Daraufhin erzählte ein Mädchen, seine Schwester habe nach

einem Einbruch die Polizei gerufen, die allerdings erst nach neun Stunden gekommen sei. Die Schwester war hundertprozentig sicher gewesen, dass einer der Beamten genauso aussah wie der Mann, der in der Nacht zuvor alle mit einem Messer bedroht hatte. Dieselbe Narbe dicht über der linken Augenbraue und derselbe Ring im rechten Ohrläppchen.

»Dieses System ist im Arsch«, sagte Merc. Anscheinend hatten sich alle damit abgefunden.

»Aber es kann doch wohl nicht die Lösung sein, dass jeder sich bewaffnet und das Gesetz selbst in die Hand nimmt?«, beharrte Lina. »Das ist nicht richtig! Ihr müsstet das doch am besten wissen.«

»Ach du Scheiße!« Merc kippte vornüber. »Wenn du dabei bist, kommt man sich immer vor wie am Internationalen Gerichtshof für Menschenrechte. Dies ist falsch, das ist umweltschädlich, jenes ist illegal! Du bist seit fünf Minuten in diesem Land und glaubst schon zu wissen, wie man alles in Ordnung bringt.«

Lina blickte in ihren Schoß.

Nach einer Weile flüsterte sie Anil ins Ohr, sie müsse aufs Klo. Zwanzig Minuten später war sie immer noch nicht zurück. Anil ging ohne seine Freunde in die Bar und bahnte sich auf der Suche nach Lina einen Weg durch die Trauben plaudernder, trinkender Gäste. Es war gerammelt voll; hier und da stach zwischen den vielen Afrikanern und Indern auch ein weißes Gesicht hervor. Rote Glühbirnen beleuchteten den Raum und gaben den Anwesenden etwas Zwielichtiges. Hinten an der Bar entdeckte er Lina, in der Nähe der Toiletten. Sie hatte beide Hände auf den Bartresen gelegt und balancierte auf dem linken Fuß, während der andere abwesend auf eine Chromschiene klopfte, die über die gesamte Länge der Bar verlief. Der Spann ihres Fußes ließ Anil erbeben wie der höchste Ton eines Kawwali. Er beobachtete sie einen Moment, bis ihm der Fremde auffiel, dem sie das Gesicht zuwandte: ein hochgewachsener, blonder Kerl mit großem Adamsapfel. Er hing auf einen Ellbogen gestützt am Tresen und lachte über etwas, das Lina gerade gesagt hatte. Platzend vor Eifersucht ging Anil auf die beiden zu. Er legte einen Arm um Lina, neigte den Kopf und küsste sie auf die Schulter.

»Anil!« Sie drehte sich um. »Stell dir vor, wen ich gerade getroffen habe!« Sie machte ihn mit Hans Steinmeyer bekannt, den sie ein paar Tage zuvor bei den Vereinten Nationen kennengelernt hatte, als er einen Kollegen besuchte. »Hans arbeitet für Human Rights Watch«, erklärte Lina begeistert.

Anil musste zur Kenntnis nehmen, dass sie über seinen Beruf nie so enthusiastisch sprach.

»Ich weiß, ich habe das schon gesagt –« Lina wandte sich kurz noch einmal zu Hans um und widmete sich dann wieder ihrem Freund. »Aber es war immer mein Traum, für diese Organisation zu arbeiten.«

Anil gab dem Typen die Hand und überlegte, wie alt er wohl sein mochte. Ende zwanzig? Anfang dreißig? Es war schwer zu sagen. Statur und Bräune ließen an einen jugendlichen Surfer denken, doch das Gesicht mit den charismatischen Falten und den eingefallenen Wangen wirkte älter. Anil war froh, dass er größer war und auf den anderen herabblicken konnte. Lina plapperte währenddessen unentwegt: Sie habe überhaupt keine Chance gehabt, sich im Büro mit Hans zu unterhalten, und könne ihr Glück gar nicht fassen, ihn nun im Vagabonds zu treffen.

»Und was machen Sie hier?«, fragte Anil.

»Ach, ich bin einfach den Leuten gefolgt.« Hans ließ den Blick durch den schäbigen Raum wandern. »Anscheinend sind wir hier irgendwie im beliebtesten – wie soll man sagen? – Wasserloch der Stadt?«

»Nein, ich meine, in Kenia.«

»Ach so. Bin nur auf der Durchreise.« Mit starkem deutschem Akzent stemmte er die Silben.

»Ich habe Hans gerade erzählt, dass ich ihn mit Merc bekannt machen kann. Und dass er dadurch vielleicht einen Termin bei Samuel Ojielo bekommt.«

Anil runzelte die Stirn. »Merc und die anderen sind schon

im Auto. Wir wollen fahren, deswegen habe ich dich auch gesucht.«

»Oh.« Lina fuhr sich unsicher mit der Hand durchs Haar.

»Wir müssen jetzt los«, beharrte Anil.

»Dann gebe ich dir meine Karte, Lina.« Hans griff in die Tasche seiner Jeansjacke. »Wir sehen uns wieder, ganz bestimmt.«

»Ja, hoffentlich. Zu schade, dass wir jetzt gehen müssen.« Lina sah Anil eindringlich an, in der Hoffnung, dass er es sich anders überlegen würde. Doch er blieb stur, also steckte sie Hans' Visitenkarte in ihre Handtasche. »Ich habe leider keine, aber ich maile dir meine Daten.«

»Jupp, das klappt schon.« Hans beugte sich vor, und sie tauschten Wangenküsschen aus. »Freut mich, dass ich dich getroffen habe – und Sie.« Er streckte eine große Hand aus, aber Anil tat so, als sähe er sie nicht.

»Wir beeilen uns lieber, Lini. Die Jungs warten.« Dann führte Anil sie aus der Bar.

Am Wagen wandte sie sich verwundert zu ihm um. »Du hast doch gesagt –«

»Ich wollte dich nur von diesem Schleimer loseisen. Die anderen Jungs bleiben noch. Aber ich rufe sie an und sage, dass wir jetzt gehen. Ich bin müde.«

Sie sah ihm zu, während er vom Handy aus anrief, sich bei Merc unter einem Vorwand abmeldete und ihr dabei die Tür des Geländewagens aufhielt. Doch Lina stieg nicht ein.

»Er ist kein Schleimer«, sagte sie, als Anil fertig war. »Er stellt für Human Rights Watch Nachforschungen an, auf leitender Ebene. Er hat dort viel geleistet. Was ist denn dabei, wenn ich kurz mit ihm spreche?«

»Ach komm schon, Lina. Du sagst, du gehst aufs Klo, und dann verschwindest du für den Rest des Abends. Was soll ich denn deiner Meinung nach denken?« Er hielt immer noch die Autotür auf.

»Das ist nicht fair!«

»Und dann schlägst du auch noch vor, dass ich ihn mit Merc

bekannt mache, damit er leichter an seinen Vater herankommt! Was ist das denn für eine Idee? Davon mal ganz abgesehen, weißt du überhaupt, wie schwer es ist, Ojielo zu erwischen? Nicht mal mein Dad kann ihn nach Belieben treffen.« Anils gegelte Stachelhaare bebten, als er den Kopf zurückwarf.

»Es war nur eine Geste –«

»Tja, du musst schon nachdenken, bevor du solche Gefälligkeiten anbietest. Erwartest von mir, dass ich dem Vater meines besten Freundes so was unterjubele!«

»Das wollte ich doch gar nicht!« Linas Hände flatterten aufgeregt. »Und außerdem, wenn Mercs Vater nichts falsch gemacht hat, hat er auch nichts zu befürchten.«

Anil knallte die Tür zu. »Du kapierst es nicht, oder? Wir sind hier in Kenia! Du bist es doch, die mir lauter schreckliche Statistiken über die Korruption in diesem Land gezeigt hat, und jetzt bist du so naiv!«

»Ich hätte nur nicht gedacht, ich meine, es ist doch sicher nicht jeder schuldig. Wenn deine Familie zu Mercs Vater ein so gutes Verhältnis hat, dann muss er doch wohl anständig sein. Oder nicht?«

»Eine ziemlich verdrehte Logik hast du da im Kopf. Denk doch mal nach. Er gehört zu den Verantwortlichen hier im Land.« Anil sprach laut und langsam, als wäre Lina taub. »Überleg dir, was das bedeutet.« Er packte sie an den Schultern und fügte etwas sanfter hinzu: »Verstehst du? Du kannst fremden Leuten nicht einfach solche Kontakte anbieten.«

Die Fahrt nach Hause verlief still. Lina brach das Schweigen nur, um Anil zu fragen, warum er über sämtliche roten Ampeln fuhr. Er sagte, es lägen dort oft Räuber auf der Lauer, um aus dem Hinterhalt arglose Autos zu überfallen, deren Fahrer so dumm seien, bei Rot zu halten. Als Lina entgegnete, dass manche Fahrer die Verkehrsregeln anscheinend befolgten, konterte Anil, dass diese Leute eben nichts hätten, was sich zu stehlen lohne. Lina fragte sich, warum man überhaupt in so einem Land leben wollte.

Flucht

Trotz anfänglicher Vorbehalte erwärmte Pravar sich für Lina. Sie plauderten ausgiebig miteinander, doch Anil, der sonst nur selten länger mit seinem Vater zusammensaß, machte sich Sorgen, dass diese Gespräche zu Streit führen würden. Die Meinungsverschiedenheiten ließen sich aber offenbar überbrücken.

Pravar saß gewöhnlich im Wohnzimmer tief in das elegante, weiße Ecksofa gesunken da und dozierte, mit einer ausgestreckten Hand, deren Zeige- und Mittelfinger wie die Mündung einer Waffe stets bereit schienen, jeden niederzuschießen, der ihn unterbrach.

»Wenn du dich entschließen würdest, in diesem Land als Anwältin zu praktizieren, könntest du ein Vermögen machen. Ja. So gut wie sicher. Würdest du. Definitiv.« Pravars dunkelbraunes Hemd hatte dieselbe Farbe wie sein Turban. Auf dieser modischen Grundentscheidung – Hemd passend zum Turban – beruhte seine gesamte Garderobe.

»Ja, indem sie das Recht beugt.« Weil Lina es so wollte, wahrte Anil einen sittsamen Abstand, auch wenn beide auf demselben Sofa saßen, seinem Vater genau gegenüber. »Ich glaube nicht, dass Lina dafür der Typ ist.«

»Das Recht, wie wir es kennen, ist immer offen für Interpretationen. Ja? Nein?« Pravar sah sie an. »Ein guter Anwalt muss schließlich den Mumm haben, alle Seiten genau zu betrachten, oder?«

»Das stimmt, das Recht sieht immer gewisse Modifikationen vor.« Lina saß ganz hinten an der Sofalehne, und obwohl ihre langen Beine über die Kante hingen, berührten ihre Füße den Boden nicht. Die Sohlen ihrer Sandalen baumelten an den Zehenstegen.

»Ein guter Anwalt muss wissen, welcher *Umgang* da der richtige ist«, sagte Pravar.

»Ja, das stimmt, es ist wichtig, dass man sich auskennt.« Lina setzte die am wenigsten belastende Implikation seiner Bemerkung voraus.

»Ich glaube, mit ›*Umgang*‹ meint mein Vater, wie man um das Gesetz herumkommt. Anwälte sind in diesem Land eher darauf spezialisiert, sich in seinen Randzonen aufzuhalten. Und je besser man sie bezahlt, desto mehr weiten sie die aus.« Als hätte das Recht eine Spanne, deren Rahmen jeder selbst festlegen konnte. Anil merkte, dass er Lina mit seiner Unverblümtheit schockierte – dabei hatte sie ihm selbst gerade erzählt, dass Kenia von Transparency International als eins der korruptesten Länder der Welt eingestuft worden war.

»Es ist überall dasselbe. Recht war noch nie gleichbedeutend mit Gerechtigkeit. Es ging schon immer darum, dass man den besten Anwalt nimmt, den man sich leisten kann.« Pravar hielt seine Hand nun ruhig, als würde er ins Herz der Sache zielen, das anscheinend irgendwo in Linas Richtung lag. »Wenn du das noch nicht weißt, hast du vielleicht den falschen Beruf.«

»Möglicherweise.« Lina richtete sich auf. Ihre Hände lagen fest gefaltet im Schoß. »Sie haben eine Menge Erfahrung. Sicher wissen Sie viel mehr als ich. Aber ich glaube trotzdem an das Recht als ein Instrument, mit dem man in den meisten Fällen das Beste erreicht.«

Pravar lachte. »Warte ab, bis du dich am Markt behaupten musst, dann wirst du schon sehen, wie lange sich diese Vorstellung hält. Letzten Endes gilt doch nur das Gesetz des Geldes. Ja. Absolut.« Wenn er sprach, warf er immer wieder bestätigende Floskeln ein, als würde er die Meinung eines anderen uneingeschränkt teilen, während er doch nur die eigene unterstrich. »Was für Häuser du baust.« Er zeigte auf Anil und dann auf Lina. »Wie viele Flüchtlinge du ernähren kannst – das hängt alles vom Geld ab. Prinzipien sind schön und gut, es gefällt mir, wenn jemand welche hat, aber man muss auch wissen, wann man sie besser beiseitelässt.« Er sagte das, als ginge es darum, einmal geltend gemachte Prinzipien einfach wegzuwerfen wie benutzte Pappteller.

Anil wurde das Gespräch langsam peinlich. Er wusste, dass es in Kenia völlig normal war, Korruption zu verharmlosen, indem man sie in die Sprache des Pragmatismus hüllte, aber wenn Pravar nun versuchte, aus Unehrlichkeit eine Tugend zu machen, ging er wirklich zu weit.

»Hmmm.« Lina betrachtete eingehend die Armlehne. »Das stimmt, es ist nicht so leicht. Mein Vater hat immer zu mir gesagt, das einzige unantastbare Gesetz ist unser Gewissen.«

Anil rutschte unbehaglich auf dem Sofa herum, aber Pravar klatschte in die Hände. Seine Mundhöhle öffnete sich weit, sodass man einen ganzen Schatz goldener Kronen sah. »Ein weiser Mann, dein Vater, aber kein reicher, nehme ich an. Ja? Nein?«

»Meinen Sie nicht, es kommt auch ein bisschen darauf an, wie man ›reich‹ definiert?«, wagte Lina zu äußern, doch als ihr bewusst wurde, wie viel sie Pravar schuldete, machte sie rasch einen Rückzieher. »Aber es stimmt. Ich habe noch nie, ich meine, Ihr Besitz hier …« Sie machte eine Geste, die den Raum, das Haus, das ganze Gelände umfasste. »Das ist wirklich etwas anderes. Ich bin sehr froh, dass ich hier sein kann. Vielen Dank, dass Sie mich bei sich aufgenommen haben.«

»Hast du das gehört?« Pravar nahm seinen Sohn ins Visier. »Vergiss nicht, was für ein Glück du hast.« Als er sich vorbeugte, wirkte sein ungehindert über den Gürtel hängender Bauch wie zähflüssige, geschmolzene Schokolade, die ihm jeden Moment über die Beine laufen würde. »Egal, was man dir einreden will – die Bedeutung von ›reich‹ bezieht sich auf den Umfang deines Bankguthabens.«

»Das trifft zu, aber meinen Sie nicht, dass es auch Dinge gibt, die man mit Geld nicht kaufen kann?« Linas Sandalen bebten unter den Füßen wie die Zungen hechelnder Hunde, als sie ein Bein über das andere schlug.

Wieder lachte Pravar schallend, und seine Oberschenkel schwabbelten. »Ist das dein Ernst?« Er sah Lina mit schmalen Augen an wie eine Kuriosität, wie das letzte Exemplar einer aussterbenden Art. Menschen, die nicht an die Vormachtstellung des Geldes glaubten, begegnete er mittlerweile gar nicht mehr. Das faszinierte ihn.

Lina spürte, wie sich Anil zu ihrer Linken verkrampfte. »Wieso?« Sie lächelte. »Liege ich da falsch?«

»Unbedingt. Ja. Absolut. Total. Sag mal, wie kommst du denn auf so eine Idee?«

»Ich weiß nicht.« Sie senkte den Blick, als wollte sie vor seinem an Spott grenzenden Erstaunen in Deckung gehen. Doch dann hob sie den Kopf und sah ihn an. »Wahrscheinlich liegt es daran, dass wir, also meine Familie, nie besonders viel Geld hatten, aber von den wichtigsten Dingen hatten wir immer mehr als genug, zum Beispiel Glück und Verständnis und Freundschaft und ...« Während einer winzigen Pause zeigte sich das Wort bereits im Erröten ihrer Wangen, bevor es ihr entschlüpfte: »... Liebe.«

»Sicher. Durchaus möglich. Keine Frage. Aber mit Geld hat man mehr Zeit, um sich all dem zu widmen, es zu genießen –«

»Nachdem man sein ganzes Leben aufgegeben hat, um genug zu verdienen«, unterbrach Anil.

»Solche wie ihr habt das Glück, in den Überfluss hineingeboren zu sein.« Pravars Zeigefinger klagte an. »Deswegen hängst du auch hier mit deiner Freundin herum, statt dich mit irgendeinem Ferienjob abzurackern.«

Lina beugte sich vor und schien konzentrierter zu lauschen, während Pravar weiter seine Weisheiten zum Besten gab.

»Zweierlei Arten von Menschen können die Macht des Geldes wirklich verstehen – diejenigen, die nicht genug davon haben, und diejenigen, die mehr als genug haben. Und ich«, er schlug sich mit der Hand an die Brust, »kenne beides.«

»Wie nennt man einen Sikh, der weiß, was alles kostet?« Anil schoss die Frage unvermittelt über den Couchtisch hinweg. Die Glasplatte ruhte auf einem riesigen Elefantenstoßzahn.

»Hä?« Pravars Gesichtsausdruck gab ihm etwas Neandertalerhaftes.

»Einen Sikh, der weiß, was alles kostet?«, wiederholte Anil.

»So was fällt eigentlich immer deiner Mutter ein.«

»Vielleicht irgendetwas mit Bank ...?« Lina tat so, als würde sie laut überlegen. Sie erriet die Antwort schon, wollte sie aber nicht vorwegnehmen.

»Ich weiß es!« Pravar klatschte in die Hände. »Fleis-*sikh*?«

»Nein. Das ist nah dran, aber nicht das Wort, an das ich dachte.« Anil erhob sich ein wenig, um die aus Malachit gehauene Skulptur eines Frauenkopfs auf dem Couchtisch zu verschieben. Als er sich wieder setzte, nutzte er die Gelegenheit, etwas dichter an Lina heranzurücken.

»Ist es, könnte es zuverläs-*sikh* sein?«, fragte Lina vorsichtig.

»He, du hast das Spiel schon gelernt?« Pravar korrigierte die Neigung seines Turbans ein wenig.

»Sie haben mich darauf gebracht.«

»Zuverläs-*sikh*!« Pravar kicherte. »Der war gut. Ja.«

Weil Anil dachte, dass die Gelegenheit zur Flucht gekommen war, nahm er Linas Hand und stand auf. Doch sie zupfte an seinem Arm und zwang ihn, sich wieder hinzusetzen. »Was Sie vorhin gesagt haben, Pravar –« Ihr war nicht wohl dabei, ihn beim Vornamen zu nennen, aber Anils Eltern hatten beide darum gebeten. »Sie haben nicht zu Ende erzählt.«

»Oh ja. Nein. Sicher ... Äh, was habe ich denn gesagt?«

Anil drückte ärgerlich Linas Hand. Er verstand nicht, warum sie sich so um seine Eltern bemühte. In der Annahme, dass sie es aus Höflichkeit tat, hatte er ihr schon gesagt, dass das unnötig sei, aber angeblich machte es ihr Spaß.

»Dass Sie kein Geld und viel Geld hatten«, soufflierte Lina. Ihre Fingerspitzen zeichneten kleine Kreise auf Anils Hand, um ihn zu besänftigen.

»Ja, ja. Es gab eine Zeit, da musste ich Klinken putzen und die Leute um jeden Gefallen anbetteln und mit Zurückweisungen fertig werden, weil ich nicht die Mittel hatte, um sie zu überzeugen. Aber jetzt steht mein Name an der Tür.«

»Wann wurde Ihnen klar, wie mächtig Geld ist?«, fragte Lina. Nun klopften Anils Finger auf ihrer Hand eine codierte Nachricht, die sie sofort verstand.

»Oh.« Pravar ließ eine Schulter kreisen. »Das wusste ich immer. Aber ich sage dir, wodurch mir klar geworden ist, dass ich eine Menge Geld verdienen musste: Weil andere ihm so viel Wert beimessen. Ja. Daran lag es. Unbedingt. Für Geld tun die Leute alles, deswegen ist es gut, wenn man welches hat. Nein?« Nun ließ er seine Fingergelenke knacken, was wie eine Reihe kleiner Detonationen klang, und zählte dann sämtliche Vorzüge des Reichtums an der Hand ab.

Lina begann, langsam zu nicken, als hätte sie in seinen Worten eine seltsame, wenn auch schändliche Wahrheit erkannt.

»Sogar Weisheit ist käuflich.« Pravars kleiner Finger hob sich, denn er kam nun zum Schluss: »Wenn man einfach die besten Köpfe bezahlt, damit sie für einen denken.« Am Ende saß er vor ihnen wie ein Jünger des Kapitalismus – die Arme angewinkelt, die Finger zur Aufzählung seiner Argumente gespreizt, den Mund geöffnet zur unendlichen Nullstelle, seinem materiellen Ziel.

Als das Praktikum beendet war, fuhren Lina und Anil in eine Lodge im Samburu-Wildreservat nördlich von Nairobi. Ein Flugzeug von Air Mayur flog ohnehin in diese Richtung und nahm sie mit. Beim Einsteigen fiel Lina auf, dass große Holzkisten in sämtliche Passagiersitze gekeilt waren, abgesehen von der Reihe, in der sie und Anil sitzen sollten.

»Was ist da drin?«

Anil zuckte mit den Schultern. »Wahrscheinlich eine Lieferung, die irgendwohin soll.«

Als der Pilot erschien, fragte Lina ihn danach.

»Tut mir leid, dass Sie die Kabine mit diesen sperrigen Burschen teilen müssen.« Er rieb sich die linke Seite des Kinns. »Aber der Frachtraum ist voll, und ich musste alle Kisten an Bord nehmen.«

»Sind das Hilfsgüter?« Lina war neugierig, denn manche Kisten trugen ein verblasstes Rotkreuzsymbol.

»Das sagt man mir nicht. Ich kenne nur mein Flugziel.« Der Pilot schniefte und rieb sich weiter das Gesicht.

»Wo fliegen Sie hin?« Lina fragte sich, ob die Güter vielleicht für Dadaab bestimmt waren.

»Nach Norden. Jetzt schnallt euch mal an. Wir starten in ein paar Minuten.« Der Pilot ging ins Cockpit.

Der Flug war turbulent. Einige Male wäre Lina wohl an die Decke gestoßen, hätte sie nicht den Gurt um die Hüften und Anils Hand in ihrer Rechten gehabt. Nun, wo sie in ein paar Tagen nach England zurückfliegen musste, hatte sie plötzlich das Gefühl, nicht genug von ihm gehabt oder genug von sich gegeben zu haben. Anscheinend konnte sie nichts Angemessenes sagen und nichts Erlaubtes tun, um ihre Leidenschaft auszudrücken. Sie klappte die Armlehne hoch und schmiegte sich fester an ihn. In der Abgeschiedenheit der Kabine durfte sie immerhin seine Reaktionen genießen: die Küsse, die er immer wieder auf ihre nackte Schulter setzte, seine Finger, die über ihren Schenkel strichen und sich sogar durch den Baumwollstoff des Rocks hindurch heiß anfühlten. Am liebsten hätte sie seine Faust zwischen ihre Beine gedrückt und sich daran gerieben. Sofort biss sie sich auf die Lippe, drehte sich um und blickte zu einem der Fenster auf der anderen Seite des Flugzeugs hinaus.

Was geschah da bloß mit ihr? Es war erschreckend, wie gern ihr Körper all die lebenslang gelernten Lektionen des Anstands abgeworfen hätte. Sie fragte sich, wie weit sie sich gehen lassen konnte.

Die Zimmer der Lodge waren in weiten Abständen großzügig auf dem Gelände verteilt, sodass man keins der anderen Gebäude sah, wo immer man stand. Der Eindruck von Abgeschiedenheit wurde noch durch dichtes Gebüsch verstärkt, das die Unterkünfte umgab. Lina war froh, dass sie auf dem schmalen Steinpfad zu ihrem Zimmer zwischen Anil und dem Träger gehen konnte.

»Woher wissen wir, dass da, na ja, kein Löwe sitzt oder so?« Sie zeigte unbestimmt auf dichte Gehölze, die aus gedrungenen, weißlichen Bäumen mit rissiger, schuppiger Rinde bestanden.

Man konnte kaum sehen, was sich dahinter verbarg. Im Busch rührte sich nichts, und er wirkte im Grunde auch gar nicht bedrohlich, aber es raschelte, knackste und fiepte ständig darin, als arbeitete ein riesiges Verdauungssystem.

»Bleiben Sie auf den Wegen, Ma'am«, sagte der Träger im kakifarbenen Safarianzug, ohne sich umzudrehen. »Dann kann nichts passieren.«

»Und es patrouillieren Ranger«, fügte Anil hinzu.

Lina schlug die Hände vor das Gesicht und schrie vor Begeisterung auf, als sie das Zimmer betrat. Die von ein paar dornigen Akazien mit flacher Krone umstandenen Außenwände aus schwerer Zeltplane hatten keinerlei Hinweis auf das luxuriöse Innere gegeben. Sie zog die Schuhe aus, rieb ihre Füße am glatten, dunklen Holzfußboden und jubelte, als sie die freistehende Porzellanbadewanne sah. Dann ging sie zum riesigen Bett und strich mit den Händen über die vielen Lagen beigefarbener ägyptischer Baumwolle darauf. »Als du Zelt gesagt hast, habe ich mir etwas ganz anderes vorgestellt.« Ihre Wangenknochen schienen schärfer hervorzutreten, als sie loslachte.

»Was denn? Schlafsäcke unter einer mickrigen Plastikpyramide?« Anil hatte die Daumen in die Gürtelschlaufen seiner Jeans gehakt, stand da und sah sie an.

»Ja!« Lina setzte sich auf eine Lederchaiselongue und ließ sich in die mit Tierfellmustern bedruckten Kissen sinken.

»Willst du dich ausruhen?« Er sah auf die Uhr. »Wir haben noch ein, zwei Stunden bis zum Abendessen.«

»Ich weiß nicht.« Sie hatte ein Bein gebeugt und das andere seitlich über die Chaiselongue geschwungen. Ihr Rock war hochgerutscht, sodass die helle Linie der Schenkelinnenseite zu sehen war. Das plötzliche Verlangen in Anils Blick machte sie verlegen. Schnell nahm sie die Arme herunter, die sie über den Kopf gelegt hatte. Doch er beugte sich schon über sie und drückte ein Knie in das Leder zwischen ihren Beinen. Gleich darauf spürte sie sein ganzes Gewicht. Sie seufzte und wunderte sich, weil sie es so tröstlich und so erregend fand. Und genauso erstaunlich war, wie sich ihre Beine um seine Hüften schlossen, ihr Becken sich an seine Leiste schmiegte – alles geschah so instinktiv, wie oft geübt. Lina meinte, Anil schon viele Leben lang geliebt zu haben und es bis zum Ende der Zeiten zu tun.

Doch die Lektionen des Anstands waren nicht ganz vergessen: die auswendig gelernten Korantexte, nach denen Sex außerhalb der Ehe verboten war, Imans Ermahnungen, keine Haut zu zeigen. Als Anils Daumen unter den elastischen Saum ihrer Wäsche fuhr, dachte Lina wieder an ihre Grenzen.

»Ich kann nicht«, flüsterte sie.

Anil hielt inne, ließ die Hände unter ihren Rücken gleiten. Sein Atem an ihrem Hals fühlte sich an wie heiße Luft aus einer Spraydose. Lina spürte, dass sein Körper von Selbstvergessenheit auf Beherrschung umschaltete, dass seine Muskeln arbeiteten, als er sein Gewicht von ihr nahm und auf die Ellbogen verlagerte.

»Erst, wenn wir ...« Ihr Gesicht verzog sich, weil dieses winzige Wort so viel vorwegnahm. »Ich meine, wenn *ich* verheiratet bin.«

Seine Lippen dehnten sich auf ihrer Haut, denn er lächelte.

»Dann muss ich dich wohl heiraten – und zwar bald.«

Später am Abend gingen sie zur Aussichtsplattform auf einem kleinen Plateau hoch über der Landschaft. Ein paar Leute saßen in Liegestühlen und schlürften Sundowner, und eine Gruppe amerikanischer Touristen schwenkte Kameras, als würde der schöne Blick bald abgeschaltet.

Lina und Anil lehnten sich an das Geländer und betrachteten die ungeheure Weite der Ebene, die sich unter ihnen erstreckte. Die Landschaft schien mit schimmernder Glasur überzogen zu sein, wie ein üppiges, von der Sonne goldbraun gebackenes Gericht. Man musste genau hinsehen, um all die Wildtiere zu entdecken, die sich im Gebüsch tummelten. Anil gelang das besser als Lina – wenn er manchmal etwas sah und ihr das Fernglas reichte, waren plötzlich überall im hohen Gras Gazellen, oder dunkle Schatten erwiesen sich als Elefanten. Einmal drehte Lina sich um, schob den Ärmel von Anils schwarzem T-Shirt hoch und drückte ihre Lippen auf seinen Oberarm.

»Du hast mir so viel gezeigt, so viel gegeben. Ich weiß nicht, wie ich dir danken soll«, sagte sie.

»Ich möchte alles mit dir teilen, es bedeutet so viel mehr, wenn wir zusammen sind.«

»Ja, aber trotzdem. Ich weiß, dass meine Welt durch dich größer geworden ist.«

»Und meine auch, wegen dir.« Er konnte sein Abbild in den grau getönten Gläsern ihrer Sonnenbrille sehen. Lina spiegelte sich ganz ähnlich in seiner. Der Gedanke, dass sie sich endlos ineinander wiederholten, gefiel ihm.

»Ich glaube, ich habe dich nie irgendwo mit hingenommen, wo du vorher noch nicht warst.«

Er rieb sich das Kinn und tat so, als müsste er überlegen. »Da war doch dieses Halal-Restaurant in Ealing.«

Sie stieß ihn spielerisch in die Rippen, und als er sie auch zu treffen versuchte, entwand sie sich ihm mit einer einzigen Schulterbewegung, die er wunderbar fand. Lina hatte sich zum Abendessen umgezogen und trug nun ein knielanges, rückenfreies Kleid aus lila Seide. Der gekonnte Schnitt hob ihre schlanke Figur hervor und betonte den feingliedrigen Körperbau. Das Kleid gehörte zu den vielen Sachen, die Anil ihr vor der Abreise aus London gekauft hatte.

»Du siehst wunderschön aus«, sagte er.

»Ich fühle mich ein bisschen nackt.« Lina verschränkte die Arme und legte die Hände auf ihre schmalen Schultern. Sie hatte noch etwas überziehen wollen, aber Anil hatte sie daran gehindert und behauptet, sie brauche nichts, weil die Luft wie eine Stola sei. Für eine Weile war die Hitze tatsächlich wie eine weiche, samtige Hülle gewesen, doch das änderte sich schnell.

Die Dunkelheit senkte sich ganz plötzlich wie ein Vorhang herab. Sofort sank auch die Temperatur, als hätte jemand ein paar Eiswürfel in den Cocktail der Nacht geworfen.

»Wollen wir in den Speisesaal gehen?« Anil bemerkte die Gänsehaut an Linas Armen.

Sie nahm seine Hand und ging mit ihm auf das strahlend helle Restaurant zu, wo Licht aus riesigen Fenstern strömte und doch nicht die Kraft hatte, mehr als einen Meter tief in die Nacht zu dringen. Selbst die Scheinwerfer, die das Gelände der Lodge beleuchteten, hoben nur Landschaftsfetzen und Gebäudefragmente hervor: silbriger Flitter zur Verzierung der dichten Dunkelheit.

»Was ist das?« Lina zeigte auf das flache Dach des Restaurants vor ihnen. Ein Scheinwerfer in der Nähe ließ einen rechteckigen Vorsprung erkennen, der sich davon abhob.

»Sonnenkollektoren.«

»Oh.«

»Ich wusste, dass dir das gefällt.« Anil drückte ihre Hand. »Ich habe die Lodge auch ausgesucht, weil sie ökologisch orientiert ist.«

Lina umarmte ihn und drückte ihr Gesicht an sein geripptes Baumwollhemd. »Ich stelle mir immer vor, dass du solche Sachen entwirfst – atemberaubend und doch nachhaltig. Das wäre mein Traumhaus.«

»Eines Tages baue ich dieses Haus.«

Sie sah ihm in die Augen, freute sich an seinem Versprechen und staunte, wie selbstverständlich ihr diese Aussicht inzwischen vorkam.

So standen sie sich gegenüber, hielten einander um die Taille und lehnten sich leicht zurück, als Anil im Busch ein seltsames Knistern hörte. Sein Kopf fuhr herum, doch es war kaum etwas zu sehen.

»Was –«

»Schschsch.«

Lina spürte, wie er erstarrte. Sein Gesicht zog sich zusammen, alles richtete sich nach der Nase aus. Die Augen wurden schmal, als wollten sie die Dunkelheit durchbohren. Anil begriff, dass niemand in der Nähe war. Alle Gäste waren zum Essen hineingegangen, und vom Personal war niemand zu sehen. Das Restaurant war nur zehn Meter entfernt, aber wenn dort wirklich das war, was er annahm – und sie musterte und jederzeit mit einer ausgestreckten Tatze nach seinem Bein schlagen konnte –, dann waren zehn Meter zu weit. Jedenfalls für einen von ihnen.

Lina konnte nicht sehen, was Anil da fixierte, war aber plötzlich so angespannt wie er und versuchte mit allen Sinnen angestrengt zu erkunden, ob unmittelbare Gefahr bestand.

»Nicht bewegen«, flüsterte er. Trotzdem fing er an, sich ganz langsam und mit winzigen Manövern vor sie zu schieben. Inzwischen konnte er das Tier deutlich sehen, das ihn mit der Nonchalance einer verwöhnten Diva betrachtete. Hätte es andersherum gestanden, hätte es Anil mit dem Schwanz streifen können.

Lina wäre zu keiner Bewegung fähig gewesen. Auch sie hatte das Tier inzwischen aus dem Augenwinkel gesehen. Ihr Mund öffnete und schloss sich, der Kiefer zuckte unter lautlosen Schreien.

»Geh los – rückwärts.« Anil machte einen kleinen Schritt zurück, damit Lina es ihm nachtat. Doch sie konnte sich nicht rühren. Er ließ das Tier mit der zuckenden Nase nicht aus den Augen.

»Wenn er kommt, dann musst du rennen.« Anil sprach unbewusst wie ein Bauchredner, als ob das etwas nützte.

Das Tier schien seine Aufmerksamkeit mit jedem Pulsschlag zu steigern. Anil spürte seine Macht und die eigene Wehrlosigkeit, weil nichts als Luft sie trennte. Er machte noch einen Schritt zurück, hielt aber inne, als seine Hacke auf Linas Fuß traf.

Ganz plötzlich erschien neben ihnen ein Ranger, zischte und schwenkte einen brennenden Stab. In der anderen Hand hielt er eine Pistole. Das Tier schlich davon und wurde Sekunden später von der Dunkelheit verschluckt. Der Ranger sah zu, wie es verschwand, und richtete seine rot karierte Shuka dann ruhiger als ein Händler nach stundenlanger Spekulation an der unruhigen Börse seine Krawatte.

»Aiaiaiaiai.« Der Ranger schüttelte den Kopf und zog Luft durch die Zähne. »Simba.«

Anil blieb reglos stehen – er war nicht sicher, ob es wirklich vorbei war – ob es überhaupt geschehen war.

»Lieber reingehen.« Der Ranger zeigte auf das Restaurant.

»Heute Abend viele Simba. Nicht allein laufen.« Er komplimentierte sie weiter und brachte sie zur Tür. An den bunten Perlen um seinen Hals prallte das Licht ab.

Schließlich saßen Anil und Lina an einem förmlich wirkenden, in zwei Schichten gedeckten Tisch: Ein kleines, marineblaues Quadrat aus dickem, gestärktem Leinen war über ein größeres weißes gebreitet. Ein Kellner in einer Tunika, die zum Blau des Tischtuchs passte, beugte sich vor, um einen Aperitif anzubieten. Anil nickte, obwohl er die Frage gar nicht hörte. Es war, als hätte seine Angst während des Vorfalls auf Eis gelegen, um nun allmählich zu schmelzen und jede Zelle zu durchdringen. Als er einen Schluck Wasser trank, zitterte seine Hand ein wenig.

Lina sah ihn an. Ihre Lippe vibrierte leicht in der Nähe der Narbe, wie ein Bogen bebt, kurz bevor der Pfeil ausgelöst wird. »Danke«, sagte sie.

»Wir müssen uns beide bei dem Ranger bedanken. Ich habe ihm gar nichts gegeben.« Seine Hand griff nach der Tasche, in der sich sein Portemonnaie wölbte.

»Ja, aber du weißt, was ich meine. Wenn er nicht gekommen wäre …«

Anil schüttelte den Kopf und rieb sich verlegen die Brust. Er hatte aus Instinkt gehandelt, doch was sein Handeln bedeutete, wurde ihm gerade erst bewusst, und er begriff, dass seine Gefühle tiefer gingen, als ihm klar gewesen war.

»Das werde ich nicht vergessen. Niemals.« Lina schlängelte einen Arm zwischen den Weingläsern hindurch, die paarweise neben ihren Gedecken standen. Dann nahm sie seine Hand und drückte sie so fest und zärtlich, dass er genau verstand.

21. Juli 1968

Du hast nichts zurückgelassen. Kein greifbares Relikt, bis auf eine einzelne Socke mit Löchern an Zehen und Ferse, was bei deinen Socken schnell passierte, weil du sie täglich vierundzwanzig Stunden zu tragen pflegtest. Ich habe sie heute gefunden, als ich endlich begann, meine Sachen auszupacken und das Leben wieder in Angriff zu nehmen. Ich bin bei Lucas und werde eine Weile hierbleiben, zumindest bis zum Abschluss meiner Promotion.

Man beachte, dass ich immer wieder erwähne, wo ich gerade bin, und irgendwie hoffe, dass du mich suchen kommst, obwohl ich die ganze Zeit weiß, wie unwahrscheinlich das ist. Wie könntest du auch, wo doch kein einziges dieser Schreiben abgeschickt worden ist? Ich habe sie in frankierte Umschläge gestopft, deine Büroadresse daraufgekritzelt und bin sogar damit zum Briefkasten gegangen, in der festen Absicht, sie durch den finsteren Öffnungsschlitz zu werfen – während mir die Vergeblichkeit meines Handelns die ganze Zeit klar war. Wenn ich die Briefe abgeschickt hätte, müsste ich nun auf eine Antwort warten, die wahrscheinlich nie kommen würde. Du hast nie ein Versprechen gebrochen. Deswegen weiß ich, dass auch dein Abschied endgültig sein muss.

Trotzdem ärgert es mich, dass du unsere Sachen so gründlich durchforstet und jedes Zeichen von dir getilgt hast. Stand dir etwa die Entscheidung darüber zu, was ich vielleicht aufheben möchte und was nicht? Selbst diese Entscheidung hast du mir weggenommen, wie ich auch bei unserer Trennung nichts zu melden hatte. Ich weiß noch, wie du rasch alles Mögliche zusammenpacktest, mit dem Argument, du wolltest es mir leichter machen. Was hast du dir dabei gedacht? Dass ich ohne Beweise vielleicht daran zweifle, dass du je existiert hast, und dass es so vielleicht schneller weitergeht für mich?

Selbst die wenigen Fotos, die wir voneinander hatten, sind verschwunden. Ich bat dich, sie in eine der Kisten mit »meinen« Büchern zu legen, aber jetzt kann ich sie nicht finden. Ich würde mir gern einbilden, dass du sie mitgenommen hast, vielleicht als unfreiwillig sentimentale Geste. Aber das bezweifle ich. Mir ist aufgefallen, dass du alle Bücher zurückgelassen hast, die ich dir geschenkt habe. Sie sind noch da, bei meinen Sachen, mit innigen Widmungen darin, klägliche Überbleibsel dessen, was ich einmal empfunden habe. Die kleine Bibliothek meines Verlusts. Für dich war es immer ein Sakrileg, Bücher in irgendeiner Weise zu beschriften. Wenn ich von dir eins bekam, stand nie etwas Persönliches darin – du sagtest es stattdessen laut, während ich das Geschenk auspackte. Ein Blick auf die Titel genügt, und schon fallen mir die kleinen Widmungen ein, die mit ihnen einhergingen. Zu Sri Aurobindos *Savitri* sagtest du fast als Zitat: Für meinen Liebling Sel, die bewusste Blume meines Herzens.

Komisch, obwohl ich die Literaturstudentin war, hattest du anscheinend mehr Ehrfurcht vor der physischen Gestalt von Büchern. Für mich waren unterstrichene Sätze und geknickte Ecken Zeichen dafür, wie intensiv ich mich mit einem Text beschäftigt hatte. Doch du behandeltest alle wie den Koran, mit großem Respekt, und legtest nie eins auf den Boden. Solche Marotten liebte ich über alles. Nur, dass mir diese Tugend inzwischen eher wie Täuschung vorkommt.

Du hast es immer vermieden, Spuren unserer Liebe zu hinterlassen. Deine Geschenke waren kurzlebig: Blumen, Pralinen, ein Essen im Restaurant. Wir waren nie lange genug getrennt, um uns Briefe schreiben zu müssen, doch ich bekam nie auch nur eine Karte von dir. Zu Geburts- oder Jahrestagen lerntest du Gedichte oder Passagen aus Büchern auswendig und sagtest sie auf, beim Frühstück im Bett. Was ich einmal romantisch fand, finde ich inzwischen hinterhältig. Wie sich der ganze Grundton einer Beziehung mit einer Enthüllung ändern kann!

Falls du die Absicht hattest, spurlos zu verschwinden, hast du es versäumt, den belastendsten Posten in Betracht zu ziehen: mich. Ich bleibe die Hüterin unserer Vergangenheit. Auf meinen

Schultern: Sommersprossen von dem Tag, den wir in Brighton verbrachten, kurz bevor du gingst. Auf meiner Hand: die Narbe von einem Schnitt, den ich mir zuzog, als ich die Scherben eines Glases aufsammelte, das wir umgeworfen hatten, während ich dir Tango beibringen wollte. An meinen Füßen: Druckstellen von den Sandalen, die ich an dem Tag trug, als wir vom Regent's Park zu Fuß zurück in die Wohnung in Battersea gingen.

Körperliche Wunden verblassen, aber was ist mit den Narben, die der Geist davonträgt? Das Gedächtnis, der alte Schwindler, ist schlauer als wir alle. Das hast du inzwischen sicher auch gemerkt. Ich nehme an, nicht einmal dein Gott dämmt die Flut des Erinnerns ein.

Zusammenwohnen

Als Lina Ende August aus Kenia zurückgekehrt war, ließ sie ihrem Vater keine Ruhe, weil sie für ihr letztes Studienjahr unbedingt mit Freundinnen zusammenziehen wollte. Mitte September, ein paar Tage vor Semesterbeginn, stimmte Scharif endlich zu. Doch inzwischen hatten die anderen schon Grüppchen gebildet, Wohnungen gesucht, Kautionen bezahlt und waren eingezogen. Isabel hatte in ihrer Wohngemeinschaft sogar ein Zimmer freigehalten, es aber weggegeben, kurz bevor Scharif endlich seine Entscheidung traf. Es sah so aus, als müsste Lina wohl oder übel bleiben, wo sie war – bis Anil ihr vorschlug, mit in Mercs Wohnung zu ziehen. Jay und Hardy hatten ihr Studium abgeschlossen und waren nach Kenia zurückgekehrt, also war reichlich Platz. Sie würde ein eigenes Zimmer mit Bad bekommen. Miete würde sie nicht bezahlen müssen, nur einen Beitrag zu den gemeinsamen Rechnungen, wenn sie denn wollte. Zunächst lehnte Lina rundweg ab. Das ging wirklich zu weit. Es war auch so schon schwer genug, bei all ihren Lügen den Überblick zu behalten.

Daraufhin hatte Anil begonnen, sie zu bearbeiten und das Leben zu schildern, das sie führen würden, wenn sie einwilligte. Er hatte sich die Sache in den Kopf gesetzt und redete wie üblich so, als würde alles nun auch mit Sicherheit so kommen. Anil machte ständig Pläne, versuchte, die Zukunft zu zähmen. Wenn sie zusammen waren, konnte Lina an seine Visionen glauben, doch sobald sie auseinandergingen, war ihr, als hätte man die Zukunft von der Leine gelassen. Sie stand vor ihr und bleckte die Zähne, ein wildes, gnadenloses Tier, von dem sie sich besser fernhielt.

Anil hatte Merc nicht gefragt, bevor er seine Einladung aussprach, denn er war sicher, dass er seinen Freund von dem Plan überzeugen konnte. Anfangs nahm Merc die Idee gar nicht ernst und lachte nur. Er glaubte nicht daran, dass Linas Eltern ihre Tochter zu zwei Männern ziehen lassen würden.

»Das wird sie ihnen natürlich nicht sagen«, erklärte Anil. »Die Eltern werden denken, sie wohnt bei Isabel. So war es ursprünglich auch gedacht.«

Merc fing sofort an zu orakeln. Seiner Meinung nach würden Linas Eltern auf jeden Fall dahinterkommen. Außerdem hatte er keine Lust auf Heimlichkeiten in seiner eigenen Wohnung, nur um eine Tussi – die er nicht einmal besonders mochte – vor dem Auffliegen zu schützen. Anil tat Mercs Bedenken einfach ab. Er hatte längst an alles gedacht. Sie würden eigens für Lina einen neuen Telefonanschluss legen lassen, und ihre gesamte Post würde an Isabels Adresse gehen. Merc hörte ihm zu und begriff plötzlich, wie tief Anil in die Sache verstrickt war.

»Mazeh, das klingt doch grotesk. Warum tust du dir das alles an, nur um mit ihr zusammenzuwohnen? Das ist doch total abgedreht.«

Anil ging darauf nicht ein. Er versuchte weiter, Merc zu überzeugen, und erklärte sogar, notfalls werde er ausziehen und sich mit Lina eine eigene Wohnung suchen.

»Hör zu, Mazeh. Wegen irgendeiner Frau werfe ich dich bestimmt nicht hier raus.« Merc würde auf keinen Fall zulassen, dass Lina irgendwann zwischen ihnen stand. »Aber im Ernst, du musst dir wirklich überlegen, ob sich der ganze Matata überhaupt lohnt. Du gehst zu weit!«

»Ich tue alles dafür. Was es auch ist.«

Anils wilder Blick überzeugte Merc davon, dass er ihn nicht im Stich lassen durfte. Solange sie unter einem Dach wohnten, konnte er seinen Freund zumindest im Auge behalten. Also akzeptierte er, dass Lina einzog und ihren eigenen Telefonanschluss bekam, bestand aber darauf, dass sich ihretwegen sonst nichts im Leben der Freunde änderte. »Ich will nicht, dass sie hier halal kocht oder sonst eine Show abzieht. Wir machen weiter wie bisher. Und sie muss sich nach uns richten.«

Lina war bei dem Gedanken an die neuen Aussichten nicht wohl. Also beschloss sie, es mit Istichara zu versuchen, dem Gebet um Eingebung der richtigen Entscheidung. Sie holte einen Tasbih aus der Küche, denn dort saß Chala Rocky jeden Morgen und ließ die Gebetsperlen durch ihre Finger gleiten, während sie ein Frühstücksei kochte. Oben in ihrem Zimmer, das sie seit Studienbeginn bewohnte, stellte sich Lina neben das Einzelbett mit der rosa getupften Tagesdecke und atmete einige Male tief durch. Dann schloss sie die Augen und betete zwei Rukas. Bei jeder Niederwerfung knackten ihre Knie, als würden kleine Sicherungen durchbrennen. Sie hielt den Tasbih in der linken Hand und begann mit der rechten, jeweils zwei Perlen abzuzählen, während sie sich Gott erklärte:

Oh Allah! Ich bitte Dich um die Eingebung der richtigen Entscheidung aufgrund Deines Wissens, und ich bitte Dich um Kraft durch Deine Macht, und ich bitte Dich um Deine unermessliche Gunst. Denn Du hast die Macht und ich nicht, und Du weißt und ich weiß nicht …

Sie hielt inne. Ihre Hände zitterten. Sie holte tief Luft und versuchte, weiter zu beten:

Oh Allah! Wenn Du weißt, dass dieser Schritt gut für mich ist, für meinen Glauben … für meine Familie …

Es ging nicht. Die noch ungezählten Türkisperlen des Tasbih hingen von ihren Händen herab und versprachen einen Rat, der ihr nicht zustand. Wie viele Perlen waren es noch? Eine ungerade oder gerade Zahl? War es richtig oder falsch? Lina musste nicht zählen, um Gottes Willen zu kennen. Sie musste nicht zählen, um ihren eigenen zu kennen. Während sie den Tasbih an beide Augen drückte, küsste und zurück in die Küche brachte, sagte sie im Stillen unentwegt »astaghfirullah« vor sich hin. Istichara durfte man nicht vollziehen, wenn es um unethische oder illegale Handlungen ging. Es war verabscheuungswürdig, wenn man in solchen Fällen Allahs Zustimmung suchte.

Lina ging ins Bad und ließ Wasser in die Wanne ein. Jede einzelne glänzende blaue Kachel spiegelte wider, was sie tat, während sie Badesalz ins Wasser gab. Sie nahm doppelt so viel wie sonst, als könnte sie sich durch eine größere Menge besser entspannen. Dann zog sie sich aus, schlang ihr Haar oben auf dem Kopf zum Knoten zusammen und glitt in die Wanne. Das Wasser war so heiß, dass sie sich millimeterweise hineinsinken lassen musste. Als sie schließlich ganz darin lag, schloss sie die Augen und wünschte sich, jemand oder etwas könnte für sie entscheiden. Die Hitze löste die Spannung zwischen den Schultern, sodass sich die Nackenmuskeln dehnten. Nach und nach ließ sich auch ihr restlicher Körper auf die Wärme ein. Als Lina tropfend und dampfend aufstand und sich ein Handtuch griff, wusste sie, was zu tun war.

Sie zog sich rasch etwas an und ging eilig nach unten. Die Anzahl der Eier im Kühlschrank würde über ihr Schicksal entscheiden. Wenn die Zahl ungerade war, würde sie zu Anil ziehen, wenn nicht, bei Chala Rocky bleiben. Die Küchenfliesen unter ihren nackten Füßen waren eisig. Obwohl sie genau wusste, wie lächerlich so etwas war, zog sie am Griff der Kühlschranktür. Das Licht aus dem offenen Gerät badete sie in kalter Helligkeit. Lina hob die Hand und fuhr mit den Fingern über die zarten Ovale in der Eierablage. Und noch einmal. Dann stellte sie sich auf die Zehenspitzen und spähte zur Überprüfung in das kleine Fach mit den Eiern. Es waren eindeutig acht.

So kam es, dass Lina weiter bei Chala Rocky wohnte, aber mehr Zeit außer Haus verbrachte. Oft sagte sie, sie werde bei Isabel übernachten, weil ihre Freundin so nah an der Bibliothek wohne, blieb aber schließlich in Mercs Wohnung bei Anil. Ihre Abwesenheit rechtfertigte sie damit, dass das Arbeitspensum im letzten Studienjahr größer sei und sie deshalb keine Zeit mit Pendeln verschwenden wolle. Da sie ohnehin fast bei Isabel gewohnt hätte, regten sich weder Chala Rocky noch ihre Eltern darüber auf, dass sie manchmal nicht zu Hause schlief.

Merc hatte während seines Praktikums am Institute of Contemporary Arts eine Clique aufgekratzter Kunstfans kennengelernt, mit der er seine Runden durch Vernissagen und Galerien in ganz London drehte. Er war fast jeden Abend unterwegs, und Lina war froh darüber. Sie konnte sich nie richtig entspannen, wenn er in der Wohnung war. Oft spazierte er halb nackt herum oder zog sich sogar vor ihr bis auf die Boxershorts aus, während sie im Wohnzimmer saß. Es war, als wollte er sie mit seiner Sexualität verspotten, ihren Widerstand dagegen brechen. Als sie bei Anil erwähnte, wie unwohl sie sich fühlte, tat er es einfach ab. »Sei nicht albern. Er will dich nicht provozieren, der war schon immer so.«

Eines Morgens, als Lina über Nacht geblieben war, ging Anil vor ihr aus dem Haus. Sein Arbeitstag im Büro begann früh, und sie hatte an diesem Tag erst nachmittags Vorlesung. Also hatte sie sich gegönnt, in Ruhe auszuschlafen, und als sie schließlich aufstand, war Anil schon lange weg. Lina wollte gerade duschen und stand nackt vor dem Spiegel, um ein paar einzelne Augenbrauenhärchen auszuzupfen – da kam Merc ins Bad marschiert. »Hier bin ich drin!«, rief sie, als die Tür aufging. Sie hatte nicht einmal Zeit, sich in ein Handtuch zu hüllen – er stand plötzlich einfach vor ihr.

»Entschuldigung.« Merc ließ den Blick auf ihr ruhen und trat dann einen Schritt zurück. »Ich wusste gar nicht … ich wollte mir nur …« Sie dachte, sie hätte das Wort Shampoo gehört, als er die Tür zumachte.

Lina schloss ab, setzte sich zitternd auf die Toilette und dachte, dass sie sofort gehen musste. Sie würde nie wieder imstande sein, Merc in die Augen zu sehen. Erst, als sie endlich in die Duschwanne stieg und der Wasserschwall auf ihren Kopf herabstürzte, ging ihr auf, wie absurd seine Ausrede gewesen war. Shampoo! Er hatte nicht einmal Haare! Lina war sicher, dass Merc nicht zufällig hereingeplatzt war, ausgerechnet an diesem Vormittag, während Anil nicht da war. Beim Einseifen fragte sie sich, was er damit beweisen wollte.

»Er will dich einschüchtern, was denn sonst!«, behauptete Isabel, als Lina nach dem Duschen zu ihr floh. Sie hatte keine Sekunde länger allein mit Merc in der Wohnung bleiben wollen.

»Was für ein Widerling.« Isabel umarmte sie. »Vergiss es, wenn ich je gesagt habe, dass ich ihn kennenlernen will. Komm, trink den Tee da. Dann geht es dir besser.«

Beide hatten es sich in Isabels Zimmer zwischen vielen Kissen auf dem Fenstersitz gemütlich gemacht. Statt Vorhängen hingen dort verschiedene Batikstoffe von der Gardinenstange.

»Ich kann da nicht mehr übernachten.« Lina schauderte. »Ich will nie wieder hin!« Sie balancierte einen angeschlagenen Becher mit dem Logo einer Bank auf den Knien.

»Genau das hofft Merc wahrscheinlich!«, sagte Isabel.

»Was ist die Alternative?« Lina nippte an dem süßen Tee.

»Mach weiter wie bisher. Tu so, als wäre gar nichts passiert.« Isabel zog ihre schmalen Lippen ein und strich über die spitz nach unten zulaufenden Rüschen vorn an ihrem Top.

»Du solltest mal sehen, wie er mich anschaut. Als wollte er durch meine Kleider sehen.«

»Tja, das ist jetzt nicht mehr nötig. Nun weiß er ja Bescheid.« Ihre Augenbrauen hoben sich und verschwanden unter dem Pony.

Linas Wangen brannten bei der Erinnerung daran.

»Im Ernst, Lina. Lass nicht zu, dass er dich manipuliert.«

»Was ist mit Anil? Soll ich es ihm erzählen?«

»Eher nicht.« Isabels Bobfransen schlugen gegen ihre Wangen, so heftig schüttelte sie den Kopf. »Merc will ganz sicher, dass du einen Aufstand machst. Am besten enttäuschst du seine Erwartungen und unternimmst gar nichts.«

Genau so ging Lina vor, und es schien zu funktionieren.

Dann kam es wieder zu einer Konfrontation. Eines Abends kurz vor Linas letzter Prüfung wollte Anil, dass sie mit ihm und Merc essen ging, bevor sie über Nacht wieder zu ihrer Tante fuhr.

»Nein, Anil. Ich muss noch lernen, und ich will nicht zu spät nach Hause kommen.« Sie ging im Wohnzimmer herum und hob ein Paar Socken auf, das neben dem Sofa lag. »Sind das deine?«

»Ich weiß nicht, kann sein.«

Lina ließ sie wieder fallen. Um Mercs schmutzige Wäsche wollte sie sich bestimmt nicht kümmern. Sein Zeug lag überall herum, sogar in Anils Zimmer. Dort legte er Sachen hin – einen Lippenstift, eine Strumpfhose, eine Haarspange –, von denen er annahm, dass es ihre waren. Lina musste sie dann zurückbringen und beiläufig sagen, dass sie sicher einer seiner »Freundinnen« gehörten. Lina hatte den Überblick verloren, was die Mädels betraf, die er mit nach Hause brachte – er wahrscheinlich auch, denn er tat immer sehr überrascht, wenn Lina verirrte Gegenstände zurückgeben wollte.

»Es ist doch nur ein Essen. Eine Stunde oder so. Ich verstehe nicht, wo das Problem ist. Du musst sowieso was essen, damit du dich konzentrieren kannst.« Anil saß völlig gelassen da. Wenn er etwas wollte, schien nur das eine Rolle zu spielen.

»Warum versuchst du nicht zu verstehen, wie das für *mich* ist? Diese Prüfung ist mir wichtig.« Sie ließ sich neben ihn auf das Sofa fallen. Ihr war bereits klar, dass sie besser abgeschnitten hätte, wäre ihr Doppelleben nicht so kompliziert gewesen. Dieser bodenlose Abstieg in die Verlogenheit war einfach abscheulich. Und es war kein Ausweg in Sicht. Alles wurde nach und nach korrumpiert. Was ihr im Leben heilig war – die Familie, Anil, Gott – und unter den vielen übereinandergeschichteten Unwahrheiten eigentlich geschützt sein sollte, wurde nach und nach infiziert. Und das Schlimmste war: Lina wusste genau, dass sich die wichtigste Person nicht täuschen ließ, sooft sie auch innerlich schacherte und Kompromisse einging: Allah sah alles. Manchmal, wenn ihr alles zu viel wurde, konnte sie sich nur einreden, dass Er sicherlich seine Gründe hatte, wenn Er alles wusste und doch nicht zuließ, dass ihre Eltern es herausbekamen. Wenn Gott alles bestimmte, dann gehörte auch ihr Zusammensein mit Anil zu einem Masterplan. Alles würde so kommen, wie es vorgesehen war, inschallah.

Anil stand auf. Sein Hemd war zum Teil aus dem Hosenbund gerutscht. »Das ist wirklich anstrengend, Lini. Bei dir muss man dauernd um jede Kleinigkeit kämpfen.«

»Wir müssten nicht streiten, wenn du meine Entscheidungen akzeptieren würdest«, sagte sie leise.

»*Deine* Entscheidungen!« Anil explodierte. »Deine Entscheidungen beherrschen diese Beziehung! Alles, *alles* beruht darauf, was du erlaubst und was nicht.«

Gilt das nicht für jede Beziehung?, wollte sie sagen – doch er war schon hinausgegangen. Ging es denn nicht immer um das Aushandeln von Grenzen, wenn man sehr eng mit jemandem zusammen war? Wie viele hatte sie seinetwegen schon überschritten! Sie hörte, wie er auf dem Flur zu Merc sagte, er müsse sich nur umziehen, dann könnten sie aufbrechen. Lina wäre ihm gefolgt, doch Merc erschien plötzlich im Türdurchgang.

Frustriert platzte sie heraus: »Immer muss es nach *ihm* gehen!« Doch sie bereute ihre Worte sofort. Bei Merc durfte sie sich auf keinen Fall ausheulen. Er würde nie auf ihrer Seite sein.

Merc ging zum Fenster hinüber. Der frische Zitrusduft seines Aftershaves wehte durchs Zimmer. Er sah aus, als wäre er auf dem Weg zum Kricket, ganz in Weiß. Bei jeder Bewegung spielten Muskeln unter der Kleidung, zeichneten sich unter dem Stoff ab, zeugten von seiner Potenz. Lina konnte sich seinen Körper besser vorstellen, als ihr lieb war. Sie schloss die Hände fest umeinander, seufzte und fragte sich nicht zum ersten Mal, ob es klug war, Anil weiter in dieser Wohnung zu besuchen.

»Er kann ziemlich stur sein.«

Lina sah auf und konnte nicht glauben, dass sie richtig gehört hatte. War Merc zur Abwechslung auf ihrer Seite? Natürlich nicht. Durch die violetten Kontaktlinsen wirkten seine Augen besonders kalt.

»Aber für jemand, der so willensstark ist, gibt er deinen Launen ziemlich oft nach.«

»Meinen Launen?« Andere Leute hatten eine Meinung, aber ihre Vorstellungen waren Launen – zu wenig substanziell, um ernst genommen zu werden, jedenfalls, was Merc betraf.

»Er verdient mehr Anerkennung dafür, dass er mit dir zusammen ist. Ich weiß nicht, wie viele Männer mit der langen Liste an Einschränkungen zurechtkämen, die man als dein Freund serviert bekommt.« Merc lehnte am Fensterbrett, umschmeichelt vom Abendlicht, das sanft durch die Scheiben fiel und mit den Möbeln Schatten zeichnete. »Ich meine, Frauen sind immer irgendwie schwierig, aber du hängst die Messlatte verdammt hoch, über die ein Mann springen muss.«

Linas Verwirrung störte die Symmetrie ihres Gesichts: Ein Auge war plötzlich weiter geöffnet als das andere, ein Mundwinkel stärker verzogen. Merc hatte sich noch nie eingemischt, was sie und Anil betraf, auch wenn sie davon ausging, dass er sie ständig beobachtete und im Stillen sein Urteil fällte – und zwar offensichtlich das falsche. *Sie* war es doch, die ständig unmögliche Hürden überwinden musste. Anil hatte es leicht, denn wenn er etwas wollte, gab es niemals Hindernisse, nicht einmal finanzielle.

»Für mich trägt jeder seinen Teil dazu bei. Wir wissen beide, was wir – ich meine, jeder von uns – was wir für Kompromisse machen.« Ihre Stimmlage änderte sich im Lauf des verwickelten Satzes und war am Schluss so hoch, dass ihre Feststellung wie eine Frage klang. »Was glaubst du, wie ich es hingekriegt habe, dass ich herkommen und Zeit mit ihm verbringen kann?«

»Ich sage ja nicht, dass ihr euch nicht beide verbiegen müsst, damit es funktioniert. Aber du immer nur aus der Hüfte, während er die Knie beugt. Klar so weit?«

Die Knie? Was redete Merc für einen Unsinn? Und war es nicht außerdem schwerer, sich aus der Hüfte zu beugen? Unbequemer? Mit höherem Verletzungsrisiko verbunden?

»Anil hat deinetwegen noch eine Sprache gelernt.«

Aber er hatte sich doch schon immer für Urdu interessiert!

»Er hat seine Eltern dazu gebracht, dass sie deine anlügen. Er isst dir zuliebe in Halal-Restaurants. Und nimmt aus Respekt vor deinem Glauben sogar bereitwillig die wacklige Position des Agnostizismus ein.« Mercs Mund verzog sich angewidert. »Manchmal glaube ich sogar, dass er anfängt, an Gott zu glauben, falls du das brauchst.« Und dann wagte er sich auf so heikles Terrain, dass Lina seinem durchdringenden lila Blick ausweichen musste. »Und dass er … dass ihr noch nicht … du weißt schon – nach so langer Zeit.« Anscheinend war es selbst Merc unangenehm, Lina auf dieses Thema anzusprechen. »Das ist nicht normal.« Es konnte ihm nicht entgehen, dass sich Schamesröte über Linas Züge legte. »Nicht, dass er was zu mir gesagt hätte, aber ich nehme doch an, dass es so ist.«

Beide schwiegen. Lina umschloss ihr Gesicht mit den Händen. Wie oft hatte er im letzten Jahr so etwas gedacht? Wie lange lag es ihm schon auf der Zunge? Sie hatte doch den Eindruck gehabt, dass zwischen ihnen eine gewisse Harmonie entstanden war. Ein unerklärter Waffenstillstand: wir sind uns einig, dass wir uneins sind. Und jetzt war sie plötzlich mit dieser leisen Aggression konfrontiert, die einen wie ein unentdecktes Gasleck ersticken konnte.

»Ich will damit nur sagen, dass Anil meiner Ansicht nach fähig wäre, dir zuliebe alles zu tun und zu akzeptieren. Er glaubt, er hat es im Griff, weil das immer so war. Aber für mein Gefühl sitzt keiner von euch beiden am Steuer, und ich weiß auch nicht, wer die Straßenkarte liest. Und was schlimmer ist – ich glaube nicht mal, dass es zu dem Ziel, das ihr euch da vorstellt, überhaupt eine Straße gibt.«

Was wusste er davon, wo sie hinwollten? Wenn es keine Straße gab, dann würden sie eben eine bauen. So war es bisher auch gewesen: Sie hatten immer wieder voll beschleunigt und waren einige Male ins Schleudern geraten.

Merc ging zu einem Sessel, der vor ihr stand. Sein Schatten schlich ihm nach, blieb ihm dicht auf den Fersen und verschwand doch mit jedem Schritt tiefer im Nichts. Lina wünschte sich, seine Worte wären ähnlich leicht zu zertreten gewesen. Doch sie fingen wieder an zu fließen, genau wie der Schatten, der sich noch einmal aufbäumte und über den Sessel breitete, bevor Merc sich niederließ.

»Ich glaube, dir ist gar nicht klar, dass alles, wofür du stehst, mit seiner Welt absolut unvereinbar ist. Ich hoffe nur, du verlangst nicht zu viel von ihm.«

Linas Hände fielen kraftlos in ihren Schoß. »Ich liebe ihn«, war alles, was sie sagen konnte.

»Wann hätte Liebe schon mal irgendwas garantiert? Außer Unvernunft. Sein Herz hat er schon an dich verloren, sieh zu, dass er nicht auch noch den Kopf verliert.«

Krise

Asisa Asis war eine zierliche Frau um die vierzig. Sie trug den Hidschab, aber auf ihre eigene, unverwechselbare Art. Statt das Haar mit dem üblichen schwarzen Tuch zu bedecken, improvisierte sie mit allen möglichen Stoffarten und -farben – manchmal saß der Hidschab hoch oben auf dem Kopf wie der Turban eines Sultans, manchmal floss er ihr sanft wie ein Brautschleier von der Stirn über den Rücken.

Sie war im Alter von dreiundzwanzig Jahren geschieden worden, als ihr Mann dreimal das Wort »talak« aussprach, weil es ihr nicht gelungen war, in den vier Jahren der Ehe schwanger zu werden. Ihr Exehemann, der in der Soho Road einen Marktstand betrieb, ging zurück nach Pakistan und heiratete eine andere Frau, die sich auch nicht fortpflanzen konnte und auf ähnliche Weise entlassen wurde. Dieses Szenario wiederholte sich noch zwei weitere Male, bis dem Mann endlich dämmerte, dass es vielleicht an ihm liegen könnte. Danach entschied er sich für eine Witwe, die schon drei Kinder hatte. Zwischenzeitlich kehrten alle Exfrauen außer Asisa zu ihren Familien in die kleinen, abgelegenen Dörfer ihrer Heimat zurück. Denn Asisa wollte man dort nicht mehr haben. Man hielt es für besser, wenn ihre Schande Tausende Meilen weit weg in England blieb, statt zurückzukehren und sich auf einer dörflichen Schwelle niederzulassen.

Allein in einem Land, dessen Sprache sie nicht sprach, in einer Gemeinschaft, die ihr Verachtung entgegenbrachte, schien es für Asisa nicht viel Hoffnung zu geben. Die Tatsache, dass ihre Augen unterschiedliche Farben hatten – eins war dunkelbraun, eins hellgrün –, machte die Leute ebenfalls misstrauisch. Doch Scharif, der sich aller rechtlichen Fragen in ihrem Fall angenommen hatte, stellte sie als Empfangssekretärin ein.

»Oh was denn, haahh? Du hast doch gar keinen Empfang«, hatte Iman gesagt.

»Ich stelle einen kleinen Schreibtisch neben die Tür in der Diele, da kann sie sitzen. Auf diese Weise lernt sie auch Leute kennen. Dieser Kerl hat sie doch kaum aus dem Haus gelassen, während sie verheiratet waren.«

So wurde Asisa Mitarbeiterin von Merali Legal Services. Nach zwei Jahren Englischunterricht und einer längeren Durststrecke erwies sie sich als ebenso kompetente wie lebhafte Ergänzung des Teams. Iman begrub ihre anfänglichen Vorbehalte, als sie in Asisa eine mögliche Verbündete zu sehen begann, die dazu beitragen konnte, dass Scharif sich nicht zu viel auflud. Asisa verteidigte ihren Arbeitgeber beharrlich und bewachte den Eingang zu seinem Büro wie ein Rausschmeißer einen exklusiven Club. Wenn jemand ohne Termin erschien, schickte sie ihn weg und versuchte dabei, entschieden zu wirken, indem sie die Hände in die Hüften stemmte, Englisch sprach und ihre Sätze mit Juristenjargon würzte, den sie bei Kollegen aufgeschnappt hatte: »Chef ist beschäftigt. Geht nicht einfach herkommen. Gibt es Vorbehalte, Verfahrens, wissen Sie? Macht man *Vorverhandlungen*! Anmelden Sie Termine immer zuerst, *dann* gibt Besprechungen. Ist sich Verpflichtung.« Dann presste sie die schmalen Lippen zusammen und verzog sie schließlich doch zu einem kleinen Lächeln. »Also bitte, Mister, mir *bitte* sagen – wann sein gute Zeiten für Sie für neue Vorladungen?«

Allmählich zeigte sich, dass Asisa weissagen konnte. Die Menschen merkten nach und nach, dass sich bewahrheitete, was sie ganz beiläufig angedeutet hatte. Einige fingen an, sie um Rat zu fragen, und bald sprach sich herum, dass sie über besondere Kräfte verfügte. Asisa berechnete nichts für ihre Prognosen und bat die Leute, stattdessen zu spenden, was sie für richtig hielten. Dass sie gesellschaftlich geächtet gewesen war, geriet irgendwann in Vergessenheit, und schließlich wurde sie zu einer allseits geschätzten Wahrsagerin. Als Scharifs Kanzlei expandierte und in größere Räume zog, spekulierten manche, dass sein Erfolg Asisas Kräften zuzuschreiben sei. Doch Scharif hielt nicht viel von ihren Fähigkeiten. Für ihn waren alle Prophezeiungen, die nicht von Gott Selbst kamen, haram, und es gefiel ihm nicht, dass auch seine Frau Asisa manchmal konsultierte.

»Wenn man Gott vertraut, braucht man keine Voraussagen von Menschen«, erklärte er ihr.

»Aber bei Kleinigkeiten ist das doch sicher in Ordnung. Gott möchte bestimmt nicht damit behelligt werden. Und außerdem …« Iman fuhr sich mit der Hand über ihren Haarknoten. »Drückt er sich nicht immer klar aus.«

»Was Mrs Asis sagt, ist auch nicht gerade eindeutig.« Scharif räusperte sich. »Du hast mir einiges davon erzählt, was ziemlich kryptisch klang. Aussagen, die man so oder so interpretieren kann.«

»Nein, ich sage dir, das ist ihr Stil. Sie stößt dich nicht mit der Nase darauf. Sie macht nur Andeutungen, irgendwie, damit man es dann *weiß*.« Imans Handgelenk kreiste zur näheren Ausführung des Arguments in der Luft.

»Aber du *weißt* sicher auch, Iman, dass in der Schrift geschrieben steht, nur bei Allah sind die Schlüssel des Verborgenen, nur Er kennt das Verborgene.«

Scharif war mitten in einer Besprechung, als er plötzlich bemerkte, dass der obere Teil von Mrs Asis' Gesicht hinter der kleinen Scheibe in seiner Bürotür erschien. Sie musste sich auf die Zehenspitzen stellen, um durch diese Luke zu blicken. Als sie sah, dass er sie entdeckt hatte, formte sie mit den Lippen lautlos den Namen seiner Frau und gab ihm mit der Hand ein Zeichen, dass er herauskommen sollte. Scharif fragte sich, warum sie ihn so anglotzte und so heftig winkte. Dann wandte er sich wieder seiner Mandantin zu, Aischa Husur, die vor dem Zivilgericht eine Scheidung erwirkt hatte, sich aber Sorgen machte, ob sie in den Augen Allahs noch verheiratet war, weil ihr Mann dem Bruch nicht zugestimmt hatte, wie der Islam es verlangte. Zudem konnte sie nach dem Gesetz der Scharia ihre Mitgift zurückverlangen, was nach britischem Zivilrecht nicht vorgesehen war.

Viele Leute suchten wie sie Scharifs Hilfe, wenn es darum ging, die Vorschriften des Glaubens mit denen des Landes in Einklang zu bringen. Er arbeitete eng mit örtlichen Imamen zusammen, um den Mitgliedern der Gemeinschaft genau das zu ermöglichen, denn er sah sich als Vermittler zwischen den beiden Rechtssystemen. Für viele war die Scharia der wahre Weg, dem sie treu zu folgen hatten und der deswegen den Vorrang verdiente. In der Tat wollten einige Lobbygruppen auf die Regierung einwirken, damit sie bestimmte Aspekte der Scharia in die Gesetzbücher aufnahm. Das fand Scharif übertrieben. Für ihn war die Scharia eine Ergänzung der britischen Rechtsprechung, etwas, das den Leuten umfassendste Gerechtigkeit gewährte – eine Gerechtigkeit, die Intellekt und Seele befriedigte. Er fuhr also fort, Ms Husur zu versichern, dass er den leitenden Imam ansprechen und auch versuchen werde, mit ihrem Mann zu reden, der bereits alle Verhandlungsversuche abgeblockt hatte. Mittendrin stürmte Mrs Asis herein.

»Tut mir sehr leid, Mr Merali Chef, Sir. Und Aischa Begum, vielmals Entschuldigungen, vielmals Entschuldigungen. Bitte verzeihen meine Anfechtungen, aber sind sehr wichtigen Nachrichten für Sie.« Mrs Asis richtete die verschiedenfarbigen Augen auf ihren Arbeitgeber.

Für einen Moment war Scharif sprachlos. So hatte ihn Mrs Asis noch nie unterbrochen. Normalerweise wehrte sie jeden Eindringling ab.

»Muss ich bitten um zu vertagen dieses Besprechungen. Bitte, Mr Merali, müssen Sie jetzt unbedings gleich beraten.« Ihr Körper krümmte sich unter der Nachricht, die sie erhalten hatte, was auch immer es war. Sie stand leicht vorgebeugt neben Scharifs Schreibtisch, die Ellbogen in die Seiten gedrückt, und rang die Hände.

»Ich bin fast fertig, Mrs Asis. Ich komme zu Ihnen, sobald ich mit Ms Husur alles besprochen habe.« Er lächelte seiner Mandantin mitfühlend zu, die auf der anderen Seite des Schreibtischs unruhig unter ihrem Tschador zappelte.

»Oh aber wartet das nicht! Müssen kommen unverzüglich!«

»Ich kann meine Mandantin nicht einfach hier sitzen lassen, Mrs Asis. Das wissen Sie doch.«

Ms Husur drückte ihr Missfallen aus, indem sie durch das Fenster nach draußen sah, wo eine Platane ihre gezausten, vergilbenden Blätter festzuhalten versuchte.

»Sie wissen, dass ich störe nicht, wenn nicht kritisch. Ist sehr wichtige Vorladungen für Sie.«

Scharif fragte sich, ob Iman vielleicht schlechte Nachrichten aus Indien erhalten hatte. Sie wollte in zwei Tagen hinfliegen, um ihre kranke Mutter zu besuchen. Also erhob er sich hinter seinem schweren Holzschreibtisch, entschuldigte sich bei Ms Husur und bot ihr an, einen seiner Kollegen zu schicken, falls sie noch weitere Fragen habe. Sie lehnte ab. Daraufhin bat Scharif Mrs Asis, ihr möglichst kurzfristig einen neuen Termin anzubieten. Die Mandantin erhob sich langsam, und ihr Stuhl quietschte, als er sich über den Boden schob. Scharif geleitete sie persönlich hinaus und wandte sich dann seiner Empfangssekretärin zu.

»Was ist denn, Mrs Asis?«

»Ruft Ihre Frau an und sagt sie, dass Sie müssen kommen sofort nach Hausen. Ist schon alles. Klingt sie sehr aufgeregt. Muss sein Geschädigungen. Sollten Sie gehen gleichfalls sofort.«

Scharif traf Iman oben in Linas Zimmer an, wo sie im Schneidersitz an das Bett gelehnt auf dem Boden saß. Ihre Augen waren geschwollen vom Weinen. Zerknüllte Taschentücher lagen überall um sie verstreut. Zu ihren Füßen lag ein aufgeklappter Koffer. Darin waren vier kleine weiße Baumwollbeutel mit Kordelverschluss und ein größerer aus Seide, alle mit irgendetwas gefüllt. Aus einer Plastiktüte quollen Papiere hervor. In Imans Schoß lagen noch mehr Papiere, in denen sie blätterte und las. Mit einem wedelte sie, als sie ihren Mann sah.

»Das Schlimmste ist passiert. Das Schlimmste.«

»Deine Mutter?«

Die Frage verwirrte sie kurz. »Nein, nein, nicht meine Mutter. Nein, es ist schrecklich, Scharif, ich sage es dir. So schrecklich.«

»Lina? Ist alles in Ordnung mit ihr?« Aus der Tatsache, dass sie im Zimmer ihrer Tochter waren, schloss er, dass Imans Zustand wohl etwas mit ihr zu tun hatte.

»Sie ist ruiniert!« Nun hielt sie ihm ein paar Blätter hin.

Scharif begriff, dass sie da einen Brief schwang. Als er ihn nahm und sich neben seine Frau kniete, sah er, dass die Seite mit »Meine liebste Lini« begann.

»Du wühlst in ihren Sachen?« Unbehagen war in ihm herumgewirbelt und setzte sich nun in seiner Brust fest.

»Oh was denn, haahh, Scharif. Zieh keine Schlüsse, wenn du noch gar nichts weißt. Das hier habe ich gerade gefunden. Ich bin hereingekommen und wollte den Koffer holen, um für meine Reise zu packen, an meinem ist nämlich der Reißverschluss kaputt. Da dachte ich, ich nehme Linas. Sie hat mehr Zeit, sich einen neuen zu kaufen. Und dann –« Iman verstummte, schluchzte ein wenig und putzte sich die Nase. »Es waren Sachen drin. Du weißt schon ...« Sie machte eine wegwerfende Geste. »Dinge, die sie hier wohl nicht herumliegen lassen wollte. Ich habe sie rausgeholt. Und dann habe ich gemerkt, in diesen kleinen Beuteln, den weißen, da sind Schuhe drin.« Iman nahm die Beutel aus dem Koffer und warf sie aufs Bett. »Also habe ich sie mir angesehen, weil ich dachte – was für Schuhe haben denn einen Extrabeutel? Und Scharif, astaghfirullah, das sind vielleicht Schuhe! *Hohe* Absätze, *winzige* Riemchen, ich weiß nicht, wie da ein Fuß drinbleibt oder wie man das Gleichgewicht hält. Ein Paar ist golden, und das andere ist rot. Wo trägt sie die nur?« Bei dem Gedanken allein flossen die Tränen schon wieder.

»Wahrscheinlich ist das einfach Mode an der Universität.«

»Mode, tobah! Hör sich das einer an, Scharif. Du hast doch keine Ahnung. Dann habe ich nämlich den anderen Beutel aufmacht, den rosaroten da aus Seide.« Auch er wurde aus dem Koffer geholt und landete mit einem leisen Plopp auf der Steppdecke. »Du glaubst ja nicht, was da drin ist.« Eine Hand krallte sich über Imans Mund, als wollte sie jedes weitere Wort ersticken.

»Was denn?« Scharif warf einen Blick auf das Bündel. Es sah ziemlich harmlos aus.

»Ich kann das nicht sagen. Du musst selbst nachsehen.« Doch als er den Arm ausstreckte, riss sie ihn zurück. »Nein! Wirklich. Das geht nicht.« Kein Vater sollte diese Seite seiner Tochter kennen, dachte Iman und schlug beide Hände vor ihr Gesicht.

»Iman, was ist denn?« Sie machte ihm Angst.

Unter dem fleischigen Gitter ihrer Finger drang das Wort »Wäsche« hervor.

Scharif ließ sich auf seinen Hintern sinken und runzelte die Stirn. Warum war Wäsche so ein Problem? Er wusste nicht, was von dieser Situation zu halten war. Seit dem Tod ihres Vaters hatte er Iman nicht mehr in so einem Zustand gesehen. »Wäsche?«

»Wie man sie in *Zeitschriften* sieht«, flüsterte sie und kniff die Augen zu, weil sie an den Anblick von Farben, Spitzen, Schleifen und Rüschen dachte. Als sie die Augen wieder aufschlug, sah sie, dass Scharif immer noch nicht begriff. Oh Gott, wie sollte sie das erklären? Wie sollte sie sagen, was geschehen war? Es war zu empörend. Sie, die niemals über Dessous gesprochen hatte, geschweige denn über die intimeren Körperteile darunter und alles, was mit *denen* zusammenhing – sie musste nun ihrem Mann erklären, was ihre Tochter angestellt hatte. Iman schluckte. »Wäsche, wie sie keine Frau für sich selbst kauft. Lina hat *jemanden*.«

»Woher weißt du das?«

»Weil ich dann, *dann* auch noch diese Briefe gefunden habe, ja? In der Reißverschlusstasche des Koffers. Ich hatte das Gefühl, dass da etwas nicht stimmt. Deswegen habe ich sie mir angesehen. Die meisten sind aus Kenia.«

»Da hat sie doch diese Freundin, Schanila.« Er wusste immer noch nicht genau, worauf Iman hinauswollte.

»Es gibt keine Schanila.« Imans Mund verzog sich erneut.

Sie hatte die Briefe mit diesem Absendernamen gesehen und

zunächst beiseitegelegt. Doch während sie noch überlegte, woher die schicken Schuhe und die luxuriöse Wäsche wohl kamen, hatte sie noch einmal nach den Briefen gegriffen und sie sich genauer angesehen. Sie hatte das schmale schwarze Samtband abgenommen, das sie zusammenhielt. Die meisten Umschläge waren in Kenia abgestempelt und trugen auf der Rückseite Namen und Adresse von Schanila Mayur.

Iman hatte ein paar Schreiben geöffnet, die obenauf lagen, und nach wenigen Sätzen gewusst, dass sie die Worte eines verliebten Menschen las. Und als sie die Briefe umdrehte, hatte sie die Unterschrift gesehen: Anil. *Anil?* Daraufhin hatte sie weitere Briefe aus den Umschlägen gerissen und festgestellt, dass auch sie innen von einem Anil und außen von einer Schanila stammten.

Iman hatte die Briefe weggelegt und geweint. Es waren Tränen des Schocks, des Ekels und nicht zuletzt des Selbstmitleids gewesen. Womit hatte sie das verdient? Was hatte sie falsch gemacht, haahh? Weil sie dazu tendierte, für jedes Problem eine moralische Diagnose zu finden, stellte sie Mutmaßungen darüber an, wie es zu dieser Situation gekommen war. Sie machte sich Vorwürfe, denn wie sie gehört hatte, wurzelten die Fehler eines Kindes meist in einem elterlichen Versäumnis. Sie hatte nicht genug gebetet. Sie hatte sich geärgert, wenn Scharif zu viel für wohltätige Zwecke spendete. Sie war nicht geduldig genug gewesen. Sie hatte früher einmal ihre Schwester beneidet. Sie war zu nachsichtig gewesen. Sie war im falschen Land. Aber bei Lina hatte sich nie etwas abgezeichnet – nie! Ein-, zweimal hatte Iman den Verdacht gehegt, dass sie sich zu sehr für die Söhne von Bekannten interessierte, doch daraufhin hatte sie Lina eben von diesen Jungen ferngehalten – es waren schließlich Schiiten gewesen. Das Studium musste das Mädchen verdorben haben. Es war ein Fehler gewesen, sie ziehen zu lassen, damit sie woanders wohnte. Wie sollten sie das ungeschehen machen?

Iman hatte sich nicht im Geringsten schuldig gefühlt, als sie begann, sämtliche Briefe zu lesen. Aus irgendeinem Grund machte sie sich dabei die Mühe, jeden einzelnen in seinen Umschlag zurückzustecken und die chronologische Ordnung des Bündels zu wahren. Sie hatte romantische Romane gelesen und viele Liebesgeschichten im Kino und im Fernsehen gesehen, doch nichts davon hatte sie so angegriffen wie diese geheimen Nachrichten.

Da sie nur langsam Englisch las, hatte sie mehrere Stunden gebraucht, um etwa die Hälfte der Briefe durchzusehen. Danach war ihr klar gewesen, dass Lina auf ihrer Keniareise im Jahr zuvor bei diesem Anil gewohnt hatte. An diesem Punkt war Iman aufgestanden und hatte ihren Mann angerufen. Im Gespräch mit Asisa hatte sie hysterisch verlangt, er müsse sofort nach Hause kommen.

»Wie meinst du das, ›es gibt keine Schanila‹?«, fragte Scharif nun. »Ich habe doch mit ihrer Mutter gesprochen.«

»Ich weiß nicht, mit wem du gesprochen hast, aber Schanila ist in Wirklichkeit ein Junge, der Anil heißt.« Iman zeigte ihm den Namen am Ende eines Briefs und den auf dem Umschlag. Und während Scharif sie weiter verblüfft anstarrte, erläuterte sie ihre Theorie, wonach der Name des Mädchens erfunden war, damit sie selbst und Scharif nicht sahen, was unter ihrem eigenen Dach vorging. Iman erklärte noch einiges, was sie über die Beziehung wusste, wiederholte aber nichts von den Intimitäten, auf die sie gestoßen war: Worte für Verlangen, Berührungen und Gerüche. Skandalöses Zeug, das normale Menschen nicht erwähnten, selbst wenn sie es empfanden. Und sie schwieg über die Skizzen, die in einigen Umschlägen steckten: abstrakte Linien, die etwas andeuteten, das zu entziffern ihr peinlich war.

Scharif schüttelte den Kopf. Er war verständnislos in sich zusammengesackt, das Rückgrat nach vorn gekrümmt, die Arme schlaff im Schoß. Es gab einen Aspekt, der ihn an dieser Situation besonders beunruhigte. Iman hatte ihn gar nicht erwähnt, doch er erinnerte sich gut an ein bestimmtes Detail aus einem früheren Gespräch mit Lina. Wenn dieser Anil tatsächlich die Person war, die seine Tochter Schanila genannt hatte, dann war er kein Muslim.

»Du willst das nicht glauben, ich weiß.« Iman streckte die Hand aus und berührte sein Bein. »Ich auch nicht.« Doch den Beweis gab es schriftlich und mittlerweile auch in ihrem Kopf. »Eins sage ich dir, wenn du die liest.« Sie packte den Rest des Bündels und nahm es aus dem Koffer. »Dann bist du überzeugt.«

»Hast du die alle durchgesehen?«

»Scharif, was willst du damit sagen? Sie hat etwas Schreckliches getan, und mir machst du einen Vorwurf?« Iman schob sich hoch, bis sie auf dem Bett saß.

»Ich verstehe ja, dass du nachsehen musstest, aber … Stell dir vor, wie sie sich fühlt, wenn sie weiß, dass du gelesen hast, was ihre privateste Sphäre betrifft.« Seine Lippen zogen sich unter seinen Schnurrbart zurück, als Iman laut wurde, um ihr Vorgehen zu rechtfertigen. Scharif verschränkte die Arme vor der Brust und seufzte, während sie auf ihn einredete.

»Du bist ja so besorgt um ihre Gefühle, und was ist mit mir?« Wieder fing sie an zu weinen.

Er setzte sich neben sie und sagte sich, dass seine Frau mit so etwas schließlich keine Erfahrung hatte. Ähnlich wie er glaubte sie daran, dass man private Dinge im Kopf oder im Herzen behielt und nicht in eine Form übersetzte, die Unbefugten zugänglich war. »Ich sage ja nur, dass es schon furchtbar genug ist, wenn man von so etwas erfährt. Einzelheiten ändern dann auch nichts mehr.«

Imans Schultern wogten. Sie lag wie ein weicher, bebender Berg in Scharifs Armen.

»Es ist, wie es ist«, sagte er. »Wir müssen uns überlegen, wie wir damit umgehen.« Iman riss sich von ihm los. »Schau!« Sie nahm einen Block rosafarbener Haftzettel vom Teppich und wedelte damit. »Ich weiß, was wir tun können.«

Scharif sah, dass obenauf etwas stand. »Hast du dir Notizen gemacht?«

»In einem der Briefe stand eine Nummer. Der Junge hat seine Telefonnummer zu Hause aufgeschrieben. Du kannst ihn anrufen.« Sie schob Scharif die rechteckigen Zettel hin. »Du musst ihm sagen, dass er sie in Ruhe lassen soll – denn sonst!«

»Sei nicht albern, Iman.« Scharif nahm ihr den Block weg, riss den obersten Zettel mit der Nummer ab und steckte ihn in die Tasche. »Mit so etwas kann man nicht umgehen, indem man fremde Leute anruft und bedroht. Wir müssen Lina begreiflich machen, dass es falsch ist.«

»Und wenn sie nicht auf uns hört?«

Scharif schwieg. Immer wieder strich er mit dem Daumen über die längere Kante der Haftnotizen. Die Blätter schnurrten, während sie über seine Haut glitten.

Iman grub die Finger in seinen Oberarm. »Dann muss sie wieder nach Hause kommen, und wir verheiraten sie auf der Stelle! Bevor jemand etwas merkt.«

»Das ist jetzt aber übertrieben.«

»Das Problem ist, dass du immer untertreibst, Scharif. Schau dich doch an, du hast gerade so etwas erfahren und machst kaum einen Mucks, außer, dass du mich ausschimpfst.« Seine Selbstbeherrschung ärgerte sie. Wutanfälle waren nicht sein Stil, das wusste sie, aber sie wünschte sich, dass er nun endlich die Geduld verlor. »Du hast diesem Mädchen immer alles durchgehen lassen. Du hast erlaubt, dass sie in einer anderen Stadt studiert, allein ins Ausland fliegt, bei fremden Leuten wohnt – und jetzt willst du sie auch noch nach New York gehen lassen, weil sie einen neuen Job bei den Vereinten Nationen hat.«

»Ich habe ihr zugestanden, dass sie ein normales Leben führt, Iman. Das ist doch wohl kein Verbrechen.«

»Warum ist es dann so weit gekommen? Heimlichkeiten mit irgendwelchen unpassenden Jungen. Andere Leute beschützen ihre Töchter. Aber du –« Sie presste die Lippen zusammen, um den Vorwurf nicht auszusprechen, der zwischen ihnen wie ein Kreisel rotierte.

»Vielleicht warten wir ab und sprechen mit Lina, bevor wir noch mehr Vermutungen anstellen.« Er fing an, die Briefe einzusammeln. »Die legen wir wieder dahin, wo sie waren.«

»Oh Allah! Sie ist diejenige, die gesündigt hat, und du willst unsere Spuren verwischen, als wären wir die Übeltäter. Ich verstehe dich nicht, Scharif. Sei doch mal für eine Minute nicht der Anwalt und denk daran, dass es um deine Tochter geht!«

»Na und? Soll ich sie vielleicht weniger fair behandeln als den Rest der Welt?« Er reichte Iman die Briefe und sah ihr zu, während sie das Band wieder darum herumschlang.

»Wann kommt Lina zurück?« Er wusste, dass sie mit ihren Schwestern ins Kino gegangen war.

»Wer weiß? Du kennst sie ja. Deine Fähigkeit, dich an Zeiten zu halten, hat sie jedenfalls nicht geerbt. Ich hoffe, du spielst nicht den Gutmütigen, Scharif.« Als Iman aufstand, verlor sie fast das Gleichgewicht. Ihr linker Fuß war taub und schwer. Scharif streckte eine Hand aus, um sie zu stützen. Sie hielt sich daran fest, streckte und beugte den Fuß und stampfte schließlich damit auf, um die Blutzirkulation anzuregen. Hinter ihr lagen die Päckchen, die Lina belasteten, nebeneinander auf dem Bett.

Als Iman ihren Fuß wieder unter Kontrolle hatte, hob Scharif den leeren Koffer auf und trug ihn ins Schlafzimmer. Sie humpelte hinter ihm her.

»Ich glaube kaum, dass ich weiter packen sollte. Schließlich kann ich doch jetzt nicht wegfahren, oder?« So, wie Scharif reagiert hatte, vertraute sie nicht darauf, dass er allein mit der Sache fertig werden würde.

»Natürlich, du musst fahren. Deine Mutter erwartet dich. Vielleicht ist es das letzte Mal, dass du bei ihr sein kannst.« Als er den Koffer auf das Bett legte, sah er den Wecker auf dem Nachttisch. Er hatte die Zeit für das Nachmittagsgebet verpasst. »Wir können heute Abend gemeinsam mit Lina sprechen, und dann wird man sehen.«

»Bist du verrückt?« Imans Hände fuhren in ihr sorgfältig aufgestecktes Haar. »Was soll das heißen, ›mit ihr reden und dann sehen‹? Wir müssen dafür sorgen, dass sie tut, was wir wünschen. Zunächst einmal kann sie diesen Job in New York nicht annehmen.«

Scharif ging zu seiner Frau, stellte sich vor sie hin und legte ihr die Hände auf die Schultern. »Beruhige dich, Iman.« Die rosa Quasten des Lampenschirms streiften seinen Kopf. »Wir sollten alles mit Lina besprechen, bevor wir mit Maßregelungen um uns werfen. Wenn sie sieht, dass wir die Beziehung missbilligen, wird sie sie beenden, inschallah.«

»Und wenn die Leute davon erfahren?« Iman packte Scharif an seiner Strickjacke. »Was werden sie sagen?«

»Da gibt es nichts zu erfahren. Es geht nur uns etwas an. Und wir werden das wieder in Ordnung bringen. Inschallah.« Er drückte Imans Schultern. »Sie ist ein gutes Mädchen.«

»Das dachte ich auch immer. Aber du weißt ja: ›Gib Schaitan einen Finger, und er nimmt die ganze Hand.‹«

Scharif drehte sich um und ging auf das Bad zu. »Ich möchte jetzt beten, bevor sie zurückkommen.« Dann fing er an, sich Gesicht und Hände zu waschen.

Iman beschloss, es ihm nachzutun. Sie ging die Stufen hinauf zum Treppenabsatz und räumte einen beladenen Wäscheständer beiseite. Dann rollte sie neben Scharifs Gebetsteppich einen weiteren aus. Auch wenn das Gebet so selbstverständlich wie der Atem in ihr aufstieg, konnte sie sich nicht darauf konzentrieren. Einzelheiten aus den Briefen fielen ihr wieder ein und lenkten sie, zusammen mit all dem, was sie sich ausmalte und befürchtete, vom Rezitieren ab. Außerdem war ihr Körper nicht an so viele Niederwerfungen gewöhnt: Knie und Rücken ächzten widerwillig. Schon bald war ihr linkes Bein wieder eingeschlafen, sodass sie aufstehen und umherhinken musste. Das Telefon klingelte einige Male, und ohne ihre vorübergehende Behinderung wäre sie bestimmt hingestürzt und hätte den Anruf entgegengenommen.

Scharif dagegen strahlte Ruhe aus. Wie er sich bückte, verbeugte und auf die Knie ging, hatte etwas von der Geschmeidigkeit eines Balletts. Iman beneidete ihn um die Erlösung, die er aus diesem Ritual ziehen konnte. Er hatte gelernt, die Welt während der Gebete auszuschließen. Wieder einmal wurde ihr klar, dass sie zu selten gebetet hatte. Viel zu oft gab sie weltlichen Sorgen oder Vergnügungen Vorrang vor spirituellen Verpflichtungen. Sie war faul gewesen und hatte lieber geschlafen, statt mit Gott zu kommunizieren. Sie hatte in dieser kleinen Prüfung versagt, also stellte Er sie nun vor eine größere. Iman warf sich wieder auf ihren Teppich und begann ihr Gebet im Stillen so schnell zu rezitieren, dass für einige Minuten die volle Aufmerksamkeit nötig war. Es brachte sofort Erleichterung, die Verse so hastig herunterzuleiern. Zum ersten Mal seit Stunden war ihr Kopf bis auf die Worte Gottes vollkommen leer. Doch als sie merkte, dass Scharif sich neben ihr rührte, musste sie plötzlich dringend das bevorstehende ernste Gespräch mit ihrer Tochter erörtern und beendete ihre Gebete abrupt.

Das Telefon klingelte den ganzen Abend. Weil Termine mit Mandanten abgesagt worden waren, sprach sich schon herum, dass Merali Sahib das Büro wegen einer Krise verlassen hatte. Die Anrufer verbargen ihre Neugier hinter Bekundungen ihrer Besorgnis und vielen Inschallahs. Wer wusste, warum Iman in Kürze nach Indien reisen wollte, ging wie zuvor auch Scharif davon aus, dass ihrer Mutter etwas zugestoßen war. Weder Ehemann noch Ehefrau rückten das Missverständnis gerade.

»Siehst du, wie schnell sich Nachrichten verbreiten?«, fragte Iman. »Dabei gibt es in diesem Fall nicht einmal was zu berichten.«

Die beiden saßen am Tisch und stocherten in ihrem Abendessen. Ein Salat aus seltsam geformten Gurken-, Tomaten- und Zwiebelstücken, den Iman hastig zubereitet hatte, stand wenig ansehnlich und unberührt da. Scharif sah zu, wie sich an den Rändern seines Tellers Öl aus dem Kima sammelte.

»Kaum deutet sich irgendwo ein Drama an, reden schon alle darüber«, sagte Iman schließlich. »Besonders die Leute, die sonst wenig zu sagen haben. Wie diese Alis, alle beide. Ich sage dir, die reden nur miteinander, wenn es um die Katastrophen anderer Leute geht. Den Dreck vor ihrer eigenen Haustür sehen sie nicht. Wusstest du, dass der Sohn Drogen nimmt? Er wurde neulich im Geschäft der Hakks beim Ladendiebstahl erwischt. Du musst etwas essen, Scharif.« Sie zwang sich, selbst noch einen Bissen zu sich zu nehmen.

Lina spürte schon, dass etwas nicht stimmte, als sie das Auto vor dem Haus parkte. Ihre Eltern hatten das Schnurren des Citroën gehört und standen nun in der offenen Haustür, während die Mädchen näher kamen. Imans Haar war zuvor ordentlich geflochten und zu einem Knoten aufgesteckt gewesen, doch nun hing es ihr über den Rücken wie ein abgenutztes Seil. Um ihre Stirn herum standen einzelne Strähnen ab.

»Ist mit Nani-ma alles in Ordnung?«, fragte Lina.

Scharif nickte, während Iman die jüngeren Mädchen sofort nach oben schickte. Mariam protestierte mit einem lang gezogenen »Wieso?«.

»Dein Vater und ich haben mit Lina zu reden.«

»Na und? Könnt ihr nicht rauf oder in die Küche gehen? Ich wollte an die Playstation.«

»Du tust, was man dir sagt!« Iman wies auf die Treppe. »Ihr Mädchen seid wirklich außer Rand und Band.«

Ihr Ton gab den Ausschlag, und beide trotteten missmutig die Treppe hinauf.

»Was ist denn los?« Lina wurde allmählich nervös. Sie folgte ihrer Mutter ins Wohnzimmer. Iman starrte sie an, als würde sie nach Hinweisen suchen. Als Scharif die Tür hinter ihnen schloss, krampfte sich Linas Magen zusammen.

Die Eltern antworteten nicht und sahen einander an, vielleicht um auszuloten, wer zuerst sprechen sollte.

»Hast du uns vielleicht etwas zu sagen, Lina?« Scharif setzte sich in den Sessel, beugte sich vor und stützte die Ellbogen auf seine Knie.

»Du hast uns angelogen!« Iman explodierte, und die Wahrheit platzte unter Haareraufen und Tränen aus ihr heraus. »Ich sage dir, Schaitan muss in dein Blut gelangt sein – wie sonst hast du es die ganze Zeit fertiggebracht, uns in die Augen zu sehen? Du kommst und gehst, als wäre gar nichts. Und hast uns die ganze Zeit betrogen.«

Imans Reaktion machte Lina sprachlos, obwohl sie gewusst hatte, dass es genau so kommen würde.

»Du hast uns getäuscht – über Monate, Jahre hinweg, Gott

weiß wie lange – was diesen –« Es war immer noch schwer zu verkraften. »Diesen *Jungen* betrifft.«

»Ich wollte nicht lügen.« Lina fing an zu weinen.

»Warum hast du das getan?«

»Ich weiß nicht. Es ist einfach passiert.«

»Red keinen Unsinn.« Iman hämmerte mit einer Faust auf das Sofa. Um Lina, die neben ihr saß, besser ansprechen zu können, hatte sie sich zur Seite gedreht, sodass eine Gesäßhälfte halb über die Sofakante hing. »So was ›passiert‹ nicht einfach. Da bringst du den Jungen dazu, dass er unter falschem Namen an diese Adresse hier schreibt, reist mit ihm in der Weltgeschichte herum und machst wer weiß was noch mit ihm. Und betrügst uns unentwegt. Das war sehr wohl Absicht, Lina. Diese Briefe sagen alles.«

Oh Gott! War Iman etwa an ihrem Koffer gewesen? Lina hatte Briefe, Schuhe und Wäsche erst am Tag zuvor hineingelegt, um alles mit nach New York zu nehmen. Während der Sommerferien war alles bei Isabel sicher verwahrt gewesen.

Iman redete immer noch über die Briefe.

»Ihr habt sie gelesen?« Lina blickte von Mutter zu Vater.

»Schau uns nicht so an. Lesen ist gar nichts im Vergleich zu dem, was du angerichtet hast. Dein Benehmen ist schamlos. Schamlos! Und so egoistisch. Was immer du tust, wir müssen schließlich mit den Konsequenzen leben. Hast du ein einziges Mal daran gedacht?«

Lina verbarg ihr Gesicht in den Händen.

»Du musst wissen, Lina, dass es für diese Beziehung keine Zukunft geben kann.« Scharif meldete sich zu Wort.

Warum? Doch sie bekam das Wort nicht heraus.

»Der Junge ist kein Muslim, oder?« Scharif hoffte, sie würde ihn eines Besseren belehren.

»Astaghfirullah! Astaghfirullah!«, heulte Iman.

Lina konnte nicht sprechen, sich nicht bewegen. Sie war hinter der Wand ihrer Hände eingesperrt, und durch den Sog des Schluchzens klebten sie förmlich an ihrem Gesicht.

»Dass du mit diesem Menschen zusammen bist, läuft allem

zuwider, was uns ausmacht. Du wirst jede Verbindung mit ihm sofort abbrechen«, sagte Scharif.

»Du versprichst jetzt sofort, dass du das tust«, fügte Iman hinzu. »Ich will es aus deinem Mund hören.«

Lina sank tiefer in das Sofa hinein.

»Was mich betrifft, schiebt man dem nur einen Riegel vor, indem du zu Hause bleibst, bis dieses Gift ein für alle Mal aus deinem Organismus verschwunden ist.« Iman verkündete das wie ein Richter sein endgültiges Urteil.

Nun setzte Lina sich auf. Haarsträhnen klebten wie Schlammspritzer in ihrem Gesicht.

»Schwöre es bei Gott. Sag: Wallahi, ich werde diesen Jungen niemals wiedersehen.« Iman drohte mit dem Finger. »Sag es!«

Linas Kinn bebte.

Scharif hockte sich hin, sodass er mit seiner Tochter auf Augenhöhe war. »Ich vertraue dir, dass du das Richtige tust.« Seine Aufrichtigkeit war niederschmetternd. »Deine Mutter braucht ein Zeichen deiner Entschlossenheit, dass du etwas ändern wirst. Bitte entsage dem Jungen um ihretwillen auf eine Weise, die uns überzeugt, sonst werden wir nicht für dein einjähriges Praktikum in New York aufkommen.«

Lina konnte nicht ertragen, dass feuchte Perlen in den Wimpern ihres Vaters hingen und zitternd gegen die Schwerkraft kämpften. Sie schluckte. »Ich werde ihn verlassen. Wallahi, ich werde es tun.«

III

New York

Ein paar Monate nach Beginn ihres Praktikums aß Lina etwas verspätet mit einer Kollegin in der Cafeteria der Vereinten Nationen zu Mittag. Gegen 13 Uhr herrschte dort immer ein ungeheures Getöse, weil viele Leute an überfüllten Tischen in einem Dutzend verschiedener Sprachen konferierten – doch inzwischen war es ruhig, denn die späten Gäste kamen meist allein und blätterten beim Essen Zeitungen oder Berichte durch. Lina saß auf einem der blauen Stühle und starrte durch große Fenster nach draußen. Dort färbte die jahreszeitlich bedingte Tristesse des bedeckten Himmels auf den East River ab. Jenseits des Flusses warben Reklametafeln für Pepsi oder Greyhound-Busse und strahlten mit kommerzieller Leuchtkraft in den trüben Tag. Diese Aussicht munterte Lina nach wie vor auf. Im Grunde fand sie das ganze Hauptquartier der Vereinten Nationen überaus inspirierend. Lina konzentrierte sich erst wieder auf den Tisch, als ihre Chefin, Susan Hempel, mit der Hand vor ihr herumwedelte.

»Der Typ da drüben starrt dich schon eine ganze Weile an.« Susan ließ ihre Kaffeetasse sinken und legte den Kopf nach rechts. »Da. Hach, kennst du den? Scharfer Typ. Musst du mir unbedingt vorstellen, du. Oh mein Gott, er kommt her!« Susan stellte die Tasse ab und zupfte an ihren roten Locken. »Ist von meinem Lippenstift noch was da?«

»Du bist unglaublich, Suz.« Kein Wunder, dass sie für ihren Männerverschleiß berüchtigt war. Lina legte ihre Gabel in die Schale mit halb aufgegessener Fischpastete und erhob sich, denn inzwischen stand Hans Steinmeyer vor ihrem Tisch.

»Lina?« Er beugte sich vor und senkte leicht das Kinn. Er wusste, dass sie es war. Der fragende Ton bedeutete nur, dass er nicht sicher war, ob er stören durfte.

»Hans!« Ihre Augen funkelten vor Freude. »Nicht zu fassen, dass du schon da bist. Ich dachte, du kommst erst nächste Woche!« Sie waren per E-Mail in Kontakt geblieben.

»Nee, das war von Anfang an für heute geplant.« Sein Tablett schwebte ein kleines Stück über dem Tisch. »Darf ich mich zu euch setzen?«

»Gern.« Sie nahm Schal und Tasche von dem Stuhl neben ihrem. »Schön, dich wiederzusehen.«

»Dich auch.« Hans küsste sie auf beide Wangen und zog dann den Mantel aus, bevor er sich setzte. Darunter trug er dieselbe Jeansjacke wie an dem Abend, als Lina ihn in Nairobi getroffen hatte.

Susan tat so, als müsste sie husten.

»Oh, das ist Susan Hempel«, sagte Lina. »Susan arbeitet auch für das Entwicklungsprogramm der Vereinten Nationen. Genau genommen ist sie meine Chefin.«

»Hallo«, sagte Susan mit Augenaufschlag. »Und von woher hat es dich zu uns verschlagen?« Als hätten ihn die Götter gesandt.

»Ich war in der Ukraine.« Hans zog seinen Stuhl näher an den Tisch heran.

»Du siehst aber aus, als wärst du irgendwo in der Sonne gewesen. Diese Bräune, und die hellen Strähnen.« Susan musterte ihn von oben bis unten.

Seine Haare waren länger und blonder als zuvor. Sie fielen ihm über die Ohren und in den Nacken und ließen die scharfen Konturen des tief gebräunten Gesichts etwas weicher wirken.

»Jupp, stimmt. Ich war viel unterwegs.« Er riss die Plastikverpackung auf, in der ein Baguette mit Bacon, Salat und Tomaten steckte.

»Hans arbeitet für Human Rights Watch«, sagte Lina.

»Ist nicht wahr! Du, da habe ich mein allererstes Praktikum gemacht.« Während Susan Hans weiter ausfragte, wo er gearbeitet hatte und wen er kannte, wunderte sich Lina wie schon zahllose Male zuvor darüber, dass sie diesen Job tatsächlich bekommen hatte. Ihr Lebenslauf wirkte vergleichsweise unspektakulär – Susan zum Beispiel hatte diverse Praktika auf der ganzen Welt gemacht, in südamerikanischen Heimen volontiert, mit Sponsorenläufen durch gefährliches Gelände für alles Mögliche Geld gesammelt und sogar in Washington an einem Thinktank zu Forschung und Politik mitgearbeitet.

»Und was hast du in der Ukraine gemacht?«, fragte Susan gerade.

Hans kaute zu Ende, bevor er antwortete. »Ich wollte ein paar Hinweisen nachgehen.«

»Bist du in dieser Gegend von Europa im Einsatz?« Susan verschränkte fest die Arme unter dem Busen und drückte den Rücken durch, damit ihr Dekolleté hinter den offenen Blusenknöpfen so gut wie möglich zur Geltung kam.

Lina musste den Blick senken, um zu verbergen, dass sie sich amüsierte. Hans schien sich mehr für das Fleisch auf seinem Sandwich zu interessieren als für die Angebote auf der gegenüberliegenden Seite des Tischs.

»Nein.« Er biss noch einmal ab. »Entschuldigung.« Er hob eine Hand und hielt sie sich vor den Mund. »Ich bin am Verhungern. Hab seit der Landung heute Morgen noch nichts gegessen.« Er schluckte seinen Bissen herunter, bevor er weitersprach. »Ich bin meistens in Afrika, im östlichen Teil.«

»Ostafrika und Ukraine? Tja, wie wir wissen, gibt's zwischen diesen Gebieten irgendwie nur eine mögliche Form der Verbindung, stimmt's?« Susan hatte inzwischen Ellbogen und Unterarme auf den Tisch gelegt und beugte sich vor.

Lina sah Susan an, denn sie war nicht ganz sicher, was damit gemeint war. Jemand grüßte von der anderen Seite des Raums, und Lina winkte zurück.

Hans zuckte mit den Schultern und aß rasch das verbleibende Drittel seines Sandwichs auf.

»Schau dir diesen Typen an!« Susan warf den Kopf zurück wie in einer Shampoo-Werbung. »Warum so zurückhaltend? Du arbeitest doch nicht für das FBI!«

»Mir ist nicht klar, von welcher Verbindung du redest«, gab Lina zu.

»Waffen natürlich«, sagte Susan. »Bist du wegen der Waffenexportkonferenz hier, die heute Vormittag stattgefunden hat?«

Hans nickte.

»Oh.« Lina machte große Augen. »Hast du darüber recherchiert?«

»Jupp, sozusagen.« Hans wischte sich den Mund mit einer Papierserviette ab. »Darf ich?« Er griff nach dem unbenutzten Zuckerbriefchen auf Susans Tablett.

»Bedien dich!« Das klang, als wäre noch etwas anderes inbegriffen, und Susan beobachtete mit einem gewissen Schmachten, wie Hans den Inhalt des Briefchens in seinen Kaffee schüttete. »Hattest du Erfolg mit der Lobbyarbeit? Wahrscheinlich musstest du ständig irgendwen bis aufs Klo verfolgen?«

Hans lachte. Seine Zähne waren nicht ganz regelmäßig, die vorderen standen leicht übereinander. »So ungefähr war es wohl.« Delegierte durften bei Sitzungen dieser Art nicht mit anderen Interessenvertretern sprechen. Lobbyisten wie Hans mussten sich ihre Kandidaten also zwischendurch in den Kaffee- oder Toilettenpausen schnappen. Normalerweise drückte er solchen Leuten ein Papier mit dem genauen Inhalt seiner Petition in die Hand und drängte sie, ein bestimmtes Thema zur Sprache zu bringen.

»Waffenhandel war irgendwie mein Spezialgebiet, als ich meine Abschlussarbeit geschrieben habe. Ihr wisst sicher, was Eisenhower zu dem Thema gesagt hat?« Susan blickte von Lina zu Hans.

Lina schüttelte den Kopf, aber Hans nickte. »Ich glaube, das habe ich irgendwo gelesen.«

»Hach, das ist so stark formuliert. Wenn es nach mir ginge, würde der Satz in unserer Verfassung stehen.« Susan hielt kurz inne und zitierte dann den Wortlaut: »Jede Waffe, die man produziert, jedes Kriegsschiff, das man vom Stapel lässt, jede Rakete, die man abfeuert, ist nichts anderes als Diebstahl an denen, die hungern und frieren und die nichts zu essen und keine Kleidung bekommen.«

»Jupp.« Der Satz beeindruckte Hans offenbar mehr als Susans sonstige Schliche. »Das ist großartig gesagt.«

»Ja, wirklich«, erklärte Lina. Nicht zuletzt wegen solcher Gespräche liebte sie ihre Arbeit für die Vereinten Nationen.

»Zu Anfang wollte ich irgendwie auch in diesem Bereich tätig sein«, sagte Susan. »Aber dann haben sich andere Möglichkeiten ergeben.« Sie hob die Arme und verschränkte sie im Nacken. »Irgendwann wird einem klar, dass es auf der Welt viele Probleme gibt, um die man sich kümmern muss.«

»Und was machst du jetzt?«, fragte Hans.

»Du meinst, jetzt in diesem Moment?« Susan kniff neckisch die Augen zusammen. Als die Antwort ausblieb, ließ sie ihre Arme wieder sinken. »Ich arbeite schon eine Weile für einen Koordinator des Flüchtlingswerks, über den Umgang mit Frauen. Ich untersuche, wie Vergewaltigung als Kriegswaffe eingesetzt wird.«

»Jupp. Kein unbedingt neues Phänomen«, sagte Hans.

»Klar, ich weiß. Frauen waren in der Geschichte immer wieder Opfer sexueller Gewalt. Nach dem Balkankrieg habe ich in Bosnien für eine Nichtregierungsorganisation gearbeitet. Massenvergewaltigungen gehörten zur serbischen Strategie gegen muslimische Frauen. Die Russen haben mit den Deutschen am Ende des Zweiten Weltkriegs dasselbe gemacht. Und die Japaner in Nanking, die Inder im Zuge der Teilung ...« Susans Hand vollführte Spiralbewegungen in der Luft, um anzudeuten, dass die Liste endlos war.

»Das ist einfach furchtbar.« Lina schob den Rest ihrer Fischpastete beiseite. »Triumphiert man durch Vergewaltigungen über den Gegner?«

»Du meinst, Frauen als Kriegsbeute?« Susans Mund kräuselte sich. »Es ist noch viel schlimmer. Vergewaltigung ist eine Strategie, mit der die eine Seite ihre Überlegenheit demonstriert und sogar ethnische Grenzen nachzieht. Dadurch, dass man Frauen gewaltsam schwängert, kann man die Gemeinschaft der anderen zerstören.«

Lina wandte sich Hans zu. »Ich habe den Bericht gelesen,

den du kürzlich über Menschenrechtsverletzungen im Sudan geschrieben hast. Demnach ist Vergewaltigung auch dort ein großes Problem.«

»Jupp.« Hans räusperte sich. »Das ist aber eigentlich nicht mein Spezialgebiet. Der Bericht hatte mehrere Autoren, das hast du bestimmt gesehen. Ich habe mich eher auf andere Sicherheitsfragen konzentriert. Aber Susan hat recht, Vergewaltigung ist ein großes Problem. Deswegen sind Frauen in den Konflikten unserer Zeit auch gefährdeter als Männer.«

Ein schlaksiger Typ, dessen Jacke an den Schultern zu weit war, kam an den Tisch, um Lina Hallo zu sagen.

»Du hast schon viele Freunde gefunden, in den paar Monaten, stimmt's?«, fragte Hans, als der Mann wieder ging.

»Ja, sie ist jetzt schon unsere Miss Beliebt.« Susan stapelte ihr leeres Geschirr auf ein Tablett. »Sogar Kathleen Starbright ist begeistert von Lina«, sagte sie – gemeint war die notorisch anspruchsvolle Leiterin des Entwicklungsprogramms der Vereinten Nationen. Dann stand Susan auf. »Das hat man davon, wenn man immer freiwillig früher kommt und länger bleibt. Nichts schmiedet Freundschaften fester zusammen als um Mitternacht an der Kaffeemaschine geteiltes Leid.«

»Übertreib doch nicht so, Suz«, sagte Lina, obwohl es stimmte – ihr Arbeitspensum war vom ersten Tag an riesig gewesen.

»Hast du eine Karte, Hans?« Susan hielt ihm ihre eigene hin.

»Jupp.« Er griff nach seinem Portemonnaie und reichte ihr eine.

»Melde dich doch, wenn du das nächste Mal in der Stadt bist.« Susans Blick schien die Einladung auszuweiten, denn sie riss die Augen so weit auf, als wollten sie ihn verschlingen. »Oder auch diesmal, wenn du willst.«

»Danke. Jupp, vielleicht.« Man konnte unmöglich sagen, ob es ernst gemeint war. Als Susans Absatzgeklapper schließlich verhallte, schlug Hans die Beine übereinander und wandte sich Lina zu. »Du hast dich gut eingelebt, oder?«

»Ich finde mich zurecht, aber das war es dann auch! Hier ist jeder für irgendetwas Experte. Ich habe das Gefühl, ich muss noch sehr viel lernen.«

»Du wirst deine Nische bald finden. Vielleicht weißt du ja schon, auf welchem Gebiet du arbeiten willst?« Er legte einen Arm über die Lehne seines Stuhls und setzte sich so hin, dass er Lina direkt ansah.

Auch Lina hatte unbewusst die Position gewechselt und saß nun so, dass ihre Haltung seine spiegelte. Während sie kurz überlegte, spielte sie mit dem Anhänger an ihrer Kette. Der Kaminkragen ihres Shirts schmeichelte dem langen Hals. »Tja, in den letzten Monaten hatte ich oft mit Krisenprävention und Wiederaufbau zu tun, vor allem im Zusammenhang mit Konflikten, aber auch bei Naturkatastrophen. Ich könnte mir vorstellen, in dieser Richtung weiterzumachen.«

»Die beste Krisenprävention wäre, den illegalen Waffenhandel zu stoppen.« Hans schien noch etwas sagen zu wollen, hielt aber inne. »Würdest du denn gern in Afrika arbeiten? Du hast doch eine besondere Beziehung zu Kenia, oder?«

Lina sah weg und wandte den Kopf ab. Sie blickte wieder zum Fluss, wo Boote und Fähren über unruhiges Wasser fuhren. »Ich würde überall arbeiten, wo ich etwas bewirken kann. Aber bitte ...« Ganz plötzlich drehte sie sich wieder zu Hans um. »Erzähl mir doch mehr von deiner Arbeit.«

»Jupp. Im Moment versuche ich, mir einen Einblick in den Handel mit Kleinwaffen in Ost- und Zentralafrika zu verschaffen.« Er erklärte Lina, dass mehrere regionale Konflikte, zum Beispiel im Norden von Uganda, in der Demokratischen Republik Kongo und im Sudan, zu einer hohen Nachfrage nach Waffen in diesen Gebieten führten. Kleinwaffen ließen sich ganz leicht schmuggeln und passierten mühelos die durchlässigen Ländergrenzen. »Wegen der bewaffneten Konflikte ist die Sicherheitslage in diesen Regionen schlecht, und das ist eins der größten Hemmnisse für die Entwicklung.«

»Ich hätte eher gedacht, dass größeres Material das Hauptproblem darstellt, weißt du, Raketen und Panzer. So was kann man doch sicher nicht ohne Weiteres schmuggeln?«

»Jupp, man kann, glaub mir.« Hans fing an zu gestikulieren, denn nun ging es um die Obsession seines Lebens. »Im Moment gibt es kein internationales, rechtlich bindendes Abkommen, mit dem sich der Waffenhandel unter Kontrolle bringen ließe. Deswegen bin ich heute hier. Wir wollen, dass die Vereinten Nationen so ein Abkommen für sämtliche Mitgliedsstaaten vorlegen.« Hans wurde mit jedem Satz energischer. »Im Moment kommt man nicht mal mit einem Waffenembargo weiter. Länder wie die Ukraine ignorieren solche Gesetze, weil sie Profit machen wollen. Dort gibt es noch jede Menge alte sowjetische Waffen – ungefähr sieben Millionen Kleinwaffen und leichte Waffen –, und die werden abtransportiert und heizen dann in der ganzen Welt Konflikte an. Jupp, du hast recht, das große Material ist ein Problem, aber besonders tödlich sind Kleinwaffen – AK-47, Handgranaten, Maschinengewehre.« Er klatschte in die Hände. »Sie sind verantwortlich für neunundneunzig Prozent aller Opfer, die in Konflikten zu Tode kommen. Jedes Jahr sterben eine halbe Millionen Menschen durch Kleinwaffenbeschuss – das ist fast einer pro Minute. Deswegen müssen wir die Händler des Todes stoppen, die von diesem Geschäft profitieren.«

»Hast du eine Ahnung, wer die sind?«

»Das ist eine ziemlich undurchsichtige Welt.« Hans atmete hörbar aus. »Regierungen sind da unterwegs, Rebellenführer, jede Menge Mittelsmänner, falsche Papiere, korrupte Beamte, Scheinfirmen, gefälschte Endverbraucherzertifikate.« Hans hob immer wieder die Hand und ließ sie gleich darauf fallen, ein energisches, knappes Stakkato, das seine Worte akzentuierte. »Es ist richtig kompliziert. An einem einzigen Deal kann ein gutes Dutzend Akteure beteiligt sein. Wir wissen genau, wie das läuft – hier in diesem Gebäude sitzen Leute mit Namenslisten und Details über bestimmte Vorfälle, aber der Sicherheitsrat unternimmt einfach nichts.« Seine Hand ballte sich auf der Tischplatte zur Faust. »Die USA blockieren alles. Sie wollen nicht mit ins Boot. Und wenn ein so wichtiger Akteur nicht mitmacht, kommt die Sache kaum in Schwung. Dieses Land ist zu waffenverliebt. Jupp.«

»Und wahrscheinlich hat das nach dem 11. September auch keine Priorität.« Zwei Monate bevor Lina ihr Praktikum in New York angetreten hatte, war es zu den Anschlägen gekommen.

»Sollte es aber! Terroristen kommen leichter an Waffen, weil sich niemand zuständig fühlt. Diese Organisation muss handeln.« Sein Zeigefinger wies zur Decke.

»Aber die Vereinten Nationen müssen wahrscheinlich auch aufpassen. Wenn Regierungen mitschuldig sind, lassen sie uns womöglich keine Hilfe mehr leisten«, sagte Lina.

»Wir können uns von korrupten Regimes nicht mit der Drohung erpressen lassen, dass sie ihren eigenen Leuten noch mehr Leid zufügen. Aus kleinen zivilen Konflikten werden Kriege, weil jeder ohne Weiteres an Waffen kommt. Jupp.« Hans erklärte ihr, dass Nomaden und Viehhirten aus verschiedenen Clans, die traditionell auf demselben Land zusammenlebten, illegal Waffen erwarben und dann um Territorien kämpften. »Die Menschen glauben allmählich, dass es nicht nur nötig, sondern normal ist, eine Waffe zu besitzen.«

Hans hatte kurz zuvor mit anderen Rechercheuren ein Dorf im südsudanesischen Bundesstaat Dschonglei besucht. Dort waren sie von Hütte zu Hütte gegangen, hatten mit den Dorfbewohnern gesprochen und abzuschätzen versucht, wie viele Zivilisten eine Waffe besaßen. Kinder in schmutzigen Shorts und zerrissenen T-Shirts hatten auf dem staubigen Gelände zwischen den Behausungen mit imaginären Waffen Krieg gespielt.

Vor jeder Hütte hatte Hans sich ducken müssen, um nicht an die Strohdächer zu stoßen, die wie Hüte auf Lehmwänden saßen. Und drinnen hatten er und seine Kollegen immer und immer wieder dasselbe gesehen: eine Familie, in der es mindestens eine Waffe gab. Diese Waffe war der wertvollste Besitz. Für die Kinder hatte sie Zauberkräfte. Für die Mütter rettete sie Leben. Für die Väter hob sie den Status an. Was man auch sagte, nichts konnte die Leute davon überzeugen, dass es ihnen ohne Gewehr besser gehen würde. Manche Stammesangehörige hatten sogar gesagt, dass sie lieber ein Kind als eine Waffe verlieren würden – mit einer Waffe hätten sie zumindest die Chance, den Rest der Familie zu schützen.

»Oh mein Gott.« Lina seufzte. Manchmal war sie einfach nur deprimiert, wenn sie an das schiere Ausmaß der Probleme auf der Welt dachte. Ihr fiel die Skulptur draußen im Freien ein, an der sie jeden Tag vorbeiging, bevor sie das Gebäude betrat: eine Handfeuerwaffe mit einem Knoten im Lauf. Doch dieses hohe Ziel wirkte unrealistisch. »Und wo geht es als Nächstes hin?«

»Zurück nach Nairobi, in ein paar Tagen. Das ist inzwischen mein Haupteinsatzort. Jupp. Und der einzige Platz auf der Welt, wo ich meine Sachen lassen und davon ausgehen kann, dass sie noch da sind, wenn ich wiederkomme.« Er zauste seine Haare und lachte. »Meine Eltern haben aus meinem alten Zimmer in Osnabrück ein Aquarium gemacht – und ich bin ein schlechter Taucher. Nicht, dass ich unbedingt wieder nach Hause will, aber vielleicht bleibt mir irgendwann nichts anderes übrig. Kann sein, dass ich mich dort eines Tages zur Ruhe setzen muss, bei den Fischen. Jupp.« Er hob die Schultern und ließ sie wieder sinken. »Ich glaube, diesen Job macht niemand, weil ihm der Lebensstil so gut gefällt.« Hans war zweiunddreißig und besaß weder ein Auto noch eine Wohnung. Im Jahr zuvor hatte er sich für die Beerdigung seines Großvaters sogar einen Anzug leihen müssen.

»Ich weiß, was du meinst.« Auch Lina war knapp bei Kasse. »Ich würde dich gern was fragen. Hast du mal von der Happy Trigger Shooting Range in Nairobi gehört?«

Der Name sagte ihm anscheinend nichts.

Lina rutschte auf ihrem Stuhl herum und erzählte ihm dann, was dort vorging.

»Ein paar ältere Maschinenpistolenmodelle dürfen leider immer noch von Zivilisten erworben werden.« Hans machte ein angewidertes Gesicht. »Ich verstehe nicht, wie Leute an so was Spaß haben können. An manchen Orten ist das inzwischen so eine Art Touristenattraktion. Jemand hat mir erzählt, in

Indonesien kann man für zweihundert Dollar eine Kuh mit einer Panzerabwehrrakete töten.«

»Nein!« Linas Körper schüttelte sich vor Abscheu.

»Jupp. Könnte sein, dass die Waffen in diesem Schießstand in Nairobi illegal sind. Aber du weißt ja, wie es dort läuft: Solange du zahlst, kannst du alles machen. Die kenianische Regierung ist selbst am Waffenhandel beteiligt. Im Hafen von Mombasa kommen schwarz jede Menge Waffen an. Kenia hat kürzlich sein Militär aufgerüstet, und wir haben Grund zu der Annahme, dass das alte Arsenal jetzt nicht zerstört, sondern illegal verkauft wird. Dass die Mächtigen ihre eigenen Stämme bewaffnen, ist sowieso klar. Wenn es da irgendwann Ärger gibt, wird es richtig schlimm.«

Lina strich ihren Bleistiftrock über den Knien glatt und fragte: »Weiß Samuel Ojielo davon?« Sie hielt die Luft an.

»Er ist Verteidigungsminister. Und er ist Kikuyu. Es wäre schon sehr seltsam, wenn er keine Ahnung hätte.«

»Aber wie kannst du das sicher wissen?« Lina begriff nicht, warum sie nun plötzlich für einen Mann eintreten musste, den sie gar nicht kannte und der einen Sohn hatte, dem sie gemischte Gefühle entgegenbrachte. Sie konnte kaum fassen, dass es in ihrer unmittelbaren Umgebung verbrecherische Machenschaften gab.

»Ich weiß es, wenn ich der Logik folge. Aber die Wahrheit muss trotzdem noch bestätigt werden – obwohl ich manchmal Zweifel habe, ob das in diesem Land überhaupt möglich ist.« Hans schüttelte den Kopf. »Dazu kommt es normalerweise nur, wenn jemand auspackt, der mit der Sache zu tun hat. Jupp. Du hast doch gesagt, du kennst Ojielos Sohn, oder?«

»Ja, aber nicht besonders gut.« Dabei hatte Lina so viel Zeit in Mercs Wohnung verbracht! Die vermutlich mit Geld aus genau dem Gewerbe finanziert worden war, von dem Hans gerade sprach. Lina war übel.

»Hey, schau doch nicht so besorgt!« Hans legte ihr eine Hand auf den Arm. »Der Sohn ist nicht unbedingt wie der Vater. Wahrscheinlich weiß er gar nicht, was da läuft.«

Lina holte tief Luft. »Weißt du, es ist bloß eigenartig, wenn Korruption plötzlich so greifbar nah ist. Ich meine, ich kenne so wenige Leute in Kenia. Wie soll man darauf kommen, dass einer davon an so was beteiligt ist?«

»Jupp, das ist manchmal hart in diesem Job. Kann passieren, dass deine Loyalität auf dem Prüfstand steht. Andererseits – was wäre das Leben, wenn es nur einfache Entscheidungen gäbe?« Hans hielt inne. Er schluckte, und sein Adamsapfel hüpfte. »Ich habe auch eine Frage an dich. Da du ja Zugang zu Ojielos Kreisen hast, habe ich mir überlegt, ob du vielleicht Augen und Ohren offenhalten kannst. Alles, was wir über den Mann kriegen, hilft uns in dieser Angelegenheit. Aber seine Komplizen schirmen ihn so gut ab, dass jemand wie ich nie nahe genug herankommt, um ihn zu erwischen.«

Lina wurde blass. Ihre Wangen sahen weißer aus als ihr Shirt.

»Überleg es dir. Kein Stress.« Hans bewegte ständig die Hände – Handflächen nach unten, dann nach oben, Finger gespreizt und geschlossen. »Man findet nur selten jemand, der so engagiert für die Sache eintritt und außerdem Zugang zu potenziellen Tätern hat. Jupp. Du verstehst doch, oder?« Seine blauen Augen blickten beschwörend. »Denk darüber nach. Mehr will ich gar nicht.«

Iman

Iman ließ den Blick über Hunderte Buchrücken gleiten, auf der Suche – sie wusste nicht recht, nach was. Doch sobald sie es sah, würde sie es wissen. Es roch muffig in diesem fensterlosen Winkel der Bibliothek. Über den Regalen hing ein schwarzes Plastikschild mit der verblassenden weißen Aufschrift »Theologie«. Iman betrachtete die unzähligen, den vielen Glaubensrichtungen der Welt gewidmeten Bände. An jedem Regalrand erklärte ein Aufkleber, um welche Religion es in den jeweiligen Büchern ging. Das Christentum mit all seinen Konfessionen nahm den meisten Raum ein. Doch es waren auch Glaubensrichtungen vertreten, von denen Iman noch nie gehört hatte, wie zum Beispiel Juche und Shinto. Und sie sah zu ihrem Erstaunen mehrere Bücher über Rastafari. War das nicht eine Frisur? Schließlich entdeckte sie ein paar kleine weiße Etiketten, auf denen »Islam« stand. Sie reckte den Hals. Man hatte dieser Abteilung die obersten Bretter der Holzrahmen zugewiesen und dem umfangreichen Gebiet eine willkürliche Ordnung auferlegt.

Iman sah sich gerade eine Trittleiter an und überlegte, ob sie die zum Regal zerren und daraufsteigen sollte, als plötzlich Harriet Tweedie erschien, eine der Bibliothekarinnen.

»Ach, Mrs Merali! Hallo! Was machen Sie denn hier?« Ms Tweedie kannte Iman als regelmäßige Besucherin: Sie kam schon seit über zehn Jahren in die Bibliothek, war aber sonst in der Belletristikabteilung zu finden, bei den Liebesromanen. Oder auch bei den DVDs. »Ist alles in Ordnung, meine Liebe?«, fragte Mrs Tweedie. Sie hielt ein A4-Blatt dicht vor der Brust auf beiden Seiten mit Daumen und Zeigefinger fest. Die kleinen Finger waren abgespreizt, als übte sie für eine Teegesellschaft bei der königlichen Familie.

»Oh, bestens.« Iman nahm Haltung an wie ein Schulmädchen. »Ich sehe mich nur mal um.«

»Nach was denn?« Ms Tweedie spähte über ihre Bifokalbrille hinweg. »Kann ich helfen?«

Iman lächelte nervös. »Etwas über Islam und äh, Eltern oder, äh, Kinder.« Wenn man sich in Ms Tweedies Hände begab, konnte man sein blaues Wunder erleben. Iman hatte sie einmal um Hilfe gebeten, als sie ein Schwangerschaftshandbuch suchte, und war mit einem Sexratgeber nach Hause gegangen.

»Dann sollten Sie mal in unserer Familienabteilung nachsehen. Da entlang, sechs Regale weiter und dann links.« Ms Tweedies drahtiger Körper krümmte und drehte sich, den Anweisungen ihres Mundes folgend. »Sie wissen schon, da, wo die Sofas stehen. Wir haben viele Bücher über Kindererziehung.« Sie rollte ihr »R« so erstaunlich, dass sich Imans Zunge unwillkürlich bog.

»Oh ja, danke. Dann schaue ich da mal.« Iman nickte, obwohl sie gerade aus genau dieser Ecke kam und dort eine unbefriedigende halbe Stunde lang nach einem Buch gesucht hatte, dem sie entnehmen konnte, wie man aus aufmüpfigen Töchtern gehorsame machte. In den meisten Bänden, die sie durchgeblättert hatte, wurde empfohlen, man solle seine Kinder in Ruhe lassen und ihnen zugestehen, ihre eigenen Fehler zu machen. Völliger Blödsinn.

»Wissen Sie überhaupt schon, dass unsere Islamabteilung erweitert wird?« Ms Tweedies silbriger Vokuhila hüpfte bei dieser Nachricht.

»Ach?«

»Ja.« Ms Tweedie trat dichter an Iman heran. »Die Anfragen zu diesem Thema sind hochgeschnellt, seit …« Ms Tweedie hielt inne, zog das Kinn ein und sprach leiser, als wäre schon das Wort ein Tabu. »Seit den *Anschlägen* in New York.«

»Oh.« Imans Stimmlage hob sich um mehrere Oktaven.

»Wahrscheinlich wollen die Leute es einfach nur *verstehen*. Und da hoffen sie, dass ihnen die Bücher vielleicht irgendwie helfen.«

»Ja, vielleicht.« Iman zupfte unbewusst an einem der Perlmuttknöpfe, die ihren hellblauen Pullover zierten.

»Na ja … möglicherweise. Aber wie dem auch sei, aus diesem Grund bekommt das Thema seinen eigenen Bereich. Und zwar ganz vorn, gleich wenn man hereinkommt, in der Nähe der DVDs. Ein ganzer Gang über den Islam.«

»Oh!« Iman wusste nicht recht, ob sie sich freuen oder beunruhigt sein sollte. Seit dem 11. September waren kaum acht Monate vergangen, und schon wurde aus dem Islam alles Mögliche, was sie nicht nachvollziehen konnte: ein Phänomen, ein Vorwurf, eine Drohung, eine Waffe, ein Missverständnis. Und nun auch noch eine besondere, aktualisierte und vergrößerte Abteilung der Stadtteilbibliothek.

»Wir haben eine Menge neue Bücher und Dokumentarfilme hereinbekommen, und ich weiß nicht wie viele verschiedene Koranübersetzungen. Wenn Sie in zwei Wochen wiederkommen, Mrs Merali, dann steht das alles zur Verfügung, und Sie haben eine viel bessere Auswahl als jetzt da oben.« Sie hob ihre kecke Nase in die entsprechende Richtung. »Obwohl ich gar nicht gedacht hätte, dass Sie bei diesem Thema irgendwelche Informationen brauchen«, sagte Ms Tweedie vorsichtig. »Wo Sie doch praktizierende Muslimin sind«, fügte sie hastig hinzu.

»Man kann immer noch etwas lernen, auch über Dinge, die man gut kennt.« Iman ordnete die Tschuni um Kopf und Schultern.

»Natürlich. Aber sosehr ich Bücher auch liebe, ich bin mir nicht sicher, ob sie *alles* erklären können. Zum Beispiel diese ganze Sache mit dem Terrorismus.« Nun wurde ihr Ton wieder klagend und vertraulich. »Also, ich bin verwirrt, obwohl ich so viel gelesen und gehört habe.« Ms Tweedies Schultern hoben sich langsam zu ihren Ohren und sackten dann ganz plötzlich wieder ab. »Je *mehr* ich erfahre, desto *weniger* verstehe ich im Grunde.«

So ging es Iman inzwischen mit dem Leben im Allgemeinen. Sie murmelte etwas zur Bestätigung. Doch das reichte Ms Tweedie nicht. »Was sagen Sie dazu, dass Männer solche Verbrechen begehen, im Namen *Ihres* Gottes?«

»Äh, ich weiß nicht recht.« Iman untersuchte ihren Pulloverärmel. So direkt hatte man sie noch nicht nach ihrer Meinung in dieser Sache gefragt. Und außerdem gefiel ihr die Betonung am Ende von Ms Tweedies Frage nicht. »Ich verstehe es auch nicht.« Dann wiederholte sie, was man in ihrem Bekanntenkreis häufig sagte: »Die missbrauchen den Namen Allahs und machen den Islam schlecht.« Und um sicherzugehen, dass alles abgedeckt war, gab sie wieder, was der Mullah in ihrer Moschee darlegte: »Aber Amerika hat den Muslimen auf der ganzen Welt auch schlimme Dinge angetan. Die wollen, dass wir alle so werden wie sie. Das macht einige Leute sehr wütend, und dann tun sie eben so etwas.« Ms Tweedies großäugiges Schweigen veranlasste Iman, noch etwas hinzuzufügen. »Es ist schrecklich. Aber was will man machen?«

»Hmmm.« Ms Tweedie zog Luft durch die Zähne ein und strich mit einer Hand, deren kleiner Finger nach wie vor abgespreizt war, über den hochgeschlossenen Kragen ihrer Bluse. »Tja, wie ich schon sagte. In zwei Wochen ist unser neuer Islambereich fix und fertig. Alles aus Regierungsmitteln.« Sie zog die Augenbrauen hoch. »Bei denen konnte ich drei Jahre lang keinen zusätzlichen Penny lockermachen, aber dieser Antrag wurde plötzlich bewilligt.«

»Vielleicht schaue ich doch rasch nach, wenn ich schon einmal da bin.« Iman griff nach der Trittleiter.

»Passen Sie auf, meine Liebe. Vorsicht!« Ein Ende von Imans Tschuni lag auf der zweiten Sprosse, und sie wäre beinahe daraufgetreten, aber Ms Tweedie nahm es weg. »Was für ein hübscher Schal.« Die Bibliothekarin rieb den blauen Chiffon zwischen den Fingern und warf das baumelnde Ende dann Iman zu, die schon halb die Leiter hinaufgestiegen war. »Ich mache mich mal wieder an die Arbeit.« Sie zog einen Schmollmund und betrachtete mit schmalen Augen den Text auf dem A4-Blatt, das sie noch immer in der Hand hielt. »Diese Fernleihbestellungen …«, murmelte sie und machte sich auf den Weg zu den Büchern über Scientology.

Als Iman die Bibliothek verließ, ragte ein dickes, gebundenes Buch aus der Tasche, die an zwei Lederriemen von ihrer rechten Schulter hing. Bei jedem Schritt stieß die Tasche an ihre Hüfte, prallte ab und schwang dann wieder zurück. Iman bemerkte es nicht. Sie war zu sehr damit beschäftigt, das Adressbuch ihres Handys durchzugehen. Es enthielt nur sieben Nummern – alle von engen Familienmitgliedern, und niemand ging ans Telefon. Verärgert kniff sie die Lippen zusammen. Sie blickte kurz auf und rannte dann über die Straße, bevor die Ampel umsprang. Die Turnschuhe an ihren Füßen standen im Kontrast zu ihrem femininen, geblümten Salwar Kamis.

In den ersten beiden Jahren ihres Lebens in Großbritannien hatte Iman das ganze Jahr über Tschappals getragen, obwohl Scharif ihr für den Winter ein Paar Stiefel kaufte. Für ihre Begriffe passten westliche Schuhe nicht zu östlicher Kleidung. Und außerdem zeigte sie ihre Füße gern, auch wenn sie das nie zugegeben hätte. Schon oft hatte sie Komplimente dafür bekommen. Doch als nach einem besonders harten Winter der Verlust mehrerer erfrorener Zehen drohte, obwohl sie die Tschappals mit Socken getragen hatte, gab sie auf und zog die klobigen Stiefel an. Inzwischen war Pragmatismus an die Stelle aller einstigen Geschmacksurteile getreten.

Iman hatte inzwischen mehrmals versucht, Mariam anzurufen, auf dem Handy und auf dem Festnetz zu Hause – aber vergeblich. Wo war das Mädchen nur? Als sie das Telefon in die Tasche schob, strich ihre Hand über den Rücken des Buchs. Sie sah auf die Uhr. Vielleicht würde sie ein paar Minuten Zeit zum Lesen haben, bevor sie das Abendessen vorbereiten musste. Der Wälzer, den sie sich ausgesucht hatte, trug den Titel *Islam und Familie: Ein Regelwerk* und war zuletzt vor sechzehn Jahren aus der Bibliothek entliehen worden. Iman hatte das Buch nur genommen, weil das Inhaltsverzeichnis so eindrucksvoll war und Kapitel mit unheilschwangeren Überschriften auflistete: »Vaters Wort ist endgültig« oder »Prinzipien der Bestrafung«. Es schien das Mittel der Wahl gegen die liberalen Tendenzen zu sein, die sich gerade in ihrem Haushalt breitmachten.

Je näher Iman ihrem Zuhause kam, desto mehr Leute erkannte sie auf der Straße. Auf der Ladywood Road grüßte sie schließlich fast jeden, dem sie begegnete, mit Hallo oder Assalaam alaikum. Kinder auf Skateboards rasten an ihr vorbei und schnellten dann mit quietschenden Rollen vom abschüssigen Gehweg auf die Hauptstraße. Ein junges Mädchen in tief sitzender Jeans und Hidschab rannte an Iman vorbei und wäre fast mit ihr zusammengestoßen. Ein Stück weiter kickten ein paar Kinder einen Fußball herum. Noch vor ein paar Jahren hatten Mariam und Nasra dazugehört und zufrieden am Randstein vor ihrem Haus gespielt. Inzwischen wollten sie ausgehen und sich überall in der Stadt mit ihren Freundinnen treffen. Zu Iman waren sie einsilbig, telefonierten aber stundenlang unter ständigem Gekicher und Getuschel. Sämtliche schlimmen Phasen, die Lina durchgemacht hatte, manifestierten sich bei ihren Schwestern anscheinend früher und heftiger.

Iman drehte den Schlüssel im Türschloss und stellte gereizt fest, dass immer noch zweimal abgeschlossen war. Offenbar kam sie als Erste nach Hause. Ein Blick auf die Uhr am Ende des Flurs zeigte, dass der Zorn völlig berechtigt in ihren Schläfen klopfte. Mariam hätte seit mindestens einer Stunde zu Hause sein müssen. Iman zog ihre Turnschuhe aus, marschierte zum Telefon und wählte die Handynummer ihrer Tochter. Doch die nahm wieder nicht ab. Sie versuchte es drei weitere Male und knallte den Hörer dann in die Halterung. Dieses Mädchen würde heute etwas erleben.

Als Iman einen Schlüssel in der Tür hörte, stellte sie sofort die Tasse ab, mit der sie gerade Reis fürs Abendessen abmessen wollte. Eilig lief sie aus der Küche.

»Wo warst du?«, platzte sie los, als Mariam hereinkam.

»Beim Vorsprechen für das Theaterstück in der Schule.« Mariam streifte ihre Kapuzenjacke ab und schmiss sie über die Jacken und Schals an der Wandgarderobe. »Habe ich dir heute Morgen erzählt.«

Iman erinnerte sich, doch vor lauter Wut war es ihr völlig

egal. »Ich habe damit gerechnet, dass du um fünf zu Hause bist! Ich weiß nicht, wie oft ich es auf deinem Handy versucht habe.«

Mariam drückte sich an ihrer Mutter vorbei. Als sie nach dem Vorsprechen auf ihr Handy gesehen hatte, waren siebzehn entgangene Anrufe darauf gewesen. Doch Mariam war nicht etwa beunruhigt gewesen, dass etwas passiert sein könnte – vermutlich hatte ihre Mutter das Vorsprechen einfach vergessen und geriet allmählich in Panik, weil sie nicht wusste, wo ihre Tochter war. So etwas kam inzwischen ständig vor.

Iman folgte ihrer Tochter in die Küche und baute sich mit verschränkten Armen vor ihr auf, während Mariam einen Saft aus dem Kühlschrank nahm.

»Wozu habt ihr diese teuren Telefone, wenn ihr nie rangeht?« Nach der Entdeckung, die Lina betraf, hatte Iman den beiden jüngeren Mädchen Handys gekauft. Sie war fest entschlossen, die beiden genau im Auge zu behalten, damit nicht noch etwas passierte. »Hast du es nicht klingeln gehört?«

»Es war in meinem Spind.« Mariam wandte ihrer Mutter den Rücken zu und goss sich Saft in ein Glas. Anfangs war sie stolz gewesen, als eine der Ersten in der Schule ein Handy zu besitzen, doch das hatte sich rasch gelegt, weil Iman sie damit nur überwachte. Inzwischen versuchte Mariam, das Handy einfach nicht mitzunehmen. Mehrmals in der Woche tat sie so, als hätte sie es zu Hause vergessen, und ließ es irgendwo liegen, wo Iman es auf jeden Fall sah.

»Warum kannst du es nicht in so eine Tasche tun? An diesen Klamotten da gibt es doch genug.« Iman betrachtete Mariams schwarze Trainingshose, die vorn und hinten Taschen hatte. Der modische Geschmack ihrer Tochter war ihr unbegreiflich: Man sah sie nur in Sportkleidung, obwohl in ihren Schränken lauter schöne Hosen und lange Röcke hingen, die Iman bei Marks & Spencer ausgesucht hatte. Sie wäre nie darauf gekommen, dass Mariam die weiten Sachen in angemessener Entfernung von zu Hause auszog und darunter enge Cordhosen in leuchtenden Farben und knapp sitzende Tops trug. »Hast du das verstanden? Hörst du mir überhaupt zu? Du sollst dein Handy immer bei dir haben!«

»Okay, nächstes Mal!« Mariam trank ihren Saft aus und wischte sich den Mund mit einem Ärmel ab.

»Was denn, haahh? Wo gehst du jetzt hin?«, rief Iman, als das Mädchen schon wieder an ihr vorbeistürzte.

»Kann ich nicht mal im Haus herumlaufen, ohne dass du mich ständig verhörst?«, brüllte Mariam und rannte die Treppe hinauf.

»Komm sofort wieder runter!« Iman legte eine Hand auf den hölzernen Geländerpfosten am Fuß der Treppe. »He, Mariam, hör mir gefälligst zu!

Als Antwort knallte nur eine Tür.

Iman setzte sich schwerfällig auf eine der unteren Stufen und senkte den Kopf. Oh Allah, ihre Töchter waren außer Rand und Band. Sie hätte sie gern voll und ganz in Besitz genommen, wie sie nie jemanden in Besitz genommen hatte, nicht einmal ihren Mann, der sie trotz aller Liebe und Güte nur sehr selten an seinen Gedanken teilhaben ließ. Die Mädchen hatten ihr eine Weile gehört, ganz zu Anfang, als sie an ihrer Brust getrunken und sich schlafwarm in ihre Armbeuge gekuschelt hatten. Mit großen Augen hatten sie an ihre Allmacht geglaubt. Nach kleinen Unfällen hatten sie ihren Trost gesucht und für jede Leistung ihre Anerkennung. Iman hatte sich in dieser hingebungsvollen Bedürftigkeit geaalt. Doch bald hatten die Mädchen begonnen, sich zu verschließen, manche Dinge zu verstecken und viel zu oft andere zu treffen. Dann hatte Iman sich ihre Töchter geschnappt oder ihnen verstohlen beim Spielen zugesehen, um hinter ihre Gedanken und Geheimnisse zu kommen – als ließen sie sich durch dieses Wissen für immer binden. Und je mehr ihr von dem entglitt, was die Existenz ihrer Töchter ausmachte, desto mehr hatte sie Zuneigung durch Strenge ersetzt, weil das eine zuverlässigere Form von Kontrolle war.

Plötzlich spürte Iman das Vibrieren lautstarker Bässe, die aus dem Obergeschoss dröhnten. Sie erhob sich und stampfte entschlossen mit einem bestrumpften Fuß auf, denn nun würde sie Mariam eine Lektion erteilen.

»Mach das leiser!« Imans Fingerknöchel hämmerten gegen die Tür, deren Rahmen im Rhythmus der Musik bebte. Als Mariam sich nicht fügte, drückte Iman die Klinke nieder – die Tür war verschlossen. »He, Mariam! Mach auf!« Nun donnerte sie mit der Faust gegen das Holz. Das Mädchen gehorchte immer noch nicht. »Bismillah! Im Namen Gottes! Machst du jetzt wohl auf?« Inzwischen klang Resignation in ihrer Stimme an. Sie drehte sich um und ging die Treppe hinunter. Sollte sich Scharif darum kümmern, wenn er nach Hause kam. Dieses Mädchen musste lernen, wer hier das Sagen hatte.

Auf der vierten Stufe von unten verfing sich Imans Salwar unter ihrer Hacke, und sie rutschte aus. Und plötzlich lag sie am Fuß der Treppe auf dem Rücken.

Als Scharif eine halbe Stunde später mit Nasra nach Hause kam, lag Iman noch immer auf dem Boden.

»Ma?« Nasra kniete sich neben ihre stöhnende Mutter. Ihr Haar war noch nass vom Schwimmtraining, und das Wasser war auf die Schulterpartie ihres Shirts getropft.

»Iman, was ist passiert?« Auch Scharif eilte zu ihr hin. »Bist du gestürzt?«

Mariams Musik wummerte nach wie vor durch das ganze Haus.

»Soll ich einen Krankenwagen rufen? Was kann ich tun?« Scharif blieb besorgt bei ihr sitzen.

»Nein«, sagte Iman matt. Sie hatte alle Gliedmaßen ausprobiert und vorsichtig geprüft, ob sie noch funktionierten. Der Schmerz konzentrierte sich im unteren Rücken. »Hilf. Mir beim. Aufstehen.«

Scharif stellte sich rittlings über seine Frau, die alle viere von sich streckte. Als er sich bückte, flog seine rot-braun gestreifte Krawatte nach vorn. Iman wimmerte schon, bevor er sie überhaupt berührte. »Ich glaube, das ist gar keine gute Idee, Iman.« Scharif richtete sich auf. »Wenn wirklich etwas nicht stimmt, richte ich vielleicht noch mehr Schaden an.«

Nasra nahm das Ende von Imans Tschuni, die noch immer über die Stufen gebreitet lag.

»Aber ich kann. So nicht bleiben!« Zwischen den einzelnen Worten kniff sie immer wieder die Augen zu.

»Wie lange liegst du denn schon so da? Wo ist Mariam?« Scharif blickte nach oben, denn von dort kam der Krach. »Sag deiner Schwester, sie soll das ausmachen«, wies er Nasra an.

»Weich erst den Reis ein.« Iman fiel ihm ins Wort. »Er steht neben der Spüle. In dem kleinen –« Sie zuckte. »Kochtopf. Gib. Wasser dazu.«

»Iman, ich rufe jetzt einen Krankenwagen.« Scharif richtete sich auf und stemmte die Hände in die Hüften. »Das sieht nicht gut aus.«

»Kann nicht so schlimm sein. Funktioniert. Doch alles.« Sie bewegte Arme und Beine, als wollte sie es ihm beweisen.

»Dann lass mich Dr. Hussein fragen. Er wohnt nicht weit weg. Es macht ihm bestimmt nichts aus, kurz vorbeizuschauen.« Scharif trat zur Seite, damit Nasra nach oben gehen konnte. »Sag Mariam, sie soll das ausmachen und sofort herkommen.« Er ging zum Telefon, ohne auf Imans Protest zu achten. Als er mit dem Arzt gesprochen hatte, dröhnte die Musik immer noch.

»Ich habe es dir. Ja gesagt. Dieses Mädchen ist –« Iman versuchte noch einmal, sich zu bewegen, doch der Schmerz schoss durch ihren Rücken. »Autsch!«

»Dr. Hussein sagt, nicht bewegen. Er ist gleich da.« Scharif hockte sich hin und nahm ihre Hand. »Und er ruft sicherheitshalber einen Krankenwagen.«

Nasra erschien. »Sie kann mich nicht hören, Baba. Sie macht nicht auf.«

»Mir. Hat sie. Auch nicht zugehört. Dann bin ich gefallen. So.« Iman zeigte auf sich selbst.

Scharif sprang auf und stürmte nach oben. Er trat so fest gegen die Tür, dass sie im Rahmen bebte. Eine Sekunde später verstummte die Musik. »Mach auf!«, brüllte er.

Mariam kam langsam mit vorgeschobenen Schultern und verkniffenem Mund heraus.

»Was bildest du dir eigentlich ein? Drehst die Musik auf, als wärst du allein auf der Welt?«

»Ich habe –«

»Halt den Mund! Weißt du, was du angerichtet hast?« Scharif packte sie am Arm und zerrte sie die Treppe hinunter. »Deine Mutter liegt schon Gott weiß wie lange da unten und ruft um Hilfe.« Scharif war es unerträglich heiß. Eine Hand lockerte seine Krawatte. »Und wenn sie sich das Genick gebrochen hätte, hm? Wenn sie gestorben wäre? Dann wäre das deine Schuld!« Vorwurfsvoll wies er auf Mariam.

Die biss sich auf die Lippe und blickte zu Boden. »Ich wollte –«

»Du denkst nur an dich!« Scharif wedelte mit der Hand, immer schneller, je lauter er schrie. »Du weißt gar nicht, was für ein Glück du hast. Aber du kannst immer nur meckern und Ausreden für dein schlechtes Benehmen erfinden. Schau dir deine arme Mutter an! Schau, was du mit ihr gemacht hast!«

Beide Mädchen fingen an zu weinen.

»Scharif, bitte. Lass sie jetzt.« Selbst Iman erschrak über seinen Ausbruch.

Scharif stand wütend da und atmete schwer.

Es klingelte an der Tür.

»Bestimmt. Dr. Hussein.« Iman strich sich das Haar glatt. »Scharif, lass du. Ihn lieber rein. Mädchen, geht in die Küche. Mariam, setz den Reis. Auf und mach dann. Das Sabsi in der. Mikrowelle heiß. Nasra. Deck den Tisch.«

»As-salaam alaikum.« Als der Arzt zu Iman ging, musste er der hölzernen Anrichte ausweichen. In deren Schubladen steckten zahllose Mützen, Handschuhe, Schals, billige Sonnenbrillen aus Plastik, und in den Schrankfächern stapelten sich alte Brettspiele, die seit Jahren niemand mehr benutzte.

Der Arzt hatte sich in der Eile nicht umgezogen und trug noch einen Kurta Padschama. »Also, was ist hier passiert?«

»Nichts, Doktor Sahib. Sie wissen schon. Bin rumgelaufen. Den Kindern hinterher, und dann. Ausgerutscht.« Iman zeigte ihm, wo der Schmerz am schlimmsten war.

»Ach, Sie müssten doch inzwischen wissen, dass die schneller sind als Sie.« Der Arzt wandte sich an Scharif. »Können wir etwas mehr Licht haben?«

Scharif ging zum Schalter. Er hatte gar nicht gemerkt, wie dunkel es geworden war.

Es klingelte noch einmal, und Scharif trat zur Seite, um drei Rettungssanitäter in stahlblauer Krankenhauskleidung vorbeizulassen. Zusammen mit Dr. Hussein bauten sie sich so neben Iman auf, dass jeweils einer an Kopf, Brust, Hüften und Beinen stand, denn sie musste umgedreht werden.

»Okay.« Der leitende Sanitäter, ein schlanker Schwarzer, gab das Signal. »Eins, zwei – drei.«

Iman schrie auf, als die Männer sie mit einem Schwung auf den Bauch drehten. Nasra und Mariam erschienen mit blassen Gesichtern in der Küchentür, als sie ihre Mutter hörten. Scharif stand der Schweiß auf der Stirn. Er ging zu den Mädchen, schob sie zurück in die Küche und schloss die Tür.

Der leitende Sanitäter drückte nun vom Nacken ausgehend auf jeden einzelnen Wirbel. Zunächst schien alles in Ordnung zu sein, bis er am unteren Rücken angelangt war. Iman begann wieder zu schreien.

»Wir haben es fast geschafft. Halten Sie jetzt bitte still.« Der Sanitäter drückte weiter. Als seine Finger die Basis des Rückgrats nur streiften, schrie Iman schon besonders laut auf.

»Gut. Da haben wir's.« Auf sein Zeichen hin nahm ein Kollege eine kleine Glasampulle und zog eine Spritze auf.

Anschließend wandte sich der Sanitäter an Dr. Hussein und sprach mit ihm ein unverständliches Medizinerchinesisch, dem Scharif nur das Wort »Coccyx« entnahm.

»Was ist los?« Er stand da und hatte die Hände hinter dem Rücken verschränkt. »Kommt das wieder in Ordnung?«

»Tja.« Dr. Hussein drehte sich zu ihm um, während der Sanitäter Iman die Spritze gab. »Wir können es vor dem Röntgen nicht mit Sicherheit sagen, aber wahrscheinlich ist der Coccyx angebrochen.«

»Was heißt das?« Scharif betrachtete seine Frau, die sich durch das Morphium schon sichtlich entspannte.

»Das heißt, dass sie sich eine Weile schonen muss. Bei solchen Verletzungen ist Ruhe die beste Medizin. Inschallah, das wird schon wieder.« Dr. Hussein wandte sich Iman zu. »Der Coccyx beziehungsweise das Steißbein ist ein winziger, dreieckiger Knochen ganz unten an der Basis der Wirbelsäule. Im Grunde ein ziemlich nutzloser Teil unserer Anatomie, der aber – wie Sie jetzt wissen – unerträglich schmerzen kann, wenn es zu einer Verletzung kommt. Ich gehe davon aus, dass alles gut abheilen wird, aber nach dem Röntgen wissen wir mehr.«

Die Sanitäter packten schon zusammen.

»Wir helfen Ihnen noch auf, bevor wir gehen«, sagte der leitende Sanitäter zu Iman. Seine beiden Kollegen packten sie von rechts und links unter den Armen und hievten sie hoch, bis sie an die Wand gelehnt stehen konnte. Ihr Schatten fiel schwach und undeutlich auf die braun gemusterte Tapete.

»Es geht mir. Schon besser.« Sie blinzelte schnell. »Nur ein bisschen. Benommen.«

»Sie fühlen sich vielleicht wieder schlechter, wenn die Wirkung der Spritze nachlässt.« Der leitende Sanitäter hielt Scharif ein Plastikröhrchen mit Tabletten hin. »Geben Sie ihr die, wenn sie während der Nacht etwas braucht. Aber maximal alle vier Stunden zwei.«

»Danke.« Scharif nahm die Tabletten und begleitete die Sanitäter hinaus.

»In ein paar Monaten müsste alles wieder normal sein – wenn Sie es nicht übertreiben.« Dr. Hussein sah Iman wissend an. »Sitzen könnte für eine Weile schwierig sein. Sie werden sich im Stehen oder Liegen wohler fühlen.«

»Oh Allah.« Da fiel Iman etwas ein. »Was ist mit meinen Gebeten?« Seit der Sache mit Lina betete sie fünfmal täglich.

»Allah nimmt sicher jedes ernst gemeinte Gebet entgegen, egal, in welcher Lage man es spricht: vertikal, horizontal oder diagonal.« Der Arzt ging in Richtung Tür. »Chuda hafis. Gott schütze Sie.«

»Möchten Sie nicht zum Essen bleiben, Doktor Sahib?« Iman stützte eine Hand in den Rücken und versuchte, ihm nachzuhumpeln. »Es ist fertig. Die Mädchen haben es gerade gewärmt, als Sie kamen.«

»Nein, nein. Danke. Die Frau hat zu Hause schon alles zubereitet. Ruhen Sie sich jetzt aus.«

Iman nickte und machte sich auf den Weg in die Küche.

»Was ist mit Ihnen, Scharif?« Der Arzt musterte ihn von oben bis unten. »Alles in Ordnung?«

Scharif war rot im Gesicht. Sein Seitenscheitel war verwüstet. Und über dem Anzug hatte er immer noch einen Mantel an. »Natürlich.« Seine Stimme klang ungewöhnlich angespannt.

»Sorgen Sie dafür, dass Iman sich schont«, rief der Arzt, als er in die Nacht hinausging.

Scharif schloss die Tür und lehnte sich kurz dagegen, dann zog er Mantel und Jackett aus.

In der Küche stützte sich Iman an der Arbeitsplatte ab und erteilte Befehle. Die Mädchen beeilten sich, alle Anweisungen auszuführen.

»Bitte setz dich, Scharif«, sagte Iman, als er hereinkam.

»Du bist diejenige, die sich ausruhen soll. Wäre es nicht besser, wenn du dich hinlegst?«

Iman versuchte, sich am runden Kiefernholztisch auf einen der Stühle niederzulassen, gab aber auf. »Der Doktor hatte recht.« Sie seufzte und lehnte sich wieder an die Arbeitsplatte.

Scharif nahm sich einen der Teller. Die Blumen, die ihn einmal geschmückt hatten, waren zu hellen, abstrakten Flecken in Rosa und Grün verblasst. Er legte etwas zu essen darauf und brachte ihn Iman.

»Oh was denn, haahh? Der Reis ist ja ganz verkocht«, erklärte sie. Die Körner waren trocken und brüchig. Außerdem hatte sie sowieso keinen Hunger. Ihr war auf einmal merkwürdig übel.

»Irgendwie mache ich wohl gar nichts richtig.« Mariam schlang die Arme um ihren Brustkorb.

»Hör auf, dir selbst leidzutun«, sagte Scharif, ohne sie anzusehen. Er nahm sich Salat und Auberginencurry.

»Scharif, kannst du den beiden noch einmal sagen, dass sie

ihre Handys immer bei sich haben müssen?« Iman war nach wie vor mehr um sie besorgt als um ihren eigenen Zustand.

Scharif hörte auf zu essen und sah sich nach der Schachtel mit den Papiertüchern um. Er entdeckte sie auf der Arbeitsplatte, unter einem Aufstellkalender mit Bildern von verschiedenen Moscheen auf der ganzen Welt. Er reichte allen ein Papiertuch und nahm sich schließlich selbst eins.

»Ihr habt gehört, was eure Mutter sagt.« Er wischte sich die Mundwinkel ab und blickte von Nasra zu Mariam. »Es ist nicht zu viel verlangt, wenn ihr jederzeit erreichbar sein sollt.«

Nasra nickte mit großen Augen. Ihr Haar war inzwischen getrocknet und fiel in kleinen Löckchen über die Ohren.

Mariam legte mit Geklapper ihre Gabel ab. »Sie tut so, als wäre ich total verpeilt.«

Scharif runzelte die Stirn, weil er ihren Straßenslang nicht verstand. »Was willst du denn peilen?«

Mariam verdrehte die Augen. »Du kapierst das nicht.«

»Nein. *Du* kapierst es nicht.« Scharif sah sie wütend an.

»Ich habe doch überhaupt nichts gemacht!« Mariams Blick schoss vom Vater zur Mutter. »Ich habe ihr gesagt, dass ich heute später nach Hause komme. Sie ist einfach hysterisch.«

Iman klammerte sich an der Arbeitsplatte fest und holte tief Luft.

»Sprich gefälligst nicht so über deine Mutter«, sagte Scharif.

»Ihr alle beide! Seit Lina weg ist, seid ihr –« Mariam presste die Lippen zusammen, weil sie nicht sicher war, ob sie weiterreden sollte.

Es herrschte Schweigen – als würden alle auf ihr Urteil warten.

»Das ist nicht fair! Warum müssen wir darunter leiden?«

»Hört euch dieses Mädchen an, haahh.« Iman schlug sich auf die Stirn. »Tobah astaghfirullah.«

»Was du so leiden nennst.« Scharif kämpfte mit sich, um ruhig zu bleiben.

»Scharif, bitte hilf mir ins Bett.« Iman steuerte auf die Tür zu. »Ich kann das nicht … das ist zu viel.«

Oben angekommen begann sie zu weinen. »Ich habe solche Angst, Scharif.« Iman schluchzte, und er hielt sie fest. Die unablässigen Zukunftssorgen strengten sie an. Und jetzt auch noch dieser Unfall. Sie war erschöpft und kam sich hilflos vor. »Was soll nur aus diesen Mädchen werden? Hast du gehört, wie Mariam redet? Lina war so ruhig im Vergleich zu ihr, und schau nur, was mit ihr passiert ist.«

»Ist ja gut.« Scharif versuchte, sie zu beruhigen, obwohl er sich die gleichen Sorgen machte. »Inschallah, wir finden einen Weg.«

»Was denn für einen Weg?« Iman löste sich aus seinen Armen und erstarrte dann kurz, weil ihr Rücken protestierte. »Das sagst du immer, und dann unternimmst du nichts.« Variationen dieses Gesprächs führten sie seit Linas Abreise an jedem geschlagenen Tag: entweder als handfesten Streit oder in Form kleinerer Sticheleien.

Scharif strich sich über den Bart. »Ich weiß nicht, was du erwartest! Soll ich Detektive anheuern, die sie überallhin verfolgen?« Als er zum Fenster ging und die Vorhänge zuzog, quietschten die Ringe auf der metallenen Stange.

»Wenn wir das mit Lina nicht in Ordnung bringen, haben die beiden anderen immer eine Ausrede für ihr Benehmen.« Iman wischte sich die Augen und begann, sich auszuziehen. Die Salwar konnte sie mühelos ablegen, aber mit dem Kamis hatte sie Probleme. »Scharif?«

Er stellte sich hinter sie und zog ihr das Oberteil aus.

»Und kannst du mir die Kette abnehmen?« Sie beugte den Kopf. Ein paar Haare hatten sich im Verschluss ihrer Goldkette verfangen. Scharif riss sie heraus und bereute es sofort, denn Iman schrie auf. Er musste sich zusammennehmen. Seine Besorgnis zeigte sich nun schon darin, dass er hässliche Dinge tat.

Scharif fasste seine Frau an den Schultern und küsste sie mehrmals sanft in den Nacken. »Ich werde darüber nachdenken, was du gesagt hast, Iman. Wir finden eine Lösung, okay?«

Während er aus dem Zimmer ging, sagte er leise immer wieder »Al-Sabur« vor sich hin. Von Allahs neunundneunzig Namen war ihm dieser am liebsten – Al-Sabur, der Geduldige. Er rief ihn häufig so an, als ginge diese Eigenschaft dadurch in ihn über. Wenn er den Namen wiederholte, beeinflusste das buchstäblich seinen Atemrhythmus – es verlangsamte ihn und machte ihn ruhig.

Unten räumten die Mädchen auf und brachten dabei alles durcheinander. In der sonst makellosen Küche herrschte Chaos, obwohl sie Ordnung machen wollten. Mariam bespritzte Nasra mit Wasser, und die schlug daraufhin mit dem Geschirrtuch nach ihr. Scharif stand in der Tür und sah den beiden zu. Am liebsten hätte er dafür gesorgt, dass sie für immer so blieben. Ihm war, als müsste er nur die richtigen Worte finden. Sie wallten förmlich in ihm auf, denn was sein Geist nicht verarbeiten konnte, flutete stattdessen sein Herz. Wenn er es nur aussprechen könnte – dann wäre vielleicht alles gut. Doch er konnte ihm das Gewicht der Sprache nicht geben, diesem Etwas, das ihm die Kehle zuschnürte. Stattdessen fing er an zu husten. Als die Mädchen ihn hörten, wurden sie wieder ganz ernst. Still widmeten sie sich weiter ihrer Hausarbeit. Sobald Scharif glaubte, wieder sprechen zu können, wies er sie an, Iman Gute Nacht zu sagen, wenn sie fertig waren.

»Entschuldigt euch gefälligst bei ihr, und zwar alle beide.«

»Ich hab doch gar nichts –«, setzte Nasra an, aber Mariam trat ihr auf den Fuß.

»Ja, Baba«, sagte Mariam. Und Nasra plapperte ihr nach.

Als Scharif in sein kleines Arbeitszimmer ging, hörte er die ältere Schwester zur jüngeren sagen: »Manchmal musst du einfach so tun, als wärst du einverstanden.«

Erst fünfzehn, dachte er, und schon so lebensklug.

Er schloss die Tür zum Arbeitszimmer und knipste die Schreibtischlampe an. Dann streckte er sich in seinem Stuhl aus und legte die Füße auf einen Stapel alter Papiere. Über den gekreuzten Knöcheln klopften seine Füße leicht aneinander. Trotz der Frühsommerwärme steckten sie in braunen Socken aus Wolle. Welche Möglichkeiten hatte er? Als Scharif den überladenen Schreibtisch anstarrte, blieb sein Blick an allem hängen, was der helle Spot der Schreibtischlampe hervorhob: am Telefon mit dem piepsenden grünen Lämpchen und gleich daneben an der Rotationskartei, die er noch immer für Telefonnummern und Adressen benutzte. Er beugte sich vor und stützte die Ellbogen auf den Tisch. Scharif begann, langsam in den rotierenden Karten zu blättern, durch alle Buchstaben des Alphabets bis hin zum L. Dort stand neben anderen Daten auch, wie Lina augenblicklich in New York zu erreichen war. Plötzlich durchzuckte ihn Wut. Er starrte die Nummer an, bis sie vor seinen Augen verschwamm. Dann knirschte er mit den Zähnen und griff in die Schublade unter dem Tisch. Seine Hand drang ganz von selbst bis in die hintere linke Ecke vor und holte eine zerknitterte rosa Haftnotiz heraus. Scharif hielt sie eine Weile zwischen den Fingern. Dann strich er den kleinen Zettel glatt. Eine Nummer stand darauf, in Imans schiefer Handschrift gekritzelt. Er holte tief Luft, griff nach dem Telefon und wählte.

Merc war im Wohnzimmer und machte gerade in Lycrashorts Liegestütze, als er das Klingeln hörte. Er hielt mitten in der Bewegung inne und sah sich nach dem Telefon um, das auf einem niedrigen, schmalen geschnitzten Tisch aus Afrika stand. Mercs Brustmuskeln spielten, während er aufstand. Als er gerade abnehmen wollte, verstummte das Telefon. Er stützte die verschwitzten Hände in die Hüften und blieb vor dem drahtlosen Gerät stehen, das ihm mit seinem grünen Lämpchen zuzwinkerte. Gleich darauf trillerte es wieder los, und Merc nahm ab, bevor das erste Läuten verklungen war.

»Hallo?« Die Stimme des Anrufers klang unsicher und fremd.

»Ja?«

»Ist Anil Mayur da?« Der Mann klang, als hätte er es eilig.

Irgendwie wusste Merc plötzlich genau, wer es war. »Leider nicht.« Ein Mundwinkel hob sich und verwandelte sein glattes Gesicht in eine sadistische Maske. »Er ist im Augenblick in New York. Kann ich etwas ausrichten?«

Es folgte ein scharfer Atemzug. Dann war die Leitung tot.

Merc grinste breit, als er das Mobilteil ablegte. Sein Herz schlug schneller als während des Trainings. Dann klingelte das Telefon schon wieder, und er hätte beinahe gejauchzt.

»Ist er zu Lina gefahren?«, fragte der Mann sofort.

»Ja, zu Lina Merali.« Merc wollte keine Missverständnisse aufkommen lassen.

»Ob Sie – mir wohl helfen könnten?« Die Stimme klang alt und erstickt. »Dieser Anil – wer ist das? Wie ist er?«

»Sie sind Linas Vater, stimmt's?« Merc wartete die Bestätigung gar nicht erst ab. »Wegen Anil würde ich mir an Ihrer Stelle keine Sorgen machen.« Er klemmte sich den Hörer unters Kinn und lehnte sich lässig an die Wand. »Das wird nichts mit denen.«

»Wie meinen Sie das?«

»Die passen nicht zueinander. Und das werden sie ziemlich bald merken.«

»Was? Wer sind Sie?«

»Anil und ich waren schon als kleine Jungs befreundet. Ich kenne ihn gut genug, um zu wissen, dass vieles an ihm nicht den Vorstellungen entspricht, die Ihre lammfromme Tochter vom richtigen Lauf der Dinge hat.«

»Wovon genau reden Sie da? Sagen Sie es mir.«

»Nicht so schnell, alter Mann.« Mercs Mund dehnte sich weiter, seine Zähne und Augen blitzten. »Ich erzähle Ihnen alles, was Sie wollen, aber nur, wenn Sie so vorgehen, wie ich es sage.«

Ergebung

Er wusste, dass es passieren würde, weil sie seine Berührungen plötzlich zuließ. Sie wand sich nicht in seinen Armen und schob auch seine Hände nicht weg. Sie bedeckte sich nicht an einer Stelle, sobald er sich für eine andere interessierte. Ihr Körper schmiegte sich an seinen wie ein Fluss, der seinen Lauf genau kannte.

Sie stiegen aus der Wanne und führten einander unter Küssen und tropfend zu dem riesigen Bett, ohne sich abzutrocknen. Der dicke Florteppich hielt ihre Fußabdrücke mit einer Zärtlichkeit fest, wie sie die Erde dem Schnee gewährt – den sie umso mehr schätzt, weil er nur kurz bei ihr verweilt.

Sie waren in einem Hotel in der Nähe des Madison Square, denn das Zimmer, das Lina uptown gemietet hatte, war klein, und man war dort nicht für sich. Die Hotelsuite war ganz in Kaffeetönen gehalten, und Akzente in Schwarz und Lila hoben die gedämpften Farben der Einrichtung noch hervor. Anil und Lina rollten eng umschlungen über das Bett, streckten sich voller Wonne aus und krümmten sich dann wieder vor Verlangen. Auf dem Bettzeug entstand ein Gemälde aus nassen Flecken: modernistisch zusammengesetzte Arme, Beine, Köpfe und die feuchten Schatten verhedderter Haare. Sie lachten über die quatschenden Geräusche ihrer Haut und muhten zwischen Küssen wie zufriedene Kühe. Alles war so selbstverständlich, dass Anil danach gar nicht verstand, wie sie es so lange hatten hinauszögern können. Doch andererseits – vielleicht war diese unangestrengte Intimität auch eine Belohnung für ihre Zurückhaltung. Er lag über Lina und genoss es. Er betrachtete ein Gemälde, das an der Wand hing und den Querschnitt einer Orchidee in sämtlichen üppigen Details darstellte. Diese magentafarbene Explosion war nichts anderes als formgewordene Lust.

Plötzlich zuckte Linas Brust ganz sonderbar unter ihm. Als er den Kopf hob, sah er, dass sie weinte. Er rutschte seitlich von ihr herunter und stützte sich auf einen Arm.

»Was ist denn, Lini?« Er strich ihr das Haar aus dem Gesicht.

Lina zog die Decke über sich. »Meine Eltern.« Sie konnte ihn nicht ansehen. »Meine Mum ist richtig krank wegen mir.« Ihr Vater hatte angerufen, als sie am Morgen gerade ihre Wohnung verlassen wollte, um Anil am Flughafen abzuholen. Er hatte ihr erzählt, dass Iman am Abend zuvor fast eine Lähmung davongetragen hatte, durch einen Sturz, zu dem es aus Sorge um sie gekommen war. Er hatte gesagt, dass sie beide kein normales Leben mehr führen konnten. Er hatte behauptet, dass sie erst wieder frei atmen könnten, wenn ihre älteste Tochter mit einem guten Muslim verheiratet wäre. Und er hatte ihr mitgeteilt, sie würden nun anfangen, nach einem passenden Ehemann zu suchen.

Das alles berichtete Lina nun Anil. »Ich weiß nicht, wie wir dann noch zusammen sein können«, flüsterte sie.

Der Widerspruch zwischen ihren Taten und ihren Worten verwirrte ihn. Lina riskierte einen Blick, doch als sie Anils Gesicht sah, wandte sie ihn wieder ab.

Die Vorhänge waren noch nicht zugezogen. Hinter dem Fenster zeichnete sich die abgerundete Ecke des Flatiron Building ab. Die Fassade aus Kalkstein und glasierter Terrakotta schimmerte in der Nachmittagssonne.

Anil setzte sich auf und lehnte sich an eine ganze Armee von Kissen. Sie hatten beschlossen, zusammenzubleiben, nachdem Linas Eltern auf die Briefe gestoßen waren, und er war davon ausgegangen, dass die schlimmste Prüfung für ihre Liebe damit bestanden war.

»Und was sollte *das* dann jetzt?« Er trat mit einem Fuß nach den Laken.

»Ich wollte, dass du weißt, wie sehr ich dich liebe.«

Anil sprang mit einer Bewegung aus dem Bett. »Glaubst du wirklich, dass es mir darum geht?« Sein Blick fiel noch einmal kurz auf das Bild der Orchidee – doch nun war Magenta die

Farbe des Schmerzes. »Du meinst, jetzt haben wir miteinander geschlafen, also macht es mir nichts aus, wenn wir keine gemeinsame Zukunft haben?« Der Zorn grub Falten in seine Augenwinkel und stellte seinen Mund schief.

»Nein! So habe ich das nicht gemeint! Ich wollte mich dir schenken. Jetzt gehöre ich für immer dir – was auch… passiert.«

»Hör auf, so zu reden.« Anil marschierte ins Bad und kam in einem der hoteleigenen schwarzen Morgenmäntel zurück. »Warum muss sich dadurch etwas zwischen uns ändern?« Er ging zum Fußende des Betts.

»Ich kann nicht weiter lügen!« Linas Finger bohrten sich in ihre Kniescheiben. »Wie soll ich es denn vermeiden, jemanden zu treffen, den ich heiraten soll? Ich habe keine Ausrede, Anil. Wenn ich mich weigere, wissen sie, dass ich noch mit dir zusammen bin – und dann?« Sie schauderte. »Vielleicht bekommt einer von beiden einen Herzinfarkt.«

»Du hast Angst um ihre Gesundheit, aber wenn unsere Liebe stirbt, ist dir das egal?«

Lina wühlte ihr Gesicht in die Falten des Lakens und drückte es an ihre nassen Augen.

Inzwischen ging Anil im Zimmer auf und ab. »Was ist mit meiner Gesundheit, Lina? Und mit deiner? In welchem Zustand wären wir, wenn wir uns nicht hätten? Warum sind deine Eltern wichtiger? Es ist *unser* Leben.«

»Ich will ja nicht, dass es so ist!« Sie gab eine klägliche Figur ab, wie sie umgeben von einer Woge aus Bettzeug am Kopfende des riesigen Betts kauerte. »Aber was ist die Alternative, Anil?«

»Wir machen weiter, und wir finden einen Weg, dass es funktioniert.«

»Ich glaube, sie werden es sich niemals anders überlegen.« Lina sprach so leise, dass er näher kommen und sie bitten musste, ihre Worte zu wiederholen.

Anil nahm sie in die Arme und drückte ihre blasse Haut gegen den schwarzen Satin des Morgenmantels. »Die kommen schon zur Vernunft. Warte ab, alles wird gut.«

Wer ist hier der Terrorist?

Einige Monate später flog Lina nach London, um Anil zu treffen. Sie beschlossen, ein Friedenskonzert zu besuchen, das zum ersten Jahrestag der Anschläge auf das World Trade Center im Regent's Park stattfand. Als Lina, Anil und Merc eintrafen, waren dort schon Tausende Menschen versammelt. Starke Vibrationen aus riesigen Lautsprechern und die Düfte von Essensständen waberten durch die Luft. Der Bereich um die Bühne war so voll, dass zwischen den Leuten im Publikum kein Grashalm mehr zu sehen war. Doch dahinter ließ der Andrang allmählich nach, und dort, wo sich die drei schließlich niederließen, waren viele kleine Grüppchen wie Weintrauben über das Gras verstreut.

Lina verbrachte nur das Wochenende in der Stadt, in Abstimmung mit Anil, der aus Kenia gekommen war. Pravar hatte seinen Sohn schließlich doch mit dem Angebot, einen Büroblock zu entwerfen und mitten in der Stadt zu bauen, nach Hause gelockt. Dem Versprechen, seine Vision vollkommen frei verwirklichen zu dürfen, hatte Anil nicht widerstehen können, auch wenn ihn das weiter von Lina entfernte.

Anil zog eine Picknickdecke mit Schottenkaro aus ihrem Korb und rollte sie aus. Sofort schüttelte Merc seine Flipflops ab, legte sich darauf und verschränkte die Hände hinter dem Kopf. Lina kniete sich hin, um den Korb auszupacken, den Anil in einem exklusiven Feinkostladen bestellt hatte. Es waren Speisen und Getränke darin, aber auch allerhand praktische Dinge, die man brauchte, wenn man bequem im Freien picknicken wollte. Nur, dass die Sachen nicht wirklich praktisch waren, wie Lina dachte, als sie Porzellanteller, Kristallgläser und Silberbesteck hervorholte. Sie ging nicht davon aus, dass die beiden Jungs alles wieder einpacken, mit nach Hause nehmen, spülen und noch einmal verwenden würden. Wahrscheinlicher war, dass sie den ganzen Kram schließlich zum Müll der anderen Leute in die nächste Tonne warfen. Lina begriff nicht, warum es nicht möglich war, einfach einen Snack an einem der Stände vor Ort zu kaufen. Sie sah sich um: Andere Konzertbesucher waren anscheinend vollkommen zufrieden, wenn sie im Gras sitzen und von durchgeweichten Papierservietten irgendetwas Matschiges essen konnten. Nur sie mussten in dieser kleinen Parkecke vornehm tun. Foie gras! Sie nahm eine Keramikterrine aus dem Korb – und Anil mochte das Zeug nicht mal!

»Warum hast du das bestellt?« Sie wedelte damit vor Anils Gesicht herum.

»Was?« Er las das Etikett. »Ich habe einfach den Luxuskorb genommen. Ich habe nicht gefragt, was drin ist.«

Das erklärte auch den restlichen Inhalt. Es war viel Schweinefleisch dabei, sogar eine ganzen Platte mit Geräuchertem. Lina stellte die Terrine unwillig ab. Diese Verschwendungssucht! Lina liebte und missbilligte sie zugleich.

»Wann kommt Nitin Sawhney, Mazeh?« Merc rollte sich zur Seite und stützte sich auf einen Ellbogen. »Ich kann dieses Rap-Zeug nicht leiden. In welcher Sprache singen die denn da? Arabisch?« Er warf einen Blick auf die ein paar Hundert Meter entfernte Bühne, wo gerade eine andere Band spielte.

»Sawhney ist einer der letzten Acts.« Anil schraubte eine Flasche auf und schenkte zwei Gläser voll. »Den trinken wir mal lieber. Noch eine halbe Stunde in der Hitze, und wir haben Glühwein.«

Merc setzte sich auf und nahm ein Glas. Sein Blick wanderte von der Bühne zu einem riesigen Screen, der alle Auftritte in Vergrößerung zeigte. Untertitel gaben die gerade gesungenen Texte in Übersetzung wieder. »Was erzählen diese Idioten da?« Weiße Buchstaben glitten über die Bilder.

Ihr sagt, ich bin der Kriminelle?
Wo ich mir nur wiederhole, was mir gehört!
Ihr nennt mich Dieb,

Und habt mein Land gestohlen?
Ihr macht mich zum Mörder!
Und habt meine Hoffnung erstickt!
Wer ist hier der Terrorist?
Wer ist hier brutal?
Ihr seid ihr seid ihr seid
Brutale Schweine!

»Ach du Scheiße. Habt ihr das gesehen?« Merc drehte sich zu Lina und Anil um.

Anil betrachtete die nächsten übersetzten Zeilen. »Ich habe gelesen, dass eine Rap-Gruppe aus dem Nahen Osten auftritt. Das ist sie dann wohl.«

Lina hielt inne und konzentrierte sich auch auf den Screen. Sie schob ihre übergroße Sonnenbrille hoch und reckte den Hals ein wenig, um über die Köpfe der Leute hinwegzusehen.

»Frechheit! Die kapieren wirklich gar nichts.« Merc sah aus, als würde er am liebsten auf die Bühne springen und den Rapper erwürgen. »Ich sag's dir, Mazeh, die wollen einfach die Weltherrschaft. Klar so weit? Die sind erst zufrieden, wenn jede Frau auf der Welt einen Tschador trägt, damit es in unseren Straßen aussieht, als würde die schwarze Wolkenpest alles verstopfen.«

»Du bist hier falsch mit deinen Wasiwasi, Bwana. Speaker's Corner ist im Hyde Park.« Anil sagte das leichthin, hatte aber durchaus vor Augen, dass sie sich in der Öffentlichkeit befanden. Im Publikum waren alle möglichen Leute, und nicht jeder würde diese Ansichten einfach so hinnehmen.

»Ich würde es ja in Speaker's Corner versuchen, wenn ich da mal zu Wort kommen würde. Aber wahrscheinlich steht da schon irgendein Muslim und erklärt, dass seine Brüder alle unschuldig sind.« Merc machte sich offenbar keine Gedanken, ob ihn jemand hörte.

»Okay, Bwana. Lass mal gut sein, ja?« Anil warf Lina einen Blick zu. Sie hatte sich hingehockt, ihr beigefarbenes ärmelloses Sommerkleid knitterte unter dem Po. Und sie war offenbar fassungslos.

»Im Moment schwingen sich lauter beleidigte Muslime auf die Kanzel. Ach, die Ärmsten!« Merc wurde lauter. »Sie ärgern sich und sind gekränkt, weil jeder den Islam mit Gewalt in Verbindung bringt. Sehr seltsam – die Menschen sind wirklich ungerecht, hm?«

»Könnten wir das ein andermal diskutieren?« Anil war froh, dass die Musik die Bemerkungen seines Freundes übertönte. Gerade waren ihm ein paar jüngere Orientalen aufgefallen, die nur ein paar Meter weit weg saßen. Gut möglich, dass es Muslime waren.

»Bezeichnen andere als Terroristen, nach allem, was sie getan haben. Unglaublich, diese Leute.« Merc trank sein Weinglas aus und griff nach der Flasche, um sich nachzuschenken.

»Es wäre schön, wenn du nicht ständig von ›diesen Leuten‹ reden würdest. Immer wirfst du alle Muslime in einen Topf!« Lina hob den Po von den Fersen und stützte die Hände in die Hüften. Für einen Moment sah sie auf Merc herab, doch auch er änderte seine Haltung, sodass er schließlich vor ihr hockte. In diesem Moment war der Auftritt zu Ende, und das Publikum applaudierte. Viele standen sogar auf, um dem Sänger zuzujubeln – auch die Orientalen links von ihnen, wie Anil auffiel.

Merc machte eine wegwerfende Geste. »Die können rappen, so viel sie wollen, und uns alle beschimpfen. Für meine Begriffe ist ›Muslim‹ inzwischen mehr oder weniger gleichbedeutend mit ›Terrorist‹. Klar so weit?«

»Merc!«, zischte Anil. »Pass auf, was du sagst, Bwana. Das ist total übertrieben, und es ist gefährlich.«

»Genau dieses Denken führt zu noch mehr Spannungen.« Lina schüttelte den Kopf.

»Ich sag's euch, wenn diese Leute nicht aufhören, im Namen des Islam ihre kranken Nummern abzuziehen, wird diese Religion ein Synonym für Terror bleiben, so, wie man ›deutsch‹ immer noch mit ›Nazi‹ in Verbindung bringt.« Ein paar Köpfe wandten sich in ihre Richtung, aber Merc nahm es gar nicht wahr. Er beugte sich vor, um das Ende eines Baguettes abzubrechen, und sprang dann auf.

»Dann bin ich für dich also auch eine Terroristin?« Lina sah, wie Mercs glänzender Kahlkopf das Sonnenlicht reflektierte.

»Was schaut ihr zwei mich denn so an? Auf einmal übertreibe ich, weil ich aus Fakten Schlüsse ziehe. Genau da liegt das Problem.« Er biss in das Brot. Krümel fielen wie Hagel auf seine Shorts und die Picknickdecke.

Lina und Anil tauschten Blicke. Er sah den Vorwurf in ihren Augen. Sie hatte nicht gewollt, dass Merc an diesem Nachmittag mitkam. Und er selbst bereute es allmählich auch. Er hoffte, dass sich die nächste Band mit ihrem Auftritt etwas beeilen würde, damit Merc nicht mehr so gut zu hören war.

Er legte schon wieder los. »Statt über mich könntet ihr euch doch mal über die Terroristen aufregen, die behaupten, dass sie diese Scheiße im Namen Allahs anrichten.«

Inzwischen starrten ein paar von den Jungs links unverhohlen zu ihnen herüber.

»Nicht zu fassen! Du klingst, als würdest du alle Muslime hassen. Das ist so was von dumm.« Lina stand auf.

»Im Moment bin ich den Allah-Fans in der Tat nicht besonders wohlgesinnt. Schau doch nicht so geschockt. Wieso sollte ich mich verstellen?« Merc wurde immer lauter. »Es betrübt mich ungemein, dass du so gar nichts gegen diese verdammten Fundis hast. Deine Glaubensbrüder sind dermaßen schnell beleidigt und fackeln Puppen von jedem ab, der sie kritisiert – wieso reagieren sie eigentlich nicht so auf Osama bin Laden und seine Truppe? Wieso verbrennt keiner von euch sein Bild?« Merc zog die Augenbrauen hoch und presste die Lippen zusammen.

»Du kannst Lina oder andere anständige Muslime nicht für die Taten von Fanatikern verantwortlich machen.« Anil wurde nun ebenfalls laut, mit Absicht. Aus dem Augenwinkel konnte er sehen, dass sich die Orientalen berieten und immer wieder drohend zu ihnen herübersahen.

»Wieso lässt du sie nicht für sich selbst sprechen?« Merc bückte sich und schnitt eine Scheibe Ziegenkäse ab.

Lina fragte sich, wie er weiter essen konnte, während es um

so ein Thema ging. »Weißt du«, sagte sie, »was sie da tun, kommt nicht aus heiterem Himmel –«

»Lass es, ja?« Er wies mit dem Käse auf sie. »Fang gar nicht erst an mit diesem Quatsch über Entbehrungen, Globalisierung, amerikanische Militärbasen, dieses ganze Maneno. Nichts rechtfertigt das Töten unschuldiger Menschen – *gar nichts*. Klar so weit? Wofür man auch eintritt, es gibt legitime Möglichkeiten, wenn man seinen Frust ablassen will. Mord gehört für meine Begriffe nicht dazu, in niemandes Namen.«

Anil hörte kaum noch hin. Er konzentrierte sich auf ihre Nachbarn, denn dort hatte gerade jemand so etwas gemurmelt wie: »Los, Alter, die kriegen jetzt auf die Fresse.«

»Ich bin deiner Meinung, aber –«, setzte Lina an.

»Hör auf mit deinem scheiß Aber, verdammt noch mal!«

»Jede Tat hat einen Kontext.« Lina gab nicht auf. Starr und mit glühenden Wangen stand sie da. Der V-Ausschnitt ihres Kleides zeigte etwas Dekolleté, auf dem sich ihre Gefühle in Form hektischer Flecken niederschlugen. »Wir alle müssen Verantwortung übernehmen –«

»Hey – alles in Ordnung?« Ein Riesenkerl mit herausgewachsenem Haarschnitt und Narben von zwei Schnittwunden an der linken Augenbraue stand plötzlich neben Lina.

»J–a.« Lina musste sich zurückbeugen, um ihn richtig zu sehen, denn er war ein enormer Klotz von einem Mann. Hinter ihm standen zwei seiner Freunde, ein großer Schlaksiger und einer, der etwas kleiner war als Lina.

»Machen die Jungs dir Probleme?« Er starrte Merc aus schmalen Augen an und dann Anil, der sich vom Boden aufrappelte.

»Nein, nein. Alles bestens.« Es gelang Lina, ein Lächeln vorzutäuschen.

Der Typ rührte sich nicht.

»Geh zu deiner eigenen Party, Mann.« Merc schob das Kinn vor. »Lasst uns in Ruhe.«

»Pass auf, Alter.« Der Größere war etwas schmächtiger, hatte aber das bedrohlichere Gesicht, und nun trat er vor. »Wir haben gehört, was du da grade über Muslime abgelassen hast.«

»Na und?« Merc biss noch ein Stück Brot ab und aß geräuschvoll, als würde er Kaugummi kauen.

Linas Finger verschränkten sich vor ihrer Brust. Es sah aus, als wollte sie beten.

»Wenn wir so scheiße sind, was hängt ihr dann mit einem von unseren Mädchen ab?« Der mit den Schnittwunden an der Augenbraue schob die Brust vor. »Sucht euch doch eine von euren!«

»Haltet ihr lieber das Maul und verpisst euch. Ihr mischt euch in Sachen ein, die euch nichts angehen. Verschwindet.« Merc gestikulierte, als wollte er sie verscheuchen.

»Hey, Schwuchtel.« Mit einer Bewegung drückte Narbenbraue seinen Waschbrettbauch gegen Mercs. »Was soll das? Kommst hierher und markierst den großen Macker. Mann, wer bist du überhaupt?«

»Das geht dich einen Scheißdreck an.« Merc versetzte ihm einen Stoß.

Die anderen beiden waren sofort da, um ihren Freund zu verteidigen. Anil trat von der Picknickdecke aufs Gras und griff in die Schlägerei ein.

»Hört mal, das muss doch nicht sein.« Er versuchte, die Parteien zu trennen. »Das ist ein Missverständnis. Mein Freund ist besoffen. Er weiß nicht, was er sagt.«

Es gab Gerangel, Narbenbraue erlangte wieder die Oberhand und riss an Mercs T-Shirt. »Ich mach dich platt, Mann. Pass auf, was du sagst. Erzähl ja keinen Scheiß mehr über Muslime.«

»Ich sage, was ich will.« Merc spuckte ihm ins Gesicht.

Narbenbraue versetzte ihm einen Kopfstoß. »Was war das, Mann? Wer bist du überhaupt? Deine Mutter war garantiert eine Schlampe und hat sich von ’nem Schwarzen knallen lassen.«

Merc schlug zurück. Narbenbraue landete auf dem Korb, wobei er das Essen zermatschte und die Teller zerbrach. Als er aufstand, hingen zerquetschte Erdbeeren an seiner Hose, und am Hintern klebten zwei Scheiben Salami.

Auf der Bühne wurde etwas angesagt, und es folgte Applaus. Lina bekam nichts davon mit. Sie nahm nur das heftige Pochen ihres Herzens in den Ohren wahr.

»Hört auf«, flehte sie. »Bitte hört auf.«

Der Kleine gehorchte ihr, indem er nun sie bedrohte. »Was hängst du mit diesen verpeilten Typen ab? Bist du bescheuert?«

»Das sind meine Freunde.« Lina krallte die Hände in ihr Kleid.

»Lass sie in Ruhe, Zwerg!« Anil stieß ihn weg.

»Dein Freund! Super Freund hast du dir ausgesucht. Der hat es dir doch garantiert besorgt. So'n nettes Muslimmädchen wie du. Wenn du meine Schwester wärst, wärst du jetzt *sofort* reif für Ehrenmord, Mann.«

»Mieses Arschloch!« Anil schlug hart zu. Der Kleine taumelte, trat auf ein Weinglas und holte dann zum Gegenschlag aus. Lina schrie. Inzwischen mischten sich auch ein paar Zuschauer ein. Als die Männer gerade getrennt waren, kam die Polizei. Alle wurden in Handschellen zur Polizeiwache gefahren, um dort ihre Aussagen zu machen.

Anschließend musste Merc ins Krankenhaus, weil seine Lippe immer noch blutete. Sie wurde mit drei Stichen genäht. Lina hoffte, dass er wegen der Verletzung eine Weile still sein würde. Aber keine Chance. Als sie ihn auf dem Weg zu ihrem Hotel im Taxi nach Hause fuhren, setzte er wieder zu einer islamfeindlichen Tirade an.

»Es liegt nur an euch Gläubigen, dass die ganze Welt im Chaos versinkt. Klar so weit?« Er sprach etwas vernuschelt, wegen der Stiche und weil die Wirkung der örtlichen Betäubung noch anhielt.

»Sei jetzt bitte still. Du hast heute schon genug Chaos veranstaltet.« Anil hatte auf einem Wangenknochen eine große Prellung. Außerdem waren Blutflecken vorn auf seinem Hemd, wahrscheinlich von dem Kleinen, der im Kampf eine gebrochene Nase davongetragen hatte. »Allmählich klingst du richtig rassistisch.«

»Wieso bin ich Rassist, wenn ich einfach nur die Tatsachen benenne? An den schlimmsten Konflikten der Welt sind immer Muslime beteiligt. Kaschmir – Muslime. Palästina – Muslime. Sogar die Probleme jetzt im Sudan – diese Dschandschawid, auch Muslime.«

»Das ist kein religiöser Konflikt. Dort geht es eher um den arabischen Suprematismus. Die meisten Opfer sind afrikanische Muslime.« Lina kurbelte ihr Fenster hinunter; sie wollte sich auf keinen Fall in einen weiteren Streit hineinziehen lassen. Alle drei saßen zusammen auf der Rückbank, mit Anil in der Mitte. Lina wünschte sich, dass er seinen Freund nun zum Schweigen bringen würde.

»Da hast du es. Die müssen sich sogar unentwegt gegenseitig bekämpfen. Dieser ganze Blödsinn mit Sunniten und Schiiten.« Merc drückte beim Sprechen drei Finger von der Seite gegen den Mund. »Ich finde eine Religion so schlimm wie die andere, aber die Muslime sind offenbar am aggressivsten.«

»Wie schnell du doch urteilst.« Lina konnte sich nicht mehr beherrschen. »Ist dir überhaupt klar, dass sich keine der Gruppen an dieser Gewalt beteiligen könnte, wenn ihnen nicht irgendjemand die Waffen dafür verkaufen würde?«

»Was?« Das brachte Merc für einen Moment aus dem Konzept. »Ach, das ist ja toll! Nicht der Mörder ist schuld, sondern der, der ihm die Waffe verkauft hat. Wirklich logisch.«

»Du siehst nur das halbe Bild, Merc.« Eine Ader an Linas Hals trat pochend hervor. »Ich wette, du hast keine Ahnung, dass dein geliebtes aufgeklärtes Europa der größte Waffenexporteur der Welt ist. Das ist nicht nur der Kontinent der schönen Künste – man verdient dort jedes Jahr Hunderte Millionen Euro damit, dass man den Tod in andere Länder verkauft. Und Länder wie Kenia sind an dieser Industrie beteiligt, weil die Waffen dort illegal verschoben werden.« Linas Herz klopfte, trieb sie an. Sie warf Merc einen vernichtenden Blick zu. »Wenn du also das nächste Mal Leute kritisierst, die ihre Ansichten gewaltsamer zum Ausdruck bringen, als dir lieb ist, dann denk auch an die, die ihnen das ermöglicht haben.«

Merc saugte an seinen Zähnen und schüttelte den Kopf. »Du versteht nicht, was ich meine. Du bist verwirrt.«

Lina hätte sich am liebsten die Ohren zugehalten. Sie war es leid, dass er sie ständig schlechtmachte. Außerdem war es ein starkes Stück, wenn jemand von Verwirrung sprach, der halb Inder und halb Afrikaner war, in England lebte, nach einem deutschen Auto hieß, jeden Tag die Augenfarbe wechselte und nicht wusste, was sein erfolgreicher Vater wirklich tat. Lina glaubte nicht daran, dass Merc so eigenständig war, wie er tat. Warum hatte er Kenia sonst den Rücken gekehrt? Offenbar lief er vor etwas davon.

»Hör zu –«, setzte Merc an.

»Lässt du sie jetzt in Ruhe?«, rief Anil. »Hör sofort auf!«

9. September 1968

Irgendwie macht es die schlimmsten Dinge im Leben erträglicher, wenn man sie in ihrem Verlauf nachvollziehen kann – wenn man sehen kann, was wozu geführt hat und warum. Als die Welt vollständig kartiert war, konnte man sie leichter umsegeln. Also zeichne ich die Landkarte unserer Vergangenheit nach und hoffe, sie dadurch irgendwann zu verstehen.

Meine Doktormutter Joy besuchte mich, nachdem ich zu einem Termin mit ihr nicht erschienen war – zum vierten, den wir vereinbart hatten. Ich hatte fest vorgehabt, ihn wahrzunehmen, aber dann war es wieder einer dieser Tage gewesen, die es inzwischen seltener, aber nach wie vor regelmäßig gibt. An solchen Tagen fesselt die Qual mich ans Bett und lastet wie eine bleierne Decke auf mir, die ich nicht abwerfen kann. In diesem Fall allerdings nur, bis es an der Tür zu klingeln begann. Der unaufhörliche, schrille Lärm klang wie ein kreischender Papagei und ließ und ließ nicht nach. Irgendwann kroch ich zur Haustür, weil ich dachte, dass Lucas seinen Schlüssel vergessen hatte. Und sah Professor Joy Stern, die in ihrem ganzen unverwüstlichen Optimismus auf der Türschwelle stand. Sie sah mich von oben bis unten an und erklärte: Lieber Himmel, Kind! Du bist ja in einem schrecklichen Zustand! Sie klang geradezu beeindruckt.

Ihrer Meinung nach ist meine augenblickliche Verfassung ein Geschenk. Dass du darin jetzt Trost findest oder es dir als Verdienst anrechnest, werde ich sogleich verhindern, indem ich dir sage, dass ich völlig anderer Meinung bin als sie. Leid, das man jemandem zufügt, ist durch nichts zu rechtfertigen – was auch immer der oder die Betreffende daraus lernt oder dadurch gewinnt. Und dennoch interessiert mich ihre Prämisse. Sie behauptet, dass es mich über die Grenzen gewöhnlicher Erfahrung hinausgeführt hat, dich zu verlieren, und dass ich dadurch einen Eindruck von der ungeheuren Bandbreite menschlicher Gefühle gewonnen habe. Im Allgemeinen, sagt sie, im Alltäglichen, operieren wir im Rahmen ziemlich begrenzter emotionaler Parameter.

Oh!, unterbrach ich sie. Was würde ich nicht darum geben, in diesen Rahmen zurückzukehren. Wenn der schwarze Mittelpunkt der Zielscheibe des Seins Zufriedenheit ist, will ich herzlich gern in deren beschaulichem Radius bleiben. Ich würde jede Höhe opfern, um solche Tiefen zu vermeiden.

Nein, würdest du nicht. Joy schüttelte den Kopf. Wenn uns ein Mensch oder ein Umstand in guter oder schlechter Weise über die Grenzen des Alltäglichen treibt, erweist er uns einen Dienst. Er gibt uns die Chance zu erfahren, was für erstaunliche Vehikel wir sind, was wir über das bislang Vorstellbare hinaus empfinden können. Insbesondere als Künstler, fuhr sie fort, vergrößert man sein Vokabular am besten durch Erfahrung. Man muss die Worte gelebt haben, um ihre wahre Bedeutung zu ermessen, sagte sie. Sie haben dann sehr viel mehr Kraft, als wenn sie nur in sauber abgegrenzten Spalten auf den sterilen Seiten eines Wörterbuchs stehen.

Ich sagte ihr daraufhin, dass ich auf nähere Bekanntschaft mit den eher tristen Gefilden der Sprache gut hätte verzichten können. Worte haben ein Gewicht, und manche können einen zerquetschen.

Sie packte mich an den Schultern und schüttelte mich ein bisschen. Für eine kleine Frau über fünfzig ist sie ziemlich stark. Eines Tages, sagte sie, wirst du zurückblicken und sehen, dass du in dieser Zeit begonnen hast, das wunderbare Spektrum des Lebens zu begreifen. Du willst Schriftstellerin werden? Sie sah mich eindringlich an.

Vielleicht war es ein Fehler, dass ich diesen Umstand nicht für mich behalten habe. Es ist eine meiner Schwächen – oder, wie du gern sagtest, ein Symptom meines Enthusiasmus –, dass ich Absichten erkläre, ohne bereits einen Schritt auf ihre Verwirklichung hin unternommen zu haben. Dein Stil war das natürlich nicht. Dir lag es eher, alles in Ruhe abzuwägen, ausgiebig nachzudenken, Ausflüchte anzuführen und dann, wenn niemand mehr damit rechnete, deine Entscheidung zu treffen. Manchmal gingst du einer Frage aus dem Weg und gabst Wochen später plötzlich Antwort darauf. Ich schätzte diese Eigenart, denn es gefiel mir, dass du dir Zeit zum Reflektieren nahmst und dich nicht verpflichtet fühltest, sofort zu allem eine Meinung zu haben.

Während Joy redete, fiel mir ein, wie du einmal sagtest: Seine Absichten nennt man besser erst, wenn man so gut wie sicher ist, dass man sie auch erfüllt.

Dieser Gedanke scheint oberflächlich lobenswert, ist aber im Kern egoistisch.

Joy sagte dann: Leid ist das Handwerkszeug des Schriftstellers – der Schlüssel zur Schatulle unserer ganz normalen Menschlichkeit. Was du hier hast, junge Dame, mitten in all dem Kummer, ist Material, aus dem eine Geschichte werden kann.

Ich sprang daraufhin aus dem Sessel. Mit rudernden Armen schimpfte ich los: Wir hatten gar keine Geschichte! Bestenfalls waren es ein paar unvollendete Kapitel.

Warum hatte ich bloß nicht früher bemerkt, dass unsere Charaktere unvereinbar sind? Vermutlich war ich einfach zufrieden, weil deine Frömmigkeit mit dem Weltlichen in Einklang zu stehen schien. Also war es mir nicht unheimlich, dass du zu seltsamen Nachtstunden aus dem Bett stiegst, um zu beten, oder nur aus einem Glas trinken wolltest, das du in der rechten Hand hieltst. Wenn ich dich ausfragte, weil ich mich wunderte, was etwas so Nebensächliches wohl mit Gott und Glauben zu tun hatte, erklärtest du, es sei eine Frage des Bewusstseins. Durch kleine Gesten dieser Art erinnere man sich an Gott und fühle sich ihm näher, auch in den alltäglichen Momenten des Lebens.

An Gott soll man sich nicht nur in Zeiten des Feierns oder des Unfriedens wenden, sagtest du. Denn Gott ist immer da und wartet darauf, uns Kraft zu geben. Und durch solche Rituale kann ich das tun, sagtest du mit einem Blick von einer Tiefe, die mich geradezu neidisch machte. Sie sind wichtig für mich, diese unterschiedlichen Wege, mit ihm in Verbindung zu sein.

So, wie du es ausdrücktest, kam es mir plausibel vor, ganz harmlos. Doch schon damals hatte ich das ungute Gefühl, dein Leben könnte eine Dimension besitzen, von der ich ausgeschlossen war – durch meine eigene Skepsis, ich weiß, aber dennoch ausgeschlossen. Ich sagte mir, dass es keine Rolle spielte. Da ich nicht an Gott glaubte, ging ich auch nicht davon aus, dass er mein Rivale war. Inzwischen stelle ich mir Fragen. Wenn ich versucht hätte, ihn besser kennenzulernen, seine Bücher und Gesetze, dann wäre ich besser gerüstet gewesen und hätte mich wehren können, als du beschlossen hattest, uns beide seinem Willen zu unterwerfen. Stattdessen bin ich allein und kämpfe mit dem unsichtbaren Widersacher, der so fadenscheinig und doch so mächtig ist. Wohin ich auch taumele, wohin ich auch greife, mein Gegner lässt sich nicht fassen, ihm ist mit Vernunft nicht beizukommen. Daraus muss ich wohl schließen, dass er ein Hirngespinst ist. Ich muss akzeptieren, dass du mich wegen einer Illusion verlassen hast.

Hans

Die Schlange wand sich von der West 11th Street um die Ecke bis in die Bleecker Street. Unterschiedlich stark gebräunte Leute, die sämtliche Formen von Sommerkleidung und Sonnenbrillen in allen erdenklichen Größen trugen, warteten geduldig vor der winzigen Bäckerei im Erdgeschoss eines in der Farbe alten Rotweins gestrichenen Mietshauses, um dort ihre Süßigkeitenrationen zu kaufen. Lina und Isabel standen schon ziemlich weit vorn.

»Hältst du das bitte mal?« Isabel reichte Lina ein paar Einkaufstüten. »Ich will ein Bild davon machen.« Sie zeigte auf eine zickzackförmige Feuertreppe, die seitlich am Gebäude angebracht war – Metallplattformen mit steilen Leitern dazwischen. Neben der Treppe hob die Sonne deren schmalen, nur aus Streifen bestehenden Schatten mit zarter Präzision hervor.

Lina sah zu, wie Isabel auf die andere Straßenseite ging, stehen blieb und die Kamera an das rechte Auge drückte. Die kurze Rüsche am Top ihrer Freundin flatterte, als ein leichter Wind durch die Straße wehte. Auch ihr Haar flog zurück, sodass man die zierlichen Ohren sah, an denen kleine Silbercreolen hingen.

»Sieht aus wie die Besetzung für eine Benetton-Werbung«, sagte Isabel, als sie sich wieder in die Schlange stellte.

»Wann hörst du auf, die ganze Welt als Werbeanzeige zu sehen?« Lina griff nach Isabels Ärmel und richtete ihn, damit er den Träger ihres BHs bedeckte. Ihre Freundin schrieb eine Doktorarbeit über den Einfluss der Medien auf das Selbstbild des Menschen am Ende des zwanzigsten Jahrhunderts.

»Hmmm.« Isabel klopfte sich ans Kinn und tat so, als würde sie überlegen. »Vielleicht, wenn du sie nicht mehr als Sozialprojekt siehst?«

Lina nahm ihre kleine Handtasche am Riemen und schlug spielerisch damit nach ihrer Freundin.

Die Schlange bewegte sich weiter, und bald konnten sie hinter den Fenstern Tabletts mit glasierten Cupcakes sehen. Reihenweise Cupcakes, von pastellfarbener Buttercreme gekrönt und geschmückt mit Streuseln oder Blumen aus Zuckerguss.

Isabels Augen wurden groß vor Gier. »Wir müssen in jeder Farbe einen nehmen.«

»Die Farbe macht aber keinen Unterschied im Geschmack. Außerdem kann jeder nur eine bestimmte Anzahl kaufen. Schau, wir sind schon fast drin!« Linas Schultern machten einen aufgeregten kleinen Hüpfer, als sie sich der Ladentür näherten.

»Tja, wir sind zu zweit. Wir können getrennt einkaufen. Und vielleicht kauft dein Freund ja auch noch welche, wenn er denn mal kommt.«

Lina hob das Handgelenk und sah auf die schmale Platinarmbanduhr, ein Geschenk von Anil. Hans würde jeden Moment bei ihnen sein. »Er ist immer pünktlich. Ich bin gespannt, was du von ihm hältst.«

»Ich weiß nicht, ob ich ihn zu sehr mögen will, weil du doch erzählt hast, dass er ständig auf der ganzen Welt herumzischt. Hast du nicht gesagt, er fliegt morgen früh wieder irgendwohin zurück? Da reicht die Zeit wohl eher nicht dafür, irgendwas anzufangen. Und außerdem bin ich nicht gerade wild darauf, mich mit jemandem einzulassen, der auf der anderen Seite des Erdballs wohnt.« Isabel fuhr sich mit der Hand unter ihren Bob und hob ihn an, denn ihr war heiß am Hals. »Ich meine, schau dir doch an, wie das für dich ist.«

Lina antwortete nicht. Ihr Blick folgte mehreren Leuten, die mit großen weißen Schachteln aus der Bäckerei kamen.

»Was ist eigentlich das Limit?« Isabel wirkte besorgt.

»Ein Dutzend Cupcakes.«

»Was?« Sie hielt Lina die Tür auf, und beide traten in eine süße Duftwolke hinein. Die Luft war irgendwie klebrig, als wäre auch sie unsichtbar mit Zuckerguss überzogen. »*Pro Person?* Was ist das denn für ein *Limit?*«

»Das ist Amerika.« Linas Lippen glitten über ihre Zähne. »Da ist alles XXL, sogar die Einschränkungen.«

Eine Hand klopfte ihr auf die Schulter. »Hey, Lina!« Hans war da, in dreiviertellangen Kakishorts und weißem Unterhemd. Seine Haare waren noch länger geworden und reichten ihm nun bis auf die Schultern, eine wilde blonde Mähne, die er hinter die Ohren strich. »Ich warte auf der anderen Straßenseite, in der Nähe des Parks. Vielleicht finde ich einen Platz, wo wir uns hinsetzen können.«

»Okay«, sagte Lina. »Was hättest du gern von hier?«

»Das, was ihr auch nehmt. Ist mir egal.« Er griff in eine Tasche und holte sein Portemonnaie heraus.

»Nein!« Lina schob ihn zum Ausgang. »Das übernehme ich.«

Nachdem Hans gegangen war, ruhten noch viele weibliche Blicke auf der Tür, auch Isabels. Sie wandte sich Lina zu, die schon bestellte. »Vielleicht sollte ich das mit der großen Entfernung nicht so eng sehen. Und dass ein halber Tag nicht reicht, um jemanden kennenzulernen.«

Lina kicherte. »Such dir was aus, Isabel. Die Dame wartet.« Sie wies auf eine Frau, die schon mit Kuchenschachtel und -zange bereitstand. Isabel wählte aus, und bald war ihre Dutzendschachtel voll. Am Tresen bestellten sie dreimal frische Limonade, zahlten und drängten sich dann hinaus.

»Nicht zu fassen, dass sein Besuch mit meinem zusammenfällt. Ist er auch ganz bestimmt Single?« Isabel balancierte die Schachtel ganz vorsichtig.

»Da bin ich mir ziemlich sicher.« Lina jonglierte mit den Getränken und Isabels Einkäufen.

»Er sieht aus wie ein australischer Rettungsschwimmer«, seufzte Isabel.

»Ist aber ein deutscher Menschenrechtsaktivist.« Lina überquerte die Straße und sah sich über die Schulter um, ob Isabel ihr auch folgte. Hans saß an einem der wenigen schattigen Plätze unter einer Linde und winkte ihnen zu. Schließlich stellten sie ihre Last auf dem Betontisch ab, und Lina machte die beiden rasch bekannt.

»Dann bist du der erste Besuch, den Lina aus England bekommt?«, fragte Hans, als sich die beiden ihm gegenüber auf die Betonbank setzten.

Isabel nickte, während sie von ihrer Limonade trank. »Nicht zu fassen, dass ich so lange gebraucht habe.«

»Und jetzt wollen alle unbedingt noch kommen, bevor ich fahre. Obwohl ich eigentlich längst weg sein sollte.« Linas Praktikum war um sechs Monate verlängert worden, endete aber in wenigen Wochen. »Sogar mein Vater kommt nächstes Wochenende.« Sie hatte den Deckel von der Kuchenschachtel genommen und gestikulierte, damit sich alle bedienten. »Oh Gott. Ich habe vergessen, Servietten mitzunehmen.«

»Macht nichts.« Isabel griff nach einem blasslila gekrönten Kuchen. »Wir lecken uns einfach die Finger ab.«

Man hörte Geschrei von Kindern, die auf dem nahe gelegenen Spielplatz schaukelten und rutschten. Zwei Männer, ein arabisch wirkender und ein Schwarzer, waren am Nebentisch in ein Schachspiel vertieft. Fünf Zuschauer verfolgten das Geschehen gespannt und reichten Bier in braunen Papiertüten herum. Dahinter zankten sich zwei Dragqueens, während eine dritte dabeistand und *La donna è mobile* schmetterte.

Als sich Isabel und Hans schon über ihren zweiten Cupcake hermachten, zupfte Lina noch immer an der Garnierung ihres ersten herum und lutschte jede einzelne Zuckerblume, bis sie ihr auf der Zunge zerging. Sie schälte das Papierförmchen ab und kratzte mit den Spitzen ihrer langen Finger die Creme von dessen perforiertem Rand. Anschließend knabberte sie an ihrem Cupcake und genoss jeden Bissen, als würde sie etwas Heiliges verspeisen.

»Ist deins anders?« Hans sah nach, ob noch ein Kuchen mit himmelblauer Garnitur übrig war.

»Das fragst du jedes Mal, wenn wir hier sind!« Während der letzten Monate hatte sie zweimal mit Hans in der Bäckerei eingekauft.

»Jupp, ich weiß auch nicht. Was du isst, sieht immer irgendwie besser aus.« Er entschied sich für einen Schokoladen-Cupcake, und ein Drittel davon verschwand mit dem ersten Biss. »Ich glaube nicht, dass ich vor deiner Abreise noch mal in die Stadt komme. Vielleicht sehen wir uns als Nächstes im Sudan. Aber da gibt es so was ganz sicher nicht.«

»Im Sudan?« Isabel sah Lina an und runzelte die Stirn. »Dann hast du also diesen Job angenommen und nicht den in Kenia?«

Lina verschluckte sich. Sie versuchte, den Husten zu stillen, indem sie Limonade in kleinen Schlucken trank. Hans hörte auf zu essen und blickte zwischen ihr und Isabel hin und her.

»Du hast ein Jobangebot aus Kenia?« Das überraschte ihn, und seine Stimmlage klang plötzlich schriller.

»Nein, also, ja. Aber, nein, ich meine, das hat nichts zu bedeuten. Ich habe es für mich behalten, weil ich wusste, dass ich es nicht annehmen würde. Es war irgendwie, weißt du, belanglos.«

Hans nickte, zog aber weiter verunsichert die sonnengebleichten Augenbrauen zusammen. »Was war das für Arbeit?«

»Im Wesentlichen sollte ich beim Aufbau einer kleinen Wohltätigkeitsstiftung helfen.« Lina spielte mit dem Strohhalm in ihrer Limonade.

»Nicht nur helfen«, ergänzte Isabel. »Du solltest die ganze Sache auch leiten. Stimmt's?« Lina rutschte auf der Bank herum. Eine Hand streifte Isabel, doch die Freundin sprach trotzdem weiter. »Es klang wirklich interessant.«

»War das eine Privatinitiative?«, fragte Hans.

»Es war alles ein bisschen vage«, sagte Lina mit einer kurzen Bewegung aus dem Handgelenk.

»Ja, aber du hättest es bestimmt so gestalten können, wie du wolltest. Anil hat schließlich gesagt –« Isabel spürte unter dem Tisch einen Tritt. Sie warf Lina einen Seitenblick zu und änderte dann beiläufig den Kurs. »Aber wahrscheinlich ist die Sudan-Option wirklich besser. Offenbar steht es dort ziemlich schlimm. Das habe ich in den Nachrichten gehört, bevor ich hergekommen bin.«

Hans' Nasenlöcher blähten sich, und er schnaubte verächtlich. »Jupp. Und was genau? Eine Dreißig-Sekunden-Meldung, nach der man sich nur an das Wort Dschandschawid erinnern kann?«

»Also ...« Isabel fuhr mit den Fingern durch ihren kupferroten Pony und strich sich dann das Haar von den Schultern. »Am meisten hat mich getroffen, dass da angeblich wohl gerade ein Genozid stattfindet.«

»Ah, das gefürchtete Wort mit G.« Hans hatte beide Ellbogen auf den Tisch gestützt und einen angebissenen Cupcake auf der flachen Hand geparkt. »Mal sehen, wie lange es diesmal dauert, bis die Welt reagiert.«

»Auch deswegen will ich dorthin«, sagte Lina. »Es ist wichtig, dass man jetzt irgendwie hilft.«

Isabel wandte sich an Hans. »Für den Job hast du gesorgt, stimmt's?«

»Na ja, sozusagen. Jupp. Lina musste sich natürlich bewerben und hatte ein Vorstellungsgespräch, aber ich habe ihr von der freien Stelle erzählt und sie dem Leiter der humanitären Hilfsmission empfohlen.«

»Hans war wirklich ganz toll«, sagte Lina zu Isabel.

»Ach komm.« Die Deltamuskeln spielten an seinen sehnigen Schultern. »Meine Hilfe hatte durchaus egoistische Gründe.« Er sah Isabel an. »Ich hoffe, dass Lina auch bei einer Abrüstungsinitiative für Kleinwaffen mitmacht, an der ich in dieser Gegend beteiligt bin. Jupp. Aber sie hätte auch problemlos eine andere Stelle bekommen. Die haben dir doch angeboten, auf Dauer hierzubleiben, stimmt's, Lina?«

Sie nickte.

»Ich wäre geblieben.« Isabel sah sich wehmütig um. Auf dem Gehweg zog eine endlose Parade vorbei. Frauen, deren perfektes Make-up anscheinend mit Airbrush aufgetragen war. Gruppen älterer chinesischer Touristen mit ordentlich in die Hosen gesteckten Hemden und den neuesten Kameras um den Hals. Väter mit modischen Frisuren und zerrissenen Jeans, die auf Kleinkinder aufpassten, während ihre Frauen kurz ein nahe gelegenes Wellnesscenter besuchten. Attraktive schwule Paare, die beim Spazierengehen die Arme auf dem Rücken kreuzten, sodass jeder eine Hand in die winzige, enge Tasche am Hosenboden des anderen schieben konnte.

»Es ist wunderbar hier, aber so weit weg …« Lina verstummte. Sie konzentrierte sich wieder auf ihren Cupcake.

Hans aß seinen auf und zerknüllte das leere Förmchen. »Von deiner Familie? Der Sudan ist auch nicht gerade um die Ecke von Großbritannien.«

»Oh nein!« Isabel schrie auf, als ihr dritter Cupcake in ihren Schoß fiel. Sie nahm ihn und zog ein Gesicht, als sie auf dem weißen Rock einen grünen Cremefleck entdeckte.

»Wir brauchen Servietten.« Lina sah sich um, als würden gleich durch ein Wunder welche erscheinen.

»Ich sehe mal nach, ob ich welche finde.« Hans sprang auf und lief über die Straße in Richtung Bäckerei.

»So ein Mist.« Isabel betrachtete den Fettfleck in der Nähe ihres Schritts und verzog das Gesicht. »Jetzt habe ich immerhin einen Grund, mir ein neues Kleid zu kaufen. So kann ich ja nicht den ganzen Tag herumlaufen.«

»Schon okay. Das merkt kein Mensch.« Lina riss ein Stückchen Pappe von der Kuchenschachtel ab und versuchte, Isabels Rock damit zu reinigen.

»Von wegen, merkt kein Mensch!« Isabel hob verzweifelt die Hände. »In dieser Stadt sind doch alle so aufgebrezelt, weil sie bemerkt werden wollen!«

»Ich meine damit, dass es niemanden interessiert.«

»So kann ich aber zusammen mit Miss Glamour nicht herumlaufen.« Sie ließ den Blick über Linas Kleidung wandern: ein grünes, ärmelloses Sommerkleid zu orangefarbenen Riemchensandalen mit passender Tasche und Bernsteinhalskette. »Und schon gar nicht, wenn Hans den ganzen Tag dabei ist. Obwohl es natürlich vollkommen egal ist, was ich anhabe. Er hat sowieso nur Augen für dich. Wie er dir beim Essen zusieht …«

»Jetzt sei nicht albern.«

»Warum hast du ihm nichts von dem Job in Kenia erzählt?« Isabel rieb weiter mit zwei Fingern an ihrem Rock herum.

»Es hatte keinen Sinn.« Lina atmete tief aus. »Ich hätte ihn sowieso nicht annehmen können. Ich habe Angst, was meine Eltern machen, wenn ich sage, dass ich da noch mal hinfahre.« Bislang hatte Lina sie zufriedenstellen können, indem sie Interesse an den Männern heuchelte, deren Profile ihre Mutter regelmäßig schickte. Iman hatte in der Bibliothek einen Computerkurs absolviert und den Umgang mit Internet und E-Mail gelernt, damit sie die Suche nach einem passenden Verehrer ausweiten konnte. »Sie würden mich wahrscheinlich an den erstbesten Trottel verheiraten, der Ja sagt.«

»Will dich deine Mum immer noch über ›shaadi dot com‹ mit jemandem verkuppeln?«

»Sie hat mich auf jeder geschlagenen Website registriert. Von ihr aus kann ich auch einen Elefanten heiraten, Hauptsache, er ist Muslim.« Ein Mundwinkel verzog sich bekümmert.

»Wirklich blöd, deine Lage.« Isabel wischte an ihrem Schoß herum. »Das geht nur in der Wäsche wieder raus. Und was meint Anil dazu, dass du stattdessen in den Sudan gehst?«

Lina sah auf den Tisch. Blätterschatten und Sonnenflecken spielten darauf. »Ich habe ihm noch nichts davon erzählt.«

»Was?« Isabels Hand erstarrte auf halbem Weg zur Kuchenschachtel. »Warum nicht?«

»Ich ... ich warte auf den richtigen Moment.«

Isabel legte den Kopf schief. »Was ist mit deinen Eltern? Ist es okay, wenn du in einem Land bist, das an Kenia grenzt?«

»Die wissen auch noch nichts davon.« Und als Lina Isabels fassungsloses Gesicht sah, fügte sie hinzu: »Ich dachte, ich sage es meinem Vater persönlich, wenn er hier ist.«

»Hey.« Hans war wieder da. Er pflanzte sich neben Lina auf die Bank und reichte Isabel über sie hinweg ein Bündel Papierservietten.

Isabel fiel auf, dass Lina den Bauch einzog und sich ein ganz klein wenig zurücklehnte, während Hans anscheinend nichts davon merkte und ihre Nähe genoss.

Isabel tupfte ihren Rock ab, und Lina versuchte aufzustehen. Hans musste Platz machen, damit sie von der Bank rutschen konnte.

»Ich schaue mal, ob ich da irgendwo kurz auf die Toilette kann.« Lina zeigte auf die Cafés und Restaurants an der Straße und setzte sich in Bewegung.

Isabel fischte einen Eiswürfel aus ihrem Becher, lutschte ihn ab und rieb mit dem glitschigen Klumpen über ihren Rock. Anschließend machte sie sich noch einmal mit einer Serviette an der nassen Stelle zu schaffen. Übrig blieb ein blasser, brauner, verschmierter Fleck.

»Gar nicht schlecht.« Hans setzte sich wieder auf die Bank ihr gegenüber. Sonnenlicht kroch verstohlen durch die Zweige und fiel auf seinen linken Arm, sodass die Härchen darauf weißgolden schimmerten.

»Möchtest du keinen mehr?« Isabel wies auf die Schachtel, die noch immer fast halb voll war.

»Vielleicht später.« Er schlürfte seine Limonade. »Dieser Anil ... ist Lina mit ihm zusammen?«

Isabel kaute langsam, schluckte, wischte sich die Mundwinkel mit der Serviette ab. »Warum? Was hat sie dir denn erzählt?«

»Nicht besonders viel.« In der Höhlung seiner Wangen erschienen kleine rote Flecken. »Als ich sie mal danach gefragt habe, sagte sie, es sei zu kompliziert, und dann hat sie das Thema gewechselt. Jupp.«

»Ja, sie ist mit ihm zusammen.« Isabel strich sich mit der Zunge über die Zähne und beobachtete Hans, der überaus konzentriert versuchte, Limonade durch seinen Strohhalm zu ziehen.

Nach einer Minute brachte er den Mut auf, weiter zu sondieren. »Ist es was Ernstes? Werden sie heiraten?«

»Sie würden gern, aber es geht nicht einfach nur darum, was sie wollen.« Isabel dachte, dass Hans sich offenbar nicht im Geringsten für den Zustand ihres Rocks interessierte, geschweige denn für irgendetwas anderes.

Er reckte den Hals. »Das verstehe ich nicht.«

Isabel beschloss, ihm die Wahrheit zu sagen. Es hatte keinen Sinn, wenn der Mann glaubte, er hätte eine Chance.

Als sie alles erklärt hatte, sah Hans sie mit offenem Mund an. »Dann akzeptieren die Eltern ihn nicht, weil er kein Muslim ist? Jupp. Wahrscheinlich wollen sie generell nicht, dass sie mit jemand zusammen ist, der einen anderen Glauben hat?«

Isabel nickte.

»Und Lina ist damit einverstanden?«

»Tja, weißt du, sie ist hin- und hergerissen.« Isabel kratzte abwesend einen Klecks Creme von ihrem Cupcake und lutschte ihn dann von den Fingern. »Sie liebt Anil, aber ihrer Familie steht sie auch sehr nahe. Wenn herauskäme, dass sie mit ihm zusammen ist, würde Lina ihre Familie verlieren, und wenn sie macht, was die Familie will – dann …« Isabel wandte die Handflächen zum Himmel.

Beide schwiegen. Isabel holte noch einen Eiswürfel aus dem Becher und steckte ihn in den Mund. In ihrer rechten Wange erschien eine kleine runde Beule, bevor sie das Eis zerkaute. Hans starrte in die Ferne und sah Lina erst, als sie an ihrem Tisch stand und vor seinem Gesicht herumwedelte.

»Wo warst du, Lina?« Hans stand auf. »Ich glaube, ich gehe auch mal, und dann könnten wir doch aufbrechen und die Fähre nehmen?« Sie wollten nach Staten Island und zurück fahren, damit Isabel die Freiheitsstatue sehen und den Blick auf Manhattan vom Wasser aus genießen konnte.

Als Hans wegging, fing Lina an, den Abfall einzusammeln.

»Hans hat eine ziemliche Schwäche für dich, hm?«, sagte Isabel.

»Isabel! Hörst du jetzt auf! Du siehst immer viel mehr, als wirklich da ist.« Lina suchte die vielen Servietten und leeren Plastikbecher zusammen und ging dann zu einem Mülleimer in der Nähe. »Außerdem …« Sie kam zurück und rieb sich die Hände. »Er weiß doch, dass ich mit Anil zusammen bin.«

»Und warum hat er mich dann gerade nach ihm gefragt?« Isabel stand auf und warf sich ihren weichen Patchworkbeutel über die Schulter.

»Ich hoffe, du hast ihm nicht alles erzählt?«

»Ich fand es unfair, ihn glauben zu lassen, dass du seine Gefühle vielleicht irgendwann erwiderst.« Isabel sah zu, wie sich Linas Finger ineinanderkrampften.

»Was hat er gesagt?«

»Na ja, es hat ihn natürlich überrascht …«

»Siehst du!« Linas ließ die Hände sinken. »Deswegen erzähle ich das nicht gern. Kein Mensch versteht es. Jetzt hält er mich wahrscheinlich für so eine Niete, deren Eltern jede Bewegung kontrollieren.«

»Ach komm schon, Lina. Wer dich wirklich kennt, weiß doch, dass es so einfach nicht ist.«

»Niemand versteht das.« Lina sah, dass Hans zurückkam. »Nicht mal du – schon wie du gesagt hast: ›Es hat ihn natürlich überrascht.‹ Wie sicherlich jeden normalen Menschen, der von meiner Situation erfährt.«

»Komm schon, Lina. Du weißt, dass ich das so nicht gemeint habe.«

»Egal.« Lina nahm ihr geflochtenes Lederportemonnaie vom Tisch. »Bitte sag Hans nichts mehr und auch sonst niemandem, auch nicht, wenn jemand fragt.«

Vereinte Nationen

Scharif blieb zurück, wartete und sah zu, wie Lina durch die Sicherheitskontrolle für Besucher der Vereinten Nationen ging. Einer der diensthabenden Beamten erkannte sie, ein bulliger Mann in der üblichen blauen Polizeiuniform der Organisation.

»Hallo! Was machen Sie denn hier?« Er arbeitete oft am Personaleingang des Sekretariatsgebäudes an der East 43rd Street.

»Ich halte Sie nur auf Zack, Larry.« Lina ließ ihren cremefarbenen Lederrucksack in eine Plastikwanne fallen und schob sie auf den Röntgenscanner zu. »Damit es hier genauso rigoros zugeht wie auf der anderen Seite.«

»Darauf können Sie wetten!« Als er grinste, zog sich ein makelloser Streifen Weiß über sein ganzes Gesicht.

Der Metalldetektor piepte, als Lina hindurchging. Larry schnalzte mit der Zunge, eine scherzhafte Rüge.

»Was wollen Sie denn heute reinschmuggeln, Lady?«

»Ach wissen Sie ...« Lina griff sich an Ohren und Hals. »Ohrringe, eine Halskette, zwei, drei Zahnplomben. Ganz gefährliche Sachen.« Sie blieb neben dem Metalldetektor stehen, weil sie damit rechnete, noch einmal hindurchgeschickt oder von der Beamtin durchsucht zu werden, die in der Nähe herumstand, aber Larry winkte sie durch. Als Lina nach ihrer Tasche griff, schweifte sein Blick zu ihren Hüften, die das rote Shirtkleid locker umspielte, und dann zu den schlanken Waden unterhalb des Saums.

Scharif räusperte sich und eilte unaufgefordert zum Metalldetektor.

»Bleiben Sie zurück, Sir.« Larry drehte sich um und wandte ihm eine Handfläche zu. »Warten Sie, bis Sie dran sind.« Er tat so, als müsste er irgendetwas prüfen und ließ sich erst dann herab, Scharif zu sich zu winken.

»Mobiltelefon, Schlüssel, Münzen, Schmuck? Da.« Er zeigte auf eine der Plastikwannen. »Und bitte die Jacke ausziehen, Sir.«

Scharif legte Portemonnaie und Jackett wie angewiesen ab und ging durch den Metalldetektor, der sofort piepte.

»Sie müssen noch einmal zurück, Sir.« Larrys Ton war mittlerweile streng. »Nehmen Sie den Gürtel ab und legen Sie ihn in eine Wanne. Dasselbe mit den Schuhen, Sir.«

Scharif warf einen Blick auf die Leute, die nebenan durch die Sicherheitskontrolle gingen, und dann auf Lina, die hinter einer Glaswand wartete. »Sonst muss niemand die Schuhe ausziehen.«

»Bitte tun Sie, was ich sage, Sir. Die Leute warten. Wenn Sie dem üblichen Verfahren nicht folgen wollen, können Sie gern wieder gehen.« Larry stemmte die Hände in die Hüften und klopfte ungeduldig mit einer Fußspitze auf den Boden.

Scharif biss die Zähne zusammen, bückte sich und band seine Schnürsenkel auf. Dann tapste er durch das magnetische Feld zwischen den hohen Wänden des Detektors, und prompt piepte es wieder.

»Hier herüber, Sir.« Larry gestikulierte wie ein Verkehrspolizist. »Ich muss Sie durchsuchen.«

Scharif presste die Lippen zusammen. Er fragte sich, wie viele seiner achtundvierzig Stunden in New York er auf diese Weise würde vergeuden müssen. Schon am Flughafen JFK hatte man seinen Pass einer halbstündigen Analyse unterzogen, weil ein Beamter am Einreiseschalter fand, dass das Foto darin seinem wahren Gesicht nicht ganz entsprach. Grund der Verwirrung war die »Tätowierung« auf seiner Stirn gewesen. Der Beamte hatte wissen wollen, warum sie auf dem Passbild weniger deutlich zu sehen war. Denn normalerweise, so das Argument des Beamten, verblassten Tätowierungen mit der Zeit. Scharif hatte lange Erklärungen abgeben und sogar körperlich demonstrieren müssen, wie er betete, um den Beamten davon zu überzeugen, dass der Fleck durch jahrelange Niederwerfungen entstanden war.

Larry fuhr mit den Händen über Scharifs Arme und klopfte dann seinen Rücken ab. Inzwischen gingen andere Besucher durch die Sicherheitskontrolle und warfen ihnen Seitenblicke zu. Als Lina merkte, dass etwas nicht stimmte, schlängelte sie sich zu ihnen durch.

»Larry.« Sie lächelte. »Das ist mein Dad.«

Larry blickte zweifelnd von Vater zu Tochter und zuckte mit den Schultern. »Ich mache nur meinen Job.« Nun ging er mit Scharif etwas weniger unsanft um, blieb aber unnahbar. »Aha, was ist das?« Über Scharifs Brust blinkte der tragbare Metalldetektor rot. Larry betastete Scharifs Hemd. »Sie tragen eine Kette, Sir? Ich sagte doch gleich, Sie sollen allen Schmuck ablegen.«

Scharif nahm den Tasbih ab, der ihm um den Hals hing. Er hatte ihn völlig vergessen. »Das ist kein Schmuck.«

Larry schnalzte mit der Zunge. »Ich möchte mit Ihnen keine Wortklaubereien veranstalten, Sir. Alle Accessoires dieser Art müssen nun einmal abgenommen werden. Jetzt sammeln Sie bitte Ihr Eigentum ein und gehen Sie durch.«

»Danke, Larry. Bye«, sagte Lina.

Larry zuckte daraufhin missmutig mit dem Kopf.

Scharif ging wortlos seine Sachen holen.

»Tut mir leid, Baba.« Lina drückte seine Schulter. »Ich weiß nicht, warum er so schwierig war. Manchmal sind sie dermaßen fixiert darauf, ihren Job zu machen, dass ihnen der gesunde Menschenverstand abhandenkommt. Wenn er aufgepasst hätte, hätte er gemerkt, dass wir zusammengehören. Das ist doch offensichtlich.«

Vielleicht, wenn er auf die richtige Weise aufgepasst hätte, dachte Scharif. Er musterte ihre elegante Erscheinung und blickte dann an seinem gedeckten grauen Anzug hinab.

Lina bereute plötzlich, dieses Kleid angezogen zu haben. Weil es dreiviertellange Ärmel hatte und bis über die Knie reichte, war es ihr verhältnismäßig sittsam vorgekommen, im

Vergleich zu den Sachen, die sie den Sommer über getragen hatte. Doch ihr Vater fand es wahrscheinlich etwas zu kurz und zu eng anliegend. In Birmingham wäre so etwas natürlich nicht infrage gekommen, aber hier war sie auf ihrem eigenen Terrain und konnte diese Dinge wohl nicht mehr richtig beurteilen.

»Ähm, ich lasse meine Tasche hier, und dann kann es losgehen. Soll ich dein Jackett mit zur Garderobe nehmen?«

Scharif schien sein Jackett ablegen zu wollen, zögerte dann aber und beschloss, es anzulassen. Lina versprach, gleich zurück zu sein, und verschwand in der Menge.

Überall sammelten sich Leute, die an offiziellen Führungen teilnahmen. Manche Betreuer hatten die Nationaltracht ihrer Länder angelegt, eine Frau sogar ein traditionelles nigerianisches Gewand mit kunstvollem Kopfputz. Die übrigen trugen marineblaue Anzüge mit hellblauen Blusen oder Hemden, dazu Schal oder Krawatte mit dem Emblem der Vereinten Nationen. Alle überschütteten ihre Zuhörer mit einer wahren Sintflut aus Fakten und Zahlen zur Entstehungsgeschichte des Bauwerks. Jedes Detail spiegelte seinen internationalen Charakter wider: Von den elf am Entwurf beteiligten Architekten über die aus der ganzen Welt zusammengetragenen Baumaterialien bis hin zu global inspirierten Kunstwerken und Einrichtungsgegenständen in sämtlichen Räumen.

Scharif stockte der Atem, als er Lina zurückkommen sah. Wie kultiviert sie doch inzwischen war! Fort war das bescheidene Mädchen, das er nach wie vor zu sehen erwartete, mit dem offenen Gesicht und einem schlichten Mittelscheitel, der die Lockenmähne teilte. Stattdessen kam da eine Person, die nach Parfüm duftete und zur Betonung der Wangenknochen einen welligen Stufenschnitt trug.

Lina machte mit Scharif einen persönlichen, improvisierten Rundgang durch das Gebäude und zeigte ihm auch Räume, die Besuchern sonst nicht zugänglich waren, zum Beispiel das Stockwerk, in dem sie arbeitete. Scharif blieb immer wieder zurück, sodass sie langsamer gehen oder stehen bleiben und auf ihn warten musste. Er wirkte nachdenklich und sagte kaum ein

Wort. Weil Lina fürchtete, dass er sich langweilen könnte, kommentierte sie alles, was zu sehen war. Hier und da winkte oder lächelte sie jemandem zu und stellte Scharif auch einigen ihrer Kollegen vor. Er wunderte sich, dass so viele Leute an einem Samstag arbeiteten.

»Das ist immer so. Ich bin am Wochenende auch oft hier.« Lina richtete ihren Gürtel, lockerte ihn ein wenig. Sie sah aus, als könnte sie sofort mit der Arbeit beginnen, denn sie trug ihren UN-Ausweis an einem Baumwollband um den Hals. Einmal war sie tatsächlich kurz davor, rasch zu ihrem Schreibtisch zu gehen und ein Dokument zu suchen. Ihre Chefin, Susan Hempel, erwähnte es beiläufig, als sie ihr auf dem Korridor vor ihrem Büro begegneten.

»Nein! Das ist nicht eilig. Ich kann warten, bis du wieder da bist. Bitte!« Sie packte Linas Handgelenk, um sie zurückzuhalten.

»Es dauert nicht mal eine Minute! Das macht mir gar nichts aus.« Lina wollte sich losreißen.

»Wirklich. Nicht nötig. Ich wollte nur sichergehen, dass du es auch hast.« Susan wandte sich an Scharif. »Halten Sie Lina schön fest. Im Ernst.« Sie legte Linas Hand in seine. »Bei diesem Mädchen weiß man nie. Es wäre ihr zuzutrauen, dass sie heimlich zurückschleicht und mir das Dokument mailt. Nur nicht loslassen.« Susan zwinkerte Scharif zu. »Das ist eine ganz Sture.«

Scharif fragte sich, wann er zuletzt Linas Hand gehalten hatte, deren Druck sich inzwischen ganz anders anfühlte. Linas Handfläche schmiegte sich nicht mehr so selbstverständlich an seine. Die Hand schien nicht zu wollen, dass er sie leitete. Eher zog sie ihn mit. Und zwar in einem Tempo, bei dem er gedanklich nicht mitkam.

»Dieses Kunstwerk gefällt mir von allen hier am besten.« Lina ließ Scharifs Hand los. Sie standen vor einem großen Mosaik mit dem Titel *Die goldene Regel*, das Menschen jeder Glaubensrichtung und Hautfarbe zeigte. Eine Zeile am unteren Rand besagte: *Behandle andere so, wie du von ihnen behandelt werden willst.* Lina sah ihren Vater nicht an, als sie sagte: »Ich glaube, das sagt uns, wenn wir uns im Grunde alle um dasselbe bemühen, können wir so verschieden nicht sein.«

Scharif verschränkte die Arme vor der Brust und betrachtete das Bild. Als Lina ihm einen verstohlenen Blick zuwarf, sah sie, dass die Muskeln um seine Ohren pulsierten, weil er mit den Zähnen knirschte. Sie verlagerte ihr Gewicht. Ihre sonst so bequemen, vorn offenen Slingpumps mit dem flachen Absatz waren ihr plötzlich zu eng. Sie spürte, wie die schmalen Lederriemen in ihre Hacken schnitten.

»Ich bin mir nicht sicher, ob das die Botschaft ist.« Scharif sagte das ganz ruhig, aber mit hartem Unterton.

»Aha?« Lina fühlte sich unwohl.

Scharif drückte die Enden seines Schnurrbarts mit Daumen und Zeigefinger platt. »Ich interpretiere das anders. Ich glaube, der Künstler nimmt Unterschiede zur Kenntnis, hebt sie sogar hervor und macht einfach nur deutlich, dass wir sie nicht als Gründe benutzen sollen, einander schlecht zu behandeln.«

»Ja, aber ich meinte –«

»Ich weiß, was du meintest.«

Lina schluckte erschrocken, weil er so schroff reagierte. Sie wollte weitergehen und machte ein paar Schritte, doch Scharif stand weiter wie angewurzelt vor dem Mosaik. Sein Blick wanderte von der Figur im ungesäumten, für den Hadsch charakteristischen langen weißen Gewand zu dem alten Mann mit schwarzer Kippa, zu dem buddhistischen Kindermönch und schließlich zu dem rothaarigen Mädchen mit Rosenkranz.

»Ich halte es nicht für richtig, wenn man so tut, als wäre jeder Unterschied zu überbrücken, nur weil wir alle Menschen sind und vielleicht ein paar grundsätzliche Hoffnungen teilen. Außerdem wird durch Gleichheit nicht unbedingt alles besser. Wir sollten den Wert der Verschiedenartigkeit nicht unterschätzen – an ihr messen wir schließlich auch Fortschritt und Leistung.«

Lina wickelte ein paar Haarsträhnen fest um einen Finger.

»Weißt du …« Scharif ließ das Bild nicht aus den Augen und drückte die Arme fest an die Brust. »Unterschiede spielen keine

Rolle, solange jeder Mensch in seinen Überzeugungen gefestigt ist. Doch wenn man zulässt, dass sich Unsicherheit ausbreitet, wird man bald sehen, in welches Chaos das führt.«

Lina bereute schon, dass sie ihre Meinung zu dem Bild überhaupt geäußert hatte.

»Und sosehr ich den Gedanken teile, dass man tun soll, was man von anderen erwartet, denke ich trotzdem nicht, dass man das so kritiklos anwenden kann.« Scharif lehnte sich ein wenig zurück und wippte auf seinen Absätzen. »Die Menschen haben unterschiedliche Wertesysteme und Präferenzen. Anhänger der Christian Science zum Beispiel lehnen jede Form medizinischer Eingriffe ab, weil sie nicht beeinflussen wollen, was sie für Gottes Willen halten. Man kann diesen Menschen keine lebensrettende Operation aufzwingen, nur weil man selbst gern eine hätte.«

»Was für dich richtig ist, muss also nicht notwendigerweise das Beste für mich sein.« Lina packte die Gelegenheit beim Schopf. »Und umgekehrt.«

»Vielleicht.« Sein Blick traf kurz den ihren. »Doch wenn wir uns beide von Allah leiten lassen, werden wir uns immer auf gemeinsamem Boden befinden. Darin liegt die Schönheit Seiner Gnade.«

Lina spürte ein leises Zucken, als würde sie innerlich frösteln. Sie ging weiter, weil sie das Gespräch schleunigst beenden wollte, und diesmal schlurfte Scharif ihr nach.

»Lina?«, rief er. »Vielleicht gehe ich mal –« Er zeigte auf das Zeichen für die Herrentoilette.

Sie wollte etwas sagen, doch der Druck auf seiner Blase war plötzlich so stark, dass er es nicht abwartete.

Ein Mann vom Reinigungspersonal wischte gerade den gekachelten Boden der Toiletten auf. Er sah immer wieder zu Scharif hinüber und sagte schließlich: »As-salaam alaikum.«

»Wa-alaikum as-salaam«, antwortete Scharif, als er sich die Hände einseifte und den kalten Wasserstrom genoss. Er wusste, der Mann hatte seinen Glauben an dem Zeichen auf seiner Stirn erkannt.

»Sind Sie zu einer Sitzung hier?« Der Putzmann lehnte sich auf den Stiel seines Mopps.

»Nein, zu Besuch aus London.« Er konnte nicht widerstehen und fügte hinzu: »Meine Tochter arbeitet hier.« Dann öffnete er zwei Knöpfe seines Hemds und benetzte auch sein Gesicht. Wie schön wäre es gewesen, den ganzen Körper unter das laufende Wasser zu halten und auch seinen Geist mit dessen reinigender Kühle zu erfrischen.

Der Putzmann zog ein paar Papiertücher aus dem Spender an der Wand und reichte sie Scharif. Beide unterhielten sich noch eine Weile, dann ging Scharif hinaus. Der Korridor war leer, und alles war still. Scharif blickte nach links und rechts und fragte sich, wo Lina wohl war. Plötzlich erschien ein Wachmann.

»Kann ich Ihnen helfen, Sir?« Er ging auf den alten Mann zu, betrachtete ihn eingehend und bemerkte dann den Besucheraufkleber an Scharifs Revers. »Zutritt zu diesem Teil des Gebäudes nur für autorisiertes Personal.«

»Ich bin mit meiner Tochter hier. Sie arbeitet … da.« Er wies auf das entgegengesetzte Ende des Korridors. »Ich war auf der Toilette. Sie ist … hier irgendwo.« Scharif drehte sich einmal um sich selbst und suchte nach ihr.

Der Wachmann zog die Augenbrauen hoch. Er war fünfzehn Zentimeter größer als Scharif. »Hier entlang, Sir. Ich muss Sie zurück zum öffentlich zugänglichen Bereich begleiten.«

»Aber meine Tochter –«

»Bitte, Sir. Folgen Sie mir«, sagte der Wachmann, machte aber mit einer Handbewegung deutlich, dass Scharif vorangehen sollte, damit er ihn im Auge hatte.

Scharif widerstand dem Impuls, mit ihm zu streiten. Als sie durch eine Doppeltür gingen, stand Lina da und unterhielt sich mit einer weiteren Kollegin.

»Ach, Baba! Ich wollte gerade zurückkommen.« Sie verabschiedete sich hastig von der Frau. »Das ging aber schnell.« Sie warf einen Blick auf die hochgewachsene Gestalt hinter ihrem Vater. »Ist alles okay?«

»Gehört der Mann hier zu Ihnen, Ma'am?« Der Wachmann bückte sich und inspizierte Linas UN-Ausweis ganz genau. »Gäste müssen immer in Begleitung sein«, sagte er. »Guten Tag, Ma'am – Sir.« Er nickte kurz und ging weg.

Lina konnte Scharifs Zähneknirschen geradezu hören. Ihre Stirn legte sich in Falten, denn es tat ihr für ihren Vater leid. »Ich weiß nicht, was heute mit den Sicherheitsleuten los ist. Vielleicht ist jemand ganz Wichtiges im Haus.« Sie rang die Hände, weil sie fürchtete, dass er am Schluss einen schlechten Eindruck mitnehmen würde.

»Ich weiß ja, dass hier auf Gleichheit hingearbeitet wird und dass Menschen von überallher durch diese Organisation dafür kämpfen. Aber selbst in dieser Zufluchtsstätte kommt das Reinigungspersonal aus Bangladesch, die meisten Wachleute sind schwarz, und der Mann, der Verdacht erregt, ist ein Muslim. Was sollen wir denn vom Rest der Welt erwarten, wenn das selbst hier so ist?«

Dazu konnte Lina nichts sagen.

Als sie den Sitzungssaal der Generalversammlung betraten, schlossen sie sich einer Führung an und hörten zu, was die Betreuerin sagte. »Dies ist das Zentralorgan der Vereinten Nationen«, erklärte sie. »Vertreter aller hundertneunzig Mitgliedsstaaten versammeln sich hier zu Diskussionen.«

Ein kleiner Junge hatte den Blick gleichgültig über die gekrümmten Reihen der Pulte gleiten lassen, doch als er das Länderschild für Jordanien mit der Aufschrift »Jordan« entdeckte, rief er laut: »Sitzt da Michael Jordan?« Alles lachte, und Lina überlegte, dass sie seit Scharifs Ankunft nun zum ersten Mal so etwas wie Leichtigkeit mit ihm erlebte. Sie hätte sich nie träumen lassen, dass es ihr einmal so unnatürlich vorkommen würde, mit ihrem Vater zusammen zu sein.

Anschließend besuchten sie eine der Dauerausstellungen zum Thema Abrüstung. Es waren Relikte der Atombombenexplosionen in Hiroshima und Nagasaki zu sehen, wie Münzen, Flaschen und Kleidungsstücke. Auch verschiedene Landminen wurden ausgestellt. Scharif entdeckte die nigerianische Betreuerin im traditionellen Gewand, die er schon einmal gesehen hatte. Er schloss sich ihrer Gruppe an und hörte zu, während sie Erschütterndes über die Auswirkungen des Krieges berichtete. Die Frau fragte ihre Besucher: »Wissen Sie, was eine Antipersonenmine ist und was eine kostet?« Ihr Blick tastete die Gesichter der Erwachsenen in Erwartung einer Antwort ab.

Ein junges Mädchen antwortete: »Sie kann das Leben kosten.« Alles schwieg. Scharif bekam eine Gänsehaut, und auch die Betreuerin musste um Fassung ringen, bevor sie die Führung fortsetzen konnte.

Als Scharif zu Lina zurückkam, war er sehr bewegt, verdammte den Einsatz derartiger Waffen und schimpfte über die Leute, die so etwas herstellten und verkauften.

»Ich wusste gar nicht, dass du bei diesem Thema so leidenschaftlich bist«, sagte Lina.

»Wie kann man gleichgültig bleiben, wenn man so etwas sieht? Man sollte diese verwünschten Schurken von Waffenhändlern alle zusammentrommeln und mit genau den Waffen zur Hölle schicken, die sie auf der ganzen Welt verteilen!« So hatte Scharif noch nie geredet. Lina erzählte ihm, dass sie bald an einer Kleinwaffen-Abrüstungsinitiative mitwirken würde.

»Sehr gut. Da hast du meine hundertprozentige Unterstützung.«

Lina hakte sich bei ihm unter. Seit er zu Besuch war, hatte er nun zum ersten Mal etwas Nettes gesagt. Vielleicht besserte sich seine Laune. Doch als sie das Foyer in der Nähe des Eingangs erreichten, wirkte er schon wieder bedrückt.

Lina ging zur Garderobe, um ihre Tasche zu holen. Eigentlich hatte sie ihrem Vater den Park der Vereinten Nationen zeigen wollen, doch das schien ihr nun nicht mehr ratsam, weil ihn bislang alles so aufgeregt hatte. Sie überlegte, zur Wohnung zurückzugehen, unter dem Vorwand, ein bisschen auszuruhen. Aber die Vorstellung, mit ihm in dem engen kleinen Zimmer zu sitzen, während er so schlechte Laune hatte, war auch nicht gerade reizvoll. Am liebsten hätte sie eine Unternehmung vorgeschlagen, bei der sie nicht reden mussten. Jedes Wort, das sie sagte, schien ihn gegen sie aufzubringen, und alles, was er sagte, ärgerte sie. Aber sie konnten schließlich nicht ins Kino oder ins Theater gehen, wenn die Sonne schien und er nur noch vierundzwanzig Stunden in der Stadt sein würde.

Als Lina zurückkam, lehnte Scharif an der Wand, und plötzlich sah sie, wie alt er geworden war: Er hielt sich gebückter, und Haar und Bart waren weißer geworden. Sie begriff, dass er wahrscheinlich aus Müdigkeit trödelte und nicht aus psychologischen Gründen. Als beide ins Freie auf die UN Plaza traten, schlug Lina vor, in einem nahe gelegenen Kaufhaus ein paar von den Sachen zu besorgen, die ihre Schwestern sich gewünscht hatten.

»Es ist ein bisschen zu heiß zum Draußensein.« Ihr fiel auf, dass Sharif die beiden oberen Knöpfe seines Hemds geöffnet hatte. Ihre eigenen waren geschlossen, und sie hatte mittlerweile das Gefühl, der Kragen würde sie erwürgen. »Dann können wir vielleicht später noch etwas besichtigen, bevor wir abends essen gehen.«

»Essen gehen? Schon wieder?« Scharif streifte sein Jackett ab und legte es über den Unterarm.

»Baba! Du bist doch nicht hergekommen, um in meiner Wohnung zu sitzen, während ich koche. Genieß es einfach. Ab morgen isst du wieder bei Ma.«

»Sagtest du nicht, wir gehen in den Park?« Lina hatte ihm die Anlage vom Gebäude aus durch ein Fenster gezeigt.

»Wird das nicht zu viel?«

»Wenn ich schon mal da bin, sollte ich mir auch möglichst viel ansehen. Vielleicht könnten wir vorher irgendwo etwas trinken?«

Sie gingen weiter auf den Platz hinaus. Über ihnen hingen die hundertneunzig Fahnen der Mitgliedsstaaten der Vereinten Nationen schlaff in der stillen Nachmittagsglut.

»Zu schade, dass ich meine Kamera vergessen habe.« Scharif hob die Hand gegen die Sonne und betrachtete das Gebäude, das sie gerade verlassen hatten. Hinter der flachen Kalksteinkrümmung des Sitzungssaals ragte der hohe Umriss des Sekretariatsgebäudes mit seiner grünen Glasfassade auf.

Lina sagte nichts dazu. Sie hatte noch immer ein schlechtes Gewissen, weil sie ihm nicht angeboten hatte, ihre zu benutzen. Doch die raffinierte neue Digitalkamera von Anil hätte nur Verdacht erregt, das wusste sie. Lina hatte die Kamera in einer großen Tasche im Zimmer einer Mitbewohnerin versteckt, zusammen mit all den anderen potenziell belastenden Dingen, zum Beispiel den Briefen, die schon einmal so verräterisch gewesen waren. Lina hatte behauptet, sie müsse die Gegenstände aus ihrem Schrank räumen, um Platz für die Sachen ihres Vaters zu schaffen. Und sie hatte ihre Mitbewohnerinnen gebeten, Anils Namen in Scharifs Anwesenheit auf keinen Fall zu erwähnen. Alle hatten zugestimmt, ohne viele Fragen zu stellen, aber Lina hatte gesehen, dass sie sich wunderten und diskrete, verständnislose Blicke tauschten.

»War es richtig für dich, hierherzukommen?«, fragte Scharif plötzlich laut. »Und was hast du danach vor, Lina? Inzwischen musst du doch eine Vorstellung haben.«

In den vergangenen Monaten war sie immer wieder ausgewichen und hatte ihren Eltern erzählt, sie warte auf Rückmeldungen und es gebe verschiedene Möglichkeiten – doch dass sie nicht nach Großbritannien zurückkehren würde, hatte sie durchaus angedeutet. Am Abend zuvor war es ihr gelungen, das Thema zu wechseln, als Scharif nachforschen wollte, und er hatte nach seiner anstrengenden Reise und der aufregenden Ankunft nicht noch einmal gefragt.

»Ich bleibe bei den Vereinten Nationen«, sagte sie.

»Hier in New York?«

Sie schüttelte den Kopf. »Eine der Missionen im Sudan.«

»Was?« Scharif blieb wie angewurzelt stehen. Sie hatten schon fast das kreisrunde Becken vor dem Sekretariatsgebäude erreicht. Das fließende Wasser im Brunnen sorgte für ein zischendes Hintergrundgeräusch.

»Ich werde dort beim Aufbau der Kleinwaffen-Abrüstungsinitiative helfen –«

»Geht es bei deiner Lebensplanung um diesen Jungen?«

Lina hätte beinahe ihre Tasche fallen lassen.

»Reizt dich Afrika deswegen so? Weil du dort in seiner Nähe bist?« Scharif schleuderte ein Bein nach vorn, als wollte er nach etwas treten. Er war mit seiner Toleranz am Ende.

»Natürlich nicht! Der Job –«

»Ach, was hilft das Reden!« Scharif kramte nach einem Taschentuch und wischte sich das Gesicht. Er verabscheute es, wenn er die Selbstbeherrschung verlor. Er atmete einige Male tief durch und verlieh jedem Atemzug Form, indem er still Gottes unendliche Geduld beschwor: Al-Sabur … Al-Sabur. »Ich kann nicht mehr durchsetzen, was ich sage.« Zorn klang in seiner Stimme an. »Du bist noch einen Monat von uns abhängig, und dann? Dann habe ich keinen Einfluss mehr.«

»Ach komm, Baba.« Lina legte eine Hand auf seinen Arm. »Deine Meinung wird mir immer wichtig sein.« Sie glaubte, ohnmächtig zu werden, wenn sie weiter in der Sonne stehen und streiten musste.

Scharif holte noch einmal tief Luft. »Deine Mutter hat zwei sehr anständige Jungen gefunden, die an dir interessiert sind. Du musst bald nach London kommen, damit man sich bekannt macht.«

»Aber ich bin zum Heiraten noch nicht bereit!«, platzte Lina heraus. »Egal, um wen es geht!«

»Lern diese Jungen erst einmal kennen und warte ab, was passiert. Dann geht es deiner Mutter und mir schon besser. Wenn du dich nur auf deine Karriere konzentrierst, ist noch lange nicht für die Zukunft gesorgt.«

Lina sah sich nach links und rechts um. Ihr Mund zuckte. »Ich weiß nicht mal, wie oft ich in den nächsten ein, zwei Jahren in Großbritannien sein werde«, sagte sie. »Und wer weiß, wo ich meine nächste Stelle antrete? Das ist so einem Mann gegenüber nicht fair.«

»Ich bitte dich nur darum, dass du die Jungen unvoreingenommen kennenlernst.«

»Ich verstehe nicht, welchen Sinn das hat.« Lina seufzte. »Aber wenn ihr unbedingt wollt.«

»Gut. Deine Mum wird sich freuen.« Doch Scharifs Gemütslage schien unverändert. Er runzelte nach wie vor die Stirn, als würde ihn noch etwas belasten.

Lina wartete ab und hatte Angst, was er noch sagen könnte.

Doch ihr Vater schien sich mit einer kleinen Bewegung des Kopfes zu sammeln. »Gehen wir da entlang? Ich könnte jetzt wirklich etwas Kaltes zu trinken gebrauchen.« Entschlossen marschierte er los. Hinten auf seinem Hemd war ein feuchter Fleck.

Lina humpelte ihm nach, weil der Riemen des Schuhs auf der Blase an ihrer linken Ferse scheuerte.

Der Pfeil

Der neue Büroblock, den Anil für Nairobi entworfen hatte, huldigte einem Wahrzeichen der Stadt – dem Kenyatta Conference Centre, jenem hohen, zylindrischen Turm, auf dem eine spitze Betonkuppel thronte wie ein vietnamesischer Sonnenhut. Anils Version war ein schimmerndes Glasgebäude, das aussah, als würde es sich gleich in den Himmel heben. Die Kenianer waren stolz auf den Pfeil, wie sie das Bauwerk nannten. Zur offiziellen Einweihung wurde der Präsident persönlich erwartet.

Ungeachtet dessen war Anil am Tag der Zeremonie sehr aufgebracht. Lina hatte sich für den Nachmittag angekündigt, dann aber angerufen und gesagt, ihr Flug habe Verspätung. Ein Flugzeug von Air Mayur sollte sie im Sudan abholen, saß aber auf einer schlammigen Rollbahn in Dschuba fest und musste warten, bis der Regen nachließ, damit es starten konnte.

Na, so eine Überraschung, dachte Merc. »Mach dir keine Sorgen, Mazeh.« Er nahm seinen Freund in den Arm. »Wenn die Veranstaltung abläuft wie immer in Kenia, fängt sie sowieso später an, und vielleicht ist Lina dann rechtzeitig da.« Aber sie kam nicht, und Merc hatte den Eindruck, dass Anil ihr Fehlen während der Zeremonie keinen Moment vergaß.

Merc reagierte eher verärgert als mitfühlend. Er fand es jämmerlich, dass Anil sich an einem so entscheidenden Punkt in seiner Karriere von Herzensangelegenheiten ablenken ließ. Und Linas Unzuverlässigkeit grenzte schon ans Absurde. Merc hatte keine Ahnung, wie Anil das aushielt. Er trank ein Glas Champagner nach dem anderen, um seine schlechte Laune zu vertreiben. Am anderen Ende des prismenförmigen Raums tat Anil untypischerweise dasselbe – er trank sogar noch schneller. Für Merc hatte der Freund mit seiner Rückkehr nach Hause einen großen Fehler gemacht. Anil hätte sich zunächst im Ausland einen Namen machen sollen, dort, wo es zählte. Begabt war er auf jeden Fall. Merc sah sich im Foyer um, diesem gläsernen Kubus, den eine größere Glasstruktur umschloss. Und außerdem war Anil zu stolz, zu ungeduldig und zu verwöhnt. Das Gebäude war überaus eindrucksvoll, aber es fehlte ihm an Seele.

Nachdem der offizielle Teil des Abends erledigt war, setzte sich die alte Clique von den Gästen ab, die im Foyer des Pfeils Cocktails und Häppchen genossen, und fuhr mit dem Aufzug bis in den obersten Stock. Von dort blickte man über die ganze Stadt: Hell erleuchtete und eher gedämpfte Bereiche breiteten sich aus und verloren sich dann im samtigen Schwarz des Nairobi National Park. Anil führte seine Freunde bis an die riesigen Glasfenster heran.

»Ah!« Hardy trat nach dem ersten Blick in die Tiefe einen Schritt zurück. »Ist das *hoch*! Hier kann man doch nicht essen, ohne dass einem schlecht wird.« Es war vorgesehen, in den Räumlichkeiten ein Restaurant einzurichten.

»An schönen Tagen kann man bis in den Park sehen«, sagte Anil und wies in die Ferne. »Und manchmal entdeckt man sogar eine Herde Zebras.« Dann zog er sein Handy hervor.

»Ich weiß nicht, warum du da dauernd nachsiehst.« Merc konnte sich nicht beherrschen. »Sie hat doch sowieso alles verpasst.«

Anil steckte das Telefon wortlos weg.

»Wir haben es alle geschafft, rechtzeitig hier zu sein.« Merc war eigens aus London gekommen. »Was ist so besonders an ihr, dass sie immer einen Extrafahrplan braucht? Wieso kommt sie überhaupt erst im letzten Moment? Jemand mit ihrer Erfolgsbilanz müsste doch vorsorglich immer ein paar Tage früher losfahren, wenn es wichtig ist.« Merc hatte die Ärmel von Hemd und Jackett bis zu den Ellbogen hochgeschoben und die Hände in die Taschen gesteckt. Seine Kontaktlinsen waren so dunkel, dass sich Pupille und Iris kaum unterscheiden ließen.

Anils sonst steife, hochgestellte Kragen hingen ein bisschen durch.

»Was ist bloß mit dir passiert? Du forderst ständig alle heraus, aber bei ihr spielst du plötzlich den kleinen Jasager. Bei ihr heißt es immer nur warten, warten und noch mal warten –«

»Hey, hey, hey, Bwana. Entspann dich, ja?« Jay unterbrach ihn. »Lasst uns wieder runterfahren.«

»Sie hält ihr Wort!« Anil wurde laut. »Auch wenn sie Zeiten nicht einhält. Sie hat mir gegenüber immer ihr Wort gehalten. Und das ist es, was zählt.«

Merc schüttelte den Kopf. »Nein, alles deutet darauf hin, dass es mit eurer Beziehung nicht läuft.«

»Das wird sich jetzt ändern, mit ihrem Job im Sudan.« Zum ersten Mal konnte sich Anil ansatzweise dafür begeistern. Dass Lina in einer so unsicheren Gegend arbeitete, gefiel ihm keineswegs. Und dann hatte sie diese Stelle auch noch durch ihre Bekanntschaft mit Hans Steinmeyer bekommen, durch diesen komischen Deutschen, den sie auf ihrer ersten Keniareise getroffen hatte. Anil traute dem Typen nicht.

»Was ist mit der Tatsache, dass sie die Chance nicht genutzt hat, hier eine Wohltätigkeitsorganisation aufzubauen? Wer lässt sich so eine Gelegenheit entgehen? Stattdessen nimmt sie irgendeinen Job am Ende der Welt an, so weit von der Realität ihres eigenen Lebens weg wie nur möglich. Das ist doch total abgedreht, Mazeh. Wenn du nicht aufpasst, wirst du für immer warten.«

»Du hast doch keine Ahnung.« Anils Gesicht war tiefrot. »Redest wie ein Experte und hattest selbst noch nie eine richtige Beziehung.« Er drehte sich um, drückte die Handflächen an die Scheibe und sah aus dem Fenster. »Ich bin schließlich nicht blöd«, sagte er, als wollte er die Stadt ansprechen, die ganze Welt. »Niemand kennt Lina so gut wie ich. Du glaubst, ich sehe ihre Fehler nicht? Aber du vergisst, Merc, dass sie sich dafür entschieden hat, mit mir zusammen zu sein, die ganze Zeit, gegen alle Widerstände. Niemand engagiert sich so für einen anderen Menschen, wenn er es nicht ernst meint.«

Merc stellte sich neben seinen Freund und starrte mit ihm hinaus in die Nacht. Jay und Hardy versuchten noch einmal erfolglos, die beiden zum Aufbruch nach unten zu bewegen. Als Merc wieder loslegte, ging Jay dazwischen.

»Gönn dem Mann mal eine Pause, Bwana. Es soll doch ein fröhlicher Abend sein, und du ziehst ihn mit diesem ganzen Maneno runter.«

»Das macht mich ja so sauer.« Merc wandte Anil sein Profil zu. »Weil Lina nicht erscheint, liegt ein Schatten auf diesem wichtigen Meilenstein. Das ist dir gegenüber nicht fair, und für uns ist es auch nicht schön, wir müssen dich nämlich in diesem Zustand sehen. Wie sollten wir da unbeschwert feiern?«

Anil schwieg nach wie vor. Er dachte daran, wie Lina mit tränenerstickter Stimme am Telefon von ihrer Verspätung berichtet hatte. Dass es ihr leidtat, war deutlich zu spüren gewesen, wie die Wärme eines Heizkörpers. Er hatte sogar von seiner eigenen Enttäuschung absehen und Lina in ihrer Verzweiflung trösten müssen. Sich selbst hatte er eingeredet, dass es nicht so schlimm war, dass er während der Veranstaltung ohnehin mit Presse und Honoratioren beschäftigt sein würde. Trotzdem hatte er Lina die ganze Zeit vermisst, und je mehr er sie vermisste, desto übler nahm er ihr, dass sie nicht bei ihm war. Mercs Kritik war so ätzend, weil etwas Wahres daran war. Und jetzt zog er schon wieder vom Leder!

»Sogar dieses Gebäude –«

»Also, jetzt reicht es aber.« Jay unterbrach Merc, packte ihn am Arm und führte ihn zum Aufzug.

Hardy folgte ihm mit Anil. »Die Leute fragen sich bestimmt schon, wo du steckst, Bwana.«

Anil schüttelte Hardy ab. »Was ist mit meinem Gebäude?«

»Es passt hier nicht hin. Es ist schön, aber deplatziert, wie ein Diamant an einer schmutzigen, knotigen Hand.« Merc ließ sich bereitwillig wegziehen.

»Hörst du jetzt auf?«, zischte Jay.

»Bist du inzwischen auch noch Experte für Architektur?« Anil ging leicht schwankend auf seinen Freund zu.

Die Aufzugtüren öffneten sich. Alle anderen traten ein, während Anil zusah. »Wir sehen uns unten.« Er wandte sich ab.

»Was zum Teufel?«, rief Jay. »Komm jetzt her, Bwana.«

»Ich nehme die Treppe«, antwortete Anil.

»Dreißig Stockwerke? Sei kein Idiot.« Hardy stellte sich zwischen die Aufzugtüren, damit sie sich nicht schlossen.

»Einer von uns geht besser mit«, sagte Jay, als Anil verschwand.

»Lasst ihn.« Merc drückte den Knopf, um die Türen zu schließen. »Ihr wisst doch, wie er ist, wenn er seine Launen hat. Hoffentlich regt er sich auf dem Weg nach unten ab.«

»Sawa.« Hardy trat in die stählerne Kabine zurück. »Du musst dich aber auch beruhigen.«

Als sie wieder im Erdgeschoss waren, ließ sich Anil auch nach einer Viertelstunde nicht blicken. Die drei gingen zum Treppenhaus und machten sich auf den Weg nach oben. Sie fanden Anil im siebzehnten Stock. Er war die Treppe hinuntergefallen und hatte sich am linken Knie verletzt.

Als Anil Lina wiedersah, vergaß er Mercs Kritik an ihr sofort. Doch was sein Freund über den Pfeil gesagt hatte, nagte an ihm. Anil konnte nur schwer akzeptieren, dass sein erstes Projekt vielleicht nicht ganz gelungen war. Von diesem Gebäude in der einen oder anderen Form hatte er geträumt, seit er auf die Idee gekommen war, Architekt zu werden. Und die Zeit, in der er auf dessen Vollendung gewartet hatte, war die frustrierendste in seinem Leben gewesen. Im Rückblick begriff er, dass man wahrscheinlich naiv sein musste, wenn man so etwas in einem Land versuchte, dessen Bauindustrie von einem Gerüst aus Korruption gehalten wurde und für solche Aufgaben gar nicht gewappnet war. Er hatte Sachverständige aus dem Ausland hinzuziehen müssen, und die Kosten des Projekts hatten sich gegenüber den ursprünglichen Kalkulationen verdreifacht. Ohne Pravars tiefen Griff in die Tasche wäre die ganze Sache vielleicht sogar gescheitert. Anil war sehr erleichtert, dass alles letzten Endes doch noch funktioniert hatte und sogar ein Erfolg geworden war. Fast hätte er es geschafft, sich von seiner eigenen Rechtschaffenheit zu überzeugen – wäre Kilempu, der

Bildhauer, nicht während einer von Minnies Soireen wenige Wochen nach der offiziellen Einweihung des Gebäudes auf ihn losgegangen.

»Aahlso, isch hatte da ein anderes Bild von Ihnan, junger Mann.« Kilempu stand vor ihm und stemmte die Hände in die Hüften. »Hatten wir nischt das eine oder andere Mal darüber gesprochen, dass man lokale Traditiohnen würdigen soll, statt massenhaft Ideen aus dem Westahn zu importieren? Waren Sie nischt derjenige, der voll des Lobes für lokale architektonische Verfahren war?«

Bevor Anil antworten konnte, beugte Kilempu sich vor und blickte auf den etwas kleineren Mann hinab. Sein von Alkohol getränkter Atem roch wie eine Brauerei. »Dieser Pfeil, den Sie da gebaut haben. Aahlso, das ist ein Fremdkörpah. Ohne jede Beziehung zu seiner Umgebung.«

»Eigentlich –«

»Isch muss mir Ihre Theorien nischt anhören.« Kilempu versetzte der Luft vor Anils Gesicht einen Schlag. »Aahlso, die wahre Bewährungsprobe für ein Gebäude ist, wie die Menschahn darauf reagieren. Es sollte ihnen Auftrieb geben. Und soweit isch sehe, haben die Menschahn in Ihrem Angst.«

Anil legte einen Arm über seine Brust. Mit der anderen Hand packte er seine Krücke fester, die er immer noch brauchte. »Menschen verzagen oft, wenn etwas neu oder fremd ist.«

»Die Menschahn fühlen sisch unwohl.« Vielleicht hatte Kilempu ihn nicht gehört. »Das Gebäudah macht sie irgendwie falsch; wenn sie hineingehen, müssen sie plötzlisch einer konfusen Vorstellung von dem entspreschen, was sie angeblisch sind.«

»Ich habe nichts gegen Räume, die einen fordern.« Andere Gäste spazierten um die beiden herum und begutachteten in wechselnden Konstellationen Fotos des Pfeils, die Minnie als Tribut an die Leistung ihres Sohns an einer Wand aufgehängt hatte. Als jemand nach Anil rief, war er versucht, Kilempu zu brüskieren und einfach stehen zu lassen. Doch weil er ihn respektierte, wollte er, dass der Künstler seine ungerechte Meinung revidierte. »Sie wissen selbst, dass Kunst dann am besten ist, wenn sie den Betrachter herausfordert und etwas von ihm zurückverlangt.«

»Abah wie? *Wie?*« Kilempus Augen wurden groß. Das Weiße darin sah eher aus wie Rot mit milchigen Schlieren. »Das ist doch die Frage. Aahlso, ein Gebäudah muss die Menschahn lassen, wie sie sind. Auch wenn es sie beflügelt oder inspiriert, müssen sie doch immer sein dürfen, wer sie sind. Aber was Sie da gebaut haben, aahlso, das ist reine Anmaßung, und davon haben wir schon genug in diesem Lahnd. Hier versuchen Menschahn zu sein, was sie nischt sind, und täuschen sisch und andere, die reinste Krankheit.«

»Deswegen ist das Gebäude übrigens aus Glas. Es soll Transparenz zeigen und hoffentlich auch fördern.« Anil antwortete nach wie vor trotzig, obwohl er in den Worten seines Anklägers etwas Wahres fand.

»Ahtsch.« Kilempu riss die Hände hoch, als wollte er einen Ball abfangen, bevor er ihm ins Gesicht flog. Die Linien in seinen Handflächen sahen aus wie Splitter eines zersprungenen Sterns. »Reden Sie doch keinen Quatsch. Aahlso, bei dem Pfeil geht es nua um Sie, er ist ein Monument für Ihr Ego. Hm? Sie haben die Verganganheit hinter sisch gelassen und sisch entschieden für das, was Sie gerade gelernt haben, in den letzten – was? Fünf, sechs, sieben Jahren? Aahlso, Sie sind in diesem Lahnd aufgewachsen, Sie haben es in Ihrem Blut – aber keine Spur davon in Ihrer Arbeit! Kunst, die keinen profunden Bezug zu ihrem Schöpfer hat, kann nur banal sein. Isch habe vor Augen, dass isch Sie beleidige, aber isch sage Ihnen, was isch denke, weil isch glaube, dass Sie das bessah können – wenn Sie sisch nischt von der bedeutungslosen Ahnerkennung dieser Leutah einlullen lassen.« Er wies mit einer Kopfbewegung auf die Gäste.

»Ich glaube, denen gefällt es wirklich.« Anil schlug sein verletztes Bein über das andere.

»Ja, wahrscheinlisch.« Kilempu zuckte mit den Schultern. »Aber was heißt das? Hm? Aahlso, die meisten sind ignorant. Denen gefällt alles, was nach Westahn riecht, weil sie glauben, dass es der einheimischen Entspreschung zwahngsläufisch überlegen ist. Sie selbst sind da privilegiert.« Kilempu bohrte seinen Zeigefinger in Anils Brust. »Nutzen Sie das. Bringen Sie diesen Menschahn bei, wie man sisch selbst respektiert, wie man den Reischtum dieses Lahndes achtet. Hmmm, verstehen wir uns?«

»Sie haben meine Absichten missverstanden.«

»Ach, Sie sind so stur, Bwana. Aahlso, isch weiß, in gewisser Weise waren Sie wagemutisch. Aber isch mache mir Sorgahn wegen der Konsequenzahn. Sie wissen, was jetzt passiert, stimmt's? Sie werden massenhaft Nachahmah finden. Wenn hier in näschster Zeit neue Gebäudah entstehen, werden es Imitationen von Ihrem sein. Verstehen wir uns? Und wie sieht diese Stadt dann aus? Hm? Stellen Sie sisch das mal vor. Aahlso, wenn Sie bahnbreschend sein wollen – und isch weiß, dass Sie das wollen – dann führen Sie die Menschahn wenigstens in die rischtige Rischtung! Zeigen Sie Ihnen, worauf sie stolz sein können, bringen Sie ihnen wieder nahe, was sie vergessen haben. Was Sie da gebaut haben, ist sweifellos eindrucksvoll – aber es ist nischt angemessen. Architektur sollte das Leben der Menschahn besser machen. Aahlso, fragen Sie sisch, ob Ihre Arbeit das tut. Denken Sie daran, ein großah Stuhl macht noch keinen König. Hm?«

Die letzte Bemerkung hatte wirklich gesessen, vermutlich, weil sie auf Anils Selbstgefälligkeit zielte. Er hatte wirklich geglaubt, mit dem Pfeil alles erreicht zu haben. Doch kaum meldete jemand ein paar berechtigte Zweifel an, platzte er fast vor Entrüstung. Anil hatte einen Vorwand gefunden und vor Kilempu Reißaus genommen. Doch als im Lauf des Abends verschiedene Leute kamen und ihm gratulierten, stellte er fest, dass ihn die Komplimente nur ärgerten, etwa, wenn jemand sagte: »Wenn Sie weiter so gut arbeiten, machen wir bald Dubai Konkurrenz.«

Mit der Zeit erkannte Anil, dass sein Egoismus tatsächlich eine Beeinträchtigung der Kreativität darstellte. Schließlich sah er im Pfeil nur noch das hoch aufragende Relikt seiner Dummheit.

Und dadurch begriff er, welche Last auf seinem Handwerk lag. Andere Künstler wie Schriftsteller, Maler und Komponisten konnten misslungene Werke verstecken oder zerstören. So etwas war auf seinem Gebiet keine Option. Das hatte schon Frank Lloyd Wright zum Ausdruck gebracht, als er sagte, ein Architekt könne seinem Bauherrn nur empfehlen, wilden Wein zu pflanzen. Doch Anils Schnitzer hätte nicht einmal ein Wald aus Jakarandas verborgen.

In den darauffolgenden Monaten nahm Anil keinen der Aufträge an, die man im Anschluss an den Pfeil an ihn herantrug. Stattdessen widmete er sich dem Reisen und dem Studium von Architektur außerhalb der westlichen Welt – mit dem Ziel, seine Vorstellungen zu klären und eine andere Sprache zu finden. Kilempus Mahnung, das kenianische Erbe zu achten, führte dazu, dass er unvergessliche Orte seiner Kindheit noch einmal besuchte. Alles, was er sah, bestätigte nur, wie steril der Pfeil geraten war. Wenn er in Nationalparks unter Makutidächern und in Holzkonstruktionen wohnte, wirkten sie wie Erweiterungen des Landes selbst, als hätten sich Elemente der Erde aus freien Stücken versammelt, um Menschen Schutz zu gewähren.

Bei seinen Fahrten über Land war ihm, als sähe er zum ersten Mal Farben. Vielleicht rührte es daher, dass er die Gegend nun auf eigene Faust wiederentdeckte. Ohne Ablenkung durch Gesellschaft und Gespräche war er besonders sensibel für die Nuancen der Natur: wie sich das stumpfe Gelb der Savannengräser über die rostrote Erde schob, wie die weißen Linien auf dem Fell der Giraffen seidige braune Vielecke umrahmten. In Nakuru sah er Tausende Flamingos, die sich auf dem See niedergelassen hatten wie ein Soufflé aus rosa Schönwetterwolken. Es war, als wäre die Sonne in das Becken des Sees gefallen, während der Himmel das blanke Blau des Wassers annahm.

Anil kehrte mit der Überzeugung an die Arbeit zurück, dass der Reichtum des Landes irgendwie in seine Entwürfe einfließen musste. Er brauchte eine Weile, um eine neue Ästhetik zu entwickeln, und das Erbe seines Landes kam darin schließlich viel deutlicher zur Geltung, als er erwartet hatte. Auch Linas

Einfluss war in dieser Phase entscheidend. Sie hörte geduldig zu, wenn er seine veränderten Einsichten umriss. Sie unterstützte seine neuen Ideen und zeigte Interesse, auch wenn ihr das, was er sagte, zu abstrakt oder zu technisch war. Niemand hatte ihn je ausreden lassen wie sie, die ihn dabei ansah, als würde er die Verwirklichung ihrer ureigenen Träume beschreiben. Ihre Sorge um die Umwelt hatte er bislang immer abgetan, doch nun fing auch er an, darüber nachzudenken. Er sah, was zwar offensichtlich, ihm aber in seinem Streben nach Neuem immer entgangen war: dass Menschen nachhaltig gelebt hatten, bis Reichtum und Technologie ihnen den Luxus boten, praktisches Denken hintanzustellen.

Sudan

Im Sudan war es manchmal wie am Set eines sonderbaren Western. In vielen Städten sah man kaum befestigte Straßen. Pferde, Esel und Ziegen spazierten gemächlich über staubige Wege. Fast alle Männer, ob in Zivil oder in Kampfbekleidung, trugen Waffen – so beiläufig wie eine Tasche. Die meisten hatten sich ihre Kalaschnikow an einem Strick über die Schulter gehängt. Einige schlenderten auch mit Peitschen herum. Lina fand das sehr merkwürdig, bis ihr jemand erklärte, dass jeder Peitschenträger wahrscheinlich ein Pferd oder ein Kamel besaß. Diese Leute wurden hoch respektiert, denn die Peitsche zeigte, dass sie mächtig waren und an ihrem Besitz festhielten. Weite Teile der Bevölkerung im Süden waren so eingeschüchtert, dass die Menschen Land, Haus und Tiere aufgaben.

Lina war den gefürchteten Dschandschawid noch nicht begegnet, einer Miliz, der man nachsagte, dass sie für viele der im Süden verübten Gräueltaten verantwortlich war. Männer in Kampfanzügen verschiedenster Art sah sie oft, ohne sie allerdings einer Gruppe zuordnen zu können. Es gelang ihr kaum, über die politische Situation auf dem Laufenden zu bleiben, ganz zu schweigen von den Splittergruppen und Untersplittergruppen, die sich ständig abspalteten und neu formierten. Kollegen hatten ihr erklärt, dass sie Dschandschawid garantiert erkennen würde, wenn sie welche traf – das seien die, die niemals lächelten.

Doch das war nicht das einzige Unterscheidungsmerkmal, wie Lina begriff, als sie schließlich einigen begegnete. Es war auf dem Markt in Dschuba, kurz vor Eid ul-Fitr, dem Fest am Ende des Ramadan. Lina war mit zwei Kolleginnen in die Stadt gefahren, Jen und Astrid, um vor Beginn der religiösen Feiertage Vorräte aufzustocken. Sie hatten von ihrem Compound aus ein örtliches Taxi genommen, weil sie darin weniger auffielen als in einem UN-Geländewagen. In letzter Zeit waren viele Autos entführt worden, und die Mitarbeiter waren angewiesen, so oft wie möglich inkognito zu fahren.

Der Markt war voller Menschen, die das Fasten brachen oder einkauften. Wie üblich war nur wenig frisches Obst oder Gemüse im Angebot. Stattdessen türmten sich auf Bodenmatten und Holztischen spitz zulaufende Hügel aus Sorghum, Erdnüssen, Zucker und Holzkohle. Untermalt wurde das Markttreiben vom beruhigenden Klimpern und Knistern der Dinge, die gewogen und in Tüten abgefüllt wurden. »Itfaddal! Itfaddal«, »Willkommen!« Überall wollten Menschen Lina und die beiden anderen Frauen auf einen Happen zu sich locken. Lächelnde Standbesitzer boten Datteln an, und Getränkeverkäufer hielten ihnen Guavensaft in Bechern hin. Ein kleiner Junge kam angerannt, zupfte an Linas ausgebeulter Hose und schrie »Chawadschia!« Lina verstand durch ihr Koranstudium etwas Arabisch, doch Kollegen hatten ihr erklärt, dass das Wort »Ausländer« bedeutete.

»Es ist ein bisschen wie bei mir zu Hause in Hamburg, vor Weihnachten!« Astrid trug immer ein komplettes Make-up, und ihr breiter, in herausforderndem Rosa geschminkter Mund öffnete sich vor Freude über die herzliche Stimmung des Abends. Sogar das Meckern der Ziegen, die ihre kurzen Hörner ganz in der Nähe gegen die Wände stießen, klang festlich.

Auch Lina genoss die Wärme, die man ihnen entgegenbrachte. Sie hatte noch nie ein großes religiöses Fest fern von zu Hause verbracht und vermisste ihre Familie. Der Geruch von gebratenem Fleisch waberte durch die Luft, weil man überall in der Stadt Ziegen zubereitete. Lina dachte daran, dass ihre Familie sicher hinter dem Haus im Garten grillte. Ihre Mutter würde Kebab formen und auf Spieße stecken, Baba würde abwesend in der Kohle stochern, Chala Rocky würde mit einer Schüssel auf dem Schoß Salat schnippeln, und Mariam würde sich vor allem drücken und stattdessen SMS schreiben, während Nasra und Jussuf gern bei allem halfen …

»Schau.« Jen stupste Lina plötzlich an. »Dschandschawid«, flüsterte sie.

Es waren fünf, und sie holten gerade bei einem Verkäufer kistenweise Erfrischungsgetränke. Sie trugen grüne Kaki-Uniformen und hatten weiße Tücher um Köpfe und Gesichter geschlungen, sodass man nur kalte, starre Augenpaare sah. Die Männer nahmen die Kisten und trugen sie zu einem unbeschrifteten Fahrzeug ohne Nummernschild. Wo sie entlanggingen, wurden Blicke und Stimmen gesenkt. Als die Männer an den drei Ausländerinnen vorbeikamen, blieb einer kurz stehen und sagte anzüglich: »As-salaam alaikum.« Ohne aufzusehen erwiderten die Frauen pflichtschuldigst murmelnd den Gruß. Selbst Astrid wurde unter den himbeerfarbenen Rougestreifen auf ihren Wangen blass.

Die Feierlichkeiten auf dem Compound der Mitarbeiter fielen im Vergleich zum normalen Leben bescheiden aus, gemessen an der dortigen Alltagsroutine aber durchaus üppig. Internationale und einheimische Mitarbeiter – Gläubige und Konfessionslose – aßen zusammen gebratene Ziege und Spiegeleier mit fettigen Pommes frites, gefolgt von Mangos und Schokoladenkeksen.

Ein staubiger Beigeschmack in jedem Bissen trübte Linas Freude am Essen trotz ihres ungeheuren Appetits. »Liegt es an mir?« Sie tunkte ein paar Pommes in Eigelb. »Oder ist hier überall Sand drin?«

»Das ist noch gar nichts. Warte ab, bis du einen Sandsturm erlebst«, sagte Jen. Als sie sich kennenlernten, hatte Lina nicht gewusst, ob diese dünne Person mit den kurzen Haaren und der tiefen, rauen Stimme ein Mann oder eine Frau war. Der Name hatte ihr auch nicht weitergeholfen. Später hatte Lina erfahren, dass Jen eine Abkürzung von Jennifer war, doch es hätte ebenso gut ein skandinavischer Männername sein können. »Danach kannst du nicht mal atmen, ohne Sand zu schmecken, und zwar noch tagelang.«

»Ah ja, das stimmt.« Astrid schaukelte auf einem der stapelbaren Plastikgartenstühle, mit denen die Wohnquartiere von Nichtregierungsorganisationen auf dem ganzen Kontinent ausgestattet waren. »Das letzte Mal hatte ich sogar Sand in meiner Chanel-Gesichtscreme. Sie war noch in der Schachtel, nagelneu und versiegelt. Aber als ich den Deckel aufgemacht habe, war der Tiegel voller Körner. Es war dann eher ein Peeling als eine Creme.«

Lina hatte schon viel von den legendären Stürmen gehört. Es hieß, dass sich die Erde verdunkelte, weil Vorhänge aus Sand die Sonne verdeckten. Nichts funktionierte mehr, sogar der Strom fiel aus. Die Menschen schlossen die Türen und versiegelten ihre Fenster, doch winzige Partikel drangen trotzdem irgendwie ein.

»Aber die Mangos sind immer ziemlich perfekt, das muss ich schon sagen.« Jen griff nach einer.

In diesem Punkt waren sich alle am Tisch einig. Sie saßen sogar unter einem Mangobaum, dem einzigen Exemplar auf dem Compound der Vereinten Nationen. Umgeben waren sie von einer hohen, kugelsicheren Mauer zum Schutz vor der Außenwelt.

»Wisst ihr …« Bol nahm eine Frucht und präsentierte sie auf der flachen Hand. »Diese Jahr gehe ich zu meine Felder zurück und kümmere mich um Mangoernte.« Bol war Einheimischer und arbeitete freiwillig mit. Auch er war wegen der Kämpfe von zu Hause geflohen und lebte mit seiner Familie noch immer in einem Lager. Er war vorbeigekommen, um seinen Kollegen ein schönes Fest zu wünschen. »Ich riskiere – weil ich denke, vielleicht besser diese Jahr. Natürlich …« Seine Schultern hoben sich unter dem dünnen T-Shirt. »Ist nicht so. Viele Wochen letzte Zeit ich kann hier nicht weg, weil so viel schießen. Also Leute von andere Stämmen meine Ernte holen. Verkaufen sie mir meine eigene Mangos auf dem Markt!«

»Einfach lächerlich.« Jen schüttelte den Kopf.

»Aber wisst ihr, was noch mehr schlimm?« Bols Augen wurden größer in seinem schmalen Gesicht. »Mein Schwiegervater Mangos gekauft von Leuten, die genommen haben seine Felder. Dann er geht nach Hause und stürzen sich Schläger in der Nähe von Lager auf ihn. Nehmen sein Geld und die Mangos auch.

Armer Mann hat sie gepflanzt, für sie bezahlt – und trotzdem hat keine Mango.«

Absurditäten dieser Art waren an der Tagesordnung.

Lina hatte ihren Einsatzort in Dschuba, war aber viel unterwegs, weil sie an verschiedenen Projekten mitwirkte und Lager und Dörfer besuchte. Einmal begleitete sie eine Beamtin der Vereinten Nationen, Samah Funmi, in eine Stadt im Bundesstaat Dschonglei, wo ein dreitägiger Kurs auf das Problem der sexuellen Diskriminierung aufmerksam machen sollte. Samah hielt solche Kurse schon seit einer Weile ab, und Lina wollte etwas über ihre Herangehensweise lernen und gute Tipps an andere weitergeben, die in Dschuba für ähnliche Tätigkeiten ausgebildet wurden.

Sie fuhren mit dem Auto, acht Personen in einem Jeep. »Letztes Jahr haben wir auf solchen Reisen noch den Hubschrauber genommen«, erklärte Samah Lina. »Aber inzwischen sind die Belastungen für die Vereinten Nationen zu groß. Sehr viele Hilfsgüter gehen direkt nach Darfur. Treibstoff ist rationiert. Wie man hört, kann jeder Hubschrauber nur noch ungefähr achtzig Stunden im Monat fliegen, weil kein Geld da ist.« Ihre Hand wedelte unentwegt wie ein Fächer, um die Fliegen wegzuscheuchen.

Sie kamen durch Landschaften, die ganz anders aussahen als die trockenen Gebiete unter aprikosenfarbenem Staub, von dem Lina allmählich glaubte, dass er für das ganze Land typisch war. Auf manchen Streckenabschnitten waren die Wadis voll, das Gras wuchs hüfthoch und die Ernten schienen zu gedeihen. Man glaubte kaum, dass das Land seine Bevölkerung nicht ernähren konnte, so üppig sah es aus.

Es war später Nachmittag, als sie das Lager für Binnenflüchtlinge erreichten. Ein einheimischer freiwilliger Mitarbeiter führte sie herum. Der Kopf des Mannes war irgendwie zu groß für seinen Körper, und eine dicke, wulstige Narbe verlief von der rechten Schläfe bis hin zum Ohr.

An einem Ende des Lagers kamen sie an Familien vorbei, die

zusammengedrängt und so gut wie ohne Schutz vor Sonne, Wind oder der Kälte der Nacht in provisorischen Unterständen hockten. Die meisten hatten nicht einmal Matten oder Decken und kauerten einfach im tiefen Sand. »Das sind die Neuankömmlinge. Wir haben nicht genügend Hilfsgüter«, erklärte ihr Begleiter.

Auf dem schmuddeligen, von einem Bambuszaun umgebenen Compound mit den Unterkünften für die Mitarbeiter wurden Lina und Samah in ein kleines Tukul geführt, wo zwei Matratzen nebeneinander auf dem Boden lagen. Lina hatte schon in solchen strohgedeckten Hütten geschlafen, aber meist in einem richtigen Bett. Doch wenn sie an die Familien dachte, die ganz in der Nähe ohne Schutz vor den Elementen hausten, war sie dankbar für das, was man ihr gab.

Als sie sich zum Schlafen hinlegte, erinnerte sie sich, wie extrem einfach ihr die Bedingungen in Dschuba bei ihrer Ankunft vorgekommen waren. Es hatte eine Weile gedauert, bis sie sich in ihrem sterilen Container mit Einzelbett, kleinem Schreibtisch und winzigem Schrank allmählich zu Hause fühlte. An die Duschen hatte sie sich allerdings noch immer nicht gewöhnt und kreischte jeden Morgen, wenn der kalte Wasserstrahl ihren Rücken traf. Jen hatte ihr erzählt, dass sie Glück hatte, denn sechs Monate zuvor hatte es noch Grubenlatrinen im Freien gegeben. Die Installation von Spültoiletten war ein großer Fortschritt gewesen. Doch so war es nicht überall. Die Mitarbeiter von USAID hatten offenbar einen Pool und ein komplett ausgestattetes Fitnessstudio in Dschuba und bewohnten Häuser mit importierten Möbeln. Aber es gab auch kleinere Institutionen, deren Mitarbeiter in Zelten schliefen und keinen Internetzugang hatten. Lina war froh, dass der Standard der Vereinten Nationen irgendwo dazwischen lag. Sie hatte Anil nicht viel über den Zustand ihrer Unterkunft erzählt. Er war ohnehin dagegen, dass sie dort arbeitete. Wenn er gewusst hätte, wie sie lebte, hätte er wahrscheinlich darauf bestanden, dass sie ihren Job aufgab.

Der Kurs für die Bewohner des Lagers fand tagsüber statt und war für Männer und Frauen gedacht. Alle saßen auf Matten unter schattenspendenden Gummibäumen. Was Samah erklärte, war vielen peinlich. Die Männer drehten ihre Gesichter zu den Schultern und lächelten. Die Frauen hüllten sich fester in ihre Tobe und kicherten ab und zu in den Stoff ihrer leuchtend bunten Sarongs hinein. Während der Sitzung, in der es um Vergewaltigung ging, hob ein Mann die Hand und sagte: »Kann ein Mädchen überhaupt ›vergewaltigt‹ werden, wenn es nicht mehr Jungfrau ist?« Mehrere Frauen reagierten hitzig darauf. Trotzdem machten einige Männer weiter die Frauen verantwortlich dafür, dass sie sexuellen Übergriffen ausgesetzt waren: »Sie hat es wohl provoziert, mit diesem Top in westlichem Stil.« Außerdem wollten sie sich damit rechtfertigen, dass ihr »Drang« natürlich sei und befriedigt werden müsse.

Lina saß neben Samah und verfolgte die Diskussion gebannt in der leicht verzögerten Version des Übersetzers. Eigentlich erwartete sie, dass Samah manchen Äußerungen deutlicher widersprach. Als ihre Kollegin schließlich freundlich nahelegte, dass die Männer die Verantwortung für ihre Taten übernehmen sollten, konnte Lina sich nicht länger beherrschen und platzte heraus: »*Nein* heißt *nein*!«

Sofort beteuerte die ganze Gruppe, das Problem liege nicht im Neinsagen, sondern im Jasagen! Keine Frau würde jemals Ja sagen, wandten sie ein. Nur Prostituierte sagten Ja. Eine »richtige« Frau widersetze sich und sage sogar Nein, wenn sie Ja meine. Lina verstand diese verwickelte Logik sehr wohl, war aber bestürzt darüber, dass man sie so missbrauchen konnte. Sie glaubte nicht daran, dass ein Vergewaltiger seine Annäherungsversuche allen Ernstes für erwünscht halten konnte, wenn die Frau aus Protest dagegen schrie.

Eine Frau, deren linkes Augenlid über dem Augapfel vernäht war, sagte daraufhin leise: »Wie können sie denken, dass wir Ja meinen, wenn sie uns doch die Tobe abreißen und die Hände fesseln?«

Frauen verschwiegen Übergriffe oft, weil sie Angst hatten,

von Ehemann oder Familie verstoßen zu werden. »Es ist nicht die Schuld einer Frau, wenn man ihr so etwas antut.« Samah stellte sich vor die Gruppe. »Warum muss sie von ihren eigenen Leuten noch einmal bestraft werden, nach allem, was sie erlitten hat? Ihr tut euren Kindern weh, wenn ihr die Mütter wegschickt. Ihr zerbrecht eure eigenen Familien, und so gebt ihr den Leuten, die euch angreifen, Macht.« Die Zuhörer runzelten die Stirn, schüttelten die Köpfe oder zupften gleichgültig an ihren Füßen herum. Die meisten wirkten nicht sehr überzeugt.

Lina erfuhr, dass in größeren Lagern, vor allem in Darfur, jeden Monat bis zu zwanzig durch Vergewaltigung empfangene Babys von ihren Müttern ausgesetzt wurden. Ein Kursteilnehmer wollte das nicht akzeptieren. Er wurde laut und unterbrach Samah: »Wir glauben nicht, dass man durch Vergewaltigung schwanger werden kann, denn das ist ungewollter Sex, und von ungewolltem Sex kann man kein Kind bekommen.«

Selbst Samah verlor daraufhin kurz die Fassung: »Sex ist Sex, der Vorgang ist derselbe, ob einvernehmlich oder nicht.« Als sie dann die grundsätzlichen biologischen Abläufe erklärte, wirkte der Mann, der ihr widersprochen hatte, ein wenig betreten. Katastrophenhelfer, die den Kurs begleiteten, schätzten, dass fast jede Frau in den Flüchtlingslagern mit sexueller Gewalt in irgendeiner Form konfrontiert gewesen war. »Vergewaltigung ist das größte Problem in diesem Land«, seufzte Samah. »Sie ist die schlimmste Waffe gegen unsere Frauen. Noch schrecklicher als Schusswaffen.«

Regierungssprecher behaupteten trotzdem, die Vergewaltigungsstatistiken seien von Mitarbeitern der Hilfsorganisationen gefälscht. Ein Regierungsbeauftragter für Humanitäre Hilfe in Darfur gab eine Stellungnahme ab, die besagte: »Einerseits behaupten Helfer, dass Frauen in der sudanesischen Gesellschaft nicht über so etwas wie Vergewaltigung sprechen. Andererseits teilen sie uns mit, dass alle Frauen Vergewaltigungsopfer sind. Wie können sie das wissen, wenn die Frauen es nicht eingestehen? Sie erfinden Zahlen, die ihnen nutzen. Es gibt keine Vergewaltigungen in Darfur.« Die ständigen, himmelschreienden Diskrepanzen zwischen dem Bild vor Ort und den Behauptungen der Regierung beziehungsweise den Berichten der Presse zermürbten Lina. Ihre Kollegen rieten ihr, sich nicht so sehr auf die größeren Zusammenhänge einzulassen.

»Wenn du anfängst, darüber nachzudenken, wie viel noch zu tun ist, kommst du morgens nicht mehr aus dem Bett«, sagte Jen. »Du musst dich auf das konzentrieren, was innerhalb deiner eigenen Grenzen möglich ist. Setz dich jeden Tag voll ein, um das wenige zu erreichen, was du leisten kannst. Jede Kleinigkeit, die wir hier tun, bringt etwas.«

Air Mayur

Wenn Lina ein paar Tage frei hatte, flog sie nach Nairobi. Und als sie einmal länger Urlaub bekam, reiste sie von dort weiter nach London, um ihre Familie zu besuchen. Weil sie dort immer unter dem Druck stand, sich mit Heiratskandidaten »bekannt zu machen«, fuhr sie seltener nach Hause, als sie es unter normalen Umständen vielleicht getan hätte. Wie lange konnte sie potenzielle Verehrer noch zurückweisen, bevor ihre Eltern bemerkten, dass sie diese Pläne absichtlich sabotierte? Iman schöpfte schon Verdacht, dass Lina die Sache nicht ernst nahm. Im Zuge ihres letzten Gesprächs hatte sie Lina ausgeschimpft, denn einer der Männer, Churam, hatte sie angerufen und sich beschwert. Lina könne sich wohl nicht ernsthaft festlegen wollen, hatte er behauptet, wenn sie mehr als drei Wochen brauche, um eine simple E-Mail zu beantworten. Dann hatte er erklärte, er sei nicht länger daran interessiert, »Beziehungen aufzubauen«. Linas Ausrede, die Internetverbindung an ihrem Einsatzort sei unzuverlässig, hatte Iman nicht überzeugt. »Was erwartest du denn, haahh, wo du dich unbedingt am Ende der Welt verstecken musst?«

Wenn Mitarbeiter von Hilfsorganisationen reisen wollten, griffen sie meist auf regional eingesetzte Frachtflugzeuge von Nichtregierungsorganisationen zurück. Flüge dieser Art waren immer kostenlos gewesen, doch inzwischen hatte sich die Situation im Sudan verschärft und es wurden mehr Mittel gebraucht, also musste man seinen Platz bezahlen. Für ungefähr hundert Dollar konnte man den Humanitären Flugdienst des Welternährungsprogramms nutzen. Dessen Flugzeuge mussten oft zwischenlanden, um Hilfsgüter abzuliefern oder weitere Passagiere aufzunehmen, weswegen ein im Grunde zweistündiger Flug durchaus viermal so lange dauern konnte. Außerdem war es nicht immer ganz leicht, freie Tage mit dem Plan des Flugdienstes zu koordinieren. Lina hatte Glück, dass ihr Air Mayur zur Verfügung stand. Sie konnte sich innerhalb eines Tages von einem Flugzeug abholen lassen. Pravar betonte immer wieder, das sei kein Problem, denn es seien ständig Flugzeuge in der Nähe, die Touristen oder andere Charterfluggäste abholten oder absetzten.

Anil wartete immer am Wilson Airport auf sie. Als sein Knie nach dem Sturz noch geschient gewesen war, hatte er sich eben auf den Rücksitz eines Wagens gesetzt, das Bein hochgelegt und sich fahren lassen. Er hätte alles getan, um Lina eine Minute früher zu sehen. Nun ging er eines Freitagabends auf das soeben gelandete Flugzeug zu, während das Bodenpersonal des Flughafens die Treppe zur Tür schob. Durch ein Fenster konnte er Lina erkennen, die vor dem Aussteigen ihre Sachen zusammensuchte. Anil sah, dass sie nicht allein war. Sie nahm oft Kollegen mit, die nach Nairobi mussten. Man hatte ihr schon den Spitznamen »Lina Airways« gegeben.

Als sie die Treppe hinunterstürmte, klirrten die wackligen Metallstufen unter ihren Pfennigabsätzen – sie hatte an ihrem Einsatzort im Sudan nur ein Paar Schuhe, das nicht praktisch war, und das trug sie ausschließlich, wenn sie nach Nairobi flog. Von der dritten Stufe stürzte sie sich in Anils Arme. Die beiden umarmten einander fest, drückten Nasen in Halsbeugen und sprachen zwischen ihren Küssen.

»Du bist staubig wie immer.« Er lächelte, als er im Mund Sandkörner spürte. Das feine Zeug war einfach überall an ihr: in den Fältchen um die Augen, unter dem Knorpelkringel des Ohrs, im winzigen Spalt der Narbe an ihrer Lippe. Wenn sie ankam, trug sie immer ihr Wüstenaroma, wie Anil es nannte – eine intensivere Version ihres normalen Körpergeruchs, als hätte man ihre Essenz getrocknet und wie eine Blume gepresst.

Anil blickte nach oben, als er auf der Treppe schwere Stiefelschritte hörte. Er sah Hans, der sich bedrohlich über ihnen erhob, wie immer in seiner abgerissenen alten Jeansjacke: Die Ellbogen waren noch weiter abgescheuert, und an der linken

Manschette fehlte ein Knopf. Hinter ihm kam ein weiterer Mann. Anil zog Lina dichter an sich und schloss die Augen, weil er die Eindringlinge dort oben gar nicht sehen wollte. Lina besann sich plötzlich, dass sie nicht allein waren, und entwand sich ihm.

»Hans ist mit mir aus Dschuba gekommen.« Sie fuhr mit den Fingern über das Rund ihres Kragens und blickte von einem Mann zum anderen.

»Aha?« Anil tat überrascht. Er und Lina gingen einen Schritt beiseite, damit Hans die Fahrgasttreppe verlassen konnte. Ein kleinerer Mann mit hohem Haaransatz und rot gerahmter Brille folgte ihm.

»Das ist Fabio. Er arbeitet mit Hans zusammen.« Linas Ton klang betont heiter, vielleicht, weil sie Anils Indifferenz ausgleichen wollte. »Fabio arbeitet schon über zehn Jahre im Südsudan. Er ist Experte für diese Gegend.« Niemand wäre auf die Idee gekommen, dass sie ihn vor dem Flug noch nie gesehen hatte. Fabio wusste ungeheuer viel über Themen, die Lina brennend interessierten, und obwohl sie nur zwei Stunden im Flugzeug geplaudert hatten, glaubte sie, ihn schon viel länger zu kennen.

Fabio Rossi war leitendes Mitglied der Kommission für Entwaffnung, Demobilisierung und Reintegration im Südsudan. Er und Hans arbeiteten gemeinsam an einem Projekt, das dazu diente, die Herkunft illegaler, von sudanesischen Bürgern freiwillig abgegebener Waffen zu ermitteln. Doch das erwies sich als nahezu unmöglich, denn auf den meisten hatte man Seriennummern und Markierungen entfernt. Einige Waffen, an denen noch etwas zu erkennen war, stammten wohl aus britischer Produktion. Möglicherweise hatte man sie ursprünglich nach Kenia verkauft, doch angeblich wusste keines der beiden Länder etwas darüber, wie sie in den Sudan gelangt sein könnten.

Es existierte noch kein internationales System, um sämtliche produzierten und verkauften Waffen zu registrieren und nachzuverfolgen. Fabio hatte sich während des Flugs darüber aufgeregt und hinter seiner schicken Brille unentwegt geblinzelt. Er hatte gesagt, es sei unerhört, dass man eine genmanipulierte Tomate oder einen Koffer besser verfolgen könne als eine AK-47. Innerhalb von Stunden könne man jedes Gepäckstück ausfindig machen, das von San Francisco auf dem Weg nach Sierra Leone sei, aber tödliche Waffen verschwänden täglich.

Die beiden Männer wollten ein paar Tage später nach Genf weiterreisen und dort an einer Konferenz teilnehmen, auf der es um ein internationales, rechtlich bindendes Waffenhandelsabkommen ging. Dafür hatte Hans sich schon vor drei Jahren eingesetzt, als Lina ihn kennenlernte – doch seither war nur sehr wenig erreicht worden.

»Wie viele Menschen sind in dieser Zeit durch Kleinwaffenbeschuss ums Leben gekommen?« Hans hatte hinaus in die Wolken gestarrt, die sie durchflogen. »Ich will gar nicht daran denken.« Dann hatte er kurz und fest die Augen geschlossen. »Einer pro Minute. Sechzig in der Stunde. Zehntausende jeden Monat. Ein halbe Million jedes Jahr. Jupp. Zu viele. Ich habe das Gefühl, dass wir den Boden wischen, während der Wasserhahn läuft«, hatte er schließlich gesagt. »Wir entwaffnen eine Gruppe, und eine Woche später haben die schon neue Waffen und Munition.«

»Könnt ihr eure Sache vor den Vereinten Nationen diesmal besser begründen?«, hatte Lina gefragt.

»Wir gehen anders vor.« Fabio hatte heftig gestikuliert. »Wir argumentieren so, dass die Welt sämtliche Millennium-Entwicklungsziele vergessen kann, wenn jetzt nicht gehandelt und der Waffenhandel eingeschränkt wird. Erinnerst du dich an all die Pläne für Gesundheit, Bildung und so weiter? Die bis 2015 erfüllt sein sollen? Tja, nur wenige Länder sind auf dem Weg dorthin. In zwei Dritteln der vierunddreißig Länder, die diese Ziele wahrscheinlich nicht erreichen werden, gibt oder gab es gerade Konflikte. Also werden wir hervorheben, dass unverantwortliche Verteidigungsausgaben durch die Regierungen an den Ressourcen zehren. Wir brauchen strengere internationale Gesetze zur Kontrolle sämtlicher Waffentransfers.«

»Jupp. Wusstest du, dass die Entwicklungsländer ein Fünftel aller Schulden durch Waffenkäufe machen?« Hans bombardierte Lina mit neuen Fakten – als müsste er sie noch überzeugen. Doch Lina war inzwischen öfter in Nairobi, und Hans hoffte, dass sie versuchen würde, brisante Informationen über Mercs Vater Samuel Ojielo zu bekommen und weiterzugeben, sobald sich eine Möglichkeit ergab.

»Und ihr glaubt, es wird schwer, neue Gesetze durchzusetzen – trotz all dieser Informationen?«, fragte Lina. Sie war froh, dass Hans jenseits des Gangs und Fabio zwischen ihnen saß. So konnte sie dem emotionalen Druck besser ausweichen, den er auf sie ausübte.

»Ach, das meiste wissen sie schon, aber sie verschleppen die Sache trotzdem.« Fabio schob mit dem Zeigefinger seine Brille hoch. »Wir werfen einfach immer mehr statistisches Material ins Feuer und hoffen, dass das Thema irgendwann zu heiß wird, um es auszusitzen.«

»Das Beste wäre, wenn wir einen Informanten hätten, der uns Informationen von höherer Stelle zuspielt.« Hans sah Lina unverwandt an. »Jupp. Wenn wir solide Fakten über eine bestehende Regierung hätten, wäre man moralisch gezwungen, etwas zu unternehmen. Der PR-Effekt wäre gigantisch.«

Lina wandte ihr Gesicht zum Fenster, denn sie wusste genau, worauf er hinauswollte. Sie hatte schon versucht, ihm zu erklären, dass sie gar nicht zum inneren Kreis gehörte, dass Merc sie nicht besonders mochte und wahrscheinlich Verdacht schöpfen würde, wenn sie plötzlich versuchte, näher an seine Familie heranzukommen. Doch Hans begriff nicht, warum sie eine solche Chance nicht einfach nutzte und ihrer Sache half. Und da diese Sache dringlich und wichtig war, hatte er vielleicht sogar recht damit. Sollte sie nicht wirklich mehr tun?

»Ich weiß nicht, Hans.« Fabio nahm seine Brille ab und massierte den Höcker auf seinem Nasenrücken. »Denk mal an dieses ukrainische Schiff, das neulich von Piraten gekapert wurde. Kennst du die Geschichte?« Er zeigte mit einem Brillenbügel auf Lina.

Somalische Piraten hatten dieses Schiff unter ihre Kontrolle gebracht, die *Yeva*, die eine große Ladung Waffen transportierte, darunter auch fünfunddreißig Panzer. Die amerikanische Navy hatte die *Yeva* und ihre Mannschaft befreien können und behauptete nun, es gebe Grund zu der Annahme, dass die Fracht nicht für Kenia bestimmt gewesen sei, wie die kenianische Regierung und die ukrainische Spedition beteuerten, sondern für den Südsudan – für den ein Waffenembargo bestand. Man hatte der BBC gestattet, das Ladungsverzeichnis der *Yeva* zu veröffentlichen. Die Vertragsnummer auf dem Verzeichnis enthielt das Kürzel MOD/GOSS – und das stand für Ministry of Defence/Government of South Sudan, das südsudanesische Verteidigungsministerium.

Die kenianische Regierung hatte diese Interpretation allerdings angefochten und erklärt, GOSS stehe für General Ordinance and Security Supplies – eine Abteilung des kenianischen Verteidigungsministeriums. Doch bei den Vereinten Nationen waren von kenianischer Seite aus für das laufende Jahr keinerlei Waffenimporte oder -exporte deklariert worden. Und das Land hatte es bislang versäumt, ein entscheidendes Dokument vorzulegen: das Endverbraucherzertifikat, aus dem hervorging, ob die Panzer im Land bleiben oder in den Sudan ausgeführt werden sollten.

»Ich habe davon gelesen.« Lina rieb ihre Fingernägel aneinander.

»Ein ganz klarer Fall, dass etwas Schlimmes läuft, und trotzdem reagiert die internationale Gemeinschaft nicht groß darauf.« Fabio riss die Hände hoch. »Deutlicher geht es doch wohl nicht.«

»Das macht mich wahnsinnig!« Hans hatte sich umgewandt und über den Gang zu Fabio und Lina hinübergebeugt. »Einerseits richtet Kenia Friedensgespräche für die Krieg führenden Parteien im Sudan aus, und andererseits verkauft das Land Waffen dorthin!« Er hatte einen Ellbogen fest in die Armlehne gerammt. »Ich höre erst auf, wenn die Verantwortlichen hinter Gittern sitzen. Jupp.«

»Dann gehört das Flugzeug Ihnen?« Fabio blickte über den Rand seiner Brille hinweg. Er und Anil standen sich auf dem schimmernden Asphalt gegenüber, während der Schatten der Tragfläche quer über ihre Oberkörper verlief.

Anil runzelte die Stirn, weil er nicht wusste, was diese Frage zu bedeuten hatte.

»Gefällt Ihnen der minimalistische Look?« Fabio sah sich den Rumpf des Flugzeugs an. Er war ganz weiß: kein Logo am Heck, keine Farbmarkierungen oder Buchstaben, kein Zahlencode.

»Manche haben einen Pfau am Heck«, erklärte Lina. »Wie das da drüben – schau.« Sie zeigte auf ein Flugzeug, das in der Nähe vorbeirollte. Etwas in ihrer Brust flatterte beunruhigend. Fabio hatte bereits beim Einsteigen mit Hans etwas über die fehlenden Identifizierungsmerkmale gesagt.

»Anil, ist es okay, wenn wir die beiden zu Hans' Wohnung in Lavington fahren?«, fragte sie hastig, als könnte sie ihn leichter dazu bringen, wenn sie nur schnell genug sprach.

»Ich weiß nicht, ob wir Zeit haben, Lini. Es liegt nicht gerade auf dem Weg.« Anil nahm ihre Hand und zog sie auf den Wagen zu, der in der Nähe parkte. »Wir müssen noch nach Hause und uns umziehen, bevor wir zu Mercs Party gehen.«

Lina folgte ihm zwar, wandte sich aber nach den beiden Männern um und sah sie schuldbewusst an.

»Macht nichts.« Hans kam ihnen mit Linas kleinem Koffer nach. Seinen eigenen Rucksack hatte er über die Schulter geworfen. »Wir können ein Taxi nehmen.«

»Ja, bene.« Fabio folgt ihm.

Lina setzte an, etwas zu sagen, doch niemand hörte es, weil in diesem Moment ein Propellerflugzeug startete. Während alle eilig zum Parkplatz gingen, massierte sie Anils Handfläche mit dem Daumen. Anil zog seine Schlüssel aus der Tasche und drückte auf den Knopf, der den Wagen elektronisch entriegelte. Lina blickte kurz zu Hans hinüber, als die Scheinwerfer des Discovery aufflammten. Hans blieb stehen, setzte Linas Koffer ab, ließ seinen Rucksack von der Schulter rutschen und zog einen Reißverschluss daran auf.

»Müssen wir unbedingt zu Merc?« Lina sprach leise und hakte sich bei Anil unter. Seine Haut war durch die Hitze ein wenig feucht. Aus dem Augenwinkel sah sie, dass Hans auf dem Asphalt kniete und in seinen Sachen wühlte. Fabio hatte ein Handy hervorgeholt und rief gerade jemanden an.

»Sein Vater wird sechzig«, sagte Anil. »Das habe ich dir schon vor Wochen erzählt.«

»Ich weiß, aber …« Bislang hatte sie sich immer drücken können, wenn Merc oder sein Vater Gastgeber irgendeiner Veranstaltung waren.

»Merc ist extra hergeflogen – er erwartet von mir, dass ich komme. Und es wird bestimmt eine super Party.«

Nun kam Hans auf sie zu und hielt ihnen Linas Koffer hin, den Anil wortlos nahm.

»Lina, ich wusste nicht, dass ihr Pläne habt.« Hans sah sie eindringlich an. »Du solltest auf jeden Fall zu dieser Party gehen. Jupp.«

Ihr Blick sank zu Boden und huschte dann noch einmal zu Hans hinüber. Sie bedauerte, dass er Mercs Namen gehört hatte.

»Wirklich kein Problem, wir können uns ein Taxi nehmen«, wiederholte Hans. »Tu ich normalerweise auch. Wir hatten schon Glück, dass wir mit dir fliegen konnten, sonst hätten wir noch einen Tag in Dschuba festgesessen. Jupp. Also mach dir bitte keine Gedanken.« Er ging einen Schritt auf sie zu, um sich zu verabschieden.

Anil verstaute Linas Gepäck im Kofferraum und knallte ihn zu.

»Vielleicht fühlt ihr euch mit einem Taxi sowieso besser – ist sicher umweltfreundlicher als dieses Ding.« Sie wies mit dem Kopf auf den Wagen.

»Wir sehen uns bald, Lina.« Hans küsste sie zweimal auf beide Wangen und winkte mit ausgestrecktem Arm Anil zu, bevor er ging.

»Ja.« Fabio schüttelte heftig Linas Hand. »Wir sehen uns wieder, ganz bestimmt. Ciao bella.«

Anil hielt Lina die Tür auf und schloss sie dann energisch

hinter ihr. Auf dem Fahrersitz zog er so fest am Sicherheitsgurt, dass er immer wieder blockierte.

»Lass mich mal.« Sie griff nach dem Gurt, zog ihn langsam über Anil und schloss ihn dann.

»Du hast nicht gesagt, dass dieser Typ auch mitfliegt.« Anil setzte aus der Parklücke zurück.

»Ich wusste nichts davon.« Lina legte eine Hand auf seinen Schenkel. »Er ist ein paar Stunden vor meinem Abflug mit Fabio aufgetaucht. Ich verstehe nicht, warum das so ein Problem ist. Ich nehme doch ständig Leute mit. Ah – Klimaanlage, wunderbar …« Sie stellte die Gebläse so ein, dass ihr die kalte Luft direkt ins Gesicht wehte. »Bei sämtlichen UN-Fahrzeugen, die noch unterwegs sind, ist die Klimaanlage ausgefallen.«

»Es gefällt mir nicht, wie er dich ansieht.« Anils Fingerknöchel waren ganz weiß über dem Lenkrad. »Als würde er sich irgendwas einbilden.«

Lina atmete hörbar aus und starrte durch die Windschutzscheibe. »Keine Ahnung, was du meinst.«

»Und was war das beim Abschied? Vier Küsse? Wer macht denn so was? Entweder gibt man sich auf jede Wange einen, oder insgesamt drei. Aber nein, bei dir muss dieser Typ noch einen drauflegen.«

Anils Beobachtung überraschte Lina. Ihr war das gar nicht aufgefallen.

»Und wenn er in der Nähe ist, glaubt man, du willst dich ständig entschuldigen, als wäre dein Leben in seinen Augen nicht gut genug.« Anil umfuhr die Schlaglöcher mit sauberen, geübten Schlenkern. »Diese verdammten Straßen werden irgendwie auch immer schlechter. Bald sind es nur noch Löcher mit einem dünnen Netz aus Asphalt darum herum.«

»Immer noch besser als diese ständigen Staubpisten im Sudan.« Lina hoffte, dass das Thema Hans damit abgeschlossen war.

»Warum musstest du so tun, als wäre es eine lästige Pflicht, dass wir zu Merc gehen? Und dann deutest du auch noch an, dass dieser Wagen Hans' ökologischen Ansprüchen nicht genügt – was sollte das? Und dieser andere Typ – was zum Teufel wollte der sagen mit seiner Bemerkung über das minimalistische Flugzeugdesign? Man nimmt ihn kostenlos mit, und dann meckert er über das Erscheinungsbild der Fluggesellschaft. Verdammt undankbar. Für wen zum Teufel halten die sich?«

»Ich weiß nicht, was du meinst«, wiederholte Lina. »Ich sagte dir schon, dass ich lieber nicht zu Merc gehen würde.«

»Du willst *nie* dorthin.« Anils Mund stand offen – er hatte kein Verständnis für sie. Die Spannungen zwischen Lina und Merc waren immer zu spüren gewesen und hatten sich nach dem Vorfall im Regent's Park noch verstärkt. Anscheinend wollten sie sich einfach nicht umeinander bemühen. Anil hatte akzeptiert, dass die beiden keine Freunde werden würden, sah aber nicht ein, warum sie sich nicht ab und zu auf derselben Party aufhalten konnten. »Wo ist das Problem? Kannst du deine Gefühle nicht mal beiseitelassen und es mir zuliebe tun?«

»Ich bin hier, um bei dir zu sein.« Sie fuhr ihm mit der Hand durchs Haar und kraulte seinen Hinterkopf. »Sonst muss ich niemanden sehen, wer es auch ist und wessen Geburtstag auch immer gefeiert wird.«

»Wenn du bei mir sein willst, kommst du heute Abend mit.« Anil hielt vor dem großen schwarzen Tor an der Zufahrt zum Anwesen der Mayurs. Das auf die schmiedeeisernen Gitterstäbe geschweißte Bild des Pfaus teilte sich in der Mitte, als der Wachmann ihnen öffnete.

Anil ging direkt auf sein Zimmer und zog sich um. Lina ließ sich in dem Zimmer, das inzwischen ihres war, auf die Bettkante sinken. Minnie sagte immer, sie solle es nach ihren Wünschen neu einrichten, aber Lina beteuerte, es gefalle ihr so, wie es sei. »Dann bring doch wenigstens ein paar von deinen Sachen mit – zum Beispiel Familienfotos«, hatte Minnie gedrängt.

Es lagen durchaus ein paar Dinge herum, die aus Linas anderem Leben stammten. Zwischen den seidigen, cremefarbenen und violetten Kissen vor dem Kopfteil des Betts saß eine flauschige rosa Maus namens Boo, die sie von ihren Schwestern bekommen hatte, als sie zum Studium von zu Hause weggegangen war. Auf dem Nachttisch lag unter einer alten Ausgabe der Zeitschrift *Prospect* eine in Leder gebundene englische Übersetzung des Korans. Irgendwo darin steckte noch eine Karte, die Scharif sechs Jahre zuvor anlässlich ihres achtzehnten Geburtstags geschrieben hatte. Sie schlug das heilige Buch mittlerweile kaum noch auf, berührte es aber oft. Vor dem Zubettgehen drückte sie es an die Stirn und murmelte den Namen Gottes.

Lina streifte ihre Schuhe mit den Zehen des jeweils anderen Fußes ab und kickte sie weg. Sie flogen in hohem Bogen auf den purpurfarbenen Teppich. Dann ließ sie die Knöchel kreisen, streckte die Füße und winkelte sie an. Durch die Hitze waren sie geschwollen, und die Zehen klebten nach der langen Zeit in unnachgiebigem Leder zusammen.

Linas Telefon piepste und teilte ihr mit, dass eine SMS gekommen war. Sie stand auf und tappte zu ihrem Koffer, den einer der Bediensteten an der Tür abgestellt hatte. Die Marmorfliesen waren ganz kühl unter ihren Sohlen. Die Nachricht war von Hans.

Geh h. Abend hin. Hab dir was in d. Koffer gest. Seitentasche.

Angst fuhr ihr durch den Bauch. Was hatte er ihr da zugesteckt? Und wann? Linas Hand zitterte, als sie in die Seitentasche griff. Sie ertastete einen kleinen Metallgegenstand, etwas größer als ein Feuerzeug – und begriff, dass es eine winzige Kamera mit eingebautem Diktaphon war.

»Lina?« Minnie kam ins Zimmer. »Soll Mama Jo etwas für dich bügeln?«

Lina ließ das Gerät zurück in die Tasche fallen und stand auf, um Minnie zu umarmen. »Du siehst wunderbar aus.« Sie strich über die schimmernde Pullah von Minnies türkisfarbenem Sari, der im Gudscharat-Stil drapiert war, sodass das lose Ende nach vorn über eine Schulter hing. Pailletten in zahllosen, von Silber durchsetzen Blautönen überzogen den Stoff in wellenartigen Formationen.

»Was ziehst du an?« Minnie war überrascht, dass Lina noch

immer Caprijeans trug und das Haar zu einem strähnigen Pferdeschwanz gebunden hatte. »Soll ich dir bei der Entscheidung helfen?«

Minnie öffnete die Türen der begehbaren Garderobe, in der sich inzwischen die meisten von Linas Sachen befanden. Viele davon hatten Anil oder seine Mutter für sie gekauft. Ganz hinten in einem der Schränke gab es sogar einen kleinen Safe mit dem kostbaren Schmuck, den sie bekommen hatte.

Lina zögerte, während Minnie Kleiderbügel hin- und herschob und nach etwas Passendem suchte.

»Wie wäre es damit?« Minnie hielt einen hellgrünen Lengha hoch, den sie kürzlich auf einer Indienreise für Lina gekauft hatte.

Lina schüttelte den Kopf.

»Das vielleicht?« Nun hielt Minnie ihr ein rotes Kleid hin. »Wahrscheinlich trägst du lieber etwas Westliches. Ich kann dir ein paar schöne Ohrringe dazu geben.«

»Ich bin mir unsicher, Minnie. Übrigens gefällt es mir, wenn du die Haare so hochsteckst.« Lina bewunderte den eleganten, mit funkelnden Steinen übersäten Knoten.

»Ja?« Minnie tätschelte ihn vorsichtig. »Freddie, mein Friseur, war am späten Nachmittag da und hat das für mich gemacht. Schade, dass du so spät gekommen bist, sonst hätte er dich auch zurechtmachen können.« Sie zeigte Lina ein weiteres mögliches Ensemble.

»Ich weiß nicht …« Lina dachte an die Kamera, dann an Hans, an Merc, an Anil, an die nie zu realisierenden Millennium-Entwicklungsziele. Ihr war alles zu viel. Eigentlich musste sie zu dieser Party gehen. Doch sie konnte nicht.

Inzwischen wedelte Minnie mit einem gelben Sari.

»Ich habe so vielen Leuten erzählt, dass du heute Abend kommst. Alle sagen, das wird die beste Party, die Nairobi je gesehen hat. Tja …« Minnie zwinkerte ihr zu. »Vielleicht – zumindest bis wir deine Hochzeit mit Anil feiern.«

Lina hob gezwungen die Mundwinkel, während ihre Schultern nach unten sackten. »Ich bin so erschöpft. Ich habe Angst, dass ich euch den Spaß verderbe, wenn ich dann früh nach Hause will.«

»Sei nicht albern. Wenn wir einmal da sind, vergisst du die Müdigkeit, denke ich jedenfalls.«

»Du hast ja noch nicht mal geduscht!« Anil kam im weißen Smoking herein.

Lina bemerkte kaum, wie verärgert er war, so sehr packte das Verlangen ihre Sinne. Der Anzug saß perfekt, hob seinen Körperbau hervor, betonte die starken Schultern und die langen Beine. Anil trug keine Schleife, sondern hatte die Kragen von Hemd und Jackett wie üblich hochgestellt. Wenn Minnie nicht im Zimmer gewesen wäre, hätte Lina nicht widerstehen können und ihre Hand unter die offenen Hemdknöpfe an seinem Hals geschoben, um sein Gesicht zu ihrem herunterzuziehen.

Anil blickte von ihr zu Minnie, die nun alles, was sie ausgesucht hatte, auf das Bett legte.

»Sie kann sich nicht entscheiden, was sie anziehen soll«, sagte Minnie.

»Also ...« Linas Stirn legte sich in Falten. »Ich kann ... ich glaube nicht ... ich bin gar nicht in der Stimmung ...«

»Ach, um G – das diskutieren wir jetzt aber hoffentlich nicht noch mal?« Anil schüttelte den Kopf.

Lina versuchte, ihn mit ihrer sanftesten Stimme zu beschwören. »Ein Abend für mich allein ist genau das, was ich jetzt brauche. Dann bin ich für den Rest meiner Zeit hier topfit.«

»Ich verstehe dich nicht!« Anil hob die Arme und ließ sie wieder sinken.

»Schau doch, Lina, sieh doch, wie weh du ihm tust.« Minnie ging auf ihren Sohn zu, um ihm beizustehen. Auch sie ärgerte sich über Linas Verhalten. »Sprich mal richtig mit ihr, Anil.« Sie klopfte ihm auf die Schulter. »Sie kann dir bestimmt nichts abschlagen.« Minnie drehte sich um, gab Lina eine kleine Regieanweisung in Form eines Lächelns und wandte sich dann zur Tür. »Wir warten unten auf euch.«

Lina ging auf Anil zu und nahm seine Hände. »Glaubst du,

es ist leicht, dich allein weggehen zu lassen, wenn du so aussiehst?« Sie legte seine Arme um ihre Taille.

»Warum kommst du nicht mit? Wir müssen uns sonst mit niemandem treffen, solange du hier bist.« Anil legte das Kinn auf ihren Kopf und schmiegte seine Hand in die Vertiefung an ihrem Rücken. »Ich habe uns ab morgen ein Cottage in Karen gebucht, für zwei Nächte.« Lina wehrte sich nicht mehr so sehr gegen Körperkontakt, fühlte sich aber noch immer unwohl, wenn sie mit Anil im Haus seiner Eltern schlief. Also verschwanden sie oft für ein paar Tage in eine Lodge oder ein Hotel, während sie Anil besuchte. »Sag mir einen guten Grund, warum du nicht willst – und Müdigkeit zählt nicht.«

Weil Anils Finger so fest und ungeduldig auf ihr Rückgrat trommelten, musste Lina etwas sagen. »Für Merc und seinen Vater spielt es doch gar keine Rolle, ob ich da bin oder nicht.«

Als er sich aus ihrer Umarmung löste, wirkten Gesicht und Körper ganz matt vor Enttäuschung. »Aber für mich spielt es eine Rolle.«

Lina wollte ihn wieder umarmen, doch seine Arme hingen schlaff herab. Anil ging ohne ein Wort und ohne sich umzusehen hinaus. Sie lief ihm nach und flehte ihn an, nicht böse zu sein, doch er achtete nicht darauf.

Unten warteten Pravar und Minnie in der Halle vor dem Haupteingang.

»Wir kommen zu spät.« Pravar schob den grauen Ärmel seines wollseidenen Jacketts zurück und sah auf die Uhr.

»Das fällt gar nicht auf. Bei den vielen Leuten.« Minnie ging herum und richtete hier und da eine Rose in den beiden großen Vasen, die rechts und links vom Tordurchgang zum großen Wohnzimmer standen. »Solange wir da sind, bevor das eigentliche Festessen beginnt.«

»Werden wir aber nicht, bei diesem Tempo. Nein. Höchst definitiv.« Er ging um die Ecke zur Treppe und wollte gerade nach Anil rufen, als er ihn herunterkommen sah. »Da bist du ja! Wir müssen los.«

»Ich bin so weit. Gehen wir.« Anil marschierte an seinem Vater vorbei.

Oben am anderen Ende des Treppenabsatzes drückte Lina die Ellbogen in die Rippen, umklammerte den metallenen Handlauf und beugte sich über das Geländer. Ihr Mund war verkniffen, weil sie unbedingt etwas sagen wollte, ohne zu wissen was.

»Dann kommt Lina also nicht mit.« Minnie ging davon aus, weil Anil den Mund so verdrießlich verzog.

»Warum?«, fragte Pravar laut.

Anil ging auf die Haustür zu. Er war zwar wütend, wollte Lina aber nicht vor seinen Eltern kritisieren.

»Wirklich sehr stur, dieses Mädchen. Ja. Unbedingt.« Pravars Finger verkrampften und lockerten sich immer wieder. »Kein Wunder, dass du es nicht schaffst, ihr einen Hochzeitstermin zu entlocken – du bringst sie ja nicht mal dazu, dass sie abends mit dir ausgeht.«

»Was sie da mit dir macht, ist einfach nicht fair.« Minnie ging hinaus zu dem BMW, der am Eingang wartete. Der Fahrer ließ den Motor laufen und hatte die Klimaanlage eingeschaltet. Kalte Luft wehte ihr entgegen, als er die Tür aufhielt und sie einsteigen ließ. »Ihr Job ist zu anstrengend. Denke ich jedenfalls.« Minnie sank in einen kühlen Ledersitz.

»Welcher normale Mensch würde sich so eine Sause entgehen lassen?« Pravar rutschte neben seine Frau in den Wagen, ignorierte ihre beschwichtigenden Gesten und schimpfte weiter. »Honoratioren aus ganz Afrika kommen eigens her, aber Lina lässt sich nicht herab, uns zu begleiten. Das ist nicht normal, dieses Benehmen. Nein. Keineswegs.« Er beugte sich vor und knuffte Anil, der sich auf dem Beifahrersitz niedergelassen hatte. »Du musst aufhören, den Gutmütigen zu spielen, wenn du sie unter Kontrolle bringen willst. Sei ein Mann. Stell ihr ein Ultimatum – dann wird sie sich schon bewegen.«

Anil fing an, die Stücke auf der eingelegten CD durchzugehen.

»Du bist zu nett, Nilu. Sie betrachtet dich als Selbstverständlichkeit, denke ich.« Minnie versuchte, sich so hinzusetzen, dass ihr Sari nicht knitterte.

»Wie lange willst du noch warten, bis sie sich endlich mal festlegt?« Pravars Unverständnis verwandelte sich allmählich in Entrüstung.

Anil drückte weiter mit dem Zeigefinger auf der Stereoanlage herum, und während das System die Musikbibliothek durchsuchte, ließ er die laufenden Zahlen nicht aus den Augen.

»Leicht ist das nicht. Ihre Familie ist anscheinend sehr konservativ.« Minnie sah aus dem Fenster, während der Wagen die Zufahrt hinunterfuhr. Der Garten war in Dunkelheit gehüllt, doch sie wusste genau, wo jede einzelne Pflanze wuchs. Nahe am Tor stand im Licht der Laternenpfähle ein riesiger Kaktus, der die Arme emporstreckte wie eine Menora in Erwartung der Kerzen.

»Ah, ihre Familie«, sagte Pravar. »Das ist doch nur eine Ausrede. Jede Menge Mädchen heiraten gegen die Wünsche ihrer Eltern. Was ist so besonders an ihr, dass sie das nicht kann?« Er packte die Kopfstütze an Anils Sitz mit beiden Händen und zog sich hoch, damit er direkt in das Ohr seines Sohns sprechen konnte. »Weißt du noch, als du klein warst und mich beim Schach nur schlagen konntest, wenn du geschummelt hast? Tja, die Strategie gilt immer noch: Wenn das Spiel nicht so läuft, wie du es willst – dann beuge die Regeln.«

Anil drückte auf Play und drehte die Lautstärke auf. Pravar ließ sich zurücksinken und schüttelte den Kopf, als der Rhythmus einer Tabla im Wagen erklang. Anil schloss die Augen und massierte sich die Schläfen. Die laute Musik in dem engen Raum dröhnte in seinen Ohren und vibrierte im Hals, heizte die Rebellion an, die in ihm aufstieg. Er wusste, dass er handeln musste, doch das würde er nicht mit Pravar besprechen – der sah in allem nur Transaktionen, aus denen er mit dem besseren Schnitt hervorgehen musste.

Es ist aus

Die Fahrt nach Karen dauerte fast zwei Stunden. Anil hatte einen Umweg über Lavington eingeplant, um Lina zu zeigen, welche Fortschritte sein neues Projekt gemacht hatte, ein privates Anwesen. Unterwegs waren sie ständig zwischen zischenden Motoren, hupenden Fahrern und qualmenden Auspuffrohren eingekeilt – hinzu kamen Matatus, die den Stau umfahren wollten und dadurch nur noch schlimmer machten.

Anils Hand lag fast die ganze Zeit auf der Hupe. Manchmal fragte Lina sich, ob er sie anhupte oder das Chaos draußen. Wenn sie nach der Party vom Vorabend fragte, antwortete Anil einsilbig und drückte besonders lange auf die Lenkradmitte. Das entsprechende Getöse wurde dann mit Flüchen unterlegt.

»Du musst gar nicht so tun, als würde es dich interessieren, was gestern Abend los war. Ich weiß, dass du dich einen Dreck darum scherst.« Anil blickte zwischen Lina und der Straße hin und her.

»Die Party an sich spielt vielleicht keine Rolle, aber mir ist wichtig, was du dort erlebt hast. Darüber würde ich gern etwas wissen.«

Anil blickte wieder geradeaus. »Wenn du dich wirklich so sehr für meine Erlebnisse interessierst, kannst du ja mitkommen und sie mit mir teilen.«

Lina ließ den Kopf hängen. Sie drehte immer wieder den Ring an ihrem Mittelfinger. Schließlich sagte sie: »Wie lange willst du mich dafür bestrafen, dass ich die Party verpasst habe?«

Anils Handfläche traf die Hupe mit Wucht. »Darum geht es nicht – und das weißt du genau«, sagte er. Gleich darauf holperte der Wagen, und der Motor wurde abgewürgt, denn Anil musste scharf bremsen, weil das Matatu vor ihnen ohne zu blinken die Spur gewechselt hatte. »Mjinga!«, schrie Anil und ließ das Fenster herunter, um weiter zu fluchen.

Das Grundstück, auf dem Anil für einen Bekannten seines Vaters ein Haus baute, nahm zwei Morgen dicht bewachsenen, leicht abschüssigen Landes ein. Zuvor hatte dort ein Bungalow mit rotem Ziegeldach aus der Kolonialzeit gestanden, doch der war abgerissen worden, und Anil hatte an seiner Stelle ein zweistöckiges, U-förmiges Gebäude errichtet. Es hatte keine Ecken, aber bestach durch Fenster, die sich – dem Verlauf der organischen Kurve folgend – achtungsvoll bogen.

»Es sieht aus, als wollte das Haus den Garten umarmen«, stellte Lina fest.

»So war es auch gedacht.« Anil lächelte zum ersten Mal an diesem Tag.

»So viele Fenster. Wie wunderbar. Und durch die ganzen Bäume ist man trotzdem für sich.«

»Genau deswegen ist mein Bauherr in Panik.« Anil klimperte mit einem Schlüsselbund, den er in der Hand hielt. »Ich habe das Haus geradezu um die Bäume herum entworfen. Ich wollte möglichst wenige fällen. Aber er meint, so große Fenster und der Schutz der Bäume sind überaus einladend für Diebe.«

»Tja, da ist was dran …« Dass der Spitzname der Stadt »Nairaubi« lautete, hatte seinen Grund.

»Ja, aber es gibt doch einen Elektrozaun! Jetzt will Gideon sämtliche Fenster vergittern lassen. Kannst du dir das vorstellen? Das würde alles verderben. Aber er gibt nicht nach. Also prüfen wir im Moment eine elektronische Alternative, die man unsichtbar verstauen kann. Ich habe eine Firma in Deutschland gefunden, die herstellen könnte, was wir haben wollen, aber das kostet ein Vermögen, und Gideon will nicht mehr zahlen als den hiesigen Preis für handelsübliche Gitter.« Anil probierte im Schloss der provisorischen Haustür mehrere Schlüssel aus.

»Und was machst du jetzt?«

»Ich muss die Differenz wohl selbst bezahlen.« Als Anil sah, wie überrascht Lina war, fügte er hinzu: »Dieses Haus ist meine Visitenkarte. Es steht für meine neue Vision. Ich lasse mir nicht die ganze harte Arbeit von einer hässlichen Sicherheitsmaßnahme verderben.«

Das Haus war nicht konventionell in zwei Stockwerke aufgeteilt: Es gab Zwischengeschosse und darüber hinaus riesige Räume, in denen die ganze Höhe des Gebäudes ausgenutzt war. Aus fast allen Zimmern blickte man in einen nach Süden ausgerichteten Innenhof, der in den umliegenden Garten überging. Die Fenster auf dieser Seite waren alle groß, damit viel Sonne hereinfiel, denn so blieb das Haus in den kälteren Monaten warm, und man brauchte weniger künstliches Licht.

»Ich kann mich gar nicht erinnern, dass das hier so offen war.« Lina ging langsam durch einen der Flügel.

»War es auch nicht.« Er konnte seine Freude nicht verbergen, dass sie es bemerkt hatte. »Ich habe die Wand weggenommen, die hier verlief.« Sein Arm zog eine imaginäre Linie. »Und ich habe ein größeres Fenster eingesetzt. Das«, sagte er und zeigte darauf, »ist genau die Stelle, wo die Sonne untergeht.« Das Fenster saß hoch oben in der Wand, sodass man dahinter nur Baumwipfel und Himmel sah. »Ich wollte einen Raum schaffen, in dem man größer sein kann, als man ist. Weißt du, was ich meine?«

Linas Stirn legte sich in Falten, und ihre Hände ruhten auf dem breiten braunen Ledergürtel, der ihre Taille über dem weißen Etuikleid umschloss.

»Du weißt doch – wenn ein Mensch an einem Anlass oder einer Herausforderung wächst? Und sich selbst wundert, was alles möglich ist? Tja, mir geht es darum, Räume zu schaffen, die so etwas bewirken können.«

Lina spazierte durch das Haus und nahm seine Dimensionen in sich auf. Es strahlte wirklich Harmonie aus, und im ständigen, überraschenden Wandel von Höhe, Ausdehnung und Licht lag ein grenzenloser Sinn für das Mögliche. »Wahrscheinlich wird man versuchen, der Schönheit dieses Hauses gerecht zu werden.«

Anils Mund presste sich skeptisch zusammen. »Das ist zu stark ausgedrückt. Es ist subtiler – als ob man Squash mit jemandem spielt, der begabter ist – man wird wie durch Zauberhand besser, jedenfalls solange das Match dauert. Ich glaube, Architektur hat sozusagen die Kraft, das Spielniveau zu heben.«

»Das ist sehr inspirierend.« Lina ging zu Anil hinüber und wollte ihn küssen, doch er ließ nur einen flüchtigen Schmatz zu. Sie wusste nicht, ob er noch wegen des Vorabends verärgert oder einfach nur aufgeregt war, weil er ihr gerade die Baustelle zeigte. »Was hat dein Bauherr über die Veränderungen gesagt?«

»Ich habe ihm noch gar nichts davon erzählt. Er lässt mir mehr oder weniger freie Hand, bis auf die Vorgabe, dass er fünf Schlafzimmer und eine große Küche haben will.« Anil kniff die scharfen Ecken seines Kragens zusammen, als wollte er sie zur Ordnung rufen. Sein tailliertes Polohemd hing locker über die sandfarbenen Shorts.

»Dann hat er genügend Geld und bezahlt alles?«

»Ach, na ja, nicht so ganz.« Anil wirkte verlegen. »Es gibt natürlich ein Budget. Das haben wir wegen der blöden Gitter allerdings längst überzogen. Ich brauche aber die Freiheit, Sachen wieder einzureißen und neu anzufangen. Das hier muss klappen. Die Leute sollen diesen blöden Pfeil vergessen. Also bin ich bereit, zu bezahlen, was noch dazukommt. Beziehungsweise mein Vater.«

»Da hat der Bauherr Glück«, sagte Lina. »Und du hast Glück, dass Pravar dir hilft.«

»Ich weiß. Ich hätte nie gedacht, dass er mich so unterstützen würde. Merc sagt, er würde für alles blechen, wenn ich nur im Land bleibe. Ich weiß nicht.« Anil hielt inne und rieb sich das Kinn. »Manchmal frage ich mich, ob Merc neidisch ist, weil ich meinen Beruf hier so frei ausüben kann.«

»Weil dein Vater so viel Geld hat«, sagte Lina leise.

»Ja, deswegen – aber ich bin auch ganz glücklich in diesem Land.« Anil blieb immer wieder stehen, um die Verbindungen zwischen den Wänden zu begutachten. »Hier kann man einfach viel mehr bewirken. Merc hat nun mal etwas gegen das Land, und es wäre ihm lieber, wenn es mir auch so ginge.«

»Merc hegt eine Menge Groll.« Lina bereute ihre Bemerkung sofort, denn nun mussten sie beide daran denken, was am Abend zuvor passiert war.

Anil war kurz davor, etwas zu sagen, untersuchte dann aber stattdessen einen Türrahmen.

»Komm hier entlang.« Er zeigte Lina die Windfänger auf dem Dach, die durch Öffnungen an vier Seiten Hitze nach draußen und frische Luft nach drinnen leiteten. Anschließend kamen sie zur ersten Wand aus gebrannter Erde, die Anil je errichtet hatte. Es gab im ganzen Haus nur zwei, weil der Bauherr skeptisch gewesen war. Doch Anil hatte die Methode unbedingt ausprobieren wollen. Also hatte er Experten aus Chiva in Usbekistan einfliegen lassen, damit sie ihr Know-how an die Arbeiter vor Ort weitergaben. »Sind sie nicht schön?« Er tätschelte die glatte, rotbraune Oberfläche. »Wenn ich die Technik perfektioniert habe, fange ich mit unserem Haus an. Ich will das ganze Ding so bauen.« Die Worte waren ihm herausgerutscht, bevor er Zeit zum Nachdenken hatte. Einerseits ärgerte er sich nun, weil er seine wahren Gefühle gezeigt hatte, obwohl er Lina eigentlich bestrafen wollte. Doch andererseits war dadurch bewiesen, dass sie einfach zu ihm gehörte. Eine Zukunft ohne sie war für ihn nicht vorstellbar.

Als Lina ihre Hand an eine der Wände drückte, rechnete sie damit, dass sie feucht war und nachgeben würde. Doch die Wand war kühl und fest und hinterließ keine Spuren auf ihrer Haut. »Unglaublich.«

»Bald werden alle so bauen wollen.«

»Meinst du? Sogar hier? Du hast doch erzählt, die meisten Leute verbinden Lehm mit Unterkünften für die Armen.«

»Du bist ganz schön negativ.« Anil schnalzte mit der Zunge.

»Nein!« Als sie zu ihm hinüberging, wäre sie beinahe gestolpert. Stücke von Rohren und anderer Abfall lagen auf dem rauen Betonboden herum. »Ich finde toll, was du machst. Aber ich weiß noch, was du über die Reaktionen der Leute gesagt hast, wenn sie sich vorstellen sollen, in einem Lehmhaus zu wohnen.«

»Deswegen nenne ich es auch nicht Lehm. Die Technologie heißt gebrannte Erde. Aber wie dem auch sei, wir sollten fahren. Ich bekomme allmählich Hunger.«

»Ich habe noch nicht alles gesehen. Wir –«

»Du kannst es dir ein andermal ansehen. Vielleicht auf dem Rückweg.«

Schweigend fuhren sie weiter. Nach einer Weile begann Lina, Anekdoten aus ihrer jüngsten Zeit im Sudan zu erzählen. Sie arbeitete inzwischen im Lager mit einem Team, das für die Unterbringung der Flüchtlinge zuständig war. Jeden Tag verbrachte sie ein paar Stunden in der Überprüfungsstelle und befragte Flüchtlinge, um festzustellen, ob und wann eine Wiederansiedelung in einem der Nachbarländer für sie infrage kam. »Es lässt sich so schwer feststellen, ob die Geschichten der Leute wahr sind. Sie haben kaum Ausweispapiere oder andere Nachweise für ihren Herkunftsort. Wir müssen als Erstes verifizieren, ob die Leute tatsächlich Flüchtlinge oder nur arme Einheimische sind, die sich ins Lager geschlichen haben. Und anschließend geht es nur darum, dass man abwägt, wessen Not am größten ist.« Lina zupfte an einer Haarsträhne und blickte zur Seite. Anil hörte ihr offenbar zu. »Neulich kam so eine Familie an – dreizehn Personen. Das Paar behauptete, fünf der Jungen seien ihre Söhne. Ich war mir sicher, dass das nicht sein konnte, der älteste angebliche Sohn sah nämlich aus wie dreißig, und der jüngste war ein Kleinkind – und die Mutter schien selbst Mitte dreißig zu sein. Jen hat die Befragung durchgeführt und die Mutter gebeten, ihre Söhne in der Reihenfolge der Geburt zu nennen. Man merkte sofort, dass die Mutter völlig durcheinander war: Sie hat die Jungen angesehen und Namen gestammelt und zwei verwechselt. Also haben wir die Familie hinausgeschickt …« Lina verstummte, als Anil wieder loshupte, und zwar ohne ersichtlichen Grund. Der Verkehr auf der Ngong Road war für einen Samstagnachmittag einigermaßen zivilisiert.

»Dann haben wir angefangen, einzeln mit ihnen zu sprechen und die Geschichten abzugleichen. Ich kam mir so schrecklich vor, weißt du, als hätten diese Leute nicht schon genug durchgemacht, und jetzt werden sie auch noch verhört. Aber Jen macht das wirklich gut. Sie hat jedes Familienmitglied gebeten, im Dialekt der Region zu sprechen, aus der sie nach Aussage des Vaters angeblich kamen – und die Hälfte konnte das natürlich nicht. Sie mussten Feldfrüchte nennen, die in dieser Gegend angebaut werden – und wieder hatten die meisten keine Ahnung. Also hat Jen den Vater wieder hereingerufen und ihn gefragt, warum seine Kinder, auch die ältesten, nichts über den Ort wussten, aus dem sie kamen. Der Mann wollte einen Rückzieher machen und gab zu, dass nur drei Jungen seine Söhne waren, aber die anderen beiden waren Cousins, die als Söhne galten, weil sie ihre eigenen Familien verloren hatten. Ich weiß nicht, ob ich es geschafft hätte, darüber zu diskutieren, aber Jen hat ihn weggeschickt und ihm gesagt, er soll wiederkommen, wenn er geklärt hat, wer genau zu seiner unmittelbaren Familie gehört.«

Anil sagte immer noch nichts. Doch er lenkte den Wagen inzwischen mit einer Hand, also nahm Lina an, dass er etwas entspannter war. Die andere Hand hatte er leicht auf den Schaltknüppel gelegt. Normalerweise hätte Lina sie genommen und festgehalten, aber nun hatte sie Angst, die friedliche Atmosphäre zu zerstören. »So ist das ständig – Gruppen werden in kleinere Einheiten zerlegt, die unseren westlichen Vorstellungen von Familie entsprechen. Die Leute sind manchmal richtig sauer.« Lina konnte geradezu hören, wie sie ihrer Wut scharf und lautstark Ausdruck verliehen, indem sie Steine an die Wellblechwände des Überprüfungszentrums warfen. »Sie kommen zurück und bewerfen unser Gebäude mit allen möglichen Sachen.«

»Es ist nicht sicher dort!« Anil drückte wieder auf die Hupe. »Eines schönen Tages kommt irgendein Verrückter und geht auf dich los.«

»So schlimm ist das nicht. Es ist noch nie ein Ausländer bei der Arbeit in unserem Camp zu Schaden gekommen.«

»Das hat nichts zu bedeuten. Aber meine Meinung spielt ja sowieso keine Rolle. Du holst dir deinen Beifall sicherlich bei Leuten wie diesem Hans.« Er schnaubte den Namen geradezu. Und wieder traf seine Hand die Hupe mit Wucht.

»Was? Er hat mit der Wiederansiedlungsarbeit gar nichts zu tun. Er gehört einer völlig anderen Organisation an und arbeitet auf einem anderen Gebiet.«

»Anscheinend gibt es jede Menge Überschneidungen.« Anil war nun wieder wütend, seine Zehen krallten sich in den Turnschuhen zusammen.

»Nur, weil wir uns für die gleichen Themen interessieren. Und ich helfe ihm bei der Abrüstungsinitiative im Südsudan.« Linas Erklärungen überschlugen sich, weil sie sich so schuldig fühlte. Sie überlegte fieberhaft, wie sie Anil besänftigen konnte.

»Der Typ ist komisch.«

»Apropos ...« Lina war plötzlich etwas eingefallen, das ihn hoffentlich ablenken und amüsieren würde. »Du glaubst nicht, was diesem Churam eingefallen ist, mit dem mich meine Eltern bekannt gemacht haben!« Anils Gesicht zuckte, und sie fragte sich, ob sie weitererzählen sollte. »Er hat meine Mutter angerufen und mich verpetzt – gemeckert, weil ich mich nicht oft genug bei ihm melde. Hast du schon mal so was Lächerliches gehört?«

Anil antwortete nicht sofort und saugte nur seine Wangen ein. »Ich kann verstehen, wenn er sich beschwert. Schließlich wird er nicht gerade fair behandelt, oder?«

Darauf hatte Lina keine Antwort. Sie sah aus dem Fenster und hoffte, dass die Fahrt schnell vorübergehen würde.

Beide waren immer noch still und beklommen, als sie schließlich von der Langata Road abbogen und das abgeschiedene Gelände der Karen Blixen Cottages erreichten. Sie meldeten sich an und gingen durch den schattigen Garten zu ihrem Cottage. Manche Gäste saßen im Freien und aßen unter Zylinderputzerbäumen in stachliger roter Blüte ausgiebig zu Mittag. Männer in Businessanzügen berieten sich konzentriert, während am

Nebentisch Touristen in Shorts und Badeanzügen faulenzten. Zwei kleine Mädchen jagten einander über den Rasen, eins mit leuchtend orangefarbenen Schwimmflügeln und eins mit aufblasbarem Schwimmreif in Form eines Krokodils.

In der weißen Stille ihres Cottages umarmte Lina Anil – sie schlang sich von hinten um ihn, noch bevor er das Gepäck abstellen konnte.

»Es tut mir leid.« Sie drückte die Wange an seinen Rücken. Ihre Hände begannen, kreisförmig über seinen Bauch hin zur Brust zu streichen. Anil packte ihre Handgelenke und hielt sie fest.

»Das weiß ich.« Er trat einen Schritt zur Seite und drehte sich dann zu ihr um. »Aber das heißt nicht viel, ich weiß nämlich auch, dass du dasselbe wieder tun wirst.«

»Ich möchte dich nicht verärgern.« Lina zog die Lippen ein und drückte sie kurz mit den Zähnen zusammen. »Aber es stimmt, ich gehe Merc lieber aus dem Weg. Ich fühle mich in seiner Gegenwart nicht wohl. Ich verstehe allerdings nicht, warum so etwas zwischen uns steht.«

»Es geht nicht nur um Merc.« Anil seufzte und starrte zu der hohen Holzbalkendecke empor, als würde er an einen ganzen Berg anderer Dinge denken, die ihm Sorgen machten.

»Können wir uns setzen und darüber reden?« Lina ging zur Sitzgarnitur im Nebenzimmer.

»Lass uns rausgehen. Ich muss was essen.« Anil hatte seit dem Aufstehen nicht einmal ein Glas Wasser getrunken. Plötzlich war ihm, als würde alles in ihm schrumpfen – sein Gehirn, sein Magen.

Lina folgte ihm ins Restaurant und betete, dass sich seine Laune mit der Mahlzeit ein wenig bessern würde. Sie wollte gar nicht daran denken, was mit »Es geht nicht nur um Merc« gemeint war.

Sie bekamen einen Tisch in der Nähe des Pools. Jedes Mal, wenn ein Kind ins Wasser sprang, ging ein Sprühregen auf Lina nieder, doch sie bemerkte es kaum. Anil bestellte, ohne auch nur in die Speisekarte zu sehen: eine Flasche Mineralwasser, ein Glas Weißwein, einen doppelten Espresso, einen Hummer Thermidor und ein Rumpsteak mit Pommes frites.

»Zwei Hauptgerichte?«, fragte Lina hinter der Speisekarte hervor, die sie studierte, obwohl sie gar nicht hungrig war. Auch sie hatte am Morgen nichts gegessen. Sie hatte den Frühstückstisch gemieden, damit sie niemanden sehen musste. Besonders ungern wäre sie Pravar begegnet, nach den Bemerkungen, die sie am Abend zuvor mitgehört hatte.

»Ich kann mich nicht entscheiden, was ich lieber essen will, und habe solchen Hunger, dass ich wahrscheinlich beides schaffe. Was nimmst du?« Anil drückte ein Stückchen Brot in die kleine Schale mit Olivenöl in der Mitte des Tischs.

Lina bestellte einen Garnelencocktail.

»Sagen Sie dem Koch, er soll sich beeilen.« Anil steckte das durchtränkte Brot in den Mund, während er den Kellner ansprach. »Wenn das klappt, ist ein dickes Trinkgeld fällig. Und können Sie das Wasser und den Kaffee sofort bringen?«

»Danke«, fügte Lina hinzu, bevor der Kellner davoneilte. Sie streckte die Hand aus und wischte Anil einen Tropfen Öl vom Kinn. Er aß weiter, riss immer wieder Sauerteigstücke ab, tunkte sie in Öl und stopfte sie sich in den Mund. Als das Wasser kam, stürzte er drei Gläser herunter, und dann lehnte er sich endlich in seinem Segeltuch-Klappstuhl zurück und atmete tief aus. Lina schlug die Beine fester übereinander, denn sie rechnete damit, dass er nun sagen würde, was ihn belastete. Doch er richtete sich wieder auf, gab zwei Löffel Zucker in seinen Espresso und rührte eine Ewigkeit darin herum. Das Kratzgeräusch des Metalllöffels in der Keramiktasse schien immer lauter zu werden. Bald hörte Lina sonst nichts mehr. Alles andere war ausgeblendet – die Live-Jazzband, das Geplauder der Menschen, die Vogelrufe. Sie hatte den quälenden Verdacht, dass dieser Kaffee etwas Unangenehmes mit sich bringen würde. Oh Allah, dachte sie, bitte mach, dass es gut geht.

Anil trank langsam. Er spürte förmlich, wie das Koffein in seinen Organismus eintrat und die Nervenenden belebte. All seine Gedanken und Gefühle seit dem Vorabend verschmolzen allmählich zu einem Entschluss. Er trank seine Tasse aus und genoss den letzten süßen, vom unaufgelösten Zucker zähflüssigen Schluck.

»So geht es nicht weiter, Lina.«

Oh Allah, *bitte*! Sie wusste, dass es nicht gut stand, wenn er sie Lina nannte statt Lini.

»Ich weiß einfach nicht, was du vorhast.« Anil schob seine Pilotenbrille auf die Stirn und stützte die Ellbogen auf den Tisch. »Alles, was du tust, wirkt so widersprüchlich auf mich.« Erst als er die Worte aussprach, begriff er, wie zutreffend sie waren. Ganz plötzlich empfand er eine neue Klarheit, als hätte jemand in seinem Inneren Platz geschaffen. »Du redest davon, dass wir zusammen sind, aber was du tust, scheint das in keiner Weise zu untermauern.« Er hatte den Kopf zur Seite gelegt und fixierte sie. Lina war froh, dass ihre Sonnenbrille einen Schutz vor seinem verwundeten Blick darstellte. »Du musst unbedingt Hunderte Meilen weit weg in einem vom Krieg zerrissenen Land arbeiten, obwohl du ganz in meiner Nähe einen Job haben könntest, der sicherer, besser bezahlt und genauso sinnvoll ist. Du willst, dass wir warten, damit du Zeit hast, deinen Eltern unsere Heiratspläne nahezubringen, aber in der Zwischenzeit lässt du mich gar nicht an sie heran, sondern erlaubst ihnen, dich mit anderen Männern bekannt zu machen. Du hast beschlossen, dass du mit Merc nichts zu tun haben willst, aber ich soll offen dafür sein, dass immer und überall dieser Hans aufkreuzt. Und gestern Abend, als es mir ausnahmsweise mal wichtig war, dass du mitkommst, hast du dich einfach geweigert.«

Lina schluckte und bereitete sich auf ihre Rechtfertigung vor. Doch Anil hatte noch mehr zu sagen.

»Ich habe alles mitgemacht, was du wolltest, weil ich hoffte, dass es dann leichter für dich ist und du dich besser entscheiden kannst.«

Lina saß reglos da und rührte nicht einmal einen Finger, um die Fliege zu verscheuchen, die gerade ihr Brillengestell erforschte.

»Aber was die Sicherung unserer Zukunft betrifft, bist du keinen Schritt weitergekommen. Im Grunde hast du alles nur noch schwieriger gemacht mit deinen –« Er fand kein passendes Wort. Er war nicht einmal sicher, ob es überhaupt eines gab, mit dem sich ihr Verhalten zusammenfassen ließ. »So geht es nicht weiter. Also denke ich –«

Lina hielt den Atem an, weil sie Angst hatte, was nun als Nächstes kam.

»Ich brauche eine klare Ansage von dir. Ich will nicht so planlos weitermachen und mitspielen, während du dich verstellst und alle Welt beschwichtigst.« Er griff nach ihrer Hand. »Vergiss die ganze Scheiße«, sagte er. »Lass uns einfach heiraten.«

Lina rührte sich noch immer nicht. Einen Heiratsantrag hatte sie sich oft ausgemalt, ohne allerdings zu ahnen, dass er das Wort »Scheiße« enthalten würde. Anil ließ ihre Hand los und nahm ihr die Sonnenbrille ab.

»Ich kann gar nicht sehen, was du denkst.«

Lina legte den Kopf zur Seite, als würde sie etwas Flüchtigem nachlauschen. »Wie sollen wir das machen?«

»Wir fliegen nach Vegas.« Er grinste. »Ganz einfach.«

»Na ja, ich, äh, ich dachte … ich meine, wir wollten doch, also … wäre es nicht besser, wenn alle uns unterstützen und auch dabei sind?«

»Ja, natürlich. Idealerweise. Aber es sieht nicht so aus, als würde es dazu kommen. Warum also warten?« Er nahm ihre Hände. »Lass uns jetzt fahren.«

»Jetzt?« Lina blinzelte, um ihre Augen zu schützen, denn eine große Wolke gab die Sonne frei.

»Ja, warum denn nicht? Lass uns den nächsten Flug nehmen.« Er kicherte, denn die Idee gefiel ihm.

»Aber ich muss am Montag wieder arbeiten.« Sie spürte, wie wenig überzeugend ihre Feststellung im Angesicht seiner Leidenschaft war.

»Ach, vergiss die Arbeit.«

»Ich kann nicht einfach alle im Stich lassen.« Lina führte unwillkürlich Einwände an, als könnten sie Anil wie Fahrbahnschwellen bremsen, während er auf seinen neuen Plan zuraste. »Die rechnen dort mit mir. Die brauchen mich. Ich würde nie einfach gehen, ohne das rechtzeitig zu sagen. Ich –«

»Schon gut, schon gut. Du kannst alles so machen, wie du willst. Aber ich bin sicher, dass sie nicht kleinlich sind, wenn du nächste Woche ein paar Tage fehlst. Sag ihnen, es war eine Überraschung, ich habe dich entführt, um eine ehrbare Frau aus dir zu machen.« Anil stand auf und zog sie aus ihrem Stuhl. Andere Gäste drehten sich nach ihnen um, als er sie hochhob und herumwirbelte. »Wir heiraten!«, schrie er.

»Herzlichen Glückwunsch!«, rief ein Mann im Anzug.

Lina ergab sich für einen Moment seiner Begeisterung, denn das Glück, das seine Stimme beseelte und durch seine Finger auf die Haut ihrer Arme abstrahlte, riss sie einfach mit. Dann dachte sie an ihre Eltern. »Anil!« Lina zwang ihn, sie abzusetzen. »Es wäre viel schöner, wenn alles seinen richtigen Gang gehen könnte.«

Über ihnen schob sich eine neue Wolke rasch vor die Sonne und schien selbst die Luft zu verdunkeln.

Anil kehrte zum Tisch zurück, wo der Kellner gerade ihr Essen abstellte. »Lass uns essen, und dann gehe ich ins Netz und sehe nach, wann wir fliegen können.«

»Meinst du nicht, wir sollten das vielleicht besser planen, uns ein bisschen mehr Zeit nehmen?« Lina folgte seinem Beispiel, nahm ihr Besteck und legte eine Serviette auf ihren Schoß – die Rituale des gepflegten Speisens boten eine ruhige Fassade, hinter der sie die Panik in ihrem Kopf verbergen konnte.

»Was gibt's da zu planen?« Anil sprach mit einem Bissen Steak im Mund. »Das Tolle daran ist doch, dass wir nichts brauchen! Wir fliegen einfach hin und heiraten. Du und ich.« Er hörte auf zu essen, nahm ihr Gesicht in beide Hände und küsste sie. Sie erwiderte seinen Kuss und hätte seinen Worten nur zu gern geglaubt. »Zum Heiraten braucht man nichts als zwei Menschen, die es wollen.« Das hatten sie aus den Augen verloren. Nun kam die Sonne wieder hervor und gab allen Farben ihr wahres Gesicht zurück.

Doch Lina konnte von ihren Zweifeln nicht absehen. »Du brauchst deinen Pass.«

»Das stimmt.« Er hielt kurz inne. »Zuerst sehe ich nach den Flügen, und dann fahre ich kurz nach Hause und hole ihn.«

»Was ist mit deinen Eltern? Was willst du denen sagen?«

»Nichts. Das geht jetzt nur dich und mich etwas an.«

Lina nickte, doch ihre Schultern sackten ein wenig ab, und die Schlüsselbeine traten hervor.

»Sie werden es akzeptieren müssen. Alle. Ich bin sogar sicher, dass man mit deiner Familie so am besten umgeht – man stellt sie vor vollendete Tatsachen und wartet ab, bis sie sich daran gewöhnen. Sie werden unserer Heirat nie zustimmen, solange sie glauben, dass du dich durch ihre Missbilligung davon abbringen lässt.«

Lina schluckte. »Aber wenn –«

»Ist mir egal. Ich bin es leid, so zu denken.« Erschöpfung drohte die ganze Freude von seinem Gesicht zu tilgen.

»Du hast recht.« Lina stocherte in ihren Garnelen, während Anil sein Steak aufaß und sich dann über den Hummer hermachte.

Am darauffolgenden Nachmittag ging ein Flug nach New York. Anil beschloss, dass sie ihn nehmen und mit einem Anschlussflug weiter nach Las Vegas fliegen würden. Er buchte die Tickets, First Class. Am nächsten Morgen fuhr er nach Hause, um seinen Pass zu holen und den Wagen dort abzustellen. Dann ließ er sich vom Fahrer zurück zu den Cottages bringen. Als er in ihr Zimmer kam, lag Linas Koffer aufgeklappt am Fußende des Betts, und ihre Sachen waren überall verstreut.

»Was ist los? Ich habe ein Taxi bestellt, wir werden gleich abgeholt!« Anil nahm ein paar Kleidungsstücke aus dem Schrank und warf sie samt Bügeln in den Koffer.

Lina antwortete nicht, sondern stand einfach nur da und hielt sich mit beiden Händen den Mund zu. Sie trug ein T-Shirt von Anil, das sie nach dem Duschen übergestreift hatte. Vorn war ein lang gezogener, weißer Fleck aus Zahnpasta zu sehen, die beim Zähneputzen heruntergetropft war. Unter dem Saum des Shirts blitzte die Spitzenbordüre ihrer French Knickers hervor.

»Was zum Teufel hast du die ganze Zeit gemacht? Du hast versprochen, dass du fertig bist, wenn ich wiederkomme.« Falls er wusste, was Linas schlaffe Körperhaltung und die roten Augen zu bedeuten hatten, wollte er es nicht wahrhaben.

»Ich habe mit meinen Eltern gesprochen.« Genauer gesagt hatte Lina weinend am Telefon zugegeben, dass sie nach wie vor mit Anil zusammen war, und Mutter und Vater gebeten, das nun zu akzeptieren. Scharif hatte dazu nur gesagt, dass es ihr letztes Gespräch sein würde, sollte sie Anil tatsächlich heiraten.

»Ach du Scheiße! Lass mich raten – sie wollten dir kein grünes Licht geben, und jetzt überlegst du es dir noch mal. Stimmt's?« Sein Mund bog sich zu einer krummen Linie.

»Es tut mir leid.«

»Warum zum Teufel musstest du dich bei ihnen melden?« Anil hatte im Gefühl gehabt, dass er sie besser nicht allein lassen sollte.

»Es tut mir so leid, Anil.« Lina sank gegen die Wand. »Ich kann dir gar nicht sagen, wie sehr –«

Er trat gegen ihren Koffer. Der Deckel klappte zu. »Das ist krank! Das ist geradezu inzestuös, verdammt noch mal. Welcher normale Mensch lässt seine Eltern über sein Leben bestimmen? Warum sollen die für dich entscheiden?«

»Ich weiß es nicht.« Sie starrte zu Boden. Das war alles falsch, eine Umkehrung der natürlichen Ordnung. Aber sie konnte ihren Eltern nicht wehtun – vor allem nicht Scharif. Sie konnte seine tonlose Stimme nicht ertragen und seine Warnung nicht ignorieren, dass sie in den Augen Gottes etwas Falsches tat. »Mein Dad –«

»Wie kann das Glück deines Vaters wichtiger sein als dein eigenes? Als unseres?« Es machte Anil schon wütend, dass sich diese Frage überhaupt stellte. Es war pervers. »Er hat sein Leben gelebt und alles gehabt, was er wollte, und jetzt will er auch noch entscheiden, wie du leben sollst? Kann das denn richtig sein?«

Lina schüttelte den Kopf. Es klang wirklich absurd. Aber es war noch ein Beweggrund im Spiel – die undurchsichtige Logik des Herzens. In der Vergangenheit hatte sie Anil eine Vorstellung von ihrer Zuneigung zu Scharif vermitteln wollen. Doch er hatte verächtlich auf ihre Glorifizierung reagiert und erklärt, sie habe nur ganz normales elterliches Verhalten erlebt. Und er hatte hervorgehoben, dass Eltern kein Recht besaßen, über das Leben eines Kindes zu bestimmen, was immer sie für das Kind getan haben mochten.

»Wenn ich ein bisschen mehr Zeit hätte –«

»Du brauchst keine Zeit, du brauchst eine Therapie!« Anil starrte sie wütend an. »Merc hatte recht, das ist alles komplett abgedreht. Ich weiß nicht, was deine Eltern mit dir gemacht haben, aber das ist … das ist –« Plötzlich erlosch etwas in ihm. Er wollte nicht mehr diskutieren.

»Es tut mir leid.« Lina fing an zu weinen und rutschte an der Wand hinunter, bis sie auf dem Boden saß.

Anil steckte ein Hemd und ein Buch in eine Sporttasche. »Ich fahre jetzt. Und wenn du nicht mitkommst – dann war es das. Wir zwei sind fertig.«

Lina blieb an die Wand gelehnt sitzen und weinte. Sie hatte schreckliche Angst, dass er sie nun vielleicht für immer verließ. Gleichzeitig hingen Scharifs letzte Worte an ihr wie eine Schlinge: »Wenn du mit ihm gehst, dann kann ich nur sagen, chuda hafis, Gott schütze dich.«

Anil nahm die halb leere Tasche und blieb vor Lina stehen. »Kommst du mit?«

»Bitte.« Sie streckte die Hand aus und berührte seine Wade. »Lass uns reden –«

»Ich will nicht mehr reden.« Seine Stimme brach. »Wenn du mich wirklich liebst, stehst du jetzt auf und fährst mit mir.«

»Sag das nicht! Du weißt, dass ich dich liebe!«

»Nein, weiß ich nicht.« Er ging auf die Tür zu. »Zeig es mir.« Er drückte die Klinke hinunter.

Lina wollte aufstehen, sackte aber wieder zusammen.

»Eine scheiß tolle Liebe ist das.« Anil ging und schlug die Tür so fest zu, dass das Schloss heraussprang.

»Anil!« Ein Teil von ihr ging mit ihm. Sie spürte den Ruck, als würde ein mittäglicher Schatten abgetrennt. Sie sah sich selbst, wie sie ihm nachlief und in seine Arme sank. Doch der Rest von ihr blieb sitzen, klebte unschlüssig am Boden, von Schmerz gelähmt. Das alte Tauziehen zerriss ihr Herz.

IV

Enthüllungen

Es war der Tod. Anil wusste nicht, wie er zum Taxi gelangt war. Nach seinem Herzschlag zu urteilen musste es ein wilder Sprint gewesen sein. Wie dieser Muskel in seiner Brust um sich schlug. Es war der Tod. Kein Funken Kraft war mehr in ihm. Er hing auf dem Rücksitz und fühlte sich, als wäre er mit einem Strick am Wagen befestigt und würde über glühenden Asphalt geschleift. Es war der Tod. Er musste aufpassen, dass er das Atmen nicht vergaß. Er keuchte gepresst. Die Luft der Welt reichte nicht aus als Brennstoff für sein Leid. Sein Mund verzerrte sich, so weit Verzweiflung reichte. Er würgte und hustete und japste in die abgenutzten Sitze hinein. Das Leder war geschmolzen. Es war der Tod.

Der Taxifahrer beobachtete ihn im Rückspiegel und traute sich schließlich, ihn zu warnen. »Sah«, sagte er. »Es gibt eine Geldstrafe, wissen Sie, Sah, wenn Ihnen ein Unfall passiert? Zwanzigtausend.« Für Männer wie den war das wahrscheinlich nichts, vermutete er. So viel gab der für eine Flasche Wein aus, während er selbst die halbe Monatsmiete damit bezahlte. Obwohl er nicht wusste, ob sich das lohnte, wenn er dafür die Kotze aufwischen musste. »Sah?« Der Fahrer hielt am Straßenrand und drehte sich zu seinem Fahrgast um. »Sind Sie krank?«

Anil schüttelte den Kopf. »Verloren habe ich«, sagte er. »Ich habe jemand verloren.«

»Oh. Tut mir sehr leid, Sah.« Der Wagen fuhr weiter.

Am Flughafen staunte Anil, weil alles so aussah wie immer: Die Leute gingen alltäglichen Dingen nach, als wäre die Welt noch dieselbe. Er blieb noch eine Weile im Taxi sitzen und versuchte, sich zu fassen. Der Fahrer wartete. »Nehmen Sie sich Zeit, Sah. Sie wissen, was man so sagt? Wie lahng die Nacht auch ist, irgendwahn wird es wieder Tag.« Anil wischte sich die Augen und redete sich ein, dass Lina noch kommen würde. Ihr Zusammensein war so unvermeidlich wie die Folge von Dunkel und Licht.

Bevor er zum Check-in-Schalter ging, sah er nach, ob sie in einem der ankommenden Taxis saß. Am First-Class-Schalter stand keine Schlange. Er ließ den Sitzplatz neben seinem blockieren. »Meine Partnerin kommt noch. Sie ist gleich da.« Bei der Sicherheitskontrolle wurde seine Tasche herausgegriffen. Ein Beamter zog ein Fläschchen mit Gesichtscreme hervor, das mehr als 100 Milliliter enthielt. Anil erfuhr, dass er es nicht mit an Bord nehmen durfte. Obwohl er sich gar nicht erinnern konnte, das Glasfläschchen überhaupt eingepackt zu haben, war es auf einmal unendlich kostbar, wie das letzte Relikt von Lina, etwas, das er um jeden Preis behalten musste. Er ließ nicht zu, dass der Beamte es zu den vielen anderen beanstandeten Flüssigkeiten warf. Daraufhin verlangte der Beamte, dass er die Tasche eincheckte. Anil zog ein paar Geldscheine hervor und reichte sie ihm diskret. Er wurde durchgewinkt.

In der Lounge behielt er die Tür im Auge und wartete darauf, dass sie erschien. Er bestieg das Flugzeug als Letzter. Warum er überhaupt mitflog, wusste er selbst nicht. Vielleicht nur, um ihr die Chance zu geben, ihm zu folgen. Noch als er seinen Platz einnahm, hoffte er weiter und rechnete damit, dass sie jeden Moment auftauchen würde, dass sie gleich mit gerötetem Gesicht und keuchend in die Kabine platzen würde wie eine Heldin im Film.

Lina rührte sich nicht von der Stelle, als er gegangen war, und weinte so heftig, dass kein Raum für Gedanken blieb. Zweimal klingelte ihr Handy. Sie stürzte sich jedes Mal in der Hoffnung darauf, dass es Anil war. Doch auf dem Display leuchtete nur die Festnetznummer ihrer Eltern – sie wollten mit Sicherheit prüfen, ob sie ihren Plan durchgeführt hatte.

Irgendwann wachte sie plötzlich auf dem Boden eines dunklen Zimmers auf. Durch die Stille drang der Ruf eines Hadeda-

Ibis: haa-haa-haa-de-dah! Als würde sogar die Nacht ihr Leid verlachen.

Lina kroch zum Nachttisch und tastete nach der Lampe. Anil war fort. Das Wissen darum zerrte wie ein Haken an ihrem Herzen. Sie sah seinen iPod und erinnerte sich an das letzte Lied, das sie gemeinsam gehört hatten. Am Morgen, als sie nackt beieinanderlagen und seine Finger in ihren Haaren spielten. Er hatte den Text übersetzt und sie mit seinen Urdu-Kenntnissen beeindrucken wollen.

Leben ist nur noch erinnern.
Mir ist eine jede Sekunde nur noch Maß
Für das Pochen deines Namens im Puls der Zeit.

Voller Qual ging sie im Zimmer auf und ab und konnte es einfach nicht glauben. Auf einem Kissen war noch der Abdruck seines Kopfes zu sehen. Lina streckte die Hand aus und zog sie sofort wieder zurück, weil sie nichts durch ihre Berührung verändern wollte. Sie ging auf das Bad zu und schlug dabei die Fäuste zusammen. Unterwegs sah sie, dass im Schrank noch eins seiner Hemden hing. Sie trat in den hölzernen Kasten, wünschte sich, es wäre ein Sarg, und drückte ihr Gesicht in den Stoff. Der Haken in ihrem Herzen ruckte fester. Anil war fort.

Am nächsten Tag wollte sie nicht wie geplant mit Air Mayur zurück nach Dschuba fliegen. Es kam ihr falsch vor, weiterhin Anils Gastfreundschaft in Anspruch zu nehmen. Lina rief mehrere Kollegen an, um zu fragen, ob irgendein NGO-Transport von Nairobi in Richtung Sudan vorgesehen war. Sie hätte auch einen Lastwagen genommen, der den ganzen Tag brauchte – wenn er sie nur aus der Stadt wegbrachte. Doch sie erfuhr, dass ein Frachtkonvoi auf dem Landweg schon am Vortag losgefahren war und dass das nächste Flugzeug erst am Ende der darauffolgenden Woche ging. Die andere Möglichkeit war ein normaler Linienflug nach Dschuba. Allerdings stellte sie fest, dass die einzige Maschine an diesem Tag schon gestartet war. Lina fand sich damit ab, ein letztes Mal mit Air Mayur zu fliegen.

Sie kam verfrüht am Wilson Airport an, hoffte aber, dass das Flugzeug schon da war und gleich starten konnte. Doch wie sie erfuhr, befand sich der Pilot noch auf dem Rückweg von Mombasa. Lina wartete im Erdgeschoss des Kontrollturms, einem seltsamen, zweistöckigen Gebäude, auf dem so etwas wie eine blau gedeckte Pagode thronte. Sie nahm ihre Sonnenbrille nicht ab und drückte ein Papiertaschentuch auf jede Wange, um die nach wie vor strömenden Tränen aufzufangen.

Lina wusste nicht, wie viel Zeit vergangen war, als schließlich jemand die Ankunft des Flugzeugs meldete. Sobald es gelandet war und über die Bahn rollte, ging Lina darauf zu, weil sie damit rechnete, gleich einsteigen und starten zu können. Doch einer der Abfertiger sagte, es müsse erst aufgetankt werden.

»Das dauert nicht lange«, fügte er rasch hinzu, als sie aufstöhnte. »Hier, Ma'am, ich trage Ihnen Ihr Gepäck.« Er nahm Linas Koffer.

Lina blieb, wo sie war und beobachtete, wie zwei Männer in Overalls eine Treppe an die Flugzeugtür schoben. Als Nächstes sah sie Merc, der im leichten Leinenanzug herunterstieg. Er war kurz für einen Tag an die Küste zu einem einheimischen Künstler geflogen, dessen Arbeiten er vielleicht in Großbritannien ausstellen wollte.

»Hey. Geht's zurück zur Arbeit?« Er war genauso überrascht und ging auf Lina zu.

Sie nickte.

»Wo ist Anil?«

Lina schüttelte den Kopf, weil sie sich nicht zutraute, etwas zu sagen.

»Lakini, das Flugzeug muss aufgetankt werden. Ma'am muss ein paar Minuten warten«, erklärte der Abfertiger.

Merc fiel auf, dass ihre Wangen nass waren. »He, geben Sie mir den.« Er nahm dem Abfertiger Linas Koffer ab. »Ich helfe ihr.« Mit der anderen Hand steuerte er Lina auf die nahe gelegenen Hangars zu.

Vor einem der Holzgebäude blieben sie stehen und stellten sich in dessen Schatten.

»Ist alles okay?«, fragte Merc.

Lina sah aus, als wäre sie gerade den Achtzigern entstiegen: hautenge weiße Jeans und ein übergroßes marineblaues T-Shirt unter einer pfirsichfarbenen Baumwolljacke mit Dreiviertelärmeln. Das Einzige, was an ihrer Aufmachung passte, war der hingetropfte weiße Fleck auf dem Shirt, denn er leuchtete wie ihre Jeans.

Sie machte den Mund auf und gleich wieder zu. Was sollte sie diesem Typen sagen? Er hatte immer etwas dagegen gehabt, dass sie und Anil zusammen waren.

Merc sah nur eine Erklärung für ihren Zustand und dafür, dass Anil nicht da war. »Habt ihr … seid ihr … ist es aus?« Er konnte nicht einmal erkennen, ob Lina ihn hinter der dunklen Brille ansah.

Als er das letzte Wort ausgesprochen hatte, schnaufte und schluchzte sie sofort heftig los.

Merc streckte eine Hand aus, ohne zu wissen, ob er sie berühren durfte. Sie hatten noch nie Körperkontakt gehabt.

Lina lehnte sich gegen die Wand des Hangars, und ihre bebenden Schultern sanken nach vorn.

Zum ersten Mal reagierte Merc nicht gereizt auf Lina – sie tat ihm einfach nur leid. »Schschsch. Schschsch«, sagte er und strich ihr nun doch über die Schulter.

Nach einer Weile richtete sie sich langsam auf und nahm die Sonnenbrille ab. Ihre Augen waren schmale Schlitze hinter geschwollenen Lidern. Die Papiertaschentücher hatten sich in ihren Händen aufgelöst. »Er ist fort.« Ihre Stimme war heiser, und die Worte klangen abgehackt. »Er hat mich verlassen.«

Mercs Hand erstarrte und sank herab. Er hätte nie erwartet, dass es Anil sein würde, der die Beziehung beendete. »Ich weiß, das ist jetzt kein Trost, aber ich glaube wirklich, es ist das Beste so.«

Nichts änderte sich in Linas Gesicht. Es war vom Weinen ganz taub.

»Und das sage ich nicht nur wegen der vielen Dinge, über die wir schon gesprochen haben. Ihr beide wart viel zu verschieden – in jeder Hinsicht. Klar so weit?«

Lina schüttelte den Kopf, denn sie war anderer Meinung, konnte aber nichts erklären.

Merc betrachtete sie und fragte sich, ob er sagen sollte, was er dachte. Jahrelang hatte er sich zurückgehalten, um seinen besten Freund nicht zu verraten. Anil hätte ihm eine Einmischung nie verziehen. Aber jetzt, wo die Beziehung beendet war, konnte es nicht mehr schaden, und vielleicht half es Lina, wenn sie die Wahrheit kannte.

»Ich habe immer von deiner Religion gesprochen, aber ich dachte noch aus einem anderen Grund, dass ihr zwei nicht zusammen sein könnt.« Merc spielte mit dem Kofferbügel, zog ihn hoch, schob ihn wieder hinunter. »Es liegt auch an deinen Prinzipien. Das, woran du glaubst, ist mit ihm und seiner Familie unvereinbar.«

Lina sah weg. Einen Vortrag von Merc konnte sie im Augenblick nicht gebrauchen. Doch was er dann sagte, ließ sie aufhorchen.

»Ich weiß, die Mayurs sind überaus großzügig, aber hast du dir nie überlegt, wieso du immer so kurzfristig mit Air Mayur in der Gegend herumfliegen konntest?« Er sah sie eindringlich an.

Lina hatte durchaus darüber nachgedacht und Pravar sogar einige Male gefragt. Doch seine Antwort hatte plausibel geklungen: Er besaß mehr als zwanzig Flugzeuge, die ständig im ganzen Land unterwegs waren, also standen die Chancen gut, dass jederzeit zumindest eins irgendwo in der Nähe war.

»Was ist mit der seltsamen Fracht, die bei diesen Flügen manchmal an Bord ist? Erzähl mir nicht, dass dir das nie irgendwie komisch vorkam.« Mercs Augen wurden schmal.

»Die Hilfsgüter?«, fragte Lina. Bei Abflügen von Nairobi hatte sie oft diese Kisten vom Roten Kreuz in den Flugzeugen gesehen.

»Hilfsgüter!« Merc atmete verächtlich aus. Wie naiv war diese

Frau eigentlich? Da malte jemand gefälschte Logos auf ein paar alte Kisten, und sie fiel darauf herein? »Komm schon, Lina. Erzähl mir nicht, dass du nie Verdacht geschöpft hast. Du arbeitest für die Vereinten Nationen, Scheiße noch mal! Du weißt, wie Hilfsgüter ausgeliefert werden – normalerweise nicht in kommerziellen Kleinflugzeugen.«

Ein schrecklicher Gedanke drängte sich Lina auf. Sie erinnerte sich an Fabios Bemerkung über die fehlenden Identifizierungsmerkmale am Flugzeug. Das konnte nicht sein. Sie schüttelte den Kopf. Nicht Anils Familie. Nicht er.

Mercs Lippen verzogen sich, und dann atmete er mit einem langen Pfiff ein. Irgendeine Ahnung musste sie doch wohl gehabt haben. Redete sie denn nicht ständig von illegalem Waffenhandel und davon, dass die kenianische Regierung daran beteiligt war? »Diese Flugzeuge bringen Waffen hier raus.«

Lina hielt sich mit beiden Händen den Mund zu, während ein Krampf ihren Körper durchzuckte. Wenn etwas in ihrem Magen gewesen wäre, hätte sie sich übergeben. Sie musste aufpassen, dass sie das Atmen nicht vergaß. Gedanken kamen aus allen Richtungen und zerfielen in ihrem Kopf. Sie schnappte nach Luft, als könnte sie dadurch klarer denken.

Merc spürte, wie verwirrt sie war, und fing an zu erklären. Gebrauchte Waffen aus kenianischen Staatsbeständen wurden heimlich verkauft. Pravars Firma flog das ganze Arsenal zu Mittelsmännern in Zentralafrika. So viel schloss Merc aus den Gesprächen, die er im Haus seines Vaters mitanhörte. Er war sicher, dass Anil nichts davon ahnte – der hatte sich nie dafür interessiert, wie Pravar sein Geld verdiente.

Schließlich begann Merc, sich zu verteidigen. »Ich weiß, du fragst dich wahrscheinlich, wie ich das alles wissen und nichts dagegen unternehmen kann. Aber ich kann meinem Vater nicht sagen, was er zu tun und zu lassen hat. Klar so weit? Deswegen halte ich mich raus.« Er blickte in die Ferne. Vor ihnen lag die Skyline von Nairobi, aus der Anils Pfeil als höchstes Gebäude ragte. »Ich wollte nie in diesem Land leben. Ich dachte, Anil könnte das auch nicht.«

»Wenn er davon wüsste –«, flüsterte Lina. Sie glaubte nicht, dass Anil das Land noch ertragen würde, wenn er die Wahrheit erfuhr.

»Er will es nicht wissen«, sagte Merc. »Er braucht das Geld seines Vaters für seine Karriere. Klar so weit? Wer finanziert ihm denn sonst seine verschrobenen Architekturprojekte?«

»Dann steckt dein Vater also hinter allem.« Sie dachte an Hans und an das Gerät in ihrem Koffer.

»Wusstest du das nicht? Irgendwann dachte ich sogar, du fliegst mit, um Beweise zu sammeln.«

»Du glaubst, das könnte ich Anil antun?« Merc hatte offenbar eine ziemlich schlechte Meinung von ihr.

»Ansonsten hältst du ziemlich starr an deinen Glaubenssätzen fest. Ich wusste nicht so genau, wo du die Grenze ziehst.« Merc war nicht imstande, ihr in die Augen zu sehen.

»Ich könnte nie jemanden in dieser Weise benutzen!« Linas Lippen bebten.

»Tja ...« Merc streifte das Jackett ab und lockerte seinen Kragen. Das Hemd saß hauteng, ein Wunder, dass die Knöpfe in den Löchern nicht spannten. »Und wenn – das hätte ohnehin nicht viel gebracht. Die ganze Operation ist ziemlich gut abgesichert. Mein Vater und Pravar schicken die Waffen vorgeblich an rechtmäßige Regierungen. Und wenn die Fracht unterwegs auf Abwege gerät, was können sie dafür?«

»Nicht zu fassen, dass sie damit durchkommen!«, sagte Lina.

»Du glaubst, die Justiz in diesem Land zieht sie zur Rechenschaft? Du glaubst, die hiesige Regierung kooperiert, wenn der Internationale Strafgerichtshof Haftbefehle ausstellt? Vergiss es.«

Ein Abfertiger kam, um ihnen zu sagen, dass das Flugzeug zum Einsteigen bereitstand.

»Sie kommt gleich«, sagte Merc. Er wechselte die Position, sodass er Lina direkt gegenüberstand. »Diese kleine Gaunerei ist doch noch gar nichts, wenn man das Gesamtbild betrachtet. Du weißt besser als ich, dass China der sudanesischen Regierung in Khartoum Waffen gegen Öl liefert. Wenn man meinem

Vater das Handwerk legt, ändert man nicht das Geringste an den Vorgängen in diesem Land.«

Lina antwortete nicht.

»Tut mir bloß leid, dass du das perfekte Covergirl für die Operation gewesen bist. Was könnte ein besserer Vorwand sein, als dass man UN-Mitarbeiter in dieses Gebiet fliegt und wieder abholt?«

»Oh Gott.« Lina hielt sich den Bauch.

»Ich bringe dich zum Flugzeug.« Merc bot ihr seinen kräftigen Arm mit den hervortretenden Adern an und griff mit der anderen Hand nach ihrem Koffer.

Sie lehnte seine Hilfe ab und ging ein paar Schritte, bis sie stolperte. Fast wäre sie gefallen, doch er fing sie auf.

»Oh Gott. Oh nein, nein. Oh Gott«, sagte sie immer wieder. Ihre Beine wollten sie nicht tragen, obwohl Merc sie stützte. Schließlich führte er sie ein paar Meter zurück in den Schatten des Hangars, wo sie auf den Asphalt niedersank. Sie atmete schnell, hyperventilierte geradezu.

»Möchtest du Wasser?« Merc wusste nicht, was er sonst vorschlagen sollte.

Sie hörte die Frage kaum, nickte aber wie aus Reflex.

»Ich hole welches.« Merc zog ihren Koffer heran, ließ ihn neben ihr stehen, legte sein Jackett darauf und ging.

Linas Gedanken schienen zu stagnieren, festzuhängen wie eine Schallplatte – immer und immer wieder spielten sie durch, was Merc gerade gesagt hatte. Plötzlich merkte sie, dass etwas klingelte und dann leicht an ihrem Schenkel vibrierte. Ihr Telefon. Anil? Sie griff in die Tasche. Was sollte sie sagen? Sie hatte keine Ahnung, wollte aber trotzdem, dass er es war. Doch auf dem Display leuchteten jene Namen, die sie als Letzte sehen wollte: Ma & Baba. Das Telefon fiel in ihren Schoß. Die Eltern konnten warten – und sich Fragen stellen und leiden. Das Telefon verstummte, fing aber nach einer Minute schon wieder an. Diesmal griff Lina nicht danach und ließ es einfach im Tal zwischen ihren ausgestreckten Beinen summen. Sie schloss die Augen und ließ den Kopf vornübersinken.

Plötzlich schreckte ein neues Geräusch sie auf. Es klang wie ein schwaches, aber durchdringendes Grollen und steigerte sich rasch zum unverkennbaren Trompeten eines Elefanten. Lina blickte nach links und rechts, um herauszufinden, woher das Geräusch wohl kam. Es klang furchtbar nah, wurde immer lauter und hatte die Frequenz – eines Klingeltons. Das war ein Handy. Als ihr klar geworden war, dass es Merc gehören musste, hatte das Klingeln aufgehört und begann gerade zum zweiten Mal. Lina zog die Beine an und hob sich auf die Knie, damit sie nach Mercs Jackett greifen konnte. Sie wünschte sich immer noch, dass Anil anrief, so unsinnig das auch war. In Mercs Brusttasche fand sie ein Bündel Tausend-Shilling-Scheine und eine schwarze American Express-Kreditkarte. Das Telefon steckte in der Innentasche, neben einem Montblanc-Füller. Schließlich hielt Lina ein pulsierendes Stück Metall und Plastik in der Hand, aus dem der machtvolle Ruf eines Elefanten drang. Es zeigte eine ausländische Nummer an. Ihr Herz sank bei dem Gedanken, dass es vielleicht Anil war. Doch die Zahlen zeigten, dass er es gar nicht sein konnte. +44, das war die internationale Vorwahl für Großbritannien. 121 – das war die Vorwahl für Birmingham. 2417 – Lina ließ das Telefon fallen. Die Hände flogen zu ihrem Mund. Sie zwinkerte hektisch und presste die Handflächen unter den Kiefer, damit er nicht zitterte.

Als das Telefon verstummt war, hob sie es noch einmal auf, weil sie nicht glauben konnte, was sie gesehen hatte. Sofort trompete es wieder und teilte mit, dass jemand eine Voicemail-Nachricht hinterlassen hatte. Lina hob das Gerät ans Ohr. Gleich darauf hörte sie die Stimme ihres Vaters – bekümmert und abgehackt: »Wir müssen reden. Alles ist schiefgelaufen. Ihretwegen bin ich nicht eingeschritten. Und jetzt will sie ihn heiraten. Sie brennt durch! Gott weiß – vielleicht ist es schon passiert. Sie müssen mich anrufen.«

Lina hörte die Nachricht immer wieder ab. Sie hatte sie mindestens sechsmal wiederholt, als Merc erschien und ihr eine Flasche Wasser hinhielt. Sie reichte ihm das Telefon, aus dem noch die Stimme ihres Vaters drang.

Mercs Stirn wurde sofort feucht. Sein Mund wirkte unruhig, die Lippen drückten sich an die Zähne, zogen Kreise, verkniffen und lockerten sich. Er schob das Telefon in die hintere Tasche seiner Jeans und schraubte dann den Verschluss der Flasche ab.

»Trink das lieber.« Er stellte die Flasche neben ihr auf den Boden.

Lina war blass. »Warum ruft mein Vater dich an?«

Merc hockte sich hin und fuhr mit dem Daumen über die ledernen Nähte seiner Budapester. Er erzählte ihr, dass Scharif vor zwei Jahren Kontakt mit ihm aufgenommen hatte, als Lina gerade nach New York gegangen war.

»Woher sollte er denn deine Nummer haben? Er wusste ja nicht mal, dass du existierst.« Sie verdächtigte Merc, dass er zuerst auf Scharif zugegangen war.

Ein Muskel neben Mercs linkem Auge zuckte. »Keine Ahnung, wie er es geschafft hat, mich zu kontaktieren. Vielleicht fragst du ihn das mal.« Merc war wenig begeistert, dass Lina nun ihm die Schuld zuschob.

Sie glaubte kein Wort, sah aber ein, dass Diskussionen zu nichts führen würden. »Okay, *er* hat also angerufen. Und was wollte er?«

»Ich weiß nicht genau, ob er etwas wusste. Es war offenbar ein verzweifelter Moment. Er hat nach Anil gefragt. Ich habe ihm erzählt, dass Anil bei dir in New York war.«

Lina schnappte nach Luft. »Wie konntest du?« Sie ging auf ihn los und krallte sich in sein Hemd. »Was hattest du für ein Recht?«, schrie sie ihm ins Gesicht.

Er packte sie an den Schultern, stieß sie zurück gegen den Hangar und schlug nach ihrem Bein, als sie ihn trat. »Ich muss mich vor dir nicht rechtfertigen.« Merc wischte an seiner Hose herum und versuchte, den Fleck zu entfernen, den ihr Schuh hinterlassen hatte.

»Dass du mich hasst, wusste ich schon immer.« Lina weinte inzwischen wieder. »Aber wie konntest du Anil das antun?«

»Hör sich das einer an.« Merc richtete sich wieder auf und

verschränkte die Arme vor der Brust. »Kein Wort gegen den Vater, der für das ganze Chaos gesorgt hat.«

Was das alles zu bedeuten hatte, erkannte Lina nur langsam, wie eine Flut, deren Kommen man kaum bemerkt und in der man dann zu ertrinken droht.

»Ohne mich hättet ihr es in den letzten Jahren längst nicht so leicht gehabt. Ich habe euch deinen Vater vom Hals gehalten. Ich habe ihm gesagt, dass es nichts hilft, wenn er sich einmischt.«

Lina starrte ihn verständnislos an.

»Er wollte dir die Unterstützung streichen und dich dazu zwingen, dass du zurück nach Birmingham kommst. Aber ich habe ihm gesagt, dass er nur abwarten muss und dann schon sehen wird, dass die Beziehung ohnehin nicht funktioniert.« Merc strich sich mit der Handfläche über den glatten Schädel. »Anil ist es gewohnt, dass er bekommt, was er will, das weißt du so gut wie ich. Der lässt dich nur gehen, wenn er wirklich genug hat – wenn er selbst merkt, dass es mit dir keine Zukunft gibt. So wie jetzt.« Merc zuckte mit den Schultern.

»Und wo bin ich in deiner Kalkulation vorgekommen?« Lina blinzelte zu ihm hinauf. »Oder habe ich gar nicht gezählt?«

»Du?« Er rieb die Spitze seines Schuhs an einem Büschel Gras, das aus einem Riss im Asphalt wuchs. Die Sonne war Richtung Westen gezogen und beschien nun beide von der Seite. Mercs Wangenknochen spiegelten ihre langen, flachen Strahlen wider. Eine Seite seines Gesichts glühte, die andere lag im Schatten. »Es liegt an dir, dass alles so enden musste. Mir war klar, du würdest nie in der Lage sein, dich auf Anil festzulegen. Ich habe das von Anfang an richtig eingeschätzt, weil du um alles so einen Eiertanz machst. Und ich wusste, dass ein Tugendlamm wie du nie akzeptieren würde, wie seine Familie ihr Geld verdient.«

»Du Dreckskerl!« Wieder brach Lina in Schluchzen aus. »Wie konntest du meinem Vater helfen, mich auszuspionieren?«

Merc antwortete nicht sofort. Spionage war es für ihn nie gewesen. Scharif hatte ihn nicht danach gefragt, was Lina und Anil im Einzelnen anstellten. Im Grunde hatten sie nach dem besagten ersten Anruf nur noch ein einziges Mal miteinander telefoniert – Scharif hatte sich gemeldet, nachdem Lina den Job im Sudan angenommen hatte, weil er allmählich Zweifel an Mercs Theorie bekam. Doch Merc hatte ihn wieder davon überzeugt, noch etwas abzuwarten. Und der Anruf, den er soeben verpasst hatte, war etwas verwirrend. Scharif wusste eindeutig nicht, was gerade vorging.

»Ja, dein Vater hat sich ziemlich weit herabgelassen. Er hat mich benutzt, damit dich jemand im Auge behält. Aber du bist wirklich nicht in der Position, andere zu verurteilen, denn du hast über Jahre hinweg ununterbrochen gelogen. Wenn du mutiger gewesen wärst, hätte alles ganz anders laufen können. Es wundert mich nicht, dass dein Vater dir nicht vertraut. Niemand kann das. Anil nicht und dieser deutsche Jeansjackenmensch auch nicht. Du enttäuschst jeden.«

Lina musste wieder an das Gerät denken, das Hans ihr zugesteckt hatte. Wenn sie doch nur alles aufgenommen hätte, was Merc da von sich gab! »Dann bist du aber auch nicht sicher.«

Merc schob die Hände in die Taschen und lachte. »Du kannst mir gar nichts anhaben. Du nicht.« Er wusste genau, wie ihr Kopf funktionierte.

Abscheu überkam sie, und sie glaubte, daran zu ersticken. »Du hast alles kaputt gemacht.«

»Verdammt noch mal!« Merc bückte sich, packte ihre Schultern und schüttelte sie. Ihr Kopf wurde vor und zurück geschleudert, hin und her, überall flogen Haare. Die Wasserflasche kippte um, sodass sich ihr Inhalt über Lina ergoss. »Wann hörst du auf, dir etwas vorzumachen? Das hast du dir alles selbst zuzuschreiben. Wenn es dir wirklich darum gegangen wäre, mit Anil zusammen zu sein, dann hätte dich niemand daran hindern können.«

»Lass mich los!« Sie wollte ihn wegstoßen.

Er trat einen Schritt zurück. »Ich habe versucht, dir zu helfen, Scheiße noch mal. Ist es nicht besser, wenn du das alles weißt? Stell dir vor, du hättest Anil tatsächlich geheiratet und erst dann davon erfahren!«

Doch für Nachrichten dieser Art gab es keine bessere oder schlechtere Zeit – so etwas war schrecklich, egal, wann man davon erfuhr. Mercs Enthüllungen hatten alles vergiftet. Aber er sollte nicht glauben, er hätte ihr einen Gefallen getan. »Nichts kann je etwas an meinen Gefühlen für Anil ändern. Ich liebe ihn. Und werde ihn immer lieben.«

»Ziemlich abgedreht, so eine Liebe.« Merc nahm sein Jackett und warf es über die Schulter. »Ich gehe jetzt. Und das solltest du auch tun. Das Flugzeug wartet.« Er hob ihren Koffer an.

Lina sammelte Telefon und Sonnenbrille ein, machte aber keine Anstalten, ihm zu folgen.

Merc gab einem Mann vom Bodenpersonal ein Zeichen, damit er kam und ihm den Koffer abnahm. Dann drehte er sich zu Lina um und wollte ihr helfen, weil er annahm, dass sie zu schwach zum Aufstehen war.

Sie schüttelte den Kopf. »Ich fliege nicht. Ich steige nicht in – so was.« Sie zeigte matt auf das Flugzeug.

»Ach Scheiße noch mal, Lina. Das ist doch jetzt wirklich egal. Du musst schleunigst hier weg. Komm.« Er zog sie unsanft hoch. Der staubige Asphalt hatte auf ihrer Jeans braune Schmutzflecken hinterlassen. Telefon und Sonnenbrille fielen zu Boden.

»Nein!« Sie kam sich in seinem Griff haltlos und zerbrechlich vor.

»Stell dich nicht so an.« Merc hob ihre Sachen auf. »Der Pilot wartet, und dein Gepäck ist schon an Bord.« Der Abfertiger stieg gerade die Treppe zum Flugzeug hinauf.

»Ich kann nicht.« Lina sah sich mit wedelnden Armen um. »Ich steige nicht in so ein Flugzeug.«

»In diesem Flugzeug ist nichts. Der Pilot hat ein paar Touristen an der Küste abgesetzt, als er mich holte. Ich habe gesehen, wie ausgeladen wurde, es ist keine Fracht an Bord.«

Weil ihr der Trotz neue Energie gab, rannte sie los und rief dem Abfertiger zu, er solle ihr den Koffer geben. Doch der hörte sie nicht und verschwand im Flugzeug. Lina lief ihm nach, und Merc stieg hinter ihr ein. In der Kabine klappte der Abfertiger gerade ein Gepäckfach zu.

»Ich brauche meine Sachen.« Lina keuchte. »Ich komme nicht mit.«

»Ati?« Der Abfertiger war verwirrt. Merc erklärte ihm auf Swahili, er solle Lina gar nicht beachten. Der Mann schob sich an ihnen vorbei und ging rasch hinaus.

Lina reckte sich nach dem Fach, in dem ihr Koffer verstaut war. Sie stellte sich auf die Zehenspitzen, um ihn herauszuziehen, ohne auf Mercs Ermahnung zu achten, dass sie sich albern benahm. Schließlich rutschte der Koffer ab und traf Lina am Kopf. Sie stürzte und sackte im Gang zusammen, und der Koffer landete auf ihr. Lina wurde bewusst, dass ihr Puls wild an den Schläfen pochte, dahinter aber noch etwas Tieferes, Ursprünglicheres klopfte. Dann hob Merc sie auf und packte sie in einen Sitz.

»Du musst hier weg, und das ist der beste Weg. Flieg noch das eine Mal mit.«

Lina konnte nicht mehr kämpfen. Ihre Beine zitterten. Sie fror. Merc reichte ihr das Telefon und die Sonnenbrille, an der ein Glas gesprungen war. Er griff nach ihrem Sicherheitsgurt und ließ ihn einrasten. Dann ging er ohne ein weiteres Wort. Wenig später wurde die Tür des Flugzeugs gesichert. Lina schloss die Augen, und der letzte Flug begann.

2. Oktober 1968

Gestern war ich wieder bei einer Kundgebung gegen den Vietnamkrieg. Nixons Versprechen, die amerikanischen Truppen abzuziehen, hat zu nichts geführt. In Nordvietnam wurde das Bombardement sogar noch verstärkt. Als sich so viele Menschen zu dem Friedensmoratorium versammelt hatten, glaubte ich wirklich, es würde etwas bewirken. Auch wir zogen beide mit der Menge zur amerikanischen Botschaft und stellten uns dort auf und glaubten, damit etwas gegen den Krieg auszurichten. Zwei Jahre später hat sich nichts geändert. Was bedeutet Demokratie, wenn eine Regierung den Willen des Volkes einfach ignorieren kann?

Ich sage das so, behaupte aber keineswegs, dass es in den letzten Monaten meine Hauptsorge gewesen ist. Mein eigener Aufruhr hat den der Welt überdeckt. Ich war nur am Grosvenor Square, weil Freunde mich mitgeschleppt haben. Dort angekommen stellte ich fest, dass ich heftiger schrie als je zuvor. Ich glaube, die ganze erstickte Wut auf dich gab meinem Protest diese Kraft. Als wäre ich auf einer Demonstration gegen das, was du getan hast. Wirklich beschämend, wenn Überzeugungen hinter belanglosen Privatgefühlen verschwinden. Aber vielleicht ist das die menschliche Natur – das Unmittelbarste berührt einen am meisten. So war es immer, und so wird es immer sein. Wenn wir Mitgefühl oder Bestürzung empfinden, weil jemand in Not ist, können eigene Bedürfnisse trotzdem ganz schnell in den Vordergrund treten, ob es nun um das simple Verlangen nach einem Koffeinkick geht oder um die komplexen Befehle des Herzens.

Am meisten zehrt der Vertrauensbruch an mir. Mein Zutrauen wurzelte in deinem Verhalten an jenem Tag, als ich dich mit zu meinen Eltern nahm, da hatten wir schon ein Jahr zusammengelebt. Sie kannten von dir nur deinen Beruf und den anglifizierten Spitznamen, und sie wussten, dass wir uns auf einer Party kennengelernt hatten. Mehr hatte ich ihnen nicht erzählt, weil ich wusste, sie würden dich sonst nicht sehen wollen – und ich hatte gedacht, du würdest einfach irgendwann vor ihnen stehen, und dann würden sie all ihre Vorurteile vergessen. Doch sobald sie deine Hautfarbe sahen, nahmen sie sonst nichts mehr wahr.

Sie begrüßten dich nicht mit Handschlag, drängten dir nicht den bequemen Sessel auf, zeigten dir kein Familienalbum. Sie konnten dich nicht ansehen, sondern nur verstohlene Blicke auf dich werfen – als wärst du ein Außerirdischer. Meine Mutter sprach dich nicht ein einziges Mal direkt an. Ich ging in die Küche, um ihr zu helfen, und ließ dich mit meinem Vater allein, der mit verschränkten Armen dasaß, während sein rechtes Bein missbilligend zappelte.

Mum legte die Butterkekse, die sie vorbereitet hatte, in ihre Dose zurück.

– Ich dachte, du hast gesagt, er heißt Harry.

– Heißt er auch.

– Er sieht gar nicht aus wie ein Harry.

Stattdessen legte sie Roggenkekse bereit.

– Seit wann erfordert ein Name bestimmte körperliche Eigenschaften?

– Du weißt, was ich meine. Es wundert mich, dass dein Vater ihn hereingelassen hat.

Die Teetassen klapperten unter ihren zitternden Händen.

– Zuerst kommt Lucas mit einer Negerin. Und dann kommst du ... damit. Ich weiß nicht, was wir falsch gemacht haben.

– Ach, Mum. Warum ist etwas falsch, nur weil es dir nicht gefällt?

Ich nahm ihr das Tablett ab.

– Es ist falsch, weil es falsch ist! Und das müssen wir uns von fremden Leuten anhören, dein Vater und ich. Als Lucas sein Flittchen mit nach Hause gebracht hatte, hat die ganze Straße darüber geredet. Diese Mrs Polter hat mich im Laden angesprochen.

Kein Wort in zehn Jahren, aber dann sagt sie auf einmal: Wie können Sie zulassen, dass Ihr Sohn mit so einem Abschaum verkehrt?

Sie hatte mir diese Geschichte unendlich oft erzählt. Als ich ins Wohnzimmer ging, rief sie mir nach:

– Dasselbe sagen sie jetzt von dir.

Das Schweigen zwischen dir und Dad stand im Raum wie Gelee. Jeden deiner Versuche, ein Gespräch zu führen, hatte er mit Grunzen, Zucken und einsilbigen Antworten quittiert. Und auf meine Bemühungen folgte kaum etwas anderes. Mum schenkte Tee ein, gab Milch dazu und verteilte zweitklassige Kekse. Und plötzlich sah ich diese Konventionen als das, was sie sind: als gesellschaftlichen Floskelklebstoff, der eine Situation lose und vorübergehend zusammenhält, wenn die bindende Kraft der Sympathie darin fehlt.

Meine Eltern verhielten sich weiterhin so, als wärst du gar nicht da. Sie sprachen über Leute, die du nicht kanntest, und gingen nie darauf ein, wenn ich mich auf dich bezog. Ich wäre am liebsten im Boden versunken. Ich verstand nicht, wie du so gelassen bleiben konntest. Deine Augen konnte ich nicht sehen, weil wir nebeneinander auf dem Sofa saßen, aber deine Haltung war sehr aufrecht, und dein scharfes Profil verriet nichts. Plötzlich konnte ich es nicht länger ertragen. Ich sagte:

– Ich denke, wir gehen besser.

Gleichzeitig setzten wir unsere halb ausgetrunkenen Teetassen ab. Die unberührten Kekse ragten über den Rand der Untertassen wie vulgäre Anhängsel. Ich fuhr fort:

– Ich fühle mich nicht sonderlich willkommen.

Als wir aufstanden, drückte mein Vater sich auf der Armlehne des Sessels hoch.

– Du bist uns immer willkommen, Liebes.

– Du blamierst mich, Dad.

– Und du erniedrigst uns, Liebes.

Ach, seine verlogene Höflichkeit. Ich sah, wie er hinter deren künstlicher Fassade bebte.

Dann machtest du einen Schritt und sagtest, du würdest draußen auf mich warten. Nach einem kurzen Abschied von meinen Eltern gingst du hinaus. Als du fort warst, verschwand jede Spur von Höflichkeit natürlich sofort. Vorwürfe wurden abgefeuert wie Geschosse: Wie kannst du es wagen? Hast du den Verstand verloren? Spucke flog aus Vaters Mund. Immer wieder fielen die Worte »unverantwortlich«, »obszön« und »inakzeptabel«. Jedes Mal, wenn ich ihn unterbrechen wollte, brüllte er: Ich will das gar nicht hören! Meine Mutter fing an zu weinen. Du hast alles kaputt gemacht, sagte sie. Was für ein Melodrama! Doch die Urteile meiner Eltern kränkten mich, auch wenn ich ihre Ansichten verachtete. Dad warnte mich davor, dich je wieder mitzubringen. Familie, brüllte er, ist kein Cocktail, den man mit Exotika von der Straße zusammenbraut.

Als ich auf die Straße trat und zu dir ging, zücktest du dein Taschentuch, um mir die Augen abzutupfen. Du nahmst mich in den Arm, und wir machten uns auf den Weg zur U-Bahn. Ich entschuldigte mich immer wieder bei dir, aber du wolltest das nicht.

– Es wundert mich nicht, dass sie so reagieren. Mit meiner Familie wäre es genauso, wenn ich von dir erzählen würde.

– Wofür halten Eltern sich? Dass sie für ihre Kinder entscheiden wollen? Wir sind nicht ihr Eigentum.

Deine Antwort darauf war dein typisches Achselzucken, eine kreisende Bewegung mit den Schultern und ein leichtes Wiegen des Kopfes, als wolltest du ein verspanntes Genick lockern.

– Wir haben alle unsere Vorstellungen von Richtig und Falsch. Es ist ganz normal, wenn man geliebte Menschen an das heranführen will, was man für korrekt hält.

Ich drehte mich zu dir um, wir standen uns gegenüber und sahen uns auf Augenhöhe an, wobei sich die Nasen fast berührten – ich hielt es gern für ein Zeichen der Vorsehung, dass wir gleich groß sind. Wir haben denselben Blick auf die Welt, sagte ich oft im Scherz. Was für ein Irrtum! Du bist vielleicht so groß wie ich, hast dich aber als der kleinere Mensch erwiesen.

Ich hatte nicht vor, meine Eltern über mein Leben entscheiden zu lassen. Niemals ... Nur unser Wille gehört uns ganz und gar. Selbst unsere besten Gedanken sind nichts als ein Echo jener

Ideen und Eindrücke, die wir empfangen. Am meisten bei uns selbst sind wir, wenn wir wahrhaft unseren tiefsten Impulsen folgen und sie in die Tat umsetzen. In diesem Augenblick wusste ich, dass ich alles ertragen würde, um mit dir zusammen zu sein. Laut wünschte ich mir, es wäre nicht so kompliziert. Du sagtest:

– Solche Schwierigkeiten wird es immer geben. Wir müssen an eines denken: Auf der Ebene der Gefühle, die am meisten zählt, bist du einfach mein anderes Ich.

Das kam mir vor wie der schönste Gedanke der Welt. Wir hätten der jeweils andere sein können, so, wie wir – Zehe an Zehe, Gesicht vor Gesicht, Auge in Auge – an jenem Herbsttag auf einer Straße im Norden Londons standen. Zumindest glaubten wir an die Möglichkeit, was ja manchmal schon genügt. Selbst jetzt würde ich es gern noch glauben – dass du mein anderes Ich bist. Im Herzen sind wir doch ganz bestimmt alle gleich? Der Konflikt entsteht im Kopf. Es ist der Geist, der missversteht.

Aber der Glaube, jener Langzeitbewohner deines Geistes, marschierte schließlich doch in dein Herz ein und eroberte es. Und dann war ich kein anderes Ich mehr – sondern nur anders.

Guter Rat

Scharif war schon wach, als der Wecker klingelte. Seit Linas Anruf am Vortag konnte er nicht mehr schlafen. Am Telefon hatte er ganz klar zum Ausdruck gebracht, dass er nichts mehr mit ihr zu tun haben wollte, wenn es tatsächlich zu dieser Heirat mit Anil kam. Er schauderte, denn sein Körper rebellierte gegen das, was der Kopf bestimmt hatte.

»Scharif?« Iman schüttelte ihn sanft. Sie war inzwischen pünktlicher als er, wenn es um die Gebete ging.

»Fang schon an.« Er wandte ihr immer noch den Rücken zu. »Ich komme gleich.« Ihm war nicht nach Gesprächen mit Gott. Er war viel zu erschüttert. War das nun die Belohnung dafür, dass er sich seinem Glauben entsprechend verhielt?

Ein Teil von ihm wäre gern einverstanden gewesen mit dem, was Lina wollte. Die Menschen hebelten schließlich ständig religiöse Gesetze aus. Er dachte daran, wie manche Juden die eher unpraktischen Sabbatregeln umgingen. Sie ergriffen alle möglichen Maßnahmen, bis dahin, dass sie Licht und Fernseher mit Timern steuerten, damit sie nicht die »Arbeit« hatten, auf einen Knopf zu drücken. Doch das Erfinderischste, von dem er je gehört hatte, war die Erweiterung des Eruv oder der Grenzen des häuslichen Bereichs durch einen Draht, den man vom eigenen Haus zu anderen Straßen oder Gebäuden spannte, damit man sich am Sabbat dort frei und ohne Regelverstoß bewegen konnte. Lina hatte ihm erzählt, dass solche Eruvim in New York sogar von einigen jüdischen Häusern bis zum Gebäude der Vereinten Nationen reichten. Wenn er selbst doch die Parameter von Allahs Gesetz mit einem Stück Draht erweitern könnte! Doch Kompromisse dieser Art kamen für ihn nicht infrage. Wenn man einmal mit Ausnahmen anfing, wertete man das gesamte System des Glaubens ab.

Aber auch im Islam unternahmen die Menschen solche Versuche. So konnte zum Beispiel der Vorgang der Konversion zur reinen Farce werden. Scharif zweifelte nicht daran, dass es genügte, einfach die Schahada zu rezitieren, wenn man Muslim werden wollte – vorausgesetzt, man glaubte wahrhaft an Allah. *»Ich bezeuge, dass es keine Gottheit außer Allah gibt, und ich bezeuge, dass Muhammad Sein Diener und Gesandter ist.«* Doch er ärgerte sich, wenn Ungläubige dieses Bekenntnis nur ablegten, um das Etikett des Islam zu erhalten und eine Heirat zu legitimieren. Deswegen konnte Anil auch nicht einfach konvertieren. Zum Islam musste man mit dem Herzen kommen, nicht mit den Lippen.

Scharif sagte sich, dass er aufstehen musste, doch seine Gliedmaßen blieben schlaff, ein Unterarm verdeckte die Augen. Zum Beten hatte er nach wie vor keine Lust. Nun verpasste er zum ersten Mal seit Jahren sein Fadschr-Gebet. Er strich über den Fleck auf seiner Stirn. Der würde ihm bleiben, auch wenn er das Beten ganz aufgab. Durch diesen Fleck war er fürs Leben als fromm gebrandmarkt. Kein Mensch würde erfahren, wenn er sich nie wieder zu Boden warf. Nur Gott. Und Iman, die sich gerade von ihrem Teppich erhob und ihn fragte, ob er krank sei. Besonders gut fühlte er sich jedenfalls nicht.

Scharif drehte sich auf die andere Seite und seufzte tief. Was für eine Fehleinschätzung. Wie war er bloß darauf gekommen, sich auf den Vorschlag dieses Typen einzulassen? Bereitwillig hatte er für sich behalten, dass Lina noch mit Anil zusammen war und dass er davon wusste – weil Merc ihm eingeredet hatte, dass sie sich ohnehin trennen würden. Dieser Mann hatte sämtliche Differenzen zwischen den beiden im Detail aufgeführt – soziale, finanzielle, religiöse, ethnische, philosophische – und dann behauptet, das Paar habe zu kämpfen und werde die Spannung zwischen den ungleichen Welten nicht überstehen. Er hatte Scharif erklärt, auch Anils Eltern seien gegen diese Verbindung und Lina werde von Anils Freunden abgelehnt. Und er hatte vor einer Einmischung gewarnt, weil sie das Paar nur fester zusammenschweißen würde. »Ich sag's Ihnen, unternehmen Sie nichts. Die Sache wird sich von selbst lösen. Klar so weit?« Das waren Mercs Worte gewesen. Von selbst lösen, ja ja. Im Moment sah es eher nach einem Bund fürs Leben aus.

Scharif spürte das beklemmende Nagen der Scham am äußersten Rand seines Bewusstseins. Er war diesen Weg gegangen und hatte nichts damit erreicht. Oh Allah, dachte er, lailaahaillallah. Es gibt keinen Gott außer Gott. Al-Hakim, der Weise. Al-Alim, der Allwissende. Die Anrufungen wirkten wie ein Schlüssel, eröffneten ihm jene Spiritualität, vor der er sich unbewusst verschanzt hatte. Scharif richtete sich auf, schwang die Beine über die Bettkante und stellte die Füße auf dem Boden ab, bevor er sie in ein Paar Wollpantoffeln schob. Astaghfirullah; im Stillen bat er um Gottes Vergebung. Denn während Scharif sich Gesicht und Hände waschen ging, wurde ihm klar, dass er den falschen Dingen Bedeutung beigemessen hatte. Er hatte die Lösung am falschen Ort gesucht. Die immer wieder neu zu lernende Lektion daraus war – nur Gott allein zu vertrauen.

Als Anil in New York angekommen war, nahm er sofort den nächsten Flug zurück nach Nairobi. Er bereute schon, was er getan hatte. Die endlose Leere hinter dem Fenster war ein Echo dessen, was er im Innersten empfand. Und die vielen Stunden in der Luft gaben ihm einen Vorgeschmack auf sein Dasein ohne Lina. Ihre Abwesenheit lastete so schwer auf ihm, dass er kaum atmen konnte.

Es war doch lächerlich, wenn sie sich auf diese Weise voneinander trennen ließen. Wie war es dazu gekommen? Beugte er sich nun wirklich einem nichtexistenten Wesen und einem starrsinnigen alten Mann? Anil beschloss, es noch einmal zu versuchen. Und mit dieser erklärten Absicht ließ seine Qual auf der Stelle nach.

Zurück in Nairobi versuchte er sofort, Lina anzurufen. Das Satellitentelefon im Sudan funktionierte offenbar nicht – jedes Mal, wenn er wählte, hörte er nur einen langen, durchgehenden Piepton. Möglicherweise war sie auch gar nicht dort. Vielleicht hielt sie sich noch in Nairobi auf – oder sie war zu ihren Eltern nach Großbritannien geflogen. Er würde ihr eine E-Mail schreiben, sobald er wieder zu Hause war. Er würde ihr alles erklären. Sie musste sich einfach darauf einlassen.

Anil ließ sich vom Taxi am Tor des Anwesens der Mayurs absetzen. Dann ging er die Zufahrt hinauf zum Hintereingang des Hauses, weil er hineinschleichen und sich frisch machen wollte, ohne seinen Eltern zu begegnen. Er trat ins Haus und stahl sich gerade an der Küche vorbei, als er Mercs Stimme hörte. Unverwechselbar, diese unerschütterliche, geräuschvolle Art seines Freundes, der gerade auf Swahili sagte: »Wenn du das gemacht hast, Mama Jo, muss es einfach gut sein.«

Eine graue Gummisohle, an der von unten über die Ferse der rote Streifen des Markenzeichens verlief, hakte sich um die halb geschlossene Tür und zog sie auf – und Merc stand vor Anil.

»Da bist du ja wieder!« Er sprach mit vollem Mund, und an seinen Lippen hingen die Krümel eines Rosinenbrötchens. In jeder Hand hielt er einen der warmen, frisch gebackenen Wecken. »Ich wollte gerade gehen – dachte, ich hätte dich schon wieder verpasst. Wo warst du, Mazeh? Du siehst beschissen aus.«

Anil war unrasiert und hatte fettige Haut. Seine Kleider sahen aus, als hätte er sich nach dem Duschen damit abgetrocknet und sie dann gleich wieder angezogen: Die Hose war zerknittert, die Kragen von Hemd und Jackett hingen schlaff und mit durchgebogenen Ecken herab.

In diesem Moment beschloss Anil, niemandem von der gescheiterten Reise zu erzählen. »Harte Nacht gehabt«, sagte er.

Merc aß ein Rosinenbrötchen auf und legte Anil dann den freien Arm um die Schulter.

»Alles okay?«

»Warum nicht?«

»Wonach riechst du denn?« Merc rückte etwas näher. »Trägst du Parfüm oder so, Mazeh?«

»Ist wahrscheinlich das Duschgel vom Hotel.« In Wirklichkeit war wohl der Duft von Linas Gesichtscreme zu Merc hinübergeweht. Anil hatte das Fläschchen in New York nicht durch die Sicherheitskontrolle schmuggeln können, also hatte er den Inhalt großzügig über Hände, Hals und Gesicht verteilt, bevor er es in eine Tonne mit ähnlichen Produkten warf. Für eine Weile hatte der Duft seine Sehnsucht nach Lina genährt. Doch dann hatte Anil sich daran gewöhnt und nur hier und da einen kleinen Hauch wahrgenommen, der seine Sinne reizte und seine Entschlossenheit stärkte, bald wieder mit ihr zusammen zu sein.

»Steht dir nicht.« Merc zog die Nase kraus.

Anil ging weiter, aber Merc folgte ihm und stopfte sich dabei den letzten Wecken in den Mund.

»Na komm schon, wo warst du?« Merc ging davon aus, dass Anil ihm nun von der Trennung erzählen würde.

Doch Anil schwieg.

Auf Mercs Stirn erschien eine Furche. »Ich weiß, dass du nicht mit Lina zusammen warst, ich habe sie nämlich gestern getroffen –«

Anil blieb stehen. Sie waren nun in der Mitte des Hauses, und die Wendeltreppe erhob sich gebieterisch über ihnen. »Wo?«

»Wilson Airport.« Merc sah ihn eindringlich an. »Sie ist zurück nach Dschuba geflogen.«

»Wie ging es ihr?« Anils Hand strich über den Riemen der Tasche, die an seiner Schulter hing.

Merc fuhr sich mit der Zunge über die Kanten seiner Zähne. »Anscheinend gut.«

»Gut?« Anil wurde lauter, ohne es zu merken.

»Ja – warum? Spricht was dagegen?«

Anil schüttelte den Kopf, nickte dann. »Dann ist sie jetzt dort.« Er würde es noch einmal am Satellitentelefon versuchen und hören, wie es ihr wirklich ging. Wahrscheinlich hatte sie Merc ein tapferes Gesicht gezeigt. Um sich seine Schadenfreude zu ersparen.

Merc registrierte die Betonung auf »dort«. Er hatte eine Hand in die Hüfte gestemmt und rieb sich mit der anderen das Kinn. »Sie wollte unbedingt zurück. Um endlich wieder bei ihrer Weltverbessererclique zu sein, garantiert. Sie hat diesen Typ erwähnt, der immer die Jeansjacke trägt.«

Hans! Von *dem* hatte sie gesprochen? Nach allem, was geschehen war? Von Hans? Die Tasche rutschte von Anils Schulter und landete mit einem leisen Plumps auf dem Boden. »Was ist mit mir?« Sein Blick wanderte über Mercs Gesicht. »Hat sie was von mir gesagt?« Wieder klang seine Stimme ungewöhnlich laut.

»Warum schreist du denn so, Mazeh? Was ist los?« Inzwischen stützte Merc beide Hände in die Hüften. Seine Finger drückten kleine Falten in den weichen Stoff der Hose.

»Erzähl mir einfach, was sie gesagt hat!« Anil packte Merc am Hemdkragen.

»Ich dachte doch, ich hätte deine Stimme gehört!« Minnie eilte im raschelnden seidenen Maxigewand herbei.

»Sag's mir!«, wiederholte Anil.

»Nichts!« Das Wort drang aus Mercs zusammengepresstem Kiefer. »Sie hat kaum deinen Namen erwähnt.«

»Was macht ihr denn hier?« Pravar war hinter Minnie aufgetaucht.

»Wir haben uns nur unterhalten.« Anil ließ das Hemd los.

Merc fuhr mit der Hand über das feuerwerkartige Knittermuster auf seiner Brust.

»Wo warst du denn, Anil?« Minnie fing an, ihm die Wangen zu tätscheln und seine Haare glatt zu streichen.

»Du siehst ja furchtbar aus«, sagte Pravar. Unter seinem Arm klemmte ein Laptop, denn er hatte gerade die Aktienkurse studiert.

Das musst du gerade sagen, dachte Anil. Sein Vater trug keinen Turban. Mit seinen schütteren, zu einem dünnen Pferdeschwanz gebundenen Haaren wirkte er wie ein stämmiger Indianer.

»Warum gehst du denn so auf Merc los?« Minnie schnupperte einige Male, weil ihr ein abgestandener, süßlicher Geruch in die Nase stieg. »Er hat sich Gedanken um dich gemacht. Gestern war er auch hier und hat dich gesucht. Ich dachte, du bist mit Lina unterwegs.«

»Seit wann muss ich ständig Rapport darüber erstatten, wo ich mich aufhalte?« Anil entfernte sich ein Stück von ihr.

»He – sprich gefälligst nicht in diesem Ton mit deiner Mutter.« Pravar hob Zeige- und Mittelfinger und wies zur Decke. Seine Stimme hallte wider in dem großen Raum. »Sie macht sich eben Sorgen um dich. Wie wir alle.«

»Also, es geht mir gut. Ich muss jetzt duschen.« Er hob seine Tasche vom Boden auf.

»Mir gefällt nicht, welche Wirkung dieses Mädchen auf dich hat.« Pravars Oberlippe stülpte sich um wie von einem unsichtbaren Faden gezogen. »Sie hat uns schon am Freitag den Abend verdorben, und jetzt kommst du nach ein paar Tagen mit ihr zurück und siehst aus, als hättest du ein Hindernisrennen verloren.«

Merc kratzte sich an der Vertiefung zwischen Nase und Oberlippe. Jetzt, dachte er, würde Anil verkünden, dass er nicht mehr mit Lina zusammen war, und Pravar würde verstummen.

Doch Anil wuchtete nur seine Tasche über die Schulter, als wäre sie tonnenschwer. Er fühlte sich von diesem Triumvirat der Missbilligung umzingelt.

»Jetzt erzähl doch mal, Mazeh!« Merc unternahm noch einen Anlauf. »Warum warst du denn nicht mit ihr unterwegs?«

»Ich kann kein Verhör gebrauchen.« Sein Blick richtete sich fest auf Merc.

»Warum bist du immer derjenige, der ihr hinterherläuft?« Pravar stellte den Laptop auf der dritten Stufe von unten ab. »Wenn du sie mal eine Weile in Ruhe lässt, kapiert sie vielleicht, was sie verpasst, und bemüht sich zur Abwechslung mal um dich.«

»Du weißt doch überhaupt nicht, was los ist.« Anil machte eine kleine Kehrtwende und ging dann die Marmortreppe hinauf.

»Soweit ich das sehe, passiert gar nichts! Nein. Überhaupt nichts!« Pravar hob verzweifelt die Arme. »Stagnation! So verläuft dein Leben mit ihr. Ja. Unbedingt. Und glaub mir, nichts wird sich ändern, wenn du so weitermachst.«

Anil ging weiter die Stufen hinauf und nahm dabei zwei auf einmal. Ausgerechnet von seinem Vater brauchte er wirklich keine Ratschläge in Liebesdingen.

»Und du glaubst, dass dieser ganze Quatsch mit dem Warten funktioniert?« Pravar lief ihm nach. »Du musst die Beziehung beenden oder ihr irgendwie zeigen, dass du dich nicht ewig hinhalten lässt. Sonst wird sie sich nie entscheiden. Hey! Anil. Hör mir zu.« Pravar keuchte zur obersten Stufe hinauf. Minnie und Merc folgten ihm.

»Das ist keine von deinen geschäftlichen Transaktionen, Dad. Du kannst die Herzen der Menschen nicht führen wie deine Firmen.« Anil stand mit einer Hand am Geländer da.

»Hör mal zu.« Pravar drohte ihm mit dem Finger. »Ich habe für sämtliche Situationen nur eine einzige Regel: Lass dich von den Leuten nicht zum Idioten machen. Wenn du ernst genommen werden willst, musst du zeigen, dass du dich durchsetzen kannst. Absolut. Mein Name steht an der Tür. Ich entscheide, wer durchgeht, und wer sich nicht richtig benimmt, fliegt raus.«

»Wenn du mich fragst, Mazeh, dann wird es höchste Zeit, dass du Lina die Tür weist«, sagte Merc.

»Ja, das wäre das Beste.« Pravar schlug sich mit der Hand auf den Schenkel.

»Wie soll das Mädchen dich weiterhin respektieren, wenn du dir ständig ihr Maneno antust?«

»Ich habe alles im Griff, okay?«

»Den Teufel hast du«, murmelte Merc vor sich hin. »Du weißt ja nicht mal, wo sie war.« Anil sah ihn wieder vorwurfsvoll an, doch Merc sprach unbeirrt weiter. »Du hast überhaupt nichts im Griff, Mazeh, und am wenigsten dich selbst.«

»Dann wisst ihr also inzwischen alle besser als ich, wie ich leben soll?«

»In dieser Stadt gibt es hundert Mädchen, die dich heiraten würden wie nichts.« Pravar schnipste mit den Fingern. »Aber du bist auf diese dickschädelige Kuh fixiert, die sich nicht festlegen kann, weil sie zu viel Angst vor ihrer Familie und ihrem Gott hat. Was ist so besonders an ihr und ihren Leuten? Wenn wir uns vorstellen können, dass du mit einer Muslimin zusammen bist – warum können die nicht das Gleiche tun?«

Anils Gesicht zuckte, als wollte er ein Jucken in den Nasenlöchern lindern.

»Hör auf deinen Vater.« Minnies Hände ballten und lösten sich abwechselnd, während sie auf Anil zuging. »Er hat eine gute Idee, denke ich jedenfalls. Erzähl ihm davon, Pravar.«

Anil seufzte. Er wusste, dass sein Vater immer nur Pläne ausheckte, die irgendwie zwielichtig waren. Nun umriss Pravar, wie er vorgehen wollte. Anil blieb teilnahmslos, während sich Mercs Gesicht skeptisch verzog. Minnie trommelte mit den Fingerspitzen, sodass die frisch manikürten roten Nägel das Licht der Glühbirnen reflektierten.

»Das dauert doch ewig«, sagte Anil, als Pravar fertig war.

»Nein – nicht unbedingt, Nilu.« Minnie tätschelte ihn wie ein Tier, das man beruhigen musste. »Ich kann morgen alles ins Rollen bringen. Und in ein paar Wochen könnte schon alles passiert sein – das hängt von dir ab, denke ich.«

»Ich weiß nicht, was das bringen soll.« Mercs linker Oberschenkel drückte sich an die glänzende Krümmung des Glasgeländers. »Warum so ausgefeilte Tricks anwenden, um Lina in die Falle zu locken? Das ist doch gar nicht nötig.«

Anil biss sich von innen auf die Wangen. Er war nicht gerade begeistert von Pravars Idee – aber aufgeben wollte er Lina auch nicht. Der Gedanke an das, was Merc über die Begegnung mit ihr am Vortag gesagt hatte, machte ihn nervös. Vielleicht war sie jetzt gerade bei diesem Hans. Er schloss die Augen und zuckte unbewusst zusammen.

»Na?«, fragte Pravar eindringlich.

»Mach das nicht.« Merc trat auf seinen Freund zu, als könnte er ihn körperlich daran hindern, die falsche Entscheidung zu treffen.

»Was denn sonst?«, rief Minnie. »Wir müssen etwas unternehmen!« Sie schlich sich näher an ihren Sohn heran.

»Vergiss sie. Was du auch machst, es wird nicht funktionieren. Vergiss sie einfach«, drängte Merc.

»Das wäre wahrscheinlich noch besser.« Nun scharte sich auch Pravar mit den anderen um Anil.

»Ich kann sie nicht vergessen!«, rief er. Als er die Arme zur Betonung seiner Leidenschaft hob, traf er mit einem davon Merc.

Sein Freund wich zurück. »Was sie angeht, bist du ein hoffnungsloser Fall.« Er ging zur Treppe, hockte sich auf den Handlauf und rutschte hinunter, wie sie es als Kinder getan hatten. »Ein verdammt hoffnungsloser Fall!«, rief er von unten.

»Merc hat recht.« Pravar klang streng. »Entweder du vergisst diese Frau, oder du machst es so, wie ich vorgeschlagen habe.«

Anil holte tief Luft. »Also gut.« Was hatte er zu verlieren?

Opferfest

Köstliche Düfte hingen noch im ganzen Haus, obwohl Eid ul-Adha – das Fest, das man etwa siebzig Tage nach Eid ul-Fitr beging – schon fast vorüber war. Die Aromen gebratener Speisen, gehaltvoller Currys und brennender Kerzen hielten sich lange in der Luft. Im Wohnzimmer saßen noch ein paar Gäste herum, die zu viel gegessen hatten, um sich vom Sofa zu hieven und zu gehen. Einer mit Lammpilau-Flecken auf dem Pullover, den er über seinem weißen Kurta Padschama trug, hatte die Hände um den Wanst gelegt und döste im Sessel. Auch die drei anderen Männer im Zimmer, einschließlich Scharif, waren in ähnliche lange Tuniken mit passenden weiten Hosen gekleidet. Sie lümmelten auf dem Sofa herum, unterhielten sich und hörten mit einem Ohr den Gebeten zu, die im Fernsehen über Satellit live aus Mekka übertragen wurden.

Mariam kam auf Imans Anweisung hin hereinspaziert und sammelte leere Teetassen ein, die auf Beistelltischen standen oder auf Armlehnen balancierten. Hinter ihr kam Nasra mit einer großen schwarzen Mülltüte in der Hand und hockte sich hin, um das zerrissene Papier und die Bänder von all den Geschenken aufzuheben, die ausgetauscht und ausgepackt worden waren.

In der Küche stellte Mariam das schmutzige Geschirr auf die Arbeitsplatte.

»Kann ich jetzt in mein Zimmer gehen?« Sie nahm die lachsfarbene, um ihren Hals geschlungene Tschuni ab und kratzte sich, denn die Stickerei auf dem Stoff hatte ihre Haut gereizt.

Iman sah sich um, ob sie dem Mädchen noch etwas auftragen konnte. Leere Töpfe und Platten säumten den Tisch, auf dem das Büfett gestanden hatte. Auf dem Boden lagen Reiskörner, ein paar Kichererbsen und vereinzelte Salatblätter herum.

»Kehr zuerst hier auf, damit wir die ganze Schweinerei nicht zertreten.«

Mariams Oberkörper kippte vornüber, als hätte man ihr eine schwere Last auferlegt. »Ich arbeite schon den ganzen Tag wie eine Sklavin!«

»Was denn, haahh? Und ich habe nur herumgesessen? Das Essen und die Geschenke sind wundersamerweise vom Himmel gefallen, ja?« Iman schüttelte den Kopf. Kleine goldene Creolen schaukelten an ihren Ohrläppchen.

Mariam zog ein Gesicht, ging aber den Besen holen.

Iman schob weiter übrig gebliebene Speisen auf einen Teller und reichte das Geschirr dann an Ruksana weiter, die es in die Spülmaschine steckte. Das Bücken fiel ihr immer noch schwer: Ihr Steißbein blieb empfindlich, obwohl der Bruch abgeheilt war.

»Nicht böse sein.« Ruksana zuckte, wenn Metall auf Porzellan traf. »Wir hatten so einen schönen Tag. Zu schade, dass Lina nicht auch da ist.«

Iman seufzte. Das Opferfest war ihrer Vorstellung nach der eine Anlass, bei dem auf jeden Fall die ganze Familie zusammenkam. Nun war Lina zum ersten Mal nicht dabei. Und würde es vielleicht nie wieder sein.

Später bat Iman Ruksana, mit ihr einen Spaziergang zu dem nahe gelegenen kleinen Park zu machen. Maßvolle Bewegung half besser als alles andere gegen die Starre, zu der es manchmal in ihrem unteren Rücken kam. Iman krümmte und bog ihr Rückgrat mehrmals, während Ruksana Jussufs Jacke zuknöpfte.

»Mit dem Kochen hast du es natürlich übertrieben.« Ruksana sah Iman aus den Augenwinkeln an, während sie die Straße entlanggingen und Jussuf in der Mitte an beiden Händen hielten. »Aber ich nehme mal an, dass du vor allem wegen der Sache mit Lina so angespannt bist.«

»Als wir sie mit den Jungen bekannt machen konnten, habe ich das so verstanden, dass sie über den anderen hinweg ist.« Iman zog ihre Stola fester um die Schultern. »Ich hätte nie geglaubt, dass sie sich so verstellen kann. Das ist, als hätte sie zwei verschiedene Menschen in sich!«

»Sie ist gespalten. Stell dir vor, was sie da gerade durchmacht.« Ruksana zog ein paar Haarsträhnen weg, die durch den Wind an ihrem Lippenstift klebten. »Kein Wunder, dass sie sich so konfus verhält.«

»Oh was denn, Rocky, haahh, du bist ja genau wie Scharif«, klagte Iman. Die Sonne stand in flachem Winkel über ihnen, wie von Schornsteinen an den Himmel gepinnt. »Du machst alles grau, dabei ist es doch entweder schwarz oder weiß. Wenn er wirklich ein Machtwort gesprochen hätte …« Iman hielt inne und stampfte mit dem Fuß auf. »Dann wären wir jetzt nicht in dieser Situation.«

»Viel hätte er da wohl nicht mehr tun können, oder, Iman?«

»Andere Leute bekommen ihre Töchter auch in den Griff!«

»Ja, aber wie? Mit Drohungen und Gewalt und Zwangsverheiratung? Ist es das, was du willst?«

»Sie weigert sich, mit uns zu sprechen.« Iman starrte im Gehen auf den Weg. »Kann gut sein, dass sie längst verheiratet ist!«

»Aber du weißt doch gar nicht sicher –«

»Warum hat sie sich sonst zurückgezogen? Ich habe Scharif angefleht, dass er herausfindet, was wirklich los ist, aber er will nicht. Er ist überzeugt, dass Lina uns sagt, wie es steht, wenn sie so weit ist.«

»Ich finde, Scharif ist sehr großherzig«, sagte Ruksana. »Unterschätze ihn nicht. Du musst Vertrauen haben, Iman. Du betest inzwischen so oft und legst die Dinge trotzdem nicht in Gottes Hand. Erinnerst du dich an die Geschichte von Ibrahim und Ismail im Koran? Ibrahim war bereit, seinen Sohn zu opfern, aber Gott schritt im letzten Augenblick ein, und dann war alles okay.«

»Was denn, haahh?« Iman blieb stehen. »Du meinst, Scharif verhält sich wie Ibrahim?« Sie wäre nie auf die Idee gekommen, die Sache so zu sehen.

»Na ja …« Ruksana versuchte, Jussuf zu bändigen, der sie

ungeduldig immer wieder umkreiste. »Ich glaube, er kann Lina gehen lassen, weil er daran glaubt, dass Allah sie wieder zurückbringen wird.«

Diese Erklärung gefiel Iman. Sie wollte gerade noch etwas sagen, als entfernte Bekannte stehen blieben und sie begrüßten.

»Und wie geht es Lina?«, fragte eine Frau hinter ihrer Burka. Ihre Augen funkelten durch den Schlitz im schwarzen Stoff, der ihren Körper verhüllte.

»Sie wissen, dass etwas nicht stimmt«, flüsterte Iman, als sie weitergingen. »Jetzt, wo Lina im Ausland lebt und kaum noch nach Hause kommt. Und weil ich sie mit so vielen jungen Männern bekannt gemacht habe, ohne dass sie das irgendwie verfolgt hätte. Die Leute sind misstrauisch geworden.«

»Bald passiert irgendwas anderes, und dann beißen sich alle daran fest. Du weißt doch, wie das ist«, sagte Ruksana. Sie kamen zu einem asphaltierten Platz mit ein paar Bäumen, der als Spielplatz diente. In der entgegengesetzten Ecke waren die Schaukeln, die Jussuf am liebsten mochte.

»Oh, es sind genügend andere Dinge im Gange.« Iman wollte näher darauf eingehen, beherrschte sich aber. Schließlich war es das Beste, wenn jeder vor seiner eigenen Tür kehrte. »Ich setze mich jetzt mal hin«, sagte sie zu ihrer Schwester.

Iman ging auf eine der Bänke zu. Warum war ihnen so etwas zugestoßen? Was hatte sie falsch gemacht? Fünfmal am Tag richtete sie diese Frage nun an Allah, bat Ihn, sie zu leiten, flehte um Seine Vergebung – als könnte sie durch das Gebet ihr gehorsames Kind zurückerlangen.

Verwirrung

Die Landschaft war wie eine Palette von Brauntönen vor blauem Himmel. Lina sah hinaus, als der Geländewagen, in dem sie saß, an einem weiteren halb fertigen Gebäude aus Lehm und Ziegeln vorbeifuhr: ein Skelett aus Wänden ohne Dach, mit Lücken für Türen und Fenster. Sie fragte sich, ob der Bau so stehen blieb, weil dem Verantwortlichen etwas dazwischengekommen war, weil er kein Interesse mehr hatte oder weil es kein Material mehr gab. Im Süd- und Westsudan sah man zahllose Gebäude dieser Art, die den Zustand des Landes angemessen symbolisierten.

Seit der Trennung von Anil hatte sich Lina freiwillig zu allen möglichen Einsätzen vor Ort gemeldet, um der Realität ihres eigenen Lebens möglichst fern zu sein. Die Woche zuvor hatte sie im Bundesstaat Dschonglei verbracht und dort Bildungseinrichtungen begutachtet. Die meisten Spender wollten vor allem etwas für die unmittelbaren humanitären Bedürfnisse tun, was Lina kurzsichtig fand. Bildung konnte vom Krieg traumatisierten Kindern Hoffnung geben und würde ihnen den Übergang zurück ins normale Leben erleichtern, wenn die Kämpfe vorüber waren. Deswegen hatte Lina den Einsatz an dieser Front zu ihrer Mission gemacht. Durch eine großzügige Spende der Mayurs war das winzige Budget der Vereinten Nationen aufgestockt worden. Lina hatte schon um deren Hilfe gebeten, bevor sie durch Merc von Pravars illegalen Waffengeschäften erfuhr. Und danach war sie unsicher gewesen, ob sie das Geld verwenden sollte oder nicht. Letzten Endes hatte sie entschieden, dass es gerechtfertigt war, denn im Sudan herrschte einfach zu große Not. Es wäre töricht gewesen, etwas zurückzuweisen, wenn sich die Bedingungen im Land damit verbessern ließen.

Also waren sie und zwei Kolleginnen mit einem Vorrat an

Kreide, Stiften und Notizbüchern durch den Südsudan gereist. Ihre Gaben waren notwendig und gleichzeitig bedeutungslos. Menschen erhielten Unterricht, obwohl die Umstände ihnen so viele Entbehrungen auferlegten. Man brauchte nur eine behelfsmäßig aufgehängte Tafel, um irgendwo ein Bildungszentrum einzurichten. In den meisten Dörfern hatten die Lehrer keine Bücher für den Unterricht, und die Kinder lernten ohne Schreibpapier. Lina hatte Schulen gesehen, in denen Kinder jeden Alters im Schneidersitz auf dem staubigen Boden saßen, ihre Zungen konzentriert über die Oberlippen bogen und die Hälse nach dem Lehrer reckten. Manchmal waren bis zu neunzig Schüler in einer einzigen Klasse. Ein zwölfjähriger Junge sagte mit großen, ernsthaften Augen: »Ich habe gelernt, den Lehrern ganz genau zuzuhören. Ich schreibe alles in meinen Kopf.« Andere gaben zu, dass sie jedes erdenkliche Stück Pappe horteten und die Schichten trennten, um sich darauf Notizen zu machen.

Die Stimme von Garang, dem Fahrer, unterbrach Lina in ihren Gedanken. »Wir müssten in einer Stunde wieder in Dschuba sein.«

Lina hatte jedes Zeitgefühl verloren. Weil in der Ferne gerade die Sonne sank, wusste sie, dass es Abend wurde. Ansonsten konnte sie sich nur mit Mühe darauf besinnen, welcher Tag es war – oder welcher Monat. Das lag nicht zuletzt an dem Zustand, in dem sie sich befand, seit sie drei Wochen zuvor aus Nairobi zurückgekommen war. Doch auch die Gleichförmigkeit der äußeren Umstände in diesem Teil des Sudans verwirrte sie: Ständig herrschte dieselbe glühende Hitze. Einheimische nahmen deren Schwankungen allerdings besser wahr – am Morgen hatten die Wachen mit Winterjacken, Kapuzen und Schals vermummt vor ihrem Tukul eng zusammengestanden und sich die Hände gerieben. Und noch jetzt saßen Leute mit wollenen Westen und Mänteln im Jeep, weil die Temperatur in den vergangenen Tagen gesunken war – von 45°C auf 30°C. Doch wer wie Lina nicht aus der Wüste stammte, fand es noch immer viel zu heiß. Sie konnte es kaum erwarten, ihre Kleider auszuziehen und zu duschen.

Am Eingang zum Compound hing eine zerschlissene UN-Fahne schlaff herab. Lina war kaum aus dem Wagen gestiegen, als Jen auf sie zustürmte.

»Genau rechtzeitig! Macht euch fertig! Die Leute von Médecins Sans Frontières geben heute Abend eine Party. Wir müssen in einer halben Stunde los.«

»Ich bin so müde.« Lina suchte nach dem Schlüssel zum Vorhängeschloss an der Tür ihres Containers.

»Das geht schon wieder, wenn du dich frisch gemacht hast.« Jen folgte Lina in ihr Zimmer.

Lina warf die Schlüssel auf den Tisch, stellte ihre Tasche ab und ließ sich aufs Bett fallen. Das Moskitonetz darüber war zu einem Knoten geschlungen. »Das da hat mir gefehlt.« Sie stieß mit dem Fuß daran. Während der Reise hatte es in einigen Gästehäusern keine Netze gegeben. »Schau dir das mal an.« Sie zog ihre Hosenbeine und dann die Ärmel hoch, um Jen die roten Beulen auf ihrer Haut zu zeigen.

»Warum hast du keins mitgenommen?« Jen zog ein Gesicht.

»Dummheit. Ich hatte mit besseren Bedingungen gerechnet.«

»*Besser?* Du müsstest doch mittlerweile wissen, dass Dschuba der zivilisierteste Ort im Süden ist. Sobald man die Randgebiete dieser Stadt verlässt, wird es immer schlimmer. Ich hoffe, du nimmst deine Malariatabletten.« Jen öffnete einen Schrank und sah sich Linas Kleider an.

»Was will Astrid ausleihen?« Vor jeder geselligen Zusammenkunft vollzog sich dasselbe Ritual.

Jen lächelte und zog dann ein schwarzes Top mit gerüschten Ärmeln hervor. Es war das einzige schicke Kleidungsstück, das Lina dabeihatte, und es war immer zum Einsatz gekommen, wenn sie zurück nach Nairobi fuhr. Sie fragte sich, ob sie noch einmal in den begehbaren Kleiderschrank im Haus der Mayurs treten würde, wo ihre schönen Sachen lagerten.

»Warum kommt sie nicht und holt es sich selbst?«, gähnte Lina.

»Zu sehr damit beschäftigt, sich anzumalen. Wenn auf jeden Mann vier Frauen kommen wie hier, muss man sich schließlich

Mühe geben.« Jen machte den Schrank wieder zu. »Manchmal denke ich, ich sollte ans Personalbüro schreiben und denen erklären, dass sie ihre Richtlinien zur Chancengleichheit noch mal überprüfen müssen.«

»Die haben es wohl etwas übertrieben mit der positiven Diskriminierung.« Linas Blick hellte sich etwas auf.

»Du hast Glück mit deinem Märchenprinz in Nairobi.« Inzwischen kramte Jen in einer der Schubladen herum.

Lina starrte zur Decke, ohne die drei Eidechsen zu bemerken, die dort posierten. Unmittelbar nach ihrer Ankunft in Dschuba hatte sie nicht schlafen können vor Angst, dass die Tiere nachts auf ihr herumkriechen könnten. Inzwischen fielen sie ihr kaum noch auf, so wenig wie die Grillen, die zwischen ihren Sachen herumhüpften, oder die Igel draußen auf dem Compound. Sie dachte sich nicht einmal etwas dabei, wenn sie ab und zu ein Insekt verschluckte, das im einheimischen Honig unweigerlich ertrunken war.

Lina kratzte einen ihrer Mückenstiche. Von den Kollegen wusste niemand, was in ihrem Privatleben wirklich vorging. Während der vergangenen Wochen hatte sie sich einige Male krankgemeldet, die Tage teilnahmslos in ihrem Zimmer verbracht und gebetet, dass das Telefon klingeln oder der Computer piepsen würde, weil eine E-Mail von Anil gekommen war. Aber es war nichts passiert. So blieb ihr nur noch das schreckliche Gefühl, einen schweren Fehler gemacht zu haben. Doch Lina wusste immer noch nicht, wo genau ihr Irrtum lag. Sie war ein Häufchen Elend, gefangen in einem Käfig, den nur Anil öffnen konnte. Selbst konnte sie keinen Anlauf unternehmen – sie wusste genau, was sie getan hatte, und ihr war klar, dass dieses Wissen weder etwas an ihren Gefühlen änderte noch ihren Loyalitätskonflikt löste.

»Wir haben aber auch Glück«, sagte Jen gerade. »Wenn du nämlich die Jungs hier beeindrucken wolltest, könnten wir deine schönen Sachen nicht tragen. Darf ich mir davon was nehmen?« Sie hielt ein Parfümfläschchen hoch.

»Nicht, dass es da jemanden gäbe, den ich im Zweifelsfall

gern beeindrucken würde!« Lina rollte sich auf die Seite und sah zu, wie Jen Parfüm hinter die Ohren und auf ihr Handgelenk spritzte.

»Und natürlich reicht niemand an einen Märchenprinzen heran, der seiner Prinzessin Privatflugzeuge schickt! Wahrscheinlich machen die Jungs keine Annäherungsversuche bei dir, weil sie wissen, gegen wen sie da antreten.«

Lina stand auf, ging zu dem kleinen Tisch und nahm ihren Laptop aus einer der Schubladen. Sie hatte noch niemandem erzählt, dass diese Flüge nun für immer eingestellt waren. »Ich muss nach meinen E-Mails sehen.« Oh Allah, flehte sie im Stillen, mach, dass eine Nachricht von ihm gekommen ist.

»Das dauert doch eine Ewigkeit! Und du hast noch nicht mal geduscht.« Jen sah auf ihre Armbanduhr.

»Ich weiß gar nicht, ob ich mitkomme.« Linas Computer summte und flackerte beim Start.

»Du kommst mit. Keine Widerrede.« Jen stieß sie zwischen die Schulterblätter.

»Du willst doch nur, dass jemand nüchtern bleibt und dich nachher zurückfährt.«

»Genau. Du willst uns doch an diesem Ort nicht die kleinen Freuden verweigern. Vielleicht mache ich mich lieber auf den Weg und plündere Astrids Boudoir, für den letzten Schliff.« Jen ging zur Tür. »Sie ist die Königin der Accessoires.« Astrid hielt hinsichtlich ihrer äußeren Erscheinung ein ziemlich hohes Niveau, trotz aller Entbehrungen. »Wir holen dich um sieben hier ab, okay?«

Von Anil war nichts gekommen. Nur eine Nachricht von Hans, die sie nicht öffnete, und noch ein paar andere von Freunden und Bekannten aus Nairobi, die ihr Bedauern über die Trennung von Anil ausdrückten. *»Ich hatte ja keine Ahnung…«*, begann eine. Und eine andere erklärte bestürzt: *»… nicht zu fassen, dass er schon mit Priti Devani verlobt ist!« »Ich hoffe, du bist okay«* stand in allen. Lina konnte nicht glauben, was sie da las, und hielt alles für ein Missverständnis. Andererseits hatte

Anil nicht versucht, Kontakt mit ihr aufzunehmen, also musste sie wohl befürchten, dass es stimmte. Lina stürzte zu der Tasche, die sie am Fußende des Betts hatte fallen lassen, und suchte nach dem Satellitentelefon. Sie wählte die Nummer dreimal falsch, bis sie endlich zu Anils Handy vordrang. Er antwortete fast sofort: »Hi!«

Der Klang seiner Stimme stürzte sie in ein Durcheinander aus Erleichterung und Schmerz. Sie verzog das Gesicht, um nicht loszuschluchzen, und sagte dann: »Ich ... ich habe nichts von dir gehört.« Immerhin gelang es ihr, eine Art Satz hervorzubringen.

»Hattest du das denn erwartet?« Weil er so ungerührt wirkte, fühlte sie sich noch schlechter. Sie konnte schließlich nicht wissen, dass sein Herz raste und sein Verstand bebte, weil sie ihn nun anrief.

Aus Angst, beim nächsten Wort weinen zu müssen, antwortete Lina nicht.

»Und, äh, was ist los?« Anil wirkte abgelenkt, als wäre er mit irgendetwas beschäftigt. Wie sollte sie auch darauf kommen, dass er gerade unter gestenreichen Entschuldigungen einen Tisch im Muthaiga Country Club verließ, an dem Priti Devani und ein paar andere Leute saßen.

Nun fing Lina doch an zu weinen, weil sie seine Gleichgültigkeit nicht ertrug. »Da waren ... ich habe ...« Sie würgte und keuchte, als hätte sie einen Asthmaanfall. »In den E-Mails.« Lina stieß ihre Worte zwischen hastigen Atemzügen hervor. »Da steht. Du. Du bist verlobt. Mit einer anderen. Ich habe gelesen ...«

»Das spricht sich aber schnell herum.« Anil war mittlerweile nach draußen ins Freie gegangen. Der Klatsch hatte also gewirkt. Er hatte sich absichtlich öfter mit Priti in der Öffentlichkeit gezeigt, weil er wusste, dass die Leute viel redeten und Lina es dadurch hoffentlich auch erfuhr. »Meine Eltern wollten etwas arrangieren – genau wie deine Familie. Und dann ging alles schneller als erwartet.«

»Das klingt so ... endgültig.« Als Lina hörte, dass Anil die

Verlobung bestätigte, empfand sie ihre Entfremdung noch deutlicher. »Ich hatte nicht damit gerechnet …« Sie hörte selbst, wie belanglos ihre Worte waren. Womit *hatte* sie denn gerechnet? Damit jedenfalls nicht. Nicht damit. Sie hielt sich den Mund zu, um die Schreie darin zu ersticken.

»Dachtest du, ich lege mein Leben für dich auf Eis, obwohl du mich verlassen hast?«

»Das habe ich nicht!« Ihre Atemzüge waren zerfetzt wie ein Vorhang im Sturm.

»Komm schon, Lina. Du hast an diesem Tag alles klargestellt. Warum rufst du jetzt an?«

Ja, warum eigentlich? Sie hatte gehandelt, ohne nachzudenken – wieder einmal. Und war einfach ihrem Herzen gefolgt, das sie von einer Sackgasse in die nächste führte. »Du hast ja keine Ahnung, was ich durchmache! Du hast noch nie irgendwas kapiert! Und jetzt gehst du nach ein paar Wochen einfach hin und heiratest –« Dieser Verrat traf sie zutiefst. Lina krümmte sich, hielt das Telefon aber noch immer ans Ohr.

»Du hast mir keine Wahl gelassen! In unserer Beziehung habe doch immer ich den Kürzeren gezogen.«

»Mein Gott!« Ständig musste sie schluchzen, während sie sprach. »Anil! Du hast es dein Leben lang leicht gehabt.«

»Bis ich dich getroffen habe.« Ein paar Golfer kamen von ihrem Spiel, um sich zu stärken, und sahen ihn aus den Augenwinkeln an, doch Anil merkte es nicht. »Wenn du eingewilligt hättest, mich zu heiraten, wären mir alle anderen Leute egal. Aber nein. Das wäre ja zu einfach.«

»Einfach gibt es nicht, Anil! Das hast du nie kapiert.« Das Telefon glitt ihr aus der Hand, fiel zu Boden und schaltete sich ab.

Anil starrte sein Handy an und schüttelte es. »Lina? Was sagst du?« Als er begriff, dass sie aufgelegt hatte, warf er das Telefon ins Gebüsch.

»Lina?« Jen steckte den Kopf durch die Tür. Sie hatte damit gerechnet, auf Lina warten oder ihr Beine machen zu müssen –

doch dass ihre Freundin tränenüberströmt und zusammengesunken am Schreibtisch sitzen würde, hatte sie nicht erwartet. Jen stürzte mit einer langen, baumelnden Kette aus türkisfarbenen und schwarzen Steinen um den Hals ins Zimmer.

Astrid folgte ihr mit klappernden hohen Absätzen und klimpernden Holzarmreifen. »Lina, was ist denn?«

Lina hob den Kopf. Ihre Haut war klatschnass, als würde jede einzelne Pore weinen.

»Bist du krank?« Jen legte eine Hand auf Linas heiße Stirn und fragte sich, ob man Malaria so plötzlich bekommen konnte.

»Gibt es schlechte Nachrichten?« Astrid wäre fast auf das Satellitentelefon getreten. Sie hob es auf und legte es auf den Schreibtisch neben den Laptop, der immer noch aufgeklappt war. »Ist was mit deinem Freund?«

Linas Mund und Wangen begannen zu beben.

»Oh nein.« Jen umarmte sie. »Es tut mir so leid. Ist ihm was passiert?«

Astrid stemmte eine Hand in die Hüfte. »Er war dir untreu, stimmt's?« Sie sagte das, als wäre es so normal wie ein Spaziergang.

Lina schüttelte den Kopf, nickte, ihr Oberkörper krümmte sich. »Er heiratet eine andere.«

»Was?« Jen kniete sich neben den Stuhl und nahm Linas Hand.

»Einfach so? Aus heiterem Himmel?« Astrid schnappte nach Luft und zuckte dann mit den Schultern. »Typisch Mann.«

»Wie kann er nur?« Jen drückte Linas Finger. »Er hat dich wirklich nicht verdient.«

»Allerdings. Da wartet noch was Besseres auf dich, und das suchen wir uns jetzt mal.« Astrid nahm ein Handtuch, das an der Tür des Kleiderschranks hing, und reichte es Lina. »Geh jetzt duschen, und dann nichts wie weg hier.«

»Ich gehe nirgendwohin.« Lina wischte sich mit dem Arm die Augen ab.

»Dann bleiben wir bei dir.« Jen ignorierte Astrids wütenden Blick.

»Nein, geht nur. Ich komme schon klar.« Muskelstränge traten an Linas Hals hervor, weil sie sich so bemühte, nicht mehr zu weinen.

»Unsinn, hier herumzusitzen und sich schlecht zu fühlen.« Astrid schob Jen beiseite. »Komm schon.« Sie zog Lina hoch. »Es ist besser, wenn du dich ablenkst, statt hierzubleiben und ständig an diesen Typen zu denken.« Astrid wollte die Party bei Médecins Sans Frontières auf keinen Fall verpassen. Aber allein wollte sie auch nicht gehen.

»Vielleicht hat Astrid recht. Er ist es nicht wert, dass du seinetwegen Trübsal bläst«, sagte Jen. Sie verfrachteten Lina ins Bad, obwohl sie protestierte.

Gewaschen und in frischer Kleidung ging es ihr etwas besser – aber sie weinte immer noch. Als sie ihr Haar bürstete, sah sie im Spiegel ein geschwollenes Gesicht. »So kann ich nicht ausgehen. Bitte. Es macht mir nichts aus, hier allein zu sein. Ich gehe wahrscheinlich gleich ins Bett.«

»Okay.« Jen wandte sich Astrid zu, die gerade mit dem spitzen Ende einer Sicherheitsnadel ihre Wimpern trennte, weil klumpige, sandverseuchte Mascara daran klebte.

»Diese blöde Wüste macht meine ganzen Produkte kaputt«, grummelte Astrid.

»Wir könnten doch noch ein bisschen bei Lina sitzen bleiben und vielleicht später zu der Party gehen?«

»Unsinn. Wir machen uns den ganzen Abend Sorgen um sie.« Astrid bewunderte sich im Spiegel und sah dann Lina an. »Glaub mir. Eigentlich willst du gar nicht allein sein. Wenn wir dich nicht mitnehmen, wirst du nur depressiv. Das weiß ich genau, aus eigener Erfahrung. Du musst mitkommen.« Sie ließ die Nadel in ihre Handtasche fallen und knipste sie zu. »Ich verspreche dir, dass es das Richtige ist.«

Lina blieb nichts anderes übrig, als den Frauen zu folgen, die sie unterhakten und abführten.

»Mein Telefon«, sagte sie, als Jen die Tür abschloss.

»Das brauchst du nicht«, sagte Astrid. »Er ruft nicht an. Und wenn doch, solltest du gar nicht erst mit ihm sprechen.«

Anil ging mit den Händen in den Taschen und gesenktem Kinn über das Gelände des Country Clubs. Er hörte, wie auf den nahe gelegenen Tennisplätzen Bälle geschlagen wurden – ein regelmäßiges Plopp, Plopp, Plopp. Ganz wie die Gedankenvolleys in seinem Kopf.

Was hatte Lina am Schluss gesagt? Er überlegte, ob er sich verhört hatte. Das ganze Gespräch war ziemlich verrauscht gewesen. Vielleicht hatte sie gar nicht aufgelegt. Oft war nämlich die Verbindung schlecht, und ihre Telefonate wurden ständig unterbrochen. Vielleicht versuchte sie ja in dieser Minute, ihn noch einmal anzurufen. Er fuhr herum und ging dorthin zurück, wo er das Telefon weggeworfen hatte.

Hoch über ihm ragten die nadelförmigen Blätter der Wacholdergewächse in die Luft. Und noch weiter oben jagte ein heftiger Wind Wolken in Blutergussfarben über den Himmel. Anil sah Priti, die über den Rasen auf ihn zukam. Ihr rotes Kleid loderte wie eine Flamme, die das Land versengte – und sein Gewissen.

Anil tat so, als hätte er sie nicht bemerkt. Dann begriff er, dass sein Handy wahrscheinlich in einem Rosenbusch lag. Die Blütenblätter waren fleischig und buttergelb mit einem Hauch Rosa am Rand, als hätten sie einen Sonnenbrand. Er bückte sich, spähte in den Busch hinein und suchte ein silbriges Stück Metall, das ihn vielleicht wieder mit Lina verbinden würde.

»Ist alles in Ordnung?« Priti berührte ihn an der Schulter.

Anil kauerte sich hin, entzog sich ihrer Hand. »Mein Telefon ist runtergefallen.« Er hätte ebenso gut sagen können, sie solle die Klappe halten und weggehen, so grob war sein Ton.

Priti rührte sich nicht, weil sie ratlos war. »Brauchst du Hilfe? Soll ich jemanden rufen?«

Als Antwort tauchte er tiefer in den Busch hinein, schob Zweige beiseite und fluchte, weil sich Dornen in seine Haut bohrten. Priti ging Hilfe holen, doch als sie mit einem Kellner zurückkam, war Anil schon aufgestanden und wischte sich Lehm von Händen und Ellbogen. An den Knien seiner gerippten Hose klebte Erde in runden Flecken.

Priti wusste nicht, was sie von ihm halten sollte – von diesem Mann, der sie mit Aussicht auf eine Heirat hatte treffen wollen. Anscheinend lag ihm gar nichts daran, sie näher kennenzulernen. Wenn er mit ihr ausging, plauderte er viel mehr mit anderen. Sie sahen sich immer nur in Gesellschaft. Es war, als hätte er Angst, mit ihr allein zu sein. Und seine Mutter behauptete, er sei einmal rasend verknallt in sie gewesen! Davon war offenbar nichts mehr übrig. Priti erinnerte sich noch an den Sommer, in dem er ihr nachgestiegen war. Doch damals war sie zu sehr mit einem anderen beschäftigt gewesen, um an Anil auch nur zu denken. Erst jetzt hatte sie begriffen, was für ein guter Fang er war. Einer der begehrtesten Junggesellen in ganz Nairobi, hieß es. Also gab es schlimmere Schicksale, als ihn doch noch zu heiraten. Zumal sie vor Kurzem nur knapp einem Skandal entgangen war. Aber davon hatten die Mayurs wohl glücklicherweise nicht das Geringste gehört.

»Ich muss los.« Das Telefon hatte keinen entgangenen Anruf von Lina registriert. Anil zog einen Dorn aus dem fleischigen Teil seiner Handfläche, in der Nähe des Daumens. Eine rubinrote Perle trat hervor.

»Sssss.« Priti zuckte zusammen. An seinen Armen entdeckte sie weitere Kratzer, und alle waren gesäumt von zarten Linien aus Blut.

Anil führte die Wunde zum Mund und saugte sie aus. Dann rieb er die Hand an seiner Hose und machte sich auf den Weg zum Wagen. »Ich muss wirklich los.« Priti wirkte so erstaunt, dass er sich genötigt fühlte, eine Entschuldigung abzugeben. »Tut mir leid, aber es muss sein.« Dann ging er weg.

»Kommst du später mit zum Essen?« Priti lief ihm nach.

»Nein.« Er ging schneller.

»Und morgen? Sind wir noch verabredet zum Golf?«

»Ich glaube kaum.«

Dschandschawid-Sprit

Auf dem Compound von Médecins Sans Frontières befanden sich etwa zwanzig Personen, und nur drei davon waren Männer. Alles spielte sich in der gemeinsamen Küche und im Wohnbereich ab – das Gebäude aus Lehmziegeln war zur Abwechslung tatsächlich fertig. Mehrere Leute standen um den Billardtisch herum, der eine Seite des Raums einnahm. Die anderen unterhielten sich in kleineren Gruppen und tranken aus Plastikbechern Dschandschawid-Sprit, ein starkes, vor Ort hergestelltes Gebräu. Wer einen Schluck davon nahm, verzog unweigerlich das Gesicht.

»Sind das richtige Cornflakes?« Lina hatte in einer Ecke des hölzernen Küchentresens zwei Schachteln mit Flocken entdeckt. Plötzlich lief ihr das Wasser im Mund zusammen, und sie gierte nach dem faden Knusperzeug. Außer einer Schale Sorghum Poscho am Morgen hatte sie noch nichts gegessen.

»Ja, nicht zu fassen, oder?« Celia, eine Mitarbeiterin von MSF, nickte. »Diese Woche war jeden Morgen Luxus angesagt. Wir haben sogar Chips.« Sie wies auf den Tisch, wo mehrere Schalen standen.

»Bitte, kann ich ein paar Cornflakes haben?« Lina hielt sich verlegen eine Hand vor das Gesicht.

»Alte, wir trinken hier alle Dschandschawid-Sprit, und du willst echt Cornflakes haben?« Ein Mann namens Jason, den Lina gerade kennengelernt hatte, schob sich eine Flasche Dschandschawid-Sprit in die Tasche seiner Kampfhose und ging verächtlich weg. Doch Celia schüttete schon Cornflakes in eine Schale und streute Milchpulver darüber.

»Wo habt ihr das Zeug denn her?«, fragte Jen. So etwas gab es normalerweise nur, wenn jemand nach Khartoum oder Nairobi gefahren war.

»Henry hat die Cornflakes besorgt.« Celia wies auf einen der Männer am Billardtisch. »Anscheinend bei den Truppen der Afrikanischen Union.«

»Moment mal.« Jen schob die Hüfte vor. »Bei der AU? Bei den Jungs, die nicht genug Treibstoff für ihre Autos und keine Munition für die Waffen haben? Bei den Jungs, die zu *uns* kommen und nach Decken fragen? *Die* haben Cornflakes?« Sie zupfte an der Halskette, die sie sich von Astrid ausgeliehen hatte.

Alle waren sorgfältiger zurechtgemacht als sonst: Die Frauen trugen Röcke und Lippenstift, die Männer waren frisch rasiert und hatten saubere Hemden an. Nur Lina stellte in Hosen und ganz ohne Make-up eine Ausnahme dar. Sie hatte Jen und Astrid gebeten, für sich zu behalten, was gerade passiert war. Einige Leute fragten zwar, ob alles in Ordnung sei, doch Lina erklärte, sie sei nach der Rückkehr aus Dschonglei einfach nur müde, und das schien jeder zu akzeptieren.

»So was Köstliches habe ich seit Wochen nicht mehr gegessen!« Lina holte sich noch einen Nachschlag. Jetzt, wo sie etwas im Magen hatte, fühlte sie sich schon besser. Und ihre Freundinnen hatten recht gehabt: Es half, dass sie unter Leute ging, statt allein in ihrem Zimmer über ihre endlosen Nöte zu grübeln. Obwohl es damit ja nun – jeder Muskel verhärtete sich – wohl ein Ende hatte. Lina hörte auf zu essen. Es fühlte sich nicht richtig an. Sie rief sich die E-Mails ins Gedächtnis, das darauffolgende Telefonat mit Anil. Ihr ganzes Wesen schreckte vor dieser Erinnerung zurück – wie ein Körper, der ein transplantiertes Organ abstieß. Sie schob die Schale mit den Cornflakes weg.

»Schau dir die mal an.« Astrid wies mit einer Kopfbewegung auf die Männer. Alle drei hatten sich um den Billardtisch versammelt und hantierten mit Queues und Kugeln, als gäbe es nichts Spannenderes auf der Welt. »Die sollten sich doch wohl eher um uns bemühen.« Sie klimperte mit ihren stark getuschten Wimpern, sodass der Silberglitter funkelte.

»Was erwartest du?« Jen zog einen Stuhl unter dem langen

Holztisch hervor und ließ sich darauffallen. »Die sind faul geworden. Auf jeden von denen kommen fünf von uns, also denken sie wahrscheinlich, dass wir sie verführen müssen. Aber wenn sie dann zu viel Dschandschawid-Sprit getrunken haben, rücken sie garantiert wieder bei uns an und tun so, als wäre das ein Riesengefallen.« Jen warf einen Blick in die Schalen auf dem Tisch. Zwei waren halb voll mit Chips, in den anderen beiden lagen soeben ausgedrückte Zigarettenkippen.

»Ich kann euch sagen.« Auch Celia setzte sich, und die anderen Frauen folgten. »Die Anmache ist auch nicht mehr das, was sie mal war. Ich will ja keine Namen nennen, aber zwei von denen …«, sie wies mit dem Daumen auf die Männer im hinteren Teil des Raums, »… wollten mich in ihr Zimmer locken, und zwar mit dem Spruch: ›Ich habe heute so viel gesehen, da schaffe ich es nicht, allein zu schlafen.‹«

Die ganze Tischrunde lachte los.

»Und, bist du mitgegangen?«, fragte Jen, obwohl alle längst wussten, wie der unsittliche Antrag vermutlich aufgenommen worden war.

Celia spreizte die Hände und hielt sie hoch, als wollte sie sich ergeben. »Extreme Zeiten, extreme Kapitulation.«

»Und die Ausreden, wenn sie einen nicht sehen wollen, sind einfach schrecklich.« Astrid setzte ihren Becher ab und fing an zu imitieren. »›Ich kann eine Weile nicht kommen, Baby, das Flugzeug vom Welternährungsprogramm hat keinen Sprit.‹«

Jen spielte mit: »›Ich kann die Fahrt nicht riskieren, das Wadi läuft zu hoch, erst gestern ist ein Wagen fast umgekippt, als er hier rauswollte.‹«

»›In der Stadt ist Ausgangssperre, wegen der Unruhen. Da muss ich um acht im Bett sein‹«, sagte eine andere Frau.

Celia kreischte und klopfte mehrmals mit ihrem Becher auf den Tisch, damit die haltlos kichernden Frauen ihr zuhörten. »›Ich besuche dich nächste Woche, Schätzchen. Vorher muss ich noch Lebensmittel an zehntausend Leute ausgeben.‹«

»Das ist jetzt ein Witz, oder?« Jen konnte vor Lachen kaum reden. »Das letzte hast du erfunden?«

Lina zwang sich, ein heiteres Gesicht zu machen, damit sie nicht auffiel.

»An diesem Tisch ist anscheinend am meisten los.« Die tiefe Stimme mit dem ausländischen Akzent klang vertraut.

Wer dem Sprecher den Rücken zuwandte, drehte sich um, auch Lina. Es war Hans.

»Darf ich mich zu euch setzen, Ladys?«

Alle bis auf Lina sprangen auf, um ihm Platz zu machen. Sie hatte keine Ahnung gehabt, dass Hans in der Gegend war. Ihr Herz schlug schneller. Seit Mercs Enthüllung hatten sie sich noch nicht gesehen. Lina hatte ihm danach seltener gemailt, denn die Tragweite der Information, die sie zurückhielt, flößte ihr Angst ein. Hans zwinkerte ihr zu, als er am anderen Ende des Tischs zwischen Astrid und Celia Platz nahm. Nun wandte sich das Gespräch der Politik zu. Hans kam gerade aus Darfur, wo es wieder Angriffe durch die Regierung gegeben hatte.

»Omar al-Baschir liefert den Chinesen Öl gegen Dollars und Waffen«, sagte Hans. »Seine Regierung sackt das Geld ein und richtet die Waffen dann gegen die eigenen Leute.« Er trank einen großen Schluck Dschandschawid-Sprit und schüttelte sich. »Jupp. Und der Rest der Welt schert sich einen Dreck darum.«

»Das ist schlimm für euer Abrüstungsprogramm, oder?« Astrid zielte mit ein paar Chipskrümeln auf ihren Mund, traf aber stattdessen Hans' Schoß. »Oh! Tut mir leid!« Sie machte sich mit beiden Händen an seinem Oberschenkel zu schaffen, als wollte sie die Chips wegmassieren.

Jen lehnte sich an Lina und flüsterte: »Hast du das gesehen? Sie hat ihm das praktisch in den Schritt geworfen!«

Lina brachte eine halbherzige Antwort zustande: »Das war bestimmt ein Versehen.«

Hans hatte sich etwas erhoben, um seine Hose abzuwischen – und Astrids Hände. »Jupp, mein Projekt kommt nur sehr langsam in Gang.« Sein Blick wanderte um den Tisch herum und blieb an Lina hängen. »Nicht einmal mir kommt es richtig vor, wenn die Einheimischen ihre Waffen abgeben sollen, während die Dschandschawid frei herumlaufen.« Seine breite Brust hob und senkte sich, als er tief Luft holte und lautstark ausatmete. »Kein Mensch würde glauben, dass für dieses Land ein Waffenembargo besteht. Im Bundesstaat Nyala haben wir aus China stammende Fantan-Jets entdeckt, und in Darfur Hubschrauber aus Russland. Keiner dieser Transfers ist den Vereinten Nationen gemeldet worden. Wenn man fragt, wie sie dahin gekommen sind, hat kein Mensch eine Ahnung. Jupp.«

Astrid schob ihren Stuhl näher an seinen heran. »Alles ganz schön stressig, nicht? Du musst dich ein bisschen entspannen.«

»Geht schon«, sagte Hans.

»Immer wenn du dabei bist, wird die Unterhaltung so ernst, Hansischatz. Du musst auch mal auf andere Gedanken kommen.« Sie hakte sich bei ihm unter.

»Die Realität ist hart, Astrid.« Hans befreite seinen Arm. »Wenn du dich damit nicht beschäftigen willst, hättest du bei einer Modezeitschrift anfangen sollen.«

»Was für ein Ton! Komm schon!« Astrids mit Rouge betonte Wangenknochen traten hervor. »Spiel doch hier nicht den Superman. Wir brauchen alle mal eine Pause.« Sie schob sich wieder an ihn heran.

»Dieses Monster Baschir sollte man zum Rücktritt zwingen.« Celia musste etwas lauter sprechen, denn irgendjemand hatte die Musik aufgedreht.

»Ich wüsste nicht, wie. Die Welt hat kein Interesse daran, sich hier noch mehr zu –«

»Warum nicht? Es gibt schließlich Öl«, unterbrach Jen. Als Hans zu einer Antwort ansetzte, drückte sie sich wieder an Lina und murmelte: »Ich glaube, Astrid hat keine Chance. Er schaut immer nur dich an!«

Lina versetzte ihr unter dem Tisch einen kleinen Tritt.

Aber Jen ließ nicht nach. »Doch, das stimmt. Du bist eine der wenigen hier, die ihm noch nicht erlegen sind –«

»Jen!«, zischte Lina. Hans stand durchaus in dem Ruf, ein Herzensbrecher zu sein, doch sie war sicher, dass er an ihr kein Interesse hatte. Außerdem wusste er, dass sie mit Anil zusammen war. Nur – da war sie wieder, die Realität –, dass es gar nicht so war. Nicht mehr. Lina hielt den Atem an und straffte jeden Muskel, weil sie nicht weinen wollte.

»Jupp«, sagte Hans gerade. »Die Chinesen holen sich ein Drittel ihres Öls von diesem Kontinent, und der Sudan gehört zu den Hauptlieferanten. Deswegen blockiert China jeden internationalen Versuch, in dieser Krise zu intervenieren.«

»Nichts als deprimierendes Zeug.« Astrid schmollte. Ihre roten Lippen gaben ihm unmissverständliche Signale. »Man muss auch ein bisschen Spaß haben, sonst macht man sich kaputt.«

»Ich würde gern mal Urlaub machen, aber es ist keine Zeit.« Hans rollte die Ärmel seines Hemds zweimal über die Manschetten der Jeansjacke. Astrids Blick verweilte auf seinen kräftigen Handgelenken, den starken Händen. »Ich habe kürzlich einen Oxfam-Bericht gelesen, nach dem bis 2010 die halbe Weltbevölkerung in Staaten leben wird, wo Gewalt herrscht oder bald herrschen könnte.«

»Ich hoffe wirklich, dass man die Vorgänge hier nicht einfach ignoriert.« Celia schob sich ihren Pony aus den Augen. »Draußen vor Ort treffe ich ständig Leute, die glauben, dass Hilfe unterwegs ist. Sie sagen: ›Der weiße Mann wird kommen.‹«

»Jupp, stimmt.« Hans nickte. »Ich höre das auch sehr oft: ›Die Weißen werden uns helfen.‹ Mir ist es geradezu peinlich, wenn jemand das sagt. Weil wir für alles so lange brauchen!« Wieder ruhte sein Blick zufällig auf Lina. »Da muss sich etwas ändern. Jupp. Ein Durchbruch muss her.«

Astrid gurrte ihm etwas auf Deutsch ins Ohr.

Jen gab Lina einen Schubs und flüsterte wieder: »Ich wette, sie sagt ihm, dass er heute Nacht nicht allein schlafen soll.«

Lina zwang sich zu einem Lächeln, obwohl sie plötzlich Magenkrämpfe hatte. Sie hoffte, dass Astrid Hans so bald wie möglich abschleppen würde, damit sie nicht mit ihm reden musste.

»Alles okay?«, fragte Jen.

»Ich hätte nicht mitkommen sollen.« Lina war ganz blass.

»Trink einen Schluck davon.« Jen reichte Lina ihren Becher mit Dschandschawid-Sprit.

»Du weißt doch, dass ich keinen Alkohol trinke!« Lina wandte das Gesicht ab.

»Sieh es als Medizin. Das hilft. Probier einfach mal.« Jen hielt ihrer Freundin den Becher unter die Nase.

Lina wollte gerade noch einmal ablehnen, als der Strom ausfiel. Alles stöhnte auf, und dann raschelte es, während man sich orientierte. Anschließend drangen leise Knutschgeräusche durch die Dunkelheit.

»Irgendwie genau das richtige Spiel unter diesen Bedingungen«, murmelte einer der Männer.

Jemand lachte, und schließlich zündeten alle Kerzen an und schenkten sich nach.

»Astrid hat ihn garantiert sofort angefallen, als das Licht ausging«, flüsterte Jen.

»Schsch!« Lina war sicher, dass jeder sie hören konnte, jetzt, wo keine Musik mehr lief. Ihr war übel, und ihre Gefühle rissen sie hin und her. Sie wimmerte leise. Sofort hielt Jen ihr den Becher mit Sprit an die Lippen.

»Trink«, drängte sie. »Dann vergisst du alles.«

Lina nahm einen Schluck. Ihre Mundhöhle zog sich zusammen. Es schmeckte wie die rosa Flüssigkeit, die man beim Zahnarzt zum Ausspülen bekam, gemischt mit Benzin. Die Dämpfe stiegen ihr in Kehle und Nase wie beißender Qualm. Ihr war, als würden die Härchen in ihren Nasenlöchern versengt. Doch dann breitete sich in Brust und Bauch eine Wärme aus, die heilend Körper und Geist durchdrang. Lina war froh, dass es dunkel war und niemand sah, wie ihr Gesicht sich verzog.

»Und?«, fragte Jen.

»Schmeckt Alkohol immer so?« Lina hielt den Becher fest und schwenkte die restliche Flüssigkeit darin herum.

»Nein. Das Zeug da ist anders.«

Ihre Augen gewöhnten sich an das Halbdunkel.

»Du kannst den Rest haben. Es sind nur noch ein, zwei Schlucke drin.« Der Becher war halb voll. »Ich besorge mir noch was.« Jen ging sich einen neuen Drink holen.

Als Lina vom Tisch aufstand und sich zum Fenster tastete, wünschte sie wieder, sie wäre gar nicht mit zu dieser Party gekommen. Der Abend hätte eine Leichtigkeit haben können, die sie brauchte, um ihrer Stimmung entgegenzuwirken, doch nun, wo Hans da war, fand sie alles einfach nur anstrengend. Draußen konnte sie den Umriss des UN-Jeeps erkennen. Sie wäre sogar zu ihrem Compound zurückgefahren, hatte aber Angst, sich allein auf den Weg zu machen. Zumal in der Ferne Schüsse knallten – was andererseits noch kein Grund zur Sorge war. In so gut wie jeder Nacht wurde sie irgendwann wach, weil vereinzelte Gewehrschüsse fielen oder die Luft unter anhaltenden Maschinengewehrsalven bebte. Waffen dieser Art gehörten in dieser Gegend so sehr zum Alltag, dass man im Ramadan sogar damit zu den Morgengebeten rief. Waffen, Waffen, Waffen! Lina atmete tief aus. Immer wieder wurde sie daran erinnert. Jeder Schuss hätte auch in ihrem Gewissen krachen können. Sie trank noch einen Schluck Dschandschawid-Sprit.

»Du warst heute Abend so still.« Hans legte eine Hand auf ihre Taille.

Lina fuhr zusammen. Sie war davon ausgegangen, dass Astrid ihn in den Fängen hatte.

»Ich habe lange nichts von dir gehört.« Hans stand mit dem Rücken zur Wand neben dem Fenster. Im Kerzenlicht sah Lina nur sein Profil.

»Ich hatte sehr viel zu tun.« Sie strich sich das Haar hinter die Ohren. Die Cornflakes drohten, auf dem Weg zurückzukehren, den sie genommen hatten. Panisch trank sie den Becher fast leer und bekam sofort einen Hustenanfall. Hans klopfte ihr auf den Rücken, als würde sie ersticken. Sie spürte, wie der Alkohol in ihrer Speiseröhre und tief im Inneren ihres Kopfes brannte. Das war merkwürdig beruhigend. »Es ist sehr viel passiert.« Sie zwinkerte hastig.

»Jupp, so ist das manchmal.« Hans trat plötzlich auf sie zu

und küsste sie auf beide Wangen. »Aber es müsste doch immer genügend Zeit sein, Freunde richtig zu begrüßen, oder?«

»Natürlich. Entschuldige.« Lina gab die Küsschen zurück. »Ich war ganz versunken.«

»Denkst du an was Bestimmtes?« Er rückte noch etwas näher.

Wenn Jen dabei gewesen wäre, hätte sie Lina sicher geneckt und ihr zugeflüstert: »Hab ich's dir doch gesagt.« Doch Lina war zu sehr mit ihren eigenen Problemen beschäftigt und unterstellte Hans keine Hintergedanken.

»Na ja, an – ganz viel.« Ihre Zunge fühlte sich schwer und geschwollen an. Sie fragte sich, ob das mit dem Sprit zusammenhing.

»Ich habe mich gewundert, dass du nicht mal auf meine Nachrichten geantwortet hast. Ich habe dir eine Mail geschickt, dass ich heute Abend hier bin.«

»Ich war unterwegs.« Sie erzählt kurz von ihrer Reise nach Dschonglei.

»Ich dachte schon, du gehst mir aus dem Weg.« Hans blickte zu Boden, und ein Mundwinkel verzog sich zu einem ironischen Lächeln.

Lina war dankbar für das Fensterbrett, auf das sie sich mit den Ellbogen stützte. Die Beine allein hätten sie möglicherweise nicht mehr getragen. Vielleicht wusste er es schon! Vielleicht stellte er sie auf die Probe! »Warum sollte ich?«

Wieder suchte er ihren Blick. »Weiß ich nicht. Ich bin froh, dass es nicht stimmt.«

»Sonst alles okay bei dir?«, fragte Lina.

»Bin ein bisschen müde.« Hans rieb sich ein Auge.

»Arbeitest du zu viel?«

»Die Arbeit macht mir nichts aus. Es ist eher dieses Gefühl, dass nichts richtig weitergeht. Jupp. Die Unterzeichnung des internationalen Waffenhandelsabkommens ist keinen Schritt näher gerückt. Amerika verweigert die Unterschrift. Und wenn die nicht mit im Boot sind, nimmt keiner die Sache ernst.« Seine Finger umspannten einen unsichtbaren festen Gegenstand. »Und auf lokaler Ebene kommen wir auch nur schleppend voran.«

Lina trank ihren Becher aus. Das Getränk betäubte sanft die Sinne, und sie schaukelte schon in einem angenehmen Netz aus vagen Empfindungen.

»Ich habe eine Gruppe gegründet, die beim Olympischen Komitee durchsetzen will, dass Schießen als Wettkampfsport abgeschafft wird«, erklärte Hans gerade. »Je weniger Absatzmärkte den Einsatz von Waffen legitimieren, desto besser. Jupp.«

»Das klingt ja, als würdest du an allen Fronten vorwärts schießen.« Lina blinzelte, denn auf einmal wusste sie nicht mehr genau, was sie gehört und ob sie schon geantwortet hatte. »An allen Fronten. Schießt du, ja.«

Hans stutzte. »Es besteht ein großes Missverhältnis zwischen dem Ausmaß des Problems und unserem Einsatz für dessen Lösung.«

»Du bist zu hart zu dir selbst.« Lina rülpste, hielt sich die Hand vor den Mund und kicherte.

Wieder herrschte kurz Schweigen, bevor Hans weitersprach. »Wir steigern uns. Irgendwann werden wir es schaffen.«

»Das hoffe ich.« Lina fühlte sich so heiter. »Klar schafft ihr das. Ja. Müsst ihr wohl.« Sie registrierte, dass Hans ein seltsames Gesicht aufsetzte, dachte aber nicht weiter darüber nach, weil gerade jemand nachschenken wollte.

»Nur ein winziges Tröpfchen. Ein Tröpfchen.« Sie hielt ihren Becher hin. »Das reicht!« Als sie ihn unter der Flasche wegriss, schwappte etwas Flüssigkeit auf den Boden und traf Hans' Stiefel.

»Oh, tut mir leid! Tut mir so leid. So leeeeeid.« Lina kniete sich hin, um die Stiefel abzuwischen, verlor aber das Gleichgewicht und saß schließlich auf dem Boden. Sie kicherte, trank noch einen Schluck und biss die Zähne zusammen, während der Dschandschawid-Sprit durch ihre Kehle lief.

»Alles in Ordnung?« Hans hockte sich hin und blickte zwischen ihrem Gesicht und dem tropfenden Becher in ihrer Hand hin und her.

»Ich wollte nur ein kleines bisschen. Nur ein klitzekleines mini bisschen, mini mini …« Mini … Minnie … Anil fiel ihr ein, und die Traurigkeit kehrte mit Macht zurück. Dagegen trank sie gleich noch einen Schluck von der Medizin, die Jen ihr verordnet hatte. Doch weil ihr Körper nicht mehr vertrug, spuckte sie schließlich alles in den Becher zurück.

Hans nahm ihr den Plastikbehälter ab.

Lina streckte sich auf dem Boden aus und kuschelte den Kopf in die Armbeuge. »Nur kurss hinlegn.«

Für einen Moment überlegte er, ob sie nun wollte, dass er sich auf dem Boden neben ihr ausstreckte. Doch dann wiederholte sie: »Ich muss mich. Hinlegn. Nur kurss.«

»Was ist denn passiert?« Jen kam mit ein paar anderen Frauen dazu. »Oh, Scheiße.«

Linas Kopf lag in einem seltsamen Winkel, der Mund stand offen, und die Augen waren geschlossen.

»Kannst du sie tragen?« Celia sah Hans an. »Bringst du sie in mein Zimmer? Sie soll da nicht so liegen.«

Hans hob Lina auf und trug sie in Celias Zimmer, das im selben Gebäude am anderen Ende des Korridors lag.

»Ich bleibe bei ihr.« Jen zog ein Laken über Linas Körper. Ihre Freundin fröstelte leicht.

»Nein, kein Problem. Das mache ich – ich habe sowieso genug von der Party.« Hans setzte sich auf die andere Seite des Betts. »Jupp. Wirklich. Ich kümmere mich um sie.«

Es war schon nach Mitternacht, als Anil auf dem Flughafen von Dschuba landete. Das Gelände war so gut wie menschenleer, kaum ein Licht brannte, und an der Passkontrolle döste nur ein missmutiger Beamter. Die erste düstere Vorahnung überkam Anil, als ihn mehrere Männer bedrängten, die ihm Taxis anboten und stark überhöhte Preise verlangten, als er sein Ziel nannte. Glücklicherweise war er so vorausschauend gewesen, ein paar Dollarscheine einzustecken. Als er dann in einem der Taxis durch die Nacht fuhr, wurde ihm klar, dass er keine Ahnung hatte, ob die Richtung stimmte. Das Gefährt raste mit abgeblendeten Scheinwerfern und eingeschalteter Warnblinkanlage eine staubige Straße entlang. Anil konnte sich nicht erklären, was diese Kombination zu bedeuten hatte. Er versuchte, nicht an Entführung oder Mord zu denken. Der Pilot wusste als einziger Mensch, wo er sich aufhielt, und Anil hatte ihn angewiesen, im Flugzeug zu warten.

Es war kaum eine Straßenlaterne in Betrieb. Im trüben Schein der wenigen, die funktionierten, konnte Anil verhedderte Stränge aus Stromkabeln erkennen. Sie hingen an Masten, die sich in extremen Winkeln neigten und wie durch ein Wunder nicht zusammenbrachen. Flache Gebäude kauerten schemenhaft vor einer Leere, die aufs Gemüt zu schlagen drohte. Motorräder surrten wie übergroße Käfer vorbei, ihre Abgase mischten sich mit dem Staub der Straße und hüllten die ganze Gegend in rauchigen Dunst. Es beunruhigte Anil, dass Lina ausgerechnet hier hatte arbeiten wollen.

»Stadtzentrum?«, fragte er den Fahrer, weil er ungefähr wissen wollte, wo sie waren.

Der Kopf des Fahrers beschrieb eine Acht. »Dort – Markt.« Er wies auf schwarze Finsternis.

Jetzt wäre es wirklich gut, bewaffnet zu sein, dachte Anil. Sein Vater hatte ihm eine Waffe aufdrängen wollen, doch er hatte abgelehnt. An den Umständen konnte eine Waffe auch nichts ändern, aber sie hätte sein Selbstvertrauen erheblich gestärkt – und darin erkannte er nun zum ersten Mal einen Vorteil.

Anil hatte den ganzen Flug über geprobt, was er Lina sagen wollte. Es sollte ein leidenschaftliches Bekenntnis seiner Liebe werden, und zwar mit Zitaten aus ihren Lieblingskawwalis. Er malte sich gerade ihr Wiedersehen aus, als der Wagen vor einem großen Tor hielt.

»UN.« Der Fahrer wies auf die Fahne. Dann hob er vier Finger und erklärte: »Forty Dollar.«

»Moment.« Anil stieg aus dem Wagen. Er würde keinen Cent zahlen, bevor er sicher war, dass man ihn zum richtigen Ort gebracht hatte. Er ging auf das Tor zu und zog daran. »Hallo?«

Nun klebte abgeblätterte weiße Farbe an seinen Händen. Er verzog das Gesicht und trat gegen das Tor, als wollte er das Metall dafür bestrafen, dass es ansteckende Krankheiten übertrug. Dann rieb er seine Hände aneinander und versuchte, die öligen Sprenkel loszuwerden. »Hey! Hallo! Ist da jemand?« Seine Worte loderten in der kalten Luft.

Als der Fahrer hupte, kam ein Mann heraus, der eine Wollmütze trug und in eine Decke gewickelt war. Er sagte etwas, das Anil nicht verstand, aber der Fahrer lehnte sich aus dem Fenster und antwortete ihm.

»Ich will zu Lina Merali«, sagte Anil mit Nachdruck. »Sie ist bei den Vereinten Nationen.«

»Ah, nein.« Der Mann hinter dem Tor schüttelte den Kopf. »Bukra. Inschallah.«

»Was?« Anil drehte sich zu dem Fahrer um.

»Er sagt, morgen kommen.«

»Morgen kann ich nicht kommen! Sagen Sie ihm, ich muss sie sofort sehen!« Anil rüttelte am Tor.

Wieder folgte ein kurzes Gespräch zwischen den Sudanesen.

»Keiner da. Er sagt, UN-Leute sind bei MSF.«

»Wo ist das?«

Der Fahrer machte eine schlängelnde Bewegung mit dem Arm, der aus seinem Seitenfenster hing. »Ich fahre Sie. Noch forty Dollar.«

»Gut.« Anil stieg wieder ein.

Fünf Minuten später hielten sie vor einem weiteren Compound mit Tor. Anil bezahlte den Fahrer und bat ihn, zu warten.

»Forty Dollar.« Der Mann grinste, und Anil fragte sich, ob »vierzig« die einzige Zahl war, die er auf Englisch sagen konnte.

Ein Wachmann mit Parka und Skihandschuhen ließ Anil ein.

Er ging direkt auf das Gebäude zu, in dem die meisten Lichter brannten. Ihm fiel auf, wie primitiv es zusammengezimmert war. Mit den niedrigen Decken und den kleinen Fenstern erinnerte es an eine Militärbaracke. Als Anil eintrat, schlug ihm der Geruch von Zigaretten und Schnaps entgegen. Ein paar Leute saßen um einen Tisch herum und spielten Karten. Zwei der

Männer sahen mit ihren Bürstenhaarschnitten aus wie amerikanische Marines. Eine Frau musterte ihn hinter einem Fächer aus sechs Karten. Ihr dicker schwarzer Lidstrich war verschmiert, und in den Augenwinkeln funkelte Silberglitter.

»Hi, tut mir leid, wenn ich störe.« Es war irritierend, von so vielen Leuten angestarrt zu werden. Anil spürte geradezu, wie der kollektive Blick über seine Lederjacke glitt und den Kaschmirschal befühlte, den er um den Hals trug. »Ich suche Lina … Merali? Ist sie da?«

Als er sich kurz im Raum umsah, fielen ihm die geschmacklosen Plastikmöbel und die billig gerahmten Matissedrucke an den Wänden auf. Ein Paar tanzte langsam zu kaum hörbarem Jazz. Zwei Frauen hatten sich auf dem Sofa zusammengekuschelt, eine flocht der anderen das Haar. Der Küchentresen war mit leeren Flaschen und aufgerissenen Chipstüten voller salziger Krümel übersät. Anil begriff, dass hier eine Party in den letzten Zügen lag. Hierher war Lina also nach ihrem Gespräch gekommen. Sie hatte seine Anrufe nicht entgegennehmen können, weil sie zu sehr mit Amüsieren beschäftigt gewesen war.

»Bist du Anil?« Eine maskulin wirkende Blondine legte ihre Karten hin und stand vom Tisch auf. »Ich bin Jen«, sagte sie, als er nickte. »Lina ruht sich aus. Es ging ihr nicht gut.«

Darüber war Anil so froh, dass seine Besorgnis in freudigem Ton aus ihm heraussprudelte. »Wirklich? Was ist passiert? Wo ist sie?«

Jen ging um den Tisch herum. »Ich bringe dich hin. Sie ist in Celias Zimmer – da lang.«

Jen drückte gegen eine Tür, die nur angelehnt war. »Lina?« Ihre leise Stimme drang kaum ins Zimmer, und das schwache Licht aus dem Korridor warf nur einen dreieckigen Schimmer hinein, in dem man nicht viel sah. Ein schaler, saurer Geruch hing in der Luft, als hätte sich jemand übergeben. Überall waren Kleider verstreut; sie hingen an Bettpfosten, Schubladenknöpfen und an den Griffen des eingebauten Kleiderschranks. Anil stand schon am Fußende des Betts, als er begriff, dass dort zwei Menschen lagen. Und als Jen eine der Nachttischlampen anknipste, erkannte Anil in einer der ausgestreckten Gestalten Hans. Er lag auf dem Rücken, hatte eine Hand unter den Kopf geschoben und die andere auf Lina gelegt, die sich ihrerseits mit dem Rücken an ihn schmiegte. Ein Ruck ging durch Anils Körper, als hätte er die Höhe einer Stufe falsch eingeschätzt.

Hans bewegte sich, weil es plötzlich so hell war. Seine Lider hoben sich widerwillig. »Was ist los?« Er stützte sich auf die Ellbogen und zwinkerte, um klarer zu sehen.

»Das frage ich dich. Was machst du verdammt noch mal mit meiner Freundin?« Anil zerrte ihn von der Matratze. »Finger weg von ihr!«

Hans stolperte und fiel zu Boden. Er wollte etwas sagen, doch Anil brüllte: »Halt's Maul!« Dann trat er Hans zweimal in die Rippen.

»Du hast das falsch –« Jen packte Anil am Arm und wollte ihn von Hans wegziehen, der zusammengekrümmt auf dem Boden lag und stöhnte.

»Lass mich in Ruhe!« Anil riss sich los.

Er ging zu Linas Seite des Betts, bückte sich und schüttelte sie. »Lina?«

Sie stöhnte. Anil roch einen Hauch Alkohol.

»Lina?« Nun rief er schon lauter und wütender.

Lina drehte sich um, wachte aber nicht auf. Das Laken rutschte weg, als sie sich bewegte, sodass man ihre bloße Taille und die Schenkel sah. Anscheinend hatte sie außer leichter, fliederfarbener Unterwäsche nichts an.

Anil wich zurück und schüttelte schwer atmend den Kopf. Er drehte sich um, rannte zur Tür hinaus, dann durch den Gemeinschaftsraum – wo er einen Stuhl umwarf und alle erschreckte – und schließlich nach draußen in die Nacht. Die Kälte schlug ihm ins Gesicht, sodass er erschrocken stehen blieb. Wie eine Marionette erstarrte er mitten in der Bewegung – ein Bein vor das andere gestellt, die linke Hand zur Faust geballt, die rechte auf den Mund gepresst. Seine Gedanken waren plötzlich ganz klar und dann auf einmal wieder verschwommen. Vor dem Tor wartete das Taxi auf ihn, mit abgestelltem Motor und orangefarben blitzender Warnblinkanlage, an und aus, an und aus.

Plötzlich war die Blonde mit den kurzen Haaren wieder da und wedelte mit Kleidungsstücken vor ihm herum.

»Es ist nicht so, wie du denkst«, sagte Jen. Sie sprach schnell und abgehackt mit rauer Stimme und einem Akzent, den er nicht einordnen konnte. Bruchstücke ihrer Sätze hoben sich ab, als wären sie in fetter Schrift gesetzt und unterstrichen: »… zu viel getrunken … ohnmächtig … übergeben …«

Nein, wollte er sagen, Lina trinkt keinen Alkohol – doch dann fiel ihm der Geruch ein, den sie verströmt hatte. Sein Mund verzog sich zur Grimasse.

»… nicht in diesem Zustand …«, sagte Jen, »… morgen wieder … okay?«

Jen blickte zu ihm hoch und wartete auf eine Antwort. Ja, er sah ziemlich gut aus, doch dieser impulsive Typ verhielt sich keineswegs wie der Märchenprinz, über den alle so oft gesprochen und Witze gerissen hatten. Sie fragte sich, was wirklich mit Lina los war. Wer so einen Job machte, lief normalerweise vor irgendetwas davon. Die Leute kamen, um anderen Menschen zu helfen, und machten sich selbst im Grunde nur noch mehr kaputt.

Anils Blick wanderte zwischen dem Taxi und dem Gebäude hin und her. Während der überstürzten Reise nach Dschuba hatte er kein einziges Mal in Erwägung gezogen, dass seine Mission auch scheitern könnte. Er schloss die Augen ganz fest und hielt sich mit beiden Händen den Kopf.

»Ich finde, wir sollten sie bis morgen in Ruhe lassen«, wiederholte Jen.

Anil fing an, mit dem Reißverschluss seiner Jacke zu spielen, und zog ihn abwechselnd auf und zu. Die winzigen silbernen Zähne standen zunächst in sauberer Formation, um im nächsten Moment zu einem unheimlichen, mundlosen Grinsen zu zerfallen. Jen hatte recht, Lina war in keiner guten Verfassung. Aber das konnte schließlich auch ein Vorteil sein. Anil marschierte an Jen vorbei in das Gebäude zurück. Alle Gespräche verstummten, als er durch den Gemeinschaftsraum ging, aber niemand versuchte, ihn aufzuhalten. Lina war allein in dem Schlafzimmer. Von Hans war nichts zu sehen.

Anil kniete sich hin und legte eine Hand auf ihre feuchte Wange. »Lina. Schau mich an.«

Ihre Augäpfel rollten unter den Lidern. Er rief sie weiter beim Namen.

Es war, als müsste er sie ganz langsam aus ihrer Bewusstlosigkeit holen – wenn es ihren Lidern gelang, sich für eine Sekunde zu trennen, schnappten sie trotzdem gleich wieder zu. Und dann begann die ganze Anstrengung, sie zu öffnen, noch einmal von vorn.

»Lina!« Er klopfte ihr auf beide Wangen.

Sie wurde mühsam wach, hob sich etwas vom Bett und sank gleich wieder zurück. Doch diesmal hielt sie die Augen offen.

»Anil.« Ihre Stimme klang leise und trocken wie ein raschelndes Herbstblatt, das jemand zertrat.

Anil nahm ein paar Kleidungsstücke von einem Stuhl. Ein ausgebeultes gelbes Hemd und ein paar hellgrüne Leggings waren dabei. Er begann, Linas schlaffen Körper damit anzuziehen.

»Nichts wie weg hier.«

Lina runzelte die Stirn. Ihre Erinnerung war ein unauslotbarer Tunnel. Am entgegengesetzten Ende konnte sie undeutlich erkennen, wie sie am Abend auf dem MSF-Compound angekommen war, doch dann herrschte Leere bis zu der Stelle, an der sie sich gerade befand.

»Kannst du laufen?« Er half ihr beim Hinsetzen und stellte ihre Füße auf den Boden.

Lina erhob sich unsicher, sank aber sofort wieder aufs Bett. Einige Male würgte sie trocken und quälend. Dann legte sie sich wieder hin. Anil begriff, dass er sie tragen musste. Lina lehnte sich an ihn, fand Beistand an seiner Brust und schnupperte an seinem Hals.

Als er auf dem Weg nach draußen noch einmal an den Partygästen vorbeiging, war deutlich zu spüren, dass sie über ihn gesprochen hatten. Alle starrten ihn missbilligend an, doch nur Jen schritt ein und fragte Lina, ob sie wirklich mitgehen wolle. Die Männer mit den Marines-Frisuren standen rechts und links von Jen, um Lina notfalls zu packen. Doch als Lina leise erklärte, es sei alles in Ordnung, zogen sie sich zurück.

Anil wies den Taxifahrer an, zurück zum Compound der Vereinten Nationen zu fahren, damit sie Linas Pass holen konnten. Während der kurzen Fahrt schlief sie wieder ein, und er musste sie wecken, damit der Wachmann ihnen öffnete. Als es dann weiterging, war sie schon aufmerksamer. Jedes Schlagloch wirbelte ihre Gedanken durcheinander. Sie hatten keinen Zusammenhang und formten sich auch nicht zu Worten. Stattdessen empfand Lina Angst, die in Wellen kam. Es ging los, als Anil sie anfuhr: »Dieser Deutsche lag mit dir im Bett.«

Ihre Antwort kam automatisch: »Es ist nichts passiert.« Davon war sie überzeugt, weil es trotz aller Erinnerungslücken zum innersten Kern ihres Wesens gehörte.

Anils Kiefer arbeitete wütend, als wollte er seine Zweifel zermahlen. »Ich lasse dich nie wieder allein. Es geht jetzt nach Nairobi zurück, und dann fliegen wir mit meinen Eltern nach England und sorgen dafür, dass deine Familie unserer Heirat zustimmt.« Seine Silhouette vor dem Autofenster verschmolz fast mit der Dunkelheit draußen. »Das hätten wir schon vor Jahren so machen sollen. Sie können nichts mehr dagegen haben, wenn sie mit eigenen Augen sehen, wie sehr wir uns lieben.«

Linas Finger gruben sich in Anils Handfläche. Sie wagte zu glauben, dass er recht damit hatte. Doch beim Anblick des Flugzeugs mit dem Pfauenemblem am Heck packte die Angst sie wieder. Als Lina ihren Platz am Fenster einnahm, musste sie sich beherrschen und ihren Würgereiz unterdrücken. Draußen erschienen schon blasse, farbige Schlieren am nächtlichen Himmel.

»Eine Sache noch …« Als Lina Anil ansah, zogen sich Sorgenfalten von ihren Augen über den schmalen Nasenrücken hinweg.

Anil wollte gerade den Sicherheitsgurt schließen – sein Atem stockte, als zöge Seide an scharfem Metall einen Faden.

»Nein … nein, es ist nichts …« Mehr konnte sie nicht sagen.

Statt nachzubohren schob Anil seine Finger zwischen ihre und drückte so fest, dass ihre Knöchel schmerzten.

Die fahlen Umrisse von Dschuba verschwanden kurz nach dem Start, gepackt und fest umschlossen von der Faust der Nacht. Und während das Flugzeug durch Wolkenfetzen stieg, begann Lina ein leises Gebet, wiederholte immer und immer wieder dieselbe Wendung: Oh Allah, mach, dass alles gut geht.

28. Oktober 1968

An unserem letzten Vormittag gingst du in der Wohnung herum und sahst in jede Schublade und jeden Schrank. Alles, was du nicht mit auf die Reise nahmst, hattest du bei einem Freund untergestellt, angeblich, weil du Lucas' Wohnung damit nicht vollstopfen wolltest. Ich fragte dich, ob du etwas Bestimmtes suchtest.

– Nein, ich will nur sichergehen, dass ich nichts vergessen habe.

– Das ist ja, als würdest du nie mehr wiederkommen!

– Werde ich auch nicht. Keiner von uns.

– Ich bin noch ein paar Tage da. Wenn du was vergisst, kann ich es mitnehmen.

– Ich will es dir nur leichter machen. Du hast schon genug, worum du dich kümmern musst.

– Mach doch nicht so ein Theater. Komm, setz dich her und iss was. Ich habe für dich gekocht.

Ausnahmsweise wurde ich nicht wegen des Essens aufgezogen. Sonst pflegtest du immer herumzuwitzeln, dass »zusammensuchen« das passendere Wort für meine Bemühungen war. Das einzige Gericht, das du wirklich mochtest, war mein Französisches Toastbrot. Wenn jemand richtig kochte, dann deine Mutter in Delhi. Und deine neue Ehefrau hat man mit Sicherheit auch gut ausgebildet in den Marathonanstrengungen, die deine Lieblingsküche anscheinend erfordert. Du hattest mir erzählt, dass schon die Zubereitung der Basis für ein Gericht eine geschlagene Stunde dauern konnte: Gewürze rösten, Zwiebeln braten und Tomaten ganz langsam einkochen. Ich hoffe, du erstickst an all diesen Sklavenarbeitssoßen, so wie ich an der Entscheidung, mit der du mich zwangsernährst.

Wie dem auch sei, begreiflicherweise hattest du keinen Hunger. Im letzten, kritischen Stadium eines emotionalen Betrugs wie dem deinen wäre mir auch der Appetit vergangen.

– Ich werde dich wirklich vermissen.

Du umfingst mich fest, als du diese Worte aussprachst, wie so oft in den Wochen zuvor. Wie man etwas festhält, das einem viel bedeutet und auf das man bald verzichten muss – das wird mir nun klar. Selbst wenn wir uns liebten, geschah es langsamer als sonst, intensiver. Einmal, als meine Fußsohlen an deinen Wangen lagen, hattest du gesagt: Ich wünschte, ich könnte alles an dir auswendig lernen. Wozu?, hatte ich gefragt. Doch du hattest nicht mit Worten geantwortet, sondern mich weiter im Geiste vermessen und deine Hände in meinen Körper gedrückt, um ihm noch das letzte Geheimnis zu entlocken. Alles ist dann am kostbarsten, wenn man es bald verliert.

– Du kommst wenigstens in eine neue Umgebung. Ich werde hier warten, wo mir Menschen und Orte vertraut sind. Ich werde überall merken, dass du fehlst.

Du musstest tief Luft holen und sagtest dann:

– Aber ich werde dich für immer vermissen.

So hätte auch unser kleines Spiel beginnen können, bei dem wir beide endlos darauf bestanden, dass die eigenen Gefühle stärker waren als die des anderen. Ich saß dir gegenüber, die Ellbogen auf den Tisch und das Kinn in die Hände gestützt. Zwischen uns wartete der unberührte Blumenkohl in Käsesoße unter seinem Schleier aus geschmolzenem Cheddar. Ich schob ihn zur Seite und griff nach deiner Hand.

– Ich vermisse dich jetzt schon, und du bist noch gar nicht weg.

– Ich vermisse dich schon, wenn du nur nach nebenan gegangen bist. Ich weiß nicht, wie ich damit zurechtkommen soll, wenn ich dich aus einer solchen Entfernung vermisse.

In deiner Stimme war etwas, das mir Angst machte, ein schwaches Beben.

– Delhi ist doch gar nicht so weit weg. Und ein Monat ist nicht besonders lang. Wir können uns schreiben. Ich habe noch nie einen Brief von dir bekommen. Das wird romantisch.

Noch ein tiefer Atemzug. Du drücktest meine Hand noch fester.

– Sel, ich komme nicht zurück.

– Was?

– Ich kann nicht zurückkommen ... zu dir.

Ich kapierte es nicht. Ich dachte, du würdest vielleicht dort leben wollen – daher auch die Wohnungskündigung in letzter Minute – und mich jetzt gleich bitten, mit dir zu kommen.

– Ich glaube, es kann nicht funktionieren. Es gibt zu viele Komplikationen.

Ich starrte dich weiter mit offenem Mund an und begriff es immer noch nicht. Es war, als sähe ich einen Film mit falschen Untertiteln: Das Bild passte nicht zu den Worten. Ich erinnere mich, dass ich mich wunderte, wieso ich noch auf meinem Stuhl saß, wo ich doch das Gefühl hatte, zu fallen, unter die lastende Angst zu sinken. Der Blumenkohl roch plötzlich abstoßend, und ich würgte.

– Sel?

Du standst auf und kamst herüber zu mir.

– Hier, komm her.

Du führtest oder trugst mich fast zum Sofa, wo ich dann mit vor dem Bauch verschränkten Armen auf der Kante saß und zu Boden starrte.

– Oh Gott, Sel. Es tut mir leid. Es tut mir so leid.

Mein Hals wurde eng. Ich konnte kaum sprechen. Doch eine Frage brachte ich heraus:

– Warum tust du das?

– Ich muss. Es gibt keinen anderen Weg.

Du warst vor mir stehen geblieben. Alles, was ich sehen konnte, waren deine schwarzen Schuhe, frisch geputzt. Kurz dachte ich, ich würde mich gleich auf diese Schuhe übergeben. Doch der Brechreiz schüttelte mich, ohne mein Frühstück zum Vorschein zu bringen.

Es gelang mir, eine seltsame Höflichkeit zu mimen. Ich weiß nicht, ob das einfach dieses Englische an mir war oder die Tatsache widerspiegelte, dass wir immer freundlich miteinander gesprochen hatten. Jedenfalls blieb ich zusammengekrümmt sitzen, während du mir einen eingeübten Vortrag hieltst.

– Zwei Menschen können nicht einfach nur abgeschottet in ihrer Liebe leben, wie viel sie einander auch bedeuten mögen. Wir haben alle zu viel Geschichte im Gepäck, das macht die Liebe nicht alles neu. Zuerst dachte ich, dass es möglich ist, aber dann ist mir klar geworden, dass ich meine Vergangenheit nicht einfach hinter mir lassen kann. Ich weiß, ich habe meine Familie seit Jahren nicht mehr gesehen, das heißt aber nicht, dass ich sie oder ihre Erwartungen vergessen habe. Meine Familie wird immer da sein, ob ich will oder nicht. Genau wie deine und ihre Missbilligung. Im Moment kannst du das offenbar akzeptieren – wie auch ich für eine Weile – aber eines Tages geht das vielleicht nicht mehr. Und dann bleibt nur noch Reue.

Reflexartig unternahm ich einen Versuch, dich zu überzeugen. Das lag daran, dass ich fest an die Durchsetzungskraft vernünftiger Argumente glaubte. An diesem Punkt dachte ich immer noch, ich könnte Einfluss auf dich nehmen:

– Ich weiß nicht, was ein Leben wert sein soll, an dessen Ende man nichts bereut. Reue ist das Maß dafür, wie viel oder wie wenig man riskiert hat. Und ich möchte lieber zu viel riskiert haben als zu wenig. Du nicht?

– Manche Risiken haben nicht nur Konsequenzen für dieses Leben.

– Aber sicher sein können wir nur, wenn es um dieses Leben geht! Wieso soll man sein Glück für Heilsversprechen aufschieben, die eine vage Zukunft betreffen. Es sei denn – willst du sagen, dass du nicht glücklich mit mir bist?

– Es hat mit dir nichts zu tun, Sel. Wenn ich dich gehen lasse, dann weiß ich, dass ich einen beträchtlichen Teil meiner selbst aufgebe; einen Teil, der wahrscheinlich für immer verloren ist. Aber ich kann nicht länger mit Widersprüchen leben. Ich kann nicht gegen meine Überzeugungen handeln.

Ich verstand es nicht. Dann blickte ich auf und sah, wie du dir mit dem Handrücken die Augen wischtest. Sonst wies nichts darauf hin, dass du trauertest.

– In den Augen Gottes ist es falsch.

Du machtest eine weit ausholende, kreisende Armbewegung. Und es war, als wolltest du sagen, alle Dinge, die wir geteilt hatten, seien plötzlich nichts mehr wert, weil ihnen das Siegel religiöser Billigung fehlte. Da wurde ich wütend, da blies sich dieses Gefühl in mir auf wie ein Ball und begann mit seinen heimlichen wilden Sprüngen.

– Und auf einmal ist das ein Problem? Warum hast du es nie angesprochen?

– Ich habe immer klar gesagt, dass meine Familie dich nie akzeptieren würde.

Du kamst mir vor wie ein Zauberer, der unlogische Schlussfolgerungen aus dem Hut zog wie Bänder.

– Du hast es ihnen doch noch gar nicht erzählt. Ich dachte, du machst das, wenn du jetzt nach Hause fährst. Wie kannst du ihre Reaktion vorwegnehmen?

– Sie werden dich nicht akzeptieren. Meine Eltern sind zu alt und zu konservativ, um es anders zu sehen. Deine haben das auch nicht getan.

– Ja, aber für mich war das schließlich kein Hinderungsgrund! Wenn jeder immer auf seine Eltern hören würde, wäre der Lauf der Welt schon längst beendet. Und das hat überhaupt nichts mit dem zu tun, was du eben über Gott gesagt hast. Warum hast du ihn nie erwähnt, wenn er so ein Problem darstellt?

Du gingst vor mir auf die Knie und hocktest dich auf die Fersen. Deine Hände lagen auf meinen Knien. Ich hatte sie immer heilende Hände genannt. Es war so eine Kraft in deiner Berührung gewesen, so ein Trost. Wenn ich Schmerzen hatte – Menstruationskrämpfe oder Kopfweh – konnte es der geplagten Stelle schon Erleichterung bringen, wenn deine Handflächen darauf lagen.

– Gott ist nicht das Problem. Sag das nicht so.

Plötzlich erhielt ich also Anweisungen, die meine Ausdrucksweise betrafen. Du hattest nie Einfluss darauf nehmen wollen, wie ich mich kleidete, ernährte oder benahm.

– Okay, was ist es dann? Ich habe mich während der ganzen

Zeit nie in deinen Glauben eingemischt. Ich hatte nicht den Eindruck, dass er irgendwie zwischen uns stand. Ich habe alles toleriert: das Fasten, das Halal-Essen, das Beten.

– Siehst du, genau das ist es. Es ist keine Frage der Toleranz. Es geht um Respekt. Ich habe nicht das Gefühl, dass du meinem Glauben Respekt erwiesen hast.

Auf einmal sprachst du ganz formell mit mir, wie mit einer Fremden.

– Natürlich respektiere ich dich!

Du sahst weg, und ich begriff, dass meine Antwort etwas bestätigt hatte, das dich traurig machte.

– Und was deine Familie angeht, habe ich immer geglaubt, du wärst stark genug und würdest dich für uns entscheiden.

– Etwas in mir kann sich schon sehr lange nicht damit abfinden, dass wir zusammen sind. Ich habe gedacht und gehofft, dass es sich verlieren würde. Aber es ist nur schlimmer geworden. Und inzwischen ist mir klar, dass unsere Beziehung in den Augen Gottes nicht richtig ist.

– Warum? Weil ich keine Muslimin bin?

Ich richtete mich auf und lehnte mich zurück, doch meine Arme lagen noch immer um meine Taille, und meine Finger krallten sich in den Wollpullover.

– Auch deshalb.

– Dann reicht es in den Augen Gottes also nicht, wenn zwei Menschen sich lieben und einander etwas bedeuten? Was ist das für ein Gott, der sagt, dass wir dieselbe Konfession haben müssen, um einander zu verdienen?

– Das ist keine Frage der Konfession. Du glaubst an gar nichts. Und deswegen wirst du nie verstehen. Ich weiß, dass mein Glaube für dich immer etwas Peripheres gewesen ist, aber für mich liegt er im Kern meines Wesens. Er ist, was ich bin, er macht mich aus. Das siehst du nicht, und das wirst du nie mit mir teilen. Für mich ist das eine Quelle des Schmerzes. Wie soll ich mit einer Frau zusammen sein, die den Kern meiner Existenz nicht schätzen kann? Und später, wenn wir Kinder haben, wie sollen wir sie erziehen? Ich finde auf diese Fragen keine Antwort, die mich befriedigt.

– Ach so ist das, ja? Du findest keine Antwort, also ist es vorbei? Hast du dir mal überlegt, dass wir zusammen eine Antwort hätten finden können? Macht man das nicht so als Paar?

Du schütteltest den Kopf.

– Du missverstehst mich.

– Nein, ich glaube, ich habe das ganz gut erfasst. Du sagst, wir glauben nicht an denselben Gott, also zählt all das nicht, was wir gemeinsam haben. Was uns all die Jahre verbunden hat – Bücher, Musik, Werte, Freunde, Ideen, Träume, Erfahrungen, Politik – das reicht einfach nicht. Auf einmal ist der gemeinsame Glaube das Wichtigste. So ist das, ja?

Deine Hände rutschten von meinen Knien in deinen Schoß. Du erhobst dich wieder.

– Ich wollte nicht, dass es so endet.

– Ach nein? Tja, dann tut es mir leid, dass es nicht ganz nach Plan verläuft. Wo du doch bis jetzt alles so gut hingekriegt hast!

– Es war die schwerste Entscheidung meines Lebens, Sel. Ich habe sehr lange darüber nachgedacht. Ich habe um die Eingebung der richtigen Entscheidung gebetet. Jetzt weiß ich durch die Gnade Gottes, dass es sein muss.

– Was meinst du mit sehr lange? Wie lange?

Du konntest mich nicht ansehen. Ganz leise gabst du es zu.

– Von Anfang an.

Ich war sprachlos.

– Ich habe immer mit mir selbst gekämpft. Ich wusste, dass es in den Augen Gottes falsch ist. Zuerst habe ich versucht, nicht darüber nachzudenken, und dann habe ich versucht, mich auf alle möglichen Arten zu rechtfertigen.

– Du hättest es mir sagen müssen. Ich hatte ein Recht darauf, es zu wissen.

– Ich habe nie an meiner Liebe zu dir gezweifelt. Ich rede von einem Zweifel, der auf die Seele wirkt. Von einer Unsicherheit, die aufkommt, wenn man weiß, man ist Gott nicht treu und sich selbst deswegen auch nicht. Gott hat Gesetze gemacht, denen wir folgen müssen.

Dass du deinen Kampf so aufblasen und ihm kosmische Ausmaße zuschreiben konntest! Ich hatte dich nie so reden gehört, nie hattest du das Religiöse so persönlich gemacht. Wenn wir manchmal miteinander oder mit Freunden theologische Diskussionen geführt hatten, warst du immer geschickt ausgewichen.

– In diesem Land gibt es Gesetze, denen wir folgen müssen. Wenn man ab und zu mal eins bricht, ist man deshalb noch kein schlechter Bürger. Im Grunde beruht doch die ganze Zivilisation darauf, dass Menschen Gesetze hinterfragt und gebrochen haben.

– Der Glaube ist anders. Man kann nicht sagen: Ich glaube, aber dies oder jenes tue ich nicht. Gott und die Gesetz sind eins.

– Unsinn, was du da sagst.

Du sprachst leise und geduldig mit mir, wie es bei uns üblich war.

– Für jemanden wie mich ist es schwer, die Mysterien des Göttlichen zu erklären.

Ach, diese Ausweichmanöver! Fragen nach Gott geht man immer gern aus dem Weg, indem man behauptet, er sei zu komplex.

– Dann könntest du zumindest die Mysterien deines Verhaltens ein bisschen besser erklären! Warum sagst du mir das alles erst kurz vor deinem Abflug?

– Weil ich wusste, dass du versuchen würdest, mich umzustimmen. Und ich war nicht sicher, ob ich stark genug sein würde, zu widerstehen.

– Mir kommst du ziemlich vernunftresistent vor.

Du sahst auf deine Armbanduhr.

– Ich sollte gehen.

Meine Stimme brach.

– Wie kannst du das tun?

Deine zitterte – bis du seinen Namen aussprachst. Dann waren deine Worte mit dem Blattgold der Gewissheit überzogen.

– Es ist richtig so. Es ist Gottes Wille.

Wer ist dein Gott, dass er für mich entscheidet?, hätte ich am liebsten geschrien. Es war, als wäre Gott deine Frau und ich deine abgelegte Geliebte: ein flüchtiger Luxus, dem man mühelos entsagt.

– Er weiß es am besten. Es gibt einen größeren Zusammenhang. Was wir tun, zählt nicht nur in diesem Leben und nicht nur für dieses Ich.

– Ach, halt doch die Klappe! Halt die Klappe! Ich kenne dich nicht. Was erzählst du denn da!

Du brachtest mir Taschentücher und verabschiedetest dich ohne eine Berührung. Die letzten Worte wurden gesprochen, als du schon im Türrahmen standst, um zu gehen.

– Bitte verzeih mir. Es ist Gottes Wille.

Ich hörte, wie die Tür ins Schloss fiel. Ich war allein in diesem Zimmer, aus dem du all deine Sachen entfernt hattest, sodass ich zwischen kahlen Wänden und leeren Regalen saß. Nach einer Weile, ich weiß nicht, wann, ging die Tür wieder auf, und Lucas war da. Du hattest ihn während der Fahrt zum Flughafen angerufen und ihm gesagt, er solle zu mir gehen. Typisch für dich, dass du noch in tiefster Grausamkeit freundlich warst. Kein Zweifel, das hätte deinem Gott gefallen.

Überzeugungsarbeit

Lina stand auf dem Gehweg und sah Anil nach, der in einem gemieteten schwarzen Mercedes davonfuhr. Sie waren frühmorgens am Flughafen Heathrow angekommen und sofort weiter nach Birmingham gefahren. Anil hatte Minnie und Pravar im Hyatt Hotel abgesetzt und Lina dann widerwillig zum Haus ihrer Eltern gebracht. Sie wollte als Erstes unbedingt allein zu ihnen gehen. Lina hatte seit einem Monat nicht mit ihrer Familie gesprochen und hätte allen einen Schock versetzt, wenn sie nun einfach mit den Mayurs aufgetaucht wäre. Anil war wenig begeistert von dieser Idee. In den achtundvierzig Stunden seit ihrem Abflug aus Dschuba war er Lina nicht von der Seite gewichen und hätte sie am liebsten nicht einmal aus den Augen gelassen, wenn sie zur Toilette ging. Dass sie angeblich einen ganzen Tag brauchte, um ihre Eltern auf das Zusammentreffen mit ihm vorzubereiten, hielt er für eine Ausrede. Doch letztlich hatte er Lina doch ein paar Stunden mit ihnen zugestanden.

Die Straße sah aus wie immer: Backsteinhäuser mit kurzen Zufahrten in langen Reihen, die zur Hauptstraße hin abfielen. Der Asphalt hatte nach wie vor Dellen, und in größeren Löchern stand Wasser, weil es gerade geregnet hatte. Benzinschlieren, die aus lecken Fahrzeugen stammten, schimmerten in den Pfützen wie irisierende Augen. Lina sah auf die Uhr. Es war Mittag, worauf das gedämpfte Licht keinerlei Hinweis gab – die Sonne war dick in Wolken verpackt. Um achtzehn Uhr würden die Mayurs endlich die Meralis kennenlernen. Lina bekam unter den langen Seidenärmeln ihrer Bluse eine Gänsehaut. Sie ging auf die Eingangstür ihres Elternhauses zu. Anil hatte ihre Ängste in Schach gehalten, doch nun, wo er weggefahren war, schossen sie aus dem Hinterkopf hervor und sammelten alle Gedanken um sich. Anil hatte wieder einmal versucht, ihrer Zukunft Zügel anzulegen. Sie schien überschaubar zu sein, solange die beiden zusammen waren, doch sobald Lina allein war, lockerte sich ihr Griff, und ihre Orientierung ließ nach. Linas Finger zitterten, als sie auf die Klingel drückte.

Iman sah ihre Tochter und fing sofort an zu weinen. Sie zog Lina ins Haus, presste die Tochter an ihren Busen und drückte sie immer wieder, als wollte sie sich vergewissern, dass sie auch wirklich da war. Lina hätte sich am liebsten aufgelöst in der Umarmung ihrer Mutter, im weichen Versprechen von Vergebung, das deren Körper ihr gab.

»Ich wusste, dass du zurückkommst. Ich wusste es.« Iman warf den Kopf zurück, damit sie Lina ansehen konnte. »Wann bist du angekommen? Hast du Hunger? Musst du dich ausruhen? Jarhamukallah, Gott sei dir gnädig, was bist du so dünn.« Sie fuhr mit den Daumenspitzen über Linas Wangenknochen und spürte, wie ihr Glück zerrann. Leid zerfraß das Gesicht ihrer Tochter und prägte viel zu früh Falten und Schatten hinein. »Wo sind deine Sachen?« Iman sah sich um. »Hast du dir ein Taxi genommen? Warum hast du nicht angerufen und uns gesagt, dass du kommst, haahh? Wir hätten dich doch am Flughafen abgeholt. Wie lange bleibst du denn?« Die Fragen quollen hervor und taugten doch nicht als Bollwerk gegen düstere Vorahnungen.

»Ich weiß noch nicht, Ma.« Lina drückte die Tür mit dem fünf Zentimeter hohen Absatz ihrer hellbraunen Nubuklederstiefel ins Schloss. »Kommt darauf an.«

»Worauf?« Iman zog an dem Schal, der ihr vom Kopf gerutscht war.

»Kannst du Baba anrufen und ihn bitten, nach Hause zu kommen? Ich würde lieber mit euch beiden gleichzeitig reden.« Lina wusste nicht, warum sie die Worte so gelassen aussprechen konnte, wo doch ihr Herz anscheinend in den Magen gerutscht war und dort wilde Kapriolen schlug.

Iman ging automatisch zum Telefon, das um die Ecke an der Wand hing, in der Nähe der Treppe. Sie konnte sich denken, was kam, und dem wollte sie nicht allein ausgesetzt sein.

Lina blieb im Flur zurück. Als sie tief Luft holte, nahm sie einzelne Geruchsstränge wahr, die gebündelt den unverkennbaren Duft ihres Zuhauses ergaben. Ihr Blick glitt über die Möbel, als suchte sie im Gesicht eines alten Freundes nach Spuren der Veränderung. Jedes Detail fand sein Spiegelbild in Linas Erinnerung. Selbst die Blümchentapete schien eine Erweiterung ihres Bewusstseins zu sein, der Hintergrund, vor dem viele moralische Kämpfe ausgefochten worden waren. Zuhause. So erstickend bequem. Ein Teil von ihr hätte am liebsten die ganze Welt vergessen und sich auf dem Sofa zusammengerollt, ein anderer wäre am liebsten davongelaufen.

Als Scharif da war, verkündete Lina ohne weitere Vorrede, dass Anil und seine Eltern nur ein paar Kilometer entfernt warteten und dass sie am Abend kommen und um ihre Hand anhalten würden.

»Was denn, haahh!« Iman stand vom Küchentisch auf, um den sie sich versammelt hatten. »Bismillah! Diese Leute kommen mir nicht ins Haus. Sie haben dich vom rechten Weg abgebracht und glauben jetzt, sie können hier hereinspazieren und unsere Gastfreundschaft in Anspruch nehmen? Kommt gar nicht infrage! Sag ihr das, Scharif.«

Scharif saß kerzengerade und wie an den Stuhl gefesselt da. »Deine Mutter hat recht. So ein Zusammentreffen hat keinen Sinn.«

»Wir haben einen Hochzeitstermin festgelegt.« Anil hatte sie noch in Nairobi gezwungen, einen Tag auszusuchen, und Minnie hatte umgehend eine Eventagentur mit den Vorbereitungen beauftragt. Doch was Lina gutgeheißen hatte, schien nun in das Leben einer Fremden zu gehören. Trotzdem schlug sie es ihren Eltern um die Ohren. Wie schon so oft seit ihrem Abflug aus Dschuba fragte sie sich, ob der Dschandschawid-Sprit noch wirkte. »Ich möchte, dass ihr alle dabei seid.«

»Astaghfirullah!« Iman packte den Baumwollstoff ihres Kamis zwischen den Brüsten.

Scharif sagte nichts dazu.

»Sie findet in Nairobi statt. Ende nächsten Monats.« Lina

warf ihnen Informationsfetzen hin wie Krümel, mit denen man Vögel lockte.

»Ich höre mir das nicht länger an!« Iman hielt sich die Ohren zu und drehte sich zweimal im Kreis, als würde sie von allen Seiten attackiert.

»Iman!«, brüllte Scharif. Lina erstarrte, und selbst Iman war so erschrocken, dass sie schwieg. »Diese Hysterie bringt uns nicht weiter. Wenn du nicht vernünftig sein kannst, spreche ich allein mit Lina.«

»Vernunft ist hier gar nicht gefragt.« Iman wandte sich mit bebenden Lippen Lina zu. »Ich werde mich nie mit diesen Leuten treffen, hast du gehört? Niemals.« Sie verließ die Küche und knallte die Tür hinter sich zu.

Scharif verschränkte die Arme und betrachtete seine Füße in den schwarzen, geschnürten Halbschuhen. Die Absätze nutzten sich immer zuerst an den Außenkanten ab. Sie waren schon wieder reif für den Schuster.

»Weißt du noch?«, fragte er schließlich. »Als du klein warst, bist du so gern in die Pfützen getreten, weil du dachtest, dass du dann im Himmel landest.«

Lina nickte langsam, während die Erinnerung an Spritzer, nasse Socken, tropfende Kleidersäume und unausgesetzte mütterliche Verzweiflungsanfälle wiederkehrte.

»Ich glaube, so ist das jetzt auch ein bisschen, mit der Illusion dieser sogenannten Liebe. Du stellst dir etwas vor, das du bekommst, wenn du diesen Mann heiratest, aber was es dir dann tatsächlich bringt …« Scharif sagte den Satz nicht zu Ende, sondern legte sich eine Hand auf den Mund, sodass die Nase in der weichen Vertiefung zwischen Daumen und Zeigefinger ruhte.

»Woher willst du das wissen?« Lina rief sich ins Gedächtnis, dass er ihr mit Mercs Hilfe nachspioniert hatte. Bei dem Gedanken an seine Einmischung wurde ihr übel. Sie zog an ihren Manschetten, bis sie die Hände zur Hälfte bedeckten. Die Fäden in den Schulternähten ihres Shirts spannten sich. »Vertraust du meiner Einschätzung nicht?«

»Im Koran heißt es, dass man manchmal Dinge hasst, die gut

für einen sind, oder Dinge liebt, die schlecht für einen sind. Man selbst kann das nicht immer unterscheiden, aber Gott kann es. Deswegen haben wir Sein Wort, das uns leitet. Wie in der Schrift geschrieben steht: Allahs Leitung, das ist die Leitung.«

»Ich möchte, dass ihr Anil kennenlernt. Gesteh mir wenigstens das zu. Man kann sich keine faire Meinung über jemanden bilden, wenn man ihn gar nicht kennt.« Unter dem Tisch gruben sich ihre Nägel in den Seidenstoff ihres Shirts.

Scharif blinzelte, denn ihr harter Ton beunruhigte ihn. »Lina, und wenn er ein Prinz wäre oder ein Heiliger – es wäre kein Unterschied. Meine Meinung über ihn spielt gar keine Rolle, nur Gottes Wille zählt.«

Lina wünschte sich, er würde nicht immer und überall Gott ins Feld führen. Gott war ihr in diesem Augenblick egal, es ging ihr um *Scharif* – um *seine* Billigung, um *sein* Verständnis. Sie reckte den Hals und beugte sich zu ihm hin. »Ich habe versucht, ohne Anil auszukommen, aber es funktioniert nicht!«

»Dann hast du es nicht richtig angepackt.«

Lina stand abrupt auf. »Woher weißt du das?« Der nächste Satz rutschte ihr einfach heraus: »Deine Schnüffelei macht dich noch nicht zum Experten für meine Beziehung!«

Scharifs Mund klappte auf, dann wieder zu, und arbeitete schließlich, als ließe sich etwas nicht mit den Zähnen knacken.

»Ich weiß, dass du Anils Freund benutzt hast, damit er mich im Auge behält.« Sie ging zu ihm und baute sich vor ihm auf. »Wie lange hast du es gewusst und nichts gesagt?«

»Fast so lange, wie du uns getäuscht hast.«

Lina wandte sich ab und presste eine Hand vor den Mund. Da war er wieder, dieser Drang zu weinen – und sie hatte sich darauf verlassen, dass die Taubheit der vergangenen Tage weiter anhalten würde.

Scharif bemerkte den Anflug von Schwäche in ihrer Haltung und sah seine Chance. »Ich würde dir nicht sagen, dass du diesen Mann aufgeben sollst, wenn ich nicht glauben würde – nein, wenn ich nicht hundertprozentig sicher wäre –, dass du wieder glücklich wirst.« Er gab ihr ein Zeichen, dass sie sich wieder setzen sollte. »Ich habe auch eine Nicht-Muslimin geliebt. Ich habe sie im Studium kennengelernt, so wie du Anil. Wir waren eine Weile zusammen, fast so lange wie ihr beiden. Ich dachte, ich könnte nicht ohne sie leben. Sie kam mir vor wie eine Seelenverwandte.« Er hielt inne und zwang sein Herz, langsamer zu schlagen. Darüber hatte er noch nie gesprochen, mit keinem Menschen.

»Wa... wer war sie?«

»Sie war Engländerin, Literaturstudentin. Wir waren verschieden, aber es gab etwas sehr Starkes zwischen uns. Doch obwohl ich sie liebte, hatte ich von Anfang an das Gefühl, dass diese Beziehung nicht richtig war. Ich dachte zwar immer, ich könnte damit leben, dass sie keine Muslimin war – beziehungsweise gar keinen Glauben hatte –, aber schließlich begriff ich, dass es unmöglich war.«

»Wegen deiner Familie?« Lina beugte sich über den Tisch.

»Sie hätten es natürlich missbilligt, aber ich habe ihnen nie davon erzählt. Ich wusste, es hatte keinen Sinn.« Scharif hatte Lina noch immer nicht angesehen. Er malte mit einem tintenfleckigen Finger unsichtbare Schnörkel auf den Tisch. Die Familie war eigentlich nie der entscheidende Faktor gewesen. Er hätte es ertragen, geächtet zu sein. So viel hatte diese Liebe ihm bedeutet. Er hatte gedacht, sie könnte alles ersetzen, was er möglicherweise verlor.

Lina stellte sich vor, wie Scharif seiner Liebe entsagte. Wie hatte er das nur freiwillig tun können, ganz ohne den Druck seiner Familie? Dann hat er sie wohl nicht genug geliebt, dachte sie.

»Ich habe sie wegen Allah aufgegeben. Ich begriff, dass ich kein guter Muslim sein konnte, wenn ich mit einer Frau lebte, die nicht an Gott glaubte und nicht einmal im Ansatz verstand, was Er mir bedeutete.« Scharif war sicher, dass er das Richtige getan hatte, doch die Erinnerung tat trotzdem weh. Er strich weiter mit dem Finger über die Maserung des Tischs. Die Vergangenheit, so wurde ihm klar, war sorgfältig und unwiderruflich in ihn eingeätzt wie diese Linien in das Holz.

Lina fand, dass er diese Frau eindeutig nicht genug geliebt hatte. Sie beobachtete ihren Vater genau. »Weiß Ma davon?«

»Nein.«

In diesem Moment sah sie es kurz – einen Anflug von Gefühl in diesem leisen Nein und im Flattern seiner Augenlider.

»Warum nicht?«

»Es war nicht mehr wichtig.« Wie hätte er es Iman zu Anfang sagen können, als er sie zur Zielscheibe seines Grolls machte, weil er so viel verloren hatte? Und wie hätte er es später preisgeben können, als dieses Wissen womöglich der Intimität geschadet hätte, die sich gerade einzustellen begann?

Lina betrachtete ihren Vater prüfend. Warum sah er sie beim Sprechen nicht an? Sie nahm nichts wahr als diesen schwarzen Fleck auf seiner Stirn, der sich in sie bohrte wie ein drittes Auge.

»Ich habe dir das nur erzählt, um dir zu zeigen, dass man wieder lieben kann, besser lieben, glücklicher sein.« Doch er verschwieg ihr, dass er sich jahrelang gefragt hatte, ob er je wieder echte Freude erleben würde. Und dass sich diese Freude unerwartet mit ihrer Geburt eingestellt hatte – zuerst als Stich, dann als Ruck und schließlich als Woge, so, wie man sein Lieblingslied jederzeit erkennen und ohne nachzudenken mitsingen konnte. »Nichts kommt dem gleich, was ich jetzt in euch allen habe, in unserer Familie.«

»Wie hieß sie denn?«

Erschrocken über die Frage sah er ihr in die Augen, wie aus Versehen. »Ach, das spielt keine Rolle mehr.«

»Wie hieß sie?« Lina wollte den Namen aus seinem Mund hören, wollte wissen, ob sein Ton derselbe blieb.

»Es ist wirklich sinnlos, diese ganzen Details auszugraben. Ich wollte dir nur zeigen, dass ich verstehe –«

»Warum willst du mir das nicht sagen, Baba?«

Scharif holte Luft, als wollte er den Namen aus der Spalte ziehen, in der er verschüttet war. Doch weil dieser Name jahrzehntelang nur in seinen Gedanken existiert hatte, dauerte es eine Weile, bis er ihm über die Lippen kam. Langsam gab Scharif die

Identität der Frau preis: »Selina.« In diesem Klang spürte er beinahe ihre Haut.

Er liebte sie doch. Das hörte Lina in seinem Flüstern. Und sie sah es an der Konzentration der Gefühle in seinem Gesicht. Er liebte sie wirklich. Lina wurde immer verwirrter. Sie hatte nie infrage gestellt, was ihre Eltern füreinander empfanden. Die beiden bildeten eine starke Einheit, auch wenn es in Meinungen und Temperament Unterschiede gab. Und doch – was Scharif gerade erzählt hatte, zeigte, dass diese Einigkeit hart erkämpft war und dass ihre Übereinkunft nur bestand, weil etwas nicht preisgegeben worden war.

»Deshalb erzähle ich dir davon«, sagte Scharif gerade. »Es geht nur mit einem klaren Schnitt.« Als er Selina verlassen hatte, war er geradezu methodisch vorgegangen. Er hatte versucht, keinerlei Spur zu hinterlassen, und aus seinem Besitz alles entfernt, was an sie erinnerte. Fast wäre es ihm sogar gelungen, keine Träne zu vergießen, als er ihr Lebewohl sagte. Doch wenig später, am Ende ihrer Straße, war er zusammengebrochen. Ganz plötzlich war es über ihn gekommen, trotz aller Vorsichtsmaßnahmen. Ein paar Wochen später hatte er ein Hemd angezogen und dabei einen Knopf entdeckt, den sie für ihn angenäht hatte, mit einem Faden, dessen Blau sich von dem der anderen kreuzförmigen Stiche unterschied. Scharif hatte mit dem winzigen runden Plastikstückchen dagestanden und es zwischen den Fingern zusammengedrückt, als wollte er etwas von ihrer Berührung herausquetschen. Er hätte den Knopf auch verschluckt, wenn er daran geglaubt hätte, dass es ihn in ihre Umarmung zurückversetzte.

»Ein schneller, klarer Schnitt«, wiederholte er. »Nur so geht es.« Und nicht nur das – Scharif selbst hatte drastischste Maßnahmen ergriffen, um nicht rückfällig zu werden. Während seines Aufenthalts zu Hause in Indien hatte er unmittelbar nach der Trennung von Selina Iman geheiratet, wie seine Eltern es wünschten. Seine einzige Bedingung war, dass sie nicht sofort zu ihm nach Großbritannien kam. Er hatte finanzielle Gründe vorgeschoben, hielt aber in Wahrheit den Gedanken nicht aus, einer anderen Frau nah zu sein. Doch dadurch, dass er sich auf Iman festlegte, kettete er sich selbst an seine Entscheidung. Sonst wäre vielleicht die Versuchung zu groß gewesen, wieder Kontakt mit Selina aufzunehmen.

»Aber wie kannst du sicher sein, dass du das Richtige getan hast, Baba? Auch wenn du sagst, dass du jetzt zufrieden bist, hätte das andere Leben doch noch befriedigender sein können? Wie soll man so etwas überhaupt wissen?« Lina war sicher: Wenn sie Anil verließ, würde sie sich immer mit dem Gedanken an jenes Leben quälen, das sie an seiner Seite vielleicht geführt hätte.

»Wenn man Gottes Willen folgt, dann weiß man, dass man das Richtige tut. Seine Leitung, das ist die Leitung.« Scharif gab nicht zu, dass er manchmal daran gezweifelt hatte. Bevor Iman gekommen war, um mit ihm zu leben, hatte er sich an manchen Tagen bei der Arbeit krankgemeldet, weil er sich zu elend fühlte, um der Welt entgegenzutreten. An solchen Tagen hatte er Gott gescheut und nicht beten wollen – als könnte er Allah dadurch verletzen, als würde Er nur herumsitzen und darauf warten, dass jemand Ihn anbetete. Scharifs Glaube war auf die Probe gestellt worden, keine Frage. Und zwar viel härter als zuvor, als die Beziehung noch bestanden hatte. Doch Gott war unerschütterlich geblieben, und letztlich hatte Scharif sich an Seine Verlässlichkeit gehalten.

»Du bist der Beweis, dass ich richtig entschieden habe«, sagte Scharif zu Lina. »Was du auch tust, es ändert nichts an der Tatsache, dass ich dich hatte, und das war ein großes Geschenk.«

Lina kamen die Tränen. Ihr war, als krallten sich mehrere Händepaare in ihr Herz. Das vertraute Tauziehen, bei dem jede Seite gleich stark war. »Vielleicht habe ich nicht so viel Glück wie du, Baba. Vielleicht finde ich niemanden wie Ma.«

»Setz dein Vertrauen in Gott. Er lässt dich nicht im Stich. Er ist der Barmherzige, der Erbarmer.«

Mit etwas anderem hätte Scharif Lina möglicherweise erreicht, doch diese ständigen frommen Plattitüden ekelten sie plötzlich an. Er ließ nicht einmal die *Möglichkeit* zu, dass er sich irrte!

Und dagegen begehrte sie auf, gegen diese unbeirrte Gewissheit in allem, was *sie* betraf. Lina faltete die Hände und presste die Daumen an ihre Lippen.

Scharif legte die Hände flach auf den Tisch und drückte sich hoch in den Stand. Er warf einen Blick auf die leuchtenden Ziffern an der Mikrowelle. Es war halb zwei. »Am besten rufst du diese Leute an und sagst ihnen, dass sie nicht kommen sollen.«

Lina dachte an den wartenden Anil, spürte den Druck all ihrer Versprechen, der Vorbereitungen, die schon begonnen hatten. »Ich möchte trotzdem, dass du ihn kennenlernst.«

Scharif fuhr so schnell herum, dass der Stuhl umkippte. Er ging mit großen Schritten auf sie zu. »Welchen Sinn hatte unsere Unterhaltung gerade? Hast du nicht gehört, was ich gesagt habe? Ich will mit dieser Familie nichts zu tun haben!« Er schlug mit der Faust auf die Küchenarbeitsplatte. Die Keramikbehälter für Salz und Pfeffer sprangen hoch und klirrten. »Wenn du darauf bestehst, deine Verbindung mit ihnen aufrechtzuerhalten, dann kannst du jetzt gehen.« Er wies auf die Tür.

Lina rührte sich nicht. Sie blickte weiter geradeaus und begann zu sprechen, als meinte sie jemanden, der ihr gegenübersaß. »Wenn du die Mayurs nicht zu Besuch kommen lässt, erzähle ich Ma von Selina.«

Scharif schnappte nach Luft.

Dass sein Schock so deutlich zu hören war, spornte Lina an. »Das ist nur fair. Du warst doch immer ein Anwalt der Fairness.« Sie stand auf und trat ihm entgegen. »Das musst du mir zugestehen.«

»Die Vergangenheit spielt keine Rolle.« Er zog an seinem Kragen. »Deine Mutter kennt mich. Sie weiß, was unser Zusammensein bedeutet. Nichts, was du sagst, wird daran etwas ändern.« Scharif war überzeugt davon – doch darauf ankommen lassen wollte er es nicht.

Lina war nicht zu bremsen, die Kraft ihrer Kühnheit trieb sie an. »Das werden wir sehen.« Sie ging zur Tür.

»Warte, Lina!« Scharif packte ihre Hand, bevor sie den Türknauf berührte. Er biss sich auf die Unterlippe und atmete einige Male tief durch. »Selbst wenn sie kommen, ändert das nichts an meiner Meinung.«

»Das kannst du im Voraus nicht wissen.« Es war unvorstellbar, dass er Anil kennenlernte, ohne ihn dann auch zu mögen.

»Aaaah! Hast du den Verstand verloren?« Inzwischen schrie Scharif wieder. »Du bist bereit, uns zu opfern, damit dieser Ungläubige mit seiner Familie herkommen kann? Es gibt Grenzen, Lina! Vielleicht solltest du dieses Haus jetzt verlassen. Für immer.«

Sie konnte seinem Befehl kaum folgen, schließlich hatte er sich zwischen sie und die Tür gedrängt. Wie sie ihn in diesem Moment verachtete! Die Geringschätzung ließ ihre Züge verkniffen und ihr schmales Gesicht noch länger wirken. Scharif erkannte sofort, dass sein Ausbruch sie nur noch entschlossener gemacht hatte.

»Ich kann mich nicht verstellen. Ich werde bei diesen Leuten nicht anders sein als sonst.« Es klang wie eine Warnung. »Wir werden so tun als ob, weiter nichts. Wenn es das ist, was du willst …«

»Ich will, dass du fair bist, Baba.«

Als ihre Blicke sich trafen, lotete jeder die Widerstandskraft des anderen aus.

»Du solltest Ma jetzt sagen, dass sie kommen«, erklärte Lina.

Iman saß im Wohnzimmer auf dem Sofa hinter einem aufgeklappten Bügelbrett, und zu ihren Füßen stand ein Korb Wäsche. Das Eisen hing in seiner metallenen Halterung und sonderte Dampf ab, ein Laken lag unberührt auf dem Brett und fiel in zerknautschten Kaskaden über dessen Beine. Iman konzentrierte sich voll auf die Vorgänge in der Küche. Dass Vater und Tochter noch miteinander sprachen, war nur an der hier und da anschwellenden Lautstärke zu erkennen. Für Imans Geschmack klang das alles viel zu moderat.

Das Zischen des Bügeleisens schien den Umständen schon eher zu entsprechen. Jedes Mal, wenn Iman es hörte, fühlte sie sich in ihren Gefühlen verstanden. Sie packte das heiße Eisen am Griff und fuhr damit über die knittrige Baumwolle. Wie rasch der Stoff sich doch glätten ließ! Iman arbeitete schneller, denn diese einfache Verwandlung tröstete sie. Vielleicht wurde ja doch alles wieder normal.

Dann hörte sie Scharif brüllen. Sie stellte das Eisen ab. Als er immer weiter schrie, war sie beruhigt, weil er Lina nun wenigstens nicht mehr mit milder Logik begegnete – doch sie hatte auch Angst. Was hatte bloß zu dieser Reaktion geführt? Sie fragte sich gerade, ob sie in die Küche gehen sollte, als Scharif ins Wohnzimmer kam. Er ließ die Schultern einige Male kreisen und lockerte seinen Nacken. Dann sah er auf seine Armbanduhr, berührte kurz den Gürtel und wiegte sich auf den Fersen. Schließlich blieb sein Blick dort hängen, wo zwei Tapetenstreifen über ihrem Kopf zusammenstießen.

»Scharif? Was ist los?«

Nase und Mund zuckten, als witterte ein Tier Gefahr. Scharif fand, dass etwas komisch roch, wusste aber nicht, ob es die Ausdünstung seiner Feigheit war oder von außen kam. Als Iman den Geruch auch bemerkte, nahm sie hastig das Bügeleisen vom Laken, denn dort hatte sie es vergessen. Mitten auf dem Stoff prangte ein brauner, v-förmiger verbrannter Fleck. Und am Eisen selbst schmorten hängen gebliebene, versengte Baumwollfetzen. Iman starrte den Schaden an, während Scharif in heller Aufregung den Stecker des Eisens herauszog.

»Wieso machst du das denn so heiß? Immer musst du übertreiben.« Er nahm das Eisen und stellte es beiseite. »Jetzt ist das verdammte Ding kaputt! Wir müssen ein neues kaufen. Und das blöde Laken kannst du auch wegschmeißen. So eine Verschwendung. Warum musste das denn unbedingt jetzt sein?« Er packte das Laken und zerknüllte es mit beiden Armen.

Imans ließ verständnislos die Schultern hängen. Scharif ging nach draußen und warf das Laken vor der Haustür in eine der großen Tonnen.

»Es war ein Versehen«, sagte sie, als er zurückkam.

»Mir egal. Soll doch alles verbrennen.« Er hob die Arme und

ließ sie wieder sinken. »Wozu überhaupt frische Wäsche? Mit einem sauberen Hemd kann man auch nicht klarer denken. Und wenn man im Bett gebügelte Laken hat, heißt das noch längst nicht, dass man auch besser schläft.« Er nahm das Eisen und hätte das verdammte Gerät am liebsten auf den Boden geworfen. Stattdessen wand er das Kabel grob um seine Hand.

»Wo ist Lina?« Es gefiel Iman nicht, wie die Wut seine Züge verzerrte.

Scharif klappte das Bügelbrett zusammen. Dann hob er es zusammen mit dem Eisen an. »Das stelle ich mal lieber weg.« Er ging eilig hinaus, und Iman hörte, dass er die Sachen im Schrank verstaute. Außerdem klang es, als würde sich Lina in der Küche zu schaffen machen – jemand setzte Wasser auf, spülte Geschirr. Sie wusste nicht, was von diesem Kontrast zwischen dem heimeligen Geklapper und den aggressiven Lauten zu halten war, die ihr Mann von sich gab. Der kam schließlich zurück ins Wohnzimmer, machte die Tür zu und lehnte sich schwer dagegen.

»Scharif?« Ihre Stimme klang argwöhnisch.

Er warf ihr einen kurzen Blick zu und sah dann zu Boden. »Es sieht so aus, als würden diese Leute doch kommen.«

»Was denn, haahh?«

»Am besten bringen wir es einfach hinter uns.«

»Du hast zugestimmt?« Iman sank gegen die Rückenlehne des Sofas. »Tobah!«

»Soll doch Lina beide Familien in einem Zimmer erleben.« Scharif konnte ihr nach wie vor nicht in die Augen sehen. »Wenn sie durch Worte nicht zur Vernunft kommt, dann vielleicht durch so ein Zusammentreffen.«

»Das mache ich nicht, Scharif, ich sage es dir.« Iman schob ihre Hände zwischen die Beine und rutschte nach vorn. »Ich nehme an derartigen Zusammenkünften nicht teil. Hast du gehört?«

»Tja – es geht wohl nicht anders. Sie sind in ein paar Stunden da. Sechs Uhr, hat Lina gesagt.«

»Wie konntest du das erlauben?«

»Ich habe versucht, Nein zu sagen, aber es hat nichts gebracht.« Seine Stimme war leise, aber voller Aggression. »Lina hat vor, diesen Mann zu heiraten. Das Treffen ist unsere letzte Gelegenheit, um …« Er schluckte. »Um vielleicht Einfluss auf sie zu nehmen. Also kommen sie her.«

»Dann gehe ich.« Iman drückte sich vom Sofa hoch.

»Wohin?« Scharif fixierte sie schlagartig.

»Irgendwohin. Egal.« Iman griff nach ihrem Zopf und ließ das Ende immer wieder durch eine Hand gleiten. Es gab niemanden, den sie besuchen konnte, natürlich nicht, denn dann würde sie preisgeben müssen, welche Dramen sich in ihrem eigenen Haus abspielten. Also musste sie wohl herumlaufen oder ins Kino gehen oder einfach irgendwo hinfahren und im Auto sitzen. Doch alles war besser, als diesen Leuten zu begegnen. »Das kannst du allein erledigen, wenn du zu schwach bist, um der Sache ein Ende zu setzen.«

Scharifs Hände ballten sich zu Fäusten. »Iman, wenn du nicht anwesend bist, ändert das nichts an der Tatsache, dass sie kommen. Bitte!«

Imans Kinn zitterte. Sie wünschte sich, Lina wäre nie zurückgekommen. Ihre Tochter gar nicht zu sehen wäre besser gewesen als dieser Irrsinn, in den man sie da zog.

»Komm schon, Iman!« Scharif packte ihre Oberarme. »Da müssen wir zusammen durch. Wie sieht das denn aus, wenn wir keine geschlossene Front präsentieren?«

»Ist mir egal.« Sie schob ihn mit den Ellbogen weg. »Ich mache mir mehr Sorgen um Mariam und Nasra. Die sind bis dahin aus der Schule zurück. Hast du daran überhaupt gedacht? So einen Schwachsinn sollten sie wirklich nicht miterleben.« Iman musste sie wohl oder übel anrufen, damit sie später nach Hause kamen.

Scharif fiel vor ihr auf die Knie und umschlang ihre Hüften. »Iman, bitte. Ich kann das nicht ohne dich.« Er drückte ihre Schenkel. »Bleib einfach an meiner Seite. Du musst gar nichts sagen. Du musst nur bei mir sein. Bitte, Iman, tu es für mich.«

Konfrontation

Obwohl Iman anfangs gesagt hatte, sie werde den Besuch der Mayurs in keiner Weise würdigen, putzte sie ein paar Stunden vorher im Erdgeschoss, als käme jemand vom Gesundheitsamt vorbei. Und anschließend kochte sie wie für ein großes Fest. Das tat sie allerdings nicht aus Großzügigkeit *denen* gegenüber. Vielmehr sollte ihre eigene Familie keinen ärmlichen Eindruck machen. Iman fand ihre gemischten Gefühle pervers und abstoßend. Nicht einmal Gebete beruhigten sie wirklich oder dämpften ihren Zorn. Während sie betete, ging es ihr besser, aber danach kochten die Sorgen sofort wieder hoch.

»Kann ich dir irgendwie helfen?« Lina kam ins Wohnzimmer. Es war blitzblank. Sogar Scharifs unaufhörlich wachsender Zeitungsstapel war verschwunden. Iman schüttelte gerade ein letztes Mal die Kissen auf. Sie ging sehr unsanft mit ihnen um und prügelte geradezu auf sie ein.

»Meinst du nicht, du hast schon genug getan?«, fuhr Iman sie an.

Es klingelte.

Die Mayurs brachten bergeweise Geschenke mit. Lina wurde sofort übel, als sie die Schätze sah. Mit diesem Aufwand hatte sie nicht gerechnet. Sie entschuldigte sich und rannte ins Bad. Als sie zurück ins Wohnzimmer kam, saßen schon alle. Minnie unterhielt sich mit ihren Schwestern, während die Männer ein verkrampftes Gespräch über Immobilien führten. Völlig klar, dass Pravar sofort das Thema Geld anschneiden muss, dachte Lina.

Pravar hatte sich im einzigen Sessel niedergelassen. Er sank zurück und strich mit den Händen über den abgenutzten Samtbezug der Lehnen. Während der Unterhaltung ruhte sein Blick auf den wohl versehentlich nicht zusammenpassenden Socken, die man unter den hochgerutschten Hosenbeinen des Mannes sah.

Lina ging eilig in die Küche, um ihrer Mutter zu helfen. Iman tat jeden Handgriff mit zu viel Wucht. Sie stellte das Glas mit den Teebeuteln ab, dass es knallte, schlug die Schranktür zu, griff sich ein Tablett wie einen Schild zur Selbstverteidigung. Auf Linas Hilfsangebot ging sie gar nicht ein und fegte durch die Küche, als würde jemand ihre Zeit stoppen.

»Ich verstehe schon, warum du dich in ihn vergafft hast. Du hättest es aber besser wissen müssen«, bemerkte sie schließlich.

Wortlos nahm Lina das Tablett mit dem Essen und trug es nach nebenan. Als sie zurückkam, wischte Iman sich die Augen ab.

»Du weißt nicht, was du uns antust.« Iman zog ihre Tschuni über den Kopf, schob sie hinter die Ohren und schlang sich die Enden um den Hals.

Lina fiel keine Antwort ein. Ohne den beruhigenden Blick, den Anil ihr beim Hereinkommen zugeworfen hatte, wäre sie längst zusammengebrochen. Schon seine Anwesenheit gab ihr Selbstvertrauen. Anil trug einen Anzug, genau wie Pravar. Und Minnie war natürlich wie immer perfekt ausstaffiert. Im Grunde waren sie alle für Anlass und Ort etwas zu elegant gekleidet. Es war nicht zu übersehen, wie deplatziert die Mayurs in Linas bescheidenem Zuhause wirkten – irgendwie zu glamourös. Und dann mussten sie auch noch solche Blumen kaufen! Lina ärgerte sich plötzlich, weil sie so makellos waren: ein perfektes Bukett samt gläserner Vase. Alles andere im Zimmer wirkte dagegen schäbig. Warum hatte Anil nicht einfach an der Tankstelle einen Strauß Chrysanthemen gekauft, wie jeder normale Mensch es tat? Mit so einem Pomp fühlten sich ihre Eltern einfach nicht wohl. Iman würde den Mayurs sicher einen Bestechungsversuch unterstellen. Und wie Lina Pravar kannte, hatte sie wahrscheinlich recht.

Den Passanten auf der Straße fiel der protzige nagelneue Mercedes vor dem Haus der Meralis auf. Eine besonders neugierige Nachbarin – diejenige, die Iman ständig nach Lina fragte – schlich sich an das Fenster zur Straße heran und spähte ins Zimmer. Durch die Maschen der weißen Tüllgardinen sah sie zwei Familien beim Abendessen. Die Münder bewegten sich heftig – allerdings kauten sie mehr, als dass sie redeten. Anscheinend wurde hier ein mögliches Brautpaar bekannt gemacht – aber der eine Mann trug doch einen Turban! Die Frau flitzte davon, um zu verbreiten, was sie gerade gesehen hatte.

Im Zimmer wurden Imans Kochkünste so hoch gelobt, dass es sie etwas erweichte, wenn auch gegen ihren Willen.

»Hmmm. Ich glaube, so gute Hackfleischkoftas habe ich noch nie gegessen.« Anil nahm sich schon das vierte. »Mum, du musst dir von Iman das Rezept geben lassen.«

Lina zuckte zusammen, als er den Vornamen ihrer Mutter nannte. Sie wusste, dass ihre Eltern solche Zwanglosigkeiten nicht ausstehen konnten. Sie hätte Anil vorwarnen sollen. Doch ihre Liste der Dinge, die er zu unterlassen hatte, war auch so schon lang genug gewesen. Anil hatte dazu gesagt, dass ein Besuch beim amerikanischen Präsidenten bestimmt ein weniger umfangreiches Protokoll vorsah.

»Ja, die sind sehr gut.« Minnie balancierte ihren Teller auf dem Schoß. »Anscheinend haben die Leute trotz BSE keine Angst davor, Rindfleisch zu essen. Sogar im Hotel gab es zu Mittag ein besonderes Steak-Menü. Sehr seltsam, denke ich.«

»Wahrscheinlich, weil es so billig ist.« Pravar sprach mit vollem Mund. Er griff herzhaft zu, obwohl er schon zu Mittag eine riesige Portion Spareribs vertilgt hatte. Das Schweinefleisch hatte er mit Absicht ausgesucht, um sich sozusagen für das Betreten eines muslimischen Haushalts zu wappnen. »Das ist jetzt überall im Angebot, damit alle darüber hinwegsehen und die Rindfleischindustrie erhalten.«

Iman ärgerte sich, denn er deutete an, dass sie das Hackfleisch wegen des günstigen Preises genommen hatte. »Wir kaufen unser Fleisch sowieso nicht im Supermarkt. Es muss halal sein.« Sie hätte ebenso gut erklären können, dass das Essen nun beendet war. Pravar hörte tatsächlich für einen Moment auf zu kauen. »Und von Fleisch, das halal ist, kriegt man solche Krankheiten nicht«, fügte sie dann hinzu.

»Ma.« Mariam verdrehte die Augen.

»Was?« Pravar zog einen Mundwinkel hoch. »Sie meinen, alles Kranke läuft mit dem Blut heraus, wenn Sie die Tiere auf diese Weise töten, halal?«

Lina blickte panisch zu Anil hinüber. Auch er fühlte sich mit der Bemerkung seines Vaters sichtlich unwohl.

»Ich weiß nicht, wie das wissenschaftlich ist.« Iman warf den Kopf zurück. »Aber ich habe gehört, dass es stimmt.«

»Wer sagt das?«, fragte Scharif.

»Mullah Asim. Er kauft im gleichen Halal-Laden wie wir.«

»Ach.« Scharif winkte ab. »Das muss man nicht ernst nehmen.« Asim hatte allerhand fragwürdige Ansichten.

»Das hat er aber gesagt.« Iman ließ nicht locker. »Und er hat mir von einem Zeitungsartikel erzählt, in dem stand, dass jetzt in Russland viel mehr Halal-Fleisch verkauft wird. Auch Nichtmuslime nehmen das jetzt lieber, weil sie glauben, dass es nicht so riskant ist.«

»Manche Leute haben komische Vorstellungen. Ich würde nicht alles glauben, was man so hört.« Scharif hoffte, dass sie nun das Thema wechseln würde.

Imans Augen wurden schmal. Er hatte unbedingt gewollt, dass sie anwesend war und ihn unterstützte, und nun demütigte er sie vor anderen Leuten auf diese Weise.

»Ich denke, wenn uns bestimmt ist, dass wir uns so eine Krankheit holen, dann kriegen wir sie auch, egal, was wir glauben.« Minnie schob sich das Kissen zu ihrer Linken etwas weiter in den Rücken und versuchte, nicht an das Loch zu denken, dass sie im Bezug entdeckt hatte. »Schicksal – daran kann man einfach nichts ändern. Denke ich jedenfalls.«

Alle schwiegen kurz, dann räusperte sich Anil. »Wahrscheinlich hat uns nicht zuletzt das Schicksal in diesem Zimmer zusammengeführt. Ich möchte mich bei Ihnen beiden bedanken,

Scharif und Iman, dass Sie bereit waren, mich und meine Eltern zu empfangen. Mir ist klar, dass das nicht leicht für Sie ist. Ich hatte gehofft, wenn Sie mich und Lina zusammen sehen …« Er warf ihr einen Blick zu, doch sie starrte zu Boden. »Dann sehen Sie auch, wie ernst es uns ist. Wir möchten unser Leben zusammen verbringen. Wir haben schon einen Termin für die Hochzeit festgelegt. Es ist schwierig für Lina, all das ohne Ihre Zustimmung zu tun, also komme ich mit einer Bitte zu Ihnen.« Er wandte sich Scharif zu, der neben ihm saß. »Bitte geben Sie uns die Erlaubnis zu heiraten. Und bitte sagen Sie, dass Sie zu den Feierlichkeiten nach Kenia kommen. Ich habe schon Flüge für Sie alle vier und für Chala Rocky und ihren Sohn reserviert. Wenn Sie Ja sagen, werde ich alles bestätigen.«

Auf diese Direktheit war Scharif nicht vorbereitet. Rasch schluckte er den Bissen hinunter, den er im Mund hatte. Auf der anderen Seite des Zimmers holte Iman tief Luft. Auch sie hatte nicht mit einer so offen vorgetragenen Bitte gerechnet. Wie peinlich, wenn man im eigenen Wohnzimmer die Pistole auf die Brust gesetzt bekam. Sie hoffte, dass Scharif deutlich und unwiderruflich Nein sagen würde. Sie wollte, dass diese Leute so bald wie möglich ihr Haus verließen. Vor allem Pravar, der sich mit seinen hochnäsigen Blicken umsah wie in einer islamischen Version von Disneyland. Und sie wünschte, Mariam und Nasra wären nicht da, um das ganze Debakel mitzuerleben.

Lina war, als könnte sie sich vor Anspannung gar nicht mehr rühren. Sie fragte sich, ob alle ihr Herzklopfen hörten.

»Jeder Vater will das Beste für sein Kind«, sagte Scharif.

»Ja. Nein. Absolut. Deswegen sind wir ja hier. Wegen Anil. Zu seiner Unterstützung.«

Scharif nickte. »Es ist nur so, dass die Entscheidung nicht in meinen Händen liegt.« Zufällig blickte er in diesem Moment zu Iman hinüber.

»Haha!« Pravar grinste. »Das ist bei mir zu Hause auch so. Da hat jemand anders die Hosen an, jedenfalls, wenn es um die Kinder geht.«

»Sie liegt überhaupt nicht in menschlichen Händen.« Scharif sprach leise. »Was möglich ist und was nicht, hat Gott schon entschieden.«

»Setze kein Fragezeichen, wo Allah einen Punkt gesetzt hat«, ergänzte Iman.

Wieder herrschte Schweigen. Lina wagte es nicht, den Blick zu heben. Neben ihr drückte Nasra mit den Fingern auf die Süßigkeiten, die Iman gemacht hatte, drehte dann die Hand um und sah nach, ob sich Silberfolie darauf abgesetzt hatte.

»Ich respektiere Linas Glauben. Ich würde sie nie an seiner Ausübung hindern. Es steht ihr frei, unsere Kinder zu lehren, woran sie selbst glaubt.«

Scharif strich immer wieder über die Zipfel seines Schnurrbarts.

Anil stellte seinen Teller zwischen den Füßen ab und faltete die Hände. Er musste sich beherrschen, um ruhig zu bleiben und nicht verzweifelt zu klingen. »Sie wollen, dass Lina glücklich ist, und das wünsche ich mir auch. Sie wird von Ihrer Fürsorge in meine übergehen.«

Scharif ließ die Schultern kreisen. Sie bewegten sich langsam, wie gegen einen großen Widerstand.

Pravar richtete sich auf. »Ich persönlich sehe keinen Sinn darin, immer und immer dasselbe zu erörtern. Die Frage ist ganz einfach: Akzeptieren Sie, dass Ihre Tochter meinen Sohn heiratet?«

Sowohl Minnie als auch Iman rutschten unruhig herum. Linas Kleider waren trotz ihrer Weite plötzlich zu eng. Anil spürte, dass der unverblümte Ton seines Vaters kein guter Kontrapunkt zu Scharifs sanfter Taktik war.

»Diese Frage kann ich nicht beantworten. Ich habe dazu nichts zu sagen. Das Gesetz ist vorhanden. Es steht eindeutig in der Schrift geschrieben. Ich habe nur gelobt, das Gesetz zu befolgen.«

»Und Lina?« Pravar riss sie aus ihrer Passivität. »Befolgt sie dieses *Gesetz*? Vermutlich nicht, da sie offenkundig mit meinem Sohn zusammen ist. Ja? Nein?«

Linas Blick schoss von Gesicht zu Gesicht. Sie sah die Erwartung darin, die Ungeduld. »Mir ist im Moment nur wichtig«, sagte sie, »dass ich von euch grünes Licht bekomme.« Sie sah Scharif an.

»Sehr lustige Situation.« Pravar hob ratlos die Arme. »Sie sagen, Sie können nicht entscheiden, Lina sagt, sie kann nicht entscheiden. Sie sagen, Gott ist verantwortlich, Lina sagt, Sie sind verantwortlich. Das geht doch nicht. Aber unbedingt. Nein? Absolut. Ja? Warum sind wir überhaupt hier?«

Anil fragte sich, ob es vielleicht besser gewesen wäre, ohne Eltern zu kommen. Pravar war einfach zu dreist. Schließlich waren sie nicht in Kenia, wo man einfach autoritär auftrat und den Handel dann mit Kitu kidogo besiegelte. »Ich habe so viele Jahre auf Lina gewartet«, sagte er. »Ich lasse mich jetzt nicht vertrösten.«

Pravar wies mit dem Kopf in Linas Richtung. »Warum kann das Mädchen nicht selbst entscheiden?«

»Das steht ihr natürlich frei. Stand es schon immer«, sagte Scharif.

»Und Sie würden akzeptieren, was immer sie tut?«

»Das müssten wir wohl. Aber jede Entscheidung hat Konsequenzen. Akzeptieren heißt nicht dulden.«

»Tja.« Pravar stand auf. »Dann gibt es wohl nichts mehr zu sagen.« Er würde keine weiteren Anspielungen hinnehmen, was die Unwürdigkeit seiner Familie betraf. »Der Termin ist festgelegt – Lina hat ihn selbst gewählt. Ich gehe mal davon aus, Ihre Sippschaft ist da nicht mit von der Partie. Aber ich hoffe, Sie nehmen wenigstens heute unsere Geschenke an. Wir sind mit gutem Willen und besten Absichten gekommen.« Pravars Handgelenke beschrieben ausdrucksvolle Kreise. »Minnie, zeig ihnen, was wir mitgebracht haben.« Er wirkte zuversichtlich, als hätte er noch ein letztes As im Ärmel.

»Ach, es ist gar nicht viel. Nur ein paar Sachen für die Mädchen.« Minnie erklärte, die Blumen seien für Iman und die Tüte mit den Luxuspralinen für alle. Dann reichte sie Mariam und Nasra je eine weitere Tüte. Die Mädchen spähten hinein, packten aber nichts aus, weil Iman sie mit einem warnenden Blick davon abhielt. Schließlich gab Minnie Lina eine kleine schwarze Tüte mit der in Silber geprägten Aufschrift *Precious* – kostbar.

»Das ist zu viel.« Lina versuchte, das Geschenk abzulehnen. Sie wusste, *Precious* war der Juwelier in Nairobi, bei dem Minnie kaufte.

»Wie kannst du das sagen, du weißt doch noch gar nicht, was drin ist?« Minnies Zähne blitzten auf. »Es könnte auch ein Schokoladenei sein.«

»Schon das wäre zu viel. Das wäre doch alles nicht nötig gewesen.« Sie warf Anil einen Blick zu, der sich gerade auf die Wangen biss.

»Jetzt mach es auf«, befahl Pravar. Er hatte sich hingestellt und blickte nun auf alle herab.

Lina holte eine Schatulle aus der Tüte und begann, sie auszupacken. Sie vermutete einen protzigen Ring darin, den sie dann als Zeichen der Treue würde anstecken müssen. Panisch überlegte sie, wie sie darauf reagieren sollte. Als sie das Band wegzog, wäre ihr die Schatulle fast aus den Händen gefallen. Sie nahm den Deckel ab. Ihr Herz blieb beinahe stehen, als sie die Diamanten funkeln sah.

»Nimm es heraus. Zeig es uns«, sagte Pravar.

Lina zog eine Kette aus der Schatulle, einen langen, mit Diamanten besetzten Strang aus Platin. Nein! Das war keine Halskette, wie sie begriff, sondern ein Tasbih! Sie schnappte nach Luft wie die anderen um sie herum auch. Die Steine glitzerten und sprühten Funken, als schüttelte ein nasser Hund Wasser ab. Lina legte den Tasbih in die Schatulle zurück. Ihr Mund stand offen, aber sie wusste nicht, was sie sagen sollte.

Pravar sah sich äußerst zufrieden um und freute sich an den fassungslosen Gesichtern der Meralis. Damit kriegte man sie doch sicher herum.

»Der Tasbih soll ein Symbol sein.« Anil meldete sich zu Wort. »Er ist ein Zeichen unseres Respekts vor Ihrem Glauben. Wir werden – ich werde diesem Glauben nie im Wege stehen.

Ich werde Lina immer darin unterstützen. Ich will ihr nichts wegnehmen – sondern nur geben.«

Scharif warf Iman einen verstohlenen Blick zu. Er konnte an ihrer Haltung erkennen, was sie dachte, an diesem geraden Rücken und am Winkel des Kinns. Sie hätte diesen Leuten am liebsten gesagt, dass sie ihre erbärmlichen Klunker nehmen und sich zum Teufel scheren sollten. Auch ihn bestürzte die überzogene Geste. Doch er ging davon aus, dass die Familie Mayur nun einmal verschwenderisch war. Was ihn berührte, war Anils Ernsthaftigkeit, dass seine Liebe zu Lina aus seinen Worten und seinem Auftreten sprach. Sosehr Scharif sich auch bemühte – es ließ ihn nicht kalt.

»Sie sind ein feiner junger Mann.« Scharif legte eine Hand auf Anils Schulter. Er spürte Imans wachsende Anspannung über das Zimmer hinweg. »Lina hat Glück, dass sie Sie kennt. Vielleicht habe ich Sie in die Irre geführt, als ich Sie heute herkommen ließ. Möglicherweise dachten Sie, Sie könnten mich überzeugen und ich würde Ihren Wunsch unterstützen, mit meiner Tochter zusammen zu sein. Doch es ging nie darum, dass sich meine Haltung im Zuge dieses Zusammentreffens ändert. Ich hatte lediglich gehofft, es würde Lina helfen, die Dinge klarer zu sehen. Die Entscheidung liegt nach wie vor bei ihr.« Dann wandte Scharif sich an Pravar. »Sie waren zu großzügig –«

»Ach, das ist gar nichts.« Pravar winkte nonchalant ab. »Wir könnten Lina die Welt zu Füßen legen.«

»Ja, ich sehe, dass Sie sehr gut für sie sorgen könnten. Ich hoffe, Sie verstehen mich nicht falsch, wenn ich sage, dass wir Ihre Aufmerksamkeiten nicht annehmen können. Diese Geschenke – und Lina wird sicher meiner Meinung sein, unabhängig davon, wie sie entscheidet …« Er wartete auf eine Bestätigung, worauf Lina mehrmals kurz das Kinn sinken ließ. »Diese Geschenke verpflichten uns über unsere Möglichkeiten hinaus, uns dafür zu revanchieren. Ich muss Sie bitten, alles zurückzunehmen.«

Nasra hatte den Inhalt ihrer Tüte verstohlen ausspioniert und seufzte enttäuscht.

»Uns ist es gleichgültig, ob Sie sie zurückgeben oder in die Mülltonne werfen!« Pravars Gesicht lief rot an. »Es ist in jedem Fall ein Schlag ins Gesicht.« Sein Blick ruhte für einen Moment vorwurfsvoll auf Anil.

»Lassen Sie doch zumindest die Mädchen ihre Geschenke behalten«, warf Minnie ein. »Es ist nichts Besonderes drin.«

»Sie verstehen mich falsch. Ich tadele Sie nicht für Ihre Großzügigkeit, sondern berufe mich auf meine eigenen beschränkten Mittel. Es ist nicht meine Gewohnheit, zu nehmen, wo ich nicht geben kann.«

»Tja, das hätte Ihre Tochter sich mal überlegen müssen, bevor sie meinem Sohn das Herz weggenommen hat!« Eine Nadel am Scheitel von Pravars Turban blitzte im Licht. »Ich denke, wir sind hier fertig.« Er stürmte aus dem Zimmer und ohne Begleitung zur Haustür hinaus.

Auch Anil und Minnie erhoben sich schnell.

»Er kann sehr emotional sein«, versuchte Minnie zu erklären. Sie wusste, Pravar ärgerte sich, weil er davon ausgegangen war, dass der Tasbih den Handel besiegeln würde, und er nahm es persönlich, dass sein Geld nicht alles gerichtet hatte. Minnie verabschiedete sich eilig und lief ihrem Mann nach.

»Und jetzt, Lina?« Anil kam zu ihr und stellte sich neben sie.

Linas Augen waren wieder so leer und glasig wie damals, als sie im MSF-Compound zu Bewusstsein gekommen war. »Ich muss mich verabschieden.«

»Oh Allah!« Iman fuhr mit schmerzverzerrtem Gesicht herum.

Lina machte einen Schritt auf sie zu, doch Scharif trat dazwischen. Sein Gesicht war wie ein Gipsabdruck seiner selbst, kalt und hart.

»Geh einfach, wenn du uns verlässt.«

»Baba.« Ihre Mundwinkel bogen sich nach unten, und die Unterlippe trat vor.

Er blieb fest und unerbittlich. »Geh.«

V

In der Schusslinie

In einer niedrigen Holzbaracke am Rand eines der Lager für Binnenflüchtlinge im Südsudan beruhigte Scheich Dschibal Obkik eine Familie, deren Sohn am selben Tag wegen Waffenbesitzes verhaftet worden war. In Lagern der Vereinten Nationen waren Waffen streng verboten. Wer sich mit einer erwischen ließ, wurde der Polizei übergeben – dieses Schicksal fürchtete jeder, denn die Beamten steckten mutmaßlich mit den diversen Milizen unter einer Decke und waren wegen ihrer Grausamkeit gefürchtet. Alle männlichen Familienmitglieder und Scheich Dschibal saßen auf Stühlen im Kreis. Lina und Wani, ein Übersetzer, der das Arabische ins Englische umwandelte, saßen im hinteren Teil des Raums auf einer Bank.

Lina kritzelte Notizen für einen Bericht, den sie später über die Schlichtung von Auseinandersetzungen im Lager schreiben wollte. Obwohl sie sich sehr bemühte, konnte sie den Vorgängen nur sporadisch folgen: Ihre Konzentration war wie ein Ball, der immer wieder von der Fläche rollte, auf der man ihn behutsam ausbalanciert hatte. Inzwischen waren es nur noch zwei Wochen bis zu ihrer Hochzeit. Am übernächsten Tag würde sie nach Nairobi fliegen und gerade rechtzeitig zu den Feierlichkeiten eintreffen. Zehn Festtage sollten ihrer Verbindung mit Anil vorausgehen. Und es würde kaum jemand kommen, der ihr wirklich etwas bedeutete. Lina schlug die Innenkanten ihrer Turnschuhsohlen aneinander. Dünne Staubwölkchen stiegen auf. Dann riss sie sich zusammen und achtete wieder auf das, was sich vor ihr abspielte.

Dahab, der Vater des verhafteten Jungen, verteidigte seinen Sohn.

»Was sollen wir machen? Alle um uns herum haben Waffen.« Er meinte alle außerhalb des Lagers. »Wie sollen wir uns schützen?« Dahab war ein gebrechlicher alter Mann. Seine Kleider waren ihm viel zu groß. Die Schulternähte des grünen Hemds hingen bis auf die Mitte der Oberarme. Die zitternden Hände ruhten auf einem Gehstock, der zwischen seinen Beinen stand.

Scheich Dschibal schnalzte mit der Zunge. »Wenn ich zulasse, dass Ihre Familie die Waffe behält, wollen Ihre Nachbarn auch eine haben, und dann fordern bald alle ihr Recht auf Selbstverteidigung ein.« Er trug als Einziger eine Dschalabija, unterschied sich aber nicht nur durch das lange weiße Gewand von den anderen. Er fiel durch sein Verhalten auf – durch die Besonnenheit, mit der er zuhörte, die Selbstsicherheit, mit der er sprach. Solche Männer hätte es in jedem Lager gebraucht. Bei den Vereinten Nationen sorgte man dafür, dass die Leute ihre traditionellen Sitten und Strukturen so weit wie möglich beibehalten konnten, weil das Leben dann für alle viel einfacher war. Doch wer zum Anführer ernannt wurde, war nicht notwendigerweise auch unparteiisch oder gegen Bestechung gefeit.

»Vielleicht wäre es gar nicht schlecht, wenn jeder Mann seine eigene Waffe hätte«, sagte Dahab.

»Tja, und dann?« Scheich Dschibal blieb ruhig, aber entschieden. »Sie wissen doch selbst, wie viele Rivalitäten hier bestehen. Es würde bald zu Kämpfen kommen – ausgerechnet hier, wo wir geschützt sein sollten.«

»Aber das sind wir doch gar nicht!«, warf einer der anderen älteren Männer ein. »Darum geht es ja: Sie kommen mit Waffen von draußen und bringen uns um.«

»Tja, wir können immer weiter debattieren, aber Sie kennen die Regeln, und an denen ist nicht zu rütteln.« Scheich Dschibal stand auf und gab allen Männern nacheinander die Hand. »Es tut mir leid mit Ihrem Jungen. Aber da kann ich jetzt nichts tun. Denken Sie daran – wer Waffen hat, wird schließlich töten.«

»Ja, und wer keine Waffen hat, wird schließlich sterben.« Dahab schüttelte den Kopf und ging.

Lina sah ihm nach, denn seine Worte verstörten sie. Einfache Antworten gab es hier nicht. Sie dachte an Hans. Nach dieser schrecklichen Nacht auf dem MSF-Compound waren sie sich nur ein einziges Mal zufällig begegnet. Ein unangenehmes Zusammentreffen, denn beiden war etwas peinlich gewesen, das gar nicht geschehen war. In seiner Nähe kam sie sich mehr denn je wie eine Hochstaplerin vor. Um die Wahrheit zu sagen kam sie sich verlogen vor – Ende der Durchsage.

»Lina, bist du fertig?« Wani gab ihr einen Schubs.

Scheich Dschibal stand an der Tür und wartete, falls Lina noch Fragen hatte.

»Gleich.« Sie tat so, als würde sie rasch noch etwas notieren. Später würde sie Wani bitten müssen, alles noch einmal mit ihr durchzugehen, damit sie den Bericht auch ausarbeiten konnte.

Plötzlich fielen draußen Schüsse. Lina ließ das Notizbuch sinken, und Scheich Dschibal spähte aus der Baracke. Er schlug die Tür zu und rief etwas auf Arabisch.

»Er sagt, runter!«, erklärte Wani Lina. Beide rannten in eine Ecke und kauerten sich hinter Stühle und Bänke. Wieder hörten sie Schüsse. Dann Pferde und rennende Menschen.

Nach einer Minute sah Scheich Dschibal noch einmal hinaus und stürzte schließlich davon.

»Wo ist er hin?«, flüsterte Lina, als die Tür zuschlug. Sie lag inzwischen flach auf dem Bauch, die Ellbogen an die Seiten und die Stirn an den Erdboden gepresst. Neben ihr lag Wani in ähnlicher Haltung, nur dass er den Kopf dem Eingang zuwandte.

»Wahrscheinlich sieht er nach seiner Familie.«

Wieder Rufe, Schreie, Schüsse. Hühner gackerten. Ziegen blökten. Esel wieherten. Kinder kreischten. Eine Tonspur aus dem Schlachthaus.

»Dschandschawid.« Wani erkannte sie an den Flüchen, die sie draußen brüllten.

»Ihr da! Schwarze Frauen, wir werden euch ausrotten, ihr habt keinen Gott! Wir sind euer Gott! Euer Gott ist Omar al-Baschir!«

Auch Lina verstand zum Teil, was sie schrien: »Ihr Schwarzen, ihr habt dieses Land verdorben! Wir kommen, um euch zu verbrennen.«

Sie fing an zu beten. Bismillahilrahmanilrahim. Im Stillen wiederholte sie immer wieder dasselbe. Ihr Kinn bebte, und ihre Zähne klapperten wie Steine in einem geschüttelten Beutel. Sie dachte an Anil – und dass sie vielleicht nie wieder bei ihm sein würde. Oh Allah, lass mich leben und ihn wiedersehen. Sie dachte an ihre Familie – mit der sie seit ihrem letzten Tag in Birmingham nicht mehr gesprochen hatte. Nicht einmal ihre Schwestern wagten es, sich bei ihr zu melden, denn Scharif hatte gedroht, auch sie zu verstoßen, wenn er erfuhr, dass sie in Kontakt mit Lina standen. Weil sie selbst nicht an die Endgültigkeit ihrer Entfremdung glauben wollte, hatte sie sich eingeredet, dass die Haltung ihrer Eltern bestimmt irgendwann aufweichen würde. Und nun war sie zum ersten Mal mit der Tatsache konfrontiert, dass sie ihre Familie vielleicht niemals wiedersehen würde. Reue überkam sie, weil bei der letzten Begegnung alle so grausam gewesen waren – ihre Eltern und sie selbst. Oh Allah, gib mir eine Chance, die Bande zwischen uns wieder heil zu machen.

Draußen stürmten etwa zweihundert bewaffnete Männer durch das Lager. Ihre Pferde wirbelten orangefarbene Staubflammen auf. Die meisten Reiter hielten direkt auf den Kornspeicher zu und schossen auf jeden, der ihnen im Weg war. Dort stahlen sie Säcke mit Hirse. Andere durchstreiften die Gassen des Lagers und trieben Vieh zusammen. Als sie die Beute nach zehn Minuten auf ihre Tiere geladen hatten und davonritten, hinterließen sie mehrere brennende Unterkünfte.

»Ich glaube, sie sind weg«, sagte Wani, als Ruhe einkehrte.

Lina hatte sich nicht gerührt, abgesehen davon, dass sie vor Angst bebte und sich unwillkürlich schüttelte. Sie wagte es immer noch nicht, auch nur den Kopf zu heben.

Wani kroch zum Fenster und spähte hinaus. »Sie sind weg.«

Er ging zu Lina hinüber und half ihr auf einen Stuhl. Sie zitterte noch immer am ganzen Körper. Beide überlegten, was zu tun war, und zuckten zusammen, als etwas klingelte.

»Mein Telefon«, sagte Lina. Es steckte in ihrer Tasche, und die lag auf der Bank, wo sie zuvor gesessen hatte. Einer ihrer

Kollegen telefonierte herum und fragte, ob alles in Ordnung sei. Es hieß, Lina solle sich nicht von der Stelle bewegen, jemand werde sie abholen. Doch Wani war ungeduldig und wollte sichergehen, dass es unter seinen Bekannten keine Verletzten gab.

»Ich komme mit.« Sie hatte Angst, allein in der Baracke zu bleiben.

Lina ging Wani auf einer der staubigen Straßen nach. Das Lager wirkte seltsam verlassen, auch wenn allmählich einige Männer ins Freie kamen und die Lage nach dem Überfall vorsichtig erkundeten. An einer Stelle drehte sich Wani ganz plötzlich um und wollte Lina dazu bringen, dass sie dasselbe tat. Doch sie hatte schon gesehen, was er sah. Einige Meter vor ihnen lag ein verdrehter, zusammengesackter Körper am Boden. Daneben ein hölzerner Gehstock, dessen gekrümmtes Ende unter einem Bein hervorragte wie ein schiefes Lächeln. Das grüne Hemd des Mannes war blutgetränkt. Es war Dahab.

»Er braucht Hilfe!« Lina kramte hastig nach ihrem Telefon. »Wir müssen jemanden rufen. Er muss versorgt werden!« Ihre Beine gaben nach. Die Knie gruben sich in trockene Erde. Doch sie suchte weiter nach dem Telefon.

Wani kniete sich neben sie. »Es ist zu spät, Lina. Zu spät.«

Ein junger Mann hatte sich schon neben dem Leichnam zu Boden geworfen und weinte.

Lina wollte es nicht glauben. Sie erinnerte sich an die letzten Worte des alten Mannes: »Wer keine Waffen hat, wird schließlich sterben.«

Erst als man Lina im Lager abgeholt hatte und zu den Unterkünften der Mitarbeiter brachte, begriff sie allmählich, was an diesem Nachmittag geschehen war. Offenbar hatte die Polizei die Angreifer verfolgt, war aber in einen Hinterhalt geraten. Truppen der Afrikanischen Union waren alarmiert worden, hatten aber nicht rechtzeitig mobilmachen können. Zwei Wagen der Vereinten Nationen wurden noch vermisst, Funksprüche blieben unbeantwortet – und in jedem Fahrzeug saßen mehrere

Passagiere. Im Lauf des Abends wurde deutlich, dass es im Lager ein halbes Dutzend weitere Todesopfer gegeben hatte. Und Gerüchten zufolge waren fünf Frauen entführt worden.

Überfälle dieser Art waren an sich nicht ungewöhnlich. Solche Vorfälle gab es immer wieder in der Region, und in der Umgebung kam es fast täglich zu kleineren Zusammenstößen. Die Mitarbeiter waren darauf vorbereitet und hatten gelernt, wie man im Notfall reagierte. Doch in diesem Fall war schon die Dreistigkeit schockierend. Alles war sehr schnell gegangen, auch wenn Lina glaubte, eine Ewigkeit bäuchlings in der Baracke gelegen zu haben. Plötzlich wurde ihr klar, dass die Bewohner des Lagers ständig mit so etwas rechnen mussten. Kein Wunder, dass sie Waffen haben wollten. Lina musste sich regelrecht ins Gedächtnis rufen, dass es mit mehr Waffen auch mehr Tote gegeben hätte. Und das war natürlich nicht zu rechtfertigen, selbst wenn unter den Toten Dschandschawid waren.

»Alles okay, Lina?« Jen stellte einen Becher Tee vor ihr ab.

»Sie steht noch unter Schock«, sagte eine andere Kollegin.

Alle saßen im Gemeinschaftsraum des Mitarbeiterquartiers: ein kleiner Compound mit Bungalows, eine halbe Autostunde östlich des Hauptlagers.

Lina erkannte die Gesichter um sie herum, hörte die Stimmen, spürte, wie jemand ihre Hand nahm – und hatte doch das Gefühl, gar nicht im Zimmer zu sein. Sie befand sich noch immer auf dieser Straße und begriff, dass Dahabs Leichnam vor ihr lag. Was, wenn er mit einer der Waffen getötet worden war, die aus Nairobi kamen, in Flugzeugen, die sie selbst benutzt hatte? War sie nun deswegen schuldig? War sie indirekt verantwortlich für diesen Mord? Fragen, die sie seit ihrer Entscheidung für die Hochzeit mit Anil beiseitegeschoben hatte, drängten sich plötzlich in den Vordergrund. Sie war in die Sache verwickelt. Daran führte kein Weg vorbei. Sie war beteiligt, durch alles, was sie wusste, und alles, was sie unterlassen hatte.

Zwei Jetboote schnitten lange weiße Spuren ins Wasser, als würde sich auf dem Rücken des Meeres ein Reißverschluss öffnen. Anil hatte sich von seinem Sitz gehoben, während er die aufheulende Maschine zur Höchstgeschwindigkeit trieb. Merc fuhr hinter ihm und schrie etwas. Doch durch den Motorenlärm und das Brausen der Gischt am Jetboot hörte Anil ihn kaum.

Kurz zuvor hatten sie noch in einer Bar am Strand gesessen und Anils Junggesellenabschied gefeiert. Jay hatte Merc gefragt, was er in seiner Rede als Trauzeuge sagen würde, und Merc hatte offenbart, dass sie noch gar nicht geschrieben war. Also hatten sich alle in ihre Erinnerungen versenkt und irgendwelche Demütigungen hervorgekramt, die Anil erlitten hatte, damit Merc sie für seine Rede nutzen konnte.

»Hey, an Material fehlt es nicht.« Merc nahm einen tiefen Schluck aus seiner Tusker-Flasche. »Ich will bloß keine Zeit verschwenden, wenn es wahrscheinlich gar nicht nötig ist. Klar so weit?« Er konnte noch immer nicht glauben, dass Lina und Anil wieder zusammen waren, und zwar für immer. Das Verhältnis zwischen ihm und Anil war etwas abgekühlt, seit er seinen Freund als hoffnungslosen Fall bezeichnet hatte. Und Lina hatte Merc schon seit jenem Tag am Wilson-Flughafen nicht mehr gesehen. Er war sicher, dass sie Anil nichts von ihrer Unterhaltung erzählt hatte – sonst hätte sein Freund bestimmt etwas dazu gesagt. Andererseits bezweifelte er, dass Lina Anil ohne ein Wort über die Waffenschieberei heiraten würde. Irgendetwas stimmte da nicht. »Wer weiß, ob diese Hochzeit auch wirklich stattfindet?«

Jay holte mit einem Pfiff tief Luft und blickte zwischen Anil und Merc hin und her.

»Der große Teiresias hat gesprochen.« Anil schüttelte den Kopf. »Warum hebst du dir diesen Optimismus nicht für deine eigenen Eheaussichten auf?«

»Mazeh, so was habe ich gar nicht vor. Ich halte es da mit Herbert Spencer.« Er hob sein Bier. »Der fand nämlich, dass Ehe ein anderes Wort für Fata Morgana ist.« Insbesondere galt das für seinen armen Freund, der sich seit Jahren durch die Wüste kämpfte.

Die anderen Jungs, von denen die Hälfte goldene Ringe trug, prosteten ihm zu und stießen mit ihm an. Nur Anil saß mit schmalen Augen da und ließ sein Getränk stehen.

»Die erste Zeile meiner Rede habe ich aber schon«, räumte Merc ein. Er tat so, als wollte er sie nicht sagen, gab dann aber dem ungeduldigen Chor endlich nach. »Ganz einfach: Ich habe nie geglaubt, dass dieser Tag einmal kommen würde.« Schweigen senkte sich über den Tisch. Die Wellen schienen plötzlich viel lauter an den Strand zu schlagen. »Kann gut sein, dass ich den Rest vor Ort improvisieren muss, es stimmt nämlich, ich glaube das erst, wenn ich es sehe. Klar so weit?«

Anil stand auf. »Du kannst ein richtig zynischer Dreckskerl sein. Ich brauche mal eine Pause von dieser Schwarzseherei.«

Als er wegging, trank Merc seelenruhig einen weiteren Schluck. »Diese Lina hat ihn erwischt wie eine unheilbare Krankheit.«

Anil schlenderte auf den Ozean zu, wirbelte Sand auf und ließ ihn durch die Zehen rinnen. Eine Schlangenlinie aus Seetang markierte am Strand den Höchststand der Flut. Merc hatte mit seinen Worten genau getroffen, was er unausgesprochen auch befürchtete. In wenigen Tagen sollten verschwenderische Feierlichkeiten beginnen, und Lina hatte sich kaum an der Planung beteiligt. »Ich habe noch nie ein Mädchen gesehen, das sich so wenig für seine eigene Hochzeit interessiert«, hatte Minnie dazu gesagt.

Dann war Anil aufgefallen, dass an dem kleinen Pier Jetboote lagen und auf dem Wasser tanzten wie Schwäne aus dem Raumzeitalter. Und er hatte beschlossen, mit einem zu fahren.

»Scheiße!« Am Tisch war Merc aufgesprungen. »Der Mann ist nicht fahrtüchtig, so lewad steigt man nicht auf ein Jetboot.« Für solche Sachen hatten sie alle viel zu viel Pombe getrunken. Also war Merc über den Strand auf seinen Freund zugerannt und hatte gerufen, er solle auf ihn warten. Anil hatte gerade mit dem Angestellten des Bootsverleihs gestritten, weil er die Schwimmweste nicht tragen wollte, die der ihm reichte.

»Es ist zu heiß, Bwana. Ich drehe nur eine kurze Runde.«

Und als Merc Anil gerade aufhalten wollte, war der schon gestartet. Also war Merc auf eins der anderen Jetboote gesprungen und ihm gefolgt, ebenfalls unter Verzicht auf eine Schwimmweste.

»Mazeh! Langsam! Du fährst zu weit raus!«

Anil drehte sich um, weil er hören wollte, was Merc da rief. Er war schon ganz nah, nur wenige Meter hinter ihm. Beide fuhren so schnell, dass sich die Maschinen immer wieder aus dem Wasser hoben und durch die Luft flogen.

»Du hattest schon immer was gegen Lina«, schrie Anil.

»Weil ich einfach mehr über sie weiß als du!«

»Was?« Anil schwenkte um zu seinem Freund. Nun fuhr er gegen die Wellen. Gischt schlug ihm ins Gesicht wie Tränengas. Er kniff für einen kurzen Moment die Augen zu.

»Sie hat dir nicht erzählt – Scheiße! Anil! Pass auf! Da!«

Als Anil wieder nach vorn blickte, sah er ein Motorboot, das wie aus dem Nichts auf sie zuraste. »Wenden! Fahr –«, rief Merc ihm noch zu.

Es waren die letzten Worte, die Anil aus dem Mund seines Freundes hörte.

Pravar rief Lina im Sudan an, um ihr mitzuteilen, dass es einen Unfall gegeben hatte. Er wollte keine Einzelheiten nennen und sagte nur, Anil liege im Krankenhaus und sein Zustand sei stabil.

»Kann ich mit ihm sprechen?«

»Das kann niemand. Er wurde wegen des Traumas ins künstliche Koma versetzt. Morgen holen sie ihn langsam wieder raus. Ich schicke ein Flugzeug, das dich abholt«, verkündete er.

»Ich ka –« Ihr Herz hämmerte. Seit Merc von der Waffenschieberei berichtet hatte, war sie nicht mehr mit Air Mayur geflogen, abgesehen von der Nacht, in der Anil nach Dschuba gekommen war, um sie zu holen. Sie konnte doch einfach am nächsten Tag das Flugzeug der Vereinten Nationen nehmen, den Flug, den sie ursprünglich gebucht hatte, um zu ihrer Hochzeit zu gelangen. Den Flug, über den sie seit dem Überfall auf das Lager immer wieder nachgrübelte, weil sie nicht wusste, ob sie ihn nehmen sollte oder nicht. Aber Anil …

»Es ist in drei, vier Stunden da«, sagte Pravar gerade.

»Ich … Okay.« Sie musste fliegen. Sie musste da sein, wenn Anil aufwachte.

Lina fühlte sich schuldig, weil sie Air Mayur nun wieder in Anspruch nahm, doch ihre Sorge um Anil war stärker. Sie musste ständig an ihn denken, auch als sie rasch einen Bericht schrieb, der den Überfall dokumentierte. Wenn sie arbeitete, kam ihr jenes andere Leben meist unwirklich vor. So viele Annehmlichkeiten schirmten die westliche Welt vor den schlimmsten Bedrängnissen ab. Wenn sie von den Affären, Scheidungen, Jobkonflikten, Krankheiten und ungehorsamen Kindern ihrer Freunde hörte, kamen ihr diese Probleme vor wie Geschenke, die sie den verrohten Menschen in ihrer Umgebung gern hübsch verpackt überreicht hätte.

Als das Air Mayur-Flugzeug Richtung Nairobi startete, beobachtete sie durchs Fenster, wie das Lager zu einem Fleck verblasste. Sie stellte sich die Frauen dort unten vor, wie sie täglich nach Lebensmittel- und Wasserrationen anstanden, und erinnerte sich an die Worte ihrer Mutter: »Iss deinen Teller leer, Lina. Anderswo auf diesem Planeten müssen Kinder hungern.«

»Wie hilft es denen, wenn ich das aufesse?«, hatte die zehnjährige Lina laut überlegt.

Ihre Eltern hatten einen dieser Blicke gewechselt, mit denen sie sich auf undurchschaubare Weise verständigten. Dann hatte Scharif erklärt: »Es hilft *dir*, wenn du weißt und daran denkst, was für ein Glück du hast.«

Als das Flugzeug über die Wolken stieg, war Lina ganz sicher, dass Glück, Freude, Liebe – alle wichtigen Dinge – nicht im Verhältnis zu den Erfahrungen anderer messbar waren. Die Sphäre des Privaten ist größer als die des Öffentlichen. Und ist es immer gewesen. Deswegen können sich Liebende auch in Kriegszeiten aneinander freuen, deswegen feiert man Geburten auch während einer Hungersnot, deswegen spielen Geschwister achtlos auf Feldern, die Schauplatz der Verstümmelung ihrer Vorfahren waren. Es kommt sogar vor, dass Menschen auf entgegengesetzten Seiten einer im Öffentlichen bestehenden Kluft den Konventionen trotzen oder den Tod riskieren – aus eigener, persönlicher Überzeugung. In der Vergangenheit hat es immer wieder individuelle Akte der Menschlichkeit gegeben, Augenblicke der Güte zwischen scheinbaren Feinden: zwischen Tutsi und Hutu, Muslim und Hindu.

Als Lina darüber nachdachte, empfand sie so etwas wie Scham, denn eines wusste sie: dass das Öffentliche das Private auch überdecken, abwerten und zerstören kann. Das hatte sich während ihrer Arbeit im Sudan zahllose Male erwiesen. Frauen, mit denen sie zusammentraf, die von zu Hause geflohen und mit nichts angekommen waren als der keimenden Saat ihrer Vergewaltiger. Väter, die gesehen hatten, wie ihre Töchter geschändet wurden. Ehefrauen, deren Männer vor ihren Augen ermordet worden waren, wie Grashalme von Macheten zerhackt. Kinder, die man gezwungen hatte, bei der Abschlachtung ihrer eigenen Eltern mitzuwirken. Diese Geschichten waren grausamer als alles, was sie jemals erleben würde. Sie verfolgten sie und machten sie krank vor Traurigkeit angesichts der menschlichen Monstrosität. Dieser Sache hatte sie ihr Leben gewidmet – und diese Sache schien nun im Angesicht ihrer eigenen, persönlichen Krise zu verblassen.

Lina fragte sich, wie viele Arten von Wahrheit es gab. Wie viele Schichten der Realität. Und wie man überhaupt entscheiden sollte, welche die wichtigste war. Sie versuchte, das Gefühl wegzuschieben, obwohl es sie ganz in Anspruch nahm. Ihre Angst um Anil war so groß – was war ihm zugestoßen? Was würde die Zukunft bringen? Wie sollte sie ihm sagen, was sie zu sagen hatte? Diese Sorgen beutelten sie schlimmer als jede Gräueltat. Sie schauderte und hätte ihre eigenen Worte am liebsten auseinandergerissen, als sie sich zu einem Gedanken formierten: Die Welt ist letzten Endes, was dem Herzen am nächsten liegt.

Im Aga Khan-Krankenhaus winkte Pravar Lina kurz zu und setzte dann sein hitziges Handy-Gespräch fort. Doch Minnie hielt ihre Hand ganz fest, als sie ihr vor Anils Zimmer den Stand der Dinge erklärte. Sie heulte beim Sprechen und hielt immer wieder inne, um sich die Nase zu putzen. »Es war ein Unfall. Sie waren betrunken. Wie Jungs eben so sind. Die beiden haben ja immer nur Unsinn gemacht. Und dann ist es passiert. Jetzt kann man leicht sagen, hätten sie mal besser aufgepasst. Hinterher ist man immer schlauer. Ich wünschte nur, sie hätten mehr Glück gehabt …«

»Sie?«

»Er und Merc sind Jetboot gefahren, die anderen waren am Strand. Es war ein Unfall. Und Merc – hat es nicht geschafft.«

Linas Hand lag plötzlich auf ihrem Mund. Die Gedanken jagten einander: Merc war tot. Der arme Anil. Merc war tot. Jetzt fand die Hochzeit natürlich nicht statt. Der letzte Gedanke brachte schändlicherweise auch Erleichterung.

»Die Polizei ermittelt. Das muss sein – wegen der Versicherung und was weiß ich. Aber es war ganz klar ein Unfall. Das ist vollkommen klar, denke ich.«

Lina nickte.

»Jetzt geh und sprich mit ihm.« Minnie schob sie zur Tür. »Vielleicht bringst du ihn ja zur Vernunft. Er gibt sich dauernd selbst die Schuld.«

Anils linke Seite war vollständig eingegipst und bandagiert. Sein Bein – das mit der Knieverletzung durch den Treppensturz im Pfeil – ruhte auf ein paar Kissen, und nur die Zehen schauten aus dem Gips, der bis zum Oberschenkel reichte. Auch der Arm war eingegipst. An der linken Schläfe hatte er eine Prellung. Die vielen anderen Verletzungen an Körper und Herz konnte man nicht sehen.

»Anil«, flüsterte Lina, die nicht wusste, wo sie ihn berühren durfte. Ihre Finger strichen über die Innenseite seiner rechten Hand.

»Da bist du ja.« Er sah sehr müde aus. In seinem Gesicht gab es Falten, die sie noch nie gesehen hatte. Selbst sein Haar war irgendwie grau geworden. Seine Hand schloss sich um ihre Finger.

Lina wusste nicht, was sie sagen sollte. »Tut es weh?«

»Nicht weh genug.« Sein Mund wurde schmal. »Ich hätte derjenige sein müssen, der stirbt.«

»Anil! Sag das nicht!«

»Es ist meine Schuld.« Seine Stimme klang matt.

»Es war ein Unfall, Anil. Sei nicht so zu dir.« Vielleicht war sie selbst auch schuldig. Hatte sie nicht zahllose Male darum gebetet, dass etwas geschah und ihr die Entscheidung abnahm, ob sie Anil heiraten sollte? Hatte sie sich nicht immer wieder gewünscht, dass sich alles ohne ihr Zutun erledigte?

»Mein eigener Freund.« Tränen kullerten aus seinen Augen. »Mein bester Freund. Und ich habe ihn umgebracht.«

»Anil.« Lina sah sich verzweifelt um, als gäbe es irgendwo etwas Tröstendes, das sie nur nehmen und ihm anbieten musste. Sie entdeckte Pravar, der sie durch die Scheibe der Tür beobachtete.

»Ich habe uns in diese Situation gebracht. Ich bin ohne Schwimmweste auf ein Jetboot gestiegen, und er ist mir nachgefahren.«

Pravar kam ins Zimmer und machte die Tür hinter sich zu. »Du bist jetzt mal still damit. Hörst du? Ja? Nein?« Er stellte sich ans Bett und drohte mit dem Finger. »Diese Beamten schleichen herum und suchen einen Schuldigen, und wenn sie dein selbstmitleidiges Gerede hören, nageln sie dich fest.«

»Ich kann die Wahrheit nicht leugnen.«

»Erzähl mir was von der Wahrheit, wenn sie dich im Gefängnis von Nairobi eingelocht haben. Falls jemand fragt, sagst du einfach, du kannst dich an nichts erinnern – okay?« Pravar blickte drohend auf seinen Sohn herab. »Die Beule da an deinem Kopf reicht aus als Beweis für eine Gehirnerschütterung. Ja. Definitiv.« Es machte ihn ungeduldig, dass Anil Trübsal blies. Der Junge hatte den Unfall anscheinend nur überlebt, um anschließend in einem Haifischbecken aus Anschuldigungen und Drohungen zu dümpeln. Mercs Vater wollte begreiflicherweise unbedingt feststellen lassen, was seinem Sohn zugestoßen war. Doch auch wenn Samuel Ojielo behauptete, er halte Anil für unschuldig und wolle lediglich »die Fakten ermitteln«, traute Pravar ihm nicht. Solche Leute führten immer irgendetwas im Schilde. Ganz gleich, wie verwoben ihrer beider geschäftliche Interessen waren – Pravar wusste, dass sich Ojielo letztlich seiner Familie und seinem Stamm verpflichtet fühlte.

Die Besitzer des Motorboots wollten inzwischen Klage erheben. Sie hatten schon eine Aussage von dem Angestellten des Bootsverleihs, der bestätigt hatte, dass die Jungen betrunken gewesen waren und keiner eine Schwimmweste getragen hatte. Pravars Leute hatten den Mann daraufhin bestochen, damit er seine Aussage widerrief und etwas anderes behauptete, aber kein Mensch wusste, wie die Sache ausgehen würde. Alle drei Parteien bezahlten die Polizei, also war Pravar doppelt misstrauisch, obwohl der leitende Ermittler ihm unter Gekicher Garantien gegeben hatte. Wenn er sicher gewesen wäre, dass der Fall zugunsten des Meistbietenden ausgehen würde, hätte er weniger Anlass zu Sorge gehabt. Aber Mercs Vater war Minister in der Regierung, und die Motorbootbesitzer waren reiche Luo, also war nicht vorherzusagen, was die Beamten letztlich beeinflussen würde – Gier, Clanloyalität oder das in Aussicht gestellte Wohlwollen des Präsidenten.

»Ich habe jetzt einen Termin.« Bevor Pravar ging, beugte er sich bis auf Augenhöhe zu Anil hinunter und erklärte ihm noch einmal, wie er sich zu verhalten hatte.

Anil war bedrückt, als sein Vater fort war. »Die Beisetzung morgen«, sagte er nach einer Weile. »Ich will hingehen. Du musst mir helfen.«

»Wie willst du das machen? Du kannst nicht laufen!« Lina war nicht einmal sicher, ob er aufrecht sitzen konnte.

»Von mir aus auf einer Trage, wenn es sein muss. Das ist das Mindeste, was ich tun kann.« Ihm war egal, dass die gebrochenen Rippen bei jedem Atemzug wie Messerstiche schmerzten, ganz zu schweigen von der winzigsten Bewegung. »Du musst dafür sorgen, dass sie mich nicht ruhig stellen.« Er hatte mitgehört, als sein Vater Minnie erzählte, der Arzt sei inzwischen bereit, ihn »eine Weile aus dem Verkehr zu ziehen«, sollte er weiter unbedingt an der Beisetzung teilnehmen wollen. Anil wusste, dass Pravar zu so etwas durchaus in der Lage war. »Versprich mir, dass du hierbleibst und mich dann begleitest.«

»Wenn du das so willst.« Lina trat von einem Bein auf das andere. »Wenn du glaubst, dass du es schaffst.«

»Das geht schon. Außerdem ist es eine gute Übung für die Hochzeit.«

Ihr Herz schien stillzustehen. »Du kannst nicht ... du meinst doch nicht ... wir ziehen das durch?«

»Nur deswegen habe ich noch das Gefühl, dass es sich irgendwie zu leben lohnt.«

Ihr Herzschlag setzte so heftig wieder ein, dass ihr schwindelig wurde. Sie zog einen Stuhl an das Bett heran und setzte sich. »Aber ist es denn auch richtig? Vielleicht ist es besser, zu warten.« Eine Hand hob sich an ihre Brust, in der sich gerade etwas verhärtete.

»Was ändert es, wenn wir noch warten? Alles ist vorbereitet. Dann können wir es doch auch machen.« Durch den grünlichen Bartschatten am Kinn sah er noch schlechter aus.

»Aber du bist doch noch gar nicht stark genug. Du kannst gar nicht zu all den Empfängen gehen.« Die erste Veranstaltung hätte am nächsten Abend stattfinden sollen, war aber aus Pietät Merc gegenüber abgesagt worden.

»Ich wollte dieses ganze Theater sowieso nicht haben. Da geht es mehr um meine Mum. Es sind so viele Leute eingeladen, und die meisten kenne ich nicht mal. Ich bin froh, dass ich einen Vorwand habe und nicht überall hingehen muss. Was zählt, ist die Hochzeit selbst. Zum Standesamt komme ich gern.« Egal wie. Auch wenn sein Leben ansonsten noch in der Horizontalen stattfand. Plötzlich zogen sich seine Brauen zusammen, und sein Mund verkrampfte sich vor Schmerz.

Lina war so sehr mit ihren eigenen Zweifeln beschäftigt, dass sie es nicht merkte. »Und was ist mit mir?«

Anil atmete einige Male langsam durch und sagte dann: »Du

kannst machen, was immer du willst. Partys feiern oder mit mir in diesem Palast der Vergnügungen abhängen. Es haben sich doch ein paar von deinen Freundinnen angesagt, oder?«

Lina nickte. Isabel würde in zwei Tagen kommen.

»Dann bist du doch beschäftigt.«

»Ja, wahrscheinlich.« Doch für sie gab es nur noch eins zu tun. Und das würde sie mehr fordern als die gesamte Summe aller bisherigen Leistungen ihres Lebens. Das Blut pochte in ihrem Kopf. Lina sah die Schläuche an, die Anil umgaben. Sie wanden sich um ihn herum und in ihn hinein wie schlaffe, verhedderte Notenlinien. Rasch stand sie auf und trat an sein Bett. Dann küsste sie ihn auf die Stirn und fuhr mit den Fingern durch seine Haare. Sie fühlten sich spröde und klebrig an.

»Ganz verknotet.« Lina kämmte ihn mit ihren langen Nägeln.

»Hab sie seit dem Unfall nicht mehr gewaschen.« Anils Mund verzog sich.

»Schsch.« Lina drückte ihre Lippen auf seine. »Denk jetzt nicht daran.«

Er schloss die Augen und saugte die Wangen ein, als müsste er sich irgendwie zusammenhalten. »Merc hat etwas gesagt, bevor er … bevor ich … bevor …« Anil holte tief Luft. »Er hat gesagt, er kannte dich besser.«

Linas Hand rutschte ab und packte den Metallrahmen des Betts.

»Er konnte es nicht mehr zu Ende sagen … Aber er klang so überzeugt. Meinem Gefühl nach wusste er etwas, das ich nicht weiß.«

Lina sah ihm in die Augen, ohne zu zwinkern, als wollte sie einen Anstarr-Wettbewerb gewinnen. »Wie konnte er mich denn besser kennen als du? Niemand kennt mich wie du.«

»Er war so überzeugt.« Anil erinnerte sich an den Trotz in Mercs Stimme – entschlossen und eindringlich hatte sie das Heulen der Jetboot-Motoren übertönt.

»Gewissheit war doch Mercs Markenzeichen, oder? Er dachte immer, dass er alles am besten weiß.« Nicht einmal der Schock über Mercs frühen Tod löschte ihre Abneigung aus, die sich über Jahre aufgebaut hatte.

»Er dachte, wir heiraten nie.«

Lina fing an, hektisch zu zwinkern. Blut pochte in ihren Händen. Sie fragte sich, ob ihr beschleunigter Herzschlag das Metall an Anils Bett zum Vibrieren bringen und ihn schütteln würde, bis er die Wahrheit erkannte, die sie noch immer zu leugnen versuchte.

»Er sagte, du würdest dazu nicht fähig sein.«

»Ich bin doch jetzt hier, oder?« Linas Worte klangen ganz sanft, und Anil hätte nie erraten, wie schwer es ihr fiel, sie auszusprechen.

Abflug

Wir sehen aus wie die letzten Idioten.« Pravar marschierte mit hängenden Armen im Schlafzimmer auf und ab, und seine kurzen Finger öffneten und schlossen sich, als würde er gierig nach etwas greifen. »Eine Hochzeit, bei der niemand heiratet.« Was für ein Unsinn. Wie ein Film ohne Schauspieler.

»Wie meinst du das? Am Samstag werden sie verheiratet sein.« Minnie faltete ihren schweren Sari sorgfältig zusammen. Sie dachte an die vielen neuen Sachen, die sich in Linas Zimmer türmten, Kleidung, die sie in Indien für die Braut hatte anfertigen lassen und die nun niemand bei den Zeremonien tragen würde. Dasselbe galt für Anils ganzes Zeug, die neuen Anzüge und Scherwanis – wobei Letztere wahrscheinlich für immer unbenutzt herumliegen würden. Sie glaubte kaum, dass er einen Grund finden würde, die aufwändig bestickten langen Jacken bei anderer Gelegenheit zu tragen.

»Ach.« Pravar schmetterte ihre Gewissheit einfach ab. »Darauf würde ich nicht setzen. Auf keinen Fall. In der letzten Woche ist zu viel schiefgelaufen. Ich denke fast, diese Verbindung ist zum Scheitern verurteilt. Hab ich's dir nicht gesagt?« Er blieb stehen und wies auf seine Frau.

»Tja, immerhin sieht es so aus, als würden wir jetzt zu einem anständigen Abschluss kommen.« Sie schob den Sari in eine Schutzhülle.

»Anständiger Abschluss!« Pravar verdrehte die Augen. »Der Bräutigam ist Invalide, der Trauzeuge ist tot, und die Braut sieht aus, als würde sie jeden Moment davonlaufen.«

Minnie setzte sich aufs Bett. »Du glaubst doch nicht, dass sie das macht?«

»Ich weiß nicht, was ich glauben soll.« Er traute diesem Mädchen nicht. »Jedenfalls sieht sie furchtbar aus.«

»Es ist viel passiert, Pravar. Und sicher nimmt es sie mit, dass ihre Familie nicht kommt. Das ist nicht so einfach für ein Mädchen.« Minnie erinnerte sich, wie sehr sie ihren verstorbenen Vater auf ihrer eigenen Hochzeit vermisst hatte. »Sie macht jetzt keinen Rückzieher mehr. Nach allem, was war, und wo Anil in diesem Zustand ist.«

Pravar schüttelte den Kopf. Er war nicht überzeugt. Am Tag zuvor hatte er Lina im Garten gesehen, wo sie weinend mit ihrem Handy telefonierte. Warum benutzte sie keins der Telefone im Haus? Es gab eins in jedem Zimmer. Warum also in den Garten gehen und sich da verstecken? Und wenn sie nach wie vor ihre ungehobelten Eltern zum Kommen überreden wollte, war das ein schlechtes Zeichen. Den Fahrer Kamau, der sie überall hinfuhr, hatte er schon gebeten, ein Auge auf sie zu haben und sofort zu berichten, wenn etwas Verdächtiges vorging. Aber bislang hatte Kamau nur erzählt, dass sie oft weinte. Keine Tatsache, die der Bestätigung bedurfte. Das sah man täglich am Zustand ihres Gesichts. Ja. Unbedingt. Man könnte meinen, dass sie das Mädchen folterten, statt ihr eine Traumhochzeit zu bieten.

»Ich hoffe nur, es geht Anil bis Samstag zumindest so gut, dass er im Rollstuhl sitzen kann«, sagte Minnie gerade. Zu Mercs Beisetzung hatte man ihn auf einer Trage gebracht wie einen zweiten Leichnam, und das war ein schrecklicher Anblick gewesen.

»Um Anil müssen wir uns keine Sorgen machen. Ich bezweifle, dass den jetzt noch etwas aufhält, so besessen, wie er von dem Mädchen ist.« Inzwischen marschierte Pravar wieder auf und ab, doch dann blieb er plötzlich stehen. »Ich will, dass du Lina im Auge behältst. Du musst darauf bestehen, dass sie sich ab morgen Abend bei den Empfängen zeigt.«

»Ja, morgen muss sie wohl. Die Mehndi-Zeremonie. Das wird sie schon machen, keine Sorge. So brav ist sie, denke ich.«

»Sie macht verdammt noch mal alles, was man ihr sagt. Das ist das Problem. Absolut. Ja.«

Lina zeigte Isabel im Haus der Mayurs ein Gästezimmer, das Minnie ihr zugewiesen hatte. Ihre Freundin sah sich mit offenem Mund darin um.

»Hier ist es ja wie in einem modernen Versailles. Du kannst darauf wetten, dass ich meine Ferien nur noch hier verbringe, wenn du verheiratet bist.«

Lina stand vor der riesigen gläsernen Flügeltür, die auf den Balkon führte. »Wenn ich denn heirate«, sagte sie.

Isabel kam aus dem begehbaren Kleiderschrank, den sie gerade inspiziert hatte. »Du hast doch nicht etwa immer noch Zweifel? *Lina!*«

»Ich wünschte, Anil hätte nicht diese Familie.«

»Was?« Isabel konnte von ihrem Standort aus nur Linas Spiegelbild in der Scheibe sehen: eine barfüßige Silhouette mit hängenden Schultern im türkisfarbenen ärmellosen Sommerkleid. »Dasselbe wünscht er sich garantiert auch bei dir.«

An jedem anderen Tag hätte Lina gelacht.

»Wow! Schau dir mal an, wie groß dieses Bad ist. Fast größer als meine ganze Wohnung!« Isabel drehte sich im Türdurchgang um. Als sie das Gesicht ihrer Freundin sah, mäßigte sie ihren Ton. »Was für eine Platzverschwendung.« Sie stellte sich neben Lina und schob einen der Türflügel auf. Ein riesiger Jakarandabaum erhob sich vor dem Balkon. Darunter liefen Leute hin und her und brachten Blumen, Servierwagen voller Gläser, stapelweise gestärkte Servietten. Bald würden dreihundert Gäste auf dem Gelände sein. Fieberhaft bereitete man nun alles dafür vor. »Weißt du, Lini, manchmal denke ich, wenn du ihn wirklich genug lieben würdest, wärst du längst mit ihm verheiratet. Irgendetwas hält dich davon ab, und ich kann nicht glauben, dass es nur an deinen Eltern liegt oder an deinem Gott«, sagte Isabel.

»Du hast recht.« Nun wurde Linas Körper von lautlosen Schaudern geschüttelt. Sie rannte ins Bad und begann, über der Toilette zu würgen. Isabel sah, dass sie eine Art klaren, mit Blut durchsetzten Schleim ausspuckte.

»Lina?« Sie half ihrer Freundin zum Waschbecken. »Was ist denn? Bist du krank?«

Lina wusch sich das Gesicht und spülte ihren Mund aus. Dann ließ sie sich an das Fußende des Betts zu einem langen, niedrigen Schemel führen. Als sie sich etwas beruhigt hatte, erzählte sie Isabel von Pravars Verbindungen zum illegalen Waffenhandel.

»Seit wann weißt du das schon?«

»Seit ungefähr drei Monaten.« Lina hätte ihr die genaue Anzahl der Tage nennen können.

»Wie konntest du es dann so weit kommen lassen?« Isabels Stimme klang tiefer als sonst, denn die Freundin konnte es nicht fassen.

»Ich dachte, ich finde vielleicht eine Lösung.« Linas Arme hingen schlaff herab.

Ein Teil von ihr wusste, dass sie aus Liebe zu Anil so weit gegangen war. Doch ein anderer fragte sich, ob es vielleicht daran lag, dass sie nicht innerhalb der von Gott gesetzten Grenzen geblieben war, wie ihre Eltern immer sagten. »Auf einer geraden Straße ist noch niemand verloren gegangen«, hatte Scharif gemahnt. »Gott hat den Weg angelegt: Geh, wie Er dich leitet, und du verläufst dich nie.«

»Eine Weile habe ich mir gesagt, wenn ich eine wohltätige Stiftung in Nairobi einrichte und Pravars Geld für einen guten Zweck verwende, kann ich vielleicht rückgängig machen oder zumindest ausgleichen, dass er auf so eine schreckliche Art zu seinem Reichtum gekommen ist.«

»Ich weiß nicht, ob man aus schmutzigem Geld wieder sauberes machen kann, nur weil man es für wohltätige Zwecke ausgibt.«

Lina dachte an den Überfall auf das Lager und an Dahabs Tod und nickte.

»Nicht zu fassen, dass du nie mit Anil darüber gesprochen hast.«

»Er braucht das Geld seines Vaters! Er hat mit seiner Architektur noch nichts verdient. Bei jedem Projekt macht er Verluste, weil er so pingelig ist, und Pravar bezahlt dann alles. Bis er sich etabliert hat, ist er total abhängig von seinem Vater. Es geht um seinen Beruf, seine Leidenschaft. Ich will ihm das nicht kaputt machen.«

»Du kannst ihn nicht heiraten!«, erklärte Isabel.

»Ich muss einen Weg finden, es nicht durchzuziehen, ohne Anil zu verletzen.« Lina spielte am Saum ihres Kleides herum.

»Wach doch mal auf!« Isabel hob verzweifelt die Arme. »Das ist unmöglich. Es wird ihn umhauen, und daran führt kein Weg vorbei. Du musst dir jetzt überlegen, wann du es ihm sagen willst. Heute? Morgen? Oder auf dem Standesamt?«

»Ich kann nicht.« Wie konnte sie Anil jetzt einfach verlassen? Wo doch sein bester Freund gestorben war! Wo er sie schon gewarnt hatte, dass er es nicht überstehen würde, wenn sie ihn noch einmal enttäuschte! »Es ist kein guter Zeitpunkt. Wenn wir einfach alles verschieben könnten –«

»*Lina!* Je länger du nichts unternimmst, desto schlimmer wird es. Du musst dich ein für alle Mal entscheiden.« Isabel dachte plötzlich, dass eine sofortige Trennung wahrscheinlich das Beste war. Zumindest konnte Anil Lina in diesem Zustand nicht nachlaufen, damit dann alles von vorn begann.

Lina blinzelte zu ihrer Freundin empor. »Sagst *du* es ihm?«, flüsterte sie.

Isabel war sprachlos. »Quatsch!«

»Aber ich kann das nicht. Ich kann nicht. Ich kann nicht!« Lina zitterte schon bei dem Gedanken daran.

»Tja, die andere Option ist, einfach zu gehen. Verlass das Land.«

»Wie kann ich einfach davonlaufen?«

Isabel nahm an, dass ihre Freundin über die praktischen Details einer Flucht nachdachte. »Du musst gehen, ohne jemandem ein Wort zu sagen. Ich helfe dir natürlich. Du kannst zu mir nach London kommen.«

Lina sagte nichts dazu.

»Und?«

»Ich weiß nicht.«

Isabel hätte sie am liebsten geschüttelt. Lina war in ihrer Arbeit jeden Tag mit den schlimmsten Dingen der Welt konfrontiert, aber den Problemen ihres eigenen Lebens konnte sie sich nicht stellen. »Du lieber Himmel, Lina! Sei ehrlich zu dir selbst! So geht es doch nicht weiter.«

Anil hatte unter dem Einfluss des Morphiums jedes Zeitgefühl verloren. Er schlief viel, und wenn er aufwachte, war sein erster Gedanke nur: Ist Lina da? Meist war sie tatsächlich bei ihm. Dann lag sie an seiner Seite, hielt auf ihrem schmalen Streifen Matratze mühsam das Gleichgewicht, küsste ihn ständig und sagte ihm, dass er zu sehr nach Krankenhaus roch.

An diesem Vormittag war sie besonders zärtlich, und er konnte ihre Liebe in jeder ihrer Bewegungen spüren. Am darauffolgenden Tag würden sie verheiratet sein. Wenn Merc nur da gewesen wäre und seinen großen Irrtum eingesehen hätte. Anil streichelte Linas Handflächen und folgte den filigranen Mehndi-Mustern auf ihrer Haut. Das Mehndi war von einem satten, erdigen Rotbraun. »Angeblich spiegelt sich die Stärke der Liebe eines Paars in der Tiefe der Farbe wider.«

»Und wenn die Ehe arrangiert ist?« Lina grub sich in seine Seite.

»Dann deutet das darauf hin, wie tief sie einander später lieben werden.« Es gefiel ihm gerade, in diesem Aberglauben zu schwelgen.

»Wir brauchen solche Zeichen nicht. Keine Farbe könnte angemessen ausdrücken, wie sehr ich dich liebe.« Lina schob ihre Nase hinter sein Ohr und küsste immer wieder seinen Hals. »Ich wünschte, ich könnte dich richtig festhalten.« Sie legte einen Arm auf seinen Oberkörper. Nur zu gern hätte sie sich auf ihn gelegt und an seinen Körper gedrückt, jede Vertiefung und Rundung daran gespürt, jeden hervorstehenden Knochen. Seinen Abdruck genommen.

»Bald kannst du das.«

Ihre Lippen schmerzten, so groß war ihr Verlangen, ihre Sehnsucht, die zahllose Küsse nicht stillen konnten. Sie ließ nicht einmal von ihren Liebkosungen ab, als die Schwester ins Zimmer kam. Erst als Isabel erschien, hörte sie auf.

»Wir müssen gehen, Lina, du kommst zu spät zu deinem Termin bei der Kosmetikerin.«

Minnie hatte sie im letzten Moment zu einer Gesichtsbehandlung angemeldet.

»Ich komme.« Lina rutschte vom Bett, umarmte Anil aber noch einmal, und weil ihre Arme so sanft mit ihm umgehen mussten, rieb sie die Wangen fest an seinen und strich mit der Nase über seine Stirn.

»Bis später.« Anil lächelte.

Linas Mund verzog sich, um seinem zu entsprechen. An der Tür blieb sie stehen, »Mach's gut –« Sie hatte es noch nicht ganz ausgesprochen und war schon wieder da, um ihn noch einmal zu liebkosen.

»Lina! Der Fahrer wartet.« Isabel klopfte mit einem hohen Absatz auf den Fliesenboden.

Wieder riss Lina sich los und hatte das Zimmer schon verlassen, als sie zu Anil zurückschoss und ihn ein letztes Mal umarmte.

»Was ist denn heute mit dir los?« Anil lachte und genoss ihre verschwenderische Zärtlichkeit.

»Ich liebe dich so sehr.« In ihren Worten lag ein Beben. »Das weißt du doch, oder?« Ohne nachzudenken griff sie nach einem der Tablettenspender aus Plastik, die auf dem Nachttisch lagen. Ihre Hand schloss sich darum und umklammerte ihn wie eine Rettungsleine.

»Das weiß ich, weil ich genauso fühle«, sagte Anil.

»Lina!« Isabel rief verzweifelt nach ihr, und man hörte, wie schwer es ihr fiel.

»Geh lieber.« Anil winkte. »Wir sehen uns morgen auf dem Standesamt.«

Als Lina diesmal aus dem Zimmer kam, packte Isabel sie und marschierte mit ihr aus dem Krankenhaus. Auf den Korridoren drehte sich hier und da jemand nach der weinenden Frau um, die einen klappernden Tablettenspender in der rechten Hand hielt und abgeführt wurde.

Die Kosmetikerin rief Minnie an, um zu sagen, dass Lina ihren Termin nicht wahrgenommen hatte. Minnie nahm daraufhin sofort Kontakt mit Kamau auf, der ihr erklärte, er warte auf dem Parkplatz des Sarit Centre im Wagen auf Lina und ihre Freundin. Und zwar seit zwei Stunden. Zwei Stunden? Minnie fragte sich, wie man den Fahrer so lange herumsitzen lassen konnte, und vergaß dabei, dass sie das auch oft tat, sogar noch länger. Als sie Lina anrufen wollte, meldete sich niemand. Panisch wählte sie Pravars Nummer.

»Ich habe dir doch gesagt, dass dieses Mädchen die Fliege macht.«

»Aber ihre ganzen Sachen sind doch noch da.« Minnie war in Linas Zimmer spaziert. Mit dem Telefon am Ohr öffnete sie Schränke und Schubladen. »Sogar der Koffer.«

»Das heißt gar nichts. So ein Miststück!« Pravar kochte. »Ich rufe ein paar von meinen Leuten an, damit sie am Flughafen die Passagierlisten der Abflüge überprüfen.«

Lina rechnete damit, erwischt und aufgehalten zu werden. Sie und Isabel passierten die Zollkontrolle wie Verbrecherinnen, die eine Suchmannschaft überlisten wollten. Linas Arme und Beine fühlten sich morsch an, wie ein Bündel Stöcke, das sie mit sich herumtragen musste. Alles in ihrer Umgebung schien ganz weit weg zu sein – sogar Isabel, die sie lotste, war ihr irgendwie fern. Die Reue hatte sich wie ein weites Meer zwischen Lina und das Leben gebreitet.

Isabel war sicher gewesen, dass Kamau von Pravar auf Lina angesetzt worden war, also hatte sie ihn unbedingt abhängen wollen. Die Frauen hatten sich von dem Fahrer am Sarit Centre absetzen lassen und ihn gebeten, dort zu warten, solange sie einkauften. Dann waren sie zur anderen Seite des Einkaufszentrums gegangen und dort in ein Taxi zum Flughafen gestiegen. Unterwegs hatte Lina noch einmal beim Krankenhaus halten wollen, um Anil ein letztes Mal zu sehen. Doch das hatte Isabel nicht zugelassen. »Es ist zu riskant«, hatte sie gesagt. »Außerdem bringt das jetzt auch nichts mehr.« So blieb Lina nur die bereits verblassende Erinnerung an ihr letztes Zusammentreffen mit Anil: an ihre Finger in seinem Haar, ihre Hand auf seinem Gipsverband, an das ins Grau übergehende Blau der Verletzung an seiner Stirn. An diesem Morgen hatte Anil den Kragen seines Schlafanzugs seit dem Unfall zum ersten Mal hochgestellt.

Und seit dem letzten Kuss musste sie ständig daran denken, wie viel Zeit sie zu Anfang verschwendet und über wie viele Jahre hinweg sie keine rechte Intimität zugelassen hatte. Könnte sie doch von vorn anfangen und alles anders machen. Hätte sie doch nachgegeben, als er in jedem Taxi auf dem Rücksitz mit ihr schmusen wollte. Könnte sie doch nun in der Öffentlichkeit seine Hand halten, überall dort, wo sie ihn abgewiesen hatte. Könnte sie doch noch einmal von vorn anfangen und die Zeit mit ihm noch einmal leben – besser leben, umfassender. Wenn sie jede Gelegenheit für eine zärtliche Geste oder Umarmung genutzt und ihn öfter besucht hätte, statt sich Sorgen wegen der Kosten zu machen, wenn sie der Arbeit weniger Vorrang eingeräumt hätte – dann müsste sie sich nun vielleicht nicht so abgrundtief verlassen fühlen.

»Ich will tot sein«, flüsterte sie und starrte aus dem Flugzeugfenster. Den Tablettenspender hielt sie immer noch fest in der Hand. Ihre Finger waren darum herum erstarrt. Sie hatte ihn nicht einmal loslassen können, als sie durch die Sicherheitskontrolle ging. Wenn sich ihr Griff lockerte, würde auch sie zerfallen. Oh Allah, mach, dass ich tot bin. Sie dachte an Anil und empfand nichts als Liebe. Für ihre Eltern war da nur Wut. Und vor Pravar großer Ekel. Auf einmal wünschte sie, Merc hätte ihr nie die Wahrheit gesagt. Was sie empfand und wie sie gehandelt hatte, ergab wenig Sinn. Was hatte sie nur getan? Sie konnte sich kaum erinnern an ihre Gedanken und Schritte zwischen den einzelnen Stadien ihres Verrats. Ja, genau das war es! Sie hatte mit ihrer Liebe gebrochen. Oh Allah, mach, dass ich tot bin.

»Ich will, dass es aufhört.« Diese Traurigkeit, dieses Leben. Würde doch alles enden.

Isabel drückte ihre mit Henna bemalte Hand.

»Der Schmerz lässt nach, mit der Zeit«, sagte Isabel, als wäre Trauer ein radioaktives Element. Doch dann hätte Linas Trauer eine Halbwertszeit von vielen Milliarden Jahren gehabt. Bestimmte Formen der Traurigkeit bleiben immer frisch, ganz gleich, in welcher Vorzeit ihr Ursprung liegt.

Wie lange noch? Lina schloss die Augen. Oh Allah, mach, dass ich an diesem Punkt bin – in zwanzig, fünfzig, hundert Jahren. Mach, dass ich an dem Punkt bin, wo es endlich vorbei ist.

Briefe

Anil kommt von der Toilette zurück und schiebt sich an der gepolsterten Bank entlang zurück auf seinen Eckplatz im Café Lafin. Dabei streifen seine Füße ein Päckchen, das schon die ganze Zeit neben seinem Tisch auf dem Boden steht. Es ist ein Geschenk für Lina. Er schiebt das Päckchen tiefer unter den Sitz und denkt an Merc, der indirekt für die Existenz des Inhalts verantwortlich ist. Nach ihrer Auseinandersetzung vor Minnie und Pravar hatte er Anil einen Satz Kunstkarten geschickt, auf denen vier von Botticelli gemalte Szenen abgebildet waren. Sie illustrierten eine Geschichte aus Boccaccios *Dekameron*.

Darin, so ruft Anil sich ins Gedächtnis, geht der von seiner Geliebten zurückgewiesene Adlige Nastagio allein im Wald spazieren, als er auf eine schreckliche Szene stößt – ein Ritter, der mit seinen Hunden eine nackte Frau jagt, einfängt und ihr dann den Bauch aufschlitzt. Nastagio kann nichts tun, um das zu verhindern. Anschließend steht die Frau unversehrt wieder auf, und die Jagd geht weiter. Der Ritter erklärt Nastagio, er habe aus Liebe Selbstmord begangen und dies sei seine Strafe – und die der Frau, die ihn immer wieder zurückgewiesen habe. Er ist nun dazu verdammt, sie und mithin sich selbst bis in alle Ewigkeit zu jagen und zu vernichten. Nastagio lädt daraufhin seine eigene unentschlossene Geliebte und deren Familie ein, Zeugen der Szene zu werden. Schließlich willigt sie ein und heiratet ihn.

Merc hatte zu Botticellis wunderbar eindringlicher Bebilderung der Geschichte ein paar Zeilen geschrieben:

Das könntest du sein. Ich meine, der beklagenswerte Ritter. Nimm dich in Acht.

Anil hatte Lina die Karten gezeigt, bevor sie nach England gefahren waren, um den Segen ihrer Eltern zu erbitten. »Das sind wir nicht«, hatte sie gesagt und die Abbildung umgedreht.

Später war Anil auf die Idee gekommen, Kilempu um eine Interpretation der Geschichte von Nastagio zu bitten, als Skulptur und als eins seiner Hochzeitsgeschenke für Lina. Der Künstler hatte zunächst abgelehnt und sich darauf berufen, dass er nichts Westliches nachahmen wollte. Außerdem war ihm das Thema nicht gerade sympathisch gewesen: »Aahlso, isch für meinen Teil habe den Reiz der Ehah nie verschtanden. Sie hält eine schleschte Verbindung nischt zusammen, und eine gute macht sie nischt besser. Hm? Verstehen wir uns?« Doch schließlich hatte Anil Kilempu davon überzeugt, dass die Symbolik der Geschichte universelle Gültigkeit besaß. Der Künstler hatte dann allerdings so lange für diese Arbeit gebraucht, dass Nastagio und der Ritter für Anils Leben keine Bedeutung mehr hatten, als sie fertig war.

Oder vielleicht doch. Anil lässt sich auf die Sitzbank fallen, als hätte ihn jemand gestoßen. Auf einmal kommt ihm in den Sinn, dass er sowohl die eine als auch die andere Figur ist: der verdammte Ritter und der strebende Nastagio. All dies äußerliche Gewese von Normalität und Erfolg hat das lediglich verborgen. Und vor allem hat er selbst die Wahrheit von sich ferngehalten. Obwohl er hin und wieder im Bann gewisser Kawwalis die eigene Schwäche anerkannt und sogar genossen hat – denn die Gnade der Kunst ist schließlich, dass sie die adelt, die zu sehr lieben. Im Leben verachten wir sie vielleicht, doch in der Kunst verehren wir sie.

Auf einmal ist Anil wütend – auf sich selbst, auf sie. Auf das Leben! Wieso ist er überhaupt hier? Wieso wartet er immer noch? Weil er nicht loslassen kann, weil er ein Happy End haben will wie das von Kilempu in Holz gehauene auf der vierten Tafel der Nastagio-Geschichte, die verpackt zu seinen Füßen liegt. Weil er immer bekommen hat, was er wollte. Weil, weil – er sie liebt. Nach wie vor. Für immer.

Ein paar Meter vor dem Café Lafin bleibt Lina stehen. Ihr Körper ist verschwitzt und zittert – als wäre sie einen Marathon gelaufen. Sie holt ein Papiertuch aus ihrer Tasche und wischt sich Stirn und Oberlippe ab. Oh Allah. Sie spricht ein kurzes Gebet und spürt, dass ihr Gleichgewicht fast wiederhergestellt ist, obwohl sie immer noch nicht genau weiß, ob es richtig ist, überhaupt hier zu sein. Letzten Endes waren die Briefe der Anlass, mit Anil Kontakt aufzunehmen. Jahrelang hatte sie jedes Gefühl für ihn blockiert, jede Erinnerung, aber dann hat eine Aneinanderreihung von Worten ihre Abwehr einfach zunichtegemacht. Und sie ist ihrem Gefühl gefolgt und hat um ein Treffen gebeten. Da Scharif verstorben und Lina von dem Mann geschieden ist, den sie fünf Jahre nach ihrer Trennung von Anil schließlich geheiratet hatte, fiel die Entscheidung nicht ganz so schwer.

Scharif hätte seinen Segen sicher nicht dafür gegeben, dass sie die alte Verbindung zur Gegenseite wieder aufnahm. Und es war natürlich die Frage gewesen, ob Anil sie sehen wollte, nach allem, was sie ihm angetan hatte. Seit ihrem Abflug aus Kenia am Abend vor der Hochzeit hatte er sich nie wieder bei ihr gemeldet. In gewisser Hinsicht war das kein Wunder – sie hatte ihn einfach zu tief verletzt. Doch ein anderer Teil von ihr konnte nicht akzeptieren, dass er nicht versuchte, sie ausfindig zu machen. Anil gab nie auf, das war sein größter Fehler und seine bemerkenswerteste Eigenschaft. Doch das jahrelange Schweigen besagte wohl, dass er sich nicht mehr für sie interessierte. Und Lina glaubte, dass sie kein Recht mehr hatte, sich ihm zu nähern, dass sie es verwirkt hatte an jenem Tag, als sie sich mit einer weiteren Lüge aus seinem Leben stahl.

Dann hatte sie in Scharifs kleinem Arbeitszimmer die Briefe gefunden. Als Iman zwei Jahre nach seinem Tod beschlossen hatte, nach London zu ziehen, war Lina nach Hause gefahren, um ihrer Mutter beim Zusammenpacken zu helfen. Iman hatte seit dem plötzlichen Ableben ihres Mannes nichts von seinen Sachen angerührt. Sogar die alten Zeitungsstapel lagen noch im Haus herum, ergänzt durch neue, weil Iman das Abonnement nicht kündigen wollte und weiter Nachrichten sammelte, als käme er vielleicht noch einmal zurück, um alles nachzuholen.

In einer Schublade seines Schreibtischs hatte Lina einen großen A4-Umschlag entdeckt. Weitere verschlossene, mit einem Gummiband zusammengehaltene Umschläge hatten darin gesteckt. Und es war ein Brief von einem Anwalt dabei gewesen. Dem war zu entnehmen, dass man die beigefügten, an Hari Merali adressierten Umschläge unter den Papieren der verstorbenen Ms Selina Mary Turner gefunden hatte. Selina? Diese Selina? Außerdem stand in dem Brief, Ms Turners Testamentsvollstrecker habe darum gebeten, die Briefe an den vorgesehenen Empfänger weiterzuleiten. Lina nahm das Gummiband ab und sah sich die Briefe genauer an. Einige waren frankiert und mit der Adresse von Scharifs alter Anwaltskanzlei in London versehen. Ihr Finger strich über den Namen Hari. Sie hatte nie gehört, dass ihn jemand so nannte.

Lina las das offizielle Anschreiben noch einmal durch. Ganz oben auf der Seite entdeckte sie ein neues Detail, denn dort wurde der literarische Nachlass von S. M. Turner erwähnt. Ihr Mund klappte auf. Sie erinnerte sich an den Tag, als Scharif ein Buch in die Hand genommen hatte, das sie gerade las: *Du bist mein anderes Ich*. Es war doch von S. M. Turner gewesen, nicht wahr? Sie hatte die Geschichte noch lebhaft vor Augen: ein scheinbar ideales Paar, das auseinandergerissen wird, weil einer von beiden der unerschütterlichen Meinung ist, dass die Verbindung Gottes Willen zuwiderläuft. Ging es dort etwa um das, was sich zwischen Scharif und Selina zugetragen hatte?

Lina erinnerte sich, wie sie bemerkt hatte, die Autorin habe kurz zuvor Selbstmord begangen. Scharif war gleich darauf verschwunden, hatte sich im Bad eingeschlossen und behauptet, er sei krank. Statt seiner hatte Iman sie zum Bahnhof fahren müssen. Lina saß mit den Briefen im Schoß da, stützte den Kopf in die Hände und dachte, dass sie ihrem Vater unwissentlich einen Schlag versetzt hatte. Aber warum hatte er die Briefe aufgehoben, wenn er nie vorgehabt hatte, sie zu lesen? Sein Tod war plötzlich gekommen, und vieles hatte sich nicht aufgelöst.

Als Lina die Briefe durchlas, war ihr, als erlebte sie ihr Martyrium mit Anil noch einmal. Jede Erinnerung, die sie hervorriefen, war quälend, als zerrte eine Kette an einem gebrochenen Bein. Aus Selinas Worten hörte sie so oft Anil heraus. Und als sie den letzten Brief las, begriff sie, was sie jahrelang hatte niederhalten wollen – dass sie ihn immer noch liebte. Es brachte ihr durchaus Erleichterung, das als unumstößliche Tatsache zu akzeptieren. Dennoch überraschte sie dieses Gefühl, denn gerade hatte sie zu glauben begonnen, dass sie endlich Liebe für einen anderen empfand. Nicht Liebe als Kompromiss, wie es in ihrer Ehe gewesen war, sondern Liebe, die ihr ganzes Wesen mit Freude erfüllte. Nadim war Theologieprofessor, und sie hatte ihn während einer Konferenz zum Thema »Baut eure eigene Arche« kennengelernt, auf der es um die Frage ging, wie man Menschen mithilfe der Religion über den Klimawandel informieren konnte. Er war praktizierender Muslim, fanatischer Verfechter des Wertstoffrecyclings und hielt sich für eine Inkarnation von Bob Dylan, sobald er die Gitarre zur Hand nahm. Durch Nadim glaubte sie inzwischen, dass Gott es vielleicht wirklich am besten wusste, eine Vorstellung, mit der sie trotz aller beflissenen Gebete lange zu kämpfen gehabt hatte. Allmählich konnte sie sich sogar vorstellen, den Rest ihres Lebens mit Nadim zu verbringen.

Allmählich – bis diese Briefe auftauchten und ihrer Zuversicht ein Ende machten. Den letzten hatte sie so oft gelesen, dass sie ihn auswendig kannte. Er fasste ihr Schicksal besser zusammen, als es jedem Wahrsager möglich gewesen wäre, und erklärte die Nöte ihres Herzens genauer als jeder Therapeut. Und weil er solche Kraft besaß, sollte auch Anil ihn kennen. Endlich hatte sie eine Ausrede, um die Hand nach ihm auszustrecken, endlich konnte sie ihm zeigen, was sie empfand.

Der Brief steckt in ihrer Unterarmtasche, ein Stück Papier, das bis an diesen Punkt geführt hat. Lina klemmt die Tasche unter den Arm und geht zum Eingang des Cafés, bereit, der Vergangenheit und der Zukunft entgegenzutreten.

Treffen

Sie tritt ein. Er erkennt sie an ihren Schuhen, denn die sieht er zuerst, weil er gerade nach unten blickt, als sie durch die Tür kommt, warum auch immer. Schöne, hochhackige, kamelhaarfarbene Lederpumps. Jeder ihrer Schritte ist wie eine Note; als sie näher kommt, wird ein Takt daraus, und ganz plötzlich spürt er, wie die alte Musik der Sehnsucht sein ganzes Wesen durchdringt. Jetzt steht sie vor ihm, im schokoladenbraunen Trenchcoat, einen dazu passenden Wirbel aus Seide um den Hals. Ihre Haare sind kurz! Ein weicher, fransiger Schnitt, der auf einer Seite gescheitelt ist und ihr sanft über die Ohren fällt. Er rutscht über die Sitzbank, weg vom Tisch, und steht auf, um sie zu begrüßen.

»Anil.« Sie erwidert seine Umarmung. Seine Hände umschließen ihre Oberarme, und sie hält seine dicht über den Ellbogen fest. Sie drücken die Wangen aneinander, auf jeder Seite einmal. Beider Lippen machen Kussgeräusche – er erwischt ihr Ohr, sie seine Koteletten. Irgendwie kommt sie ihm größer vor; er muss sich nicht mehr so tief bücken, wenn er sie umarmt. Sie halten einander mit der maßvollen Intensität von Freunden, die einander auf einer Beerdigung trösten.

Sein Geruch! Die Frische des Aftershaves gemischt mit dem dunklen, säuerlichen Moschusduft seines Körpers. Er durchdringt ihre Sinne wie ein Lied, sodass sich ihr Körper verzweifelt nach Bewegung im einst vertrauten Rhythmus sehnt.

Sie stehen eine Weile da, schauen einander nur an und bemerken, dass die Jahre ihre Gesichter mit Schatten und Falten gezeichnet haben. Ihr fällt auf, dass er ein bisschen zugenommen hat. Das zeigt die Fülle um Wangen und Kinn.

Ist sie glücklich?, fragte er sich, denn er findet in ihren Zügen kein Zeichen, das dagegen spricht; selbst die Narbe auf ihrer

Lippe ist heute gut versteckt, mit taupefarbenem Lippenstift übermalt. Nur die schwachen, bläulichen Schatten unter den Augen deuten auf ein Geheimnis hin, von dem der Rest ihrer strahlenden Erscheinung ablenken will.

»Die Frisur steht dir gut«, sagt er.

»Gefällt sie dir?« Sie lässt ihn los und zaust ihren Stufenschnitt. »Das habe ich vor ein paar Jahren machen lassen.« Ohne nachzudenken nimmt sie auf der Sitzbank Platz, die im rechten Winkel zu seiner steht, damit sie so sitzen, wie es immer war.

»Was möchtest du trinken?« Er gibt dem Kellner ein Zeichen, während sie ihre Tasche hinlegt und den Mantel abstreift. Darunter trägt sie ein knielanges Wickelkleid. Der Druck auf dem Jerseystoff erinnert an Milchkaffee mit Sahnewirbeln. Sie ist immer noch schlank. Unter den Falten des Stoffs bewegt sich ihr Körper mit ruhigem Selbstvertrauen.

»Ich weiß nicht, was nimmst du?« Sie betrachtet die leeren Tassen vor ihm und zieht entschuldigend die Mundwinkel herab. »Oder sollte ich sagen, was hattest du?«

»Ich nehme noch einen Irish Coffee.«

»Oh Gott, so einen habe ich nicht mehr getrunken seit … oje, tja, also … seit einer Weile.« Seit sie mit ihm zusammen war. »Vielleicht versuche ich es mal wieder damit? Ja. Warum nicht?« Als sie lächelt, sieht er, dass ihre Zähne ein bisschen gelblich sind.

Er wendet sich dem Kellner zu. »Zwei Irish Coffee, bitte.« Und bestellt von sich aus einen ohne Alkohol.

»Stattdessen extra viel Sahne.« Das erklären sie einstimmig, und als sie einander dann ansehen, ist alles ein bisschen unscharf, als würden sich all die Male, in denen sie das zusammen gesagt haben, plötzlich in diesem Moment überlagern.

»Es gibt Dinge, die ändern sich nie«, sagt Lina, als der Kellner gegangen ist.

»Nein. Zum Beispiel, dass du zu spät kommst.« Er zieht die Augenbrauen hoch.

»Du kannst dir nicht vorstellen, wie schlecht ich mich fühle. Wirklich, ich hatte alles organisiert. Ich wollte auf jeden Fall um fünf hier sein – möglichst früher. Aber ich weiß nicht, hast du die Nachrichten gehört?«

Er nickt.

»Ich musste ein ganzes Stück zu Fuß gehen. Tut mir leid.« Sie zuckt mit den Schultern.

»Die Welt hatte sich anscheinend immer gegen uns verschworen. Und jetzt diese Terrorwarnung, ausgerechnet heute.«

Auch sie hat ein Zeichen darin gesehen – eins von den vielen, die in all den Jahren darauf hingedeutet haben, dass sie nie zusammen sein würden, nicht zusammen sein durften.

»Merc hatte recht.« Anil faltet die Hände. »Weißt du noch, wie er oft sagte, dass dieses Terrorismusproblem immer bestehen würde?«

»Ab und zu hatte er recht.« Aber nicht, was uns betrifft, hofft sie. Bitte nicht.

»Er hat sich allerdings auch oft geirrt! Aber was soll's ...« Seine Hand fegt durch die Luft. »Es ist albern, wenn man solche Ereignisse für Omen hält und auf sich bezieht. Man kann in allem eine Vorwarnung sehen, wenn man unbedingt will.«

»Ich weiß nicht. Gott hat seine Wege, zu uns zu sprechen.«

Anil schluckt den Sarkasmus herunter, der in seinem Mund kribbelt und diesen Satz nur zu gern infrage stellen will. »Ich habe mich schon gefragt, ob du es überhaupt schaffst. Glücklicherweise kam dann deine SMS.«

»Wärst du gegangen?«

»Ich weiß nicht genau.« Natürlich wäre er nicht gegangen. »Du bist immer noch unter deinem Negativrekord.«

»Oh Gott, erinnere mich nicht daran.« Sie stützt die Ellbogen auf den Tisch, lässt das Gesicht in die Hände sinken und überlegt, welche Situation er wohl meint.

»Damals hast du mich fast sechs Stunden warten lassen.« Genau genommen war das nicht das Rekordereignis. Es ist gar nichts im Vergleich zu seinem lebenslangen Warten, zu dieser selbst auferlegten Strafe, die darin bestand, dass ein Teil von ihm in der Schwebe verharrte – und sie auf ewig zurückhaben wollte –, während der Rest vorgeblich einfach weitermachte.

»Weißt du das noch? Ich hatte Geburtstag, und wir wollten zusammen zu Mittag essen. Ich habe den ganzen Nachmittag in diesem Laden gesessen – wie hieß der? Turino's?«

»Ich weiß gar nicht, warum du immer auf mich warten musstest. Du hättest einfach gehen sollen. Das wäre mir recht geschehen.« Sie erinnert sich, dass er sie immer wieder angerufen hatte und mit jedem Anruf wütender geworden war, aber trotzdem stur sitzen blieb und nichts essen wollte, bis sie schließlich kam.

»Du hast ständig gesagt, du bist unterwegs. Ich habe dir geglaubt.«

»Du hast immer gewartet. Du hast mich nie vom Haken gelassen.« Sie senkt den Blick und rückt ihr Besteck zurecht, schiebt es zum rechten Rand des Tischs, als wollte sie Platz für etwas machen. Sie hatte seine Geduld immer für ein selbstloses, großzügiges und nobles Zeichen der Liebe gehalten, bis Isabel sie als Strategie bezeichnete. Nach ihren Worten wusste Anil genau, dass Lina unter ständiger Anspannung stand, solange sie davon ausgehen musste, dass er irgendwo auf sie wartete. Deswegen hatte er auch nie zugelassen, dass sie einer Verpflichtung nicht nachkam. Kein einziges Mal hatte er es ihr leicht gemacht und gesagt, sie solle ihr Versprechen vergessen und sich keine Gedanken machen. Und das hatte bedeutet, dass sie sich ständig mit dem Schuldgefühl plagte, ihn enttäuscht zu haben, und mit dem Bedürfnis, es wiedergutzumachen. Erst nach ihrer endgültigen Trennung hat Lina begriffen, dass seine Standhaftigkeit eine Form der Kontrolle gewesen ist. Doch wie sie merkt, hat er sie trotzdem noch im Griff. Also entschuldigt sie sich nicht noch einmal für ihre Verspätung.

»*Ich* war es, der am Haken hing«, sagt er.

Sie lächelt, seufzt durch die Nase. »Du hast mich nie losgelassen.«

Er sieht sie eindringlich an und fragt sich, was sie damit meint. Weiß sie, dass er nie aufgehört hat, sie zu wollen? Behauptet sie, dass er immer noch an ihr festhält? Wirft sie ihm das vor? Soll er sie freigeben? »Ich musste. Dafür hast du gesorgt, am Schluss.« Als er ohnehin am Boden gewesen war, mit zerschundenem Körper und schon durch Mercs Tod gequältem Herzen. Er hat keine Erinnerung an die Tage, nachdem sie ihn verlassen hatte. Die Schmerzmittel, mit denen er vollgepumpt worden war, hatten auch das Bewusstsein gedämpft und es ihm so erträglicher gemacht. Doch auch nach einer medizinisch herbeigeführten dreiwöchigen Verzögerung war es nicht leicht gewesen, der Realität ins Gesicht zu sehen. Ein Teil von ihm hatte natürlich sofort Kontakt mit ihr aufnehmen wollen, als es ihm wieder besserging, doch auf der anderen Seite war er zu wütend und zu verletzt gewesen. Außerdem hatte Pravar gedroht, ihn zu enterben, wenn er sich Lina jemals wieder näherte. Diese Warnung an sich hätte Anil nicht davon abgehalten, doch er war zermürbt und wollte nicht noch einmal um sie kämpfen. Er war ein paar Monate zu Hause geblieben und hatte kaum sein Zimmer verlassen. Dann war er eines Tages aufgestanden und hatte sich hektisch in die Arbeit gestürzt, als wäre gar nichts passiert. Irgendwann bald darauf hatte er geheiratet, weil es ihm wie der nächste logische Schritt erschien. »Du warst es, die entschieden hat. Für uns beide.«

Er versteht es nicht, denkt sie. Aber sie weiß nicht, wie sie es erklären soll, ohne ihm einen Vorwurf zu machen. Vielleicht ist es auch gar nicht mehr wichtig. »Wie ist es dir denn ergangen?«, fragt sie. Die Frage ist unangebracht, weil die Worte das Geschehene gar nicht umfassen können.

»Gut. Und dir?«

»Mir auch. Ganz okay. Ja. Alhamdulillah. Gott sei gelobt.« Sie hat die Arme verschränkt, die Hände ruhen auf den Oberarmen. Ihre Fingerspitzen sind von Kunstwerken gekrönt: glatte, glänzende Nägel mit zarten weißen Monden, eine perfekte French-Maniküre.

Anil beobachtet sie genau und registriert alles: dass sie immer wieder Gottes Namen anruft, den kleinen Leberfleck, der über ihrer linken Augenbraue entstanden ist, die feinen Falten auf der Haut am Hals, und am Dekolleté den winzigen, hervorstehenden Kopf einer Sicherheitsnadel, die den tiefen V-Ausschnitt ihres Kleids zusammenhält. Ist das alles, was wir einander nach so vielen Jahren zu sagen haben – kann das sein? Er will nicht hören, dass alles zum Besten steht, dass das Leben einfach weitergegangen und vielleicht sogar besser geworden ist. Er möchte Beweise für irreparable Schäden sehen, er möchte hören, dass es nach ihrer Trennung gar nicht gut lief, und in jeder Silbe, die sie ausspricht, soll Reue mitschwingen.

»Ich habe von diesem Preis gehört, den du gewonnen hast. Ich weiß nicht mehr, wie er heißt …«

»Der Pritzker?«

»Ja.«

»Tja, du hast dazu beigetragen, dass ich so weit gekommen bin. Weißt du noch, wie du mich gedrängt hast, ökologischer zu bauen?«

Sie nickt. »Man nennt dich den Mann mit dem Lehm, stimmt's? Wegen dieser Bauweise, bei der man Erde benutzt.«

»Revolutionär ist das nicht. Erde gehört zu den ältesten Baumaterialien. Ich habe eine gute Idee aufgegriffen und sie noch ein bisschen verbessert. Weiter nichts. Es hieß immer, in Europa funktioniert das nicht. Ich habe bewiesen, dass es geht.«

»Ich habe mich so für dich gefreut, als ich in der Zeitung davon gelesen habe.« Eine kürzere Haarsträhne fällt ihr immer wieder in die Augen, und sie streicht sie immer wieder zurück. »Ich kann gar nicht glauben, dass noch nie jemand aus Indien oder Afrika den Preis gewonnen hat, und jetzt kannst du als Erster sozusagen die Fahne für beide Regionen schwingen. Überrascht hat es mich aber nicht. Ich wusste immer, dass du großen Erfolg haben würdest.«

»Kommt darauf an, woran man Erfolg bemisst.« Er blickt sich kurz und unruhig um, ohne die voll besetzten Tische und die klirrenden Weingläser wirklich wahrzunehmen.

Er ist wie immer, denkt sie: Er muss einfach jede Feststellung relativieren. »Na, dann hast du ja alles. Nicht wahr?« Sie hofft, dass es nicht stimmt. Sie betet, dass ihm nach wie vor etwas fehlt – dass sie ihm fehlt! –, obwohl er so viel erreicht hat. »Du bist auf dem Gipfel jeder Architektenkarriere angekommen –

das entspricht dem Nobelpreis, oder? Und du hast eine tolle Familie und bist reich und gesund. Oder? Ich habe immer gehofft, dass du alles bekommst, was du zum Glücklichsein brauchst.«

Er lehnt sich zurück, verschränkt die Arme vor der Brust und ärgert sich über ihre Milde, ihre Pseudogroßzügigkeit, mit der sie ihm die ganze Welt gönnt, nur ohne das eine, was zählt – immer noch zählt! Das bringt ihn wirklich auf die Palme. Sein Verlangen nach ihr ist wie ein Fluch. Aber er wird ihr verschweigen, dass nichts von dem, was er erreicht hat, jenen erzwungenen Verlust ausgleichen kann, dessen Wucht nach wie vor in ihm widerhallt. Er wird sich nicht noch einmal von ihr verletzen lassen. Auch wenn ihm ihre Bitte um dieses Treffen Hoffnung auf eine Versöhnung gegeben hat, weiß er inzwischen nur zu gut, dass Hoffnung manchmal die Saat ihrer eigenen Zerstörung trägt. »Ja, vermutlich habe ich alles, was ich mir wünschen kann. Ich musste verdammt hart dafür arbeiten.« Plötzlich begreift er, wie schwierig das alles war: diese ständige Anstrengung, dieser Wille, sich immer und immer wieder selbst zu übertreffen. Und immer nur aus der stillen Hoffnung heraus – das gibt er nun vor sich selbst zum ersten Mal zu –, dass sie vielleicht von seinen Bestrebungen hört und sich an ihn erinnert und sich nach ihm sehnt, und dass sie vielleicht sogar zurückkommt. Ihm wird klar, wie vergeblich das alles war, wie idiotisch ein Leben, das man – wenn auch unbewusst – entlang einer möglichen Rückkehr in die Vergangenheit plant. Sein Mund wird schmal und verzieht sich.

Lina glaubt, dass er noch brummig ist, weil sie sich verspätet hat. Während sie überlegt, wie sie ihn besänftigen könnte, kommt der Kellner mit ihren Getränken.

»Nennen Sie das extra viel Sahne?« Anil mustert die drei Zentimeter hohe weiße Schicht, die in einem der Gläser auf den heißen, schwarzen Tiefen des Kaffees bebt. Der Kellner versteht nicht ganz. »*Extra* viel Sahne bedeutet, dass das Glas mindestens zur Hälfte Sahne enthält. Machen Sie das noch mal? Aber diesmal richtig.«

»Kein Problem. Mir ist es so recht.« Lina hebt eine Hand, um das Glas vom Tablett des Kellners zu nehmen.

»Nein, ist es nicht. Ich weiß, dass du das mit so wenig Sahne nicht trinken kannst. Es wäre dir viel zu stark.« Anil wendet sich wieder an den Kellner. »Bringen Sie uns einen neuen.«

»Danke«, fügt sie hinzu.

Der Kellner entschuldigt sich und zieht sich zurück.

»Der Service in diesem Land ist furchtbar.«

In Lina steigt eine alte Panik auf – die vertraute, schon lange schlummernde Sorge, ob Anil vielleicht schlechte Laune hat und wie sie damit umgehen soll. »Alles okay?« Es überrascht sie, dass er so grob zu dem Kellner war.

»Ja.« Seine Arme sind immer noch fest vor der Brust verschränkt.

Sie sieht das geprägte Bild eines Pfaus auf seinen Manschettenknöpfen. Unter dem schwarzen, zweireihigen Hemd, wie es nur Anil an einem normalen Tag trägt, wölbt sich sein Bauch ein bisschen über den Hosenbund. Er hat wirklich zugenommen.

»Was ist mit dir?«, fragt er mit einem so intensiven Blick, dass sie ihn spürt wie seine Finger auf ihrer Haut. »Du hast nicht viel von dir erzählt. Du siehst toll aus. Das Leben läuft sicher gut.«

»Nicht schlecht.« Sie weiß nicht genau, wo sie anfangen und was sie sagen soll.

»Wie geht es deinem Vater?«

Ihr Gesicht verändert sich. Die Oberlippe bebt ein bisschen, als würde die Narbe vibrieren. »Er … er ist gestorben.«

»Oh nein. Das tut mir leid.« Er beugt sich vor und legt eine Hand auf ihren Unterarm. Wollte sie ihn deswegen sehen? Kann es sein, dass sie jetzt …? »Wann ist er –«

»Vor zwei Jahren ungefähr. Es ist, als –«

Vor zwei Jahren! Seine Hand zieht sich zurück und massiert seine Stirn, als hätten ihn die Worte zwischen die Augen getroffen wie Steine aus einer Schleuder. Warum hat sie nicht längst Kontakt mit ihm aufgenommen?

»… und es kam ganz unerwartet, und, ich weiß nicht. Wer denkt schon an so was … es war ein Autounfall.«

Und was heißt das für uns? Das will er sie fragen, zwingt sich aber, ihr Tempo zu akzeptieren.

Der Kellner kommt mit den Getränken zurück. Auch diesmal stimmt das Sahne-Kaffee-Verhältnis nicht, nur umgekehrt, doch Anil bemerkt es kaum.

»Es ist so ungerecht, ansonsten ging es ihm nämlich richtig gut, und er hat noch gearbeitet.«

»Er war nicht der Typ, der aufhört, oder?«

»Ich meine, er ist nicht mehr ins Büro gegangen, aber es kamen täglich Leute ins Haus, die seinen Rat wollten. Meine Mutter hat es wahnsinnig gemacht. Und jetzt fehlt ihr das alles.«

»Wohnt sie noch in Birmingham?«

»Nein, sie ist nach London gezogen und wohnt jetzt bei Chala Rocky. Das war auch sinnvoll, ich lebe hier und meine beiden Schwestern auch. «

»Und wie geht es *deinen* Eltern?« Sie greift nach einem braunen Zuckerwürfel und lässt ihn in ihren Kaffee fallen.

»Beiden geht es gut.« Die Finger seiner rechten Hand vibrieren auf der Tischplatte.

»Sie sind sicher sehr stolz auf dich.« Lina kann sich vorstellen, dass Minnie Anils Leistung bei jeder Gelegenheit erwähnt und seine Auszeichnungen dabei falsch ausspricht. »Schmeißt deine Mum immer noch diese unglaublichen Partys?«

Er nickt und fragt sich, was das alles soll. Er will jedes kleine Detail aus ihrem Leben hören. Doch dieses Gespräch führt wohl eher nirgendwohin. Trotzdem hat er Angst, sie zu drängen, sie einfach zu fragen, warum sie hier sind. Nur für den Fall. Für den Fall, dass es nicht der Grund ist, den er sich wünscht.

»Und was macht dein Vater inzwischen?« Sie versucht, neutral zu klingen. Der Gedanke an diesen Mann regt sie immer noch auf. Nach der Trennung von Anil hat sie ihm einen anonymen Brief geschrieben und ihn gewarnt, Air Mayur stehe unter Beobachtung und er solle sämtliche »Fracht«-Flüge in die Nachbarländer stoppen. Es war ein feiger Schritt gewesen, und sie hat keine Ahnung, ob er Folgen gehabt hatte. Doch sie hatte sich verpflichtet gefühlt, etwas zu unternehmen.

»Spielt viel Golf.«

»Jeden Tag?« Ihre Augenbrauen heben sich.

»Mehr oder weniger.« Er kann nicht verstehen, warum sie sich so für Einzelheiten aus dem Leben seiner Familie interessiert. »Ich denke, das hat er sich verdient. Er hat hart gearbeitet. Es war nicht einfach, ihn dazu zu bringen, dass er sich zur Ruhe setzt.«

»Dann, äh, hast du sein, äh, Imperium übernommen?« Ihr ist mulmig im Bauch.

»Ich?« Als er lacht, stellt sie fest, dass ihr Gesicht plötzlich seines nachahmt. Wie früher hat sie auch jetzt das Gefühl, seine Stimmungen spiegeln und teilen zu müssen. »Ach wo! Die meisten Firmen sind verkauft.«

»Oh.« Sie spielt mit einer Haarsträhne. »Was ist mit Air Mayur?«

Er runzelt die Stirn. »Hat er schon seit Jahren nicht mehr. Es gab da irgendwelche Konflikte mit Mercs Vater. Ich weiß keine Einzelheiten. Kann sein, dass es etwas mit mir und dem Unfall zu tun hatte …« Schmerz durchzuckt sein Gesicht. »Ojielo und mein Vater haben nie wieder zusammengearbeitet. Aber du weißt ja, ich habe mich nie für diese Welt interessiert. Mein Vater hat seine Leute, die sich um das kümmern, was von seinem Unternehmen noch übrig ist.«

»Er hat dich sehr in deiner Karriere unterstützt.«

»Ja. Ohne ihn wäre ich wohl nicht so weit gekommen. Aber es ist gut, dass ich jetzt nicht mehr auf ihn angewiesen bin.«

»Mmmm.« Lina trinkt genüsslich einen Schluck Kaffee.

Sie leckt sich die Lippen, und Anils Inneres bebt, wie er es nicht mehr für möglich gehalten hätte. Dann durchzuckt ihn ein plötzliches Schuldgefühl. Er denkt an seine Frau Dipa und an ihre Kinder. Seit seiner Hochzeit mit ihr hat es andere Frauen gegeben, mehrere kurze Affären. Er glaubt nicht, dass sie davon weiß. Er hat sich nie wirklich darum bemüht, sie zu lieben – das konnte er nicht. Bei der Hochzeit war er nach wie vor besessen von Lina gewesen und hatte nicht geglaubt, dass er für eine andere genauso empfinden könnte. Oder besser gesagt, er hatte es nicht gewollt. Doch im Lauf der Jahre hat sich zwischen Dipa und ihm etwas entwickelt. Vielleicht einfach nur, weil Zeit vergangen ist und weil sie gemeinsame Kinder haben, aber nun überkommt ihn ganz plötzlich Trauer über das, was er ihr vielleicht um Linas willen antun wird. »Und wohnst du jetzt um die Ecke von deiner Mutter?« So viele Belanglosigkeiten! Eigentlich will er doch nur verstehen, was sie im Herzen trägt, aber er hat nicht mehr das Recht und vielleicht auch nicht den Mut, direkt danach zu fragen, also muss er verstohlen weiterbohren.

»Nein.« Sie würde es gern näher erklären, weiß aber nicht wie. Und ist nicht sicher, was sie offenbaren kann, ohne ihn zu verletzen oder in die Irre zu führen. War dieses Treffen wirklich eine gute Idee? Sie hat nicht damit gerechnet, dass selbst die Luft zwischen ihnen so aufgeladen sein würde. Sie fühlt sich wohl und ist gleichzeitig verlegen. Es wäre ganz leicht, wieder mit ihm zusammen zu sein. So, wie man nach langer Abwesenheit in der Stadt seiner Jugend Auto fährt – man findet sich instinktiv zurecht. Sie würde an ihr Ziel gelangen, wenn auch vielleicht auf anderer Strecke. Doch irgendetwas blockiert noch immer den Weg, als stünden überall Straßensperren. Sie beobachtet Anil, wie er sich vorbeugt, um seinen Kaffee zu trinken, wie er fast das ganze Glas in einem langen Zug leert und den Hals dabei schildkrötenartig über den Tisch reckt. Dieselbe alte Angewohnheit. Fast muss sie lächeln. »Aber ich sehe sie regelmäßig, mindestens einmal in der Woche. Die Kinder lieben sie. Und ich glaube, die sieht sie lieber als mich.«

»Kinder?«

»Jungen. Zwei Jungen. Maschallah.« Sie greift nach ihrer Tasche. Während sie noch nach einem Foto sucht, dass sie ihm zeigen könnte, beschließt sie plötzlich – nein. Es hat keinen Sinn, diesen Kern ihrer Welt mit ihm zu teilen, denn das hat nichts mit ihm zu tun. Diese Verbindung – zwischen ihr und Anil – ist immer ganz und gar persönlich gewesen und schließt andere Menschen zwangsläufig aus. Sie kann ihre Söhne nicht in dieses Chaos aus widersprüchlichen Gefühlen und Unklarheiten hineinziehen. Ihre Liebe zu ihnen ist gewaltig. Nie hat sie ein stärkeres Gefühl für jemanden aufgebracht, seit sie Anil verließ – oder? Ihr Herz klopft nachdrücklich wie jemand am Fenster, der wissen will, ob man zu Hause ist. Deswegen ist sie tatsächlich hier: weil sie wissen will, ob der neue Ruf ihres Herzens die Gegenüberstellung mit dem alten überlebt. Sie schaudert erstaunt – denn wie es aussieht, hat das alte Gefühl schon wieder alles andere überdeckt. Sie kramt in ihrer Tasche, holt ein Papiertaschentuch hervor und tut so, als müsste sie sich die Nase putzen. »Und du?«

»Drei Mädchen und ein Junge.«

»Vier! Ich – wir – du wolltest immer vier.« Sie schaut weg und erinnert sich, wie sie eine Familie geplant und jedem Kind einen Namen gegeben haben.

Er scheint sich etwas zu entspannen, als er ihr sagt, wie sie heißen und wie alt sie sind.

Sie kämpft, um keine Miene zu verziehen, als sie begreift, dass zwei der Mädchen die Namen ihrer imaginären Kinder tragen. Soll ich ihm mehr von meinen Jungen erzählen?, fragt sie sich. Denn auch ihre Namen wurden Jahrzehnte zuvor unter der heißen kenianischen Sonne ausgewählt.

Anils Hand gleitet über das Portemonnaie in seiner Hosentasche, in dem Bilder von seinen Kindern sind, doch er zeigt sie auch nicht, weil er ihren Gesichtsausdruck nicht deuten kann. Sie erkennt die Namen nicht, denkt er. Jetzt habe ich ihr den ersten richtigen Hinweis gegeben, und sie greift ihn nicht auf.

Und obwohl sie die Verwirrung in seinem Gesicht aufflackern sieht, sagt sie ihm nicht, was sie denkt.

»Wie schön, dass du Mädchen hast. Klingt nach einer perfekten Familie«, sagt Lina.

»Dann haben wir wohl beide doch noch die perfekte Familie bekommen.« Er darf nicht bitter klingen.

»Na ja.« Lina zuckt mit den Schultern. »Ich bin geschieden. Aber meine Jungs sind perfekt. Subhanallah. Gepriesen sei Gott. Das sind sie wirklich.«

Neue Hoffnung durchschießt ihn wie ein Amphetaminstoß. Vorübergehend vergisst er sogar die ständigen Verweise auf Gott, die Linas Sprache spicken wie Grammatikfehler. Anders als früher ist ihm Religion nicht mehr gleichgültig. Durch seine Erfahrung empfindet er nur noch Verachtung dafür. Er trägt nicht einmal mehr einen Kara. »Oh. Schon länger?«

Lina fällt auf, dass Ton und Haltung sich verändert haben. Sie zögert und gibt dann zu: »Fast drei Jahre inzwischen.«

Drei Jahre! Auch das macht ihn sprachlos. Warum hat sie so lange gebraucht, um sich zu melden? Vielleicht braucht sie für jede Entscheidung immer noch eine Ewigkeit.

Er sieht wütend aus, doch Lina weiß nicht recht warum. Sie faltet die Hände, setzt sich zurück und überlegt, wie sie sich aus eventuellen Missverständnissen retten kann, ohne noch mehr Schaden anzurichten. Ach, Baba, denkt sie, du hattest recht. Es gibt kein Zurück. Manche Gefühle überleben ihre Exhumierung nicht. Sie lodern auf, brennen mit der weißen Strahlkraft von Magnesium und drohen, einen noch einmal zu vernichten.

Schweigen türmt sich zwischen ihnen auf wie ein Stapel leere Kisten.

»Ich weiß nicht, warum wir hier sind«, sagt Anil schließlich und seufzt.

»Ich wollte … es gibt … ich habe da etwas gefunden.« Ihre Gedanken stolpern übereinander. Sie holt tief Luft. »Ich habe etwas entdeckt, das ich dir zeigen will.« Dann erzählt sie ihm von den Briefen und von deren Verbindung zum Buch. »Erinnerst du dich an den Roman, den Merc uns geschenkt hat?« Sie hat ihn noch einmal gelesen und war erschrocken über die Parallelen zwischen Briefen und Roman. »*Du bist mein anderes Ich* ist die Geschichte von Selina und meinem Vater.«

Anil schweigt.

»Durch diese Briefe sehe ich vieles anders. Ich habe mich all die Jahre gefragt, warum …« Warum ich dich nicht vergessen kann, denkt sie. »Warum man über manches einfach nicht hinwegkommt. Als ich das gelesen hatte, wurde mir klar … ich verstand … es besser. Ich meine, dass ich deinetwegen bin, was ich bin.« Zwischen ihren Brauen bildet sich das kleine Pi-Symbol. »So ähnlich wie das, was du über meinen, wenn man so will, Beitrag zu deiner Architektur gesagt hast. Du hast jeden einzelnen Aspekt an mir beeinflusst – von meiner Arbeit über meine Interessen bis zu meinem Kleidungsstil. Natürlich werde ich nie wieder frei von dir sein, du bist für immer ein Teil von mir. Du bist immer da, auch wenn du nicht da bist.« Ihre unbeholfene Erklärung ist improvisiert, aber deshalb nicht weniger wahr, obwohl Lina spürt, dass sie ihr selbst mehr Trost spendet als Anil.

Er sieht sie nach wie vor verständnislos, wenn nicht ungläubig an.

»Das war jetzt nicht besonders klar, oder? Ich kann es nicht besser ausdrücken als Selina.« Sie macht ihre Tasche auf und holt den Brief heraus. »Ich möchte, dass du ihn hast.«

Er nimmt den Umschlag und dreht ihn einmal um sich selbst.

Als sie ihn gerade bitten will, den Brief jetzt gleich zu lesen, vor ihren Augen, stopft er ihn schon in die Hosentasche.

Anil fühlt sich, als hätte man ihm einen großen Stein durch den Hals in die Magengrube gerammt. »Deswegen wolltest du mich sehen?«

Das Ausmaß ihrer Fehleinschätzung lässt sie erblassen. »Ich wollte … ich war … ich musste …« Sie atmet ein und langsam wieder aus. »Ich wollte dir zeigen, was ich gefunden habe.«

Er schaut auf den Tisch hinunter und nickt, als würde er vor sich selbst etwas bestätigen. Wie konnte ich zulassen, dass sie mir das noch einmal antut? Er kann seinen Vater verstehen, der ihn verstoßen wollte, weil er so ein sentimentaler Idiot war. Und jetzt würde er sich am liebsten selbst verstoßen. Aber er wird den Teufel tun und ihr das zeigen! Selbstbeherrschung ist Macht, ermahnt er sich, während er sich bückt und unter den Tisch greift und die Zähne zusammenbeißt, damit er ihr seine Gefühle nicht offenbart. Er erinnert sich, wie Merc ihm einmal erklärte, sobald man aufgehört habe, etwas zu wollen, sei es egal, wenn man es nicht habe. Genau das ist sein Problem! Er hat nie aufgehört, sie zu wollen. Als er wieder aufrecht sitzt, haben seine Züge etwas Beleidigtes. »Ich habe auch etwas für dich.« Er legt ein Päckchen auf den Tisch und schiebt es ihr hin.

»Oh Anil! Oh nein, warum denn?«

»Nicht der Rede wert«, sagt er und meint das Gegenteil. Seine scheinbare Gleichgültigkeit täuscht über die Neugier hinweg, ob sie das Motiv trotz Kilempus freier Interpretation erkennt.

Sie packt die Holzschnitzarbeit aus und fährt mit den Fingern darüber. Es ist die abschließende Hochzeitsszene aus Botticellis Illustration einer Geschichte aus dem *Dekameron*. Sie erinnert sich, was diesem Happy End vorangeht. Sie beißt sich auf die Lippe. Anil hätte sie nicht tiefer verletzen können, wenn er ihr mit einem Schwert den Bauch aufgeschlitzt hätte wie der Ritter seiner unerreichbaren Maid. Warum schenkt er ihr das? Aus Rache? Um zu zeigen, dass er trotz allem ein Happy End erlebt hat? Oder will er damit etwas anderes sagen? Sie fürchtet sich davor, ihn anzusehen. Was haben wir einander angetan? Ihr Herz zieht sich angesichts dieser Frage zusammen. Vielleicht sind sie einfach wie das unglückliche Paar in dieser Geschichte – für immer dazu verdammt, einander zu quälen. Es ist tragisch, und es erschöpft sie. Sie sinkt vornüber. Anil denkt, dass sie sich die Schnitzerei genauer ansieht, doch in Wirklichkeit gibt sie auf, ergibt sich wie nie zuvor einfach dem, was nun als Nächstes kommt. Nicht mehr abwägen und fragen, einfach nur fügen. Sie hebt den Blick, um Anil in die Augen zu sehen und ihr Schicksal darin zu finden. Welches Zeichen er ihr auch gibt, sie wird es nehmen, sei es Tadel oder Hingabe.

Sein Gesicht ist hart. Hoffnung kann manchmal aussehen wie Wut, wenn sie verzweifelt ist. In Linas verwirrtem Gesicht liest Anil nur Ignoranz. Sie hat die Bedeutung seines Geschenks nicht verstanden! Das ist, als wollte sie die Existenz von etwas so Unanfechtbarem wie Luft bestreiten.

Lina ist verunsichert durch sein Verhalten und weiß nicht, wie sie reagieren soll, also schlägt sie die Schnitzerei wieder in das Papier. Er will mich nicht mehr! Er liebt mich nicht mehr! Sie muss sich sehr anstrengen, um regelmäßig zu atmen und nicht zu weinen. Es könnte nicht schwieriger sein, die Fließrichtung ihres Bluts umzukehren. Sie spürt die Spannung von den Ohrläppchen bis in die Zehen, während sie sich zu orientieren versucht. Sie denkt an ihre Söhne, an ihre Arbeit, an Nadim, an ihre Familie – *das* macht sie aus, das hat sie gewählt. Warum hat Anil noch immer die Macht, sie das vergessen zu lassen? Oh Allah! Gib mir die Kraft, meiner Schwäche zu begegnen. Oh Allah, hilf mir. *Und Allahs ist der Westen und der Osten, und wohin ihr euch daher wendet, dort ist Allahs Angesicht.* Sie ist dankbar dafür, dass es an jedem Wendepunkt eine unwandelbare Wahrheit gibt, an die sie sich klammern kann. Er ist immer da. Er wird uns nicht tragen lassen, wozu unsere Kraft nicht ausreicht. Oh Allah, ich bin an meiner Grenze angekommen. Oh Allah, hilf mir. Sie betet, dass Er sie aus dieser Krise befreien wird, so unmittelbar wie ein Hypnotiseur, der mit dem Finger schnipst. Doch Gottes Gnade wirkt unmerklich wie eine Bluttransfusion. Anil beobachtet sie währenddessen noch immer und wartet. Sie wappnet sich, wie vielleicht ein Gewichtheber, bevor er seine Rekordlast stemmt. »Wie schön das ist. Danke«, sagt sie.

»Nicht der Rede wert.« Er zuckt mit den Achseln. Diese Begegnung, dieses gestelzte Gespräch, dieses Leben – alles ist plötzlich sinnlos, denn nun ist klar, dass er ihr nicht mehr so viel bedeutet wie früher. Er würde gern etwas trinken, aber nicht mehr bei ihr sitzen. Er stellt sich vor, wie er mit drei langen Schritten zur Bar marschiert und einen kalten Whisky kippt. Stattdessen nimmt er das kleine Wasserglas, das er zum Kaffee bekommen hat, und trinkt es in einem Zug aus. »Ich sollte gehen.« Er macht Anstalten, aufzustehen.

»Ich auch.« Sie erhebt sich langsam und legt Mantel und Schal an.

Er kann ihre unerreichbare Nähe nicht mehr ertragen, hält die Last seiner unerwiderten Gefühle nicht länger aus. Er zückt das Portemonnaie und wirft zu viel Geld auf den Tisch.

Als sie zur Tür gehen, fällt ihr auf, dass er sich kurz bückt und für einen Moment die Finger auf seine Kniescheibe drückt.

Sie fragt sich, ob ihm noch immer der Unfall mit dem Jetboot zu schaffen macht. Wie hat sie diesen Mann gezeichnet und gequält. Astaghfirullah. Sie fühlt sich leer. Lässt sich überhaupt ermessen, was sie einander angetan haben? Alles Schlimme und alles Gute? Hat eins das andere überwogen? Oder haben die Kawwals recht, wenn sie sagen, dass selbst die Wunden wahrer Liebe so etwas wie Geschenke sind?

Draußen regnet es: ein Schauer, so fein, dass man ihn kaum bemerkt, wie Sprühnebel aus einem Parfümflakon. Die Straße ist leerer, der Verkehr ruhiger, das Tageslicht schwächer. Beiden kommt es vor, als wären sie schon eine Ewigkeit nicht mehr draußen in dieser Welt gewesen. Anil lässt die Hände in den Taschen stecken, als wären sie nur dort in Sicherheit. Lina hält die Schnitzerei umfangen wie einen Mast. Sie zögern. Keiner weiß, welche Worte für einen Abschluss sorgen – wenn sich mit Worten überhaupt etwas zu Ende bringen lässt.

»Bitte vergiss nicht, den Brief zu lesen.«

Dieser blöde Brief. Er spürt, dass er an seiner linken Handfläche scheuert wie Sandpapier. Wie kann sie ihm nur so eine erbärmliche Coda zumuten! Einen alten Brief, der ihrem Vater gehört hat. Dem Mann, der immer zwischen ihnen stand.

Sie macht einen Schritt auf ihn zu und drückt ihre Wange an seine. Bevor er reagieren kann, hat sie sich schon zurückgezogen.

»Ich gehe da lang.« Sie zeigt es ihm.

Dort will auch Anil hin, aber er weist mit dem Kopf in die entgegengesetzte Richtung. »Tja, ich muss nach da.«

Sie schluckt. Ihre Lippen öffnen sich, drücken sich an ihre Zähne, öffnen sich wieder. Ihr Blick huscht kurz zu seiner linken Hosentasche und dann schnell wieder weg.

»Willst du ihn wiederhaben?« Er zieht den Brief heraus. Das gefaltete Papier ragt schlaff wie ein alter Geldschein zwischen seinen Fingern hervor.

»Nein!« Sie hält die Skulptur an ihre Brust gedrückt und schließt die Hände noch fester darum. »Er gehört jetzt dir.«

Sie dreht sich rasch um, denn ihre Augen füllen sich. Dann

geht sie los, eine Straße entlang, auf der sie durch ihre Tränen nur verschwommene, bewegte Formen erkennt. Sie konzentriert sich, um einen Fuß vor den anderen zu setzen. Bei jedem Schritt spricht sie im Stillen einen von Gottes neunundneunzig Namen aus. Al-Alim, der Allwissende. Al-Hakim, der Weise. Al-Hafis, der Bewahrer. Al-Bari, der Schaffende. Al-Hakk, der Wahre. Nur durch die Kraft Seiner Existenz kann sie gehen. Sie hangelt sich an Seinem Wort entlang wie an einem Seil, und nur so gelingt es ihr, auf dem Gehweg voranzukommen und nicht zusammenzubrechen. Allahu Akbar. Gott ist groß. Doch der Qual in ihrem Herzen kann Er keinen Einhalt gebieten. Er kann nichts tun gegen den Wunsch, dass alles anders wäre.

Das Verlangen, ihr nachzulaufen, ist so stark, dass Anil die Zähne zusammenbeißen und seine Hacken in den Boden stemmen muss. Er richtet seinen ganzen Willen darauf, dass sie langsamer wird oder sich umdreht. Er muss nur einen winzigen Anflug des Zögerns sehen, den kleinsten Hinweis auf einen Zweifel. Bleib stehen! Schau mich an, fleht er lautlos. Doch sie geht weiter.

Das war es dann wohl.

Er hat nie wirklich geglaubt, dass es vorbei sein könnte. Vielleicht hat das damit zu tun, dass er und Lina zuvor so uneindeutig auseinandergegangen sind – uneindeutig, weil sein Herz mit den Umständen nicht Schritt gehalten hat. Doch nun ist der alte Muskel gleichauf mit den Ereignissen geblieben, und Anil versteht plötzlich, wie furchtbar, leer und irreparabel das, was gerade geschieht, seinem Wesen nach ist. Er begreift, dass es sich wie Rotwein auf weißem Leinen bis in die hintersten Winkel des Verbleibenden ausbreiten und zu dem Kontinuum werden wird, an dem entlang sich alles Weitere vollzieht – ein fleckiges Tischtuch, auf dem das Leben serviert wird und jeden Tag verzehrt werden muss.

Jeden Tag. Eine unverständliche Einheit. All die Maßstäbe, die der Existenz Sinn zuweisen, haben keine Bedeutung mehr. Wie lange ist es her, dass sie sich kennenlernten, dass sie sich zum letzten Mal küssten? Wie lange ist es her, dass er ihre Seele in der Dichtung der Kawwals erspürte? Wie lange ist es her, dass ihre Abwesenheit den Motor seines Willens antrieb und auf dem unaufhaltsamen Weg zum Ruhm mit Treibstoff versorgte? Wie lange steht er schon auf dieser Straße? Hundert Jahre, einen Tag, eine Minute?

Menschen hasten vorbei, umgehen Anil wie einen Baum, der auf dem Gehweg wächst. Ein großer Mann mit blonden Dreadlocks und Rucksack rempelt ihn an und ruft eine Entschuldigung, ohne sich umzudrehen. Anil merkt, dass er einen Arm immer noch ausgestreckt hält und dass das vergilbende Blatt Papier daran hängt wie ein Schorf, der bald abfallen wird. Er faltet es auf und beginnt zu lesen.

19. Juni 1969

Ein Jahr ist vergangen, und ich habe nichts von dir gehört. Ich selbst habe auch keinen Anlauf unternommen. Meine Überlegungen hier, mein Mäandern, habe ich für mich behalten. Dir diese Briefe jetzt noch zu schicken kommt mir sinnloser vor denn je. Aber ich kann nicht ausschließen, dass ich es noch tue, irgendwann.

Kürzlich habe ich die Fotos von uns gefunden, in einer gebundenen Ausgabe meines Lieblingsromans. Was sonderbar passend war, obwohl du das nicht gewusst haben kannst. Vermutlich hast du die Bilder einfach hineingeschoben, ohne groß darüber nachzudenken. Doch auf der Seite, wo sie steckten, stand ein Zitat, das ich beim Lesen unterstrichen hatte: *Erinnerung ist eine Art Krankheit, an der ich leide.*

Das ist es, was uns alle plagt. Ich jedenfalls habe nach wie vor Symptome. Selbst als ich die Fotos studierte und mich gierig noch einmal mit vergessenen Details deines Gesichts vertraut machte, kam die alte Wut wieder hoch, sodass ich die Bilder schließlich entzweiriss und wegwarf. Die Wucht von Ereignissen lässt allmählich nach, doch die Erfahrungen selbst sind für immer eingeschrieben in uns. Die Vergangenheit kehrt im Geruch schmelzenden Zuckers zurück, Anflüge von ihr halten sich im Klang bestimmter Wörter, oder sie gewinnt durch den Hinterkopf eines Fremden unerwartet Gestalt. Doch das Schlimmste sind die Gedanken, die sich formen in der Stille der Nacht, wenn man über die Wahrheit am schwersten hinwegsehen und die eigene Schuld nicht mehr leugnen kann. Dann verzehrt mich die Reue, und ich spüre, wie Bitterkeit in meiner Kehle aufsteigt. Doch noch in den schlimmsten Momenten gibt es einen Trost: dass nämlich auch du nie vergessen kannst.

Denn das Herz ist eine Black Box.

Jede Eroberung, jeder Verlust und jede Zurückweisung – alles hinterlässt seine Spuren. Wir lieben so, wie unser Herz es gelernt hat. Wir lieben im wohltuenden oder unheilvollen Schatten jeder Enttäuschung, jedes Verrats und jeder Erfüllung. Wir lieben – und kein Gott kann dieses Gefühl kontrollieren oder die Konsequenzen mildern.

Er schaut die Straße entlang, und das Rechteck des Briefs weht in seiner Hand wie eine zerfledderte, kriegsgebeutelte Fahne, als er losrennt – und sich ergibt.

Dank

Im Zuge meiner Recherchen für dieses Buch habe ich mit einigen Mitarbeitern von Nichtregierungsorganisationen gesprochen, die teils im Sudan im Einsatz waren. Ich bin dankbar für alle Eindrücke, die ich dadurch gewinnen konnte. Inspiriert haben mich auch die Blogs mehrerer Helfer, insbesondere das der Autorin von *Sleepless in Sudan.* Die von Oxfam veröffentlichten Berichte über die Millennium-Entwicklungsziele und den Waffenhandel waren ebenfalls sehr hilfreich für mich.

Dank an Agam, der mir im Zusammenhang mit unterschiedlichen lokalen Slangausdrücken behilflich war. Und an meinen Freund Amar für seinen Rat und sein Feedback.

Danke, Seema – meine Fachfrau in allen medizinischen Fragen und meine Lieblingsquelle, was lustige Geschichten betrifft.

Dank an Madeline, Kate, Vanessa und alle anderen, die bei Transworld Publishers mit diesem Buch zu tun hatten.

Tausend Dank an meine wunderbare Lektorin Jane, die mich angetrieben, aber auch meine Grenzen akzeptiert hat. Dafür, dass sie in jeder Hinsicht so großzügig war, und dafür, dass ihr wirklich etwas an mir und meinem Schreiben liegt.

Ein großes Dankeschön an meine Agentin Zoe, die so wunderbar scharfsinnig ist und bei der ich mich als Autorin so sicher und verstanden fühle. Dank auch an Mohsen und alle anderen bei Rogers, Coleridge & White, die mir geholfen haben.

Ganz besonderer Dank an Eve für die vielen inspirierenden Gespräche und freimütigen Vorschläge.

Und schließlich meinen Dank – obwohl das Wort kaum angemessen ist – an Matti, den Mittelpunkt meines Lebens.

Die Übersetzerin bedankt sich herzlich bei Hartmut Fähndrich für die Beratung in Fragen der Transliteration.

Zitatnachweis

Das Motto wird zitiert aus: J. W. Goethe: *Sämtliche Werke in vierzig Bänden*, Band 28. Frankfurt am Main: Deutscher Klassiker Verlag 1997.

Die Koranzitate auf den Seiten 70, 146, 186, 408, 412 und 478 stammen aus: *Der Koran*. Aus dem Arabischen von Max Henning. Mit einer Einleitung von Annemarie Schimmel. Stuttgart: Reclam 1960, durchgesehene und verbesserte Auflage 1991.

Das Zitat auf S. 482 stammt aus: Patrick White: *Die Twyborn-Affäre*. Aus dem Englischen von Kurt Heinrich Hansen. München: Piper 1991.